國家出版基金資助項目

儒家文明省部共建協同創新中心研究成果

山東大學文史哲研究專刊

杜詩學通史

域外編

趙睿才　劉冰莉　夏榮林　著

張忠綱　主編

国家出版基金项目
NATIONAL PUBLICATION FOUNDATION

身許麒麟畫年衰鴛鷺羣大江秋易盛空峽夜多聞
逕隱千重石帆留一片雲兒童解蠻語不必作參軍

詠懷古跡五首

支離東北風塵際漂泊西南天地間三峽樓臺淹日
月五溪衣服共雲山羯胡事主終無賴詞客哀時且
未還庾信平生最蕭瑟暮年詩賦動江關

圖書在版編目(CIP)數據

杜詩學通史. 域外編 / 趙睿才,劉冰莉,夏榮林著.
—上海: 上海古籍出版社, 2023.10
(山東大學文史哲研究專刊)
ISBN 978-7-5732-0840-8

Ⅰ. ①杜… Ⅱ. ①趙… ②劉… ③夏… Ⅲ. ①杜詩—詩歌研究 Ⅳ. ①I207.227.423

中國國家版本館 CIP 數據核字(2023)第 163746 號

山東大學文史哲研究專刊
杜詩學通史·域外編
趙睿才　劉冰莉　夏榮林　著
上海古籍出版社出版發行
(上海市閔行區號景路 159 弄 1-5 號 A 座 5F　郵政編碼 201101)
(1) 網址: www.guji.com.cn
(2) E-mail: guji1@guji.com.cn
(3) 易文網網址: www.ewen.co
山東韻傑文化科技有限公司印刷
開本 890×1240　1/32　印張 15.25　插頁 6　字數 397,000
2023 年 10 月第 1 版　2023 年 10 月第 1 次印刷
印數: 1—1,800
ISBN 978-7-5732-0840-8
I·3760　定價: 92.00 元
如有質量問題,請與承印公司聯繫

［日］津阪東陽《杜律詳解》

日本天保六年（1835）津藩有造館刻本

［美］斯蒂芬·歐文（宇文所安）英譯《杜甫詩》

全六册，德古意特出版社 2016 年版

出版説明

山東大學素以文史見長。二十世紀三十年代，以聞一多、梁實秋、楊振聲、老舍、沈從文、洪深等爲代表的著名作家、學者，在這裏曾譜寫過輝煌的篇章。二十世紀五十年代以來，以馮沅君、陸侃如、高亨、蕭滌非、殷孟倫、殷焕先爲代表的中國古典文學、漢語言文字學研究，以丁山、鄭鶴聲、黄雲眉、張維華、楊向奎、童書業、王仲犖、趙儷生爲代表的中國古代史研究，將山東大學的人文學術地位推向巔峰。但是，隨着時代的深刻變遷，和國内其他重點高校一樣，山東大學的文史研究也面臨着挑戰。如何重振昔日的輝煌，是山東大學領導和師生的共同課題。“周雖舊邦，其命維新。”山東大學文史哲研究院正是在這一特殊歷史背景下成立的，肩負着不可推卸的歷史責任，將形成山東大學文史學科一個新的增長點。

文史哲研究院是一個專門從事基礎研究的學術機構，所含專業有中國古典文獻學、中國古代文學、漢語言文字學、史學理論與史學史、中國古代史、科技哲學、文藝學、民俗學、中國民間文學等。主要從事科研工作，同時培養碩士、博士研究生。著名學者蔣維崧、王紹曾、吉常宏、董治安等在本院工作，成爲各領域的學科帶頭人。

“興滅業，繼絶學，鑄新知”，是本院基本的科研方針；重點扶持高精尖科研項目，優先資助相關成果的出版，是本院工作的重中之重。《山東大學文史哲研究院專刊》正是爲實現上述目標而編輯的研究叢書。感謝上海古籍出版社對本叢書的支持，歡迎海内外學友對我們進行批評和指導。

山東大學文史哲研究院
2003 年 10 月

【附記】

《山東大學文史哲研究院專刊》已陸續編輯出版多種，在海内外引起廣泛關注和好評。2012 年 1 月，山東大學文史哲研究院與山東大學儒學高等研究院、山東大學儒學研究中心和《文史哲》編輯部的研究力量整合組建爲新的山東大學儒學高等研究院，許嘉璐先生任院長，龐樸先生任學術委員會主任（龐樸先生于 2015 年病故）。本院一如既往，以中國古典學術爲主要研究範圍，其中尤以儒學研究爲重點。鑒于新的格局，專刊名稱改爲《山東大學文史哲研究專刊》，繼續編輯出版。歡迎海内外朋友提出寶貴意見。

2019 年 3 月

總　序

張忠綱

"杜詩學"之名,始于金代元好問。他在《杜詩學引》中云:

竊嘗謂子美之妙,釋氏所謂學至于無學者耳。今觀其詩,如元氣淋漓,隨物賦形;如三江五湖,合而爲海,浩浩瀚瀚,無有涯涘;如祥光慶雲,千變萬化,不可名狀,固學者之所以動心而駭目。及讀之熟,求之深,含咀之久,則九經百氏,古人之精華,所以膏潤其筆端者,猶可仿佛其餘韵也。夫金屑丹砂、芝术参桂,識者例能指名之。至于合而爲劑,其君臣佐使之互用,甘苦酸鹹之相入,有不可復以金屑丹砂、芝参术桂而名之者矣。故謂杜詩爲無一字無來處,亦可也;謂不從古人中來,亦可也。前人論子美用故事,有着鹽水中之喻,固善矣。但未知九方皋之相馬,得天機于滅没存亡之間,物色牝牡,人所共知者,爲可略耳。先東巖君有言,近世唯山谷最知子美,以爲今人讀杜詩,至謂草木蟲魚,皆有比興,如試世間商度隱語然者,此最學者之病。……乙酉之夏,自京師還,閒居崧山,因録先君子所教與聞之師友之間者,爲一書,名曰《杜詩學》。子美之傳志年譜,及唐以來論子美者在焉。①

---

① 姚奠中主編《元好問全集》卷三六,山西人民出版社 1990 年版,下册,第 24—25 頁。

元好問從杜詩研究史的角度,第一次明確地提出“杜詩學”的概念,成爲杜詩學史上一個重要的理性標記。自此以後,“杜詩學”,作爲一門專門學問,千餘年來,就像研究《文心雕龍》的“龍學”、研究《紅樓夢》的“紅學”一樣,成爲中國古典文學研究領域中的一個熱點,歷久不衰,彌久彌新,至今猶盛。

元好問的《杜詩學》一書,今已不存,我們無法窺知它的全貌和具體内容。詹杭倫、沈時蓉所撰《元好問的杜詩學》一文認爲,元氏已佚的《杜詩學》包含三個組成部分:(一)元好問之父及其師友有關杜甫的言論,(二)有關杜甫生平的資料,(三)唐、宋(指北宋)以來有關杜甫及其詩作的評論,並進而指出:元的《杜詩學》,是以杜詩輯注之學爲其根柢,以杜詩譜志之學爲其綫索,以唐、宋、金諸家論杜爲其參照,確實是一部博綜群言、體例完備的杜詩學專著①。我們今天借用其“杜詩學”一詞,所涵内容與其或有不同。杜甫是中國古典詩歌的集大成者,具有承前啓後、繼往開來的偉大功績。因此,對杜詩學的研究,一直是新時期杜甫研究的一個熱點,出版了一些著作,發表了大量論文。但迄今爲止,還没有一部完整描述自唐至今杜詩研究全貌的《杜詩學史》。我們的《杜詩學通史》,試圖對唐代以來古今中外的杜詩學研究作一簡要的介紹,並稍加探討,總結杜甫研究的經驗和得失,主要集中于以下三個方面的内容:

(一)自唐迄今,杜甫其人其詩對後世的影響概述。

(二)自唐迄今,歷代對杜甫其人其詩的研究概況。

(三)杜詩流傳、刊刻、整理情況的研究。

《杜詩學通史》由張忠綱主編、多人撰寫,具體分工如下:

(一)《唐五代編》,張忠綱撰寫。

(二)《宋代編》,左漢林撰寫。

---

① 詹杭倫、沈時蓉《元好問的杜詩學》,《杜甫研究學刊》1990年第4期。

(三)《遼金元明編》,綦維撰寫。

(四)《清代編》,孫微撰寫。

(五)《現當代編》,趙睿才、劉冰莉、裴蘇皖撰寫。

(六)《域外編》,趙睿才、劉冰莉、夏榮林撰寫。

《杜詩學通史》因所涉時間長,地域廣,内容繁富多樣,資料汗牛充棟,又成于多人之手,錯訛失察之處,在所難免。敬祈方家與讀者批評指正。

目　録

下編 歐美杜詩學史

緒　　論

域外，即境外、國外，泛指中國之外的國家和地區。古人早有此用法，如南朝梁簡文帝《大愛敬寺刹下銘》云:“思所以功超域外，道邁寰中。”[1]此處以“域外”與“寰中”對舉，含義已非常明確。至魯迅《集外集拾遺補編·擬播布美術意見書》云:“且決定域外著名圖籍若干，譯爲華文，布之國内。”[2]聯繫“意見書”的前文“審國人所爲文藝，擇其優者加以獎勵，並助之流布”，此“域外”，就是時下“域外漢籍”、“域外詩話”、“域外小説”所用的意思了。“域外杜詩學史”之“域外”也取此義。

域外杜詩學史，主要是指域外的杜詩譯介、研究歷史，可以統稱爲“譯入”，即域外漢學家將杜詩翻譯成其母語介紹到本國文化之中；還有一小部分是“譯出”，是指中國翻譯家將作爲經典的杜詩翻譯成某種外語傳播到域外國家。不管是哪種形式，都是杜詩在域外的接受與杜詩的輸出問題，是世界杜詩學的重要組成部分。季羨林在《東方文學研究的範圍和特點》中説:“一個民族的文化發展約略可以分爲三個步驟: 第一，以本民族的共同的心理素質爲基礎，根據逐漸形成的文化特點，獨立發展。第二，接受外來的影響，在一個大的文化體系進行文化交流；大的文化體系以外的影響有時也會滲入。第三，形成一個以本民族的文化爲基礎、外來文化爲補充的文化混合體或者匯合體。”又説:“文學是文化的重要表現形式，文學的發展規律不

---

① 蕭綱著，肖占鵬、董志廣校注《梁簡文帝集校注》(四)，南開大學出版社2015年版，第1028頁。

② 魯迅《集外集拾遺補編》，人民文學出版社2006年版，第51頁。

能脱離文化的發展規律。”①以域外某國的歷史、文化特别是杜詩譯介、研究爲背景來研究中國的昨天，並由瞭解昨天來理解今天，都是大有裨益的。

杜甫的影響隨着中華文化（特别是儒學）的傳播而越出國界，杜詩已成爲全人類共同的文化遺産，他被評爲“世界文化名人”，就足以説明這一切。從十三世紀開始，杜詩就在鄰國朝鮮、日本和越南廣泛傳播。從十九世紀起，西方人開始接受杜詩。杜甫的影響遠及異國，固然因爲其詩歌藝術所産生的巨大魅力，更因爲其人格所發出的奪目光輝。

域外的杜詩學史，主要是指朝鮮半島、日本、歐美及東南亞等國家或地區的杜甫研究歷史。他們的研究有其特點和優勢，不可拿中國本土的研究尺子去衡量。特别是朝鮮半島與日本的杜詩學，因其特殊的地緣與歷史背景，較之西方諸國，不但歷史悠久，而且研究範圍更爲廣泛，研究門類更趨繁多。

研究朝鮮半島的杜詩學史，首先得做好溯源工作，主要包括兩方面：一是中國杜詩版本的大量翻刻，二是本土杜詩版本的編刊。其次評述杜詩對朝鮮半島文人的影響，評價柳允謙等人編撰的《杜詩諺解》與李植的《纂注杜詩澤風堂批解》的主要成就及其影響。兩書成書早，學術水準較高，先後相映，所起作用巨大。再次回顧總結朝鮮摛文院與正祖李祘的選杜注杜功績。朝鮮摛文院與正祖李祘的選杜注杜功績顯著，須引起我們的重視。朝鮮摛文院奉教彙編《杜律分韵》、朝鮮弘文館奉教彙編《杜陸律分韵》，奉的都是他的教。李祘本人好尚中國傳統文化，對中國經史子集都有研究，於朱熹之學用力最勤，著述頗豐。他對杜甫、陸游律詩特别喜好，親自編選了《杜陸千選》《（杜陸）二家全律》，於研究杜甫、陸游詩

① 季羡林《季羡林文集》第八卷《比較文學與民間文學》，江西教育出版社 1996 年版，第 426—427 頁。

具有重要參考價值。他認爲杜甫爲“匡正詩道之律聖”(《杜律分韵》卷四跋),是“不待夫子之筆能帝蜀而寇魏”者(《杜陸千選》卷八跋)。此後,朝鮮的詩風從整體而言,是唐宋兼宗。由於他的宣導,《杜律分韵》《陸律分韵》《杜陸分韵》等大、中、小各種版本迅速普及全國,因此被同時代詩人丁若鏞贊爲“聖人猶好草堂詩”。再次,總結評述朝鮮半島詩話中的杜甫研究史。

韓國現當代杜甫研究成果豐碩:一、韓國杜甫研究會及相關活動;二、1950年到1979年的翻譯、研究成果;二十世紀後二十年的翻譯、研究成果,如李丙疇的杜甫研究。邁入二十一世紀的翻譯、研究成果,甚至超過了前期。評述韓國現當代的杜甫研究是這部分的重點。二十世紀五十年代以後,杜甫已是韓國學界關注的重點,取得了令人矚目的成就。八十年代後期,韓國的唐代文學研究會成立,以檀國大學教授車柱環和建國大學教授李秀雄爲首的“敦煌學會”,以東國大學名譽教授李丙疇爲首的杜詩研究會,促進了杜甫研究。

本書依次評介韓國這幾個時期的翻譯、研究成果。在第一個時期,李丙疇是最多産最有影響力的杜甫研究專家,其杜甫研究著作有多種。其博士論文的題目是《杜詩研究——以對韓國文學的影響爲中心》。他側重於《杜詩諺解》研究,著有《杜詩諺解批注》《杜詩諺解抄》《杜詩研究》《詩人杜甫》《韓國文學上的杜詩研究》《杜詩的比較文學的研究》《詩聖杜甫——以詩歌讀杜甫的生涯》《杜甫研究論叢》《杜甫與李白》《古典的散策》《韓國漢詩選》等。其杜甫研究論文更多,此不一一列舉。

李丙疇之外,重要成果還有許世旭著《李杜比較研究》,全在昊著《杜詩諺解論釋》和《杜詩諺解——國語學的研究》,梁相卿編譯《杜詩選》(時調譯),張基槿譯著《杜甫》,李元燮譯《杜甫詩選》,金鍾潤著《杜甫的生涯與文學》,等等。

在第二個時期,中韓兩國學術交流和溝通加强,韓國的杜甫研究視野更加開闊，手段多樣化，研究深度加深，更趨理性。如李丙疇承前期杜甫研究之餘緒，先後出版《詩聖杜甫——以詩歌讀杜甫的生涯》《杜甫研究論叢》《杜甫與李白》等。隨着兩國間的文化交流的增强，漢學在韓國引起更大的學習和研究興趣，杜甫研究價值的認識更加充分也更爲理性，更趨向大型化、系統化、普及化。如義庵書堂講讀會編撰的《杜甫詩的理解》，是翻譯偶《杜律虞注》的，是當時朝鮮最廣泛流行的杜甫品評書。如孫宗燮的《李杜詩新評》，實際是評釋李杜詩，評價其成就。如李賢熙等人的《杜詩與〈杜詩諺解〉》，是韓國漢詩專家和中世語言學家共同研究杜詩與《杜詩諺解》的入門書。如李永朱編譯的《杜甫》，分四章：流浪，長安之苦，出仕之路和遊蜀與長江一帶。如李永朱等人譯的《解杜甫——初期詩譯解》，以仇兆鰲《杜詩詳注》爲底本，參考和吸收前人注釋家們的各種注釋後，以合適的注解爲主重新注解，並收録異説，以供參考。以上都是以普及爲主的杜詩讀本。學術價值較高的是韓國精神文化研究院人文研究室編撰的《杜詩與〈杜詩諺解〉研究》，是對杜詩以書志學的、漢文學的、國語學的角度來綜合分析的杜詩理解入門書。

在第三個時期，杜甫研究學位論文、介紹杜甫生平和闡釋杜甫詩歌的專著大量出現。從學術史、文學史角度研治杜甫水準較高的有如下幾篇：全英蘭著《杜甫：忍苦的詩史》，其博士論文的題目是《韓國詩話中有關杜甫及其作品之研究》，從詩學角度進行研究的代表作，已由臺北文史哲出版社 1990 年出版。朴英燮著《初刊本〈杜詩諺解〉對譯語研究》，以初刊本《杜詩諺解》所載的漢字對譯語語型爲主比較專門漢字學習初學書與教育用漢字學習初學書的對譯語型，論述了現用漢字的主要語彙和次要語彙。從語言學角度研究《杜詩諺解》的，是趙南浩著《〈杜詩諺解〉：漢字語言研究》，學術價值較高。專門研究“杜詩學的淵源與發達”的高真雅著《對於杜甫與杜詩的愛情歷史的研究——杜詩學的淵源與發達》，實際是杜詩愛情主題的接受史,代表了當代韓國年輕學者杜詩研究的水準。

進入二十一世紀後,關於杜詩藝術的探討湧現了大量的論文。有關於杜詩章法的,如李永朱的《杜詩章法研究》;有關於杜甫的律詩的,如崔南圭的《杜甫五言律詩類型研究》、姜旼昊的《杜甫排律成就小考》、盧又禎的《杜甫七律的成就研究》等。這時期的韓國學者對杜詩研究的内涵擴大,如張俊寧的《杜甫詠物詩的精神世界》,又有對杜甫一生中各個階段的重要作品進行分析的,如鄭鎬俊的《杜甫秦州時期詩的變化》,而全英蘭的《杜甫青壯年時期南北遊歷及作品研究》和《杜甫齊魯燕趙遊歷時期的旅程和作品》則寫杜甫壯年時期南北遊歷的背景。此外還有地域、行迹研究的論述,如鄭鎬俊的《杜甫的入蜀紀行山水詩小考》等。

關於杜甫接受史的探討,此一時期也取得了可喜成果。如韓國著名學者柳晟俊的《〈歲寒堂詩話〉的詩論主題與杜甫詩的優越性考》、高真雅的《清代沈德潛的杜甫詩認識考察》、具本衔的《李安訥對韓愈、杜甫詩學習的情況和理解》、朴禹勳的《韓國詩話中的李白、杜甫、韓愈》、王克平的《韓國古代詩論家眼中的詩聖杜甫》等。

杜甫研究不僅與詩歌研究有關,而且與整個中國文學研究關係密切,只有擯棄片段性追隨研究的做法,根據自己獨到的觀點把杜詩同韓國文學結合起來進行研究,才能在國際學術舞臺上佔有一席之地。需要説明的是,一些韓國學者在臺灣取得的學位論文,原則上在"現當代編"臺灣部分評述。

關於日本的杜甫研究史。中日文化交流源遠流長,杜詩起碼在平安時代就傳入日本。日本人喜歡杜甫,有兩個原因是明顯的:一是日本與中國同屬於儒家大文化圈,有着共同的人生價值觀。早在十九世紀前半期或以前,就有杜甫研究,並取得一定成果。二是杜甫的詩風符合日本人的審美情趣——所謂雅正。日本民族屬於含蓄内斂的民族,杜甫的詩歌也體現出不少日本人的心聲。

回顧早期的日本杜甫研究史,可見早期的學者如虎關師練、禪僧江西龍派、禪僧雪嶺永瑾、宇都豚庵、度會末茂、釋顯常、津阪東陽等,他們各有不同的貢獻。可見的早期杜詩文獻,特别是杜律文獻,如《杜詩續翠抄》《杜詩抄》《鼇頭增廣杜律集解》《杜律評叢》《杜律發揮》《杜律詳解》等。其中,釋顯常、津阪東陽的成果尤著,本書結合津阪東陽《夜航詩話》《夜航餘話》《杜律詳解》,詳細探討其論對偶、論字義的技巧問題。日本詩話中的杜甫研究,據《日本詩話叢書》《域外詩話珍本叢書》統計,已系統整理出來的在 60 種左右。這些詩話評論到了杜詩的好多方面,如"境趣"、"苦吟"、"指摘"、"新奇"、"尖新"、李杜優劣、《早朝大明宫》優劣、比體、多樣風格、注釋、"詩史"本色、用字技巧、手法、句法、字法、用韵、正大之氣等,總體而言,日本詩話中的杜甫研究史,多數存有模仿中國詩話的痕迹。

時至十九世紀後半期,特别是明治維新以後,日本漢學"特别是中國的文明史的研究上,從江户時代漢學的偏狹、獨斷與散漫中,擺脱出來,樹立了新的體系以及正確的認識"①。日本的杜甫研究也隨之出現了多樣化趨勢。一是摘録諸家評語、時加己見的評點式。如近藤元粹的《精選杜工部詩集》《杜工部詩醇》等。二是以翻譯、注釋爲主的譯注式。如久保天隨的《李杜譯釋》、鈴木虎雄的《杜少陵詩集》(全譯)、漆山又四郎的《杜詩譯注》、細貝香塘的《杜詩鑒賞》等,極便於杜詩在日本的傳播。三是採用西洋史學方法、以近代叙述方式寫成的傳記式。如笹川臨風撰《杜甫》、齋藤勇撰《杜甫》等。四是學術含量較高的研究式。如森槐南撰《杜詩講義》、德富蘇峰撰《杜甫與彌爾敦》、飯島忠夫與福田福一郎合編

---

① 吉川幸次郎《"東洋學の創始者たち序"》,《吉川幸次郎全集》第 25 卷,第 250 頁。

《杜詩索引》等,都爲杜詩在日本的傳播作出突出的貢獻。

明治末期的森槐南在杜甫研究中主要貢獻是《杜詩講義》,是吉川幸次郎《杜甫詩注》(全二十册)的重要參考書。而德富蘇峰的《杜甫與彌爾敦》則是對杜甫與彌爾敦進行比較研究的結晶。之後,笹川臨風執筆《中國文學大綱》第九卷《杜甫》,是近代日本最初的杜甫研究著作。鈴木虎雄《杜少陵詩集》(全四册)是引進西方的研究方法的結晶,是近代日本唯一的杜甫詩全譯全述。

進入二十世紀後半期,日本杜甫研究者的隊伍也不斷擴大,對杜甫的研究也逐步走向深入,形成了以土岐善麿、吉川幸次郎、黑川洋一三位大家爲核心,其他學者輩出的可喜局面。

如土岐善麿譯作《杜甫詩選新譯》《杜甫新譯》很有特點,還有隨筆性質的《杜甫草堂記》《杜甫門前記》《杜甫周邊記》《走近杜甫》等,其中以後者學術價值最高。日本的杜甫研究者中,以吉川幸次郎貢獻爲大,他編著以下八種有關杜甫著作:《杜甫劄記》《杜詩講義》《杜甫詩傳》《杜甫詩注》《杜詩論集》《華音杜詩抄》《杜甫的詩與生平》《杜詩又叢》(後者是他主編的叢書)等。還有兩部著作是選本中有杜詩:《新唐詩選》和《世界古典文學全集》第二十八、二十九卷之《杜甫》。另外,《吉川幸次郎全集》全二十七卷,其中第十二卷及二十五卷則是有關杜甫的隨筆雜著類。他認爲,“杜甫是中國第一詩人”,“是中國文學的最高峰”。

在日本的杜甫研究領域,繼吉川幸次郎之後的又一大家是黑川洋一。其主要著述有:《杜甫》(兩册)、《杜甫詩選》、《杜甫研究》、《杜詩伴我行》,還有與鈴木虎雄譯注的《杜詩》。其中《杜甫研究》最能代表黑川氏杜甫研究成果,是一部極有深度的杜甫及杜詩研究的學術專著,尤其是第五章談到的杜詩在日本的情況,更是非常難得的資料,具有極爲重要的文獻價值。

另外,高木正一撰《杜甫》、目加田誠撰《杜甫的詩與生平》,都是杜甫評傳中的上乘之作。類似的尚有福原龍藏撰《沉痛漂泊的詩聖杜甫》、鈴木修次著《杜甫》、吉川幸次郎和小川環樹監修《杜甫》等,也都是傳記式的。高島俊男著《李白與杜甫——他們的行爲與文學》、森也繁夫著《沉鬱的詩人——杜甫》、和田利男著《杜甫: 生涯與文學》、田川純三著《杜甫之旅》、山口植樹著《吟詠詩聖的悲憤與慷慨——憂愁的詩人杜甫》等,都是結合杜甫的身世生平談其詩作的。

二十一世紀前十年日本的杜甫研究,出現了多部專著,如宇野直人撰《杜甫》,興膳宏撰《杜甫——超越憂愁的詩人》,莊魯迅撰《李白與杜甫——漂泊的人生》,宇野直人、江原正士撰《杜甫——偉大的憂鬱》,後藤秋正撰《東西南北之人——杜甫的詩與詩語》,黑川洋一撰《杜甫》,等等。還出現了一大批高品質的論文,涉及杜詩學、杜甫交遊與事迹、杜甫與禪林、杜詩繫年等多方面。

越南早期的杜甫研究,主要表現在譯介杜詩上。自二十世紀六十年代以來,越南的大學、中學都開唐詩選修課,主要是講李、杜的名作,這時期出現了大量唐詩選本或杜詩選本。越南當代學者的杜詩譯介研究活動具有傳承性,促進了杜詩在海外的繼續傳播與發展,他們對杜甫的研究也是國際漢學研究的重要組成部分。新加坡對杜詩的傳播、研究大致經歷了零星的評論、專家的著述兩個階段,出版過作爲華文主修教材的普及讀物《杜甫詩賞析》,發表過高品質的杜甫研究論文,如楊松年《杜詩爲詩史説評析》、嚴壽澂《詩聖杜甫與中國詩道》、張松建《一個杜甫,各自表述: 馮至、楊牧、西川、廖偉棠》等。另外,菲律賓、泰國也有一定規模的適合本國特點的杜甫研究史。

歐美國家的漢學大致以二戰爲分水嶺,戰前幾乎是法國的一統天下,其基本格局是英美不如德,德不如法;戰後美國後來居上,費正清(John King Fairbank)被稱爲"美國中國研究開山祖"。與之相適應,歐美國家的杜甫研究起步於翻譯,早期的漢學家都是翻譯家。涉及的國家或地區多而廣,初步統計包括了英語世界、法語世界、俄語世界、德語世界等。歸納起來有三方面的收穫：一類是翻譯類的著述，一類是研究性質的著述，一類是華裔學者的貢獻。考慮到具體研究實績，把英語世界的杜詩學史排在法國之前。

英語世界的杜詩學史，其前提首先是對作爲大學專業的漢學與漢籍的重視，後者表現爲大量漢籍的購置與收藏。接下來是綜合性英語選集中選録大量杜詩，以及杜詩翻譯詮釋的概況，分早期杜詩翻譯、二十世紀四十至六十年代主要選譯本中的杜詩兩個主要階段。然後重點評介杜甫研究專家的實績，如美國學者宇文所安，作爲漢學大家，他的主要學術在唐詩研究和杜甫研究兩個方面，並分析了他的結構主義理論工具。

大致説來，英語世界的杜甫接受至少已有上百年的歷史，其中翻譯和學術研究構成杜詩傳播的重要途徑。其他漢學家的杜詩散篇譯作、杜詩研究著作也是碩果累累。如在翻譯兼研究類的著述中，威特・賓納與江亢虎合譯的《杜甫詩選》，是歐美學術界以專題形式集中譯介杜甫詩歌的較早文獻。安德伍德與朱琪璜合譯的《杜甫：神州月下的漫遊者及吟詠詩人》，譯詩 290 首，是西方較早出版的有關杜甫生平和譯有大量杜甫詩歌的研究著作。弗洛倫斯・艾斯柯譯著《杜甫：一位中國詩人的傳記(上卷)》和《江湖客杜甫：一位中國詩人的遊歷(下卷)》譯詩 530 首，譯杜甫詩較多。布雷斯譯著《杜甫：中國最偉大的詩人、草堂詩吟詠者》，譯杜甫蜀中詩 104 首。馮至主編、路易・艾黎翻譯《杜甫詩選》，也爲英譯本。雷克斯羅斯翻譯的《中國詩歌一百首》對美國其他詩人有着非同小可的影響。

在研究性質的著述中，洛倫斯・艾斯柯著的《中國的一面鏡子：現實的反映》出版較早。英人大衛・霍克斯撰寫的《杜甫入門》，評論了杜甫生平經歷和詩歌的創作特點。澳大利亞漢學家大衛斯著有《杜甫》一書，是在洪業專著《杜甫：中國最偉大的詩人》的基礎上進行研究的，對杜甫生平、詩歌形式、詩歌内容及思想均有明晰的論述。亞瑟・庫珀著《李白與杜甫》論述李白與杜甫的生平及詩作。斯蒂芬・歐文在《盛唐詩》的杜甫專章中,審視了杜甫與傳統的關係,並勾勒出杜詩中對詩人面貌的多元化呈現。他在《傳統中國詩歌及詩學》中,將杜詩視爲他審視傳統中國詩閱讀的重要視窗。美國學者哈米爾著《對雪:杜甫所見》翻譯和論析了杜甫有關雪的詩作。伊娃・周姍撰《杜甫〈八哀詩〉:典故與意象的作詩方式》,論杜詩語言的叙述性和意象性。她的《再議杜甫:文學巨匠和文化巨人》,突出了杜甫研究理論性的構建。進入二十一世紀以來,羅吉偉的《杜甫及抒情詩的失敗》和蔡涵墨的《唐代詩人杜甫與宋代文人》二文學術價值較高。

美國學者弗洛倫斯・艾斯柯譯著《杜甫:一位中國詩人的傳記(上卷)》和《江湖客杜甫:一位中國詩人的遊歷(下卷)》等,都是第一類成果的代表作。他們雖然爲杜詩的傳播作出不朽貢獻,但初步的評述往往有不少誤解,這成爲促使後代學者重新審視杜甫研究的一個誘因。

在研究性質的著述中,集中了一批對唐詩、杜詩用功甚勤、成果頗豐的優秀漢學家,如傅漢思、斯蒂芬・歐文、倪豪士等。如美國學者斯蒂芬・歐文(宇文所安)著《盛唐詩》杜甫專章中,特别標舉出杜甫的天才本質與其詩作的"强烈傳記興趣",其詩歌的特徵是多才多藝,兼善衆體,歐文同時指出杜甫具有高尚的詩人品德,他的詩歌對後世詩人創作産生了巨大影響。尤其是,他翻譯的《杜甫詩》(*The Poetry of Du Fu*),是首部學術性的杜詩英文全譯本。爲凸顯宇文所安輝煌的杜甫研究實績,本書列專節紹介評點。

關於華裔學者的杜甫研究史,本書評述了朱琪璜、高友工、梅祖麟、李珍華、吴經熊、大衛楊等人的成果。孟沖之撰《杜詩重構》,以新詩的語言和現代意識重構杜甫150餘首詩作,被譽爲"新詩的盛舉"。華裔學者中,洪業的成就最大。《杜甫:中國最偉大的詩人》《杜詩引得序》《我怎樣寫杜甫》《再説杜甫》等,構成了他研究杜甫的厚重成果。《杜甫：中國最偉大的詩人》被贊爲“迄今爲止仍被公認是英語世界中關於杜甫的最重要著述”①。本書列專節全面評析了洪業和葉嘉瑩的杜甫研究。兩位大家對杜甫詩極其看重，評析都很獨到，爲後來杜甫研究者提供不盡的啓迪。

杜甫及其詩歌在前蘇聯和俄羅斯廣泛流傳。早期的杜詩俄譯，可以上溯到十九世紀末。《中國日本詩選》中載有《羌村》等四首譯作。稍後《中國之笛》中選入《贈李白》等四首。二十世紀末出版的杜詩俄譯約 30 種，如費德林主編、吉托維奇譯《杜甫詩集》，吉托維奇譯《杜甫抒情詩集》等。從二十世紀五十年代以來，出版了謝列布里亞科夫撰《杜甫評傳》和別仁撰《杜甫傳》等傳記式專著，代表了蘇俄杜甫研究的水準。後出的《論杜甫〈秋興八首〉》，是康拉德對《秋興八首》所作的較爲獨到的解釋。另外，俄國重要雜志上發表過多首俄譯杜詩，發表過不少杜詩研究論文。

法國漢學在西方漢學中享有崇高的地位。在法文翻譯類著述中，最早將杜甫和李白介紹給法國讀者的是《中華帝國全志》，之後法國來華傳教士錢德明《北京耶穌會士雜記》第五卷就有介紹李白、杜甫的文章。在法語世界早期的杜詩譯介史中，著名漢學家埃爾韋·聖·德尼侯爵譯著《唐詩》具有開拓性意義。它選譯了李白、杜甫、王維、白居易、李商隱等 35 位重要詩人的 97 首詩。于阿里的杜詩譯介也很有特點。法國唯美主義女詩人朱蒂斯·戈蒂耶《白玉詩書》的出版，影響很大，選譯杜詩 17 首，她評論杜詩“逼真如繪”、“真率”、“清晰”，“更富於溫和的情感和對被悲苦所襲的人的憐憫”。

1945 年以後的法國杜詩譯介、研究史中，戴密微的杜詩譯介與研究成果豐碩，郁白以《秋興八首》爲中心的杜詩研究有其特點。

---

① 洪業著，曾祥波譯《杜甫：中國最偉大的詩人》，上海古籍出版社 2011 年版，第 426 頁。

後起之秀胡若詩等人的杜甫研究深而細。在華裔學者中,徐仲年撰《中國古代詩人杜甫》,羅大岡譯著《唐詩百首》《首先是人,然後才是詩人》,程抱一撰《中國詩語言研究——附唐詩選》,貢獻較大。特别是程抱一的《中國詩語言研究——附唐詩選》,對杜詩有多方面的深細研究。

德國漢學家對李白和杜甫都有濃厚的興趣。本書從兩方面展開評述:早期德國漢學中的杜詩譯介,二戰以後的杜詩譯介。其中,葉里温·里特·馮·察赫爲德國漢學大家。他將清代張溍的《讀書堂杜詩注解》二十卷全部譯出,最後結集《杜甫詩》,受到東西方學界普遍重視與高度評價。美國海陶瑋主編《杜詩全譯》是將察赫杜甫詩全譯文進行修訂補充而編輯成書的。維爾納·黑爾維希著《杜甫的偉大悲歌》,是對《同谷七歌》的全面研究和詳盡論析。莫芝宜佳著、馬樹德譯《〈管錐編〉與杜甫新解》,選譯了25首杜詩並加以詮釋,以探求中西方存在差異的原因並試圖對杜甫作一新解。

其他歐洲國家的杜甫譯介也有零星的成果。如意大利語譯著多部:著名漢學家馬里奥·阿塔多·馬格里尼專著《中國偉大的詩人杜甫》,深入闡述和評論了杜甫的生平、杜詩創作思想及藝術。瑪律蓋里達·吉達西譯著《杜甫詩選》(意大利文譯本),譯介杜詩18首。維爾瑪科斯坦蒂尼著《李白、杜甫、白居易:玉盤》和無名氏的《一位漂泊者》,研究視角較新。另外,荷蘭學者傅雷斯譯《杜甫詩五十首》、挪威學者多盧姆斯加爾德·阿爾内譯《杜甫抒情詩選》、捷克學者卡羅爾·斯特爾門譯《杜甫詩選》、匈牙利學者陳國(巴爾納巴斯·宗喀爾)譯著《杜甫詩選》、羅馬尼亞文《唐代的三位詩人:李白、王維、杜甫》等等,都有一定的開創性。

綜上所述,杜甫及其詩歌對朝鮮半島、日本、歐美國家或地區以及東南亞各國都産生了影響,甚至是巨大的影響。越是具有强烈的民族文化精神的人物越能赢得世界人民的尊敬,杜甫的世界意義正是深深地植根於他爲之貢獻一生的中華文化之中，這正是世界人民都喜歡他的關鍵所在。

本書所説"域外"，是就學術或文化圈而言的，不帶有任何政治色彩。本書大致分爲朝鮮半島、日本、歐美及其他地區的杜甫研究。錢穆先生曾説過："曠觀世界各民族文化大流，求其發源深廣，長流不竭，迄今猶負世界指導人類之重任者，在東方厥唯我中華，在西方厥唯歐美之兩支。"①朝鮮半島、日本、越南的杜詩傳播與研究狀況，代表東方文化群體對於杜詩的理解。東方文化群體接受中華文明較早，歷史上深受中華傳統文化特别是儒家文化影響。這種文化淵源，決定了他們對杜詩的接受狀況和接受心理，既有異質性也有同構性。以歐美爲主要代表的西方文化對杜詩的詮釋和接受，則不僅具有異質性，也更具有異構性，從而呈現出實質性的跨文化交流的特色。分析材料，平議其得失——他們的研究自有其特點和優勢，不可拿中國本土的尺子去衡量；因爲他們的研究思路和方法有獨到的地方，有異於我們的地方。

《南齊書·文學傳論》亦嘗云："習玩爲理，事久則瀆，在乎文章，彌患凡舊。若無新變，不能代雄。"②文學如此，文學批評亦然。中國古典文學是一個廣大幽深、精彩紛呈的世界，但時至今日，我們亟須一種新的方式、新的語言對之進行思考、討論和研究。只有如此，才不至再次殺死我們的傳統，使它成爲博物館裏暗淡光綫下的蝴蝶標本、恐龍化石：或與現實世界隔一層透明的玻璃罩，或是一個龐大、珍貴而沉重的負擔。譯介這些著述，也許可以有助於我國古典文學研究領域的革新。

莫礪鋒先生曾引已故美國漢學家薛愛華（Edward H. Schafer）一次演講中的一個精辟論點説：

---

① 錢穆《文化與教育》，廣西師範大學出版社2004年版，第15頁。

② 蕭子顯《南齊書》卷五二《文學傳論》，中華書局2013年版，第908頁。

> 美國漢學,我看並非十分健全。我確信它的一個原因是,美國人歷來不喜歡外國語言研究,對文學語言、古典語言和古代語言的興趣也在下降。這種態度以不同的方式釀成了危害,一是對漢籍的細微處和微妙處缺乏認真的注意。(In my view, Chinese studies in America are not in a very healthy condition. I am sure that one reason for this condition is the traditional American aversion to the study of foreign languages and the decline of interest in literary, classical, and ancient languages. This attitude has done its damage in different ways. One is the lack of serious attention to the details and niceties of Chinese writing.)①

並進一步申説:

> 在我看來,更嚴重的問題還在於對漢籍的確切含義缺乏認真的求索。雖説這種缺點在中國學者的論著中也時有發生,但比較喜歡標新立異的西方同行們更需要有足够的警惕。否則的話,勢必會産生差以毫厘、失之千里的嚴重後果。②

莫先生所指出的問題,不僅僅是"比較喜歡標新立異的西方同行們"所存在的問題,也是全世界漢學界所存在的問題,這是我們研究世界杜詩學史時必須時刻牢記在心的。

---

① 莫礪鋒説,薛愛華 1982 年在科羅拉多大學的演説,題作"What and How Is Sinology?"原載美國科羅拉多大學《唐學報》第 8、9 期,中譯文作《漢學:歷史與現狀》,周發祥譯,載《傳統文化與現代化》1993 年第 6 期。莫礪鋒説:周譯將"對文學語言、古典語言和古代語言的興趣也在下降"誤譯成"而傾向對文學語言、古典語言和古代語言感興趣",今據原文改正。

② 莫礪鋒《唐宋詩歌論集》,鳳凰出版社 2007 年版,第 114—115 頁。

英國漢學家葛瑞漢①，他集語言學家、學者及出色的翻譯家才能於一身，敏鋭地指出："即使一項深入研究表明整個過程是循序漸進的，人們還是記得日文詩從9世紀開始將多層涵義濃縮在一起，英國詩起步於16世紀末，法國更加晚，開始於19世紀，但是這種變化的起源是中國的杜甫於766年所寫的詩。"②公元766年即大曆元年，這個關節點是杜詩的轉捩點，對法國漢學的影響更爲深遠。我們以爲，杜詩對世界文明的影響，絶不僅僅是本年"所寫的詩"，而是全部杜詩，以及這些詩歌顯現的人格力量和"丹衷"思想（這一思想對亞洲中華文化圈内的國家或地區影響尤顯）。

美國著名漢學家羅吉偉在其有關杜甫的論文中强調，現代北美學界對中國古代詩歌的閱讀具有一種比較與理論的性質，這同時也是八十年代以後英語世界杜甫研究方式在總體上的一大特徵。他還對這一閱讀行爲的性質進行了反思，突出了現代北美學者研究立場的相對性，並指出："即使我們在自我意識上去'歷史化'，我們對中國詩歌的介入依舊寖染了自我利益與趣味的色彩。這不必成爲一種文化異己上的排斥，它認可了同時作爲學者和詩歌閱讀者的我們以及對這兩種身份無法予以徹底、圓滿調和的持續敏感。當閱讀中古的文本時，我們不能抑制潛伏於體内的現代（或者後現代）的詮釋者，同時也不能輕率地將文本帶入我們自己的世界。或許閱讀和討論中國詩歌的樂趣也正存在於這個難以調和的瞬間。"③

---

① 葛瑞漢（A. C. Graham，1919—1991），原倫敦大學東方及非洲研究院古漢語教授，英國（文史哲）研究院院士，漢學家。

② 盧羅德·盧阿《〈偷詩者〉引言》引（麻豔萍譯），錢林森編《法國漢學家論中國文學——古典詩詞》，外語教學與研究出版社2007年版，第399頁。

③ Paul Rouzer, *Du Fu and the Failure of Lyric. Paper Presented at "The Power of Words: The Interpretation of Premodern Chinese Literature."* Harvard University, October 27—29, 2006.

總之,對於杜甫在域外的傳播和接受,隨着國際文化交流、儒學影響力度的加大,特别是隨着"中國文化走出去"成爲國家文化戰略,對中國古代文化典籍的翻譯已經成爲一個重要的基本學術任務,作爲古代文化代表的杜詩應受到更多的關注。不僅要加强研究其本身,還應探討其在兩種甚至多種文化之間的互動,構建"域外杜詩學史",爲杜甫研究注入新的活力。

余英時《論文化整體》説:"由於文化是整體性的,所以一個文化接受另一個文化時便不能不採取使外來的因素與自己的傳統相結合的途徑,如果撇開自己的文化傳統不顧,一味地兩眼向外面祈求,則結果一定是失敗的。"①這提醒我們在研究域外杜詩學史時,一定不可"撇開自己的文化傳統不顧,一味地兩眼向外面祈求",即一定要有批判的眼光,辨清其精華與糟粕。

① 余英時《文明論衡》,臺北九思出版有限公司1979年版,第118頁。

上編
亞洲杜詩學史

第一章　朝鮮半島的杜甫研究

古代東國之人素好讀書，所讀又多爲漢籍①，所以歷史上漢詩學也頗爲發達，用朝鮮時代洪萬宗的話説："我東以文獻聞於中國，中國謂之小中華，蓋由崔文昌致遠唱之於前，朴参政寅亮和之於後。"②故知其"以文獻聞於中國"的實際内容主要是詩學。洪萬宗又指出："蓋東方詩學，始於三國，盛於高麗，而極於我朝。自佔俾齋至於今亦數百年，文章大手相繼傑出，前後作者不可勝記，雖比之中華未足多讓，豈太史文明之化有以致之歟？"③所以清代王士禛有"果然東國解聲詩"之褒獎④，紀昀有"吟詩最憶海東人"之贊嘆⑤。杜甫詩歌在朝鮮半島文學史上所獨享的典範地位歷時久、影響廣、印記深，這是共識，正如韓國漢學家申緯《東人論詩絶句》所

---

① 朝鮮時代的沈世光《海東樂府序》有言："吾東雖曰好學，學者所習，惟在中國書籍。東國之書，漫不識其題目。"見《休翁集》卷三，《韓國文集叢刊》本，漢城景仁文化社 1996 年版。

② 洪萬宗《小華詩評》卷上，蔡美花、趙季主編《韓國詩話全編校注》第三册，人民文學出版社 2012 年版，第 2313 頁。

③ 洪萬宗《小華詩評》卷上，蔡美花、趙季主編《韓國詩話全編校注》第三册，第 2344 頁。

④ 王士禛《戲仿元遺山論詩絶句三十二首》其二十九："'澹雲微雨小姑祠，菊花蘭衰八月時。'記得朝鮮使臣語，果然東國解聲詩。"《漁洋精華録集注》卷二，齊魯書社 1992 年版。

⑤ 紀昀《懷朴齊家》其一："偶然相見即相親，别後匆匆又幾春。倒屣常迎天下士，吟詩最憶海東人。"《紀曉嵐文集》第一册卷一一，河北教育出版社 1991 年版，第 530 頁。

云:“天下幾人學杜甫,家家尸祝最東方。”①此“最東方”指的就是朝鮮半島。

杜詩何時傳入朝鮮半島,目前尚無定論。韓國學者李丙疇認爲傳入時間應該在新羅統一三韓前後(公元668年),而另一位韓國杜詩研究學者李昌龍則認爲時間大抵應在十一世紀左右。臺灣學者李立信在《杜詩流傳韓國考》中對這一問題進行了細緻考證,他得出的結論是:“杜詩傳入韓國的可能時間,應該在王洙本刊出(西元一〇三九年)之後,但不得晚於林椿、鄭知常、盧永綏等人去世前(西元一一三五年);按照李奎報《吴先生德全哀詞》並序所呈現的意義來看,甚至於西元一一〇〇左右(十二世紀初),杜詩應該已經傳到韓國了。”②可以確證的是,根據《增補文獻備考・藝術考》記載,高麗宣宗二年(1085),宋哲宗即位,向高麗賜《文苑英華》一書,而《文苑英華》即收録杜詩二百餘首③。《增補文獻備考・藝術考》固然成書晚——初成於正祖二十年(1796),最終成書於李太王十年(1906)④,可是《高麗史・宣宗世家》和《宋史・高麗傳》都記有此事。因而,將宣宗朝定爲杜詩傳入的時間應是没有問題的。

杜詩的傳入,是多種因素促成的,不可否認的是,它與朝鮮半島崇尚的“崇儒抑佛”思想相吻合,正如崔滋所説:“言詩不及杜,如

---

①　申緯《東人論詩絶句》其三十四,《警修堂全稿》第17册,韓國民族文化促進會編《韓國文集叢刊》第291册,漢城景仁文化社2002年出版,第375頁。按,《東人論詩絶句》由35首詩組成,並有作者自注。他的這些絶句,涉及從崔致遠到金尚憲等54位詩人和39首詩歌作品。注釋中又出現了《惺叟詩話》《壺谷詩話》《終南叢志》等詩話的内容,涉獵範圍廣,評論精辟。

②　李立信《杜詩流傳韓國考》,臺北文史哲出版社1992年版,第52頁。

③　參見鄭墡謨《高麗朝におけ杜詩受容——李奎報をとして》,日本京都大學編《中國文學報》第69册,2005年4月。

④　參見張伯偉編《朝鮮時代書目叢刊》第6册《增補文獻備考・藝文考》題解,中華書局2004年版,第2857—2859頁。

言儒不及夫子。"[1]還應注意的是，高麗末期，佛門中也有專攻杜甫之人，他們學習杜甫的經驗，爲朝鮮初期注釋杜詩和翻譯（諺解）杜詩者所繼承。

不同的是，到了朝鮮時代，一改高麗朝經佛佑國思路，而用儒家思想作爲立國之根本。以儒家自居的杜甫（"法自儒家有"）自然受到高度重視，並成爲朝鮮文壇五百年不變的典範。刊刻杜詩中文本已多達十八種。朝鮮時期編輯出版了《杜詩諺解》，杜甫的詩因此在朝鮮半島扎了根，杜詩在朝鮮半島的影響也越來越大。如在朝鮮朝後半期民族灾難深重時期，杜詩就成了愛國文人抒寫懷抱的武器。如金天澤作有《杜拾遺》詩[2]，彰顯杜甫的"忠節"思想："忠君愛國杜拾遺，比肩日月又争光。間關劍閣行路難，此地志無談何壯。無限丹忠一部詩，留取精髓天下闖。"從詩的内容看，此"杜拾遺"，就是杜甫，不會是别人。

第一節　朝鮮半島杜甫研究溯源

由於國土毗鄰的地緣因素，中國與朝鮮半島的文化交流早就

① 崔滋《補閒集》卷下，趙鍾業編《修正增補韓國詩話叢編》第1册，太學社1996年版，第111頁。崔滋（1188—1260），初名宗裕、宗安，字樹德，號拙翁，一號東山叟，海州人。高麗名儒文憲公沖之後，天資淳訥，少力學，能屬文，康宗朝登第。滯於學官十年不遷，嘗作《虞美人·草歌》《水精杯》，李奎報見而奇之，薦於崔怡，代奎報掌文柄，爲冢宰，以清嚴鎮俗，官至中書門下侍郎平章事、判史部事等職，太師，卒謚文清公。尚有《崔文清家集》（十卷）、《農隱集》。

② 金天澤（1687—1758），字伯涵、履叔，號南坡。金天澤存有時調約73首，主要保存於金壽長編纂出版的《海東歌謡》中。1728年他整理出版了朝鮮文學史上的第一部綜合性的國文詩歌集《青丘永言》，收録從高麗時期流傳下來的998首時調和《將進酒》《歸去來》等17首歌辭。

開始了。朝鮮半島古代的詩人和學者通過哪些渠道來瞭解杜甫及其詩歌呢？綜合現今的研究成果，他們大體通過兩種途徑來獲得：一是覆刻中國傳入的杜甫詩集，二是半島人自行編纂的注本。而有關杜詩之較早記録者，則首先見於高麗人李仁老的《破閒集》①。就在高麗朝，覆刻中國人所編之杜詩集，如蔡夢弼《杜工部草堂詩箋》，黄希、黄鶴《黄氏補千家集注杜工部詩史》，等等，今雖失傳，但對杜詩在朝鮮半島的普及無疑起到推動作用。朝鮮朝更有杜詩朝鮮語文譯本出現，如柳允謙《杜詩諺解》、李植《纂注杜詩澤風堂批解》等，可見杜詩對朝鮮半島的影響。

一、中國杜詩版本的大量翻刻

以往研究者多稱朝鮮半島之有杜詩刻本，始於高麗朝，根據則爲黎庶昌《古逸叢書》，自云得蔡夢弼《杜工部草堂詩箋》兩種，一爲南宋本，一爲高麗本，後者即黄鶴《集千家注杜工部詩史補遺》十一卷。《古逸叢書》據南宋本影印《杜工部草堂詩箋》，又據高麗本影印《集千家注杜工部詩史補遺》。但據傅增湘、稻葉岩吉、沈慶昊等人所考②，其書乃太宗、世宗時代刊本。但進入朝鮮時代後，杜甫

---

① 《破閒集》云："自雅缺内亡，詩人皆推杜子美爲獨步，豈唯立語精硬、刮盡天地菁華而已，雖在一飯，未嘗忘君，毅然忠義之節，根於中而發於外，句句無非稷契口中流出，讀之足以使懦夫有立志。"（見趙鍾業編《修正增補韓國詩話叢編》第1册，第424頁。）李仁老（1152—1221），字眉叟，初名得玉，號雙明齋，仁州人，明宗庚子魁文科，官右諫議大夫。是"海左七賢"（李仁老、林椿、吴世才、皇甫沆、咸淳、李湛之、趙通）的領袖。著有《雙明齋逸稿》三卷、《銀臺詩集》二十卷、《銀臺後集》四卷。

② 參見傅增湘《藏園群書題跋・校宋殘本杜工部草堂詩箋跋》、稻葉岩吉《古逸本杜工部詩史補遺に就て》（《青丘學叢》第7號，1932年2月）、沈慶昊《李氏朝鮮における杜甫詩集の刊行について》（京都大學《中國文報》第37册，1986年10月）等。傅增湘引德化李椒微言曰："别藏宋刻十二行本，與高麗本正同。據此推之，則十一行者爲宋代之初刻，十二行者乃坊市之（轉下頁）

詩集大量刊行,既有覆刻的中國本,除上述兩種外,另如《杜工部詩范德機批選》《虞注杜律》《趙注杜律》《讀杜詩愚得》《須溪先生批點杜工部七言律詩》等,也有由朝鮮人新撰注、譯、選本,如《纂注分類杜詩》《分類杜工部詩諺解》《纂注杜詩澤風堂批解》《杜陸分韵》《二家全律》《杜陸千選》等。沈慶昊以時序表列朝鮮時代杜詩刊刻狀況,共計 58 次①。如果根據朝鮮時代的册板目録,除京城外,刊刻杜詩的地域分布亦頗廣。如忠清道德山、江原道旌善刊刻《杜律虞注》,黄海道海州、慶尚道豐基刊刻《杜詩》(以上見《考事撮要》);慶尚道刊刻《趙注杜律》(見《慶尚道册板》);忠清監營新昌刊刻《杜律四韵》,慶尚監營刊刻《杜詩》《杜詩批解》,清道刊刻《虞注杜律》(以上見《諸道册板録》);忠清監營新昌刊刻《杜律四韵》,靈光刊刻《杜詩》,慶尚道營刊刻《杜詩批解》,清道刊刻《虞注杜詩》(以上見《完營册板目録》);和順、義城刊刻《虞注杜律》,嶺南觀察營刊刻《杜詩批解》(以上見《鏤板考》);大邱刊刻《杜律分韵》(見《各道册板目録》)②。十六世紀的時候,當群臣討論是否應將赴京所購回諸書加以翻印,唯一被認爲"不必印出"的即《杜詩注解》,原因也不是别的,就是"我國多有印本"③。杜詩的大量印行,必然帶來空前的普及,形成其文壇典範的堅實基礎。

(接上頁)陋刻,凡卷第淆亂,注文脱失,標題錯出,皆自此坊刻始,請帖麗本即從兹出。黎氏所見必十二行本,宜其淩雜謬妄,如出一轍也。"(上海古籍出版社 1989 年版,第 589 頁)

① 参見沈慶昊《李氏朝鮮における杜甫詩集の刊行について》。

② 以上目録均見張伯偉編《朝鮮時代書目叢刊》。

③ 金安國《赴京使臣收買書册印頒議》,《慕齋集》卷九,《韓國文集叢刊》第 20 册,第 175 頁。金安國,字國卿,義城人。性寬大厚重,精勤和粹。七歲能知讀書,早事寒暄先生,沈潛性理之學,爲儒者師範。燕山朝登第,又擢重試己卯,拜右參贊。及禍作罷。歸驪州别墅,日與諸生講學。後召還,爲左贊成典文衡。及卒,舉朝莫不哭臨。太學諸生亦奔走吊奠,送柩門外。文章典重信實,如布帛菽粟。謚文敬公。有《慕齋集》。

二、本土杜詩版本的編刊

此種活動往往是在王室的主導下完成的，自然反映了統治者的思想。最具代表性的有三次：第一次在世宗二十五年（1443），"命購杜詩諸家注於中外，時令集賢殿參校杜詩諸家注釋會粹爲一，故求購之"①。次年即編成《纂注分類杜詩》，並在此後九次重印。該書是朝鮮人所撰第一部杜詩注本，影響頗大②。第二次是成宗十二年（1481），成宗命柳允謙等諺解諺譯杜詩：

> 杜詩諸家之注詳矣，然會箋繁而失之謬，須溪簡而失之略，衆說紛紜，互相抵牾，不可不研核而一，爾其纂之。③

這裏有第一手材料可佐之，即李肯翊《燃藜室記述別集・文藝典故・諺解》中的記載：

> 《杜詩諺解》即成廟朝儒臣曹偉等所撰；《訓蒙字會》，中宗朝崔世珍所爲——而方言已與今世不諧者多，可知俗音之易變矣。④

成宗又云：

---

① 《朝鮮王朝實録・世宗實録》二十五年四月丙午條，第4册，韓國國史編纂委員會，1955—1958年影印本，第474頁。

② 參見左江《〈纂注分類杜詩〉研究》，《李植杜詩批解研究》"附録3"，中華書局2007年版，第321—358頁。

③ 曹偉《杜詩序》引，《梅溪集》卷四，《韓國文集叢刊》第16册，第338頁。

④ 張伯偉編《朝鮮時代書目叢刊》第五册，第2417頁。

> 大哉,詩之教也!《三百》以降,惟唐最盛,而杜子美作爲首,上薄風雅,下該沈、宋,集諸家之所長而大成焉。詩至子美,可謂至矣!①

一則推崇杜詩之偉大,一則强調諺解之必要,衆臣遂撰成《分類杜工部詩諺解》。第三次是正祖時代,他將杜甫、陸游合爲一體,經其"御定"者有《杜律分韵》五卷、《陸律分韵》三十九卷、《二家全律》十五卷、《杜陸千選》八卷。前三者完成於正祖二十二年(1798),最後者完成於次年。《杜陸千選序》云:

> 夫子(朱熹)……亞聖也,於人物臧否一言重於九鼎,而其稱道杜工部乃如此者,豈非讀其詩而知其人也歟?如陸務觀與夫子同時,而夫子尚許之以和平粹美,有中原昇平氣象,則當今之時,曩古之世,教其民而化其俗,舍杜、陸奚以哉?②

杜詩的典範地位,也就如此被"欽定"了。統治者如此評價杜詩,實際上就代表了一個社會的主流觀點,一般文人自然也受其影響,紛紛以"大家"、"正宗"評杜。如鄭經世云:"宇宙詩宗杜少陵。"③金萬重云:"詩道至少陵而大成,古今推而爲大家無異論。"④金夏九云:"古今所推詩聖,惟少陵一人。"⑤丁若鏞云:"後世詩律,當以杜

---

① 金欣《翻譯杜詩序》引,《顔樂堂集》卷二,《韓國文集叢刊》第15册,第241頁。

② 李祘《群書標記》卷四,《朝鮮時代書目叢刊》第二册,第1111頁。

③ 鄭經世《招杜術士思忠》,《愚伏集》卷一,《韓國文集叢刊》第6册,第2頁。

④ 金萬重《西浦漫筆》,蔡美花、趙季主編《韓國詩話全編校注》第三册,第2247頁。

⑤ 金夏九《楸庵集》卷二,《韓國文集叢刊續》第61册,第42頁。

工部爲孔子。”①類似的評價是不勝枚舉的。在王室的宣導下，私人注杜也不斷出現，除學術界較爲熟知的李植《纂注杜詩澤風堂批解》之外，至少還有六種是可考的，這也從另一方面推動了杜詩在民間的流傳。

三、讀杜、擬杜、集杜風氣的盛行

翻閲朝鮮時代的文集，這一類的題目可謂俯拾即是。而閲讀者的身份，包括帝王、群臣、大儒、文人、緇流、女性、兒童等，幾乎涵蓋了社會的各個層面。讀杜詩至千遍的人，也常見於記載，如成侃“讀杜詩千遍”②，“盧蘇齋（守慎）讀《論語》、杜詩二千回。……李東嶽（安訥）讀杜詩數千周”③，李獻慶“最嗜杜詩韓文，多至千讀。時時自嘆曰：吾無由舍此二人軌轍，别成一體”④。這裏且以緇流和女性爲例。世宗朝從事《纂注分類杜詩》工作的僧卍雨（千峰），因爲他“及見李穡、李崇仁，得聞論詩，稍知詩學，今注杜詩，欲以質疑也”⑤，如果不是精於杜詩，是没有必要特約僧人以備顧問的。又如活躍於世宗、成宗朝的柳方善（泰齋）及其子允謙、從子休復，皆

---

① 丁若鏞《寄淵兒》，《韓國文集叢刊》第 281 册，第 453 頁。丁若鏞（1762—1863），字美鏞、頌甫，號茶山，又號與猶堂。出生於京畿道廣州郡草阜面馬峴里。朝鮮朝後半期實學思想的集大成者和卓越的現實主義詩人。23 歲中進士，28 歲文科及第。歷任文藝館檢閲、司憲府持平、司諫院正言、弘文館修撰、奎瀛府校書、谷山府吏、刑曹參議等職。1801 年，受“辛酉邪獄”牽連，開始了長達 18 年的流浪生活。有 2 500 餘首詩流傳至今，强調文學的“美刺勸懲”作用。有《與猶堂全集》五〇三卷行世。1885 年，追謚“文度公”。

② 權鱉《海東雜録》卷四，《大東野乘》，朝鮮古書刊行會 1909 年版。

③ 金得臣《終南叢志》，《柏谷先祖集》附録，《韓國文集叢刊》第 104 册，第 239 頁。

④ 李獻慶《艮翁集》卷二四《家庭聞見録》，《韓國文集叢刊》第 234 册，第 502 頁。

⑤ 《朝鮮王朝實録・世宗實録》，第 4 册，第 475 頁。

“精熟杜詩”①,二子皆從方善學,而僧義砧(月窗)乃“柳泰齋方善所從學杜詩也”②。柳有《寄月窗上人》云:“何日更參方丈會(案:文集本作‘去’),焚香細讀杜陵詩。”③柳允謙也因對杜詩熟悉而參與成宗時的杜詩譯注工作,可以視作僧月窗的間接參與。刊刻工作亦然,如《古逸叢書》本所收《黄氏集千家注杜工部詩史補遺》十卷,後附翻刻題名,刻工皆“禪師”,如義信、海山、信頓、信淡、覺了、寶義、思一、海峰、善觀、雪和、洪惠、敬頓、信海、性敏、蹬雲等。申光漢《寄月峰寺六融禪師》云:“山僧曾見世宗時,篋裹今藏老杜詩。”自注云:“僧藏世宗朝印本杜詩。”④金昌集《杜詩集句》云:“余有事雲莊,來住送老庵者,殆半月餘矣……適案上見留少陵詩一部……余遂就五言詩中掇取而集成之。”⑤可見寺廟中藏杜詩也是常有之事。

再以女性爲例,朝鮮時代女性詩文創作的風氣並不興盛,但在現有的文集中,不難發現,杜詩也是女性創作的典範。許篈有《題杜律卷後奉呈妹氏蘭雪軒》云:

> 《杜律》一册,邵文端公寶所鈔,比虞注尤簡明可讀。……余寶藏巾箱有年,今輒奉玉汝一覽,其無負余勤厚之意,俾少陵希聲復發於班氏之手可矣。⑥

---

① 成俔《慵齋叢話》卷七,《大東野乘》本。

② 曹伸《聞瑣録》卷二,趙鍾業編《修正增補韓國詩話叢編》第1册,第620頁。

③ 權鱉《海東雜録》卷四,《大東野乘》本。

④ 申光漢《企齋集》卷五,《韓國文集叢刊》第22册,第292頁。申光漢(1484—1555),有《企齋集》十二卷,附録二卷,别集七卷,文集三卷。

⑤ 金昌集《夢窩集》卷四,《韓國文集叢刊》第158册,第89頁。

⑥ 張伯偉主編《朝鮮時代女性詩文集全編》上册,鳳凰出版社2011年版,第163頁。

許蘭雪軒爲朝鮮女性詩人的代表,其兄長贈以邵寶《杜律抄》,目的是期待其妹氏能繼承杜詩傳統並加以發揚光大。此後,女性摹仿、次韵杜詩之作屢見不鮮,如安東氏家族《聯珠録》及金氏《浩然齋集》中,便有兄弟姐妹共同次韵杜詩之作數十篇。徐令壽閣"所喜誦唯陶、杜二詩。恒曰:'他人詩多綺豔,非婦人所宜觀也'"[1]。洪原周爲令壽閣之女,有《幽閒集》,所存次杜之作尤多。金清閒堂論詩則曰:"詩言志也,言志莫如老杜,其餘吐芳咀華、買櫝遺珠之不能使人屈膝者流,無足齒算。"[2]除却杜詩皆不能入眼。崔松雪堂撰《自懷》詩,而有"文章稱李杜"[3]之句。吴孝媛《龍岩社雅集十二首》之七云:"題詩稱杜甫,種柳憶淵明。"[4]其《和寒雲袁公子克文》詩,被李能和評爲"飄泊異域,對境傷感,如讀一篇老杜之詩"[5]。梅竹堂李氏的《秋情》也被編者評爲"宛若杜詩中意"[6]。而朝鮮末期無名氏姑婦之間的相互聯句,亦能機敏運用杜詩,婦曰:"杜詩云'洛城一别四千里',其里未滿四千。"姑曰:"杜詩云'洞庭相分十二秋',厥秋何嘗十二?"[7]此以杜詩對杜詩。又如:

---

① 洪奭周《家言》下,張伯偉主編《朝鮮時代女性詩文集全編》上册,第673頁。

② 金商五《清閒堂散稿序》,張伯偉主編《朝鮮時代女性詩文集全編》中册,第1361頁。

③ 崔松雪堂《松雪堂集》,張伯偉主編《朝鮮時代女性詩文集全編》下册,第1401頁。

④ 吴孝媛《小坡女士詩集》上編,張伯偉主編《朝鮮時代女性詩文集全編》下册,第1535頁。

⑤ 吴孝媛《小坡女士詩集》中編,張伯偉主編《朝鮮時代女性詩文集全編》下册,第1571頁。

⑥ 《李朝香奩詩》,張伯偉主編《朝鮮時代女性詩文集全編》下册,第1800頁。

⑦ 《姑婦奇譚》,張伯偉主編《朝鮮時代女性詩文集全編》下册,第1634頁。

有野鶴舞於庭。婦:"獨鶴不知何事舞。"姑:"鄰雞時有過墻來。"①

乃集杜句爲聯。以上大致爲士大夫家庭的女性,至於妓女、歌女學杜、歌杜之例雖不多見,也不是絶無僅有。如琴仙《逢故人》之"耽佳欲學杜工部,獨醒長隨屈大夫"②;其《次楚葵堂所贈韵》中"偶逢文士乞佳句,開口何能詠鳳凰"③,顯然也是從杜詩《壯遊》之"七齡思即壯,開口詠鳳凰"脱胎而來。申光洙有集杜詩《關山戎馬》44句④,妓女尤擅演唱。其《聞妓牧丹肄樂梨園,戲寄三首》之一云:

頭白名姬入漢京,清歌能使萬人驚。練光亭上《關山曲》,今夜何因聽舊聲(自注:余之西遊,每携丹妓於湖樓畫舫間,燈前月下,丹妓輒唱余《關山戎馬》舊詩,響遏行雲)。⑤

僧人爲方外之人,女性則處於文壇的邊緣,而對於杜詩的熟稔皆能達到如此程度,其他人士如何,即不難推想而知。

綜上三端言之,杜詩爲朝鮮文學史上之最高典範,其地位之顯赫,堪稱標冠於東亞。

---

① 《姑婦奇譚》,張伯偉主編《朝鮮時代女性詩文集全編》下册,第1635頁。

② 《琴仙詩》,張伯偉主編《朝鮮時代女性詩文集全編》上册,第263頁。

③ 《琴仙詩》,張伯偉主編《朝鮮時代女性詩文集全編》上册,第261頁。

④ 申光洙(1712—1775),字希聖,號魯淵,籍貫青松。仁祖初,司馬試及第,曾任掌令一職。又以鳳林大君的老師聞名朝野。

⑤ 申光洙《石北集》卷八,《韓國文集叢刊》第231册,第366頁。

第二節　杜詩對朝鮮半島文人的影響

杜詩對朝鮮半島文人的影響，按全英蘭的觀點，分爲"漢文學上之杜甫"與"國文學上之杜詩"①，可參。兹僅提綱挈領談之，如

高麗學者鄭知常送人云："大同江水何時盡，别泪年年添作波。"當時以爲警策。然杜少陵云："别泪遥添錦江水。"李太白云："願結九江波，添成萬行泪。"皆出一模也。大同江是西都（今平壤）人送别之渡，江山形勝，天下絶景。（參見崔滋《補閒集》卷上）

崔滋在此似乎想説明鄭知常的名作《大同江》是受到李白與杜甫詩的啓迪而作的。鄭知常的這首"送人"詩②，原題《大同江》，全詩是："雨歇長堤草色多，送君南浦動悲歌。大同江水何時盡，别泪年年添緑波。"（《東文選》卷一九）崔滋之後，李奎報作有《白酒詩》，其序云："昔杜子美詩云'濁醪有妙理'，何也？予昔常飲時，慣飲而已，實未知妙處，況今乎？亦豈其以習而言之耶？"故其詩云："濁醪稱時妙，未會杜公意。"③

---

① 全英蘭《韓國詩話中有關杜甫及其作品之研究》，文史哲出版社 1990 年版，第 10—21 頁。

② 鄭知常（？—1135），高麗前期著名詩人。初名之元，西京平壤人。仁宗時登第。歷任起居注、中書舍人、翰林學士知制誥等職。在妙清之亂中被殺。存詩十餘首，散見於《破閒集》《補閒集》《東文選》等文獻中。詩思清麗，"能華而不揚"（李肯翊《燃藜室記述别集·文藝典故》評語）。

③ 李奎報《東國李相國集》後集卷一二，景仁文化社 1993 年版。李奎報（1169—1241），字春卿，初名仁氐，號白雲居士。麗興人。明宗己酉魁進士，庚戌登科太保平章事。官場沉浮近 40 年。致仕謚文順。著有《東國李相國集》四十一卷，《東國李相國集後集》十二卷，共收詩 2 000 餘首，文 500 餘篇。乃高麗後半期著名詩人，"能捭闔而不斂"（李肯翊《燃藜室記述别集·文藝典故》評語），被當時文壇稱爲"高麗的李太白"。

到了高麗中期以後，杜詩對其漢文學的影響更趨明顯。從“海左七賢”派文人們的文學活動，就可窺見杜詩對當時高麗文壇的影響。吴世才(1133—1187)是該派七人中的年長者，自幼苦讀四書五經和漢詩，以詩聞名於世，因性格剛直不阿，“度終不爲世用”。在他死後，他的忘年之交、比他小35歲的李奎報(1168—1241)專門爲他寫了悼詞，其《吴先生德全哀詞》中有云：

> 嘗手寫六經，謂人曰：“百讀不如一寫之存心。”爲詩文得韓、杜體，雖牛童走卒，無有不知名者。……其辭哀切悲壯、抑揚婉轉，真有古人風，讀之不覺涕下。……嗚呼！昔屈原、賈誼雖被疏斥，其始莫不被君寵遇，頗伸蘊蓄。李太白亦爾，杜甫雖窮亦得爲員郎。……胸中恢廣混包含兮，文場虎攫視耽耽兮。李杜爲敵一接殲兮，抱寶不售分固甘兮。(《東國李相國集》卷三七)

這一挽詞具體記録了吴世才的詩歌創作深得“韓、杜體”及其詩歌藝術風格影響的情況。與吴世才同時代的林椿，也是“海左七賢”派的主要人物。其《百家衣文集》序文中有“恒饑窮子美，非病老維摩”之句，前句即來自杜甫的《狂夫》詩：“厚禄故人書斷絶，恒饑稚子色淒涼。”後句來自杜甫的《奉贈王中允維》：“一病緣明主，三年獨此心。”

高麗“海左七賢”派的頭面人物李仁老，與上述林、盧二人同爲仁宗朝的人，在當時的文壇上有極高的地位。他的代表作《頭留山詩》《續行路難》等深受陶潛、李白的影響，而在理論上他又提倡過學習蘇軾，但他更認爲杜甫是“萬代之師”，其詩法足可成爲後世之典範。故他説：“琢句之法，唯少陵獨盡其妙。如‘日月籠中鳥，乾坤水上萍’、‘十暑岷山葛，三霜楚户砧’之類是已。”(《破閒集》卷上)李仁老在此講的主要是杜詩獨步天下的藝術技巧，而他更欽佩的是杜詩中藴含的關心社稷民生的思想内容。他説道：“自雅缺風亡,詩人皆推杜子美爲獨步。豈唯立語精硬、刮盡天地菁華而已?雖在一飯未嘗忘君,毅然忠義之節,根於中而發於外,句句無非稷、契口中流出,讀之足以使懦夫有立志。玲瓏其聲,其質玉乎,蓋是也。”(《破閒集》卷中)在李仁老看來,“風雅”亡後世人“皆推杜子美爲獨步”,其根本原因不僅在於杜詩“立語精硬,刮盡天地精華”,而更重要的在於杜詩那深邃的思想内容和感人肺腑的藝術效果。因此他號召高麗的詩人們,不僅要掌握好杜詩超凡的藝術技巧,更重要的是學習杜詩愛國愛民的思想,達到思想性與藝術性高度統一的境界。

與其同時代的傑出詩人李奎報爲推動高麗漢詩的繁榮,曾做出過重大貢獻。他堅決反對當時專尚蘇軾和黄庭堅詩的“時流輩”們的模擬主義傾向,宣導學習李、杜、韓、柳,特别認爲“老杜獨步天下”,足可成爲萬代之師。他説:“元稹所謂‘自詩人以來,未有如子美者’,此則微之所以直當杜甫切評。”(《〈唐書·杜甫傳〉史臣贊議》)他還認爲後世萬代如此爲杜詩而傾倒,其根本原因就在於杜詩那無窮的藝術魅力。他説道:“至如李杜,則其詩如熊膰豹胎,無有不適於人口者。其名固已若雷霆星斗,世無不仰其光、駭其響者。”(同上)他對杜甫的這種評價,在整個高麗文壇有一定的代表性。

他在讀完《新唐書·杜甫傳》以後,發表了自己的觀點:

> 予讀《唐書·杜子美傳》,史臣作傳,美其詩之汪涵萬狀,固悉矣。其末繼之曰:“韓愈於文章,慎許可,至歌詩,獨推曰:‘李杜文章在,光焰萬丈長。’”予以爲,此則褒之,不若不褒也。何則?士有潛德内朗,不大震耀於世者,史臣於直筆之際,力欲揚暉發華,以信於後世。而猶恐人之有以爲譽之過當,則以名賢之辭,憑以爲固可也……非必待昌黎詩之一句,然後益顯者也。宋公何苦憑證其句,自示史筆之弱耶?引其詩或可,其曰“慎許可”,甚矣。凡言某人慎許可人,而獨許可某人者,猶

> 有嫌之之意也。愈若不許可,而無此一句則史臣其不贊之耶?嗚呼,史臣之方弱也!此贊亦引元稹所謂"自詩人以來,未有如子美者",此則微之所以直當杜甫切評,而論之者,雖引之,或可矣。若退之之一句,則將贈友人而偶發於章句者,而非特地論杜公者也。然韓愈大儒也,雖一句非妄發者,引之或可也。如不言"慎許可",則宋公之言,免於弱也。[①]

李奎報以爲,宋祁負責撰寫的《新唐書・杜子美傳》對杜甫的一生及其文學上的藝術成就和貢獻寫得很具體而到位,但史學家在編寫歷史時,特别是在評價李白與杜甫的歷史貢獻時,引用别人的話來印證自己記録的内容,這實在是不太合適。像李、杜這樣的大詩人,其聲名"已若雷霆星斗,世無不仰其光、駭其響者",用不着引别人的話去證明其了不起。何況韓愈説的"李杜文章在,光焰萬丈長",是"將贈友人而偶發於章句者,而非特地論杜公者也"。這樣的結果,只能證明史家之筆的纖弱,導致讀者的誤解。特别是宋祁以"韓愈於文章,慎許可,至歌詩,獨推曰"的方式引出韓愈的話來證明李杜的偉大,這種方式的表述似乎是以話引話,讓讀者産生邏輯上的錯覺。

與李奎報齊名的學者李齊賢對杜甫及其詩歌也是極其崇拜的。在古朝鮮三國時期漢字已全面普遍運用,漢文典籍亦廣爲流傳。到了古朝鮮高麗後期和李氏朝鮮又出現了漢詩寫作與漢詩研究,作者、研究者輩出,著述林立。據《韓國歷代詩説類編》記載,朝鮮千年漢詩(漢文詩,有漢文直接創作,也有漢文譯詩)史,歷代詩人就有 442 人,因而漢字、漢文和漢詩在朝鮮半島風靡一千餘年而不衰,孕育了衆多的有卓越成就的朝鮮漢文學家。其中,在朝鮮文學史上聲名赫赫的有新羅的崔致遠,被譽爲"東方文學之祖",高麗

---

① 李奎報《〈唐書・杜甫傳〉史臣贊議》,《東國李相國集》卷二二,第236頁。

的李奎報和李齊賢,分别譽爲“朝鮮李太白”和“朝鮮漢詩宗”,李氏朝鮮的申緯被譽爲“朝鮮詩佛”①。

李齊賢正值15歲時,就通過了“成均館”和“丙科”的嚴格考試,以優異的成績中舉。17歲時做了録事,開始走上了官場之路。22歲被“藝文春秋館”選中,26歲被派遣到西海道(現在的黄海南道)任按廉史。28歲時奉命赴中國元朝燕京(北京),從此先後以外交官和文官的身份在中國生活了近三十年。1301年起,他歷任進賢館的提學、判三司事、書筵官、右政丞、門下侍中等職。1314年(赴元後第一年)隨已在元朝的忠宣王飽遊了中國的四川、陝西、河南、江蘇、浙江、青海、甘肅和新疆等地。同時,他又廣交虞集、趙孟頫、姚燧等中國的學者和詩人,先後創作了145首詩、16篇散文,以及《益齋亂稿》《櫟翁稗説》等擅長於借景抒懷的作品,他又是朝鮮漢文學研究和漢文詩的創始人。

作爲高麗後期的政治家、外文家、漢詩家和性理學家李齊賢,在滯元時期走遍中國大西南後所創作的詩文既反映了對中國大好河山的贊美,也流露出對當時高麗朝廷腐敗的不滿。更可貴的是在他的詩文中集中表現了作者博學廣覽,通曉漢文經書,以及構思奇特、文筆流暢的創作才能。在他早期的作品中反映了十四世紀初高麗人民對和平安邦生活的嚮往。他中期和後期的漢詩文中既反映了他在中國親眼目睹的景象,又借此道出了當時農民的貧困和疾苦。這也是受到了杜詩“詩史”特性的影響。更可貴的是他的漢文學研究和漢詩的創作推動了朝鮮半島的漢學研究。如果説崔

① 申緯(1769—1846),字漢叟,號紫霞、敬修堂,是朝鮮朝後期詩人、書畫家。《哲宗實録》(七年十月十日)譽之爲“當世之鴻匠”。歷任兵曹參知、谷山府使、春川府使、兵曹參判等官職。出使清朝過程中,結識了翁方綱。罷官賦閒時作《雜詩》50首,有較濃的參佛悟道成分。著有《申紫霞詩集》六卷《補遺》一卷,收録詩歌924首。編有《唐詩絶句選》。

致遠是朝鮮文學史上漢文詩的奠基者，那麽李齊賢則是把朝鮮漢詩文的創作推向新境界的拓荒者。如果説李奎報是朝鮮文學史上"稗説"創作的最早嘗試者，那麽李齊賢的《櫟翁稗説》便是朝鮮文學的稗説體趨於成熟，並使其成形發展的典範，其《自序》曰："夫'櫟'之從樂聲也，然以不材遠害，在木爲可樂，所以從樂也。予嘗從大夫之後自免以養拙，因號櫟翁，庶幾其不材而能壽也。'稗'之從卑亦聲也，以義觀之，稗禾之卑者也。余少知讀書，壯而廢其學。今老矣，顧喜爲駁雜之文，無實而卑，猶禾之也。故名之曰稗説云。"①正因爲如此，在中國和日本的詩文學界和漢學研究界，研究朝鮮文學史都把崔致遠和李齊賢譽爲朝鮮古代漢文學創作的"雙璧"。

重要的是，元仁宗延祐三年(1316)夏末，李齊賢奉命代忠宣王至成都、峨眉進香時，有幸親自尋訪過杜甫草堂。第二十六代忠宣王也曾以太尉王的身份長期寓居大都，築萬卷堂貯藏大量書籍，招攬文士，酬唱吟詠。他慨嘆曰："京師文學之士，皆天下之選，吾府中未有其人，是吾羞也。"於是召李齊賢從高麗國内前來陪侍。1314 年李齊賢應召至大都，與當時元朝文學名家虞集、姚燧、趙孟頫、閻復、元明善等人進行學問與文學交往。這些中國的名士們對他的學識與文才"稱嘆不已"。據李齊賢《益齋亂稿》卷一〇第五篇，他曾於 1316 年代忠宣王到四川峨嵋山供香，當時他也順便取道至成都，尋訪了著名的浣花溪杜甫草堂，仿杜詩寫過《洞仙歌》，歌詠杜甫其事。其《洞仙歌・杜子美草堂作》一詞寫道：

百花潭上，但荒烟秋草。猶想君家屋烏好。記當年、遠道華髮歸來，妻子冷、短褐天吴顛倒。　　卜居少塵事，留得囊錢，買酒尋花被春惱。造物亦何心，枉了賢才，長羈旅、浪生虚

---

① 金烋《海東文獻總録・史記類三》，張伯偉編《朝鮮時代書目叢刊》第七册，第 3736—3737 頁。

老。却不解、消磨盡詩名，百代下、令人暗傷懷抱！

詞中的“百花潭”即爲浣花溪，在成都西郊，位於杜甫草堂南面。“屋烏”即來自杜詩《奉贈射洪李四丈》：“丈人屋上烏，人好烏亦好。”當年的杜甫在歷盡艱難得到微職以後，歸奉先探親時，見妻兒已窮困得衣衫襤褸，補丁“天吴顛倒”。此時正值安史之亂，杜甫又因向唐肅宗進諫而被斥，不久關内大旱，他難養家小，遂棄官西去，避居秦州、同谷。後又移家成都，築草堂於浣花溪畔，地僻事少，還有一點囊錢可供沽酒。在詞的後半闋中，李齊賢慨嘆造物無心，“枉了賢才長羈旅，浪生虚老”，徒令其詩名消磨於生時，只待死後才被世人注目，這真“令人暗傷懷抱”。全詞充滿了對杜甫一生不幸命運的哀憐和對其不朽詩才的仰慕之情。

進入李朝以後，杜甫及其詩歌的影響愈益深廣。爲什麽這樣説？因爲杜詩深刻影響了一大批朝鮮半島的學者與詩人，如從麗末鮮初的鄭夢周①、李崇仁、權近②、卞季良③，等到李朝後半期的李

① 鄭夢周(1337—1392)，名夢蘭，又名夢龍、夢周，字達可，號圃隱，慶州府迎日縣(今慶尚道北延日)人。是高麗初名臣鄭襲明十世孫。恭愍王庚子擢狀元科。曾任藝文館檢閲、禮曹正郎、大司成、大提學、門下贊成司等高官。是高麗與明王朝外交的重要使節。恭讓王壬申(1392)於善竹橋遇害。與李穡和李崇仁並稱“高麗三隱”。謚文忠，從祀文廟，又配享崇義殿。著有文集《圃隱先生集》。李肯翊贊其“能純粹而不要”(《燃藜室記述别集·文藝典故》評語)。

② 權近(1352—1409)，字可遠、思叔，號陽村，是高麗後期大儒權溥的曾孫，牧隱李穡的門人。聰敏好學，高麗恭愍王時登第，歷仕禑、昌二朝，官至大提學。他同鄭夢周一樣，生跨高麗、李朝，多次出使明朝，多使行詩。他又是朝鮮早期性理學巨擘。著有《陽村集》《東國史列傳》《東賢事略》等。見金烋：《海東文獻總録》草本之本朝《諸家詩文集》，參張伯偉編《朝鮮時代書目叢刊》第七册，第3540頁。

③ 卞季良(1369—1430)，同權近一樣是由高麗朝入李朝的漢學家。著有《春亭集》十二卷，續集四卷。詩風清而不苦，淡而不淺，有隱居山（轉下頁）

沵、朴趾源、申光洙、丁若鏞、申緯、李圭景等人,都曾受到過杜詩的熏染或對杜甫及其創作進行過研究。總之,杜甫及其詩歌對朝鮮高麗時期文學的影響是多方面的:有文學精神方面的,有詩歌藝術技巧方面的,有創作方法方面的,有人格修養方面的,也有藝術風格方面的。這説明一個問題:一個民族的文學對另一個民族文學的優秀成果的引進與吸收,往往是主動而執著的;除非這個民族是固步自封、夜郎自大的。

第三節　《杜詩諺解》與《纂注杜詩澤風堂批解》

《杜詩諺解》與《纂注杜詩澤風堂批解》,是朝鮮人在汲取中華固有研究成果的基礎上,加上他們自己的東西,有吸取,也有創造。成書較早,學術水準較高,先後相映,所起作用巨大。

一、《杜詩諺解》的編纂及其價值

朝鮮柳允謙等人編撰的《杜詩諺解》,二十五卷,對杜詩在朝鮮半島的傳播起到了奠基作用。柳允謙(1420—?),字亨叟,瑞山人,方善之子。光廟朝登第,又擢拔英試。官至大司諫。"有文名,精於杜詩。"①柳允謙是《杜詩諺解》的主要撰譯者,精通杜詩,對杜詩的諺解付出了巨大勞動。與其從兄柳休復一起學杜詩於其父柳方善。其父柳方善則早年跟隨僧義砧學習杜詩,之後又授杜詩於其子。因此可以説,僧義砧和柳方善等人也間接地爲《杜詩諺解》初

(接上頁)林、透視人生的幽趣。李肯翊評二人:"雖秉文柄不能及李穡,而季良尤卑弱。"(《燃藜室記述別集·文藝典故》評語)

① 金烋《海東文獻總録》之《中國東國詩文合編》,張伯偉編《朝鮮時代書目叢刊》第七册,第4036頁。

刊本的誕生作出了貢獻。

《杜詩諺解》是朝鮮半島現存最早的用朝鮮文注釋漢文的翻譯詩集,以宋代徐居仁所編《集千家注分類杜工部詩》爲藍本加以注釋而成。初版於朝鮮李朝成宗十二年(1481,明憲宗成化十七年),由柳允謙等人注釋、曹偉作序①,全稱爲《分類杜工部詩諺解》,共二十五卷十七册,今闕卷一、二、四、五及一二,附四聲點。李朝仁祖十年(1632)又重刻《杜詩諺解》,由吴翻主管、金尚宓主譯,收曹偉、張維兩序,以初刊本爲基礎改寫,共二十五卷,完帙,無四聲點,内容有紀行、述懷、回憶、種族、送别、常道、雜部等五十二部。從初刊本至重刊本,年代相差 150 年左右。《杜詩諺解》誕生之前,高麗朝已有元代高楚芳所編《纂注分類杜詩》覆刻本。李氏朝鮮建國後不久,太宗李芳遠"欲觀杜詩",贊揚其"忠君愛國之義"。世宗李陶繼承父志,於 1434 年以甲寅字刊行《纂注分類杜詩》,同時責令集賢殿諸儒撰注杜詩。《世宗實録》世宗二十五年(1443)癸亥夏四月條載,世宗"命購杜詩諸家注於中外,時令集賢殿参校杜詩注釋,會粹爲一,故求購之"。《東國文獻備考》也記録了世宗爲加快用朝鮮文撰注杜詩的年代,從民間大膽起用翻譯人才的事實:"世宗命諸儒,撰注杜詩,柳允謙以白衣参選,人皆榮之。"杜詩的翻譯工作,在柳允謙、柳休復等學者的共同努力下,自 1443 年開始,至 1481 年最終完成。現韓國收藏的各本均爲殘本,如高麗大學藏有朝漢文混用的册 13(14 爲異本)本,與卷三、六、一一、一五、一九、二〇、二二、二三、二四存本。如梨花女子大學收藏的第 2 册卷二、第 9—10 册卷一三—一五、第 12—13 册卷一九—二〇、第 17 册存

① 曹偉(1454—1503),字太虚,昌寧人。成廟朝登第。工詩文,以文章大被成廟奬眷。官至參判。戊午以占畢門徒首録義帝文於集中,定罪謫義州。移配順天。雖以文事廢謫,手不釋卷。卒年五十。甲子,燕山追録前罪,命廢棺。有《梅溪集》。

本。同様也是梨花女子大學收藏的第 1 册卷一—二、第 9—13 册卷三—二〇、第 14—18 册卷二二—二五、第 17 册存本,與第 8 册卷一〇、第 15 册卷一九存本等。韓國著名杜甫研究專家李丙疇在《韓國之杜詩》一文曾叙其版本因革情形,謂此初刊本"當時所刊不多,行於世者甚鮮矣。曾見張谿谷(維)重刻《杜諺》序曰:'記余少時,嘗從人一倩讀之。既而欲再觀,而終不可得,常以爲恨焉。'蓋指此也。以故慶尚監司吴天坡翻思欲再刊,購求初刊一本,讎校繕寫,改易國文之音韵變化,兼除四聲標,而從其時體,命大丘府使金公尚宓分刊於列邑,時則仁祖十年(西元一六三二年)二月上浣也。故其刻板不齊,爾後因於板毁,補刻數次,板匡不均,其體裁不同,理所然也。"①1955 年,通文館主李謙魯得初刊本散帙十餘册,釐爲十卷,影印出版。1973 年韓國大提閣又影印仁祖十年之重刻本,收入《原本影印韓國古典叢書》。卷前有 1481 年曹偉序、1632 年張維序,編次一依徐居仁《集千家注分類杜工部詩》。李丙疇另著有《杜詩諺解批注》《杜詩諺解抄》二書,並云:"惟以國文譯成詩集者,當以《杜諺》爲嚆矢矣。"(《韓國之杜詩》)可見是集在韓國影響大、地位之高。

二、《纂注杜詩澤風堂批解》的編纂及其價值

時隔百餘年後,朝鮮李植撰《纂注杜詩澤風堂批解》,二十六卷,是繼《杜詩諺解》之後朝鮮人在普及杜甫詩歌中所取得的第二個重大業績。

李植(1584—1647),字汝固,號澤堂,别號澤臒居士。朝鮮漢城(今韓國首爾)人。朝鮮李朝宣祖、仁祖年間的文臣。1610 年應别試文科及第,歷任侍講院説書、兵曹左郎、弘文館副修撰、校書館校理、史曹左郎、司憲府執義、春秋館修撰、大司諫、嘉善大夫等職。並參與修補《李朝實録》。1618 年退隱,築澤風堂於鵶谷。仁祖反

① 臺灣《大陸雜志》1961 年第 23 卷第 5 期。

正後重新被録用,任大司諫、大司成、大提學等要職。1646 年辭去官職,次年去世。1689 年追贈領議政。他精通漢文學,被稱爲"近世漢文四大家"之一。著有《澤堂集》《水城志》《初學字訓增輯》《德水世系列傳》《學詩準的》等。據其年譜載,著有 4 103 首詩歌和 625 篇散文。他的文學觀來自程朱理學,未能擺脱"文者道之末葉"的儒家傳統觀念,主張"學者潛心經傳,專意程朱學的,不可旁及異端"。他自幼酷愛詩歌,兒時先讀杜詩,並以杜詩爲範。1640 年撰成《纂注杜詩澤風堂批解》二十六卷,目的是糾正部分中國歷代注杜本的謬誤和歧解,被譽爲"東國之杜少陵"。其《學詩準的》推崇杜詩爲最高標準,而李白飄逸難學。生平事迹見植從侄李畏齋所作《澤堂先生年譜》。

《纂注杜詩澤風堂批解》,簡稱《杜詩批解》,成書於 1640 年,1739 年由其曾孫李箕鎮以銅版活字刊印。《杜詩批解》不同於《杜詩諺解》的是,它是朝鮮唯一完全由個人完成的注解本。卷首爲《新唐書》杜甫本傳;次爲"杜詩總評",共録王琪、王安石、黄庭堅、蔡夢弼、嚴羽、劉辰翁、虞集七家評語;再次爲目録,前十三卷爲目録上,後十三卷爲目録下。正文共收杜詩 1 419 首,編次同元高楚芳所編《集千家注批點杜工部詩集》,不分類,亦不分體,只約略編年。其注釋先爲題解於詩題下,後於詩末徵引舊注,最後爲自注、評論,或自述見解,或商榷前人,體現出"細讀法"的精神。如卷三評論《自京赴奉先縣詠懷五百字》的"老大意轉拙"句曰:

> "意""拙"二字是通篇眼目,"愚"字、"濩落"字、"契闊"字皆從"拙"字來。又以一進一退爲起伏,憂世者進取之意,江海者是退遁之志。

此下逐句分析其進退之意。

所采以宋人注爲多,尤以劉辰翁批語及朱熹之説爲是,劉批幾乎全部收録。卷末則首録朱熹《章國華杜詩集注跋》,及李植録此跋所加之按語:“前輩考核蘇注之非者多矣,未有如晦庵此文之明白也。晦翁乃閩中人,知爲鄭之贋作尤的,故余特表而出之。”次爲戊午年(1678)宋時烈《杜詩點注跋》,謂“澤堂公議論,無論細大淺深,一依於朱夫子”。李植確是承朱熹之意,不但盡力删削僞蘇注,在字句考訂、詩意闡釋等方面也襲朱熹之論。再次爲李植庚辰年(1640)《杜詩批解跋》、曾孫李箕鎮己未年(1739)夏爲刻印此書所作附記。目録前及各卷前題“纂注杜詩澤風堂批解”,書口題“杜詩批解”。關於《杜詩批解》的編寫始末,作者在跋語中寫道:“始鄭甥,以此來贈,請校定以遺後。余於舊讀唐版,有小注釋,旋失之。故更就此,隨寓目,評釋證貶皆非前人眼目所及,同好李子時、吴汝完皆請見。以其所有注本相斤正,而余未盡删定,靳不許。兵亂後,兩家皆乖離未合,此册幸全,趙甥備兒冕,以此册共讀,更有省悟增補,然止於律詩,而不及古詩排律,觀者詳之。”原來,李植先後收藏過兩種杜詩注本,一本是唐版,另一本是鄉本。對這兩種注本,李植都作了批解,或“評釋證貶”,或“相斤正”。李植在生前曾把自己手中的唐本批解丢失了,又找來鄉本進行增補並加以批解。由李植跋及李箕鎮附記可知,李植先就所讀之唐版杜集,即元高楚芳本親手作注,後遺失,又就鄉本,實即朝鮮學者集體編纂於世宗二十六年(明正統九年,1444)的《纂注分類杜詩》批解評釋,於庚辰年完稿。唐本之注爲全集,然較簡略;鄉本之注較詳,然僅止於律詩。李植去世後,其曾孫李箕鎮偶然於一士友家重得李植舊失之手批唐本,“遂取二本而合之,編次則依唐本,箋注則主鄉本”(箕鎮記),從而將唐本和鄉本結合起來,恢復了澤堂批解的全貌。然檢其目録,尚比高楚芳本少《吾宗》《第五弟豐獨在江左覓使寄此二首》《送田四弟將軍將夔州柏中丞命起居江陵節度陽城郡王衛公幕》三首,正文中又有未一首,蓋爲李箕鎮編輯之疏漏。箕鎮附記末署“庚辰後百年己未孟夏”,“庚辰”即李植寫《杜詩批解跋》之年,植卒於1647年,年六十四,則庚辰年當爲1640年。“後百年己未”則應爲1739年,即乾隆四年。馬同儼、姜炳炘《杜詩版本目録》謂此書刻於康熙十八年己未年(1679),實誤。又,1974年臺灣大通書局據此本影印,收入《杜詩叢刊》,扉頁標“清康熙十八年朝鮮李氏家刊本”,年代亦誤矣。

李植爲朝鮮著名詩人、文學評論家,一生多有和杜之作,詩歌造詣既高,此集之評亦卓有成就。其批解方法,首先抄録中國歷代注家的注釋,最後加作者的批解,主要有三個特點:第一,尊重中國歷代注家的注解,將諸家的觀點逐條加以比較,肯定了正確的解釋。《批解》收録上述七家評語,多采蔡夢弼、王洙、劉辰翁、趙次公、黄鶴等人的注釋,小心謹慎地下結論。第二,李植在吸取千家注杜成果之精華的基礎上,提出許多有獨創性的學術見解,指正了前人注杜中的某些不足和謬誤。第三,引經據典,廣徵博引,用實證的方法考究杜詩原文,指正杜詩刊印中存在的誤記和訛傳,對杜詩的校勘出版起到了積極的作用。

杜詩在韓國歷史上享有崇高地位,翻刻、諺解之作頗多,但影響較大的則是李植此書。申緯在其《東人論詩絶句》中有這樣評價:“天下幾人學杜甫,家家尸祝最東方。時從《批解》窺斑得,先數功臣李澤堂。”

韓國現代著名杜甫研究專家李丙疇在《韓國之杜詩》一文中謂朝鮮人注杜詩“唯爲專書者,號稱我邦之杜少陵(申紫霞言之)者李澤堂植所撰《纂注分類杜詩澤風堂批解》(共二十六卷)爾。此書遍匯諸家注,多采蔡注、黄注、須溪等本,纂杜矣。而自注則附其末,略表面目而已。然而載本傳、短評、又附口訣於原詩,而使讀者便於學杜,此爲本書之長也。……蓋此書先出於清之諸家大著,而爲我邦專杜之權輿者也。”①

① 臺灣《大陸雜志》1961年第23卷第5期。

另外,清光緒時人黎庶昌輯編的《古逸叢書》[1],專門考釋了古書版本源流,其中有關於高麗版本《杜工部草堂詩箋》的解釋[2]。其卷四六云:"予所收《草堂詩箋》,有南宋和高麗兩本。……兩本俱多模糊,而高麗本刻尤粗率,然頗有校正宋本處。"這一高麗本杜甫詩集,一定是高麗中期以後盛行的白居易、杜牧、蘇軾、黄庭堅等高麗版中國人文詩集中的一種。這一珍貴記録的後一句告訴我們,當時的高麗人對杜詩及其諸種版本是非常瞭解的。

還有兩個版本值得注意,日本《成簣堂文庫朝鮮舊藏中國古籍善本目録》載:(1)《集千家注杜工部詩集並文集》,二十卷又二卷,十二册。嘉靖刊,八行十七字,朝鮮人批,朝鮮封面,蘇峰明治四十三年手記;(2)《批點杜工部七言律詩》,零本,一卷,一册。萬曆左右刊,"李菊人印",朝鮮封面,蘇峰大正四年手記[3]。

第四節　《朝鮮時代書目叢刊》著録杜集匯總

《朝鮮時代書目叢刊》,是南京大學文學院教授張伯偉編纂的

---

① 黎庶昌(1837—1898),字蒪齋,貴州遵義人。清光緒七年擔任駐日公使。在此期間,得閱日人所著《經籍訪古志》,乃知我國散佚日本經籍之大概,決意不惜重金搜求。旋以欽差大臣身份,入皇室秘閣搜盡吾國散佚經籍借閱。隨員楊守敬,湖北宜都人,亦日日物色於坊市,收穫亦豐。終得二十六種,凡二百卷,名曰《古逸叢書》,囑楊守敬專責監刻,遂選日本木村嘉平刊刻。

② 《杜工部草堂詩箋》四十卷,外集一卷,補遺十卷,傳序碑銘一卷,目録二卷,年譜二卷,詩話二卷。宋魯訔輯,宋蔡夢弼會箋,宋黄鶴集注補遺,據宋麻沙本景刊,補遺據高麗翻刊本景刊。

③ 金程宇《東亞漢文學論考·日本所存朝鮮舊藏中國古籍之研究》,鳳凰出版社2013年版,第114頁。

大型文獻,共九册,由中華書局 2004 年出版。叢刊收録朝鮮時代的大型書目凡二十六種,依次如下。第一輯,王室書目:《奎章總目》《内閣訪書録》《西庫藏書録》《大畜觀書目》《隆文樓書目》《寶文閣册目録》《群書標記》《摛文院奉安總録》《書香閣奉安總目》《承華樓書目》凡十種;第二輯,地方書目:《考事撮要・書册市準・册板目録・書册印紙數》《慶尚道册板》《諸道册板録》《完營册板目録》《鏤板考》《各道册板目録》《慶州府校院書册目録》《嶺南各邑校院書册録》凡八種;第三輯,史志書目:《東史・高句麗藝文志》《燃藜室記述別集・文藝典故》《海東繹史・藝文志》《東國通志・藝文志》《增補文獻備考・藝文志》凡五種;第四輯,私家書目:《海東文獻總録》《洪氏讀書録》《清芬室書目》凡三種。

《奎章總目》是朝鮮時代正宗初期奎章閣所藏中國本的圖書目録,分甲乙丙丁四庫,實即經史子集分法,分别分爲九類、八類、十五類、二類,凡三十四類,每書之下均有解題。關於此書之編撰,有徐命膺撰、徐浩修撰之説①。這不是矛盾的説法,而是父子二人兩次不同時期的修撰。《奎章總目》別集類收録杜集四種:(1)《杜工部集》六本,署唐工部員外郎杜甫著,其題解摘引《新唐書・杜甫傳》論之語云:

> 宋祁曰:唐興,詩人承陳、隋風流,浮靡相矜。至宋之問、沈佺期等,研揣聲音,浮切不差,而號"律詩",競相襲沿。逮開元間,稍裁以雅正,然恃華者質反,好麗者壯違,人得一概,皆

① 徐浩修(1736—1799),字養直,號鶴山樵夫,大邱人。文靖公命膺之子,文簡公徐有榘(曾編撰《鏤板考》)之生父。英祖乙酉(1765)殿試甲科第一,官至吏曹判書。正宗十四年(1790)入燕(北京),十七年撰《熱河紀遊》(一作《燕行紀》)四卷。二十三年(1799)年卒,謚文敏。素嫻曆象之學,著有《渾蓋通憲集箋》《數理精藴補解》《律吕通義》等。《奎章總目》爲其受正宗命修撰。

自名所長。至甫,渾涵汪茫,千匯萬狀,兼古今而有之。故元稹謂:“詩人以來,未有如子美者。”甫又善陳時事,律切精深,至千言不少衰,世號爲“詩史”。昌黎韓愈於文章少許可,至歌詩獨推曰:“李杜文章在,光焰萬丈長。”誠可信云。①

(2)《杜詩分類》五本,署明傅振商輯。(3)《杜詩詳注》二十七本,其題解曰:“清翰林編修仇兆鰲輯,其自序曰:‘挈領提綱,以疏其脈絡;廣搜博徵,以付其典故。汰舊注之叢脞,辨新説之穿鑿云。’”(4)《杜詩論文》十本,署清武進吴見思注,總五十五卷②。

屬於《奎章總目》之“奎章外閣”的《西庫藏書録》,著録經書類六十九種,史記類五十四種,儒家類七十五種,禮書類十種,典章類四十種,諸子類六種,文章類八種,詩家類十七種,字書類十一種,天文類六十二種,地志類十八種,類聚類六種,醫書類二十二種,兵家類二十八種,堪輿類六種,譯書類十一種,道釋類五種,方技類四種,中國文集十九種,國朝文集三百六十一種等。其中“詩家類”著録杜集四種:《杜詩》一件十八册、《杜詩解》一件十七册、《杜律》一件二册、《杜詩批解》一件十四册(本朝李植)③。

約成書於正宗中期的《大畜觀書目》,即大畜觀所藏書目共著録四百六十九種書籍,包括了書名、册數、存佚以及入庫的時間,反映的是英祖到正宗初年的藏書情況。其中著録:《杜工部詩集》一套六册④、《老杜廣選》二册⑤、《杜詩》十八册⑥、《杜律分韵》二帙各

① 《奎章總目》,張伯偉編《朝鮮時代書目叢刊》第一册,第336—337頁。
② 《奎章總目》,張伯偉編《朝鮮時代書目叢刊》第一册,第337—338頁。
③ 《西庫藏書録》,張伯偉編《朝鮮時代書目叢刊》第二册,第641頁。
④ 《大畜觀書目》,張伯偉編《朝鮮時代書目叢刊》第二册,第765頁。
⑤ 《大畜觀書目》,張伯偉編《朝鮮時代書目叢刊》第二册,第797頁。
⑥ 《大畜觀書目》,張伯偉編《朝鮮時代書目叢刊》第二册,第807頁。

二册等①。

奎章閣所藏寫本《隆文樓書目》凡八架：第一架爲御制諸書，第二架爲御定諸書，第三架爲經部，最末三種爲史書，第四架爲史部，第五架爲子部，第六架爲集部，第七架爲内典，第八架爲諺解（以朝鮮文解釋）諸書，後列《桂苑筆耕》四卷。之外，還有南壁書《詩觀》二百九十七卷。其中第二架著録：《杜陸分韵》二十三卷（第一佚，又不帙十一卷）②、《杜律分韵》四卷、《杜陸千選》二件合四卷③，第六架著録：《杜工部文》一卷、《杜律》一卷④、《杜詩會粹》十一卷（破傷）等⑤。奎章閣所藏寫本《書香閣奉安總目》分奉安御真、御制、御筆幾類，著録：《杜陸千選》一件四册以上一匣⑥、《杜陸分韵》一件十五册一匣⑦等。奎章閣所藏寫本《承華樓書目》著録《杜工部集注》二十二册⑧。民族文化社影印萬曆十三年日本寫本《書册市準》（崇貞九年版改爲《書册印紙數》）著録：《杜詩諺解》（紙三十三卷）、《趙注杜詩》（紙二卷七張）、《虞注杜律》（紙三卷六張）等⑨。上層中央王室重視杜詩，刊刻不斷，地方各道也時見杜集的刊印。如約成書於英祖六年（1730）的《慶尚道册板》著録《趙注杜律》一卷十二張三折⑩。約成書於英祖二十五年（1749）的

① 《大畜觀書目》，張伯偉編《朝鮮時代書目叢刊》第二册，第 808 頁。

② 《隆文樓書目》，張伯偉編《朝鮮時代書目叢刊》第二册，第 823 頁。

③ 《隆文樓書目》，張伯偉編《朝鮮時代書目叢刊》第二册，第 824 頁。

④ 《隆文樓書目》，張伯偉編《朝鮮時代書目叢刊》第二册，第 846 頁。

⑤ 《隆文樓書目》，張伯偉編《朝鮮時代書目叢刊》第三册，第 849 頁。

⑥ 《書香閣奉安總目》，張伯偉編《朝鮮時代書目叢刊》第二册，第 1315 頁。

⑦ 《書香閣奉安總目》，張伯偉編《朝鮮時代書目叢刊》第二册，第 1329 頁。

⑧ 《承華樓書目》，張伯偉編《朝鮮時代書目叢刊》第三册，第 1342 頁。

⑨ 《書册印紙數》，張伯偉編《朝鮮時代書目叢刊》第三册，第 1481 頁。

⑩ 《慶尚道册板》，張伯偉編《朝鮮時代書目叢刊》第三册，第 1495 頁。

《諸道册板録》著録《杜詩批解》二十二束十二丈[1]、《杜詩》二十束十三丈[2]、《虞注杜律》五束等[3]。成書於英祖三十五年(1759)的《完營册板目録》著録《杜詩》白紙四十五束[4]、《杜律四韵》狀紙八丈[5]、《杜詩批解》白紙二十二束十二丈[6]、《虞注杜律》等[7]。"道光庚子編",即成書於朝鮮憲宗六年(1840)的《各道册板目録》著録《杜律分韵》容入紙三卷十張[8]。

朝鮮時代的書院和鄉校素有藏書傳統,書院的藏書分兩類,一是書院以私財購入或翻刻,一是由國家特賜,後者僅限於賜額書院。《嶺南各邑校院書册録》是對慶尚道慶州府的鄉校、西嶽書院、玉山書院、崇烈祠,安東府的三溪書院、虎溪書院、泗濱書院,尚州府的道南書院、玉成書院、近岩書院,星州牧的檜淵書院、武屹書齋等地校院的藏書記録,編撰年代不詳。此書著録杜集:《杜詩》十六卷[9]、《杜詩》十卷、《杜詩》三十六卷[10]。

---

① 《諸道册板録》,張伯偉編《朝鮮時代書目叢刊》第三册,第1565頁。

② 《諸道册板録》,張伯偉編《朝鮮時代書目叢刊》第三册,第1567頁。

③ 《諸道册板録》,張伯偉編《朝鮮時代書目叢刊》第三册,第1580頁。

④ 《完營册板目録·全州》,張伯偉編《朝鮮時代書目叢刊》第三册,第1634頁。

⑤ 《完營册板目録·慶尚道營上》,張伯偉編《朝鮮時代書目叢刊》第三册,第1664頁。

⑥ 《完營册板目録·慶尚道營上》,張伯偉編《朝鮮時代書目叢刊》第三册,第1666頁。

⑦ 《完營册板目録·清道》,張伯偉編《朝鮮時代書目叢刊》第三册,第1681頁。

⑧ 《各道册板目録·大邱》,張伯偉編《朝鮮時代書目叢刊》第四册,第2233頁。

⑨ 《嶺南各邑校院書册録·慶州府校院書册目録》,張伯偉編《朝鮮時代書目叢刊》第五册,第2277頁。

⑩ 《嶺南各邑校院書册録·慶州府校院書册目録》,張伯偉編《朝鮮時代書目叢刊》第五册,第2302頁。

朝鮮大臣們編纂的書目中也收録了大量的杜集,可見杜詩之影響。如徐有榘奉正宗之命編的《鏤板考》是當時中央與地方册板的總録[①]。分七卷,卷一:御撰、御定,卷二:經部,卷三:史部,卷四:子部上,卷五:子部下,卷六:集部上(楚辭類、總集、別集類上),卷七:集部下(別集下)。別集類上著録:《虞注杜律》二卷。其題解云:“唐檢校工部員外杜甫撰,元侍講學士文靖公虞集注。專録七言近體,楊榮(士奇)序稱其注仿朱子《楚辭注》例,多求之用事造語之外,諸家中較爲活潑。然考歐陽原功所撰虞碑不舉是書名,疑非出於虞手。和順縣藏刓印紙三牒二張,義城縣藏印紙三牒二張。”[②]又録《杜詩批解》二十八卷。其題解云:“本朝李植撰。始植解有初晚兩本,植没後曾孫箕鎮参證而節删之,用黄伯思之例編年爲次,而不分古今體,且以方音譯其句讀。嶺南觀察營藏印紙二十四牒十二張。”[③]

朝鮮純祖至高宗時朴周鍾撰寫的《東國通志》[④],紀録了新羅至朝鮮朝製作典章沿革損益之事。據權相翊《山泉先生朴公行狀》所述,此書“乃仿《漢書》十志,又加學校、選舉、百官、輿服爲‘十四志’。上自檀、箕,至我純廟,制度沿革,了然可考”。共二十四卷,“藝文志”爲十四志之一,共二卷(十六、十七)。全書定編於高宗

① 徐有榘(1764—1845),字準平,號楓石,大邱人。大提學徐命膺之孫,《奎章閣志》撰者徐浩修之子。英祖四十年生,正宗十年(1786)中進士,十四年登文科。歷任翰林待教副學、吏兵判書左右參贊。憲宗十一年卒,享年八十二歲。謚文簡公。著有《楓石集》《種藷譜》《林園經濟志》《漢陽歲時記》《金華耕讀記》等。

② 《鏤板考》,張伯偉編《朝鮮時代書目叢刊》第四册,第2031—2032頁。

③ 《鏤板考》,張伯偉編《朝鮮時代書目叢刊》第四册,第2032—2033頁。

④ 朴周鍾(1813—1887),字聞遠,號山泉,咸陽人僉知弼寧之子。學行純篤,文章雄博。除本書外,尚著有《四七考證》《鄉約集説》《勉學類鑒》等。有《山泉文集》十四卷。

五年(1868)十月。其"藝文志"著録杜集:《杜詩注》(世宗命諸儒臣著,柳允謙以白衣參選)、《杜詩批解》十四卷(李植撰)、《杜詩諺解》十七卷(文莊公曹偉奉教注解)①。又如弘文館纂輯的《增補文獻備考・藝文志》,分九卷十九類,其《藝文考》四"御制"類著録《杜詩注》,原文曰:"《成從叢話》曰:世宗命諸儒撰注杜詩(柳允謙以白衣參選,人皆榮之)。"②又著録:《杜律分韵》五卷、《二家全律》十五卷、《杜陸千選》八卷③。其《藝文志》五"文章類"著録:《杜律諺解》十七卷,文莊公曹偉撰。《杜詩批解》十四卷,文靖公李植撰④。

朝鮮朝最早的一部解題目録《海東文獻總録》,金烋撰⑤。"總録"收録文獻約二十類六百七十餘種,一一解題。如在"注解類"著録《杜詩撰注》⑥,乃闕名之作。又在"中國詩文撰述"類著録《八家詩選》,乃朝鮮匪懈堂與諸儒生選李杜韓柳歐王蘇黄之詩而成,朴

---

① 朴周鍾《東國通志・藝文志第十上》,張伯偉編《朝鮮時代書目叢刊》第六册,第2740頁。

② 《增補文獻備考・藝文志四》,張伯偉編《朝鮮時代書目叢刊》第六册,第2999頁。

③ 《增補文獻備考・藝文志四》,張伯偉編《朝鮮時代書目叢刊》第六册,第3012—3013頁。

④ 《增補文獻備考・藝文志五》,張伯偉編《朝鮮時代書目叢刊》第六册,第3054—3055頁。

⑤ 金烋(1597—1638),字子美,後改字謙可,號寒溪亭,又號敬窩。屬安東川前洞義城(聞韶)金氏家族,爲當時名門。高祖青溪公璡爲生員,有五子,皆李退溪高足。四子鶴峰金誠一,爲退溪學問之嫡傳。曾祖龜峰金守一爲青溪公次子,任察訪官。祖雲川公涌,文科及第,任兵曹參議。父敬齋是禎,生員。金烋所處的時代是朝鮮黨争激烈之時,其家屬東人,其時失勢,故金烋無意仕進,一心向學,著有《敬窩集》。

⑥ 金烋《海東文獻總録》,張伯偉編《朝鮮時代書目叢刊》第七册,第3394頁。

彭年、李塏、成三問等皆有序。如朴彭年序曰："詩自風騷以後唯唐宋爲盛……泝黄、蘇之流，登李、杜之壇，以入於雅頌之堂，則庶不負今日編集之意矣。"①

活動於正宗、憲宗的洪奭周爲其弟憲仲編纂的讀書目録《洪氏讀書録》也著録了杜詩本子②：《杜詩》二十卷，其題解曰："杜甫之文也。詩文並載，而題曰《杜詩》者，統於詩也。舊有集千家注，所集者實十餘家耳。行於世者，以宋蔡夢弼、黄鶴，清錢謙益、仇兆鰲爲勝。本朝李文靖公植亦爲之評點，而其曾孫判書箕鎮哀之爲成書，世所傳澤風堂批解是也。"③

《清芬室書目》，是李仁榮私人藏書目録④。其第四卷著録以下杜集：

---

① 金烋《海東文獻總録》，張伯偉編《朝鮮時代書目叢刊》第七册，第3889頁。

② 洪奭周(1774—1842)，初名鎬基，字成伯，號淵泉，正宗改賜名奭周。豐山人。正宗十九年(1795)登文科，曾分别在純祖三年(1803)和三十一年(1831)以謝恩使書狀官和正使身份兩次入燕，與中國學者頗有交往。歷任弘文館和藝文館大提學，以及奎章閣直閣。官至左議政，却始終以布衣自處。精於詩書易禮之訓、性命理氣之辨，以至於天文易象之奥，算術儀物之繁，條分縷析，如指諸掌，被推崇爲命世大儒。著有《洪氏讀書録》。

③ 洪奭周《洪氏讀書録》集部，張伯偉編《朝鮮時代書目叢刊》第八册，第4324—4325頁。

④ 李仁榮(1911—1950以後)，號鶴山，全州人。1937年3月畢業於京城帝國大學法文學部史學科，歷任普城專門學校講師、延禧專門學校講師、平壤神學校講師、京城大學法文學部助教授、國立漢城大學助教授、延禧大學教授等職。朝鮮戰爭爆發後生死不明。其學術專長爲書志學和史學。《清芬室書目》是其手寫本，寫畢於甲申年(1944)三月。此書略分九卷：卷一、二爲"壬辰以前刻本及鈔本，朝鮮人撰述"，卷三、四爲"壬辰以前刻本及鈔本，外人撰述"，卷五爲"壬辰以前活字本，朝鮮人撰述"，卷六、七爲"壬辰以前活字本，外人撰述"，卷八、九爲"壬辰以後刊本及鈔本，朝鮮人撰述"。其解題包括書名、存佚、卷數、册數、板本、板式、印章等。

《杜工部草堂詩箋》(零本,四册),其題解曰:“存卷十二至六、卷十八至二十九。各卷題目不同,或題《杜工部草堂詩箋》,或題《增修杜工部草堂詩箋》,世宗朝覆宋刊本。木板,四周單邊有界,十二行二十字。注雙行二十六字,匡郭長一八.五糎,乃至二〇.〇糎,廣一三.三糎,黑口。”①

《黄氏集千家注杜工部詩補遺》(缺本,三册),其題解曰:“卷一至五缺,存卷六至十及《外集》一卷。尾數葉落,各卷題目不同,或題《黄氏集千家注杜工部詩補遺》,臨川黄鶴補注,或題《增修杜工部草堂詩箋補遺》,或題《集注草堂杜工部詩補遺》,嘉興魯訔編次,建安蔡夢弼會箋。《外集》卷端題《集注草堂杜工部詩外集酬唱附録》,建安蔡夢弼會箋。世宗朝覆宋刊本。木板,四周單邊有界,十二行二十字。注雙行二十六字,匡郭長一八.二糎,乃至十九.八糎,廣一三.三糎,黑口。按:《青丘學叢》第七號所收稻葉岩吉博士《論古逸本杜工部詩史補遺》文以此書活字刊本,誤認之甚者也。黎氏《古逸叢書》所收此書刊刻者,題名記中經歷所都事彰信校尉中軍司直安質見於《國朝榜目》世宗五年癸卯榜,監督承訓郎密陽儒學教授官趙襄見於《國朝榜目》太宗十四年甲午榜乙科二等第六人。稻葉博士以此書爲太宗世宗時代刊本是也。由密陽儒學教授官名觀之,則爲密陽刻本無疑,而按許篈《續撰考事撮要》密陽不載此書册板。”②

《杜工部詩范德機批選》(六卷,一册),其題解曰:“元鄭鼒編,中宗二十三年戊子海州刊。木板,四周單邊有界,每半葉十一行,行十九字。注雙行,匡郭長二四.〇糎,乃至二五.〇糎,廣一七.〇糎,黑口。末有鄭鼒識語,又有弘治辛酉安彭壽跋及黄海道觀察使

① 張伯偉編《朝鮮時代書目叢刊》第八册,第 4623 頁。
② 張伯偉編《朝鮮時代書目叢刊》第八册,第 4623—4625 頁。

閔暉等列銜,又有嘉靖戊子蔡世英跋及黄海道觀察使閔壽千等列銜。"①

《纂注分類杜詩》(零本,二册),其題解曰:"編者未詳。存卷十一至四,中宗、明宗年間刊。木板,四周雙邊或單邊有界,九行十七字。注雙行,匡郭長二四.五糎,廣一七.五糎,白口或黑口。按:隆慶乙亥字本,《考事撮要》豐基有杜詩册板。"②

第五卷著録《分類杜工部詩諺解》(殘本,一卷一册),其題解曰:"成宗朝乙亥字刊本,成宗十二年辛丑柳允謙等撰。原二十五卷,今存卷十九。一卷首題《分類杜工部詩諺解》。四周單邊有界,每半葉八行,行十七字。諺解雙行,附四聲點,匡郭長二二.○糎,廣一五.五糎。"③

《纂注分類杜詩》(殘本,四卷一册),其題解曰:"中宗明宗年間甲寅字刊本,此書集諸家注,附批點。不知編人名氏,疑是成宗中宗年間朝鮮人所編。《海東文獻總録目録》注解類有《杜詩撰注》者,蓋謂此書亦不著撰人名氏。原二十五卷,存卷九。四周雙邊有界,每半葉九行,行十七字。注雙行,匡郭長二五.五糎,廣一七.五糎,首尾有'光山世家'印記。"④

第七卷著録《讀杜詩愚得》(殘本,二卷,二册),其題解曰:"明宗四年己酉乙亥字刊本,存卷二及十五兩卷。每卷首題《讀杜詩愚得》,卷之幾次行題'古剡單復陽元讀'。四周單邊有界,每半葉九行,行十七字。注雙行,匡郭長二二.○糎,廣一五.五糎,黑口。按:圖書寮及蓬左文庫各藏此書完本十八卷,後者即嘉靖二十八年内

---

① 張伯偉編《朝鮮時代書目叢刊》第八册,第 4625—4626 頁。

② 張伯偉編《朝鮮時代書目叢刊》第八册,第 4626 頁。

③ 張伯偉編《朝鮮時代書目叢刊》第八册,第 4676—4677 頁。

④ 張伯偉編《朝鮮時代書目叢刊》第八册,第 4698 頁。

賜鄭大年本云。”①

第八卷著録《分類杜工部詩諺解》(二十五卷,十七册),其題解曰:“仁祖十年壬申慶尚道刻本,柳允謙等撰。首有成化十七年曹偉、崇禎壬申張維兩序。四周雙邊有界,每半葉八行,行十七字。諺解雙行,匡郭長十九.五糎,乃至二二.〇糎,廣一五.五糎。張序稱:今年天坡吴公翻按節嶺南,購得一本繕寫校定分刊於列邑,而大丘府使金侯尚宓實相其役。”②

第五節　正宗李祘的選杜注杜功績

朝鮮摛文院與正宗李祘的選杜注杜功績顯著,須引起我們的重視。如朝鮮摛文院奉教彙編《杜律分韵》、朝鮮弘文館奉教彙編的《杜陸律分韵》,奉的都是他的教。下面分析總結一下李祘的功績:

中國傳統文化對東亞影響甚巨,古朝鮮李朝正宗李祘便是接受此影響,又是以國主之尊傳播中國傳統文化的一個好例。李祘對中國經史子集都有研究,於朱子之學用力最勤,著述頗豐。朱熹的哲學、文學思想對於朝鮮中、後期的政壇與文壇産生了深遠影響,是與正宗的學術努力分不開的。正宗還親自編選了《杜陸千選》《(杜陸)二家全律》,又命摛文院編《杜律分韵》,命弘文館編《杜陸律分韵》,於研究杜甫、陸游詩具有重要參考價值。

朝鮮李朝歷時約五百年(1392—1910),至正宗時期已是末期了(正宗,一般稱“正祖”,可是《正宗實録》稱“正宗”,此以《實録》爲準)。李祘(1752—1800),字亨運,英宗之孫,莊獻世子之子。英

---

① 張伯偉編《朝鮮時代書目叢刊》第八册,第4809—4810頁。

② 張伯偉編《朝鮮時代書目叢刊》第八册,第4824頁。

宗二十八年(1752)秋九月二十二日丑時,生於昌慶宫景春殿,即日定號爲元孫。母惠嬪洪氏,籍貫豐山,領議正鳳漢女。以英宗命爲真宗大王之子,母妃孝純王后趙氏,籍貫豐壤,左議政豐陵府院君文命女。三十五年春二月癸亥,册王世孫。四十年春二月壬寅,命以王孝章世子嗣,承宗統。五十一年冬十二月庚戌,代聽庶政,受朝賀於景賢堂。五十二年春三月丙子,英宗薨。越六日辛巳,王即位於慶熙宫崇政門。正宗二十四年(1800)六月己卯,是日酉時,病逝於昌慶宫之迎春軒。秋七月丙戌,議政府館閣諸臣議上謚號,曰文成武烈聖仁莊孝。廟號曰正宗。陵號曰健陵。公元1776—1800年在位,相當於清高宗乾隆四十一年至嘉慶五年。

正宗政事之餘勤於學術,著有《日得録》十八卷,"編次凡二十一目:曰學,曰知行,曰性命,曰理氣,曰經史,曰禮,曰樂,曰治,曰道,曰敬天,曰勤民,曰用人,曰理財,曰崇儒,曰講武,曰恤刑,曰歷代,曰本朝,曰訡謨,曰訓臣僚,曰詩文"①。其中涉及文學部分五卷。是書大概在正宗九年(1785)即清高宗乾隆五十年稍後編成。正宗以國主之尊愛好文學,此書記載他曾編撰一部五百餘卷的中國詩歌總集。他對中國經史子集都有研究,於朱熹之學用力最勤,編有朱子詩文《雅誦》八卷及《朱書百選》《朱子書節約》《綱目講義》《五經百篇》《八子百選》《四部手圈》等。另有《詩觀義例》,洋洋灑灑數千言,觀之可見其文學觀念和選擇標準。正宗還親編《杜陸千選》《(杜陸)二家全律》,又命摛文院編《杜律分韵》,命弘文館編《杜陸律分韵》,於研究杜甫、陸游詩,具有參考價值。就詩學而言,這個時期朝鮮對於唐音宋調,立論漸趨平和,因有杜、陸律詩之編選。特别是朱子之學自高麗末傳入朝鮮之後,被東人奉爲圭臬。而朱熹的哲學、文學思想對於朝鮮中、後期的政壇與文壇産生了深

---

① 李祘《群書標記》卷四,張伯偉編《朝鮮時代書目叢刊》第二册,第1137頁。

遠的影響。

一、李祘好尚中國傳統文化

朝鮮半島文化深受中國文化影響是不争的事實。李朝正宗繼位以後,他以帝王之尊重視並吸納中國文化,是一件了不起的事情。從現有文獻看,大致可以歸納爲三個方面:一是朱子學説,二是儒家經傳,三是其他方面(包括唐宋諸子及《圖書集成》《四部叢刊》等)。

朱子之書也屬於儒家經傳,可是爲便於叙説,單獨列出。朱子學説傳入朝鮮後,經過多年的論争,到李朝中後期基本達成共識。於是,這裏的哲學家們用朱子學的用語和理論體系來解釋當時的社會問題,這種創造性的再詮釋和再構成,形成了朝鮮理學思想的基礎。我們知道,朱子學把萬物之性規定爲理,從價值論來看,理是所有道德性的基礎原理,故萬物可以看作是道德性的存在。中國儒學没有將其視爲問題。進入朝鮮王朝後期,隨着朱子學的整合,這便作爲問題提出來了,《中庸》"天命之謂性"章和《孟子》"生之謂性"章的朱子的注釋就成了論辯的核心點。朝鮮王朝時期儒學的特徵是重視純正的道德性,並且注重現實性制度和權利的追求,因而具有濃厚的實踐主義色彩。表面上看來很純粹的哲學論辯,實際上内含着很多政治性的問題。這與士大夫成爲國家棟梁、建立並主導朝鮮這一新王朝前進的歷史事實密切相關。因此,朝鮮王朝時期的儒學可以説是實踐和理論、現實和理想的統一體,它作爲朝鮮半島的一種傳統思想得到了確立和發展。

在此背景下,正宗一生喜歡朱熹之學也就不難理解了。正宗有關朱子的著述頗多,如十五年(1791)五月丁丑,他於日理萬機之暇,"覽朱子《資治通鑑綱目》,采其書法論斷事實名物之有疑者,著爲問目,凡六百九十五則,分授館學生人各一則,使之條對。覆命抄啓文臣沈晋賢等删節對語,附之條問之下,裒輯成帙,名之曰《綱目講義》”①。即編成《(朱子)綱目講義》。

又如,十八年甲寅(1794)十二月戊寅,編成《朱書百選》。《正宗實録》云:“上自春邸,喜讀朱子書,就《大全》《語類》,手加匯選,爲《選統》《會選》《會英》諸書,至是取其書牘,約之爲《百選》。首之以上李延平書,尾之以與黄直卿書,以視道統之受授,凡四編。命閣臣李晚秀、前承旨韓晚裕鈔啓,文臣崔光泰、户曹佐郎李始源校勘。人名地名,訓詁出處,綴釋於篇頭。用丁酉字,開印於昌慶宫舊弘文館,遂名其地曰監印所,後爲鑄字所,凡編書、印書皆於是。乙卯以後,以便近於所御迎春軒,諸臣引接,多由監印所出入。書成頒諸臣。又命湖南、嶺南、關西營翻刻藏板。”②

又如,二十二年(1798)夏四月癸丑,與大臣會筵,他談及自己的系列朱子著述云:“夫子嘗曰‘述而不作’,予之平生,工夫在於一部朱書。予年二十時,輯《朱書會選》,又與春桂坊抄定注解,又點寫句讀於語類,三十時編《朱子會統》,又證定故儒臣韓億增所編朱書,又編《紫陽會英》及《朱書各體》。四十後編閲朱書者多,而近年又輯《朱書百選》。而昨年夏秋,取《朱子全書》及《大全》《語類》,節略句語,又成一書,名曰《朱子書節約》。”接著述及自己的設想云:“近又留意於《朱子大全》及《語類》,與其外片言隻字之出於夫子之手者,欲爲集大成,編爲一部全書,待其編成,將别構一室於宙合樓傍,奉安朱子真像,並藏全書板本於其中。予於朱夫子實有師事之誠,所以欲如是也。且《大學衍義補》,即治國之大經大法,其爲書也誠爲盡美。予之一生嗜好在此書,二十年前,手鈔此書,近又更讀更抄,與《西山衍義》合選,又以大學經文傅文朱子章句載之各段之首,使抄啓文臣等繕寫。又令湖南儒生校録一本。

---

① 吴晗《朝鮮李朝實録中的中國史料》(十一)引,中華書局 1980 年版,第 4834 頁。

② 吴晗《朝鮮李朝實録中的中國史料》(十一)引,第 4890 頁。

此皆予近日工夫之大略,而要之則只爲心神之有益也。"①對朱子極爲推尊。下面一段話更是將朱熹推到了極致,幾與孔子平起平坐了。

二十三年(1799)秋七月壬申,諭赴燕使臣,教曰:"朱夫子即孔子後一人也。堯、舜、禹、湯之道,得孔夫子而明;孔、曾、思、孟之學,得朱夫子而傳。朱夫子尊,然後孔夫子始尊。爲天地立心,爲生民立命,爲萬世開太平,迪彝教於窮(宇)宙,陳常典於時夏,以之異端熄而民志定,即惟曰明斯道扶正學,而究其本,則尊我朱夫子是耳。顧予至誠,苦心對越,方寸之中,誦習其書,若親謦咳(聲欬)。嘗於燕閑有暇,就一部《大全》,爲日用厚生之菽粟茶飯,略之爲《會英》,類之爲《選統》,鈔之爲《百選》,概之爲《節約》,集之爲《會選》,而竊又有契於春秋之旨,擬成大一統文字,欲以《大全》《語類》遺書,與二經四書之傳義章句集注,或間及啓蒙家禮蓍卦之考誤,昌黎之考異,以至魏氏之契,楚人之辭,通書、西銘、太極傳解等群書,裒以稡之,作爲全書,如明道之志康節、紫陽之狀濂溪,則其於求端用力之方,造道成德之序,粲然焕乎,無相錯糅。夫子之門墻堂室,於此考徵,如日之麗天,如水之行地,庶幾有補於風教之萬一。鳩輯有年,行且就緒,待編成告於先聖之廟而印行。欲述朱夫子漳州故事,春秋之先刊、自有微意於大一統者存焉。但《語類》義例多舛駁,池、饒兩本雖稱精善,黄文肅尚不滿其意。若其分門分部者,張敬夫之類言仁,趙忠定之類奏議,蓋嘗見正於考亭函丈之際,則微言大義,鬱而未彰,是豈朱夫子本旨?泰山高矣,滄海深矣,見者想其儀刑(型),聞者淑其緒理,似不待於序次編帙之中而傳。五章之補缺,即朱夫子大力量細工夫處。予所願者,學朱子也。吾道之東,顧不在斯歟?考定之時,宜加詳審,須與眉徽建安之本,而見得真面目,可以成其書。雖以《大全》言之,臺州奏狀不

① 吴晗《朝鮮李朝實録中的中國史料》(十二)引,第4955頁。

載於閩板,且如陸王之帖,梅花之賦,逸而不列。先儒不云乎:'穹壤彌道,疑之則存乎人。'今行進賀副使之特授者,以其素嫻於編書,且與諸臣偕聞編輯之本意也。使行入燕之後,另購《大全》真本,與《語類》各本。"①

隨後,朱子書購來。二十三年十一月辛未,正宗問瀅修云:"朱書覔來,而果有緊要耶?"瀅修答曰:"書下諸册遍問於藏書宿儒,而多不能辨其何等義例,惟禮部尚書紀昀洞悉其源流,如朱玉所編《大全韵編》,事實年條逐編注釋,稱爲《大全》諸本中最善本。黎靖德所編《語録合編》乃是池、眉、饒、徽、建安諸本之合録者,故稱爲全本。而一在建寧,一在淮安,謂當次第覔來,此後使行,便鱗次付送,必當如約。今番所貿者,《朱子大同集》《朱子實紀》《後漢書》三帙。而《大同集》中《大全》所不載之句語,間多有之,全集裒輯之際,誠不可無此書矣。"正宗隨後又云:"黄李真本,則終不可得耶?"瀅修答曰:"黄李録書以後,屢經後人之重編,真本則必無見在者。南京等處,不知何如,而燕京求之無益,故專以諸録之無遺見收者廣問矣。"正宗又曰:"紀昀聞是陸學,能知尊朱否?"瀅修再曰:"紀昀之文學言語,尊尚朱子。且以近日俗學之背朱子,從小品大,以爲憂矣。"正宗最後云:"朱書如是絶貴,必因俗尚之宗陸而然,豈不可慨乎!"瀅修答曰:"年來中原學術,果多宗陸,而朱書之絶貴,未必不因於此矣。"②

我們粗翻古朝鮮歷史就知道,朝鮮王朝特别是中後期採取崇儒排佛的政策,並使朱子之學(性理學)成爲官學。因而,上述正宗及其群臣的這些努力,是與朱子學説在朝鮮的勃興密切相關的;反過來,又起到了推波助瀾的作用。這種努力是學術的,更是政治的。

---

① 吴晗《朝鮮李朝實録中的中國史料》(十二)引,第4992頁。

② 吴晗《朝鮮李朝實録中的中國史料》(十二)引,第5000頁。

關於儒家經傳問題。據史書記載,隨着漢字的傳入,中國儒家典籍就開始在朝鮮半島傳播。朝鮮三國時期,儒學即得到國家承認,得以廣泛流布。至若朝鮮朝,深受宋學,即程朱儒學影響,已如上言。四書之外,儒家的五經對朝鮮産生了深遠影響,包括朝鮮的社會政治思想、倫理道德思想、文化教育思想及人們的思想意識、生活習慣等方面。尤爲可貴的是朝鮮帝王尚儒雅,好經術,喜與儒雅論經史。正宗李祘在這方面就有突出的貢獻。

如正宗二十一年(1797)十二月乙卯,鑄字所進新印《春秋》。正宗御便殿親受。總裁官以下入庭行四拜禮,進書如儀。正宗曰:"《春秋》,聖人大一統書也。三王之心法,待孔夫子而明;夫子之筆法,待朱夫子而著。特以見行之書,經與傳無别,我聖祖分命儒臣,釐例正義,經爲綱而傳爲目,俾寓大一統之義,而未潰於成,何幸修述之於二百年未遑之餘,今始完印,進書禮成,況值歲暮,益喜陽復之漸,所進《春秋》書一本,藏於春秋館。監董諸臣,各頒一件。"①

又如二十二年(1798)五月丙寅,正宗曰:"聖經義當尊閣,欲便於晚來誦讀,爲此大板刻印,而字樣遵啓蒙集箋,今既告完。今次新印五經百篇,與甲寅新印三經、四書,及丙辰新印《春秋左氏經解》,藏奉於太學尊經閣之本當同藏。昔朱夫子知漳州,印《易》《詩》《書》,而《春秋》則只取左氏經文,别爲一書,以踵三經之後,是謂四經。印役成,遣從事祗告厥由於先聖之廟。甲寅本藏奉後,姑稽告儀,以待是書之成也。來朔焚香日,令泮長告此由於聖廟。儀節用《五禮儀》所載朔望祭禮,而祝文親綴,亦當親傳。"②

再如二十二年六月辛卯,《五經百篇》成。正宗取五經中常所紬繹而諷誦者,編爲五卷,簡其篇帙,大其字樣,爲便於輪誦。其中,《易》取五卦、二傳;《書》取虞書五篇、夏書一篇、商書三篇、周

① 吴晗《朝鮮李朝實録中的中國史料》(十二)引,第4946頁。
② 吴晗《朝鮮李朝實録中的中國史料》(十二)引,第4955—4956頁。

書三篇;《詩》取國風二十一篇、小雅十九篇、大雅十七篇、頌十篇;《春秋》取十篇;《禮記》取《樂記》《大學》《中庸》三篇。總九十九篇。正宗以爲,“朱子之文,其義理之淵深,辭法之粹正,可以直接四子之統,而繼往開來之功,尤在於庸學章句,遂分附章句序於《大學》《中庸》之下,以仿《孟子集注》特附明道墓表之微意。經始於甲寅,考正於乙卯。至是命嶺南道臣選營下吏工書者上送内閣,繕寫刊印。蓋取其體畫之質樸也。”①

這裏特别須要注意的是,正宗及其臣子極重視《春秋》,當是看到其“微言大義”。這種春秋大義,當時的思想家宋時烈在理論上進行了闡述:“所謂修政事以攘夷狄者,孔子作《春秋》以明大一統之義於天下後世。凡血氣之類莫不知中國之當尊、夷狄之可醜矣。朱子有推人倫極天理以明雪耻之義,曰:‘天高地下,人位乎中。天之道,不出乎陰陽;地之道,不出乎柔剛。’是則舍仁與義亦無以立人之道矣。然仁莫大於父子,義莫大於君臣,是謂三綱之要、五常之本,人倫天理之至,無所逃於天地之間者。其曰君父之仇不與共戴天者,乃天之所覆、地之所載。凡有君臣父子之性者,發於至痛不能自已之同情,而非出於一己之私也。”②就是説中華與夷狄的概念不是以民族國家爲標準,而是以道德文化爲尺度。可是,文化的内容概念與國家的形式結合之後,朝鮮的華夷觀念又反倒成爲以國家爲基準了。像宋時烈這樣的名儒,對明朝的覆滅如喪考妣,他認爲,滿清如何用中原文化改造自己仍改變不了原爲夷狄的文化性質。宋時烈主張的崇明排清論就不無這種文化血統論的性質。他對一種先進文化的認識,對“德”之威力的信念已超出理性而近於信仰。這應當是當時朝鮮國内對《春秋》的普遍認識。明乎此,也就不難理解正宗爲何注重編纂《春秋》並闡釋其大義了。

---

① 吴晗《朝鮮李朝實録中的中國史料》(十二)引,第4957頁。

② 宋時烈《宋子大全・己丑封事》,漢城保景文化社1985年版。

經學之外的史學、集學、子學，正宗也有用心，如正宗五年辛丑(1781)二月，將内閣藏書，蓋仿有宋太清樓、皇明文淵閣遺制。或購求新書，或翻刻善本，藏之東二樓。又有私刊之書，令外閣官諸道臣隨即印送。摛文院内藏書籍，華本藏皆有窩，東本藏西庫。命原任提學徐命膺撰《奎章總目》①。庚子，《奎章總目》成。這是正宗重視的結果：

> 上雅尚經籍，自在春邸，購求遺編，拓尊賢閣之傍而儲之。取孔子繫《易》之辭，名其堂曰"貞賾"。及夫御極，規模寖廣。丙申初載，首先購求《圖書集成》五千餘卷於燕肆。又移舊弘文館藏本及江華府行宫所藏皇明賜書諸種以益之。又仿唐宋故事，撰《訪書録》二卷，使内閣諸臣按而購貿。凡山經海志、秘牒稀種之昔無今有者，無慮數千百種。乃建閱古觀於昌慶宫内苑，奎章閣之西南，以峙華本。又建西序於閲古觀之北，以藏東本，總三萬餘卷。經用紅簽，史用青簽，子用黄簽，集用白簽，匯分類别，各整位置。凡其曝曬出納，皆令閣臣主之。在直閣臣或有事考覽，則許令用牙牌請出。至是命閣臣徐浩修撰著書目，凡經之類九，史之類八，子之類十五，集之類二。《閲古觀書目》二卷，《西序書目》二卷，總名之曰《奎章總目》。②

正宗五年六月甲申，御定《八子百選》成書，此即"唐宋八大家"文選。此選凡六編。取韓(愈)文三十篇，柳(宗元)文十五篇，歐(陽修)文十一篇，老泉(蘇洵)五篇，東坡(蘇軾)二十篇，潁濱(蘇轍)五篇，曾(鞏)文三篇，王(安石)文七篇。書成，頒印中外。二十二

---

① 徐命膺(1716—1787)，曾任大司憲、弘文館大提學、奎章閣提學和禮曹、户曹、兵曹判書。

② 吴晗《朝鮮李朝實録中的中國史料(十一)》引，第4707頁。

年(1798)十一月,正宗之《四部手圈》編成。正宗"取《三禮》、《史記》、《漢書》、宋五子書、唐陸贄、唐宋八大家文課日輪讀,遇契意手加圈批,命内閣諸臣分謄,匯成三十卷,命名《四部手圈》"①。看來,正宗對中國的經史子集都有研究,是學習中華文化的高手。

二、李祘喜歡杜甫、陸游律詩

李祘喜歡中國文化,尤喜朱熹學説,已如上言。於中國詩歌,他則主要喜歡杜甫、陸游律詩。正宗同時代學者崔滋説:"言詩不及杜,如言儒不及夫子。"②可見杜詩在東國的地位與影響。正宗以爲:

> 唐之杜律,宋之陸律,即律家之大匠。況少陵稷契之志,放翁春秋之筆,千載之下,使人激仰,不可但以詩道言;故近使諸臣序此兩家全律,將印行之。或以陸詩之太圓熟雌黄之,而予之所取,政在於圓熟,比之明清噍殺之音,其優劣何如?此亦矯俗習之一助也。③

因而,他親自或令文臣們編選關於杜甫、陸游律詩的集子。如《杜律分韵》,即朝鮮摛文院奉正宗李祘的教令彙編。屬於生生字、整理字本。正宗二十二年(清嘉慶三年,1798)活字印刷。五卷二册。此書將杜律 777 首"以韵類編"而成。葉十行,行十八字,小字雙行,四周雙邊。前四卷爲五律,計分 28 韵部,收詩 626 首。第五卷爲七律,計分 26 韵部,收詩 151 首。標題紙署"内閣新編　杜律分

---

① 吴晗《朝鮮李朝實録中的中國史料》(十二)引,第 4963 頁。

② 《韓國詩話選·補閒集》,漢城太學社 1983 年版,第 162 頁。

③ 鄺健行等《韓國詩話中論中國詩資料選粹·日得録》,中華書局 2002 年版,第 267 頁。

韵　戊午(1798)活印”。現藏於高麗大學圖書館。此書版本甚多，僅《韓國所藏中國漢籍總目》著録者，即多達近三十種。有活字本(生生字、整理字混用)，正宗二十二年活字印刷，上黑魚尾，下白口。殘存一册，卷一至三以外缺，現藏於高麗大學圖書館。有整理小字本，純宗五年(1805)重印。殘存一册，卷一至三以外缺，亦藏於高麗大學圖書館。有初鑄整理小字本，純宗五年(1805)刊行。此本題曰《杜韵》，刊記云“内閣新編乙丑重印”，現藏於成均館大學圖書館。有“内閣新編乙未(1835)孟秋嶺營重印”木版本，現藏於雅丹文庫。有再鑄整理小字本，此本刊記云“内閣新編乙丑重印”，亦藏於雅丹文庫。有木活字本，此本高宗二年(1865)刊行，綫裝，題簽“杜律”，刊記云“内閣新編乙丑(1865)重印”，現藏於東國大學圖書館。有整理字本，1798 年活印；又有庚戌(1850)仲秋完營新刊，其印記爲“默容室藏外十四種”，均藏於延世大學圖書館。有全史子本，内閣新編乙丑(1805)重印，外題“杜韵”，其印記爲“默容室藏外八種”，亦藏於延世大學圖書館。有寫本(寫年未詳)，存三卷一册，綫裝，現藏於檀國大學圖書館。有全史子本(小字本)，刊記云“内閣新編乙丑(1805)中人”，現藏於延世大學圖書館。有整理字本，正宗二十二年(1798)活字印刷，藏書記有“鼎足山城”、“太白山”、“内閣”，此即奎章閣韓國本。又有整理字本，正宗二十二年(1798)刊行，存卷一至四，有“帝室圖書之章”印記；生生字本，正祖二十二年(1798)刊行，有“弘齋”、“萬幾之暇”之印；木版本，哲宗元年(1850)刊行，卷末刊記云“庚戌仲秋完營新刊”，有“集玉齋”之印，標題紙署“内閣新編”，均爲奎章閣韓國本。又有 1974 年臺灣大通書局據朝鮮 1798 年活字本影印《杜詩叢刊》本。

又如《杜陸律分韵》，此書亦朝鮮弘文館奉正祖李祘的教令彙編。少陵五言 626 首，七言 151 首；以韵匯分，總五卷。放翁五言1 986首，七言 2 891 首；以韵匯分，總三十九卷。命閣臣李晚秀、沈象奎等校對，以整理字印頒。有奎章閣韓國本，當爲最早版本。此書將杜律

777首、陸(游)律4 875首,“以韵類編”而成。四周單邊,葉十行,行十八字,注雙行。標題紙署爲“内閣新編　杜陸律分韵　戊午(1798)活印”。爲生生字本,正宗二十二年(1798)活字印刷。有“鼎足山城”、“太白山”藏書記,有“奎章之寶”、“史館藏”、“弘文館”、“帝室圖書之章”、“内閣”、“侍講院”等印。正宗親撰《引》曰:

> 詩而取其律,律而分其韵,韵而知其法,以其律有淺深濃淡之别,韵有平澀硬順之異,法有縱衡高低之分也。故取其律而後可以見其全體也,分其韵而後可以探其實用也,知其法而後可以詳其真諦也。詩之以韵,蓋自有虞氏之賡載。而其所以押韵,即不過“明”“良”“喜”“起”等字。降逮後世,如飛雁落雁之格,紛然雜出,而韵則一也。言人人殊,釋氏所謂六窗一猴,這邊叫也應,那邊叫也應者。近之九州島雖廣,兆民雖衆,千載雖遠,其教既明,其政既成之後,所守者一道,所傳者一説。《杜陸分韵》之活印,蓋欲一之也。雖然,聞諸朱夫子曰:“讀書乃學者第二事。”讀書猶然,況月露風花之什乎?修養家有鉛汞龍虎是我身内物之言,而朱子譬之於窮理格物之工。然則此編之作也,因其律而究其韵,究其韵而造其法,則亦未必不爲窮格之一端云爾。①

《杜陸分韵》編成以後,正宗復取杜、陸二家近體詩,依本集序次而全録之,分上下格。書之句句相對,所以便觀覽也。《杜律》二卷,《陸律》十三卷,是爲《(杜陸)二家全律》。正宗親撰《引》曰:

> 《風》《雅》變而楚人之《騷》作,詞賦降而柏梁之詩興。魏晋以還,五言寖盛。有唐之世近體出。而及至趙宋,遂爲詩家

① 鄭健行等《韓國詩話中論中國詩資料選粹·日得録》,第273頁。

之上乘,謂之以律。律之云者,有二義焉:其一宫商徵羽之和也。其一制令典憲之嚴也。隔八而金石,用五而並匀,蓋亦難乎爲言哉!於唐得杜甫,於宋得陸游,然後發揚橐籥之妙,疏泄流峙之精;有如虞廷蹌蹌,皋夔按律,後來諸子,無敢有軒輊者,秩然鳳箾之諧音也,凛然象魏之懸法也;淵乎盛哉!詩當以《三百篇》爲宗,而《三百篇》取其詩中之一二字以名篇,故古人有言曰:"有詩而後有題者,其詩本乎情;有題而後有詩者,其詩徇乎物。"若所謂杜、陸者,真有詩而後始有題者也。予之所取在於此,而不在於聲病工拙之間。葛洪不云乎?古詩刺過失,故有益而貴;今詩純虚譽,故有損而賤。若使《石壕》《鐵衣》之句出於司馬氏之前,則其爲抱樸之所贊美,居可知已。昔我宣陵盛際,命詞臣諺解杜詩,即此義也。如放翁之富贍宏博,遠出千古,而今之操觚弄墨者,騣騣乎南朝之綺麗,棼棼乎西昆之脂韋,曾不窺放翁之樊蔽一步,而猶能厭然自命曰:"放翁何可論此?"豈非螢爝增輝於太陽,蹄涔助深於巨壑者乎?予所以拈出放翁於衆嘲群笑之中,直配少陵,而悉取全稿載之。仍謂之二家者,蓋亦光武封卓茂之微意也。此意要與會予意者道之。①

正宗似仍嫌不足,又親選杜甫、陸游詩精華,編成《杜陸千選》,即《御定杜陸千選》。此書八卷四册,五孔綫裝,爲丁酉字本(以丁酉字印頒),正宗二十三年(1799)十二月辛亥朝鮮内閣活字本印刷。此書四周單邊,葉十行,行十八字。單欄。版心白口,單花魚尾,上方記書名。有微卷,朱、藍圈點。正文卷端題"御定杜陸千選卷之一"。署印爲"竹下茂伯氏陸祉膺印",藏印爲"國立中央圖書館收藏"朱文長方印,現藏於高麗大學圖書館。之後,此書出現多種版本。有雅丹文庫所藏五册本。有奎章閣韓國本,八卷四册,藏書記有"華城行宫"、

① 鄺健行等《韓國詩話中論中國詩資料選粹·日得録》,第274頁。

“弘文館”、“鼎足山城”、“五臺山”、“華城行宫零本”等,有“奎章之寶”、“史館藏”、“摛文院”、“帝室圖書之章”、“弘齋”、“蕩川明月主人翁”等印。有藏於延世大學圖書館的“杜陸千選”本(刊於1799年)。有藏於國立中央圖書館、印記爲“萬川明月主人翁”本。有忠南大學圖書館所藏本,有“邊灘八化”、“金鍾翼印”等印。又有藏於延世大學圖書館的殘寫本。《杜陸千選》之成,即如正宗自己所言:

上以詩道,係於治教之污隆,而近代之詩,日就噍殺,思所以返之古淳。既選朱子詩爲雅誦,又以朱子於唐獨取杜工部詩,陸務觀與朱子同時,而朱子許以和平粹美,有中原昇平氣像(象)。曰當今之時,求古之世,教其民而化其俗,捨杜陸奚以哉!乃選杜律五七言五百首,陸律五七言五百首,凡八編,名之曰《杜陸千選》。鑄字所印進,頒賜諸臣。①

並且寫了一首七絶《批選杜陸詩吟示二直學》:“唐宋文章几案間,縱横有批好開顔。浣花溪畔多春興,分與紅塵醉夢眠。”他認爲杜甫爲“匡正詩道之律聖”(《杜律分韵》卷四跋),是“不待夫子之筆能帝蜀而寇魏”者(《杜陸千選》卷八跋)。

爲了進一步説明此一問題,現把其“卷首語”録於此:

夫詩本之二南,參之列國,正之於雅,和之於頌,爲勸懲黜陟之方而必使其中也。養不中才也,養不才,養之所以教之也;教之所以化之也。閎博敦厚長士氣,廉耻節禮淑人心,非仁勿居,非義勿踐。孝悌爲纓弁,忠信爲履綦,則莫不由於人主之本原也。故宫庭屋漏之邃起,居語默之微思與元元同其福,而百年以來士大夫翺翔館閣,以文章翰墨相娱,沿襲華靡,

① 吴晗《朝鮮李朝實録中的中國史料》(十二)引,第5008頁。

大樸日散,無復三古之音久矣。予聞善觀世者不觀乎吏治,而觀乎人文。大抵壽原於樂,樂生於心;心樂則神怡,神怡則性定;性定則氣和。在天而爲慶雲景星,在地而爲紫草靈泉,在人而爲玉佩金章,在物而爲威鳳瑞麟:由是而合千萬世之理道,由是而演千萬世之語言,此所以敬選朱夫子詩題其篇曰《雅誦》也。詩云:"周王壽考,遐不作人。"予竊有所取義焉。夫子又嘗曰:"光明正大,疏暢洞達,磊磊落落,無纖芥之可疑者,於唐得工部杜先生。"夫子亞聖也,於人物臧否,一言重於九鼎,而其稱道杜工部乃如此者,豈非讀其詩而知其人也歟?如陸務觀與朱子同時,而夫子尚許之以和平粹美,有中原升平氣象。則當今之時,等古之世,教其民而化其俗,舍杜陸奚以哉!蟋蟀綿蠻,蟲鳥之吟也;蒼葭白露,時物之變也。固無繫於修己治人之工,而聖人表之以爲經者,以其節族音響之間興動振作之效,自有不能已者。若以月露風花命杜陸而少之,是誠不知詩者。於乎!跋履山川之間,從容憲度之中,忠君愛國之誠油然湧發於《秋興》諸作,而不待夫子之筆能帝蜀而寇魏,則杜子也。酹隆州之劍而嘆石帆之鏡,慨六飛之南渡,恨二轅之北狩,起聞江聲澒洞傑然有鐵衣東征之想,則陸子也。予時讀《春秋左氏傳》,起感於山榛隰苓之什,歷選三百篇以後,能得三百篇之大旨者惟杜陸。其庶幾乎懋昭六宫之政、琮璜琚瑀之訓,自家而國聲施及遠。予固以三百篇爲歸而取則於雅誦,潤色於杜陸則惟在人自得之之如何。孟不云乎"自得之則居之安、資之深"?予於此亦云。遂選杜陸近體千首,名之曰《杜陸千選》,則無論才與不才,讀此選者雖不中不遠矣。兼欲觀有勸有懲而措之於黜陟之政,此可與知者道也。①

① 李祘《群書標記》卷四,張伯偉編《朝鮮時代書目叢刊》第二册,第1109—1113頁。

此後,朝鮮的詩風從整體而言,是唐宋兼宗。因而,由於他的倡導,《杜律分韻》《陸律分韻》《杜陸分韻》等大、中、小各種版本迅速普及全國,因此被同時代詩人丁若鏞贊爲"聖人猶好草堂詩"。丁若鏞(1762—1836),是朝鮮正宗時代學杜尚杜的典範詩人,他稱贊杜甫是"詩中孔子",以其創作實踐再現杜甫的批判現實主義精神,開創"憂時憐民,破邪顯正,沉鬱蒼勁"的新風氣。因而,正宗與丁若鏞同時喜好杜甫,可謂杜甫的隔疆知音。

此一時期,即英祖、正宗(祖)時期的杜詩學實績與其時的時代精神、學術思潮密切相關。正宗《群書標記》四《詩觀》義例云:"宋詩蓋能變化於唐,而以其所自得者出之,所謂毛皮盡落,精神獨存者是也。嘉、隆以還,侈口詩論者輒訾之以腐,是何異於談龍肉而終日餒者哉?"①可以説,這一時期的詩風總體上是兼采唐音宋調的。

第六節　朝鮮半島詩話中的杜甫研究

詩話,根據章學誠的意見,大致可分爲"論詩而及事"與"論詩而及辭"兩類②,朝鮮半島的詩話絶大多數屬於前者。這與其悠長的詩學傳統密切相關,朝鮮朝著名學者洪萬宗在其《小華詩評》中説:"蓋東方詩學,始於三國,盛於高麗,而極於我朝。"他們的詩論從建構到全面發達,從中國借鑒的詩話形式便成了其主要手段:以

---

①　李祘《群書標記》卷四,張伯偉編《朝鮮時代書目叢刊》第二册,第1001—1002頁。

②　章學誠《文史通義・詩話》指出:"詩話之源,本於鍾嶸《詩品》。然考之經傳,如云:'爲此詩者,其知道乎!'又云:'未之思也,何遠之有?'此論詩而及事也。又如:'吉甫作誦,穆如清風。''其詩孔碩,其風肆好。'此論詩而及辭也。"《章學誠遺書》本,文物出版社1985年版,第43頁。

閒談、隨筆的形式，輕鬆活潑，富於彈性。杜詩作爲他們學習、模仿的典範，自是評論較多的。朝鮮半島最早的詩話出現於高麗朝，姜希孟《東人詩話序》稱：

> 吾東方詩學大盛，作者往往自成一家，備全衆體，而評者絶無聞焉。及益齋先生《櫟翁稗説》、李大諫《破閒》等編作，而東方詩學精粹得有所考。厥後百餘年間，莫有繼者，豈非詩學之大慨也！①

現在能够考知的高麗詩話，計有四種：李仁老《破閑集》、李奎報《白雲小説》、崔滋《補閒集》和李齊賢《櫟翁稗説》。此一方面文獻的整理陸續出現，如韓國學者趙鍾業編纂的《韓國詩話叢編》（十七卷）、蔡鎮楚編《域外詩話珍本叢書》（收集古代朝韓詩話 40 種）、全英蘭《韓國詩話中有關杜甫及其作品之研究》、蔡美花和趙季主編《韓國詩話全編校注》（136 種）等。這些詩話的内容，據張伯偉歸納爲理論批評和實際批評兩類：

> 從理論批評的角度看，無論是詩的基本觀念，詩的體制和作法，詩的美學趣味，都可以視爲中國傳統詩學的延伸。如曹伸在《謏聞瑣録》中評論高麗以來的詩人，使用的風格概念就是渾厚、沉痛、工致、豪壯、雄奇、閒適、枯淡等，洪萬宗《小華詩評》則使用了淒惋、寒苦、纖巧、清廣、老熟、典麗、古樸、高潔、奇逸、曑達、奇妙、鍛煉、感慨、神妙、瀏亮、富麗、淒切、奇壯等概念，不難發現其與中國詩學的承繼關係。從實際批評的角度看，又可根據其批評對象分作三類：即專評本國，專評中國，

---

① 蔡美花、趙季主編《韓國詩話全編校注》，人民文學出版社 2012 年版，第 160 頁。

兼評中韓。所以，這些文獻對於研究韓國詩學、中國詩學以及中韓比較詩學，都是非常重要的參考資料。①

一、以杜詩爲宗

朝鮮半島雖有宗唐、宗宋之争，可多數都推尊杜詩。如詩話中有許筠《鶴山樵談》與《惺叟詩話》、尹根壽《月汀漫筆》、李睟光《芝峰類説》、梁慶遇《霽湖詩話》、柳夢寅《於于野談》、李植《學詩準的》、鄭斗卿《東溟詩説》、金得臣《終南叢志》、任璟《玄湖瑣談》、丁若鏞《籜翁漫筆》、申欽《晴窗軟談》、申景濬《旅庵詩則》、李宜顯《陶谷雜著》等。

如許筠《鶴山樵談》云："仲氏論學文章：須要熟讀韓文，先立門户；次讀左氏，以致簡潔；次讀《戰國策》，以肆縱横；次讀《莊子》，以究出没；《韓非》《吕覽》，以暢支流；《考工》《檀弓》，以約志氣；最要熟看《太史公》，以張其横放傑出之態。爲詩，則先讀《唐音》，次讀李白；蘇、杜則取才而已。"②許筠雖是宗唐，不以杜甫爲宗；然而已開宗杜之緒。李睟光《芝峰類説》是宗唐的，對杜甫的評價以摘句批評爲主，總體來看，對杜詩的稱譽較多，却也有指摘之言。如：

> 杜詩："紅入桃花嫩，青歸柳葉新。"李白："寒雪梅中盡，春風柳上歸。"王荆公詩："緑攪寒蕪出，紅争暖樹歸。"此三詩皆用"歸"字，而古人以荆公詩爲妙甚，余謂不然。老杜巧而費力，荆公欲巧而尤穿鑿，李白爲近自然。③

① 張伯偉《韓國歷代詩學文獻總説》，《文獻》2000年第2期。
② 蔡美花、趙季主編《韓國詩話全編校注》，第1446—1447頁。
③ 蔡美花、趙季主編《韓國詩話全編校注》，第1068頁。

這裏,李睟光把杜甫、李白、王安石三人表達相同内容的詩句對比,認爲李白、杜甫優於王安石。

杜詩云:"江流天地外,山色有無中。"古人以爲絶唱。宋詩云:"山從平地有,水到遠天無。"語意似巧而氣力欠健。又東人有《金剛山》一句云:"地勢北高山不盡,天容東闊海無窮。"人或稱佳。然乃是兒稚語,無足掛齒牙耳。①

李睟光直言宋詩與杜詩相比氣力欠佳。

前輩評王荆公詩曰:"祖淵明而宗靈運,體子美而用太白。"其曰"樵松煮澗水,既食取琴彈",清淡也;"月映林塘淡,風涵笑語涼",華妙也;"地留孤嶼小,天入五湖深",高雅也;"勢合便疑包地盡,功成終欲放春回",豪逸而從容也。法度森嚴,無一點可校云。余謂王詩在宋最精巧有意味,如"已無船舫猶聞笛,遠有樓臺只見燈。山月入松金破碎,江風吹水雪崩騰",語非不工,然氣格猶在晚唐下,比之陶、謝、李、杜,則誠過矣。②

李睟光認爲王安石氣格在晚唐詩人之下,更無法與陶淵明、謝靈運、李白、杜甫相比。

柳夢寅《於于野談》云:

萬曆丁酉、戊戌間,中原發舟師防倭,天將陳璘等到泊南海,鰲城府院君李公候焉。天將有一人於篋中出寶藏,以錦褚十襲,次第開之,其中有一書乃杜子美手稿"倚江楠樹草堂前"

① 蔡美花、趙季主編《韓國詩話全編校注》,第1069頁。
② 蔡美花、趙季主編《韓國詩話全編校注》,第1089頁。

> 者,古詩也。句句字字皆點竄無完語,只"東南飆風動地至"一句無點化處,其餘皆濃墨以改之,其字體頗拙。子美着心辛苦,緣詩致瘦,可想以詩中之聖,必構草筆削,不敢等閒作一語。況後之人下此且千百倍而欲隨意揮灑者,雖快於一時,其於傳後也何如?①

柳氏在稱贊杜甫嚴謹的作詩態度的同時,高度評價杜詩比後世之詩要强千百倍。

二、"集大成"、"詩史"之論

李仁老的《破閑集》是韓國詩話的鼻祖,書中論及中國詩或中國詩人的有四處,都提到了杜甫。李仁老説:"自《雅》缺《風》亡,詩人皆推杜子美爲獨步。豈唯立語精硬,刮盡天地菁華而已。雖在一飯未忘君,毅然忠義之節,根於忠而發於外,句句無非社稷口中流出,讀之足以使懦夫有立志。'玲瓏其聲,其質玉乎'?蓋是也。"②在李仁老看來,杜甫"獨步"的原因一方面在於其"立語精硬",彙集"天地菁華",更重要的是在於其"忠義之節"。仁老此論,蓋受宋人郭思(1102—1110)觀點的影響,他的《瑶溪集》説:"老杜於詩學,世以爲前無古人,後無來者。然觀其詩,大率宗法《文選》,摭其華髓,旁羅曲采,咀嚼爲我語。至老杜體格無所不備,斯周詩以來老杜所以爲獨步也。"③比較而言,關於杜甫"獨步"的論述,李仁老可謂後出轉精。崔滋《補閑集》云:"《補閑》只載本朝詩,然言詩不及杜,如言儒不及夫子,故編末略及之。"④崔滋以孔子

① 蔡美花、趙季主編《韓國詩話全編校注》,第1016頁。

② 蔡美花、趙季主編《韓國詩話全編校注》,第17頁。

③ 郭紹虞編《宋詩話輯佚》,中華書局1980年版,第533頁。

④ 蔡美花、趙季主編《韓國詩話全編校注》,第117頁。

在儒家的地位比況杜甫在詩人中的地位,認爲杜甫爲詩人之首。金萬重《西浦漫筆》云:"竊謂自古文章大家只有四人,司馬遷、韓愈之文,屈平之騷,杜甫之詩,是皆具四時之氣焉,不然不足爲大家。《史記》之酷吏、平準;昌黎之志銘,楚辭之《九章》《天問》;子美之夔後,皆秋冬之霜雪。"①又云:"詩道至少陵而大成,古今推以爲大家,無異論也。"②金萬重認爲杜甫是中國詩人之首,其詩歌集中國詩道之大成。

第一位提到杜詩"詩史"之稱的韓國詩論家是李朝學者李睟光,他在《芝峰類説》中説:"古人謂李白爲仙才,李賀爲鬼才。又謂李白爲詩聖,杜子美爲詩史。胡宗愈言:'杜子美凡出處去就,悲歡憂樂,一見於詩,讀之可以知其世,故謂之詩史。'余謂詩而爲史,亦詩之變也。"③張維在《谿谷集》中也提到了"詩史",云:"自書契之作也,著述寖廣,體裁區别,記載世變,昭示得失者謂之史;陶冶性情,被之管絃者謂之詩,此二者不可混,亦不能兼也……歷數終古,究觀藝林,兼斯二美,一舉而兩至者,其唯唐杜甫之詩史乎!"④對比李睟光和張維對杜甫"詩史"的態度,李謂"詩而爲史,亦詩之變也",對"詩史"頗不贊同;張却認爲雖然詩與史不能混爲一談,但是杜甫却做到了寓史於詩。

李睟光《芝峰類説》云:"李商隱《華清宫》詩:'華清恩幸古無倫,猶恐蛾眉不勝人。未免被他褒女笑,衹教天子暫蒙塵。'審此詩意,則必如幽王之禍,然後爲快也。雖詩格尚新,而辭旨未穩,非唐時臣子所忍道者。杜詩云:'朝廷雖無幽王禍,得不哀痛塵再蒙。'

---

① 蔡美花、趙季主編《韓國詩話全編校注》,第 2267 頁。

② 蔡美花、趙季主編《韓國詩話全編校注》,第 2271 頁。

③ 蔡美花、趙季主編《韓國詩話全編校注》,第 1074 頁。

④ 宋伯年主編《中國古典文學在國外》引,北京語言學院出版社 1994 年版,第 175 頁。

乃仁人君子之言也。"[①]李商隱認爲寵倖褒姒是造成幽王之禍的原因,而在李睟光看來,李商隱對唐朝歷史教訓的認識停留在兒女私情,"辭旨未穩",而杜甫却深刻認識到女寵之外,還有真正的原因。

南羲采《龜磵詩話》關於"詩史"的論述非常獨特:

> 司馬温公撰《資治通鑑》,以正統與魏,以接乎司馬氏,蓋因襲陳壽之誤也。朱子於《綱目》特以正統與蜀漢,以正其失。老杜"懷古"一篇,可以見尊昭烈之義,其詩:"蜀主窺吴幸三峽,崩年亦在永安宫。翠華想像空山裏,玉殿虛無野寺中。"云云。《春秋》法例:天子所寓曰幸,天子之殂曰崩,天子乘輿之蓋曰翠華,其尊昭烈爲正統,若《春秋》之法,而首稱蜀主,特因舊號耳。下篇又曰,"運移漢祚終難復",其言"漢祚",則子美之帝蜀亦可見矣。世謂老杜詩以爲詩史者,良以是也。陳壽撰《三國志》凡六十五篇,時人稱其善叙事,有良史才,吾未知其信然。[②]

南羲采列舉了"懷古"詩的例子,即是《詠懷古迹五首》其四,"下篇"即是其五:"諸葛大名垂宇宙,宗臣遺像肅清高。三分割據紆籌策,萬古雲霄一羽毛。伯仲之間見伊吕,指揮若定失蕭曹。運移漢祚終難復,志決身殲軍務勞。"認爲杜詩堪稱"詩史"是因爲它繼承了春秋筆法。他在同一書中又從另一個角度來談論"少陵詩史":

> 朱元晦《感興》詩曰:"麀聚瀆天倫,牝晨司禍凶。乾綱一以墜,天樞遂崇崇。淫毒穢宸極,虐焰燔蒼穹。向非狄張徒,誰辦取日功。"……朱詩又曰:"青青千里草,乘時起陸梁。當

① 蔡美花、趙季主編《韓國詩話全編校注》,第1082頁。
② 蔡美花、趙季主編《韓國詩話全編校注》,第7560—7561頁。

塗轉凶悖，炎精遂無光。”噫！武后之罪與卓、操、新莽無異，固不容誅矣。柬之等兵既入宫，當先奉中宗復位，即以武氏至唐太廟，數其罪而賜之死，殄滅其宗，然後足以慰在天之靈、臣民之憤矣。惟其不然，故有韋后、武氏之禍，惜哉！朱詩又曰：“云何歐陽子，秉筆迷至公。唐經亂周紀，凡例孰此容。侃侃范太史，受説伊川翁。《春秋》二三策，萬古開群蒙。”此言歐公以周紀亂唐經，而美范太史能削武氏之號，繼嗣聖之年，且歲書帝在房陵，謂其得《春秋》二三策。而其説受之伊川。温公書武氏於《通鑑》，而不能改歐之舊，伊川亦言於温公，況范氏同在史局，分管《唐史》，此義未有不陳於温公，公不以爲然。此皆朱子致不滿於温公者。而但其辭婉，人不知爲《通鑑》發也。少陵《寄狄明府博濟》詩曰：“梁公曾孫我姨弟，不見十年官濟濟。……汝門請從曾翁説，太后當朝多巧計。狄公執政在末年，濁河中不汙清濟。國嗣初將付諸武，公獨廷諍守丹陛。禁中册决詔房陵，前朝長老皆流涕。太宗社稷一朝正，漢官威儀重昭洗。”云云。狄公取日之功，武氏亂紀之罪，並一筆句斷。少陵真可謂詩史矣。①

《龜磵詩話》又云：“玄宗在藩邸時，樂民間清明節鬥雞戲，及即位，置雞坊，索長安雄雞金尾、鐵距、高冠者千數養之，選六軍小兒五百馴飼之。杜詩‘官雞輸稻粱’，蓋謂是也。於是民間尤甚，諸王外戚公主家，傾帑破産以償雞直。時楊國忠以鬥雞供奉進，故杜詩曰：‘鬥雞初賜錦，舞馬既登牀。’……余謂雖非酉生而淫戲若是，安得不召禍致亂？”②南羲采認爲，正是君主的放蕩才導致國家的混亂，可謂的見。

---

① 蔡美花、趙季主編《韓國詩話全編校注》，第8267—8268頁。

② 蔡美花、趙季主編《韓國詩話全編校注》，第7081—7082頁。

李宜顯《陶谷雜著》云:“詩以道性情。《詩經》三百篇,雖有正有變,大要不出‘温柔敦厚’四字,此是千古論詩之標的也。屈原變而爲《騷》,深得三百篇遺音。西京建安卓矣,無容議爲。下及陶、謝、江、鮑,又皆一時之傑然者。至唐益精練,衆體克備,而杜陵集大成,此又詩家正脈然也。爲詩而偭此矩則,不可謂之詩矣。宋人雖自出機軸,亦各不失其性情,猶有真意之洋溢者。至於明人,浮慕三百篇、漢魏,鄙夷唐以下,而究其所成就,正如仲默所謂‘古人影子’,不能自道出胸中事。吟咀數三,索然無意味。以余揆之,反不如宋也。譬之則三百篇、《楚辭》、漢魏以至盛唐李、杜諸公,其才雖有等差,而皆是玉也,玉亦有品之高下故也。宋則瑿也,明則水晶琉璃之屬也。”①

三、“詩聖”之稱

李朝前期的徐居正是第一位稱杜甫爲“詩聖”的詩論家,他在《東人詩話》中不只一次提到杜甫爲詩聖:“古人詩不厭改。少陵詩聖也,其詩曰:‘柳花細逐楊花落,黄鳥時兼白鳥飛’,屢經删改。”②“予嘗與春坊諸學士論入聲通押是非。或曰:‘少陵詩聖也,平生未嘗通押。如《早發射洪縣》詩,終篇用緝韵。’予曰:‘子於杜詩未熟。……’”③

總體來看,韓國詩壇對杜甫的評價基本上沿用中國詩壇的説法。然而,筆者發現韓國詩論家只是提出或者使用“集大成”、“詩聖”的名號,却鮮少論述杜甫何以被譽爲“集大成”、“詩聖”。比如對“詩聖”的理解,不僅包括杜甫胸懷儒家仁民愛物的情懷和憂國憂民的憂思,還包括吸收《詩經》的叙事和議論傳統、《離騷》慷慨

① 蔡美花、趙季主編《韓國詩話全編校注》,第 2930—2931 頁。
② 蔡美花、趙季主編《韓國詩話全編校注》,第 186 頁。
③ 蔡美花、趙季主編《韓國詩話全編校注》,第 192 頁。

悲歌的格調、樂府的因事而發、建安風骨的濃烈情懷和細膩感情，會通賦的鋪排、《春秋》史筆以及五言古詩、五七言律詩的一切經驗，而非簡單的"詩不厭改"或者"未嘗通押"。

四、杜詩藝術之論

東人對杜詩形式特點的論述很多，他們較爲普遍的觀點是重視字句的功夫，如梁慶遇《霽湖詩話》所云：

> 老杜爲萬古詩祖，其造句法自有定式，學者勿爲放過。每於造句安字處，尋索玩味，自有長進之益。試言其可記處，則喜用"自"字："風月自清夜"，"舟人自楚歌"，"鷺浴自晴川"，"殊俗自人群"，"虚閣自松聲"，"吾徒自漂泊"；又喜用"還"字："侵凌雪色還萱草"，"可憐後主還祠廟"，"飄零還柏酒"，"捲簾還照客"，"雞鳴還曙色"；又喜用"日"字："天時人事日相催"，"不堪人事日蕭條"，"歸朝日簪笏"，"江山日寂寥"，"川陸日悠哉"，"虚殿日塵埃"，"大樹日蕭蕭"；又喜用"更"字："山擁更登危"，"岸斷更青山"，"樓高更女墻"，"晦日更添愁"；又喜用"浮"字："天闊樹浮秦"，"乾坤日夜浮"，"赤壁浮春氣"；又喜用"亦"字："他鄉亦鼓鼙"，"故里亦高桐"，"吾醉亦長歌"；又喜用"仍"字："江月仍圓夜"，"堂構惜仍虧"，"淹泊仍愁虎"，"積年仍遠别"，"歲寒仍顧遇"，"射洪春酒寒仍緑"；又喜用"細"字："桃花細逐楊花落"，"細動迎風燕"，"寒江流甚細"，"憂國只細傾"；又喜用"兼"字："兼隨廣文貧"，"兼隨宋玉悲"，"兼懷雪下船"，"兼疑夏禹功"，"露翻兼雨打"，"日兼春有暮"，"兼全寵辱身"，"聖朝兼盜賊"，"衣冠兼盜賊"，"脂膏兼飼犬"，"來往兼茅屋"，"黄鳥時兼白鳥飛"；又喜用"元"字及"元自"字："西江元下蜀"，"雪樹元同色，江風亦自波"，"俱飛蛺蝶元相逐，並蒂芙蓉本自雙"。又以"向來"

> 對"元自"用:"天河元自白,江浦向來澄";"鬢毛元自白,泪點向來垂";"鎖石藤梢元自落,倚天松骨見來枯"。此類不可殫記,學者詳之。①

又如,李仁老《破閒集》卷上云:

> 琢句之法,唯少陵獨盡其妙。如"日月籠中鳥,乾坤水上萍","十暑岷山葛,三霜楚户砧"之類是已。且人之才如器皿,方圓不可以該備。而天下奇觀異賞,可以悦心目者甚多,苟能才不逮意,則譬如駑蹄臨燕越(趙),千里之途,鞭策雖勤,不可以致遠。是以古之人雖有逸材,不敢妄下手,必加煉琢之工,然後足以垂光虹蜺,輝映千古。至若旬鍛季煉,朝吟夜諷,撚須難安於一字,彌年只賦於三篇。手作敲推,直犯京尹;吟成太瘦,行過飯山;意盡西峰,鐘撞半夜;如此不可縷舉。及至蘇、黄,則使事益精,逸氣横出,琢句之妙,可以與少陵並駕。②

李仁老特别推尊杜詩,並因此而重視和提倡"琢句之法",即對詩句的精雕細琢與推敲。杜甫、蘇軾、黄庭堅等顯然是他所標舉的楷模和典範。"且人之才如器皿"一段話,以人才作譬喻,强調"必加煉琢之工",方可"輝映千古",故而,在李仁老筆下,"旬鍛季煉"的賈島式的"推敲"功夫乃是最可推崇的。誠如韓國學者趙鍾業指出的,李仁老特别注重"用事",這與黄庭堅標舉杜詩"無一字無來歷",正相合拍;也許,李仁老是受到了黄庭堅的啓發而注重"用事"的。

又如崔滋《補閒集》卷下云:

---

① 蔡美花、趙季主編《韓國詩話全編校注》,第1432—1433頁。

② 蔡美花、趙季主編《韓國詩話全編校注》,第12頁。

古今警絶句不多，如草堂《江上》云："功業頻看鏡，行藏獨倚樓。"《悶》云："捲簾唯白水，隱几亦青山。"陳補闕云："杜子美詩雖五字，氣吞象外。"殆謂此等句也。然"白水"之聯，用"唯""亦"二字爲妙；欲味其妙，當悶中咀嚼。崔狀元基静《四時詞》云："侵雪還萱草，占霜有麥花。"白拈草堂語。吴先生世才《自叙》云："丘壑孤忠赤，才名兩鬢華。"暗竊草堂格。皇祖初入金闕，奉使江南，留題曰："雲霄茅下才連茹，原隰蓬間忽斷根。"詩人以爲與杜子美"日月籠中鳥，乾坤水上萍"，其琢句精工相似。或云此等句格，琢爲五字則絶妙，七言則未工。眉叟《破閒》云："古今琢句之法，唯杜少陵得之。如'日月籠中'句，吟味果如啖蔗。"陳補闕云："'三年旅枕庭闈月，萬里征衣草樹風。'未若草堂'三年笛裏關山月，萬國兵前草木風'語峭意深。"李史館允甫平生嗜杜詩，時時吟賞"干戈送老儒"一句，曰："此語天然道緊，凡才固不得道。"宋翰林昌問工部"九江春草外，三峽暮帆前"辭易意滑，倘可及道。史館笑曰："其語意豁遠，固非汝曹所識。如'古墻猶竹色，虚閣自松聲'，此工部尋常語體，古今幾人學杜體而莫能仿佛；唯雪堂'欹枕落花餘幾片，閉門新竹自千竿'，其語格清緊則同，遣意閒雅過之，蓋有'欹枕'、'閉門'之語耳。"史館嘗與李翰林（文順公）宿安和寺，留詩。翰林曰："廢興餘老木，今古獨寒流。"史館曰："改'獨'爲'尚'則草堂句也。"《歸正寺壁》題云："晨鐘雲外濕，午梵日邊乾。"此奪工部"晨鐘雲外濕，勝地石堂烟"句也。於晨鐘言濕，可警；於梵言乾，疏矣；但對觸切耳。"石堂烟"句，是氣吞之類也。《補閒》只載本朝詩，然言詩不及杜，如言儒不及夫子，故編末略及之。凡詩琢煉如工部，妙則妙矣，彼手生者，欲琢彌苦，而拙澀愈甚，虚雕肝腎而已；豈若各隨才局，吐出天然，無礱错之痕？今之事鍛煉者，皆師貞肅公。李眉叟曰："章句之法不外是,如使古人見之,安知不謂生拙也?”①

著名詩人崔滋,是李奎報的弟子,他也極力推崇杜詩,認爲杜詩是寫詩者的楷模,學詩者應該精讀杜詩並領會其精華。他認爲杜詩意境深邃,其五言詩也大都寫得“氣吞象外”,要掌握其要旨必須深入研究,因此他反對從表面上學杜。面對在學習杜詩的過程當中出現的“模杜”傾向,崔滋極力主張詩人應有批判地繼承前人遺産,懂得取其精華,使其爲自己創造新的藝術形象服務。而李允甫認爲,杜詩“語意豁遠”,學詩達到一定層次的人才能領會。然而,杜詩也並不可能篇篇都達到了詩的“極致”,其中也有一些“尋常語體”。如果潛心學習,努力磨煉,也可以寫出達到或超過其詩的作品。他舉例説:“唯雪堂‘欹枕落花餘幾片,閉門新竹自千竿’,其語格清緊則同,遣意閒雅過之。”

崔滋指出,“奪其意”、“模其語”是當時在學習杜詩時存在的一種弊病,應該徹底克服。他認爲寫詩是一種藝術創造活動,應“格隨才局,吐出天然”。他説:凡詩琢煉如工部(指杜甫),妙則妙矣。彼手生者,欲琢彌苦,而拙澀愈甚,虛雕肝腎而已。豈若各隨才局,吐出天然,無礱錯之痕。崔滋的這一番話,切中了當時模仿杜詩者們的要害,指出了繼承杜詩遺産的正確途徑和創作具有自己獨特個性的新詩的方法。崔滋是一位極富民族自豪感的高麗文人,他的詩作與文章充分證明了這一點。他撰寫《補閒集》,爲自己訂立了一個重要原則,那就是專門輯録和評論本國作家和作品,對高麗民族文學進行總結並指出新的方向。然而,他在實際的撰寫過程中,却“違背”了自己的這一諾言,他在一些地方還是品評了中國詩人杜甫的詩。而他對此的解釋則是:“《補閒》只載本朝詩。然言詩不及杜(甫),如言儒不及(孔)夫子。故編末及之。”(同上)他的解釋也充分反映出了杜甫

① 蔡美花、趙季主編《韓國詩話全編校注》,第119—120頁。

在他心目中崇高的地位。當時的高麗人把孔子奉爲“聖人”和“儒宗”,同樣也將杜甫推爲“詩聖”和“詩宗”,而崔滋的這一番話也正好體現出了當時高麗人的這種文化意識和文學觀念。

又如李齊賢《櫟翁稗説》云:

> 杜少陵有“地偏江動蜀,天遠樹浮秦”之句。予曾遊秦、蜀,蜀地西高東卑,江水出岷山,經成都南,東走三峽,波光山影,蕩揺上下。秦中千里,地平如掌,由長安城南以望,三面緑樹童童,其下野色接天,若浮在巨浸然。方知此句少陵爲秦、蜀傳神,而妙處正在阿堵中也。“四更山吐月,殘夜水明樓。塵匣元開鏡,風簾自上鈎。”崔拙翁瀣言:“人謂後二句皆言月,非也。塵匣元開鏡,以言水明樓耳。如《夔府詠懷》詩:‘峽束蒼江起,巖排古樹圓。拂雲埋楚氣,朝海蹴吴天。’拂雲言古樹,朝海言蒼江,亦詩家一格也。”《戲題韋偃畫松》詩,未見有戲之之語,姑蘇朱德潤妙於丹青,謂予言:“凡畫松柏,作輪囷礌砢則差易,而昂霄聳壑之狀最爲難工。此詩後四句:‘我有一匹好東絹,重之不減錦繡段。已令拂拭光凌亂,請君放筆爲直幹。’乃所以戲偃也。”①

這是李齊賢根據自己遊巴蜀與古秦地的記憶與印象評論杜甫的詩。文中引用的詩句,是杜甫五言排律《奉和嚴中丞西城晚眺十韵》中的一句。在文中,作者以自己實地觀察體驗高度贊揚了杜甫此句“爲秦、蜀傳神”,妙味無窮。

《櫟翁稗説》還有大量關於詩歌造語的討論。如:“鄭司諫知常詩云:‘雨歇長堤草色多,送君南浦動悲歌。大同江水何時盡,别泪年年添作波。’燕南梁載嘗寫此詩,作‘别泪年年漲緑波’。予謂‘作’

① 蔡美花、趙季主編《韓國詩話全編校注》,第143—144頁。

'漲'二字皆未圓,當是'添緑波'耳。"[①]在這個例子中,鄭知常的詩作本脱胎於杜甫"别泪遥添錦水波",其中"添"字尤能傳達别泪無盡,相思綿綿之意,李齊賢所論,或許就直接受到杜詩藝術的啓發。

又如一代文宗金宗直曰[②]:

> 李穡《讀杜詩》:"錦里先生豈是貧,桑麻杜曲又回春(杜詩:"杜曲幸有桑麻田。")。鈎簾丸藥身無病(杜詩:"鈎簾宿鷺起,丸藥流鶯囀。"),畫紙敲針意更真(杜詩:"老妻畫紙爲棋局,稚子敲針作釣鈎。")。偶直離亂增節義,肯因衰老損精神。古今絶唱誰能繼,剩馥殘膏丐後人。"(宋祁贊云:"殘膏剩馥,沾丐後人多矣。")(《青丘風雅》卷五)[③]

李穡[④],也是高麗末期的一位現實主義詩人。他一生深愛杜詩,自

---

① 蔡美花、趙季主編《韓國詩話全編校注》,第148頁。

② 金宗直(1431—1492),字季昷、孝寬,號佔僤齋,善山人。1453年中進士,1459年文科及第。性至孝,操履端慤,學問精深,文章高古,爲一世儒宗。誨人不倦,一時名賢碩士多出其門。歷任慶尚道兵馬評事、善山府使、都承旨等官職,官至刑曹判書、中樞府知事。謚文簡公。在性理學、詩歌創作等方面有突出貢獻。著有文集《佔僤齋集》,詩二十三卷,文二卷。還有《流頭遊録》《青丘風雅》《續青丘風雅》《堂後日記》《東文粹》《一善志》《彝尊録》等作品。

③ 《青丘風雅》,金宗直撰。蓋裒集崔致遠以下製古今詩凡百數十人,各有批點,所撰尤精粹。《松溪漫録》曰:"佔僤先生以《東文選》徇私不公,擇焉不精,淘沙煉金,更拔其尤,其文曰《東文粹》,詩曰《青丘風雅》,可謂儉精矣。"

④ 李穡(1328—1396),字穎叔,號牧隱,韓山人。李谷之子。十四歲成均試及第,後隨其父李谷赴元朝,就學太學。高麗恭湣朝擢嵬科,恭湣王二年又中元朝制科第二甲,歐陽玄見對策,大加稱賞。不久任翰林文學承侍郎,同知制誥兼國史院編修官。回高麗後官至侍中。晚年曾遭流配,漸生潛遊山林之心。卒謚文靖公。著有《牧隱集》二十五卷。李肯翊評其"能集大成,詩文俱優。然多有鄙疏之態。準乎元人之律且不及,其可擬於唐宋之域乎?"(《燃藜室記述别集・文藝典故》評語)。

稱一生努力欲得杜詩之"堂奥"。作者寫其"門墻高大"而後來者不可企及,自己曾多少次翹首遥望其"堂奥"却倍感茫然。他折服於杜甫的憂國忠節,又仰慕杜甫的天才詩藝,其情其意充滿字裏行間,給人留下了深刻的印象。

李植《學詩準的》認爲學詩當以杜詩爲標準和歸宿。在他看來,《三百篇》是詩歌之"宗主",杜詩是《三百篇》的最佳傳承。"李白古詩飄逸難學。杜詩變體,性情詞意,古今爲最。"①他還以自身經歷現身説法,爲後人指出正確的學詩方法:"余兒時無師友,先讀杜詩,次及黄、陳、《瀛奎律髓》諸作。習作數千首,路脈已差。然後欲學《選》詩、《唐音》,而菁華已耗。不能學,又不敢舍杜陵而學唐,故持疑未決。四十以後,得胡元瑞《詩藪》,然後方知學詩不必專門。先學古詩、唐詩,歸宿於杜。乃是《三百篇》《楚辭》正脈,故始爲定論。而老不及學,惟以此訓語後進。"②

關於杜甫排律的論述較爲集中,如梁慶遇《霽湖詩話》云:

> 凡律詩以四韵爲一篇,演而爲排律。故排律押韵,必偶而無奇,即六韵、八韵、十韵、二十韵者是已。……排律之體,至於老杜,極精無雜。杜詩排律何限,無一首奇韵。可爲法矣。③

李睟光《芝峰類説》云:"五言排律始見於初唐,而杜子美爲一百韵;至高麗李相國奎報爲三百韵。七言排律始見於盛唐,而皇明張天使寧爲六十韵;至近世車五山天輅爲一百韵,可謂尤多矣。然中多累句,不足稱也。"④杜甫《秋日夔府詠懷奉寄鄭監李賓客一百韵》

---

① 蔡美花、趙季主編《韓國詩話全編校注》,第1542頁。

② 蔡美花、趙季主編《韓國詩話全編校注》,第1545頁。

③ 蔡美花、赵季主编《韩國詩话全編校注》,第1411—1412页。

④ 蔡美花、趙季主編《韓國詩話全編校注》,第1251頁。

是其最長的詩歌，也不過一百韵。李奎報的排律則有三百韵，朝鮮時期的任叔英甚至還作了七百韵的五言排律。金得臣《終南從志》云："至我朝疏庵任叔英爲七百韵，寄李東岳安納，其詩廣博奇僻，真千載傑作也。雖以老杜大手，尚止百韵，後世詩人亦無如此大作，而疏庵始創之，可見其囷廩之富也。"①金得臣以長篇律詩爲朝鮮詩壇之特色，而且他認爲律詩越長，越能體現詩人的才學。

當然，也有一些詩論家對排律持批評態度。南龍翼《壺谷詩話》云："排律創於初唐，沈宋四傑諸人之作皆妙。至老杜至於百韵則已患其多。弇州挽滄溟之作亦百韵，而不無疵病。麗朝李文順巨筆滔滔而亦不過三百，任疏庵乃有一百十六韵。此古今所無，而韵字多有韵書所無者，嘗欲自注其出處而未果云，奇則奇矣，然亦未必奇也。又以《觀漲》爲題，押强韵，至七排百韵，而以一意三次之，尤奇。"②南龍翼認爲長篇排律雖然堪稱特色，但是越長詩病越多，並不值得提倡，更不是詩人才學之體現。

詩話體從中國發源，影響了朝鮮半島和日本（詳下），在具體的詩歌作法方面，域外的詩話都遵循了漢詩的基本規則。在對待中國詩話的態度上，朝鮮半島詩話亦步亦趨，日本詩話則多有辨證。朝鮮半島文學史上第一部以"詩話"命名的是徐居正的《東人詩話》，其内容不管是記事、批評還是理論，即使所紀所評都是東國詩人之事之詩，但往往以宋人詩話記録者爲引發，或模擬，或評論，或考證。其批評與理論也總是以宋人詩學爲標準衡量，或對宋人理論命題作進一步闡發。

① 蔡美花、趙季主編《韓國詩話全編校注》，第2109頁。

② 蔡美花、趙季主編《韓國詩話全編校注》，第2208—2209頁。

第七節　朝鮮半島其他文獻中的杜甫研究

半島文集中的論詩詩是重要的杜詩學文獻。同中國的論詩詩相比,半島的論詩詩在詩體上並不以絶句爲主,而是古律兼而有之。如李奎報《論詩》:

作詩尤所難,語意得雙美。儲蓄意苟深,咀嚼味愈粹。意立語不圓,澀莫行其意。就中所可後,雕刻華豔耳。華豔豈必排,頗亦費精思。攬華遺其實,所以失詩旨。邇來作者輩,不思風雅義。自揣得之難,因之事綺靡。以此眩諸人,欲掩意所匱。此俗寖已成,斯文垂墮地。李杜不復生,誰與辨真僞。我欲築頹基,無人助一簣。誦詩三百篇,何處補諷刺。自云亦云可,孤唱人必戲。①

本詩固然表現了李奎報重視語意雙美的審美觀,折射出高麗詩壇的一個側面,其中以爲作詩、論詩的準的——"李杜不復生,誰與辨真僞",也立了起來: 李杜的典範意義赫然而出。又如朝鮮時代的詩人申緯在《論詩爲錦舲·荷裳二子作》中寫道:

學詩有本領,非可貌襲致。詩中須有人(昆山吴修齡喬論詩語),詩外尚有事(東坡論老杜語)。二言是極則,學者須猛記。詩人貴知學,尤貴知道義。坡公論少陵,是其推之至。青袍最困者,自許稷契比。是以尚其事,關係詩不翅。因詩知其人,亦知時與地。所以須有我,不然皆屬僞。今人自忘我,區

---

① 李奎報《東國李相國集·後集》卷一,《韓國文集叢刊》本。

> 執唐宋異。是古而非今,妄欲高立幟。不能自作家,一生廊廡寄。故自内人始,博究作者秘。不必立門户,會心三是視。輔以學與道,役言而主意。主强而役弱,有令無不遂。隨吾性情感,融化一爐錘。力量之所及,鯨魚或翡翠。鍛煉到極致,自泯今古二。盡得風流後,了不著一字。王官廿四品,此其尤精粹。……金針豈在多,二言拈以示。①

此見申緯論詩宗旨。所舉二言,一出於吴喬,論詩宗唐;一出於蘇軾論杜,乃宋詩代表。强調作詩要有真實感受和遠大胸襟,再輔以廣博的學識,這方面的典範就是杜甫。申緯在其《東人論詩絶句》中評論李植《纂注杜詩澤風堂批解》時寫道:"天下幾人學杜甫,家家尸祝最東方。時從《批解》窺斑得,先數功臣李澤堂。"兼頌杜甫、李植。

半島早期的一些詩文選本中也有部分選杜論杜的資料。《杜陸千選》等已見前。選本編選的初衷是爲了保存文獻,因而是研究半島詩學的基本資料。半島最早的選本,現在可以考知的是崔瀣的《東人文》。其書已佚,序文保存在《東文選》中。如趙雲仡《三韓詩高抬貴手》(三卷)、金宗直《青丘風雅》(七卷)、徐居正《東文選》(一百三十卷)、南龍翼《箕雅》等。未有文集留存下來的詩人,他們的作品有賴於這些選本流傳至今。以上選本中,最重要者爲《東文選》。《東文選》一百三十卷,詩歌部分占十九卷(其中收有旅唐詩人崔致遠、崔承佑、朴仁範、崔匡裕的作品)。不僅保存了大量的作品,而且在書、序、跋等類中,也保存了大量詩學評論文獻。如"序"類有五篇《八家詩選序》,三篇可見於各自的文集,另外兩篇則唯見於《東文選》。如無名氏的序評論了人選的李白、杜甫、韋應物、柳宗元、歐陽修、王安石、蘇軾、黄庭堅的詩:

---

① 申緯《警修堂集》一三《北轅集》卷一。

不讀非聖之書，耻爲鄭衛之音，馳驅屈、宋，鞭撻揚、馬者，謫仙之所以聖於詩者也；上薄風雅之正，下積衆家之長，胸呑雲夢，氣障黄流者，子美之所以集大成也；精深而妙麗，豪縱而不羈，蘇州之詩也；幻眇而清妍，言婉而情至，柳州之詩也；文忠則出自胸臆，而不見牽强；舒王則用意高妙，而操律精嚴；雪堂之辭格超逸，可一洗乎萬古；涪翁之清新奇巧，若珠玉之在旁。(《東文選》卷九五《八家詩選序》)

這裏梳理了半島詩學的傳統，大致經過了初以唐詩爲主，繼而兼學唐宋，最後崇尚宋詩的過程，其間杜甫"集大成"的影響是不容小視的。

對選本的批點、注釋也是一種常見形式，如李植的《纂注杜詩澤風堂批解》(詳見前)。杜詩在朝鮮半島歷史上享有崇高地位，翻刻、諺解之作頗多，但影響較大的則是李植此書。

第八節　韓國現當代杜甫研究

二十世紀五十年代以後，杜甫已是韓國學界關注的重點，先後出現了一大批杜詩的研究者，他們不但對杜詩本身認真研讀，而且把杜詩同韓國文學結合起來，探討杜甫在韓國的傳播以及杜詩對韓國詩歌的影響，提出了很多獨到的見解，可以説，二十世紀的韓國杜甫研究取得了令人矚目的成就。1945 年 8 月，日本無條件投降，被日本統治長達五十年之久的朝鮮獲得獨立。五年後，朝鮮戰争爆發，1953 年以北緯 38 度綫爲界分爲朝鮮民主主義共和國和大韓民國兩個國家。對中國古典文學的研究主要在韓國。中韓之間學術交往，最早可以追溯到七世紀中葉新羅國善德女王時代，但作爲具有現代學科意義和獨立價值評判標準的中國古典文學研究，却是二戰以後的事。1992 年的中韓建交,更把這種研究推到一個嶄新的階段。

一、韓國杜甫研究會及相關活動

值得注意的是,二十世紀八十年代後期,韓國的唐代文學研究會成立,有以檀國大學教授車柱環和建國大學教授李秀雄爲首的"敦煌學會",更有以東國大學名譽教授李丙疇爲首的杜詩研究會。李丙疇是杜甫研究的代表專家。

還有一件學術盛事是: 2010 年 10 月 27—31 日,中國四川省杜甫學會,和慕山學術財團、嶺南大學、全南文化財研究院、韓國國立昌原大學共同舉辦了主題爲"東亞文化的普遍性和特殊性暨紀念杜甫誕辰 1300 周年"的學術大會,地點是在韓國大邱大學。四川省杜甫學會會長張志烈在開幕式上説,博大崇高的仁愛情懷和高超精妙的藝術境界,"是東亞文化的重要組成部分,是東亞文化的一個亮點","是世界文化史中一筆珍貴的文化遺産"。大會聚集了來自復旦大學、西北大學、吉林大學、四川大學、四川師範大學、武漢大學、浙江大學、西南民族大學、臺灣師範大學、香港浸會大學等中國衆多高校學者,韓國學者來自大邱大學、嶺南大學、大邱韓醫大學、高麗大學、慶一大學、昌原大學等多所高校和研究機構。本次會議共有近 70 餘位專家學者參加,收到會議論文 70 多篇。與會代表分成六個會場展開了熱烈的討論,論辯中高潮此起彼伏,充分體現了杜甫在世界各國的深遠影響。

二、1950 年到 1979 年的杜詩翻譯、研究成果

(一) 成果概述

據韓國學者統計,從 1950 年到 1979 年,共出版發表這類論著 254 種,其中五十年代 28 種,六十年代 48 種,七十年代 178 種。而 1979 年前的杜甫研究,與對《詩經》、《楚辭》、陶淵明、李白、白居

易、蘇軾等中國古典文學中代表性的作家作品的研究一樣，主要是以介紹和普及爲主的。整個五六十年代，漢代作家作品只有5種，明、清共5種，其餘皆是上述作家作品。這個時段出版的中國古代文學譯注和介紹等普及讀物有張萬榮的《中國詩集》（正養社，1954），任昌淳《唐詩精解》（1956），李丙疇《杜詩諺解批注》（通文館，1958），《杜詩諺解抄》（探求堂，1959），李元燮《唐詩》（玄岩社，1973），張基槿《陶淵明》《李太白》《杜甫》《白樂天》（大宗出版社，1975），辛夕汀《唐詩》（正音社，1976），金學主《詩經》（探求堂，1980）等。此時也有少量研究論文出現，如碩士論文有張基槿《生活詩人杜甫的本領》（1954，漢城大學），許世旭《李杜詩比較研究》（1963，臺灣師範大學），陸完貞《中國女詞人叙録》（1965，臺灣師範大學），金鍾培《清真詞訂釋》（1967，臺灣政治大學），白貞喜《南渡三詞人生平及文學研究》（1972，臺灣大學），李章祐《韓退之散文研究》（1965，漢城大學），柳晟俊《王維詩考》（1968，韓國外國語大學），李章祐《韓昌黎文體研究》（1968，臺灣大學）；博士論文如許世旭《韓中詩話淵源考》（1968，臺灣師範大學），柳晟俊《王維詩與李朝申緯詩之比較研究》（1978，韓國外國語大學）等。但這些論文多是在國外即中國臺灣地區高校完成的，並不能代表當時韓國的中國古代文學研究水平。唯有徐鏡普《宋詞形式考》（1958）、《近體詩形式考》（1959），柳晟俊《唐代古風格律考》（1977），陸完貞《宋詞體制與音律關係研究》（1970），則是韓國首批研究中國詩歌格律和形式的專論；金龍燮《白樂天研究》（1957）、車柱環《女詞人李清照生涯》（1958）、《韓國詞文學研究（1—5）》（1964—1965）、《〈高麗史·樂志〉唐樂散詞校釋》（1967），張基槿《李白詩傳》（1972）、趙鍾業《杜牧七言絶句初探》（1977），柳晟俊《李商隱詩風考》（1977），李章佑《李商隱詩研究》（1978）等，則是詩詞方面首批作家作品論；1968年8月，金學主在《東亞文化》第七期上發表的《從〈鶯鶯傳〉到〈西廂記〉》則是韓國第一篇研究《西廂記》的論文,皆有開創性意義。在這個時段,詩學理論方面也産生兩部專著：李炳漢《漢詩批評的體例研究》(通文館,1974)和金學主《漢代詩研究》(廣文出版社,1974)。前者分析論證中國古典詩歌批評體例特徵及其演變過程,以系統周密著稱,後者分析漢代韵文的時代特色及其流變,以論證嚴密爲其特色,對韓國漢詩研究的現代化皆起奠基和導向作用。

（二）幾位重要學者及其成果

這一時期杜甫研究名家多,他們的著述也不少,下面介紹幾種。

許世旭《李杜比較研究》,本爲臺灣師範大學 1963 年碩士論文,將李白、杜甫二人作了全面比較,以援引資料爲主,每一論項,皆羅列諸家之説解,然後或參以己見。共分三部分：前言、本論、結論。前言中先分别叙述李杜之籍貫、家系、生平。再作李杜之性格及行爲之比較,二人相同點是：高傲天才、願得官職、仇視貴族、同情弱小。相異點是：白行義任俠,杜則忠厚沉着;白隱逸避世,杜則積極入世;白頽廢,甫則愛詼諧滑稽。本論部分,又從承統、詩評、思想、形態、作品互相關係及對後世影響作了比較。結論部分中引證了胡適語："杜甫是我們的詩人,而李白則終於是'天上謫仙人'而已。"作者認爲"此語殊覺得當"。而自己最終亦有一結論,曰："李白是詠詩的詩人,杜甫是作詩的詩人。"

許世旭(1936—),1959 年畢業於韓國外國語大學,1963 年畢業於臺灣師範大學,獲碩士學位,1968 年獲該校博士學位。先後任韓國外國語大學教授、高麗大學教授、臺灣漢學研究所研究員等。又擔任韓國中語中文學會會長、中國現代文學學會會長、中國學研究會會長等職。著有《韓國詩選》《春香傳》《漢文通論》《莊子》《李白》《中國文化概説》《中國現代詩選》《韓中詩話淵源考》《中國隨筆小史》《中國現代文學論》《中國古代文學史》《中國近代文學史》《中國近代詩研究》《中國文學紀行》《再讀大陸文學》等。杜甫研究論文有《杜甫的最後》等。

全在旲著《杜詩諺解論釋》①,是書是對《杜詩諺解》的專門研究,發明良多。他的《杜詩諺解——國語學的研究》,由宣明文化社1973年出版,1975年由二友出版社再版。爲《國語國文學叢書》之一種。全書分三章。第一章,緒論。叙述了中、近世語研究的近況、《杜詩諺解》研究的必要性與研究範圍。第二章,本論。嚴密分析了重刊本語彙的意味變遷、語型交替、時代區分、音韵表記、書志方面情況等。第三章,結論。附録有参考文獻和論文、索引。

全在旲(1926—),1952年畢業於慶北大學國文系,1955年畢業於高麗大學國文系,獲碩士學位,1963年畢業於日本京都大學,獲碩士學位,1973年畢業於慶北大學國文系,獲博士學位。歷任慶北大學國文系講師、教授、美國Buffalo大學客座教授。兼任慶北大學人文大學學長、韓國語言學會理事、大邱語言學會會長、韓國語文學會會長等職。全教授致力於韓國語言學與漢字學研究。而其杜詩諺解索引、版本與老乞大諺解索引研究成就甚高②。著有《杜詩諺解論釋》《杜詩諺解——國語學的研究》《杜詩諺解講義》《韓國語學論考》《國語語彙史研究》《生成音韵學》《言語學概説》等。

下面重點談一下李丙疇。身爲杜甫研究會會長的李丙疇,他的杜甫研究有幾個特點:一是時間持久長,二是著作多,三是品質高。丙疇,本貫牛峰,京畿高陽人。1950年畢業於東國大學國文系,1979年獲本校博士學位,博士論文的題目是《杜詩研究——以對韓國文學的影響爲中心》。歷任檀國大學專任講師、東國大學國文系教授、研究生院院長等職,現爲東國大學國文系名譽教授。曾

① 全在旲《杜詩諺解論釋》,宣明文化社1968年版。

② 《老大乞諺解》是十三世紀上半葉高麗王朝爲國人學習漢語而編寫的教科書,與《朴通事諺解》並行。

任東國大學圖書館館長、教育學院院長、東嶽語文學會代表理事、國語國文學監事、辭文學會代表理事等職。並榮獲國民勳章木蓮章獎、漢城市文化獎。李教授致力於漢文學與韓國漢詩的研究,側重於杜詩和《杜詩諺解》研究,而其《杜詩諺解》研究成就尤爲卓著。著有《杜詩諺解批注》《杜詩諺解抄》《杜詩研究》《老杜集覽考》《詩人杜甫》《韓國文學上的杜詩研究》《杜詩的比較文學的研究》《詩聖杜甫——以詩歌讀杜甫的生涯》《杜甫研究論叢》《杜甫與李白》《古典的散策》《韓國漢詩選》等。杜甫研究論文有《杜甫的舞踴詩——以樂府詩爲中心》《杜甫的愛憐與家長的自存》《杜詩諺解的經緯及其聲價》《李杜比較論分析》《杜甫的生活與文學》《杜詩之東漸》《杜甫的溯源》《韓國文學上的杜少陵》《韓國之杜詩》《杜詩表現的佛教觀》等。李丙疇的《杜詩諺解批注》,1958 年由通文館出版。該書 1970 年由通文館修訂再版。他的《杜詩研究》,由東國大學出版社 1970 年出版。該書主要研究杜詩對韓國文學的影響。

李丙疇承前期杜甫研究之餘緒,他的《杜詩諺解抄》是與其他學者聯合完成的(李丙疇著,權相老、梁柱東監修與校閱)①。該書從《分類杜工部詩諺解》(全二十五卷)中按類型選詩,分五言絶句、七言絶句、五言律詩、七言律詩、五言古詩、七言古詩、五言排律等七類,共選杜詩 151 首。每首詩歌都有原文、語釋。

梁相卿編譯《杜詩選》(時調譯)很有特點②,由乙酉文化社 1974 年出版,爲乙酉文庫 110。選詩 77 首。選録的每首詩歌都有

① 李丙疇《杜詩諺解抄》,集賢社 1959 年版。

② 時調,當時稱爲“短歌”,以與“長歌”區別。它是適合朝鮮民族語言特點和抒情特點,表現本民族性格的古典詩歌形式,成爲高麗末期以後其詩歌的正統體裁,猶如中國詩歌中的近體詩,時調的産生是朝鮮國語文學史上劃時代的事情。

原文、語釋。該書的特點在於：譯者以韓國的定型詩歌——時調詩的形式翻譯杜甫詩歌，富有韓國詩歌味兒。

類似性質的還有張基槿譯著的《杜甫》①，此爲《中國古典漢詩人選》之一種，選詩 101 首。後易名爲《新譯杜甫》，修改後由明文堂出版社 2003 年出版。選録的每首詩歌都有原文、語釋、大意、解説。該書分七章。序章，介紹杜甫的時代背景、生平、思想、杜詩。第一章，憂愁的詩人。第二章，壯遊與詩友。第三章，戰亂與家族愛。第四章，飄浪與追憶。第五章，困窮與憤懣。第六章，升華的人道主義。第七章，杜詩的補充資料。增補版第七章專門收録增補詩歌 11 篇。附録有杜甫年表、索引。

這裏有必要介紹一下張基槿（1922—），本貫仁同，漢城（今韓國首爾）人。1951 年畢業於漢城大學中文系，獲碩士學位，1969 年獲本校博士學位。其碩士論文的題目是《生活詩人杜甫的本領》。歷任聖心女子大學副教授、臺灣政治大學副教授、漢城大學教授，現爲鮮文大學漢語系教授。曾任中國語學會會長、中國研究所理事、世界日報理事等職。並榮獲國民勳章木蓮章獎。著有《中國文學史》《中國的神話》《中共的文學改革》《老子》《孟子》《論語》《孝經》《李白》《杜甫》《陶淵明》《白樂天》《李太白評傳》等。

李元燮譯的《杜甫詩選》②，初版選詩 116 首，修訂版選詩 120 首。所選的每首詩歌都有譯文、原文、注、評釋。該書分五部。第一部，江村。第二部，友情。第三部，歷史。第四部，戰争。第五部，國破山河在。附録有解説、年譜。其“解説”介紹了杜甫的生平與思想、時代背景、李杜詩比較。

還有張伯逸編譯的《李白杜甫》③，分四章：第一章，李白與杜

---

① 張基槿《杜甫》，大宗出版社 1975 年版。

② 李元燮《杜甫詩選》，正音社 1976 年初版，玄岩社 2003 年修訂版。

③ 張伯逸《李白杜甫》，弘信文化社 1979 年初版，2004 年修訂版。

甫的交遊。第二章,李白的生涯。第三章,杜甫的生涯。第四章,李白與杜甫的文學。所選每首詩歌都有注解、評釋。該書論述了李白與杜甫的交遊和生平、詩歌和作品的比較。附録有年表、索引。

這個時期有幾部學術水平較高的專著值得注意,一是金鍾潤著《杜甫的生涯與文學》①,二是李丙疇著《韓國文學上的杜詩研究》②,三是張伯逸著《杜甫之生平與思想》③。

第九節　二十世紀後二十年的杜詩翻譯、研究成果

1981 年以後,韓國的中國古典文學研究隊伍壯大,研究成果不僅數量顯著增加,研究面也在拓廣,研究深度也在加深,共産生研究論著 1 009 種左右。從研究層面來看,唐代仍爲歷代之冠,六朝和宋代文學研究則有大幅增長。研究面也從《詩經》、《楚辭》、陶淵明、李白、杜甫、白居易、蘇軾等中國古典文學中代表性的作家作品拓展到各個時代的多位作家。關於杜甫研究的情況大致如下。

這個時期,對包括杜詩在内的中國古典文學的價值認識更加充分也更爲理性,更注意兩國之間學術交流和溝通;趨向大型化、系統化,注重從基礎工作做起,更帶有學術總結性質;學術視野更加開闊,更加强調研究思想和研究手段的多樣化。如在 2003 年 8 月,在韓國中國學會召開的"中國學國際學術大會"上,東國大學吴臺錫教授就提出中國詩學主導東亞地區人文傳統這一觀點,他認

① 金鍾潤《杜甫的生涯與文學》,關東出版社 1976 年版。
② 李丙疇《韓國文學上的杜詩研究》,二友出版社 1979 年版。
③ 張伯逸《杜甫之生平與思想》,弘新社 1979 年版。

爲：從人文文化傳統的觀點看，順天依地的中國農耕文化與克服自然的歐洲海洋文化是不同的，"中國詩發源於天人合一的自然地理文化背景，與修己治人的人文文化精神結合，主導東亞特有的人文文化傳統"①。韓國學者柳晟俊也認爲中韓建交以後的韓國人對中國文學的價值觀發生了很大的變化，現在"韓國人已經認識到中國文學是一門很有研究價值的學問，又是很有希望的研究領域。這種認識上的變化在 20 年前是根本無法想象的"②。

一、李丙疇的杜甫研究

這一時期，李丙疇繼續着他的杜甫研究，出版了《詩聖杜甫——以詩歌讀杜甫的生涯》③和《杜甫研究論叢》④。他的《杜甫與李白》⑤，爲大宇學術叢書論著之一，分序言，杜甫論：家系、少時、壯遊、從遊、陋巷、轉蓬、草堂、晚暮，杜詩的內容：思想、雅趣、嗜好，讀杜詩説，杜詩的諷喻與社會性，七言律詩《秋興八首》譯解，李白論，李白與杜甫的比較，李杜優劣論索隱，等等，對杜甫的生涯、杜詩的成就與李杜詩歌作了全面的論述。雖然書名爲《杜甫與李白》，但李白論算是副題，全書側重於杜甫論。附録有李杜的思想詩、醉興歌、愛憐詩、時事詩、律絶及其代表詩歌。

二、其他學者的杜甫研究

下面介紹評析幾種杜甫研究專著。一是義庵書堂講讀會編撰

① 吴臺錫《韓國的中國詩研究試論》，韓國中國學會《第 23 次中國學國際學術大會論文集》，2003 年 8 月。

② 柳晟俊《韓國唐詩研究的新動向》，《華南師範大學學報》2005 年第 1 期。

③ 李丙疇《詩聖杜甫——以詩歌讀杜甫的生涯》，文賢閣出版社 1982 年版。

④ 李丙疇《杜甫研究論叢》，二友出版社 1982 年版。

⑤ 李丙疇《杜甫與李白》，Arche（原理）出版社 1999 年版。

的《杜甫詩的理解》①。該書翻譯舊署元代虞集(1272—1348)的《杜律虞注》一書。僞《杜律虞注》是當時朝鮮最廣泛流行的杜甫品評書。該書分書評、解題、本文32分類——紀行、述懷、懷古、家族、隱逸、四時、晝夜、天文、地理、樓閣、眺望、音樂、禽獸、送别、雜部等,還有索引。二是孫宗燮的《李杜詩新評》②。該書分兩部。第一部,李白詩歌評釋。第二部,杜甫詩歌評釋。第一部,有李白評傳、愛情詩、閒適詩、探訪詩、旅程詩、趣興詩、行路難詩等。第二部,有杜甫評傳、愛情詩、友情詩、閒情詩、戰争詩、離恨詩、世情詩、述懷詩、紀行詩等。全書比較評釋李杜詩歌的成就與特點。三是李賢熙等人的《杜詩與杜詩諺解》③。該書是韓國漢詩專家和中世語言學家共同研究杜詩與杜詩諺解的入門書。該書分四章。附録有索引。李賢熙,1980年畢業於漢城大學,1982年獲該校碩士學位,1992年獲該校博士學位。歷任韓信大學講師、助教授、漢城大學講師,現爲漢城大學國文系教授。兼任國語學會總務理事、韓國言語學會編輯理事等職。榮獲韓國出版大獎著作獎和一石國語學研究獎勵獎。李教授致力於韓國語言學研究,除《杜詩與杜詩諺解》之外,尚著有《韓國的文字與文字研究》《中世國語句文研究》《法華經諺解》等。四是李永朱編譯《杜甫》④,所選各詩都有注解、評釋。該書分四章。第一章,流浪。第二章,長安之苦。第三章,出仕之路。第四章,遊蜀與長江一帶。附録有解説、年譜,解説部分介紹了杜甫的生涯與藝術觀。李永朱,1991年畢業於漢城大學,獲博士學位。前韓國函授大學漢語系教授,現爲漢城大學中文系教授。側重於杜甫詩風、初期詩、題畫詩、五言絶句等研究。著有

---

① 義庵書堂講讀會編《杜甫詩的理解》,以會文化社1996年版。
② 孫宗燮《李杜詩新評》,精神世界社1996年版。
③ 李賢熙等《杜詩與杜詩諺解》,新舊文化社1997年版。
④ 李永朱《杜甫》,松出版社1998年版。

《杜甫》《漢字字義論》《中國古典文學理論批評史》。又合著《杜甫——初期詩譯解》《杜甫——至德年間詩譯解》。關於杜甫研究的重要論文有《杜詩章法研究》《杜甫〈北征〉考》《杜詩悲哀中的幽默考》等。李永朱等人譯的《解杜甫——初期詩譯解》①,收録杜甫初期詩 100 首,以《杜詩詳注》(清仇兆鰲注,中華書局 1979 年版)作爲底本,主要參考宋郭知達《九家集注杜詩》等 11 種注釋書而成。杜甫的初期詩,以安禄山之亂發生以前的作品爲限,第一首《遊龍門奉先寺》,第一百首《奉同郭給事湯東靈湫作》。注解者首先參考和吸收前人注釋家們的各種注釋,以合適的注解爲主重新注解,並收録異説,以供參考。

以上都是以普及爲主的杜詩讀本。學術價值較高的則如韓國精神文化研究院人文研究室編撰的《杜詩與杜詩諺解研究》②。該書收録了沈慶昊等八位學者有關杜詩與杜詩諺解的論文,分三部:第一部,書志學的考察。第二部,漢文學的考察。第三部,國語學的考察。全面論述了杜甫詩集刊行與受容、書志的實相、杜詩諺解、杜詩注解、杜詩語法的特徵、杜詩音韵論、杜詩語彙論、杜詩諺解資料等。

這一時期還發表了一批較有分量的論文,如金明姬《杜甫的月的心象》(《東大東岳語文論叢》,1982 年)、金美榮《杜甫的社會詩研究》(《淑大中文學報》,1985 年)、金善鶴《現代的杜詩受容》(《釜山女大論文集》,1982 年)、金龍雲《杜甫的現實主義性格批判》(《中國語文論集》,1984 年)、金載雨《杜甫的思想辨證》(《全州大學論文集》,1985 年)、南潤珠《杜甫〈八哀〉詩探討》(《檀大漢文學論集》,1983 年)、南潤珠《杜甫的〈秋日夔府咏懷一百韵〉考

① 李永朱等《解杜甫——初期詩譯解》,松出版社 1999 年版。

② 韓國精神文化研究院人文研究室編《杜詩與杜詩諺解研究》,太學社 1998 年版。

釋》(《檀大漢文學論集》,1984年)、朴能濟《杜甫的"三吏三别"考》(《東大論文集》,1987年)、徐鳳城《杜甫對後世詩人的影響》(《釜山外大論叢》,1987年)、元鍾禮《杜甫紀行詩的抒情研究(上、下)》(《東亞文化》,1982年、1983年)、尹光鳳《杜詩上的劍器舞考》(《東大東岳語文論叢》,1982年)、尹芳烈《杜少陵考》(《漢城女大論文集》,1982年)、殷茂一《杜甫的本事詩小考》(《中國人文科學》,1983年)、李鍾漢《杜甫的論詩詩》(《中國語文學》,1984年)、黄瑄周《"三吏三别"的進步性》(《中國語文學》,1988年)等①。

第十節　邁入二十一世紀的杜詩翻譯、研究成果

進入二十一世紀以後,杜甫依然是韓國學者的研究重點,據筆者不完全統計,自2000年至2012年,公開發表的專題論文約有50篇,以杜甫作爲研究對象的學位論文有十餘篇,介紹杜甫生平和闡釋杜甫詩歌的專著有20部,與二十世紀相比,研究視角和研究方法都發生了很大的變化。

從學術史、文學史角度研治杜甫水平較高的,如全英蘭著《杜甫:忍苦的詩史》②,該書分爲三章:第一章,杜甫的文學人生。第二章,杜甫作品論。第三章,韓國文學上的杜詩。第三章以詩話資料爲中心全面叙述了韓國詩話所反映的杜詩影響、韓國文人對杜詩之評價、李睟光的杜詩論議等。李睟光的《芝峰類説・文章部》

① 傅璇琮、周祖譔主編《唐代文學研究》第5輯,廣西師範大學出版社1994年版,第876—877頁。

② 全英蘭《杜甫:忍苦的詩史》,太學社出版社2000年版。

一書,對韓國杜詩學研究富有參考價值,但在杜詩注釋及其評價上存在不少誤謬。作者對此進行了嚴密的考證。附録有韓國學者杜詩研究著作目録、杜甫年譜、杜甫行迹圖等。全英蘭,别號與芝堂。忠北沃川人。1977 年畢業於忠南大學國文系,1981 年畢業於臺灣師範大學,獲碩士學位,1989 年畢業於臺灣師範大學,獲博士學位。博士論文的題目是《韓國詩話中有關杜甫及其作品之研究》(詳見下文)。歷任大邱大學專任講師、助教授、副教授,現爲大邱大學東洋語文學部教授。又任慶北文化財團專門委員、嶺南中國語文學會理事、東亞人文學會理事等職。致力於中國古典文學的教學與研究,側重於杜甫的詩論與韓國對杜甫的研究。除此之外,還著有《中國: 過去、現代、未來》。關於杜甫研究的重要論文有《杜甫青壯年時期的南北遍歷及其作品研究》《杜詩對高麗朝鮮文壇之影響》《杜甫齊魯燕趙遍歷期的旅程與作品》《韓國文人對杜詩之評價》《從〈芝峰類説〉看李睟光的杜甫詩論研究》《對於李睟光杜詩解釋的批判的考察》《杜甫〈秋興八首〉考》《韓國詩話中有關杜詩之研究》等。

朴英燮著《初刊本杜詩諺解對譯語研究》①,該書分五章。第一章,序文。第二章,字釋的方式。第三章,資料分析。第四章,漢字對譯語類性别部類。第五章,結語。該書以初刊本《杜詩諺解》所載的漢字對譯語語型爲主,比較專門漢字學習初學書(如《釋譜詳節》《正俗諺解》)與教育用漢字學習初學書(如《訓蒙字會》《千字文》)的對譯語型,論述了現用漢字的主要語彙和次要語彙。朴英燮,1974 年畢業於中央大學國文系,1979 年畢業於高麗大學,獲碩士學位,1986 年畢業於成均館大學,獲博士學位。歷任光雲中學教師、仁川專科學院副教授、江南大學助教授,現爲江南大學國文系教授。專門研究韓國語漢字語、漢字語彙,而韓漢字對譯研究成果

① 朴英燮《初刊本杜詩諺解對譯語研究》,博而精出版社 2000 年版。

尤爲卓著。著有《初刊本杜詩諺解對譯語研究》《初刊本杜詩諺解語彙資料集》《韓國語的歷史》《開化期國語語彙資料集》《國語漢字語彙論》等。

從語言學角度研究《杜詩諺解》的趙南浩著《杜詩諺解：漢字語言研究》①,學術價值較高。該書分五章。第一章,緒論：研究史概觀,研究方法與構成。第二章,漢字語的範圍與分布：研究對象文獻的範圍,漢字語單位,非研究對象漢字語,漢字語的同語異表記,漢字語分布。第三章,諺解文漢字語與原文的對應實相：諺解與漢字語,對應實相分類,語彙注釋漢字語,與其他文獻比較。第四章,原文漢字語的諺解實相：一致類型的漢字語諺解,不一致類型的漢字語諺解,杜詩諺解的諺解態度,諺解實相與漢字語關係。第五章,結論。附録有固有名詞目録、漢字語語幹目録、語義注釋目録。

專門研究"杜詩學的淵源與發達"的是高真雅著《對於杜甫與杜詩的愛情歷史的研究——杜詩學的淵源與發達》②,該書以中晚唐開始的歷代詩人對杜甫與杜詩的學習與收容過程爲立足點,以杜甫與杜詩的愛情歷史爲主要研究對象,全面敘述了每個朝代杜詩學的發展過程。該書分爲兩部,第一部唐宋杜詩學,第二部唐宋以後杜詩學。第一部：第一章,杜詩學的萌芽期。第二章,杜詩學的極盛期——宋代。第三章,杜詩搜集與整理。第二部：第一章,杜詩學的命名與確立——金元代。第二章,歷代杜詩學的繼承與反省——明清代。第三章,唐宋杜詩輯注的繼承與總結——金元、明清輯注。第四章,唐宋杜詩學的餘波——高麗、朝鮮的杜詩學。該書得到韓國學術振興財團的研究基金贊助,代表了當代韓國年

① 趙南浩《杜詩諺解：漢字語言研究》,太學社 2001 年版。

② 高真雅《對於杜甫與杜詩的愛情歷史的研究——杜詩學的淵源與發達》,陽地出版社 2003 年版。

輕學者杜詩研究的水平。

高真雅(1968—),1993年畢業於全南大學中文系,2001年畢業於韓國外國語大學,獲博士學位,博士論文的題目是《唐宋杜詩學研究》。現任韓國外國語大學、明知大學講師。致力於杜甫與杜詩研究,側重於唐宋文人對杜甫與杜詩的評價及其對後世的影響。著有《中國詩的傳統與摸索》《對於杜甫與杜詩的愛情歷史的研究——杜詩學的淵源與發達》。關於杜甫研究的論文主要有《金元代杜詩學——以元好問和方回爲中心》《試論王夫之對杜詩的批判》等。其論文《杜甫人生悲劇根源考》認爲杜甫作爲一個完整的封建儒士和憂國憂民的詩人,既有强烈的效忠封建王朝的功名心,但又真誠地悲憫人民,這種矛盾的思想相互衝突,注定了詩人悲劇的一生。政治上的失意導致了杜甫人生的悲劇,詩人不肯捨弃政治理想的根源在於對自己才能的過分自信。文章關於杜甫矛盾思想的論述並無新意,但認爲杜甫爲何有如此强烈的救世濟人之志是因爲意識中對自己的才能格外自信的觀點却是較爲新穎的。高真雅的另一篇文章《杜甫的隱逸思想》,提出杜甫的思想是儒釋道三者兼而有之,其中釋和道對詩人的影響是表現爲出世思想。該文詳細地分析了杜甫隱逸思想的根源及表現形式,並引用《獨坐》《倦夜》《初冬》等詩作爲論據,有一定的見解。

專門從"音樂"角度研究杜詩的崔南圭的《杜詩的音樂世界》①,學術價值較高。《杜詩的音樂世界》爲崔氏的博士論文,全書分四章。第一章,緒論,介紹研究目的與方法、杜甫與近體詩。第二章,杜甫律詩的類型與拗調體律詩的特色。分五言律體和七言律體兩部分。第三章,杜甫拗調體律詩對於中國詩歌的影響以及杜詩對於韓國詩歌的影響。分中國方面與韓國方面兩部分。第四章,結語:一位有待確認的世界詩人。該書的内容主要是關於杜

---

① 崔南圭《杜詩的音樂世界》,遼海出版社2002年版。

甫律詩的平仄情況的研究。作者認爲前人對拗律的界定相當模糊,所以考察目標擴大到杜甫的全部近體詩,對 1 051 首詩逐字逐句地作了平仄分析。該書對杜甫的拗體律詩對古代韓國的海東江西詩派的影響的探討,發前人所未發,很有學術價值。此書前有指導教師莫礪鋒所寫的序,後有附録:(1)杜甫律詩平仄分布狀況統計表,(2)杜甫律詩的平仄。

崔南圭,1984 年畢業於全北大學中文系,1989 年畢業於臺灣東海大學,獲文學碩士學位,1994 年獲本校博士學位,2000 年獲南京大學文學博士學位。歷任全北大學專任講師、助教授、蘇州大學交换教授,現爲全北大學中語中文系教授。崔南圭教授主要研究中國古文字學與詩學。著有《杜詩的音樂世界》《東洋哲學與文字學》《東北亞人文學談論》《四書的字句理解與概念考察》等。關於杜甫研究的主要論文尚有《杜甫五言律詩的類型研究》《杜甫七言律詩的類型以及吴體詩研究》等。

從詩學角度進行研究的代表作有全英蘭的《韓國詩話中有關杜甫及其作品之研究》①。此書本爲臺灣師範大學國文研究所 1988 年博士論文。杜詩早在高麗朝即爲文人們吟誦,而覆刻中土所刊詩集,尤爲文壇盛事。全書抽繹杜詩相關韓國詩話有千餘條,分作八章:第一章緒論,首叙韓國杜詩盛行情況,次述研究動機、目的、範圍、方法。第二章就韓國詩話中有關杜甫之記載,探討其傳記及思想。第三章分析韓國詩話中所論杜詩技巧,含體裁、審音辨律、用典隸事、屬偶設對、用字遣詞五節。第四章討論韓國詩話中所論杜詩内容,就有關詩話論時事、談身世、咏馬等課題進行探析。第五章論韓國詩話中有關杜詩之評價,從“品評杜詩”及“李杜並稱”立論。第六章論韓國詩話中有關杜詩之注釋,探討韓國李睟

① 全英蘭《韓國詩話中有關杜甫及其作品之研究》,臺北文史哲出版社 1990 年版。

光、金萬重、李瀷諸家對杜詩之解説。第七章論杜詩對韓國詩人之影響。第八章餘論,分“新資料”與“論杜甫”二部分列舉韓國詩話中所載杜詩而不見今傳杜集者,及韓國文人論杜甫文章之資料。

普及性讀物還有李永朱等譯解的《杜甫——至德年間詩譯解》①,該書以《杜詩詳注》作爲底本,翻譯和注解了杜甫後期詩歌中陷賊爲官前期——至德年間的作品。注解者主要參考宋郭知達《九家集注杜詩》等 11 種注釋書。還有金宜貞編著的《杜甫詩選》②,選詩 53 首。所選各詩都有譯文、原文、注釋、評論。該書分序文、解説、年表 1(唐代文學)、年表 2(世界文學/政治)等部分。該書是《中國詩人叢書・唐代篇》之一。按叢書編纂原則,收録的詩歌都是短篇的絶句與律詩。其“解説”介紹了杜甫的生平與思想、時代背景、文學成就。金宜貞,1989 年畢業於梨花女子大學中文系,1998 年畢業於延世大學,獲博士學位,博士論文的題目是《杜甫的夔州時期詩研究》。歷任梨花女子大學、大田産業大學、漢陽大學講師,現爲梨花女子大學中文系專任講師。主要研究中國古典詩歌,側重於杜甫、李商隱、李賀等人。著有《杜甫詩選》《中國文學辭典》等。關於杜甫研究的論文主要有《杜甫詩所表現的内面糾葛分析》《杜甫夔州時期的詩小考》等。

這一時期,涌現了大量論文。杜詩具有豐富的社會内容,鮮明的時代特徵和强烈的政治傾向,是唐代由興盛走向衰亡時期的真實寫照,故被後世稱爲“詩史”。歷代的評論家對此已達成共識。這時期韓國學者的研究則主要是在此基礎上選取更具體的角度來論述。比如論述杜甫對戰争的看法,在杜甫現存的一千多首作品中,與戰争有關的作品多達一百多首,在這些詩作中,杜甫譴責統

① 李永朱等《杜甫——至德年間詩譯解》,韓國函授大學出版部 2001 年版。

② 金宜貞《杜甫詩選》,以齋出版社 2002 年版。

治者的窮兵黷武，反對藩鎮割據，維護國家統一，表現出進步的歷史觀。鄭鎬俊的《杜甫戰爭觀小考》(《中國研究》第 31 卷)一文，就是通過分析安史之亂前後詩人創作的詩歌作品，如“三吏”、“三别”、《兵車行》等，對杜甫的戰爭觀作了較爲準確的論述。研究杜詩的著名學者李永朱和姜旼昊的《杜甫〈北征〉考》(《中國文學》第 34 輯)一文，更是對《北征》一詩的創作背景、内容、藝術特徵作了詳盡的探討，認爲該詩的表現手法和命意皆源於賦體。從表現形式方面而言，則有古體與長律之融化，故而章法幻妙，波瀾壯闊，並從章法、過段、照應、古體、排律和“七”入聲韵幾個方面作了論述。從内容而言，此詩既表現軍國大事又表現個人私情。這個結論無疑是恰當的，對内容的分析亦是準確的。尤爲難得的是，該文認爲：該詩的作法不僅當時諸家所不及，更爲後來古文家或宋詩人以文爲詩所借鑒。這個極爲新穎的觀點，爲我們認識《北征》提供了一個全新的角度。尹錫隅的《對杜甫飲酒詩的考察》是關於杜甫、陶淵明的思想體系和飲酒詩的。作者通過分析詩人晚年的代表作《登高》指出，對杜甫而言，酒是一種忘憂物，其憂乃是“憂國”。這表達了詩人盡忠報國的理想，不論是在草堂安居之時，還是在漂泊夔州之時，此“憂”也没有停息。《登高》中的“潦倒新停濁酒杯”一句就是表達詩人的絶望感。該文是通過對杜甫飲酒詩的闡釋來剖析詩人的憂國之情。

這時期韓國學者對杜詩藝術特點的討論更多是從某個側面着手，企圖通過一斑窺其全貌。如姜昌求的《杜甫奇數句詩小考》一文①，就獨闢蹊徑，以杜甫的二十七首七言奇數句詩作爲論述對象，認爲杜甫的奇數句詩具有以下幾個特點：第一，其中歌、行、引體占了十九首，所以具有樂府性。第二，用韵靈活，顯示了詩人高超的技巧和深厚的學養。金義貞的《杜甫詩的人物典故》(《中國語文學

---

① 姜昌求《杜甫奇數句詩小考》，《大佛大學校論文集》第六輯，2000 年。

志》第25輯）探討了杜詩的用典方式，着重分析了詩歌中的人物典故。文章把杜詩分成七個階段來論述，對每個階段詩人所用的典故進行了具體的分析，最後得出結論認爲，詩人是將歷史神話人物作爲自己的代言人，借用人物典故來表達内心的喜怒哀樂。辛恩俊的《杜甫和"拙"的文藝美學》（《東洋學》第35輯，2004年），既把杜甫作爲接受者，又把杜甫作爲傳播者，分析了杜詩中"拙"的美學意蘊。以上三篇文章的切入點都讓人耳目一新，爲我們更深入細緻地研究杜詩的藝術特點提供了全新的視角。此外，嶺南大學徐寶卿的碩士論文《杜甫詩裏的"月"的意象》則對詩人詩中"月"意象作了考察和分析。

關於杜詩章法的探討，如李永朱的《杜詩章法研究》（《中國文學》第33輯），側重於討論杜詩無所不備的章法藝術，認爲杜詩的章法有以下兩個特點：第一，結構完整嚴密，如行雲流水，毫不見斧鑿之迹；第二，體制完備自由，銜接自然，條理清晰，輕重緩急得當。該文的特點是理論性極强，對杜詩章法的總結是準確的。

杜甫的律詩從來都是學者關注的重心，這時期也有四篇文章以律詩作爲論述對象。崔南圭的《杜甫五言律詩類型研究》一文①，就以杜甫詩中五言近體詩785首（五律627首，五排127首，五絶31首）爲研究對象，首先標出每首的平仄，再經過考察比較，找出詩律的定式和變化，然後在此基礎上再對杜詩五律進行"律調體律詩"、"拗體律詩"等分類研究，充分肯定了杜甫律詩在文學史上的地位和貢獻，頗有新見。姜旼昊的《杜甫排律成就小考》②，對杜甫的128首排律詩作了討論，認爲這些詩歌從題材而言克服了以前排律狹隘的缺點，拓展到日常生活的方方面面，從而使得題材更日常化、生活化；而且章法更嚴整、生動，尤其注重突出序頭和結

---

① 《中國語文學》第38輯，2001年。

② 《中國語文學》第44輯，2004年。

尾的轉换,同時,還靈活地運用相互之間的變化多樣的對仗句來展開詩思,文章對杜甫排律成就作了恰當的評價。盧又禎的《杜甫七律的成就研究》(《中國語文學志》第 18 輯),對杜甫七律的詩體、詩語和形式分别作了詳盡的論述和説明,肯定了杜甫七律在文學史上的地位。此外,盧又禎的碩士論文《杜甫七言律詩研究》(梨花女子大學 2002 年)則對杜甫的七言律詩作了整體的考察。在論述時,將杜詩的七律詩分四個階段:即安史之亂以前、戰亂期間、成都草堂時期、夔州及以後,分别論述了這四個階段杜甫七言律詩不同的内容、形式和風格。以上四篇文章代表了這一時期韓國學者對杜甫律詩的認識。

張俊寧的《杜甫咏物詩的精神世界》雖没有對杜甫的咏物詩作全面的評價,但却深入地探討了杜甫咏物詩中所表現出來的思想傾向。文章從四個方面分析了杜甫咏物詩的内容:自我投映、愛國愛民、博愛主義和静觀人生。其中静觀人生這類咏物詩數量最多,也最能體現杜甫咏物詩的藝術特徵,並對後代咏物詩的發展産生了深遠的影響。杜甫的咏物詩向來是評論家們關注的重點,傳統的觀點認爲咏物詩是詩人的自我思想寫照。該文在贊同這個觀點的同時,對杜甫的咏物詩以及對後世的影響作了更細緻的分類説明,值得肯定。

鄭鎬俊的《杜甫秦州時期詩的變化》論述了杜甫整個秦州時期的詩歌創作,將杜甫這個時期的詩歌分爲隱居、山水、邊塞和咏物四大類,對每一類的詩歌均作了詳細的分析。

全英蘭的《杜甫青壯年時期南北遊歷及作品研究》和《杜甫齊魯燕趙遊歷時期的旅程和作品》(《人文藝術論叢》2002 年第 23 輯)兩篇論文。前一篇論文分析了杜甫壯年時期南北遊歷的背景,按時期考察了杜甫遊歷過程和當時創作的作品,認爲杜甫南北遊歷時期的詩歌表現的是詩人青壯年時期的霸氣和抱負,這是杜甫詩歌創作的開端。後一篇論文則對杜甫齊魯燕趙遊歷時期創作的詩歌作了考察。文章着重談到了這時期杜甫與李白的交往詩作。此外還有專著《杜甫荆州時期的詩歌》(2007 年)亦對杜甫晚年漂泊荆州時期的詩歌作了有益的探討。

鄭鎬俊的《杜甫的入蜀紀行山水詩小考》(《中語中文學》第 38 輯),對杜甫自秦州入蜀期間創作的二十四首山水紀行詩作了全方位的論述。從"紀行中的山水之險"、"紀行中的行路之難"、"紀行中的時局和身世之嘆"、"藝術美"四個方面論述,指出這二十四首山水詩無論其精神旨趣和美好風尚,還是表現手法和風格特點,都表現出"峭刻新生"的風貌和特點。在結論中作者認爲:這二十四首山水紀行詩上承晋宋、盛唐山水詩的傳統,因此,杜甫的山水詩也達到了一個極盛而新變的高峰。

明知大學校教育大學院閔誠現的碩士論文《杜甫社會詩研究》(2005 年)也對杜詩的内容進行了介紹。該文以杜甫的生平經歷爲突破口,對杜甫創作的社會詩作了全面的論述。通過分析杜甫社會詩的代表作品《自京赴奉先縣咏懷五百字》《茅屋爲秋風所破歌》等,指出杜詩確實無愧於"詩史"之稱。

公州大學趙元善的碩士論文《杜甫前期詩研究》(2003 年),從心理學的角度,分析了詩人杜甫前期的心理矛盾,還對詩人前期的詩作作了剖析。該文論述角度較爲獨特,不乏可取之處。

杜甫的詩品和人品不僅對中國的後世産生了巨大的影響,也影響了韓國文學,所以研究中國唐以後及韓國對杜詩的接受也成爲二十一世紀以來韓國學者關注的問題。如韓國著名學者柳晟俊的《〈歲寒堂詩話〉的詩論主題與杜甫詩的優越性考》一文①,從介紹張戒的生平出發,對《歲寒堂詩話》的詩論主題作了歸納,立足於張戒的"意味説",對李白和杜甫分别作了分析,認爲張戒雖然推崇李杜兩人的詩品,但兩者相比,張戒更重視杜甫。高真雅的《清代

---

① 《中國研究》第三十卷,2003 年。

沈德潛的杜甫詩認識考察》則對清代詩評家沈德潛的杜甫詩研究作了較爲全面的總結。以上兩篇文章從不同的角度研究了中國唐以後的杜甫接受情況。具本衒的《李安訥對韓愈、杜甫詩學習的情況和理解》,對海東李朝時期東萊府使李安訥與杜甫、韓愈的師承關係作了探討。朴禹勛的《韓國詩話中的李白、杜甫、韓愈》,梳理了韓國詩話中與李白、杜甫、韓愈有關的原始材料,並在此基礎之上,對三人的關係以及評價分別作了説明。王克平的《韓國古代詩論家眼中的詩聖杜甫》,從韓國古代詩話等原始材料入手,描述了韓國古代詩論家眼中的杜甫,勾勒了韓國詩話家們對杜甫詩歌創作風貌的認識和評價。以上三篇文章從詩話的角度探討了韓國古代詩論家們對杜甫的接受歷史。

溝通古今中韓,兼顧歷史與現實的聯繫,將包括古代文學、現當代文學在内的中國文學作爲一個整體來考察,這是注重文學傳統,將中國文學研究引向深入的一個很好途徑;也是在古代文學研究中體現當代人文關懷,以提供經驗或揭示規律等方式來豐富和發展當代文化的一個很好選擇。這樣,古代文學研究才不會與當代社會疏離,才不會被邊緣化,才會有鮮活的生命力,這就是朱熹所説的"爲有源頭活水來"(《觀書有感》)。

第二章　日本的杜甫研究

中日文化交流源遠流長，而漢籍東傳日本列島，不僅構成了中日兩大民族文化交流的重要内容，創造了輝煌的東亞古代文明，而且對世界各民族文化的發展作出了不朽貢獻。

京都大學文學部教授興膳宏曾這樣説，日本漢學，是其“學問中最重要的部分。日本曾經有這樣的傳統，就是由漢學而學習中國文化，再由學習中國文化而創造自己的文化”。自明治時代，特别是日清戰争（甲午戰争）以後，“中國文化則被弃之於角落”。“然而，作爲學問的中國學却因此獲得新的轉機，這就是不單繼承傳統漢學，而且吸收了西洋方法的新的中國學的誕生。”特别是“京都大學設置了中國文學專業，至今也有了將近百年的歷史。而隨着時代的發展和變化，新的研究方法也在不斷地逐漸産生”①。日本杜詩學産生、發展、深化的過程恰恰可以證實興膳宏的觀點。

杜詩，如前所述，起碼在平安時代就已傳入日本，而且逐漸産生影響（雖不及白居易詩歌）。時至日本的五山時代，白居易的影響開始衰退，而李白、杜甫開始升温。日本的杜甫研究，歷史悠久，成果顯著。

日本人喜歡杜甫，原因固然很複雜，可是有兩個原因是明顯的：一是日本與中國同屬於儒家大文化圈（或稱東夷文化圈，這個

---

① 《文學遺産》編輯部《學鏡——海外學者專訪》之《歷史與現狀——漫談日本的中國古典文學研究》（戴燕采訪録），鳳凰出版社 2008 年版，第 63—64 頁。

“東夷”不含任何貶義），有着共同的人生價值觀。兩國都提倡綱常禮教和忠孝節義，杜甫“文章千古事，得失寸心知”的創作經驗以及“致君堯舜上，再使風俗淳”的思想品格或政治理想，不僅引起了中國知識分子的共鳴，同樣受到了日本學人的尊敬。二是杜甫的詩風，也同樣符合日本人的審美情趣——所謂“雅正”。日本民族屬於含蓄内斂的民族，一般不太張揚個性，所以，“沉鬱頓挫”的杜甫詩歌，也代言出不少日本人的心聲。

第一節　日本杜甫研究溯源

根據目前看到的資料分析，藤原佐世奉敕編纂的《日本國見在書目》成書於日本宇多天皇寬平三年（891），相當於中國唐昭宗大順二年，是一部記録日本國平安前期爲止的傳世的漢籍總目録。此中無杜甫集子的記載（當然不能由此斷然否定杜詩此時未傳入日本）。黑川洋一推斷杜甫集傳入日本，是在平安朝末期，即是十一世紀。而日本最早記録杜甫文集的文獻，正是平安朝末期的大儒、漢詩人大江匡房的授課記録《江談鈔》（趙按：“江”是指大江匡房，“談”則爲談學論道之意）中提到的“注杜工部集”：“王勃、元稹集事。又被命云，注王勃集，注杜工部集，所尋取也。”①據此條記載

---

① 《江談鈔》，由大江匡房講述、藤原實兼（1085—1112）筆録，記載平安中期以後的公事、攝關家、神佛和雜事等，其中多有漢文故事、漢文詩文，共六卷。卷一收《公事》《攝關家事》《佛神事》三部，卷二、卷三、卷四同爲《雜事》部，卷五爲《詩事》部，卷六爲《長句事》部。特别是卷二以後的章節，主要集中在談論本朝名賢及六朝隋唐詩家的漢詩作法、詩文掌故、風流韵事，與兩宋詩話體裁極爲類似，而第五卷“詩事”的“王勃·元稹集事”中有“注王勃集，注杜工部集等，所尋取也”的記載。他的《詩境記》中也叙述了其秉承“王、楊、盧、駱、杜甫、陳子昂等”的詩風樣式，其原文是：“唐太宗時掌其地，自今（轉下頁）

我們基本可以斷定,杜詩傳入日本蓋在匡房時代之前的平安時期。過去一般根據《日本國見在書目録》無杜甫詩集之明確記載,推測杜詩傳入日本乃五山時期之事。其實,日本學問僧圓仁(794—864)在其《入唐新求聖教目録》中著録有《杜員外集》二卷,這應早於《江談鈔》。圓仁於公元838年(日本仁明天皇承和五年,當唐文宗大和九年)隨第十七批遣唐大使藤原常嗣等入唐,於847年(承和十四年,當唐宣宗大中元年)歸國。從圓仁入唐的時間上看,這個杜員外,即指檢校工部員外郎杜甫,是没有問題的,此結論已爲中日學術界所接受①。以上是文獻記載,就杜詩的影響而言,可以追溯到弘仁九年(818)成書的《文華秀麗集》中菅原清公(770—842)《奉和春閨怨》詩"可妒桃花徒映靨,生憎柳葉尚舒眉"二句,即源自杜甫《送路六侍御入朝》的"不分桃花紅勝錦,生憎柳絮白於綿"。

一、早期的杜詩學文獻

如上所述,早在九世紀前半期或以前日本就有杜甫研究,並且取得一定成果。如平安時代(807—1190)中期的漢詩詩人大江維時②、從兄

(接上頁)以後,王、楊、盧、駱、杜甫、陳子昂之屬,口口其句"。《詩境記》可以説是十一世紀日本人寫的中國詩略史(至晚唐)。杜甫,作爲連接初唐四傑與中唐元白的詩人(可謂承上啓下),特别標舉出來,可見其超常的眼光。他的晚年言行録《江談鈔》也有"尋得《杜工部集注》"記載。從這些事件可以推定,當時匡房已經擁有杜甫的詩集。

① 參見陳尚君《杜詩早期流傳考》(《中國古典文學叢考》第一輯,1985年)、静永健《近世日本〈杜甫詩集〉閱讀史考》(九州大學大學院人文科學研究院《文學研究》第109輯,2012年)、張伯偉《典範之形成:東亞文學中的杜詩》(《中國社會科學》2012年第9期)等。

② 大江維時(888—963),醍醐天皇至村上天皇間(897—966)在世,經文章博士、國子祭酒、東宫學士,累官至參議,歷任醍醐、朱雀、村上三帝的侍讀,進講《白氏文集》。著有《養生方》三卷。編有《千載佳句》。

大江朝綱[①]、菅原文時[②],同爲當時文壇領袖。他編著的《千載佳句》[③],分類列記唐詩七言秀句。其中有六聯取自杜詩:

(1) 秦城樓閣鶯花裏,漢主山河錦綉中。(《清明二首》其二)

(2) 林花著雨胭脂落,水荇牽風翠帶長。(《曲江對雨》)

(3) 藍水遠從千澗落,玉山高並兩峰寒。(《九日藍田崔氏莊》)

(4) 五夜漏聲催曉箭,九天春色醉仙桃。(《奉和賈至舍人早朝大明宫》)

(5) 魚吹細浪揺歌扇,燕蹴飛花落舞筵。(《城西陂泛舟》)

(6) 數莖白髮那抛得,百罰深杯也不辭。(《陪陽傳賀蘭長史會樂遊原》)

最後一聯詩題今日通行各本作《樂遊原歌》,中國各本也如此,而且還有自注:"晦日,賀蘭楊長史筵醉中作。"六聯中有的詞語也與各

---

① 大江朝綱(886—957),工於漢詩漢文,奉敕撰有《新國史》四十卷,又著《坤元録》《後江相公集》卷,均無傳。只有賦、詩序、論策等 44 篇見於《本朝文粹》《朝野群載》,詩 40 餘首見於《扶桑集》《和漢朗詠集》。

② 菅原文時(899—981),平安中期的學者,菅原道真之孫,以家學文章聞名遐邇。

③ 《千載佳句》,專選唐代七言近體詩句的選本。共收唐詩人 153 家的七言詩句1 082聯(各詩人入選次數前六名: 白居易 517,元稹 65,許渾 33,章孝標 32,杜荀鶴 19,劉禹錫、楊巨源、温庭筠 18),按内容編次,共分 75 部 258 門。其中選白居易詩最多,凡 507 聯。書中多存唐人逸詩,市河世寧輯《全唐詩逸》時即據采《全唐詩》未收的逸詩 263 聯,新見作者 73 人,可仍有遺漏。日本有多種抄本流傳,宫内省圖書寮藏 1942 年金子彦二郎校本較善。

本有異,可作杜甫詩集文本校勘之參考①。其實,《千載佳句》中與杜甫有重大聯繫的還有另外一聯,收在《人事部・才士》中,即從祝元膺的《書懷奉投諸從事》中摘出的一聯:“杜甫一生憐李白,應緣孔聖道才難。”②乃是化用杜甫《不見》:“世人皆欲殺,吾意獨憐才。”其重要性在於評論杜甫、李杜友誼。這裏還應注意的是,作爲盛唐詩人,只有杜甫被標舉出來。

杜詩廣泛受到日本矚目,起於十三世紀以降的鐮倉、室町時代,以五山詩僧爲代表③。有日本“五山文學”之祖之稱的虎關師練是鐮倉末期至室町初期的禪僧④,著有詩文集《濟北集》二十卷,收有律詩、偈選等,内容豐富。虎關深通漢詩韵律,著有《聚文韵略》五卷。他對中國古代詩人的評價是:反對白居易的詩風,格外推崇蘇軾、黄庭堅、李白和杜甫。

如其《濟北集》卷一一《詩話》,又稱《虎關詩話》,是日本詩話的開端。其中有四條涉及杜甫,即對《登岳陽樓》《巳上人茅齋》

---

① 然而,黑川洋一認爲,這並不代表杜詩的傳入。他以爲,這些句子其實是從唐詩選本中採録的,日本人通過這些詩選意外獲知杜甫的。參見黑川洋一《杜甫の研究》第335—338頁。

② 祝元膺(生卒年不詳),唐詩人。句曲(今江蘇句容)人。與段成式(803—863)同時。信道教,應舉不第,後不復赴舉,放浪山水而終。每愛吟誦孟不疑詩“白日故鄉遠,青山佳句中”。張爲《詩人主客圖》標舉其《送高遂赴舉》等詩三首,並將其列爲“廣大教化主”之及門者。日僧圓仁《入唐新求聖教目録》著録《祝元膺詩集》一卷。

③ 在和刻本刊行史上,“五山版”時代是一個重要時期,指的是自鐮倉時代中期(1222—1286)、南北朝(1334—1392)以至室町時代後期(1526—1573),以鐮倉五山和京都五山爲中心刊行的版本。刊行的集部四十五種之中有《杜工部文集》(含《杜工部年譜》)《集千家分類杜工部詩》《集千家注分類杜工部詩》,其底本多爲宋元版或明初刊本,具有很高的學術價值。

④ 虎關師練(1278—1346),虎關係其法號。俗姓藤原,師從東渡元僧寧一山。

《別贊上人》《秋日夔府咏懷奉寄鄭監李賓客一百韵》四首詩詩句作考證。開拓了日本禪林杜詩研究之路,引起後世注意,黑川洋一稱之爲“我國杜詩研究的開山之祖”(詳見下文)①。

虎關圓寂之後,活躍於五山文壇的是中岩圓月(1300—1375)。他於元亨元年(1321)赴京都南禪寺,從虎關學詩。正中二年(1325)入元,歷時七年,遍訪江南名刹,謁古林清茂、雪岩欽等高僧,師東陽和尚,對中國的哲學、思想史及政治均表現出濃厚的興趣,且有廣泛的瞭解和深入的考察。他是一位才華橫溢的文筆僧,精通程朱理學,仰慕李白、杜甫詩,鍾情於宋詩,文則仿學韓愈,對蘇軾等大家亦有深入瞭解,文才在禪師僧中享有很高的評價。中岩詩作現存二百餘首,主要收録於《東海一漚集》卷一中。詩風奇峭清峻,悲壯蒼古,筆致縱横無礙,卓然有李杜之風。他愛李太白的灑脱和浪漫,如其《擬古》詩説:“吾愛李太白,騎鯨捉明月。”更愛杜子美的沉鬱和洗練,如其《偶看杜詩有感而作》:“久廢成野趣,早涼讀杜詩。”即是傾慕杜詩的坦言。總體説來,中岩詩“其五古效法於太白,能得其輪廓。其七古學少陵,得其氣息;七律亦近於少陵”②。

室町時代的另一位禪僧江西龍派(1375—1446),晚年别號續翠。有漢詩集《豜庵集》《續翠集》。他還抄録蘇東坡的詩,名爲《天馬玉津末》,選唐宋金元的絶句,名爲《新選集》。與杜甫相關的是《杜詩續翠鈔》。這是基於元高崇蘭《集千家注批點杜工部詩集》的講述,由其弟子記録而成。此書現存十九卷,有錯簡、脱落,現藏京都建仁寺兩足院與國立國會圖書館。兩足院本所缺的卷一卷二由國立國會圖書館影印本補齊,大冢光信編《續抄本資料集成》(全十卷,清文堂,1980—1992)收在第一卷至第三卷。另,第十

① 黑川洋一《杜甫の研究》,第339頁。

② 北村澤吉《五山文學史稿》,富山房1941年版,第239頁。

卷有京都女子大學教授高見三郎解説《關於〈杜詩續翠鈔〉》。

在京都建仁寺兩足院還藏有另一位禪僧雪嶺永瑾（1447—1537）的漢詩集《梅詩集》以及與杜甫有關的《杜詩鈔》。《杜詩鈔》也是講述的記録本，講述時的課本與江西龍派《續翠鈔》同爲元版《集千家注》。《杜詩鈔》現存建仁寺兩足院所25册，存櫪木縣足利學校圖書館十一册。足利學校藏本《杜詩抄》（各册附録解題、嵯峨寬的《札記》與監修者土岐善麿小文）與江西龍派《續翠鈔》均已由光風社書店於1970—1973年影印刊行。

另外，這時期還流行着一本《唐朝四賢精詩》四卷。内收李白（七律十八首、七絶三十二首）、杜甫（七律三十八首、七絶二十首）、韓愈（七律十四首、七絶三十六首）、柳宗元（七律十四首、七絶二十九首、五絶七首）四家七言近體詩作。其中，杜甫題"工部員外郎杜陵杜甫子美"。編選者不詳，或云日本禪僧（川瀨一馬《五山版研究》第484頁），或云中土人士，尚無定論。森立之《經籍訪古志》著録，以爲"字畫端雅，仿佛南宋槧，蓋即覆宋者"。所載詩多爲膾炙之作，律詩多見於《唐詩鼓吹》《瀛奎律髓》《唐詩品彙》《石倉歷代詩選》等書，絶句往往見於洪邁《唐人絶句》，然詩題文字多異，恐非其所據。由題銜及詩選内容觀之，此書當爲中土編選，森立之所主宋人説，或近其實。中土現存明前唐詩選本甚少，此書中日皆未著録，屬重要之唐詩選本，於四家詩傳播之研究，頗有價值。此書日本南北朝刊本甚少，國立公文書館内閣文庫（二部）、東洋文庫、國立國會圖書館、三井家有藏，國立公文書館内閣文庫本印刷較早，首有"定家"古朱印，末有大永五年（1525）墨書①。

這一時期，受杜甫影響或對杜詩在日傳播有貢獻的作家還有：雪村友梅（1290—1346）、中岩圓月（1300—1375）、義堂周信

---

① 内容詳參金程宇《東亞漢文學論考·〈和刻本中國古逸書叢刊〉解題》，鳳凰出版社2013年版，第232—233頁。

(1325—1388)、維忠通恕(？—1429)、江西龍派(1375—1446)、心田清播(1375—1447)、希世靈彦(1403—1488)、横川景三(1429—1493)、萬里集九(1428—?)、景徐周麟(1440—1518)、彦龍周興(1458—1491)等等,他們詩宗杜甫,喜讀《杜工部集》。如義堂周信《空華日用工夫略集》記,應安五年(1372)七月三日:"對諸子説詩史(案:即杜詩)。"[①]永德元年(1381)九月二十五日:"問曰:《三體詩》可學否?曰:可也。《千家詩格》可學否?曰:可也。李、杜可學否?曰:可不可矣。曰:如何?曰:才器大則可,小則不可。"[②]永德二年正月九日:"爲中叔説杜詩一首。"[③]其弟子心華元棣著有《杜詩臆斷》。而且,在室町時代初期,五山版刊刻三種杜集:《集千家注分類杜工部詩》二十五卷、《集千家分類杜工部詩》二十五卷、《集千家注批點杜工部詩集》二十卷。值得注意的是,後陽成天皇(1586—1611在位)敕編的《翰林五鳳集》分類編纂了五山禪僧的詩作,其卷六〇"中國人名部"以杜甫爲吟咏對象的作品22題51首。可見杜甫在此時日本人心目中的地位,已達到前所未有的高度。

江户時代及之後[④],是日本學者對杜甫的全面接受時期。而直接導致此一局面的是明人邵傅編的《杜律集解》(包括五律和七律五百多首)在日本的流行、暢銷,並多次翻刻,遠遠超過其他杜甫集[⑤]。

---

① 義堂周信《空華日用工夫略集》,東京大洋社1942年版,第72頁。

② 義堂周信《空華日用工夫略集》,第147頁。

③ 義堂周信《空華日用工夫略集》,第156頁。

④ 從1603年德川家康開幕府江户(今東京)始,到1867年第十五代將軍德川慶喜將政權奉還天皇爲止,這260多年在日本史上稱爲"江户時代"。

⑤ 據静永健《近世日本〈杜甫詩集〉閲讀史考》考察統計,此書有寬永二十年(1643)、萬治二年(1659)、三年、寬文五年(1665)、十年、十三年、天和二年(1682)、貞享二年(1685)、三年、元禄七年(1694)、九年諸刊本,而且一年之内,往往還有不同書商的不同刻本。如此流行的一個重要原因是簡明。

正如江户初期詩人伊藤東涯(1670—1736)《杜律詩話序》所云①:

本朝延、天以還,薦紳言詩者多模白傅,户誦人習,尸而祝之。降及建、元之後,叢林之徒,兄玉堂而弟豫章,治之殆如治經。解注之繁,幾充棟宇。今也承平百年,文運丕闡,杜詩始盛於世矣。嗚呼,白之穩實,蘇之富贍,黄之奇巧,要亦非可廢者也,然較之杜則偏霸手段,不可謂之集大成矣。(《紹述先生文集》卷三)

這段話很有代表性。"延天以還",指醍醐天皇延喜(901—923)、朱雀天皇天曆(947—957)以來,即王朝時期中期之後,"建元之後",指土御門天皇建仁(1201—1204)、元久(1204—1206)以來,即五山時期。東涯還有《讀杜工部詩》云:

一篇詩史筆,今古浣花翁。剩馥霑來者,妙詞奪化工。慷慨憂國泪,爛醉古狂風。千古草堂在,蜀山萬點中。(《紹述先生文集》卷二三)

從字裏行間可以看出對杜甫及其詩的評價極高,可以與上段議論文字相表裏。

這裏不可忽視的還有明人薛益的《杜工部七言律詩分類集注》的和刻本②。此書二卷,主要承襲僞虞注又不滿僞虞注。有崇禎十

① 伊藤東涯(1670—1736),名長胤,字原藏,號東涯,仁齋長子。能繼其家學,以著述爲事。現有記録的著作一百餘種,遍及漢學、和學諸多領域。

② 薛益(1563—1640),字虞卿,號古狂生、廣文先生,長洲(今屬蘇州)人。明崇禎間曾以貢生官瀘州(今屬四川)訓導,又曾官潮州通判。精於佛學,專習净業宗,又工書善詩,書學鍾、王、旭、素,年登耄耋,猶能於燈下作蠅頭小楷,頗著聲名於鄉里間,林雲鳳《薛虞卿先生杜律七言集注序》云: (轉下頁)

四年(1641)刻本,卷前依次爲徐如翰序(崇禎十一年)、林雲鳳序(崇禎十四年)、薛益《集注杜律歌》、楊士奇《杜律虞注序》、白雲漫史(即謝杰)《少陵紀略》《杜律心解題詞》《杜律虞注叙略》、薛益跋修默居士《杜律心解凡例》。《杜律心解題詞》録《脞齋閒覽》、王安石、元稹、宋祁杜詩話四則。據薛益跋,知此書成於崇禎十三年,次年由社友程聖謨刻印。是書雖名《集注》,然薛益跋又云:"用是祗管箋杜,一秉於虞,誤則竭博稽之力,正則任習氣之口。"則其主要是承襲僞虞注。收杜七律凡151首,上下兩卷,分紀行、述懷、懷古等三十二類,卷數、門類數及詩歌編次,悉同於僞虞注。注解先沿明人注詩通例,標出賦、比、興體例,餘亦與僞虞注大致相同,惟於其誤處,予以辨正,如《觀造竹橋》一詩改虞注"合歡"爲"合觀";又稍采他注以補虞注之簡略,故較虞注爲詳,然無甚發明。王重民《中國善本書提要》評曰:"益注頗膚淺,然爲鄉塾之用亦足矣。"是書底本爲明蘇州五雲居刊本,半葉八行,行二十字,四周雙邊,白口,單魚尾,傳世不多,國内僅吉林省圖書館有藏本。美國國會圖書館亦有藏本(四册),日本内閣文庫藏有一部。日本和刻本是慶安四年(順治八年,1651)中村市兵衛據崇禎刊本覆刊本(大五册),《倭版書籍考》卷七著録。後有《和刻本漢詩集成》第五輯影印本。

這一時期注重杜甫受容的代表作家有藤原惺窩①、林羅山②、

(接上頁)"先生里居之宅,則長洲江令公所贈,兼有詩期玉堂,棄官杜門,則開府張公,隆式廬之典,署其門曰'盛世醇儒'。"著有《薛虞卿詩集》等。

① 藤原惺窩(1561—1619),名肅,字斂夫,號惺窩。爲藤原定家十二世孫。生於播州,有志於程朱理學。著有《惺窩先生文集》十八卷。日本學者一般視其爲江户儒學開山、朱子學之祖。研究證明,日本儒學從佛學教的控制下分離成爲獨立的世俗學問,惺窩的作用是不能否定的。

② 林羅山(1583—1657),名忠,又名信勝,字子信,羅山是其號。出家後法名道春。他23歲入惺窩門下。江户時期日本最有代表性的程朱 (轉下頁)

石川丈山等人。惺窩在文學上主張唐宋詩兼取,諸家之長並蓄。他認爲學古詩首推《文選》,學律詩應宗持江西詩派詩論的方回選本《瀛奎律髓》,學絶句應宗《聯珠詩格》。從《瀛奎律髓》選杜律之多,看出他學杜的影子。林羅山的詩學主張是:《三百篇》是詩中典範,漢魏唐宋次之,元明衰萎。以"正""忠"爲賦詩之根本,認爲中國詩人首推屈原與杜甫:屈詩憂國,杜詩具有較强的"忠君"思想。寬永十九年(1642)發生一件大事:石川丈山在睿山山麓築詩同堂,欲將中國詩人的畫像張挂於堂上,請林羅山代爲選出。他選出 36 人,除屈原、杜甫外,依次是:陶淵明、陳子昂、杜審言、李白、王維、孟浩然、岑參、高適、韓愈、白居易、柳宗元、劉禹錫、韋應物、劉長卿、杜牧、寒山、歐陽修、蘇東坡、黄庭堅、楊萬里、程明道、邵雍等,從中可以看出林羅山的文學傾向。其子林鵝峰平生最推重杜甫,認爲"詩人無過子美者","少陵乃詩家之祖";"山谷、簡齋俱是詩家之正法眼藏也。唐賢才子以詩名者甚多,少陵爲最。二公之詩同宗少陵,故宋朝之詩於二公謂之大家,謂之名家"①。他推崇杜甫,乃因慕其忠義,他在《讀老杜秋興詩》中説:

> 藹然忠義杜陵翁,秋興八首發深省。漁陽鼙鼓宗廟傾,夔州城廓夜月冷。邊功懷昔感慨多,時政悲今諷諭永。泪痕露滴楓樹林,默禱昊天有所請。

可見,鵝峰的文學觀與其父一樣是儒家的。進而指出儒家論詩與詩家論詩是有差異的,他在《授仲龍》中説:"儒者論詩與詩家所論,

(接上頁)理學家,德川幕府文藝復興運動的重要人物。著有《羅山文集》七十五卷、《羅山詩集》七十五卷,校勘、整理中國文獻典籍八十五種之多。其家族十二代主持幕府之學。

① 林鵝峰《鵝峰先生林學士文集》卷五八。

其取捨異趣。詩家所取者,格體句勢字法無不着眼。儒者唯取其志氣之豪大。其豪也其大也,皆出於性情之正,所謂詩無邪也。詩人或費工巧,或勞安排。儒者唯寫胸中之蘊,而灑落平淡也。"他還是江户時代儒學界倡導經詩兼修的先驅。他平時一邊講經,一邊談詩,很好實踐了自己的主張。

藤原惺窩的弟子中還有一位那波活所①,推崇宋玉和杜甫,他寫道:"宋玉悲歌杜甫愁,楚聲唐律信風流。鳥殘紅柿雨餘蕈,笑勝錦楓霜後秋。"②他也宗尚韓文和白樂天詩。

藤原惺窩門下的松永尺五③,他平生最折服於菅原道真和陶淵明的爲人,淡泊名利,勤於治學。在中國詩人中,尺五最仰慕杜甫。這一點,他與同門師友的觀點是一致的,其判定詩文優劣的標準同樣來自儒家的詩文觀。不同的是,他對陶淵明、謝靈運的山水詩抱有濃厚興趣,體現了近山水、遠功名的性格特點。他對杜甫的仰慕,還表現在對杜詩的感受上,如他寫有《讀杜律》(《尺五堂先生》卷一)、《讀杜甫〈杜鵑行〉》(《尺五堂先生》卷一)。

藤原惺窩門下,以詩聞名於世的是石川丈山④,時人評價甚高。

---

① 那波活所(1595—1648),播州姬路人。18 歲投藤原惺窩。一生博聞强志,自經史子集、小説僻書隱牒,無不搜閲。著有《活所遺稿》十卷。

② 那波活所《活所遺稿》卷六《秋懷》。

③ 松永尺五(1592—1657),著名俳人松永貞德之子。名遐年,號尺五。祖母乃藤原惺窩胞妹,尺五早年投師惺窩門下,成爲一名秀才。及學成,一度爲加賀藩儒官。後拒諸藩聘請,於慶安元年(1648)在京都堀川開館授徒。學館落成,同門好友石川丈山取杜詩"去天僅尺五"之意,將學館講堂名爲"尺五堂"。其號尺五,亦源於此。著有《尺五堂全集》十二卷、《五經集注首書》六十七卷等。

④ 石川丈山(1583—1672),名凹,號六六山人、凹凸窩、大拙等。祖上世代仕於德川家。33 歲離開德川家康,入京都妙心寺爲僧。後棄禪遊學於惺窩門下。後築詩仙堂,潛心於詩作。生前有《覆醬集》十六卷傳世。逝後,其門人石川孫十郎將其遺稿輯成《續覆醬集》十六卷。

如《續覆醬集》之野間三竹序便引朝鮮人權侙(號菊軒)語:“古人以楊伯起爲關西夫子,以君爲日東李杜者,非妄也。”其實,在中國詩人中,他最推崇的還是陶淵明,其次才是李白、杜甫、韓愈、柳宗元、蘇軾和陸游等。關於仰慕陶淵明的心情,他再三吟道:“抱拙慕淵明”(《放慵》);“貧似淵明詩未似,羞將白髮對黄花”(《重陽雨》);“遠朋陶靖節,同姓石寒貧”(《山中記懷》);“古意祖李蘇,新詩師陶杜”(《偶述》)。對陶潛的崇敬之情溢於言表。同時,他積極主張學習李杜的詩,且以無人能與之討論李杜的詩爲憾事:“老年道機熟,鬼魅不能窺。趙氏足三願,香山吟四雖。讀書量日永,對酒恨花遲。李杜無人學,與誰細論詩?”(《自遣》)

至十八世紀初,江户漢文學經過一個世紀的恢復與發展,文壇已進入了富有生氣的繁榮時期。代表中期詩壇的主要有堀川派、木門派和萱園學派的詩人。伊藤仁齋①,是堀川派的開拓者。他在力倡古學的同時,在京都堀川自辦私塾,教授弟子,從而創立了堀川學派。

仁齋至孝,重德行,甘於清貧,終生未仕,以人品高潔而著稱於世。身後五子,均有才名。尤其是長子東涯、幼子才藏(蘭嵎)最爲優秀。仁齋一生的著述很多,作爲詩文集傳世的有《古學先生文集》《古學先生詩集》等。後者是將作者逝世後散佚的詩收集而成的,共存253首,有五言古詩、律詩、絶句和七絶等體。儘管伊藤仁齋以日本古學派之祖而深爲後人尊崇,但是青少年時代,他的興趣不是儒學,而是詩,而且曾是一位沉溺於詩賦的崢嶸秀才。仁齋崇

---

①　伊藤仁齋(1627—1705),仁齋是其號,名維楨,字佐源,别號古義堂。仁齋生於京都,其父爲木材商。11歲始讀《大學》。後家長勸其習醫,仁齋不從,決心以儒學立身。至中年,開始對朱子學産生懷疑,認爲宋學有乖孔孟之義,並指出:“《大學》非孔氏遺書”;“明鏡止水、沖漠無朕、體用理氣等説,皆佛老淫辭,非聖人之意”。遂著《論語古義》《孟子古義》《大學發揮》等書,竭力宣導古學。

尚的首先是《詩經》,之後是漢魏時代的詩與發於真性情的杜詩。他在《童子問》卷下第四十一章中寫道:

> 問:詩文編集甚多,孰爲得正?曰:三百篇之後,唯漢魏之際,遺響尚在。厥後唯杜少陵氏之作爲庶幾矣。蓋古人之詩,皆發於諮嗟咏嘆之餘,而無一非事實者。所謂本於性情是已。非若後人之無事而强作也……唯杜甫平生憂國愛民,忠憤感激,一皆寓之於詩,世稱詩史。故杜詩之妙,不在於巧拙之間,而在於真情盈溢不可歇止,無意托物比興,而托物比興無所不在。

仁齋主張:詩應該"本於性情",發於事實。杜詩的最可寶貴之處,在於"真情盈溢"。仁齋喜愛詩三百,喜尚杜詩,因爲前者可以治國經邦,後者"憂國愛民,忠憤感激"。

江户時期,與伊藤仁齋同時代的著名學者木下順庵①,他對江户文壇的最大貢獻在教育:他開門授徒數十載,學風扎實嚴謹,但不固執狹隘,有攝百家之長而授天下英雄的雅量。門徒或參與國事大政,或擅長外交,或精於儒學,或以詩文聞名於世。其中漢文學成就較突出的有五人:新井白石、室鳩巢、雨森芳洲、祇園南海和南部南山,習慣稱之爲"木門五杰"。新井白石(1657—1725),爲木門翹楚,著有《藩翰譜》《讀史餘論》《古通史》《本朝軍器考》《五事略》《蝦夷志》《南島志》《采覽異言》《東雅》《文通考》《西洋紀聞》等,詩文著述有《白石詩草》《白石先生餘稿》《木門十四家詩》等。白石詩宗唐,尚杜詩,重視格律。愛讀古人的詩話詩評,尤其對《詩人玉屑》愛之彌深。由於在詩學方面,博覽前人之説,用心於

---

① 木下順庵(1621—1698),平安人。名貞幹,字直夫,又號錦里、敏慎齋、薔薇洞等,順庵是其號。

聲律，所以白石的詩格調高，用詞用字清越而響亮。室鳩巢(1658—1734)，名直清，字師禮，號鳩巢，別號滄浪①。鳩巢贊揚韓柳歐蘇之文，認爲他們的文章識趣高，頗得結構之法，而又富於變化。鳩巢論詩，首推詩三百，認爲“其辭温厚而不慢，質實而不俚，方正而不角，的確而不刻，紆徐而不回，委曲而不瑣，華麗而不浮，儉素而不陋。美而不諂，刺而不隱，怨而不怒，愛而不私，其義極乎天下之中正”(《紫芝園後稿》初篇卷八《詩論》)。鳩巢既是醉心於《詩經》的詩人，更是唐詩的鼓吹者：“夫唐興，黜浮華，崇理致，激頹風，而歸之於正。兼之結撰之富，體制之備，洋洋乎成一代風謡，追及漢魏以上，與之比隆。可謂盛矣。”(《鳩巢文集》後編卷一六《題杜律新注書後》)在唐代詩人中，鳩巢崇尚的詩人有李白、杜甫、王維、孟浩然、王昌齡、韋應物。他對古人將李杜並稱，而且李白在杜甫之上，表示理解。鳩巢本人也曾在《用前韵迭和君美見酬》詩中稱頌李太白：“李白文才傾寵貴，井丹經術倒王侯。”但是，由於鳩巢的文學觀是載道式的文學觀，所以他對杜甫的評價仍然高於李白，他曾經清楚地表露説：“至於采材六朝，合體雅頌，兼諸家之所長，擅百代之絶技者，杜少陵氏一人而已矣。”(《鳩巢文集》卷一六《題杜律新注書後》)從作者推崇的詩人及其詩文觀來看，鳩巢重視格律，貴風雅餘韵。反之，則是他所排斥的。因此，他認爲孟郊、賈島的詩“寒瘦”，不足取；元詩輕薄，白詩淺俗，李商隱的詩僻澀，温庭筠的詩媚艷，均非理想之作。在指出諸家詩人長短優劣之後，鳩巢還提醒時下的詩人們：詩欲工，應先熟讀名家之詩，絶不可急於求成。他在《與桑原生論近體之詩書》中，坦誠忠告：“姑輟其賦詩之心，移其力於讀詩。以李杜及諸名家之詩反復誦讀。夫如是既久，

① 與同時代的其他詩人一樣，室鳩巢也有“分韵”杜詩成句的情況，如其《壽竹軒木君分老杜所稱“人生七十古來稀”一句字賦賀詩七章爲貺》(《鳩巢先生文集》後編)，該句就是《曲江二首》其一中的名句。

然後漸以意賦出,則其口氣自别矣。”

這一時期,對杜詩注解有突出貢獻的有如下幾部:著名漢學家宇都宫遯庵(1633—1709)與清水玄迪合著《鼇頭增廣杜律集解》六卷,是對明代邵傅的集解加以訓讀,並加詳細題注(詳見下文)。同樣以杜甫律詩爲對象,還有度會末茂(1644—1694)的《杜律評叢》三卷(詳見下文)。這裏還必須提到江户時代的京都漢學家、日本僧侣大典(1719—1802),其名顯常,他在儒學、佛學、史學以及詩文創作上均有所爲,著述頗豐,有《唐詩解頤》(1776)和辭書《詩語解》(1763)、《文語解》(1772)等。他所作的《杜律發揮》三卷,解説杜甫律詩。爲杜甫律詩作解的還有江户中期漢學家津阪孝綽(1757—1825)的《杜律詳解》三卷(詳見下文)。

這一時期,學杜論杜祭杜的活動也不少,如大窪行建“詩聖堂”,以志紀念。與市河寛齋、柏木如亭、菊池五山並稱爲“江户(今東京)四詩家”的大窪行①,文化三年(1806),他於神田建“詩聖堂”,供杜甫像以祀之,可見對杜少陵的仰慕之情。而其詩集名爲《詩聖堂詩集》,其詩話名爲《詩聖堂詩話》。市河寛齋爲其作《詩聖堂詩集序》云:

---

① 大窪行(1767—1837),名行,字天民,號詩佛,别號瘦梅、柳坨居士、江山翁等。長於詩,擅於書。“詩宗杜少陵,書學柳公權。”著有《詩聖堂詩集》三十三卷、《詩聖堂百絶》一卷、《詩聖堂詩話》一卷、《西遊詩草》二卷、《北遊詩草》二册、《再北遊詩草》二册等。其詩集中,以杜詩成句分韵賦詩的情況也是常有的,如《同東陽先生及雪坡天保緑天松宇烟崖諸君遊安並大夫山莊用“石門斜日到林邱”爲韵賦七首》(《西遊詩草》卷之上),就是以杜甫《題張氏隱居二首》其一“石門斜日到林邱”爲韵而賦五言詩七首的。而菊池五山(1799—1881)《丙乍三月廿一日同鹽田松園廣瀨旭莊大槻盤溪墨沱看花分“好雨知時節”爲韵得“雨”字》(《溪琴山人第三集》卷之三),是以杜甫《春夜喜雨》“好雨知時節”爲韵得“雨”字而賦五言古詩一首的。

《詩聖堂集》刻成。詩聖者何？杜少陵也。……詩聖堂者，吾天民所築於玉池之草堂也。天民少小嗜吟咏……其歸而卜居今地也，堂安少陵像以詩聖爲稱，見所尊尚也。又號詩佛，蓋取法張南湖"老杜詩中佛"之語也。

清人俞樾《東瀛詩選》亦云："天民以詩佛自號，而以詩聖名堂，蓋欲以一瓣香奉少陵也。"

大典禪師等"浣花遨頭辰祭杜"，本是杜詩學史上的一件大事，以往却未引起足够重視。江户時期著名詩僧大典禪師，年年於四月十九日"浣花遨頭辰"祭杜賦詩。這種祭典活動，較早出現在宋代，陸游《老學庵筆記》有云："四月十九日，成都謂之浣花，遨頭宴於杜子美草堂滄浪亭，傾城皆出，錦綉夾道，自開歲宴遊至是而止。"按：宋代成都自正月至四月浣花，太守出遊，士女縱觀，稱太守爲"遨頭"。"遨頭宴於杜子美草堂滄浪亭"，太守都出席此祭典，可見杜甫在時人心目中的地位。檢大典《北禪詩草》，有 11 年間之此日所作祭詩達 13 首之多，拳拳之心，可謂誠矣！其《四月十九日浣花遨頭辰也頃余講杜詩適當斯日社中諸子具厨膳見饋因賦》詩云："空使形容憂國盡（自注：杜詩：'江上形容吾獨老'），至今詞賦感人長。"《遨頭日祭少陵》詩云："萬里傳文遺業在，千秋憂世片心孤。"《丙辰四月十九日携諸子泛舟隅田河淹留石濱之亭作遨頭宴分韵東》詩云："草堂千古戀遺風，何隔佳期日本東。"明白地表示了對杜甫精神的理解和對杜甫遺風的景仰。

江户以後，杜甫始終在日本漢詩壇保持着最受尊崇的地位。如森大來評《黄石齋集》有云：

昔韓昌黎以險奇學杜，白香山以平易學杜，李玉谿以宏麗，黄山谷以苦澀，而於少陵各得其一端，若是乎杜詩之大如江河，萬古滔滔不廢也。（《黄石齋集》卷六附"諸家評"）

按,《黄石齋集》是岡本黄石(1811—1898)的作品集。其《一月轉寓於曲坊廿四日岩谷嗆霞日下部鳴鶴丁野丹山矢土錦山水谷奥嶺携酒來分"暗水流花徑,春星帶草堂"句爲韵得"水"字》(《黄石齋集》第五集),是以杜甫《夜宴左氏莊》中名聯"暗水流花徑,春星帶草堂"爲韵得"水"字而賦五言古詩一首;他的《夜飲東山下之酒樓分老杜"歲暮陰陽催短景"之句》(《黄石齋集》第五集),是杜甫《閣夜》詩首句;《送血岳歸越後分老杜"朔雲寒菊倍離憂"句得"朔"》(《黄石齋》第六集),是杜甫《長沙送李十一銜》末句。他的《口小丘守歲追次老杜韵》(《黄石齋集》第五集),就是次韵杜詩《杜位宅守歲》:"守歲阿戎家,椒盤已頌花。盍簪喧櫪馬,列炬散林鴉。四十明朝過,飛騰暮景斜。誰能更拘束,爛醉是生涯。"又國分青崖(1857—1944)《咏史三十六首・杜甫》詩云:

詩到浣花誰與衡?波瀾變化筆縱横。讀書字字多來歷,憂國言言發性情。上接深雄秦漢魏,下開浩瀚宋元明。靈光精采留天地,萬古騷人集大成。(《青崖詩存》卷一九)

可知,正如對白居易詩的受容促成了平安時代日本漢詩的初期燦爛一樣,江户時期日本漢詩之全盛,與其對於杜詩的整體的多層面的受容,也有着重要的因果關係,這一點是無需懷疑的。

如被清代著名學者俞樾盛贊爲"東國詩人之冠"的廣瀨旭莊(1807—1863),其《論詩》詩有云:

盛唐又一變,子美與青蓮。包蓄無不有,縱横雜泓渾。春風吹花雨,香氣重乾坤。明月照萬水,無處不團圓。高騰鵬翼上,幽竄龍宫邊。炳焉麟鳳出,勃如蛟龍蟠。健兒笑斫陣,老將儼倚鞍。正者廟中尸,奇者壺底仙。萬古論詩者,從此歸開天。(《梅墩詩鈔》初編卷二)

對杜甫與李白推崇備至。在江户時期的260餘年間，日本漢詩壇上雖然出現過鼓吹明前後七子的萱園古文辭復古派的盛行，又出現過清新宋詩風的勃興，流派之争，此伏彼起，但無論哪一個派别，都對李白杜甫極其敬重。他們把玩杜詩，還有一些有趣的例證。如廣瀨旭莊《晚帆樓集分"江湖秋水多"爲韵余得"湖""水"》(《梅墩詩鈔》初編)，就是以杜甫《天末懷李白》第四句"江湖秋水多"句爲韵得"湖""水"字而賦五言古詩二首的；《萩邸諸子邀余飲席上分"暗水流花徑，春星帶草堂"爲韵余得"水"字賦三百言》(《梅墩詩鈔》三編)，是以杜甫《夜宴左氏莊》中名聯"暗水流花徑，春星帶草堂"爲韵得"水"字而賦五言古詩一首的。

當然，由明而清，日本各種舶書，如賫來書目、大意書、書籍元帳、落札帳、見帳、直組帳等漸多，清人注杜著作均有東傳，如盧元昌《杜詩闡》，元禄七年(1694)傳入。張遠《杜詩會稡》，元禄十六年(1703)傳入。仇兆鰲《杜詩詳注》，寶永七年(1710)傳入。趙統《杜律意注》，正德元年(1711)傳入。吴見思《杜詩論文》，正德二年傳入。錢謙益《注杜詩》，正德五年傳入。顧宸《辟疆園杜詩注解》，享保二年(1717)傳入。沈德潛《杜詩偶評》，享保十九年(1734)傳入。朱鶴齡《杜詩輯注》，寶曆四年(1754)傳入。浦起龍《讀杜心解》，寶曆九年(1759)傳入。楊倫《杜詩鏡銓》，弘化元年(1844)傳入。又如，陳廷敬《午亭文編》，正德二年(1712)秋傳入日本，松岡玄達在正德三年春從中抽取《杜律詩話》單行刊出①。

二、早期的杜律文獻

日本早期的杜甫研究主要集中在兩個方面，一是如前所述的

① 松岡玄達《刻杜律詩話叙》曰："去歲壬辰之秋，南京商舶所賫來新刻書中，有《午亭文編》，乃清朝相國陳午亭集，門人林佶所編録也。卷尾附《杜律詩話》二卷……所謂簡易明白，有資於幼學者莫過於此。"

選本,一是杜甫律詩的注釋、評論。下面談一談後者。

宇都宫遯庵(1633—1709),江户時代的漢學者。遯庵是其號。生於山口縣岩國。幼時至京都,師事藤原惺窩門下的松永尺五[①]。著有《鼇頭評注古文真室前集》《七才子集注解》,對荻生徂徠很有影響[②]。與清水玄迪共同補注《鼇頭增廣杜律集解》六卷,是對明代邵傅的《杜律集解》加以訓讀,且給予更加詳細的題注。最早有京都美濃屋彦兵衛(1695)刊本,後被長澤規矩也編入《和刻本漢詩集成第三輯》[③],由汲古書院於1974年影印。

---

① 松永尺五(1592—1657),名遐年,字昌三,號尺五。京都人,松永貞德之子。寬永年間,應加賀藩四代藩主前田光高之聘講學金澤,爲金澤地區京學系朱子學之首創者。著有《五經集注首書》《四書事文》《莊子抄》《蒙求鈔》等。

② 荻生徂徠(1666—1728),日本江户時代學者、思想家、文學家。名雙松,字茂卿,號徂徠,又號萱園。本姓物部,因此,人常稱之爲物茂卿。其父方庵爲將軍德川綱吉的常侍醫生。乃日本古文辭學派即萱園學派的創始人。此學派在近世詩壇上的影響力最大,其文論主張從享保(1716—1736)以後,至天明(1781—1788)年間,一直風靡日本文壇,執文壇牛耳長達六七十年,對繁榮江户時期的日本漢文學發揮了舉足輕重的作用。著有《譯文筌蹄》《學則》《辨道》《辨名》《論語徵》《大學解》《中庸解》《讀韓非子》《讀吕氏春秋》《孫子國字解》《南留別志》《政談》《萱園隨筆》《徂徠先生答問書》《徂徠集》《四家雋》等。他提倡吟誦盛唐詩歌,故而李攀龍編選的偏重於李杜之《唐詩選》被指定爲入門書籍而廣受傳閱。從《唐詩選》之流通情況則可判明,此類偏重李杜之傳統傾向一直持續至二十世紀七十年代爲止。

③ 長澤規矩也(1902—1980),字士倫,號静庵,神奈川人,日本著名文獻學家。1925年東京帝國大學中國哲學文學科畢業。1927年,受日本外務省的補助,作爲東京大學的院生,來到北京。到1932年,他先後七次來到中國。其間和中國商務印書館的張元濟等相交。1930年任法政大學講師,後任教授。1961年以《日漢書的印刷及其歷史》獲文學博士學位。1970年從法政大學退職,獲名譽教授稱號。日本中國學會、東方學會會員。曾兩次因研究成績突出而獲獎。著有《書目學論考》《中國版本目録學書籍解題》《中國文學概論》《漢文學概論》《周易注疏》《漢籍整理法》《古書目録法解説》等。

度會末茂(1675—1733),號鶴谿主人。生於三重縣伊勢。所著《杜律評叢》三卷,此書卷首有杜甫像,正德四年(1714)北可昌序,正德三年京兆伊藤長胤(東涯,1670—1736)叙言,凡例七則。收録杜甫七言律詩 133 首,詩後録前人評語,多從《石林詩話》(宋葉夢得撰)、《瀛奎律髓》(元方回撰)、《詩藪》(明胡應麟撰)、《藝苑卮言》(明王世貞撰)、《冰川詩式》(明梁橋撰)等中國各代詩話筆記中搜集各種各樣批評,不另加注釋或解説。卷末有京華書坊奎文館主人瀨尾維賢題識與京華書坊瀨尾源兵衛鼎鍥版記。此書半頁 10 行,行 21 字。下黑口,單邊,版心上端刻書名、卷次,施以墨圍,中爲頁數。有正德四年(1714)日本京華書坊奎文館刻本。此書又收入吉川幸次郎所編《杜詩又叢》中,1976 年由日本中文出版社影印發行。

釋顯常,字真如,號大典,亦號北禪主人。日本僧人,約十八世紀後期在世,餘皆不詳。選注《唐詩集注》(七卷)、《唐詩解頤》(七卷),又著有《杜律發揮》三卷。《杜律發揮》上卷爲七律,中、下卷爲五律。首頁刊"大典禪師著,杜律發揮,書肆風月堂、起文堂、星文堂梓",末頁刊"文化元年(1804)甲子冬十一月新刻,平安書肆風月莊左衛門、野田嘉助、石田治兵衛"字樣。首載石見浦世纘所撰序,卷後附賀昌群跋語云:"此書爲日本大典禪師著,彼邦漢文撰述,文句少不合規律,此書言簡而意賅,文詞雅贍,駁論諸家注解,亦多精到,如言'可憐懷抱向人盡,人,子美自謂,乃六朝以來語'。非深於中土之學,絶難臻此。日本所刻漢籍,多爲天保官板,此爲文化元年,即清嘉慶九年(1804)所刊。"此書選杜詩 300 餘首,其中七律 82 首,多爲杜詩名篇,其注解亦間有發明。

第二節　津阪孝綽的杜甫研究

津阪孝綽(1757—1825),江户時代中期的著名漢學家。名孝綽,字君裕,號東陽。生於三重縣四日市。寛政年間(1789—1800),曾在伊賀講學,後任督學。著有《孝經發揮》《皇和通紀》《津修録》《夜航詩話》《夜航餘話》等①。有關杜甫的著作有《杜律詳解》三卷,《夜航詩話》和《夜航餘話》中也有不少言論談及杜甫及其詩歌,時有新見。

津阪孝綽曾在伊賀講學,《杜律詳解》即在伊賀講學時所撰。實際上,這是一部初學律詩的入門之作。有日本津藩有造館刻本,刻成當在天保六年(1835)。該書以明邵傅《杜工部七言律詩集解》爲底本,首頁題"津阪東陽先生著,杜律詳解,有造館藏板"。次津藩督學石川之褧所撰並書《杜律詳解序》,次東陽撰《詩聖杜文貞公傳》,後有其子達撰跋語,後又有伊賀崇廣堂講官小谷薰所撰《東陽先生杜律詳解後序》。每卷首行署"杜律詳解"卷次,二行署"伊勢津阪孝綽君裕著,男達有功校"。正文及注釋爲漢字,夾有日文。此書所選均爲七律。津阪孝綽云:"公本集七律凡一百五十九首,今此集所録,通計一百三十三首,遺二十六首矣,須俟他日得閑,改正其編次,追補以加注説也。"無目録,大體以年代先後爲序。詩題下均有題解,或考證作詩年代地點,或引證史料典故,或點明作詩意旨。詩間夾注,詩末多附有考辨。此書注釋詳略得當,注解評論多引他人語,如趙次公、邵寶、胡應麟、朱鶴齡、仇兆鰲、顧宸、袁枚等,皆有徵引,著者己見亦雜其間。詩末考辨,駁斥前人誤謬,間有新見。是書引用舊注時有疏誤,然而瑕不掩瑜。此書尚有1974年臺灣大通書局據東陽天保六年刊本影印《杜詩叢刊》本,乃所收唯一日本人杜詩注本。可見其學術價值。另外,《杜律詳解》的撰寫

---

① 《夜航詩話》六卷、《夜航餘話》二卷,池田四郎編《日本詩話叢書》第二卷、第三卷所收,1920—1921年由文會堂書店出版。其後1972年由鳳出版社重印。蔡鎮楚編《域外詩話珍本叢書》中也收録,北京圖書館出版社2006年出版。

與流行，還透露這樣的信息：

> 唐興，詩學大振，而杜少陵之詩爲諸家冠冕，識者遂推爲詩史，又尊爲詩中之經。非以其忠厚惻怛、紀實寫真，足垂訓於百世邪？夫如此，則其爲詩道大矣。後之學者，又宜杜詩爲宗。①

杜詩，在此時的日本評價已是相當高。津阪另撰有文學批評著作《夜航詩話》六卷、《夜航餘話》二卷。其中多處提及杜甫，談論杜甫最多的是杜詩的技巧。《杜律詳解》則專解凝聚此技巧的七律。《詩話》《詳解》二書重出之處頗多，找出其互證處並加以歸類，不僅對梳理津阪氏治杜的基本思路有幫助，而且對日本學者喜歡杜詩的原因也有所窺知。

需要注意的是，《詩話》並無高調表彰杜詩，而是不時指出其某些不足，或警告仿效者注意。《詩話》卷四有云："少陵之卒，在十月之交，余詳諸《杜律解》，其證尤明。"②由此可以斷定，"詳解"的寫作、完成時間要早於《詩話》。因而，在談論同一問題時，《詩話》有因襲《詳解》的地方。這裏意在找出二書互證之處，並加以歸類，以梳理出津阪氏治杜的基本思路：重視藝術形式技巧，闡釋精益求精；博采衆家之長，以佐己説。而看重杜詩的藝術形式技巧，就在杜詩有規矩法度，可學。

一、字詞闡釋與用韻技巧

杜詩精於用字，所謂"語不驚人死不休"。其藝術經驗主要有

---

① 伊勢小谷薰《東陽先生杜律詳解後序》。

② 津阪孝綽《夜航詩話》，蔡鎮楚編《域外詩話珍本叢書》第 3 册，第 197 頁。

三點：其一，錘煉淺易之字，於淺易中蘊深意；其二，錘煉活字，使筆下物象具有蓬勃生機；其三，錘煉虛字，虛中蘊實，使詩句勁健有力。用字之工，導致杜詩無論叙事寫人、描景狀物、抒情寫意，均達到爐火純青的藝術境地。

《詩話》：泥，去聲，訓"滯"。詩家所用猶言惱也，亦作詑，或作妮。楊升庵《詞品》云："俗謂柔言索物曰泥，諺所謂軟纏也。"軟纏，謂遣不去，譯追企麻士布，又譯阿麻遍屢。李白："晚來移彩仗，行樂泥光輝。"唐彦謙："獨來成悵望，不去泥闌干。"杜甫："年年至日長爲客，忽忽窮愁泥殺人。"（卷二，頁 72—73）

《詳解》："年年至日長爲客，忽忽窮愁泥殺人。"（《冬至》）忽忽，恍惚失意之貌。司馬遷《報任少卿書》："居則忽忽若有所亡。"窮愁，窮困愁悶。《史記》："虞卿窮愁著書。"然此處亦切"冬至"而用之，説見於前。泥，去聲，粘滯之意，謂纏身不去也。（卷下，頁 271）

《詩話》：詩家每用"滄洲"，蓋取滄浪爲名，只稱江海之境，對朝市而言已，不必指仙島也。杜甫《曲江對酒》："吏情更覺滄洲遠，老大徒傷未拂衣。"亦因水鄉遊望，感而思爲江湖散人也。夔州《西閣》作："懶心似江水，日夜向滄洲。"見蜀江之水東流向湖海，感其欲歸中土之心日夜無已時也。《江漲》詩："輕帆好去便，吾道付滄洲。"亦言乘漲南下，放浪江湖也。《劉少府畫山水障歌》："聞君掃却赤縣圖，乘興遣畫滄洲趣。"言不圖中原物色，而畫江海風景也。《題玄武禪師屋壁》起手便云："何年顧虎頭，滿壁畫滄洲？"而通篇只言江海景趣，未嘗涉仙境事。末舉廬山，以其接九江也。……杜甫："玄圃滄洲莽空闊，金節羽衣飄婀娜。"此則謂神仙事。然非直斥仙島，亦泛言其縹緲之境耳。（卷二，頁 82—86）

《詳解》："吏情更覺滄洲遠，老大徒傷未拂衣。"吏情，猶言宦況，言其不勝俗也。滄洲，謂江湖隱逸之境。或以爲海中仙境，謬矣。陸雲《泰伯碑》："滄洲寄迹，箕山辭位。"《南史・張充傳》："飛竿釣渚,濯足滄洲。”袁粲詩:“訪迹雖中宇,循寄是滄洲。”謝朓詩:“既歡懷禄情,復協滄洲趣。”皆言汗漫之境,已未嘗涉仙境之事也。此特用滄洲以江上之游也。遠,謂其境之曠遠也。夫仕宦栖隱境界固别,乃宦况局促之不勝俗,逾更覺滄洲汗漫之好也,極是厭此羡彼之辭於更、遠二字見之。(卷上,頁55)

《詩話》:朝廷貴官多以清稱,言其居清高而不喧濁也。故司馬相如《諫獵書》:“犯屬車之清塵。”顔師古注言:“清者,尊貴之意也。”然則,風塵俗吏糞工雜官敢用清遊、清觀等語,潛妄甚矣!但清言、清談謂晋人清虚之譚,不在此例也。……杜甫:“絶域長夏晚,兹樓清宴同。”“將軍魏武之子孫,於今爲庶爲清門。”……杜甫梓州《九日》:“酒闌却憶十年事,腸斷驪山清路塵。”錢起《晴雪早朝》:“獨看積素凝清禁,已覺輕寒讓大陽。”此則天子事也。(卷二,頁88)

《詳解》:“酒闌却憶十年事,腸斷驪山清路塵。”(《九日》)明皇驪山離宫,每十月臨幸,至歲晚乃還。疑九日嘗幸,公或扈從也。御路,曰清路。凡言清禁、清問,天子之事皆以清稱之。曹植《七哀》:“君若清路塵,妾若濁水泥。”此謂當時清蹕之路行塵之揚,俯仰繁盛之狀。蓋公因佳節登高,置酒遣興自慰,既而飲罷,悵然相感。追思先帝驪山遊幸,誠爲太平盛事,今已十年,怕惚如夢,不可再見,凄其欲絶也。(卷中,頁132)

《詩話》:兼,訓“與”,然本義並也,故不可指相反者而言也,須照本義用之。少陵:“露翻兼雨打,開拆漸離披。”“日兼春有暮,愁與醉無醒。”“桃花細逐楊花落,黄鳥時兼白鳥飛。”白居易:“古墳何世人,不識姓兼名。”“土控吴兼越,州連歙與池。”“身兼妻子都三口,鶴與琴書共一船。”……但趙嘏:“胡沙兼漢苑,相望幾迢迢。”殆不成義,恐偶誤耳。(卷三,頁117—118)

《詳解》:“桃花細逐楊花落,黄鳥時兼白鳥飛。”(《曲江對酒》)句中各自爲對偶,謂之當句對,亦曰自對體。……兼,猶與也,言有時苑外黄鶯與江頭白鷺相映而飛度波上也。一聯並寫苑外江頭，申説醉中霏微，蓋曲江勝景時屬盛春落花飛鳥，光彩綉錯而乘醉玩賞霏微望迷，真是身在畫中，所以坐不歸也。（卷上，頁54）

《詩話》：不分，六朝以來語，“分”“忿”通。加“豈”字看，訓“豈不忿”，言不勝忿也。……老杜：“不分桃花紅勝錦，生憎柳絮白於綿。”（趙按：錦，原作“綿”，誤。）仇注言，不能分辨也。東厓《秉燭談》謂不自知己分也。俱未之深考耳。蓋罵其惱人，猶諺謂可愛者反曰可憎也。（卷三，頁125）

《詳解》：“不分桃花紅勝錦，生憎柳絮白於綿。”（《送路六侍御入朝》）不分，俗語，分與忿通，言不勝忿也。《古世説》：於法開與支公争名，後精漸歸支，意甚不分。顔之推《還魂記》：“昔枉見殺，實所不分。”皆甚憤意，蓋六朝語也。注家或引李夫人語，亦僞蘇杜撰耳。生憎，亦俗語生甚意。凡言生怕、生嫌、生恨，皆是也。（卷中，頁128）

《詩話》：無賴，本謂無所聊賴也。《史記・高祖本紀》：“大人常以臣無賴，不能治産業。”陳徐陵《烏栖曲》：“唯憎無賴汝南雞，天河未落猶争啼。”此爲罵辭，後世因轉爲難爲懷之辭，亦以可愛爲可憎之意。老杜：“韋曲花無賴，家家惱殺人。”“劍南春色還無賴，觸忤愁人到酒邊。”段成式《楊柳詞》：“長恨早梅無賴極，先將春色出前林。”是也。（卷三，頁126—127）

《詳解》：“劍南春色還無賴，觸忤愁人到酒邊。”（《送路六侍御入朝》）無賴，無賴藉也。因罵惱人者曰無賴。“韋曲花無賴，家家惱殺人。”亦是也。春色可以娱人，而反引愁，故曰還無賴。酒筵，原是歡會，今以恨别，含愁凄然，花絮乃飄落於宴間，以忤心觸愁，令人不勝感愴，何其無賴也。（卷中，頁128—129）

《詩話》：紆，訓“屈”，唐詩多用之。如張九齡：“道在紆宸眷，風行動睿篇。”李適之：“鳳樓紆睿幸，龍舸暢宸襟。”崔泰之：“餞送紆天什，恩榮賜御衣。”宋之問：“何日紆真果，復來入帝京。”是也。

獨少陵："三分割據紆籌策"，本當用"運"字，爲聲律替代耳。虞注云"鼎立之計屈曲而費心思"，可笑。《焦氏筆乘》訓"未伸"，其説尤迂。（卷三，頁158）

《詳解》："三分割據紆籌策，萬古雲霄一羽毛。"（《咏懷古迹五首》其五）"割據"、"雲霄"亦虚實對。割據，音葛踞，蜀與魏吴割取天下，各據一方，鼎足而治，故曰"三分割據"。紆，是紆軫，謂勞思慮。本當用"運"字，爲聲律替代也。《琅邪代醉編自序》："執訊明刑，易紆籌，折衝難。"亦可以見其義矣。蓋當三國割據之時，武侯勞思運籌，欲以光復漢祚，所謂鞠躬盡瘁，其費心力劇也。萬古，謂古今無兩。一，謂無比。羽毛，謂鳥。鄒陽《上吴王書》："鷙鳥累百，不如一鶚。"此蓋其意。武侯高義格天，萬古之所瞻望，猶一個大鳥夐在雲霄，無與匹儔也。舊説：紆，訓"屈"，謂不盡展其所蘊。一羽毛，謂其爲細事，所謂輕如鴻毛。以武侯天人之略，僅以三分之業自見，不過雲霄一羽毛耳。惜乎其不能大有爲也。不徒迂僻，萬古何解？（卷下，頁248）

《詩話》：同訓字見一句中，如李白："孤雲獨去閒"，"懸知樂客遥"。李涉："永夜長相憶。"許渾："路遠遥相認。"賈島："桐竹繞庭匝。"白居易："溪繞妓堂迴"，"乍到忽如歸"。岑參："俯聽聞驚風。"劉禹錫："作佛幾時成。"員南溟："年和知歲稔。"僧貫休："秖應唯道在。"杜甫："天宇清霜净"，"礎潤休全濕"，"柴門空閉鎖松筠"，"江閣邀賓許馬迎"，"雲物不殊鄉國異"……（卷四，頁182）

《詳解》："何謂西莊王給事，柴門空閉鎖松筠。"（《崔氏東山草堂》）何謂，言意外也。王給事，王維也，時仕朝爲給事中，與公友善。王有輞川别業，亦在藍田，必與崔莊東西相近，故稱"西莊"。筠，音"緼"，竹也。王詩畫絶世，極風流稚人，而輞川别業尤稱名勝，乃爲塵纓所絆，而莊門空鎖，徒掩松筠，不能遂其樂，愧崔氏多矣。故曰"何謂"，怪而嘆之也。一結逸致横飛，抑彼所以揚此，是詩家妝點法。（卷上，頁68）

《詳解》:“江閣邀賓許馬迎,午時起坐自天明。”(《崔評事弟許相迎不到,應慮老夫見泥雨怯出,必愆佳期,走筆戲簡》)江閣,稱崔所居。諸注以爲公西閣,不通。邀,招請也。起坐,謂夙興候迎,亦用倒句法,此責其不來迎。崔弟約邀我於江閣,許遣馬來迎,故自天明起坐以俟,直至午時而不見其來迎也。孫能傳《剡溪漫筆》云:“王右軍在郡迎王敬仁,每用車,常惡其遲。後以馬迎之,雖復風雨,不以車也。”許馬迎,用此事。時當泥雨,尤爲著題,但驟讀之不覺耳。(卷下,頁 258)

《詩話》:詩用“碧”字,多稱鮮明之貌,非謂色也。杜詩:“冰漿碗碧瑪瑙寒”,“竹寒沙碧浣花溪”,“清江碧石傷心麗”,皆謂其清麗爾。白雲、白桃,曰碧雲、碧桃,亦此義也。東坡《牡丹》詩“一朵妖紅翠欲流”,亦謂其鮮麗已。不然,既曰紅矣,又曰翠,可乎?(卷四,頁 219)

《詳解》:“冰漿碗碧瑪瑙寒。”(《鄭駙馬宅宴洞中》)碗碧,亦稱碗中之物。碧,謂鮮明之貌,非稱色也。東坡詩“一朵妖紅翠欲流”,亦謂鮮明爾。不然,既曰紅矣,又曰翠,可乎?(卷上,頁 24)

《詳解》:“竹寒沙碧浣花溪,菱刺藤梢咫尺迷。”(《將赴成都草堂途中有作先寄嚴鄭公五首》其三)起句謂前溪依舊,景境清麗。次言門巷荒塞,幽叢没人,咫尺不相見也。菱刺傷手,不可近;藤蔓纏足,不可行,故特舉之。起領六、七、八,次領三、四、五,宜細玩。(卷上,頁 147)

《詳解》:“清江碧石傷心麗,嫩蕊濃花滿目斑。”(《滕王亭子》)碧義見前(趙按,即上文:碧,謂鮮明之貌,非稱色也)。嫩,奴困反,少好貌。此寫亭上所見之景,兼動懷古之感。蓋臺前花石,滕王之遺愛,故爲思王,滿目美景亦傷心也。(卷中,頁 133)

《詩話》:同訓字見一聯中,李白:“疇昔不識君,知君好賢才。”杜甫:“方丈渾連水,天臺總映雲。”王維:“懸知倚門望,遥識老萊衣。緣底名愚谷,都由愚所成。”……杜甫:“即從巴峽穿巫峽,便下

襄陽向洛陽。”(卷六,頁 313—314)

《詳解》:“即從巴峽穿巫峽,便下襄陽向洛陽。”(《聞官軍收河南河北》)即,當即也,聞捷即欲還鄉,一若不待束裝而上路爲快者。便,隨便也,有忽已意,見下江之易。兩山夾水曰峽,渝州巴縣有明月峽、石洞峽等,總謂之巴峽,蜀船入峽之始也。巫峽,即其下流所謂三峽之一,在夔州巫山之下……巫峽之間一百六十里,最險而狹,故曰“穿”。襄陽屬楚,即明湖廣襄陽府,既出峽而赴襄陽,順流而東故曰“下”。此皆歸路所經歷。洛陽,即公故鄉。自襄陽上陸而北,故用“向”字。上句最妙,太白所謂“輕舟已過萬重山”之意,“便下襄陽”,亦“千里江陵一日還”也。總寫歸興神理,如見先預算路程,歸意切甚矣!(卷中,頁 124—125)

《詩話》:粉,亦不必謂白,轉稱花之艷麗。杜少陵詩:“波漂菰米沈雲黑,露冷蓮房墜粉紅。”白香山詩:“巫女廟花紅似粉,昭君村柳翠於眉。”韓致光詩:“緑搓楊柳綿初軟,紅暈櫻桃粉未乾。”是也。(卷四,頁 219)

《詳解》:“波漂菰米沈雲黑,露冷蓮房墜粉紅。”(《秋興八首》其七)菰生池中,至秋結實,如米,故曰菰米。……墜粉紅,言落花散於波際也。粉,稱花之艷麗,不必謂白色。白香山詩:“菡萏紅塗粉,菰蒲緑潑油。”又:“巫女廟花紅似粉,昭君村柳翠於眉。”其義可見已。或説紅者,所謂陳紅腐,坐粉爲白蓮,致此牽强矣。(卷下,頁 233)

《詩話》:杜詩《崔氏東山草堂》用“真”韵,内押“芹”字,蓋出韵之失。當時諸家往往有之,皆一時趁筆之誤耳。《隨園詩話》云:“余祝人詩,‘七虞’内誤用‘餘’字,意欲改之。後見唐人律詩,通韵極多,因歷舉唐詩以爲一法。”予竟不以爲然也。夫通韵,古詩所用。唐人韵法極嚴,何敢於近體用古韵?此猶王右軍書帖多誤字,豈可爲典要乎?後學以是爲口實,效尤文過,不思之甚也。(卷六,頁 297)

《詳解》:"盤剥白鴉谷口栗,飯煮青泥坊底芹。"剥,削皮也。《長安志》:"白鴉谷,在藍田縣東南二十里,其地宜栗。""青泥坊,在藍田縣南七里。"坊,堤也。此地芹,意亦名産,秋末芹尤不易者。飯煮芹,芹雜米爲飯也。地既幽静,佳境供給皆用當地名産,亦山莊風味尤所以愛也。"芹"韵,走入十二文,蓋一時趁筆之誤耳。或謂當作"蒓",然"蒓"豈可作飯耶?且非"蒓"之時也。蓋出韵之失,當時諸家亦動有之。夫通韵古詩,所用唐詩韵法極嚴,何敢於近體用古韵乎?猶王右軍書帖多誤字,皆玉瑕錦纇,不可效尤也。學者或近體押通韵,藉爲口實,是壽陵學邯鄲之步,故爲詳辨之。(卷上,頁67—68)

二、對偶之法爐火純青

對偶,從内容和形式上説都是律詩的核心,它要求句式整齊、節奏鏗鏘、聲律和諧。杜詩對偶之法可謂爐火純青。先看《詩話》總論對偶:

> 《石林詩話》曰:"王荆公嘗有'自喜田園安五柳,但嫌尸祝擾庚桑'之句,有人稱其的對。公曰:'伊但知柳對桑爲的,然庚亦自是數。'蓋以十干數之也。"《明道雜志》曰:"蘇公詩云:'身行萬里半天下,僧卧一庵初白頭。'黄九云:豈有用'白'對'天'乎?公哂之。"余嘗讀此説,因每閱唐詩,留心推例,凡數目、干支、尺度、量衡、五色、五味、四方、四時,此中文字,交互對偶,又與天地、朝野、仙凡、公私、晝夜、晨夕……等反對文字亦皆遞互取對,縱横自在也。杜工部:"白首多年疾,秋天昨夜凉。""百年雙白鬢,一别五秋螢。""遠傳冬笋味,更覺彩衣春。""飛霜任青女,賜被隔南宫。""暗水流花徑,春星帶草堂。""白花檐外朵,青柳檻前梢。""翠石俄雙表,寒松竟後雕。""往者灾猶降,蒼生喘未蘇。""别筵花欲暮,春日鬢俱

蒼。”“不返青絲鞚，虛燒夜燭花。”……“扁舟不獨如張翰，皂帽應兼似管寧。”“鄭公彩繪隨長夜，曹霸丹青已白頭。”“縱酒欲謀良夜醉，還家始散紫宸朝。”“錦江春色來天地，玉壘浮雲變古今。”……夫觸類隅反者，略舉例而足，是何不憚煩之甚，亦唯爲蒙學致婆心，且不虛諸子之勞耳。（卷五，頁268—275）

趙按：上舉對偶例多爲杜詩五律，七律僅四例，而《詳解》解三例，見下。

《詳解》：“扁舟不獨如張翰，皂帽應兼似管寧。”（《嚴中丞枉駕見過》）此承“地分”句，言己之萍蹤。其始入蜀也，原如張翰一時起意，趁人扁舟入洛，倉卒之舉自貽悔恨。今乃不能歸，竟如管寧寓於遼東，皂帽布裙，窮困自守也。胡夔亭云：“公避亂入蜀，當日原貿貿然不暇遠慮，遂匏繫不歸，坐消歲月，賫志以殁。其誤在入川一舉，所以深悔也。”案：張翰，字季鷹，是羽翰之翰，平聲，今用作仄聲，後人遂襲之，故劉辰翁云“翰不平聲”。據之，蓋自此詩創用也。（卷中，頁111—112）

《詳解》：“縱酒欲謀良夜醉，還家始散紫宸朝。”（《臘日》）縱酒，謂劇飲。蔡邕《獨斷》：“臘日縱吏民宴飲。”蓋因祭夜宴，故曰“良夜醉”。紫宸，本謂天帝之居，唐代以爲殿名。日視朝之所散，朝臘日，朝賀禮畢，退散也。此聯錯綜成句。且欲謀，夜宴正在散朝之後，是倒句法，言始散紫宸之朝，而還家欲謀良夜之宴而縱飲也。（卷上，頁37—38）

《詳解》：“錦江春色來天地，玉壘浮雲變古今。”（《登樓》）上句與起句“花”字通氣，下句承第二句。春色來天地，言淑景遍天地間，猶言滿世界，狀兵禍之慘稍定，太平之象方萌也。變者，聚散倏忽、變化無常也。浮雲變古今，言亂臣賊子何代無之！然倏忽變滅若浮雲然，即吐蕃犯闕亦已敗走，江山依然，天日維新也。古今二字，繫古來據蜀反者之迹，段子璋、徐知道在其中矣，特用“錦江玉壘",取文字之雄麗以寓太平之慶也。上句宏壯,下句沉渾,天地古今議論正大,豈徒模寫江山而已哉?前人謂二句可抵一篇《王命論》,非過稱也。余嘗謂,此聯杜律中壓卷,乃是古今來擅場,真天工非人力也。(卷中,頁155—156)

趙按:細加區分,對偶可分出多類。就《詳解》與《詩話》而言,可歸納以下幾類。

(一)自對/當句對

《詩話》:一句中本自爲對偶,謂之自對體,亦曰當句對。就句對,方板中用活時用之。……杜甫:"白狗黄牛峽,朝雲暮雨時。""小院回廊春寂寂,浴鳧飛鷺晚悠悠。""桃花細逐楊花落,黄鳥時兼白鳥飛。""楚宫臘送荆門水,白帝雲偷碧海春。""去馬不如歸馬逸,千家今有百家存。""楓林橘樹丹青合,複道重樓錦綉連。""長年三老遥憐汝,捩柁開頭捷有神。""古往今來皆涕泪,斷腸分手各風烟。"……"竹寒沙碧浣花溪,橘刺藤梢咫尺迷。"……此皆出於自然,故工而無痕,强著意效之,失於破碎矣。(卷二,頁91—96)

《詳解》:"小院回廊春寂寂,浴鳧飛鷺晚悠悠。"(《涪城縣香積寺官閣》)寂寂,賞其遠囂塵;悠悠,静適意。上句閣中所有,佛地幽深;下句江中所見,水鳥自得。此聯就句對,"春"字犯。(卷中,頁126)

《詳解》:"桃花細逐楊花落,黄鳥時兼白鳥飛。"(《曲江對酒》)句中各自爲對偶,謂之當句對,亦曰自對體。細,謂片片相次閑落,形容微風徐來輕拂苑外花枝,與江頭落絮霏霏相逐,紅白錯亂而飄落水面也。(卷上,頁54)

《詳解》:"去馬不如歸馬逸,千家今有百家存。"(《白帝》)自句對格(趙按:"去馬"對"歸馬")。去,一作"戎",今從《輯注》正之。如,猶如意之"如"。蓋馬馱物而去,勞苦進退,既解任而歸,暢然安逸,蹄輕而翩翩也。(卷中,頁211)

《詳解》:"長年三老遥憐汝,捩柁開頭捷有神。"(《撥悶》)長,上聲。此亦當句對格（趙按：“長年”對“三老”）。薛益《分類》：“峽中以篙師爲長年，柁工爲三老。凡欲發船，則捩轉柁尾，船頭便開。”朱鶴齡《輯注》：“川中人以掌前梢爲開頭，今名看頭。然則捩柁屬三老，開頭屬長年矣。”蓋主船頭用年長練習者，故曰“長年”，就中最老於事者推之司柁。其人不過三四輩，故尊之曰“三老”。（卷中，頁177）

《詳解》：“古往今來皆涕泪，斷腸分手各風烟。”（《公安送韋二少府匡贊》）身既老，時復危，而爲遠行之别，古今所同悲泣。今忍斷腸之恨，而解携别去，則各天風烟，徒悵望傷目，兵甲阻絶，江湖杳渺，非翼而飛，不可復見，所以維舟苦惜也。“古往今來”、“斷腸分手”是當句對。（卷下，頁284）

《詳解》：“竹寒沙碧浣花溪，菱刺藤梢咫尺迷。”（《將赴成都草堂途中有作先寄嚴鄭公五首》其三）此首想象草堂之荒蕪。起句謂前溪依舊，景境清麗。次言門巷荒塞，幽叢没人，咫尺不想見也。橘刺傷手不可近，藤蔓纏足不可行，故特舉之（趙按：“菱刺”與“藤梢”是當句對）。（卷中，頁147）

（二）虚實對/輕重對

《詩話》：虚實對，或謂輕重對，亦避板活手段也。范晞文《對牀夜話》云：“老杜詩：‘不知雲雨散，虚費短長吟。’‘桑麻深雨露，燕雀半生成。’‘風物悲遊子，登臨憶侍郎。’句意適然，不覺其爲偏枯，然終非法也。柳下惠則可，吾則不可。”羅大經《鶴林玉露》云：“杜陵詩：‘桑麻深雨露，燕雀半生成。’陳後山詩：‘輟耕扶日月，起廢極吹嘘。’或謂虚實不對，殊不知生爲造成爲化，吹爲陰嘘爲陽，氣勢力量與日月字正相配也。”二説或拘攣或穿鑿，齊固失之矣。杜甫：“自驚衰謝力，不道棟梁材。”“天子多恩澤，蒼生轉寂寥。”“社稷堪流涕，安危在運籌。”“老被樊籠役，貧嗟出入勞。”“筋力交雕喪，飄零免戰兢。”“耕鑿安時論，衣冠與世同。”“已撥形骸累，真爲爛漫深。”……“徒將遲暮供多病，未有涓埃答聖朝。”“春來準擬開懷久,老去親知見面稀。”“推轂幾年惟鎮静,雙裾終日盛文儒。”“盤渦鷺浴底心性,獨樹花發自分明。”“紫氣關臨天地壯,黄金臺貯俊賢多。”……宋明諸家用此法尤多,不可勝舉也。(卷二,頁97—101)

《詳解》:“唯將遲暮供多病,未有涓埃答聖朝。”(《野望》)(趙按:唯,《詩話》作“徒”)遲暮,猶言老衰。《楚辭》“恐美人之遲暮”,是其出處,故有顧影自惜之意。供,猶言委也。涓,小流滴也;埃,塵也:謙言甚少,猶云尺寸也。答,酬報也。前聯思家,此則思國,蓋此生老衰,夙志蹉跎,男兒七尺之軀徒供病度日,無復有能爲昔雖通籍朝廷,忝備近侍之官,未嘗有尺寸之功,報答聖主之恩,不勝遺憾之至,竊慚愧自嘆也。夫以稷契輩人而使老弃閑曠,非唯不形怨望,且惓惓如此,忠厚之至也。“遲暮”、“涓埃”,虚實對,亦曰輕重對。(卷上,頁109—110)

《詳解》:“春來準擬開懷久,老去親知見面稀。”(《十二月一日三首》其三)“春來”,緊承前四句,待如是爛漫擬歡娱遣興,而老境無聊,親知皆各天即鶯燕花柳,亦奚以爲哉!“準擬”“親知”,虚實對法。邵注謂之假對,誤矣。假對者,借聲對也。(卷中,頁195)

《詳解》:“推轂幾年惟鎮静,曳裾終日盛文儒。”(《又作此奉衛王》)(趙按:曳,《詩話》作“雙”)推,他回反。……“惟”字用《尚書》語法,典雅得體。鎮静,言節制嚴肅,處事從容。……一聯贊文武具美,所以樂享斯樓。而上句應起句,下句以生結句。“鎮静”“文儒”是虚實對。胡燮亭云:“上界賦樓已足,此聯歸重樓主。”言受推轂重寄節度大邦有年,威德所服惟鎮静清寧,不必用武一方賴以晏然。於是文雅風流,多曳裾之儒客,高樓之宴,詩酒交歡,終日逍遥興殊不淺,而吾亦得厠其中,喜承恩之幸也。(卷下,頁282)

《詳解》:“盤渦鷺浴底心性,獨樹花發自分明。”(《愁》)底,何也。渦,水旋流也。峽中水波圓折者,名曰盤渦。此峽流最險之處,不宜浴鷺,而鷺乃攸然若得其所者,公出峽之志欲翼而飛,彼則羽翰自在，何天不可飛而不肯去？是何心性自得乃爾？殊可怪耳，與"獨鶴不知何事舞"同一感嘆。獨樹着花，燦爛自與他木分色，殊有得意揚揚之態，亦使人不忿也（趙按："心性"與"分明"爲虛實對）。曰底曰自，並有在彼而不關我之意，蓋巫峽風土之惡非所宜久居，而公留滯於此，不堪鬱鬱之嘆，因愁之切，痴情咎物也。（卷中，頁199—200）

（三）借對/活對

借對，又稱假對、假借對、活對等，可分爲借字、借音兩類。這種形式美的追求，顯然是受了民歌的影響，委婉含蓄，機智幽默。

1. 借字

《詩話》：真假取對，謂之借對，亦曰活對。肅宗："推誠撫諸夏，與物長爲春。"沈佺期："静夜思鴻寶，清晨朝鳳京。"杜甫："旌旗日暖龍蛇動，宫殿風微燕雀高。""江上小堂巢翡翠，花邊高冢卧麒麟。""雲斷岳蓮臨大路，天晴宫柳暗長春。""竹葉於人既無分，菊花從此不須開。""欲辭巴徼啼鶯合，遠下荆門去鷁催。""珠簾綉柱圍黄鵠，錦纜牙檣起白鷗。"（卷四，頁216）

《詳解》："旌旗日暖龍蛇動，宫殿風微燕雀高。"（《奉和賈至舍人早朝大明宫》）一聯極寫春朝和暄光景，見時和物育，泰平氣象。"龍蛇"、"燕雀"，真假取對，謂之借對。宫殿燕雀，暗用大厦成而燕雀賀之意。時禄山亂後，殿閣新修也；不然"和人"用燕雀，不免唐突矣。風微二字，言朝景之静，而形容燕雀輕態宛然如見。（卷上，頁40—41）

《詳解》："江上小堂巢翡翠，苑邊高冢卧麒麟。"（《曲江二首》其一）江上小堂，蓋貴遊所設亭館處處傍岸有之也。巢翡翠，以其荒涼無人，竟視爲棲息之所也。苑，即芙蓉苑。冢，知隴反。高冢，尊貴所葬。卧，傾倒也。秦漢間公卿墓以石麒麟鎮之，蓋唐時亦或設此也。……"翡翠"、"麒麟"，真假取對。（卷上，頁50—51）

《詳解》："雲斷岳蓮臨大路，天晴宫柳暗長春。"（《題鄭縣亭子》)雲斷,雲開也。西岳華山峰如蓮花,故曰岳蓮。《華山記》:“山頂有池,生千葉蓮花,因名曰華山。”妄矣。明王履《華山玉女峰記》:“西峰東面窊隆如蓮花,此所謂蓮花峰也。”……蓋登亭之初,華山爲雲所藏,既而雲開,蓮峰兀然現乎天表,峻峰岧嶢之勢若直向大路俯臨者然也。暗,謂鬱鬱。長春,宫名,後周武帝所築,在强梁原上,去亭頗近。蓋天氣快晴,各處明朗,獨長春宫故址楊柳鬱茂而暗,物色渾然也。“蓮”、“柳”,真假對。(卷上,頁61)

《詳解》:“竹葉於人既無分,菊花從此不須開。”(《九日二首》其一)竹葉,謂酒。張協《七命》“豫北之竹葉”,注:“酒名也。”人公自謂也。無分者,以病不能飲,故無復交分也。不須開,言其無用。淵明所謂“塵爵耻虚罍,寒華徒自禁”也。蓋九日登高,飲菊花酒,自古佳節之例,今不能飲,菊亦何爲?故言自今以後,不須復爲重陽開耳。兩句一連流走直下,所謂流水對。“竹葉”、“菊花”,亦真假對。(卷下,頁265—266)

《詳解》:“欲辭巴僥啼鶯合,遠下荆門去鷁催。”(《奉待嚴大夫》)僥,音“叫”,西南邊界曰“僥”,猶東北謂之塞也。巴僥,謂閬州。欲辭巴僥,言將爲荆南之遊。合,猶云“遍”。啼鶯合,言彼此相和,到處綿蠻,謂春已深也。鷁,音“逆”,水鳥,能避風,故江頭人彩色畫於船頭以爲飾,因謂船爲鷁。去鷁催,言舟已欲發也。公自武之去,在蜀無所依,乘啼鶯合之候,方欲辭巴僥而遠下荆門。去鷁旦夕將發,適當是之時聞武再鎮蜀,遂不果行,留以待之,蓋殆欲彼此相失而幸得不齟齬,亦自喜之詞也。去鷁,借對(趙按:即與“啼鶯”借對)。(卷中,頁273—474)

《詳解》:“朱簾綉柱圍黄鵠,錦纜牙檣起白鷗。”(《秋興八首》其六)此叙昔日曲江遊觀水陸繁華之盛。繞岸諸家亭館,織珠爲簾,刺綉蔽柱,多爲仙鶴宛轉之形,故曰“圍黄鵠”。《西京雜記》:“昭陽殿柱俱雕黄鵠文。”此用之。……起白鷗,暗翻用海上翁事,言其繁華喧闐也。“黄鵠”、“白鷗”,真假對。(卷下,頁230—231)

2. 借音

《詩話》：假對，即借聲對，以音取對也。然非較著者不爲也。李白："水舂雲母碓，風掃石南花。"楠，與"男"聲同。杜甫："次第尋書札，呼兒檢贈篇。"（《哭李常侍嶧二首》其二）第，音通"弟"。"信宿漁人猶泛泛，清秋燕子故飛飛。"漁，音通"魚"。"胡來不覺潼關隘，龍起猶聞晋水清。"胡，音通"狐"。"嶢關險路今虛遠，禹鑿寒江正穩流。"嶢，音通"堯"。（卷四，頁213—214）

《詳解》："信宿漁人還泛泛，清秋燕子故飛飛。"（《秋興八首》其三）一聯感在"還"、"故"二字，蓋漁人、燕子皆當去而且滯，以况己之飄泊不定。（趙按：漁，音通"魚"，故"漁"、"燕"假對。）（卷下，頁222）

《詳解》："胡來不覺潼關隘，龍起猶聞晋水清。"（《諸將五首》其二）胡來，謂回紇爲僕固懷恩所誘，與吐蕃連兵入寇。……龍起，謂高祖創業。晋水，在晋陽縣，即興王之地。《册府元龜》："高祖師次龍門，代水清。"代水，即晋水也。蓋當時創業之盛，不唯人助順效力，天地亦復應之也。（趙按：胡，音通"狐"，則"胡"、"龍"爲假對。）（卷中，頁183）

《詳解》："嶢關險路今虛遠，禹鑿寒江正穩流。"（《舍弟觀赴藍田取妻子到江陵喜寄三首》其一）嶢關，在藍田南，觀行之所經。公爲憂其險遠，尤危之切矣。今已歸到江陵，則彼自險遠於我，無復預，故曰"今虛遠"。骨肉相慰勞，喜極之辭也。郭璞《江賦》："巴東之峽，夏後疏鑿。"三峽，天下危灘。今冬寒水退，江流正穩，公方擬出峽下江陵，故亦喜之也。嶢，音"堯"，"嶢關"、"禹鑿"是假對。（卷下，頁273—274）

《詩話》：余《咏人影》詩："旅館寒燈向隅坐，秋郊斜日先身行。"以"身"對"隅"，或者譏之。范石湖詩："一岡邑屋舊河灘，却望河身百里間。"陸放翁詩："旋糴街頭數升米，黄昏看上店身燈。"身，謂中央，此其所以對"隅"也。杜詩："生理秖憑黄閣老，衰顔欲

付紫金丹。"生理,資生、經理之事,然借腠理以對"顔"也。(卷五,頁266—267)

《詳解》:"生理祇憑黄閣老,衰顔欲付紫金丹。"(《將赴成都草堂途中有作先寄嚴鄭公五首》其四)(趙按:衹,《詩話》作"秖",二字古通用。)生理,資生經理之事。黄閣,即黄門。先朝改門下省曰黄門省,嚴公嘗爲黄門侍郎,故稱"黄閣老"。今公雖得歸草堂,素無産業,何以養妻子?故曰"祇憑黄閣老",祇仰給嚴公而已。付,委托也。紫金丹,道家仙方,服之令人不老不死。自悲衰暮,扶衰無術,將求濟仙丹,亦不得已之至也。以"理"對"顔",借腠理也。與沈佺期"姓名雖蒙齒録,袍笏未换牙緋"同真假取對,謂之借對,亦曰活對。(卷中,頁149)(趙按:"齒録"、"牙緋",亦爲借對。)

(四)流水對

"流水對",又稱作"串對"或"走馬對"。其出句和對句在意義上是一氣貫注的,一聯表達一個完整的内容。宋人所謂"十字對"、"十四字對",即"五言流水對"、"七言流水對"。從形式上説分爲單句流水對和複句流水對,後者表現爲承接、因果、假設、轉折等關係。概言之,表現爲三個特點:文意連貫,渾然一體;對仗工穩,邏輯性强;活潑流走,富於變化。

《詩話》:聯中有兩句一連流走直下者,謂之"流水對"。老杜好用此法:"喜無多屋宇,幸不礙雲山。""直愁騎馬滑,故作放舟迴。""所向無空闊,真堪托死生。""花徑不曾緣客掃,蓬門今始爲君開。""竹葉於人既無分,菊花從此不須開。""憶昨賜沾門下省,退朝擎出大明宫。""悵望千秋一灑泪,蕭條異代不同時。""但遣閭閻還揖讓,敢論松竹久荒蕪。"皆直述其事,意脉一貫,昔人所謂作文字如寫家書者。又:"羞將短髮還吹帽,笑倩傍人爲正冠。"將一事翻騰作兩句,融化妙絶。"澗道餘寒歷冰雪,石門斜日到林丘。"倒裝而流水對,法尤妙。(卷六,頁329—330)

《詳解》:"花徑不曾緣客掃,蓬門今始爲君開。"(《客至》)二句一連流水對法。閒居曾不引客,故任落花埋徑,是不惟懶慢,抑亦惜花也。今爲君過臨,始開門相迎,蓋好客跫音屣履而出也。蓬門,茸以蓬者,蓋入園小門也。曰今始,不開久矣;曰爲君,特延迎也。(卷上,頁97)

《詳解》:"悵望千秋一灑泪,蕭條異代不同時。"(《咏懷古迹五首》其二)上句承"深知"來,宋玉厚其師,公深知其情,故千載之下悵望相感,爲悲其悲而一灑泪也。下句承"吾師",言欽仰才德,直欲師之,而陳迹蕭條,邈爲異代之人不得與之同時,殊可恨也。……此聯流水對,但惜失粘落平側。《漁隱叢話》云:"如老杜此篇,與嚴武'漫向江頭'、韋應物'夾水蒼山'自是一體。"(卷下,頁240)

《詳解》:"但使閭閻還揖讓,敢論松竹久荒蕪。"(《將赴成都草堂途中有作先寄嚴鄭公五首》其一)閭,里門也。閻,里中門也。揖讓,謂風俗歸厚,民以和睦。草堂有四松萬竹。松竹荒蕪,點化《歸去來辭》。上句承"文翁",贊政化之美;下句承"茅屋",述歸住之喜,言文翁之化民還揖讓,閭閻輯睦,則舊居雖荒亦不必論,直宜歸住耳。蒼生心事,忠厚殷勤,見舍己爲民之切。時成都罹禍亂,風紀頗敝,故望其挽俗還淳也。右四句一連須一氣讀(趙按:流水對方有此效果)。(卷中,頁144)

《詳解》:"羞將短髮還吹帽,笑倩傍人爲正冠。"(《九日藍田崔氏莊》)晋桓温九日遊宴龍山,參軍孟嘉從之。風吹嘉帽落,而酩酊不知。温命孫盛爲文嘲之。短髮,禿顱也,正承"老"字來。此將一事翻騰作一聯,十四字一氣讀下,謂之流水對。意緊承上盡歡來,見風流盛歡,曠達快活,乘興尤劇。(趙按:此處側重"流水對"。)(卷上,頁69)

《詳解》:"澗道餘寒歷冰雪,石門斜日到林丘。"(《題張氏隱居二首》其一)上句所歷之境,入山漸深,澗道尚寒,冰雪未融。下句所到之候,山益幽静,林丘、石門,夕景深窅。兩句串讀,然錯綜成句,倒裝而流水對,法尤奇。蓋侵餘寒、歷澗道之冰雪,至斜日到林丘之石門也。石門或以爲山名,見其與澗道爲對,不必實指其地。(卷上,頁22)

三、字法句法章法之巧妙

字法,是指遣詞造語之法。句法,是指一句或幾句詩的組織法或結構法。章法,是指一首詩或連章詩的布局謀篇法。杜甫極其重視此三法,原因就在:"夫人之立言,因字而生句,積句而成章,積章而成篇。篇之彪炳,章無疵也;章之明靡,句無玷也;句之清英,字不妄也。振本而末從,知一而萬畢矣。"(《文心雕龍・章句》)

《詩話》:老杜:"慣看賓客兒童喜,得食階除鳥雀馴。"雍陶:"初歸山犬翻驚主,久别江鷗却避人。"吴融:"見多鄰犬遥相認,來慣幽禽近不驚。"句法相襲而反其義,所謂换骨脱胎之法也。(卷三,頁130)

《詳解》:"慣看賓客兒童喜,得食階除鳥雀馴。"(《南鄰》)慣,熟也。賓客,公自謂也。公數過其家,故兒童亦慣見而喜其至,蓋本言主人喜客,却以兒童之喜,形出其喜也。堂前庭曰除。山人常施食馴禽遊階除,了無驚猜,悠然忘機,尤見野趣,不必稱其行惠及於禽獸也。(卷上,頁93)

《詩話》:凡一題而賦數首者,不唯宜各换意境,亦須格局變化不肯雷同,譬如觀演劇,每出改觀,若篇篇體裁同一機軸,略無變易,令人欠伸耳。觀少陵《秋興八首》《何將軍山林十首》,首尾布置,有起有結,每章各有主意,或賦景,或寫情,錯綜變化,用正用奇,不可方物也。(卷四,頁177)

《詩話》:猥擬古人名作,政自敢與昔賢抗衡,多見其不知量耳。宋洪邁從孫倬丞宣城,自作題名記,邁告之曰:"他文尚可隨力工拙下筆,此記豈宜犯不韙哉?"蓋韓文公有《藍田縣丞廳壁記》。今以其題目同之,而以爲犯不韙,其謹厚何如哉!服元喬社友有賦《秋興八首》者，以書諭，改題曰："少陵秋興，千古獨步，李空同輩，刻意摹擬，不能爲優孟，况吾儕乎？"夫擬效之作，實奪其人，僅可爲也。不然，宜僅避耳。其見正相符。後生輕薄，不自知其身分，動輒敢犯不韙，珠玉在側，不勝形穢，可不憚也哉！（卷四，219—220）

《詳解》：凡一題數首作，合數首爲章法，有起有結，有倫序有照應，氣脉相承，綫索一串，故讀者須連看局法變化、意思斷續，方見妙，是其要訣也。此八首（趙按：《秋興八首》），自是古今絶調。鍾伯敬斥之"孫山拗甚"，《隨園詩話》亦以爲不足喜，可笑不自量耳。（卷下，頁237）

《詩話》：曹唐《大禮》詩，七律四首，允稱杰構。然詩中"千官"三見，"天壇"、"玉藻"並再見，識者病其複用。余謂不特此也，四章俱叙曙景，不耐雷同，雖多奚以爲？如老杜《秋興八首》，長安、夔府、昔事、今况、晝夜、陰晴、俯仰行坐、情景互叙、悲歡交集、意旨辭采、未嘗犯重、錯綜變化、不可端倪、調劑停匀之妙，尤見良工苦心，所以爲千古絶作也。（卷五，頁277）

《詳解》：興，起也。晋潘岳有《秋興賦》，言因秋而感興，重在興而不在秋也。時公寓夔州之西閣，故國千里欲歸不得，適值悲秋百憂交興，故概名《秋興》。唯首章純叙秋，後不必然，時見秋意已。八首皆沈雄富麗，杜律中尤有力量者。懷鄉、戀闕、慨往、傷今，公之生平具見於此，乃公一生心神結聚所作。（卷中，頁217）

《詩話》："眼字"峭而穩，殊可吟玩（五言第三字、七言第五字，謂之眼字）。五言，唐太宗："雲凝愁半嶺，霞碎纈高天。"王維："泉聲咽危石，日色冷青松。"杜甫："峽雲籠樹小，湖日蕩船明。""雲氣噓青壁，江聲走白沙。""竹光團野色，舍影漾江流。""石角鈎衣破，藤枝刺眼新。"……七言，杜甫："返照入江翻石壁，歸雲擁樹失山村。"……渾然圓妥，工而無痕。眼字亦謂之響字，要活，活則自響。（卷五，頁233—235）

《詳解》:“返照入江翻石壁,歸雲擁樹失山村。”(《返照》)岸頭石壁倒映水中,反景摇波,岩影翻轉。山村樹色,反景分明,歸雲擁蔽,莊屋失去。此聯字字著意,以翻字寫返照,以失字寫歸雲,兩字所謂詩眼。蓋雲影斷續歸去,反景乍見乍滅也。(卷下,頁261)

《詩話》:敢論、肯信、忍能、忍更、可堪、可無、可能、得非,諸如此類,皆不用豈字,而勢自相反。……杜甫:“久客得無泪?故妻難及晨。”“將軍不好武,稚子總能文。”“起晚堪從事,行遲更學仙。”“雲近蓬萊常五色,雪殘鳷鵲亦多時。”“繡衣屢許携家醖,皂蓋能忘折野梅?”“舞石旋應將乳子,行雲莫自濕仙衣。”“短墻若在隨殘草,喬木如存可假花。”……亦皆加“豈”字看,蓋古人多以語急而省其文者,如《書》:“不慎其德,雖悔可追”,又“我生不有命在天”。《左傳》:“若愛重傷,則如勿傷;愛其二毛,則如服焉。”《孟子》:“雖褐寬博,吾不惴焉。”不唯詩詞也。(卷五,頁235—237)

《詳解》:“雲近蓬萊常五色,雪殘鳷鵲亦多時。”(《宣政殿退朝晚出左掖》)蓬萊,即大明宫。高宗時改曰蓬萊宫,取殿后蓬萊池爲名,以擬海上仙山,後復爲大明宫。此仰見朝霞映宫,因言雲成五色,仙寰瑞氣以其近蓬萊,故常然也。常者,不獨今朝也。沈約《宋書》:“慶雲五色者,太平之應也。”暗用此意以寓祝。鳷鵲,漢宫觀名,借用以對蓬萊,謂深宫殿閣亦多時,加“豈”字看,言當不日消融也。(卷上,頁43)

《詳解》:“繡衣屢許携家醖,皂蓋能忘折野梅?”(《王十七侍御掄許携酒至草堂,奉寄此詩,便請邀高三十五使君同到》)繡衣,指王侍御。漢武帝時,御史領繡衣直指使,出討奸猾,治大獄。皂蓋,指高使君。《漢志》:“二千石,皂蓋,朱旛。”能忘,言定不忘也。折梅,假用陸凱詩語。公所居江邊有梅,見《和裴迪》詩。蓋高嘗既過草堂,當梅花之時折折枝賞玩,故言此以促之。今復爛漫方盛,能不憶曾遊之興邪?顧修遠云:“起聯自叙蕭條中具有氣岸,三四是白屋中閒景,如此幽野中,繡衣、皂蓋儼然炫曜,忽來喧熱,從極冷

寫到極炎,布置甚奇。"(卷上,頁108)

《詳解》:"舞石旋應將乳子,行雲莫自濕仙衣。"(《雨不絶》)羅含《湘中記》:"零陵有石燕,得風雨則飛翔,雨止還爲石。"旋,逐旋也,因爲可罷而不罷之辭。將,率也。乳子,雛也。石燕形有大小,小者隨大者,而翔如將雛之狀也。行雲,謂巫山神女之雲。莫,猶豈無也。巫山雲雨本神女自行,故曰"莫"。自濕,此並用其地方事。因雨不絶,想象言之。零陵石燕之飛翔,還應引雛舞而不止,巫山行雲之神女亦得無自濕仙衣乎?何其可已,而不已也。(卷下,頁257)

《詳解》:"短墻若在隨殘草,喬木如存可假花。"(《舍弟觀赴藍田取妻子到江陵喜寄三首》其三詩句)隨殘草,言隨草萊而埋没也。殘,衰殘也。時冬,故曰殘草。可假,猶言何須可假花,言何必假花,然後始賞也。時未及春,故云。二句並歇後語也。公想江陵古迹,未知兩賢故宅何如,即舊墻或存,亦恐荒庭草蔓相隨,廢壞而已。幸古木尚在,雖未着花,而愛可敬也。此就其地景慕昔賢,寄懷古之興,慰流寓之恨。顧注以鳩居立説,贅辨絮煩,恰是痴人説夢。(卷下,第276頁)

《詩話》:杜詩:"且看欲盡花經眼,莫厭傷多酒入唇。"虚字斡旋之妙,圓轉如珠走盤。然學者好效此,則不勝破碎矣。蓋詩用虚字,猶構舍之用梢子也,若不善用,動摇欲頹,豈可浪用乎?(卷六,頁294—295)

《詳解》:"且看欲盡花經眼,莫厭傷多酒入唇。"(《曲江二首》其一)二句看他用虚字之妙,語勢圓轉,如珠走盤。然學者好效此,則鄰女效顰矣。(卷上,頁50)

四、用典實考禮制之技巧

用典實是中國古典詩歌創作中的一個重要手法,可以簡馭繁,使作品含蓄典雅。杜甫用典精切過人,法門萬千,《歲寒堂詩話》所謂:"詩以用事爲博,始於顔光禄,而極於杜子美。"①

(一) 用典

《詩話》:"羞將短髮還吹帽,笑倩傍人爲正冠。"人只知"吹帽"爲孟嘉事,而不知"正冠"亦用《家語》子路語。"伯仲之間見伊吕,指揮若定失蕭曹。"伯仲之間,取諸《典論》,因用《陳平傳》"天下指揮則定"對之。"寵光蕙葉與多碧,點注桃花舒小紅。"寵光,《詩・小雅》語。點注,見鍾會《孔雀賦》。"五更鼓角聲悲壯,三峽星河影動摇。"(趙按:峽,原誤作"更"。)聲悲壯,本於禰衡《漁陽摻》,故星動摇亦取諸《漢武故事》,正得斤兩相稱。詩律之細如此,真無一字無來歷,杜詩豈可輕讀乎哉?"盍簪喧櫪馬,列炬散林鴉。""途窮那免哭,身老不禁愁。"此並下句偏枯,偶失之也。邵注引"孔伸年老失意,不禁愁恨。"僞蘇所揑造耳。如:"子雲清自守,今日起爲官。"用借對法,假"雲"對"日",兩句一意,故不病偏枯,非後人所敢學也。(卷六,頁 305—306)

《詳解》:"羞將短髮還吹帽,笑倩傍人爲正冠。"(《九日藍田崔氏莊》)晋桓温九日遊宴龍山,參軍孟嘉從之,風吹嘉帽落,而酩酊不知。温命孫盛爲文嘲之。……余按:吹帽既用典故,若正冠無出處,則偏枯矣。蓋亦用《家語》子路語,正得斤兩相稱,此良工心獨苦處,讀者囫圇吞棗,良可嘆也。(趙按:此側重用典。)(卷上,頁69—70)

《詳解》:"伯仲之間見伊吕,指揮若定失蕭曹。"(《咏懷古迹五首》其五)伯仲之間,言甚近似……魏文帝《典論》:"傅毅之於班固,伯仲之間耳。"張輔《名士優劣論》:"睹孔明之忠,奸臣立節矣。"殆將與伊吕争儔,豈徒與樂毅爲伍哉!《蜀志》本傳:"執白羽扇指揮三軍。"《漢書・陳平傳》:"天下指麾則定矣"。……一聯用

---

①　張戒《歲寒堂詩話》卷上,丁福保輯《歷代詩話續編》(上),中華書局1983 年版,第 452 頁。

典層迭而渾然融化無迹,若天成自然,豈不尤妙邪!(卷下,頁249)

《詳解》:"寵光蕙葉與多碧,點注桃花舒小紅。"(《江雨有懷鄭典設》)寵光,《詩·小雅》語。此言雨師潤澤之惠如蒙寵愛恩光也。蕙,蘭屬也。與多碧,雨與之色而增深碧也。點,雨點也。魏鍾會《孔雀賦》:"五色點注,華雨參差。"此轉用,言雨點所注也。舒小紅,桃花始小開也。二句新晴之景,頓增如是佳況,爽然快人心目,暗暗鬱悶如洗,可謂煩惱即菩提矣。所以興懷良友,而恨不得共玩也。(卷下,頁297)

《詳解》:"五更鼓角聲悲壯,三峽星河影動摇。"(《閣夜》)五更,寅時也。城樓近曉,擊鼓吹角,以警戍卒,是閣上所聞時,屬雪後霜空肅然,故其聲殊悲壯也。後漢禰衡善擊鼓,爲《漁陽摻撾》,聲節悲壯,聽者莫不慷慨,此暗用其語。是時崔旰之亂未息,故警備猶嚴也。三峽之水,閣上所下瞰,天漢星映波,的皪隨流動摇,亦將曉之景也。《漢武故事》:"星辰動摇,東方朔謂民勞之應。"此亦用其語,故與前句斤量相稱。然只是即景語,不必取其意也。或引《天官書》"星動爲用兵之象",泥矣。未必太平時,星光不動也。蔡絛《西清詩話》云:"作詩用事,要如釋語,所謂水中着鹽,飲水乃知鹽味。"如少陵此聯,人徒見陵轢造化之工,不知乃用故事。此説,詩家秘藏也。(卷下,頁253—254)

《詩話》:作詩,審於用事,不可貂續偏枯。……《丹鉛録》亦云:"少陵《滕王亭》詩:'春日鶯啼修竹裏,仙家犬吠白雲中。'修竹,用梁孝王事;犬吠雲中,用淮南王事,人皆知之矣。但怪修竹本無鶯啼字也,偶見孫綽《蘭亭詩》:'啼鶯吟修竹,游鱗戲瀾濤。'乃知杜老用此也。讀書不多,未可輕議古人。"此皆至論精密,爲後進合録之。(卷六,頁331—332)

《詳解》:"春日鶯啼修竹裏,仙家犬吠白雲中。"行雲流水對法。此登山頂所見,端是王宫氣象,殆非人間世界。亦見山高境幽,且雙夾道觀,妙甚。《漢書》:"梁孝王築平臺,苑中有修竹園。"《神仙傳》:"淮南王安丹成升天,餘藥在中庭,鷄犬舐啄之,皆仙去,鷄鳴天上,犬吠雲中。"此用其事,而構句自然渾化無痕,止覺俊麗,似非用事。公《禹廟》詩:"空庭垂橘柚,古壁畫龍蛇。"係禹王事,亦與此同一法。(卷中,頁132)

(二) 虛用史實

《詩話》: 杜詩"奉使虛隨八月槎",唐彦謙亦云"烟横博望乘槎水"。此蓋唐人所慣用。然據《史記》《漢書》,並無張騫乘槎之事。張華《博物志》止載近世有人居海上,每年八月見槎來,不失期,遂賫糧,乘之到天河。宗懔作《荆楚歲時記》,乃附會窮河源與到天河,以爲張騫事,後人遂襲其杜撰耳。《尚書故實》記司馬道士承禎白雲車事,末云:"至文宗朝,並張騫海槎,同取入内。"不知是物果爲何等,殊可怪也。(卷四,頁194—195)

對"奉使虛隨八月槎"(《秋興八首》其二),《詳解》解之甚細,先引《史記》《博物志》《荆楚歲時記》詳辨"八月槎"之事,最後説:"此即八月槎,而奉使竟無涉。故諸注以爲公誤混用。然公又有'乘槎消息斷,無處覓張騫'之句。""此雖荒唐附會,公亦承襲用之爾,點'八月'字,取諸《博物志》,因時秋也。虛隨,翻古事也。夫八月槎,竟能到天河,今公不得歸朝,是乘槎之事徒作虛隨矣。胡夑亭云'虞注以爲公自比張騫',則公流落之客,奉使二字屬無謂。或又妄謂是時吐蕃入寇,遣御史大夫李之芳使虜,爲所留,公蓋傷之,此尤無涉,絶不通。上下綫索,從横處插出,不顧死活矣。細測其意,奉使,暗指嚴武節使來蜀,而公隨之,原欲借其仙槎以達天朝。公《立秋院中》之作云:'主將歸調鼎,我還訪舊丘。'此乃素志。何期鄭公中歿,竟虛隨八月之槎耳。"(卷下,頁220)

(三) 考禮制

《詩話》: 王阮亭《香祖筆記》云:"杜詩'户外昭容紫袖垂'。蓋唐制: 天子臨朝,則用宫人引至殿上,至天祐二年始詔罷之。是全盛之時，反不如衰亂之朝爲合禮也。”又：“郎官直亦有‘侍女新添五夜香’之句①，竟不曉侍女是何色人也。宋明以來，乃爲嚴重矣。”予按：韓退之《紅桃花》詩：“應知侍史歸天上，故伴仙郎宿禁中。”亦指此事，是禁中宿妓也。杜詩又有“輦前才人帶弓箭”之句。唐制：天子遊幸，宫女騎馬扈從，不典尤甚。彼方男女之别特嚴，而朝廷之間却多此風流，何也？（卷二，頁56—57）

《詳解》：“户外昭容紫袖垂，雙瞻御座引朝儀。”（《紫宸殿退朝口號》）昭容，女官，位正二品，爲九嬪之第二。唐制：天子臨朝，宫人引至殿上。左右相並，面内却行，以雉尾扇障翳天顔，升座之後乃開去，不欲使衆人見宸儀升降之容也。垂，謂褲袖也。百官列立，庭上刮目以待朝儀。既而天子出御，便先認昭容垂紫袖而出。先見於户外者，以其先於天子也。引，導引也。朝儀，謂天子臨朝儀容，宸儀既臨殿上，兩昭容引導以赴御座也。（卷上，頁44—45）

《詩話》：杜詩“麒麟不動爐烟上”，言大明宫朝儀。爐元不動，不須言，而特曰“不動”者，言其勢殆欲活動而帖然能不動也。（卷三，頁112—113）

《詳解》：“麒麟不動爐烟上，孔雀徐開扇影還。”（《至日遣興奉寄北省舊閣老兩院故人二首》其二）拆用麒麟爐、孔雀扇。麒麟，瑞獸，御爐所鑄。不動二字妙，見器之重大，鑄之巧妙。言其勢殆欲活動而帖然能不動也；且未言爐，只曰麒麟，是活物，則當動而不動，語法尤工。又與“上”字有開合，亦妙。（卷上，頁75）

五、考杜甫卒月之細

《詩話》：蕉中《遨頭日祭少陵詩序》曰：“四月十九日，浣花遨頭日也。”按譜：大曆五年，公五十九。春在潭州，夏四月，避臧玠

① 李頎《寄司勛盧員外》詩句：“歸鴻欲度千門雪，侍女新添五夜香。”

亂入衡州。欲如柳州,至耒陽暴卒。則遨頭之日,疑是忌辰也。余院藏公畫像,是日設供祭之。此説臆度失考。按《蜀記》:"梵安寺,乃杜甫舊宅,在浣花,去城十里。大曆中,節度使崔寧妻冀國夫人任氏亦居之。後舍爲寺,人爲立廟於其中。每歲四月十九凡三日,衆遨樂於此。"又費著《歲華紀麗譜》:"四月十九日,浣花祐聖夫人誕日也。太守出笮橋門,至梵安寺,謁夫人祠,就宴於寺之設廳。既宴登舟,觀諸軍騎射,唱樂導前,泝流至百花潭,觀水嬉競渡。官舫民船,乘流上下。或幕帟水濱,以事遊賞,最爲出郊之勝。"浣花遨頭由緣如此。少陵之卒,在十月之交,余詳諸《杜律解》,其證尤明。(卷四,頁195—197)

《詳解》:宋時成都太守自二月二日出遊,號爲"遨頭"。士女列床觀之,群然趁春行樂,四月十九日乃止,是日謂之"浣花遨頭"。宴於公草堂滄浪亭……後學之瓣香或以爲公之忌辰,是因年譜云:"四月入衡州,欲如柳州,至耒陽暴卒。"而致此臆料耳。嘗見顧修遠説,曰:"公《長沙送李銜》詩:'與子避地西康州,洞庭相逢十二秋。'末云'朔雲寒菊倍離憂',公自乾元己亥避地於同谷,至大曆庚戌,實十二秋矣。公是年卒,'朔雲寒菊',應是秋末冬初。公之卒月不可考,據是詩當卒於冬。"此以詩爲斷最確,但恨其忌日終靡得而詳焉。"浣花遨頭",乃浣花祐聖夫人誕日。《蜀記》:"浣花梵安寺,本杜甫舊宅。大曆中,節度使崔寧妻任氏居之。奉佛甚篤,遂舍爲寺。人爲立廟於其中,四月十九日衆遨樂於此,是也。"(卷上,頁18—19)(趙按:顧修遠即顧宸。所引顧氏語見其著《辟疆園杜詩注解》七律卷五《長沙送李十一銜》詩題解,文字略異。)

綜上所述,作爲詩歌理論著作,《詩話》談論杜詩最多的是其技巧,如形式多樣的對偶、句法章法、用字用韻法、用事法等,而《詳解》則專解杜甫的七律,是看到了杜律這樣的特點:"詩法莫嚴於七律,起結照應,開闔頓挫,不得缺一,此即古文之法。若能依是而通斯法則,亡論近體,雖馴致之古風,七縱八横,以卷海潦,不失其性情之正，故先生特注此以誘掖學者也。”[①]《詩話》所詳談者，正是《詳解》所解之“詩法”。

第三節　日本詩話中的杜甫研究

一、今見相關詩話文獻總覽

日本詩話文獻豐富多樣，二十世紀初，國分高胤校閲、池田四郎編《日本詩話叢書》10 册，收入詩話 63 種[②]，其他詩話迄今尚未得到系統整理。而這些面世的詩話著作中藴藏着大量珍貴的評論杜甫及其詩歌的資料，更是有待進一步檢索研究。爲便於讀者查閲，現録於此。

第一卷：《詩訣》（一卷，南海　阮瑜撰）、《白石先生詩範》（一卷，白石　新井君美撰）、《南郭先生燈下書》（一卷，南郭　服部元喬撰）、《唐詩平側考》（三卷附録《詩語考》一卷，松江　盧玄淳撰）、《日本詩史》（五卷，北海　江邨綬撰）、《史館茗話》（一卷，梅桐　林慤撰）、《作詩質的》（一卷，大峰　冢田虎撰）、《詩格刊誤》（二卷，省齋　日尾約撰）。

第二卷：《詩學逢原》（二卷，南海　阮瑜撰）、《孝經樓詩話》（二卷附《聯珠詩格序》，北山　山本信有撰）、《談唐詩選》（一卷，寬齋　市川世寧撰）、《詩學還丹》（二卷，春川　源孝衡撰）、《夜航詩話》（六卷，東陽　津阪孝綽撰）、《丹丘詩話》（三卷，丹丘　芥煥撰）。

---

① 伊勢小谷薰《東陽先生杜律詳解後序》，《杜律詳解》，第 314 頁。

② 國分高胤校閲，池田四郎編《日本詩話叢書》，文會堂書店 1920—1922 年版。

第三卷:《夜航餘話》(二卷,東陽　津阪孝綽撰)、《詩律初學鈔》(一卷,雲洞　梅室某撰)、《斥非》(一卷,春臺　太宰純撰)《初學詩法》(一卷,益軒　貝原篤信撰)、《詩學新論》(三卷,東嶽　原田温撰)、《詩格集成》(一卷,樗園　長山貫撰)、《詩聖堂詩話》(一卷,天民　大窪行撰)、《詩山堂詩話》(一卷,詩山　小鈿簡行撰)。

第四卷:《葛原詩話》(四卷,六如　慈周撰)、《葛原詩話標記》(一卷,敬所　猪飼彦博撰)、《淡窗詩話》(二卷,淡窗　廣瀨建撰)、《彩岩詩則》(一卷,奥　彩岩撰)、《詩論》(並附録二卷,春臺　太宰純撰)、《松陰快談》(四卷,豐山　長野確撰)、《詩律》(一卷,一堂　赤澤一撰)、《弊帚詩話》(並録附三卷,蘭溪　西島長孫撰)。

第五卷:《葛原詩話後篇》(四卷,六如　釋慈周撰)、《葛原詩話糾謬》(二卷,東陽　津阪孝綽撰)、《淇園詩話》(一卷,淇園　皆川原撰)、《鉏雨亭隨筆》(三卷,夢亭　東聚撰)、《東人詩話》(二卷,朝鮮　徐居正撰)、《竹田莊詩話》(一卷,竹田　田能村孝寬)。

第六卷:《詩苑譜》(一卷,儋叟　清田撰)、《詩轍》(六卷,梅園　三浦撰)、《滄溟近體聲律考》(一卷,南谷　瀧川撰)、《幼學詩話》(一卷,琴臺　東條撰)、《濟北詩話》(一卷,虎關　釋師練撰)、《柳橋詩話》(二卷,善庵　加藤良白撰)、《全唐詩逸》(三卷,寬齋　市川世寧撰)。

第七卷:《詩轍》(六卷,梅園　三浦晋撰)、《文鏡秘府論》(六卷,弘法大師　釋空海撰)、《老圃詩𦙁》(一卷,澹泊　安積覺撰)、《詩史顰》(一卷,迷庵　市野光彦撰)、《木石園詩話》(一卷,甫學　久保善教撰)。

第八卷:《作詩志彀》(一卷,北山　山本信有撰)、《詞壇骨鯁》(一卷,九山　松邨良猷撰)、《藝園鉏莠》(一卷,松邨良猷撰)、《辨藝園鉏莠》(二卷,榕齋　糸井君鳳撰)、《錦天山房詩話》(二册,收上册,霞舟　友野煥撰)。

第九卷:《藝苑談》(一卷,�叟　清田絢撰)、《太沖詩規》(一卷,荷澤　滕太沖撰)、《詩窗閒話》(一卷,香亭　中根淑撰)、《詩則》(二卷,東溟　林義卿撰)、《錦天山房詩話》(二册,收下册,霞舟　友野焕撰)、《五山堂詩話》(十卷,收二卷,五山　菊池桐孫撰)。

第十卷:《葛原詩話糾謬》(二卷,東陽　津阪孝綽撰)、《詩律兆》(十一卷,竹山　中井積善撰)、《詩法正義》(一卷,丈山　石川凹撰)、《梧窗詩話》(二卷,蓀坡　林瑜撰)、《社友詩律論》(一卷,泉藏　小野達撰)、《五山堂詩話》(十卷,收三、四、五、六卷,五山　菊池桐孫撰)。

凡66種,其中《葛原詩話糾謬》爲重收,《五山堂詩話》《錦天山房詩話》爲分收,則實收63種。而且個别文字與下録《域外詩話珍本叢書》中的不同,如前者"虎關師煉"之"煉"字,後者作"練"字。其實,此二字古代通用。

中國學者蔡鎮楚精選古代日本詩話48種,編入《域外詩話珍本叢書》中①,具體篇目如下:

《濟北詩話》(一卷,釋師練撰)、《史館茗話》(一卷,林慤撰)、《詩法正義》(一卷,石川凹撰)、《詩史顰》(一卷,市野光彦撰)、《詩律初學鈔》(一卷,梅室雲洞撰)、《初學詩法》(一卷,貝原篤信撰)、《讀詩要領》(一卷,伊藤東涯撰)、《丹丘詩話》(三卷,芥焕彦章撰)、《斥非》(一卷,太宰純撰)、《詩論》(一卷,附一卷,太宰純撰)、《詩學逢原》(二卷,祇園南海撰)、《詩格刊誤》(二卷,日尾約撰)、《詩律》(一卷,赤澤一撰),以上爲第一册。

《葛原詩話》(四卷,釋慈周撰)、《葛原詩話後篇》(四卷,釋慈周撰)、《葛原詩話標記》(四卷,豬飼彦博撰)、《葛原詩話糾謬》(二卷,津阪孝綽撰)、《五山堂詩話》(二卷,菊池桐孫撰)、《詩學新論》(三卷,原田温撰)、《作詩志彀》(一卷,山本信有撰),以上爲第

① 蔡鎮楚編《域外詩話珍本叢書》,北京圖書館出版社2006年版。

二册。

《夜航詩話》(六卷,津阪孝綽撰)、《夜航餘話》(二卷,津阪孝綽撰)、《孝經樓詩話》(二卷,山本信有撰)、《詞壇骨鯁》(一卷,松邨良猷撰)、《藝園鉏莠》(一卷,松邨良猷撰)、《辨藝園鉏莠》(二卷,糸井君鳳撰),以上爲第三册。

《敝帚詩話》(二卷附一卷,西島長孫撰)、《孜孜齋詩話》(二卷,西島長孫撰)、《錦天山房詩話》(二卷,友野焕撰)、《詩學還丹》(二卷,原孝衡撰)、《滄溟近體聲律考》(一卷,瀧川撰),以上爲第四册。

《鉏雨亭隨筆》(三卷,東聚撰)、《松陰快談》(四卷,長野確撰)、《老圃詩䐢》(一卷,安積覺撰)、《日本詩史》(五卷,江邨綬撰)、《淇園詩話》(一卷,皆川原撰)、《木石園詩話》(一卷,九保善教撰)、《幼學詩話》(一卷,東條耕撰),以上爲第五册。

《作詩質的》(一卷,冢田虎撰)、《侗庵非詩話》(十卷,古賀煜撰)、《竹田莊詩話》(一卷,田能村孝憲撰)、《柳橋詩話》(二卷,加藤良白撰),以上爲第六册。

《詩轍》(六卷,三浦晋撰)、《詩格集成》(一卷,長山貫撰)、《詩聖堂詩話》(一卷,大窪行撰)、《梧窗詩話》(二卷,林瑜撰)、《淡窗詩話》(二卷,廣瀨建撰)、《詩山堂詩話》(一卷,小錮簡行撰),以上爲第七册。

以上幾乎種種都論及杜甫及其詩歌,可見對杜詩的重視與熱愛。

二、相關詩話文獻論杜詳析

作爲日本最早的詩話,虎關師練的《濟北詩話》開始集中介紹杜詩,肯定杜甫的地位,以"上才"之人與李白並稱,並對杜詩中的若干詩作進行考證,開了日本杜詩學的先河。這與嚴羽《滄浪詩話》對李杜的評價有些類似,也許是受到了《滄浪詩話》的影響。須知,此前李、杜在日本的地位不是很高(相對於白居易、王維而言),可見其眼光。他在《濟北詩話》中提及過近40位中國詩人,唐宋詩人也有30餘位,其中唯有對杜甫論述的次數最多,評價也均屬正面的,反映出他對杜甫的偏好——他倡"朴古平淡"詩風,"以格律高大爲上",以"雅正"爲詩歌創作原則,與杜詩的特點都有相吻合的地方。他論及杜詩的有四則,如他論杜甫《登岳陽樓》詩云:

> 杜詩"吴楚東南坼,乾坤日夜浮",注者云:"洞庭在乾坤之内,其水日夜浮也。"予謂此箋非也,蓋言洞庭之闊,好浮乾坤也。如注意,此句不活,客曰:萬境皆天地内物也,洞庭若浮天地,湖在何處?曰:不然,詩人造語,此類不鮮。王維《漢江》詩曰:"江流天地外,山色有無中。"如子言,漢江出天地外,流何所邪?客不對。①

虎關所引箋語未知何本,其解釋這兩句爲:洞庭在乾坤之内,故其水日夜浮動。這種解釋,確實是膠柱鼓瑟,不知詩者。"吴楚"兩句實如虎關所言,是寫洞庭之宏闊,闊至可以浮動乾坤,以狀洞庭之闊大。中國舊時注家有注意到這兩句詩特點的,如唐庚《子西文録》:"嘗過岳陽樓,觀子美詩不過四十字耳,其氣象閎放,涵蓄深遠,殆與洞庭争雄。"方回説:"公此詩同時,惟孟浩然足以相敵。"王士禛云:"元氣渾淪,不可湊泊,高立雲霄,縱懷身世,寫洞庭只兩句,雄跨今古。"②明王嗣奭亦云:"只'吴楚'二句,已盡大觀,後來詩人,何處措手!"③這些評述,都可與虎關的解析文字相映襯。當

---

① 虎關師練《濟北詩話》,《域外詩話珍本叢書》第一册,第7頁。

② 以上三段引自楊倫《杜詩鏡銓》,上海古籍出版社1981年版,第952頁。

③ 王嗣奭《杜臆》,上海古籍出版社1983年版,第364頁。

然中國古注中也有如虎關所批評的過於坐實的解説,在《杜詩鏡銓》《杜詩詳注》等書中,有一些注家過於膠着在詩中地名、地理與詩語的對應上,甚或得出令人噴飯的注解。虎關在這段引文的後段應對“客曰”的幾句,指出“詩人造語”,有其自身的特點,不得以常言常境去理解,不能把詩句注死,其反駁“客曰”的幾句話很有説服力,很精彩,説明虎關是真正的知詩者、知杜者。

虎關贊賞《古今詩話》評論杜甫《客亭》詩“深山催短景,喬木易高風”爲“了無瑕纇”,以爲“如是詩評,爲盡美盡善也”①。不盡美盡善的例子是之前所舉的歐陽修、黄山谷分别評林和靖的詠梅兩聯的例子,因爲他們分别贊賞的這兩聯詩本身“不純”,而歐、黄二人又不能指出,所以不能盡美盡善②。而《古今詩話》的此則評詩能够盡美盡善,首先是因爲杜詩本身盡美盡善,所以用“了無瑕纇”一語去評價就很恰當。虎關在贊賞《古今詩話》的同時,當然也包含了作者對杜詩的贊美。

《濟北詩話》中還有三處提及杜詩,均爲考證詩中所涉人物、名物和典章。我們舉其中考證杜甫《巳上人茅齋》一詩作爲例子進行分析:

> 杜詩《題巳上人茅齋》者,注者曰:歐陽修云,僧齊己也。古本繫開元二十九年,新本繫天寶十二載,皆非也。夫齊己者,唐末人,爲鄭谷詩友,謂禪月齊己也。二人共參遊仰山石霜會下,禪書中,往往而見焉。(齊己)去老杜殆百歲,況諸家

---

① 虎關師練《濟北詩話》,《域外詩話珍本叢書》第一册,第20頁。

② 歐陽修稱贊林和靖詠梅之“疏影横斜水清淺,暗香浮動月黄昏”一聯,黄庭堅贊賞其“雪後園林纔半樹,水邊籬落忽横枝”一聯,虎關指其各有所欠:“美則美矣,不能無疵……二聯上下二句,皆不純矣……二公采林詩爲絶唱,我只以其盡美矣、未盡善矣言之耳”(第19頁)。

詩中不言齊己長壽乎？注者假言於六一也。六一高才，恐非出其口矣。茅齋已上人，上字決不齊耳。①

虎關此段文字主要是辨析世傳歐陽修曾解“巳”爲“己”，又將“己”解爲唐末詩人齊己。虎關認爲，歐陽修高才，必不會犯這種將唐末人植入盛唐的錯誤，所以世傳所謂歐陽修云云一定是注者假言於歐陽修。其次，虎關認爲，齊己作爲唐末鄭谷的詩友，不可能出現在杜甫的詩中。經查，現存《六一詩話》及《歐陽文忠公集》中皆無此語，極可能爲他人僞托。有意思的是，虎關去世兩百餘年後的明人胡應麟居然還在辨析此説之誤：“巳上人歐公作齊己，非也。己與貫休同出晚唐，乃鄭谷輩同時，何緣與杜相值？”②可見這種説法謬傳甚久。

其他如考證杜詩《别贊上人》詩中的“楊枝晨在手，豆子雨已熟”中的“豆子”非注家所注的“青豆”，而是“澡豆”，係梵網十八種中之一也，指出杜甫是以此兩句“褒贊公精頭陀，諸氏以青豆解之，可笑”③。可見他對佛家典籍的精通。

又辨析杜甫《夔府詠懷》中的“七祖”實指北宗神秀之嗣普寂“自稱七祖”，而注者以“七佛”解之則誤甚：

老杜《夔府詠懷》云“身許雙峰寺，門求七祖禪”，注者以七佛爲七祖，可笑也。儒人不見佛書，間有見不精，故有斯惑。凡注解之家，雖使本書，至有違錯，不啻惑後學，却蠹先賢，可不慎哉！蓋吾門有七祖事者，出北宗也。神秀之嗣有普寂，居嵩山，煽化於長安洛都二宗，士庶多歸焉。因是立神秀爲六

① 虎關師練《濟北詩話》，《域外詩話珍本叢書》第一册，第7—8頁。
② 仇兆鰲注《杜詩詳注》第一册，中華書局1979年版，第16頁。
③ 虎關師練《濟北詩話》，《域外詩話珍本叢書》第一册，第8頁。

> 祖,自稱七祖,曹溪門人,荷澤神會禪師,白官辨之。爾後,北宗祖號不立焉,所謂神會曾磨普寂碑也。開元天寶之間,卿大夫之欽豔普寂者多矣。工部生此時,順時所趨,疑見普寂門人乎?又貞元中,荷澤受七祖謚,此事工部死而久矣。今詳詩義,雖定曹溪宗,趣猶旁聞嵩山旨,是亦工部遍參之意也。①

虎關所駁舊注,蓋謂趙次公注。趙注曰:"按佛書:毗婆尸佛、尸棄佛、毗舍浮佛、拘留孫佛、拘那含牟尼佛、迦葉佛、釋迦牟尼佛,謂之天竺七祖。"趙注即以七佛爲七祖。這兩則考釋,顯然得益於他對佛典的熟悉,也正因爲他有如此好的佛學修養,才能發現其他注家發現不了的錯誤。

虎關論及的所有唐宋詩人中,談得最多也最詳細的是杜甫,且無一微詞,已是有關杜詩的專題研究了。正如黑川洋一《杜詩在日本》所説:"最初深入研讀杜詩並顯示出獨特的見識的大家是堪稱五山文學開山之祖的虎關師練。虎關在其《濟北集》卷一一《詩話》中有關杜詩的四條解釋,即使在今天也被視爲卓見而值得人們關注……他的所有這些見解,可以説都是對杜詩精讀而非初讀所獲得的。因此説唯有虎關纔的確是我國杜詩研究的開山之祖並不爲過。"②

不唯如此,總括上述四則對杜詩的解析考證,不僅顯示出虎關對佛禪之學的修養甚高,也表現出其對杜詩及中國其他典籍文化相當熟悉。有些名物典故的解析,正確且較中國人還早,實在令人驚異。當然,他對杜詩的研究,既有受宋人崇杜的影響,也有自己獨到的成果。

---

① 虎關師練《濟北詩話》,《域外詩話珍本叢書》第一册,第 8—9 頁。

② 黑田洋一《杜甫研究》,創文社 1977 年出版,第 338—339 頁。

又如祇園南海《詩學逢原》評杜甫《江村》詩云①:

> 杜詩:"老妻畫紙爲棋局,稚子敲針作釣鈎。"老年之妻以鋪紙做棋盤爲樂,小兒則以石敲彎鐵針做成釣魚鈎,如傳奇之體,甚卑劣也。比諸此老年輕時所作"朝罷香烟携滿袖,詩成珠玉在揮毫",又"棋局動隨幽澗竹,袈裟憶上泛湖船"之詩雅句勝。則此二句僅叙己之年老家貧及與蜀中村民交往之事,雅趣雅言失盡,而成鄙俗之句也。②

因爲這兩句詩寫的是純粹的日常生活,太俗,且没有"境趣"。這是他在談詩歌的雅俗之辨時説的,他主張崇雅棄俗:"詩者,風雅之器也,而非俗用之物。""詩者,風雅之道也。俗者,粗糙唐突之詞,且聞之生厭之詞、觀之醜陋之類,皆俗也。"祇園南海以爲,一首詩的雅俗取決於如何處理"境"與"趣"、"實"與"虚"的關係。這是他詩學思想的核心,即詩要有"境趣"。境,即景色,境界,凡人耳聞目覺之自然境界風光均謂之境。趣,乃心之用,所思、所知、所憶、所憐、所樂等。

日本詩話中對唐詩、特别是杜詩中"苦吟"津津樂道的不只一人,如長野確《松陰快談》卷三云:

> 杜少陵詩甚巧,蓋由苦吟得之,觀太白飯顆山頭之詩,可以見焉。太白天才,所謂以不用意得之者。賈浪仙云:"兩句

① 祇園南海(1677—1751),木下順庵(1621—1698)門徒,江户時代詩人、詩論家、日本文人畫鼻祖。初名正卿,後改瑜,字伯玉,號南海,别號蓬萊、鐵冠道人、箕踞人、觀雷亭等。他與新井白石、梁田蜕岩並稱爲"詩苑三大家",也是日本近世詩壇當之無愧的一流詩人。爲詩效仿李白。著有《一夜百首》《南海先生集》《湘雲瓚語》《明詩俚評》《詩學逢原》《南海詩訣》等。

② 祇園南海《詩學逢原》,《域外詩話珍本叢書》第一册,第435頁。

三年得,一吟雙泪流。”孟東野云:“夜吟曉不休,苦吟鬼神愁。”如孟浩然眉毫盡落……可謂苦心篤好矣。古人有句云:“閉門覓句陳無己,對客揮毫秦少游。”無己蓋少陵之流,少游蓋青蓮之流。①

又如廣瀨建《淡窗詩話》下卷云②:

少陵“爲人性僻耽佳句,語不驚人死不休”,又“陶冶性靈存底物,新詩改罷自長吟”。此兩言,學詩之要務也。少陵所以爲詩聖者,全在此。學者宜留心。③

他們以爲,學詩、作詩之要務就在於“苦吟”,否則“不能以詩名”:“陸機《文賦》‘立片言而居要,乃一篇之警策’,此言最切於詩也。少陵所謂‘佳句’即‘警策’也。若於此處用意,必能成一世之詩名。古今有名之詩人,莫不皆然。”(《淡窗詩話》下卷)④

就是這個廣瀨建,他對於“指摘”(即批評)的觀點不同於他人,有獨到之處。他認爲指摘之人應該慧眼獨具,看到問題的實質纔行。如果僅限於論字句,則即便全篇無瑕,一句無可指摘,也還不能算得上是好詩。有的時候,有佳句而多瑕疵反而比全篇無瑕亦無佳句者要好得多。其《淡窗詩話》下卷又云:

今之人學詩,不能至佳境,其病根在於護短。唯無瑕疵是

---

① 長野確《松陰快談》,《域外詩話珍本叢書》第五册,第295頁。

② 廣瀨建(1782—1856),名建,字子基,號淡園。江户時代漢詩人、詩論家。一生主要在家鄉從事教育,建宜園授徒,號稱四千人。又造讀書樓,名“遠思樓”、“醒齋”、“夜雨齋”等。著有《遠思樓詩鈔》《醒齋語録》《淡窗詩話》等。

③ 廣瀨建《淡窗詩話》,《域外詩話珍本叢書》第七册,第557頁。

④ 廣瀨建《淡窗詩話》,《域外詩話珍本叢書》第七册,第558頁。

> 務,不能容觀者之置喙,以其意有所慊也。如此則詩之佳境妙處,自然置之不論,唯論字句而已。雖乞人正之,其所求不過在於去其瑕疵,塞旁人之口。宜能思之,無論何等無瑕之石,終不如有瑕之玉也。即李、杜之詩,瑕疵亦多矣。須知有佳句而多瑕疵者遠勝於全篇無瑕而一句不可指摘者也。所謂有瑕疵有佳句而善者,云其位置正,但其中字句有瑕者也。若不知位置而作詩,縱有佳句,亦無所置之。①

然而,也有人不喜歡"苦吟",如冢田大峰既不贊成貪圖敏捷而不用意,也不欣賞杜甫、賈島、孟郊等人的"太苦於詩"。其《作詩質的》云:

> 文詞之才,有敏有遲,於其作文,相如之遲,鄒陽之敏,其稟才之異,不可相誣也。於詩亦爾,李白之不用意,杜甫之苦吟,是亦其才不可相誣也。明都穆云:"世人作詩,以敏捷爲奇,以連篇累册爲富,非知詩者也。"老杜云"語不驚人死不休",蓋詩須苦吟,則語方妙,不特杜爲然也。……今世作詩者,亦多欲敏捷。然不有其才,而初不得趣向,徒索搜文字,强疾作句,則終不成詩,故不可敢喜敏捷。若得其趣向,而首尾相應,乃成一篇詩。然不可直以示人,熟吟誦之,可以練其風調也。然亦不可必至苦心,唯伸其志情,而因其興象,乃欲以使人感焉耳,非敢可以文詞驚人也。故子美之苦吟,亦非敢所以可慕也……此杜甫及賈島、孟郊之徒,終身太苦於詩者,則亦非學者之所以敢美也。②

① 廣瀨建《淡窗詩話》,《域外詩話珍本叢書》第七册,第558頁。
② 冢田虎《作詩質的》,《域外詩話珍本叢書》第六册,第18—20頁。

冢田大峰不喜杜甫,其原因首先在於不滿杜甫對待孔子及孔子之學的態度。其《作詩質的》云:"予有疑於杜甫。甫之詩有'孔丘盜蹠俱塵埃'句,以是觀之,其於詩也,雖名達也,其人則予不取也。若志於聖學之人,豈可忍以聖人與盜蹠並言乎哉? 見其詩文,而可知其爲人也。"①又《隨意録》卷二云:"杜子美詩云'小兒學問止《論語》,大兒結束隨商賈'。此以《論語》爲小兒之學何也? 其人之不志於經義,乃可以知也。"②

粗檢日本詩話中的杜甫研究,還涉及以下幾方面。

對於杜詩的"新奇"、"尖新"問題,久保善教云:

> 少陵詩猶有極尖新者。"緑垂風折筍,紅綻雨肥梅","感時花濺泪,恨別鳥驚心","翡翠鳴衣桁,蜻蜓立釣絲","石角鈎衣破,藤枝刺眼新","日兼春有暮,愁與醉無醒"之類,不可舉數也。由是視之,詩貴尖新,少陵既然,何獨晚唐之止耶?③

關於《早朝大明宫》優劣的問題。芥川丹丘《丹丘詩話》對於詩歌批評的態度也有很多精辟的見解。例如他主張評論他人作品的正確態度應該是"好而知其惡"、"惡而知其美",反對"毁譽過實"、"偏重一隅"。他認爲就王、岑、賈、杜的《早朝大明宫》而言,諸家評論中以唐仲言"蓋尺有所短,寸有所長,不當以一詩定優劣"之論"爲至也"。而黄維章"偏主杜,好而不知其惡者也",施愚山則"偏排杜,惡而不知其美者也,余所不取也"④。

---

① 冢田虎《作詩質的》,《域外詩話珍本叢書》第六册,第 18 頁。

② 冢田虎《隨意録》卷二,《日本儒林叢書》本,東京鳳出版 1978 年版,第 46 頁。

③ 久保善教《木石園詩話》,《域外詩話珍本叢書》第五册,第 638 頁。

④ 芥川丹丘《丹丘詩話》卷中,《域外詩話珍本叢書》第一册,第 298—306 頁。

關於李杜優劣問題，日本詩話中也有不少論述。如芥川丹丘《丹丘詩話》："余謂此論有益於詩學也。蓋才質異途，神用或别。子美不能爲太白之飄逸；太白不能爲子美之沉鬱。各學其性所近，亦詩道之快捷方式也。"①這裹的"子美不能爲太白之飄逸，太白不能爲子美之沉鬱"，是沿襲嚴羽《滄浪詩話》的原文。菊池桐孫説得更深刻：

> 少陵云："李、杜齊名真忝竊。"李、杜之並稱，至今炳如日月。誠齋云："誰把尤、楊語同日，不教李、杜獨齊名。"楊詩今孤行，而尤則殘缺無傳。詩人有幸不幸如此，豈非天乎。②

有的論及老杜的比體。如林義卿云：

> 後人動以拙手强作比體，殊不知唐人不好比體也。獨老杜時時有之，亦可觀者寡矣。且注者謂杜詩皆托物爲之，穿鑿附會，可以一笑。故又云：唐人賦興多而比少，惟杜詩時有之，如"寒花隱亂草，宿鳥擇深枝，獨鶴歸何晚，昏鴉已滿林"之類。然杜所以勝諸家，殊不在此，後人穿鑿附會，動輒笑端，余嘗謂千家注杜，類五臣注選，皆俚儒荒陋者也。③

有的論及老杜多樣風格不可學。如林義卿云：

> 後人學杜，徒學其拙者、陋者、巧者、僻者、險者、易者、粗

---

① 芥川丹丘《丹丘詩話》卷中，《域外詩話珍本叢書》第一册，第328頁。

② 菊池桐孫《五山堂詩話》卷二，《域外詩話珍本叢書》第二册，第494頁。

③ 林義卿《諸體詩則》卷上，《日本詩話叢書》第九卷，第171—172頁。

者、放者,宜乎其不能至也。故蘭溪云:杜七言律,通篇太抽者,"聞道雲安麯米春"之類;太粗者,"堂前撲棗任西鄰"之類;太險者,"城尖徑仄旌旆愁"之類。杜則可,學杜則不可。①

有的對杜詩中的字詞的解釋也有的見。如皆川淇園《淇園詩話》評杜甫《曲江對雨》詩之"林花著雨胭脂濕,水荇牽風翠帶長"中的"胭脂"、"翠帶"與下句"暫醉佳人錦瑟旁"在描寫美人("佳人")這個意義上是相關聯的。即使是對於杜甫某一首詩中的某個字詞或某一典故的解釋,日本詩話中亦有發前人所未發者。如關於杜甫《衡州送李大夫七丈勉赴廣州》中有"日月籠中鳥,乾坤水上萍"之句,安積澹泊《老圃詩脧》引《資治通鑑》云:

齊高帝擊沈攸之,劉善明謂高帝曰:"今六師齊奮,諸侯同舉,此籠中之鳥耳。"杜詩"日月籠中鳥"蓋用此語。而集注但云"人生奔馳,歲月如籠中之鳥,局促不得自由",姑録以此備參考。②

按:所引《通鑑》語在一百三十四卷。《南齊書・劉善明傳》《南史・劉善明傳》載此話同。明王嗣奭《杜臆》卷一〇注云:"日月照臨之下,而我爲籠中之鳥;乾坤覆載之内,而我同水上之萍,此垂老之飄零也。"楊倫《杜詩鏡銓》卷一九注云:"日月之長,但如籠鳥;乾坤之大,止作浮萍。二句即自述垂老飄零之狀。"均未引《資治通鑑》劉善明語以解此句者。

有的評論杜詩"詩史"本色,如太宰純云:

---

① 林義卿《諸體詩則》卷上,《日本詩話叢書》第九卷,第176—177頁。

② 安積澹泊《老圃詩脧》,《域外詩話珍本叢書》第五册,第353頁。

唐人作詩之多，莫如杜子美，次則白樂天是已。然子美好紀時事，所以有詩史之稱也。樂天亦好紀時事，而不及子美之雅馴，徒以常語矢口爲詩而已，雖多至千首萬首，亦何足觀哉？唯《長恨》《琵琶》二歌行較佳而已。子美雖稱詩聖，然終於此耳，一生更無他事業。①

有的是評論杜詩的用字技巧。如皆川願云：

盛唐諸人之詩，規模皆宏遠，而意思皆著實。譬猶廟廷宫懸金聲玉振，而餘韵無窮。如杜甫《秋興》："千家山郭静朝暉，日日高樓坐翠微。""日日"字，固雖爲下言"信宿漁人"作地者，然非規模宏遠，決不能下此二字。②

皆川願又云：

又一字之筋力，恒生一句之色，凡煉句皆然，此法少陵最工。③

東聚云：

少陵《從軍行》云："驅馬天雨雪，軍行入高山。徑危抱寒石，指落層冰間。"《漢書·匈奴傳》："高帝自將兵往擊之，會天大寒雨雪，卒之墮指者十二三。"少陵取此，改"墮"爲"落"，蓋其用字縱横，不泥舊套然。亦確乎有據，《魏書·盧昶傳》："諸

① 太宰純《詩論》，《域外詩話珍本叢書》第一册，第382—383頁。
② 皆川願《淇園詩話》，《域外詩話珍本叢書》第五册，第599頁。
③ 皆川願《淇園詩話》，《域外詩話珍本叢書》第五册，第614頁。

軍遇大寒雪,軍人凍死,及手足落者三分而二。"古人云,"杜詩無一字無來處",信矣!①

林瑜云:

杜少陵有"白鳥去邊明"之句,妙趣在於一"明"字。後人多襲蹈於此者,宋人鷺詩:"飛入白雲渾不辨,碧山横處忽分明。"真山民詩:"澗暗只聞泉滴瀝,山青賸見鷺分明。"金党懷英:"避人白鳥忽驚去,雙影飛翻明翠岑。"三作構意共同,唯党造句頗涉淺拙,最爲下等矣。②

有的是在評論杜詩的風格與手法,如皆川願云:

杜甫七言古詩,往往出奇語,以令其格頓高,如"偪側行中行路難,行澀如棘我貧無"。③

東聚云:

杜詩"一片花飛減却春,風翻萬點正愁人",十四字中含許多情。白香山《雨中憶元九詩》云:"天陰一日便堪愁,何況連宵雨不休。"事異而意同,善得托化之妙。④

有的評論杜詩的句法、字法,如林義卿云:

---

① 東聚《鉏雨亭隨筆》卷中,《域外詩話珍本叢書》第五册,第 114 頁。
② 林瑜《梧窗詩話》,《域外詩話珍本叢書》第七册,第 486—487 頁。
③ 皆川願《淇園詩話》,《域外詩話珍本叢書》第五册,第 622 頁。
④ 東聚《鉏雨亭隨筆》,《域外詩話珍本叢書》第五册,第 90—91 頁。

後世學杜者，以一字奇巧稱字眼，寄精神於此者久矣。不知老杜大家，古今衆體莫不有者。是此字眼，則六朝之纖巧，而盛唐諸公所無，老杜惟有之，亦詩中之一病。然杜而無之，何足爲杜，是亦所謂杜則可，學杜則不可者也……。故又云：盛唐句法渾涵如兩漢之詩，不要以一字求，至老杜而後，句中有奇字爲眼，才有此句法，便不渾涵。昔人謂石之有眼爲研(硯)之一病，余謂句中有眼爲詩之一病。如"地坼江帆隱，天清木葉聞"，故不如"地卑荒野大，天遠暮江遲"也。……此最詩家三昧，具眼能辨之。齊梁以至初唐，率用豔字爲眼，盛唐一洗，至杜乃有奇字。又云：老杜有字入化者，古今獨步。中有大奇巧處，然巧而不尖，奇而不詭，猶不失上乘。如"孤燈燃客夢，寒杵擣鄉愁"則尖矣。"流星透疏木，走月逆行雲"則詭矣。①

這段引文甚有價值，既論及對老杜詩的看法，也叙及日本學杜者一味追新的風氣，還指出煉字以成奇詭並非好詩。持相類看法的還有皆川願的《淇園詩話》，他認爲鍛煉字句不如鍛煉"興象"、"精神"重要：

鍛煉句字，人往往善言之。而及叩之以其所以鍛煉之故，則茫然莫辨。殊不知其所以必用鍛煉者，亦唯象與精神之故也。蓋凡作詩未成一語之先，必立以象，象立則精神寓焉。②

有的評論杜詩的正大之氣，如菊池洞孫《五山堂詩話》卷五云：

① 林義卿《諸體詩則》卷上，《日本詩話叢書》第九卷，第177—178頁。
② 皆川願《淇園詩話》，《域外詩話珍本叢書》第五册，第589—590頁。

> 詩人不可無正大之氣，乃如老杜忠憤憂國，一字一淚，此則無論已。下至韓、蘇、范、楊，義膽所出，詞氣峻嶒，讀之可以敦薄立懦矣。①

按，韓指韓愈，蘇指蘇軾，范指范成大，楊指楊萬里。

《五山堂詩話》卷四又云：

> 杜、韓、蘇，詩之如來也；范、楊、陸，詩之菩薩也。李近天仙，白近地仙，黄則稍落魔道矣。②

按，杜指杜甫，韓指韓愈，蘇指蘇軾，范指范成大，楊指楊萬里，陸指陸游，李指李白，白指白居易，黄指黄庭堅。

日本詩話非常重視杜詩詞語的注解，如《葛原詩話》卷一"不分"條云：

> "不分"有諸説，杜詩仇注：不分，不能分辨也。邵注：分，别也，言不能辨别也。此二家同。顧注：不分即不忿也，正是忿意。蕉中師《詩語解》：不忿，言不勝忿也。此二説同。東厓《秉燭談》：不分，謂不自知其分也。此别爲一説。《法苑珠林》引《冤魂志》云：晋丹陽陶繼之枉殺一妓，陶夜夢妓云：昔枉所殺，實所不分。此不分之詞與不勝忿之義似尤親。蕉中師曰："不分"，杜詩對"生憎"，分明不勝忿之義，謂不能分辨之解，謬也。③

---

① 菊池桐孫《五山堂詩話》，《日本詩話叢書》第十卷，第533頁。

② 菊池桐孫《五山堂詩話》，《日本詩話叢書》第十卷，第495頁。

③ 釋慈周《葛原詩話》，《域外詩話珍本叢書》第二册，第16—17頁。

對這些詞匯加以歸納解釋,在當時只是爲作詩而用,但站在學術史的立場上看,對於這些語辭的考釋是很有意義的。

關於杜詩的箋注,冢田虎《作詩質的》云:

> 杜子美詩:"玉帳分弓射虜營。"又《送嚴公入朝》詩:"空留玉帳術,愁殺錦城人。"又《送盧侍御》詩:"但促銅壺箭,休添玉帳旗。"宋張淏《雲谷雜記》云:"王洙注云:'玉帳,兵書也。'"後來增釋者不過曰"《唐藝文志》有《玉帳經》一卷"而已。按顔之推賦云:"守金城之湯池,轉絳宫之玉帳。"又袁卓賦云:"或王直使之遊宫,或居貴神之玉帳。"蓋玉帳,乃兵家厭勝之方位,謂主將於其方置軍帳,則堅不可犯,今謂此皆未審其據也。《抱朴子·外篇》云:"在大乙玉帳之中,不可攻也。"後人謂將軍曰玉帳,蓋原乎此焉歟?①

此辨"玉帳"之含義。

又如《鉏雨亭隨筆》卷上云:

> 《梁書·朱齡石傳》:"軍人緣河南岸牽百丈,有漂度北岸者。"《演繁露》:"劈竹爲辮,以索連貫爲牽具,名百丈。"杜甫詩"百丈誰家上瀨船",又云"銅瓶未失水,百丈有哀韵",此藉以名汲水之綆。鮑照詩"百丈不及泉",即此。木華《海賦》"候勁風,揭百尺,維長綃,掛帆席"。李善注:百尺,帆檣也。是百尺亦可入詩,未見用之者。②

又如林瑜《梧窗詩話》載:

---

① 冢田虎《作詩質的》,《域外詩話珍本叢書》第六册,第34—35頁。

② 東聚《鉏雨亭隨筆》,《域外詩話珍本叢書》第五册,第23頁。

詩或用"破"字,義猶過也。杜子美"二月已破三月來",沈佺期"别離頻破月",李商隱"新正未破剪刀閑",陸游"免歸又破六年閑","北齋孤坐破三更","萬里安西無夢到,却尋僧話破年光",韓奕"春事夢中三月破"皆是也。杜詩"讀書破萬卷",亦猶言"讀書過萬卷"耳。張遠説爲識破萬卷之理,仇滄注謂猶韋編三絶,蓋熟讀則卷易磨也。兩説共涉於鑿。

關於杜詩的韻律/詩格,長野確《松陰快談》卷三云:

古詩工於用韵者,莫如杜韓焉。杜詩長篇,或用一韵,短篇却屢换韵,千變萬化,可以見其出入縱横之才矣。①

杜詩用韵,不僅近體"晚節漸於詩律細",即其古體諸作,亦多講究,韵律多能結合詩歌内容與個人情緒,遂使形式與内容相得益彰,結合完美。

又如《鉏雨亭隨筆》卷上云:

《隨園詩話》:曹子建《美女篇》押二"難"字,謝康樂《述祖德詩》押二"人"字,阮公《詠懷》押二"歸"字。以故杜甫《飲中八仙歌》、香山《渭村退居》、昌黎《寄孟郊詩》,皆沿襲之。

余謂《飲中八仙歌》"船""眠""天""前"複韵,就中用三"前"字,此是少陵創意,自我作古,隨園引以爲證,未確。②

又如《詩格集成》言無韵詩例:

---

① 長野確《松陰快談》,《域外詩話珍本叢書》第五册,第 319 頁。

② 東聚《鉏雨亭隨筆》,《域外詩話珍本叢書》第五册,第 16—17 頁。

古詩有全不押韵者，如《採蓮曲》是也。《日知録》曰："詩以義爲主，音從之，必盡一韵無可用之字，然後旁通他韵，又不得於他韵，則寧無韵，苟其義之至當，而不可以他字易，則無韵不害。漢以來，往往有之。"杜詩："暮投石壕村，有吏夜捉人。"兩韵也，至當不可易，下句云："老翁逾垣走，老婦出門看。"則無韵矣。①

關於杜詩之格法，《詩格集成》論折腰句言：

七言，上三字下四字，"鳳凰樂奏鈞天曲"，"烏鵲橋過織女河"；或上五字下二字，"杖藜嘆世者誰子"，"中天月色好誰看"；或上二下五，"不貪夜識金銀氣，遠害朝看麋鹿遊"之類也。②

杜詩有以文爲詩現象，此之類也。

論及杜詩"吴體"者，《詩格集成》云：

老杜《愁》詩（自注：强戲爲吴體）："江草日日唤愁生，巫峽泠泠非世情。盤渦鷺浴底心性，獨樹花發自分明。十年戎馬暗萬國，異域賓客老孤城。渭水秦山得見否，人今罷病虎縱横。"……方虚谷曰："拗句之詩，老杜集七言詩中謂之吴體，杜詩七律一百五十九首，而此體凡十九出，不止句中拗一字，往往神出鬼没，雖拗字甚多，而骨體愈峻峭。"貫案：吴體即吴聲，與拗句自别。劉禹錫始製《竹枝詞》，其音協黄鐘羽末，如吴聲是也。不然，少陵豈下"强戲作"之字乎？故後之爲此調者，必

① 長山貫《詩格集成》，《域外詩話珍本叢書》第七册，第401—402頁。
② 長山貫《詩格集成》，《域外詩話珍本叢書》第七册，第427—428頁。

> 名題分異,猶竹枝也。李于鱗不解拗句吳調,評少陵曰:"憒焉自放。"①

此在杜甫,自稱吳體。趙按:杜詩原文作"泠泠",作"冷冷"誤。又長山之意,以吳體即吳聲,與拗句有别,屬樂府一類民間歌曲,有如劉禹錫之製《竹枝》,鮑照之題《吳歌》,而黄生曰:"皮陸集中亦有吳體詩,乃當時俚俗爲此體耳,詩流不屑效之。杜公篇什既衆,時出變調;凡集中拗律,皆屬此體。"又王觀國《學林》卷八《大刀》言:"鮑明遠諸集中亦有二篇,謂之吳體。蓋自雅頌不作,迄於魏晋南北朝以來,浮靡愈甚,始有爲此態者;悉取閭閻鄙媟之語,比類而爲之。"觀斯二語,則知長山之言,亦確乎有據,惟此一體,經由杜甫之手,遂能與昔日民歌判然分途,句式整齊,音律悉舊,而境界開闊,内容迥異,襲自吳曲而變其軟靡,融之以律而又易其平熟,後之黄庭堅踵此精進,是尤能以此體成家者也,觀其《寄黄幾復》《題落星寺》諸詩可知矣。

論及杜甫思想,如冢田虎《作詩質的》云:

> 楊升庵曰:"杜子美云:'讀書破萬卷,下筆如有神。'此子美自言其所得也。讀書雖不爲作詩設,然胸中有萬卷書,則筆下自無一點塵矣。"是亦然矣。然予有疑於杜甫,甫之詩,有"孔丘盜蹠俱塵埃"句,以是觀之,其於詩也,雖名達也,其人則予不取也。若志於聖學之人,豈可忍以聖人與盜蹠並言乎哉?見其詩文,而可知其爲人也,則我黨之人,雖一言一句也,可不輕易也。②

---

① 長山貫《詩格集成》,《域外詩話珍本叢書》第七册,第427—428頁。

② 冢田虎《作詩質的》,《域外詩話珍本叢書》第六册,第18頁。

冢田虎對杜甫的"罵聖"持否定態度。

又《鉏雨亭隨筆》卷上云：

> 王伯厚曰："杜詩'初月出不高，衆星尚争光'，謂肅宗初立，盜賊未息也。"按曹子建《贈徐幹詩》："圓景光未滿，衆星燦以繁。"張銑注："圓景，月也，喻道不明也。衆星，喻群小邪人也。"杜句祖此，"尚"字着眼。①

指出解杜詩者勿穿鑿附會，勿以杜甫之醇儒，語語必及君上，花鳥星月皆有所指，是太過穿鑿，而玄宗、肅宗之際，杜詩語有微辭，然其規諷之旨，一出於忠君愛上之心，杜甫之戀闕，奔赴行在，皆有案可稽，必盜賊、肅宗並言，謂其與日争光而語無褒貶，以此推原杜詩之旨，亦不免有失。

三、中國詩話對日本詩話的直接影響

在具體的詩歌作法方面，日本的詩話遵循了漢詩的基本規則，具有"詩格化"與"小學化"的特徵。日本詩話中以"詩格"、"詩法"、"詩則"、"詩範"、"詩訣"命名者頗多，正體現了這一特色。模仿之外則多有辨證。以日本第一部詩話爲例，虎關師錬在《濟北詩話》中既有對宋人詩學的繼承，也有駁難和辨證。這在日本詩話中幾乎可以形成一個特色。如《濟北詩話》模仿《六一詩話》，更直接的是，在中國詩話中成爲話題的唐詩名篇、杜詩名篇也成了日本詩話議論的内容。

元代趙汸《杜工部五言趙注》、清代顧宸《辟疆園杜詩注解》以及黄生《杜詩説》等都對杜甫《夜宴左氏莊》推賞有加。津阪孝綽

---

① 東聚《鉏雨亭隨筆》，《域外詩話珍本叢書》第五册，第48頁。趙按："幹"字，原作"翰"，疑誤。

《夜航詩話》卷一亦云:

> 辟頭便言"風林纖月落",奇峭甚,後幾不可繼,況夜宴失月,詩料掃地,尤難於着筆,而奇思自在,銜口出來,局勢容與,遊刃有餘。如暗水春星一聯("暗水流花徑,春星帶草堂"),則真向造化窟裏奪將來。且暗水傾耳而聽,春星張目以觀,一俯一仰,乍暗乍明,開闔起伏,錯綜變化,不可方物矣。①

宋劉辰翁《集千家批點杜工部集》卷一五評杜甫《秋興八首》云:"八詩大體沉雄富麗,哀傷無限。盡在言外,故自不厭,唯是小家數乃不可仿佛耳。"津阪孝綽《夜航詩話》卷五云:

> 老杜《秋興八首》,長安夔府,昔事今況,晝夜陰晴,俯仰行坐,情景互叙,悲歡交集。意旨詞采,未嘗犯重,錯綜變化,不可端倪。調劑停匀之妙,尤見良工苦心,所以爲千古絶作也。②

又卷四云:

> 少陵《秋興八首》……首尾部置,有起有結,每章各有主意,或賦景,或寫情,錯綜變化,用正用奇,不可方物也。③

又如廣瀨淡窗《淡窗詩話》卷上評杜甫《秋興八首》其七之"關塞極天唯鳥道,江湖滿地一漁翁"一聯云:"少陵之'關塞極天唯鳥道'二句,明人謂之妙結。以予所見,此二句斷然無味,至結末計窮,而

---

① 津阪孝綽《夜航詩話》,《日本詩話叢書》第三卷,第 253 頁。
② 津阪孝綽《夜航詩話》,《日本詩話叢書》第三卷,第 485 頁。
③ 津阪孝綽《夜航詩話》,《日本詩話叢書》第三卷,第 385 頁。

以對結掩飾者也，全是英雄欺人手段也。少陵計窮時必用對句，猶如太白歌行而雜以長語也。”

有的專論“吴體”，如日尾約、長山貫等。關於吴體，出自杜甫《愁》詩自注：“强戲爲吴體。”其後晚唐皮日休也仿杜甫作過“吴體”詩。對於何爲吴體，從古至今，議論甚多。宋人開始辨析，並仿作所謂“拗體”詩。至金元時期，方回《瀛奎律髓》以“拗體”稱之，遂幾成定論。至清代，又陸續有人質疑“吴體”爲“拗體”説，相繼提出“吴均體”説、“俗體説”等。對古人的這些看法，今人各有所主，並有學者提出新的“齊梁説”①，“吴地民間詩體説”②，“吴方言諧詞説”③等。日本詩論家也有關注，其主要説法有兩種。其一是持方回的“拗體”説：

> 七言律“拗體”，有平仄一定者，有不一定者。不一定者，謂之“吴體”。諸家集中皆有之，而題稱“吴體”者，少陵《愁》詩自注：“强戲爲吴體。”……皮日休《獨夜有懷因作吴體》……陸龜蒙《新秋月夕客有自遠相尋者作吴體以贈》……陸務觀《吴體寄張季長》……凡“吴體”篇中一二句，雖偶有律調，大抵無與古詩異。但中間四句必用對偶，無韵句第七字必用仄聲，此獨不失律詩本色。又有一篇半用此體者，少陵《望嶽》：“西嶽峻嶒竦處尊（原注：律調），諸峰羅立如兒孫。安得仙人九節杖，拄到玉女洗頭盆（原注：三句吴體）……”④

---

① 鄺健行《吴體與齊梁體》，《杜甫新議集》，臺北萬卷樓2004年版，第193—214頁。

② 郭紹虞《論吴體》，《照隅室古典文學論集》下，上海古籍出版社1983年版，第455—459頁。

③ 王輝斌《杜詩“吴體”探論》，《太原師範學院學報》2009年第5期。

④ 日尾約《詩格刊誤》卷一下，《日本詩話叢書》第三卷，第478—480頁。

作者相繼舉出了杜甫的"吴體"及晚唐至宋如皮日休、陸龜蒙、陸游等人的"吴體"詩,其中晚唐皮、陸二人所作當與杜甫的"吴體"一樣,係偶用吴地民間方言形成諧趣的真"吴體詩"。而陸游的"吴體",實際上是宋人在不明白唐代吴地方言的前提下,模仿杜詩而作的假"吴體"詩。而真"吴體"之所謂"拗體"與真正的"拗體"並非一等一的關係,所以郭紹虞説:"'拗體'可該'吴體','吴體'不可該'拗體'。"①對此,日尾約也有同樣看法。他説"所謂吴體不可與他拗句混"②,即含此義。值得注意的是,日尾約發現這一問題要早於郭紹虞。

除了日尾約以外,長山貫是另一個關注"吴體"且有卓見的詩話家。他最早提出了"吴體"應是"吴聲"的看法,比日尾約僅發現"吴體"之"拗句"與其他"拗體"不同要更進一步,也比當代學者論及此義者要早。他説:

> 老杜《愁》詩自注:"强戲爲吴體。"……皮日休《獨夜有懷因作吴體》……方虚谷曰:"拗句之詩,老杜集七言詩中謂之吴體。杜詩七律一百五十九首,而此體凡十九出,不止句中拗一字,往往神出鬼没,雖拗字甚多,而骨骼愈峻峭。"
>
> 貫案:吴體即吴聲,與拗句自别。劉禹錫始製《竹枝詞》,其音協黄鐘羽末,如吴聲是也。不然,少陵豈下强戲作之字乎?故後之爲此調者,必名題分異,猶《竹枝》也。李于鱗不解拗句吴調,評少陵曰憤焉自放,可亦笑。③

長山貫批評前人"拗體説"的説法很有力,抓住了杜甫自注的"强

---

① 郭紹虞《論吴體》,《照隅室古典文學論集》下,第455頁。

② 日尾約《詩格刊誤》卷下,《日本詩話叢書》第三卷,第484頁。

③ 長山貫《詩格集成》卷一,《日本詩話叢書》第三卷,第411—412頁。

戲”二字，認爲如係“拗體”，何以用“强戲”二字呢？他以劉禹錫《竹枝詞》爲例，説明吴地素有民間歌曲，所謂“吴體”，即採用了吴地民間特有的“吴聲”。只不過後人不解“吴聲”之讀音，故以爲其不合律，是“拗句”、“拗體”而已。這一説法，也甚有道理。

日本學者船津富彦在《中國詩話研究》中通過比較中國詩話，指出日本詩話在體制和内容上有如下特點：

> 首先，詩話各則内容是獨立的，相互之間缺乏連貫性。第二，它没有就某個一致的話題跟其他詩話作家之間進行討論，也就是説，問題的提出過於分散，而且没有深入探討的空間。例外的是，對於荻生徂徠思想的批判倒是多個方面展開了。第三，由於是文化後進國的原因，詩話中入門類的作品太多。這種情况自平安朝以來一直持續到現在。另外，關於漢詩詞語解釋的内容，日本詩話中太多。第四，中國詩話中有按時代、地域和作家類别寫作的體例，日本詩話中却没有。這大約是因爲日本的漢詩作家人數不多、不廣泛的緣故。最後，以日文寫作的詩話太多，在類别上不大容易與日文的隨筆相區别。①

可謂全面而具體。

另外，日本人編的一些别集中也有談杜、論杜的言論，雖隻言片語，亦有灼見。如松村梅岡爲六如上人編的《六如庵詩鈔》總結六如上人的詩學淵源時説：“根柢老杜，輔以香山、渭南、蘇、黄、范、楊，下自青丘、天池、唐解元、袁石公，至於錢牧齋、程松圓，苟名其家者，無不摘取。”②按：六如上人（1734—1801），法號慈周，是天臺

---

① 船津富彦《中國詩話研究》，八雲書房 1977 年版，第 235—236 頁。

② 《六如上人詩集叙》，富士川英郎ほか《詩集・日本漢詩》第 8 卷，第 5 頁。

宗的學問僧。其詩作收録於《六如庵詩鈔》,分前編、後編、遺稿,共一千七百多首,是詩風革新的先驅,關西詩壇的重鎮,對江户後期最具代表性的詩人菅茶山的影響尤鉅①,這不能不説得益於他"根柢老杜"的努力。而菅茶山爲人們樂道的還有他與友人分杜詩成句而爲韵的詩作:《人日與諸子分"勝裹金花巧耐寒"句爲韵得"巧"字》(《黄葉夕陽村舍詩》),便是以杜甫《人日二首》其二"勝裹金花巧耐寒"句爲韵得"巧"字而賦成的七言律詩。

第四節　十九世紀後半期至二十世紀前半期的杜甫研究

前一時期日本對杜甫的關注,大都集中在杜詩選本、杜甫律詩上,已見前文。到了十九世紀後半期,這種情況則有所改變,杜甫研究出現了多樣化局面,並出版了較有代表性的著作②。

一、評點類著述

這個時期的日本學者還在沿襲摘録諸家評語、時加己見的評點方式。如近藤元粹的《精選杜工部詩集》③,全六册。近藤元粹

---

① 菅茶山(1784—1827),先有志於醫學,從和田東郭習醫。後入那波魯堂下門下,改學儒學,並加盟片山北海在大阪創立的混沌詩社,與古賀精里、賴春水、尾藤二洲等互有唱和。

② 趙按:這一部分内容,吸納了日本九州大學静永健教授的研究成果。

③ 近藤元粹《精選杜工部詩集》,大阪青木嵩山堂 1897 年初版,東京文永堂 1920 年改裝三册再刊。近藤元粹(1850—1922),字純叔,號南洲、螢雪軒、猶學等。生於伊豫(今愛媛縣),曾師事芳野金陵。他曾刊刻多種漢文著作,除《精選杜工部詩集》,還陸續編輯出版《陶淵明集》《王右丞詩集》《柳柳州詩集》《韋應物集》《孟襄陽詩集》《李太白詩集》《白樂天詩集》等。(轉下頁)

還以西洋式活鉛字翻刻唐宋詩醇的杜甫集六卷,並摘録諸家對各首詩的批評,又加上他的題頭注。這是日本杜甫詩集的最早活字版。後來,近藤元粹選評了《杜工部詩醇》,分六卷。日本有多種版本。日本明治三十八年(1905)大阪嵩山堂刻本,三册。此後又在明治四十年、四十一年、大正二年(1913)、九年重印。此書前有明治三十年作者所撰《緒言》、兩《唐書》杜甫本傳、元稹撰杜甫墓志銘。每卷單列目録,詩次先古體後近體,選詩計 657 首。詩旁加圓點,半頁十行,行二十字。諸家評語置於詩後和欄上,詩後諸家評語均低一格,題下注小字雙行。此書所引諸家評語甚廣,如趙汸、邵寶、張綖、王嗣奭、錢謙益、朱鶴齡、盧元昌、張遠、顧宸、黄生、朱瀚、盧世㴶、申涵光、仇兆鰲、浦起龍、楊倫等人均見引録,而於《唐宋詩醇》、五家評本、沈德潛《杜詩偶評》等引用尤多。作者似未見《杜臆》與《説杜》,故所引王嗣奭、申涵光語,多同於仇注與《鏡銓》,引張綖、楊慎、徐增等人評語,似亦據仇注引録。因收録諸家評語甚多,有的未見原書,出現錯訛混淆之處也屬難免,如《奉贈韋左丞丈二十二韵》,則將仇注分段誤爲"范云"。有的引文則不注姓氏與出處,如《玄都壇歌寄元逸人》釋"王母"曰:"案:王母,鳥名。其尾五色,長二三丈許,飛則翩翻如旗狀。"似是作者按語,實則抄自仇注所引杜修可與王椿齡注語。他認爲,李唐三百年中,"其集大成者,獨推杜少陵",這是他評點杜詩的原因。

(接上頁)近藤元粹、久保天隨、井口駒北堂等人開創了中國研究的"注釋時代",由這樣的對别集的評解出發,産生出作家論形式研究,乃是必然的趨勢(參《吉川幸次郎全集》第 17 卷,第 392 頁)。他有關中國文化的著述還有:《十八史略字引》《改定律例合卷注釋字解》《文章規範字解》《新撰文語粹金》《評點今古名家詩文》等等,有 78 種之多。具體參見李慶《日本漢學史》第一部,上海人民出版社 2010 年版,第 451—453 頁。

二、譯注類著述

在引進西方的研究方法、開拓研究思路的同時,對包括杜詩在內的中國古代文學作品的翻譯、注釋、評論也在逐步展開,這一形式我們歸結爲譯注式。這一類著述,在這一時期出現了不少,如《李杜譯釋》、《杜少陵詩集》(全譯)、《杜詩譯注》、《杜詩鑒賞》等,極便於杜詩在日本的傳播。

久保天隨(1875—1935),名得二,號天隨,又號青琴。生於東京。1899年畢業於東京帝國大學的漢學科。曾從森槐南學。以評論、隨筆活躍於文壇。1920年爲宮内省圖書編修官,1923年爲大東文化學院教授。又從事中國文學的研究和翻譯。與中國學者董康、張元濟有交往。1929年爲當時日本統治下的臺北帝國大學教授。1927年,以《西廂記研究》獲文學博士學位。他是日本中國戲曲研究的先驅者,主要著作有《中國文學史》(東京人文出版社,1903年)、《朝鮮史》(博文館,1904年)、《日本儒學史》(博文館《帝國百科全書》本,1904年)、《近世儒學史》(博文館,1904年)、《中國戲曲研究》(弘道館,1928年,後改爲《中國文學史》)等。在國民文庫的全譯叢書《續國譯漢文大成》中,譯有《李太白詩集》(1928年)、《韓退之詩集》(1928—1929年)、《高青丘詩集》(1930年)。另外,譯有《韓非子》《荀子》《孟子》《莊子》《古文真寶》《文章規範》《水滸傳》等。1935年卒於臺北。所藏書,現在臺灣大學設有"久保文庫"。

所撰《李杜譯釋》①,分析評論杜詩《悲陳陶》、《悲青阪》、《北征》、《江畔獨步尋花》、《贈花卿》、《登樓》、《諸將五首》、《秋興八首》、《絶句》(兩個黄鸝鳴翠柳)、《江南逢李龜年》、《昔遊》、《壯遊》、《登岳陽樓》等30首。另外,久保天隨有《西井松濤(倉吉)七十壽詞集杜四句》云:"人生七十古來稀,回首風塵甘息機。白日放

① 久保天隨《李杜譯釋》,隆文館1908年版。

歌須縱酒，斬新花蕊未應飛。”（《秋碧吟廬詩鈔》乙籤）可見他對杜詩已是相當熟悉：“人生七十古來稀”，出自《曲江二首》其二；“回首風塵甘息機”，出自《將赴成都草堂途中有作先寄嚴鄭公五首》其五；“白日放歌須縱酒”，出自《聞官軍收河南河北》；“斬新花蘂未應飛”，出自《三絶句》其一。久保天隨還有《用杜少陵〈遊何將軍山林十首〉韵》（《秋碧吟廬詩鈔》甲籤）的組詩。

鈴木虎雄①，因祖、父兩輩均通漢學，開設私塾，自幼受家學熏陶，打下經史基礎。後就讀於東京府尋常中學、第一高等學校、東京大學文科大學漢學科，經受現代大學教育的培養，具有與胡適、魯迅輩相近的古今貫通的知識背景。又與中國學者陳寶琛、李盛鐸、沈曾植、況周頤、董康、羅振玉、王國維等有交往。東京帝國大學漢文科畢業後任職於東京新聞社和臺灣日日新聞社，又執教於東京師範學校，1904 年受聘於京都帝國大學，任文科大學文學科中國哲學文學講座副教授，直到 1938 年以教授退休。他是日本學士院會員，文化功勞者、文化勛章獲得者②，吉川幸次郎是其後學之一。其研究範圍廣泛，從《詩經》、《楚辭》、《文選》、《文心雕龍》、杜詩、白居易詩，一直到詞曲、駢文、八股文和戲劇小説，都有建樹。其著作有：《漢詩評釋》（與桂湖村合著，東京早稻田大學，1907 年），《中國詩論史》（弘文堂，1925 年），是當時具有劃時代意義的批評史專著。另著有《中國文學研究》（弘文堂，1925 年初版，1967 年再版）、《業間録》（弘文堂，1928 年）、《賦史大要》（富山房，1936 年）、《駢文史序説》（京都大學文學部，1961 年）、《鈴木文臺先生

---

① 鈴木虎雄（1878—1963），號豹軒、藥房。生於新瀉。與當時中國知名學者多有交往。祖父鈴木文臺、父親鈴木惕軒都是當時著名的漢學家，特别是鈴木文臺博通群籍，著述極豐，有《鈴木文臺先生遺書》等。

② 值得注意的是，1906 年 9 月，京都大學成立文科大學，開設中國哲學課程。至 1908 年又設文學科，開設中國語學中國文學講座，鈴木虎雄便主講“李杜韓白詩論”、“中國詩論史”。

年譜略》(自印本,1929 年印行)等著作,奠定其一代宗師的地位。又纂譯《白樂天詩解》(弘文堂,1927 年)、《禹域戰亂詩解》(弘文堂,1945 年)、《陶淵明詩解》(弘文堂,1948 年)、《陸放翁詩解》(弘文堂,1950—1954 年)、《玉臺新咏集》(岩波書店,1953—1956 年)、《李長吉歌詩集》(岩波書店,1961 年)等。創作有《豹軒詩鈔》(弘文堂書房,1938 年)、《中國戰亂詩》(筑摩書書,1968 年)、《豹軒退休集》(弘文堂,1956 年)等等。五十歲時,在深入研究的基礎上完成《杜少陵詩集》譯注,風格古雅,至今仍有參考價值。後著述《杜甫全詩集》(日本図書センター 1978 年)、《杜詩》(岩波文庫 1963—1966 年,復刊 1989、2006 年)。

《杜少陵詩集》收入由國民文庫刊行會編譯的叢書《續國譯漢文大成》文學部第四卷至第七卷①。此書全四册,是近代日本唯一的杜甫詩全譯全述,至今仍是日本的最完備的杜詩譯本。這一譯書以仇兆鰲《杜詩詳注》爲底本,並在全四册第一卷末附有作者《杜少陵詩集總説》。因該書的通釋、語釋均爲文言,岩波書店請黑川洋一以現代口語文體修訂爲八册,在 1963—1966 年間出版。第二、第三、第八卷末還附有小川環樹的解説和跋文②,但修訂版因文

① 鈴木虎雄譯《杜少陵詩集》,國民文庫刊行會 1928—1931 年出版,1978 年以《杜甫詩全集》四卷再版發行。

② 小川環樹(1910—1993),著名的中國古典文學研究者,長期擔任京都大學中國文學教授,專攻中國小説史、唐宋詩文及音韵學,其一生發表出版之著述,逝後集爲《小川環樹著作集》(共五卷,筑摩書房 1997 年版)。他出生於學術世家,父親小川琢治(1870—1941),爲地質地理學家,京都帝國大學教授,學士院會員。長兄小川芳樹(1902—1959),專攻金屬工學,東京帝國大學教授。次兄貝冢茂樹(1904—1987) 爲著名的中國歷史學家,京都大學教授,在甲骨文字整理研究和中國古代史研究等領域成就斐然。三兄湯川秀樹(1907—1981)是理論物理學家,名氣最大。先後任京都大學、東京大學、普林斯頓高等研究所和哥倫比亞大學教授,1949 年獲得諾貝爾物理學獎,成爲日本諾獎第一人。小川自幼隨祖父學習漢籍,19 歲入京都帝國大學中(轉下頁)

庫版面限制,未能收全部杜詩,只限於《唐宋詩醇》的540首。鈴木虎雄的貢獻是巨大的,他繼承了日本漢學研究的傳統方法,又有新的理論性的開拓。吉川幸次郎在《繼承與開創——鈴木虎雄先生的學術業績》中説:“哺育先生成長的日本儒學傳統,並不一定以文學爲尊嚴,先生則是於其中有所出,同時又不離開其根本立場。”“先生認爲,可以爲友的前代作家,當首推杜甫……在課外只要談到杜甫,先生説話便立即熱烈起來。先生在擔任京大教授期間,總是顧慮講義會有偏頗,因而使用多方面的講義,由弘文堂出版的《白樂天詩解》即爲先生有關杜甫的講義的副産品之一。”①鈴木虎雄先生不僅是一位杰出而淵博的學者,而且是一位優秀和多産的漢詩詩人。從鈴木虎雄的漢詩創作中也可見他推崇杜甫及對杜詩的透徹理解:“杜老生涯辛苦中,卜居錦水復西東。船窗釋到巴間卷,客泪數行下西風。”“老杜文章日月光,經綸比興各擅場。千年枉托鍾期後,却學朱家經解方。”“理氣細微穿道體,疏箋牽强失詩精。誠心正意培根本,須賴真詩養性情。”(《杜詩譯解成書後二首》)總之,鈴木虎雄被譽爲日本近代中國古典文學研究開拓者。其貢獻還在於培養出了吉川幸次郎等著名漢學家。

又有漆山又四郎(1873—1948),號天童。他對中國文學、日本文學(江户文學)、書志學都有很深造詣,並編纂小説家幸田露伴

(接上頁)國語中國文學科,受教於著名學者鈴木虎雄、倉石武四郎等。1934年4月,赴北京留學,成爲北京大學和中國大學的旁聽生。在北京,他聽過魏建功、吴承仕、孫人和、錢玄同等名家的課,也得到過語言學家羅常培的知遇之恩。留學中國的第二年,隨目加田往江南旅遊,兩人到南京拜訪趙元任先生,又經郁達夫介紹,在内山書店拜會了魯迅。1936年4月回國。先後在大谷大學、東北帝國大學任教。1950年起,回到京都大學擔任教授,直到1974年。在京都大學退休後,又轉任私立京都産業大學教授至1981年。

① 轉引自鈴木虎雄著,許總譯《中國詩論史》,廣西人民出版社1989年版,第244頁。

(1867—1947)的《露伴全集》。又有《唐詩選譯注》(1931年)、《李太白詩選譯注》(1932—1933年,幸田露伴校閲)、《李長吉詩集》(1933年)、《三體詩譯注》(1936年)、《遊仙窟》(1949年)等唐詩文譯注册。又有《杜詩譯注》[1],全四册,是以《唐宋詩醇》爲底本的譯注。

細貝香塘,二十世紀初期活躍的漢詩人,本名泉吉,著有《詩體研究與唐朝詩壇》(秋豐園出版部,1939年)、《漢詩絶句作例百講》(立命館出版部,1935年)、《漢詩作法講座》(秋豐園出版部,1938年)、《唐詩鑒賞》(秋豐園出版部,1939年)和《杜詩鑒賞》。《杜詩鑒賞》由帝國教育會1929年出版,1939年由秋豐園出版部再版。選取杜甫五律49首,加以譯注賞析。

很明顯,明治時期是日本歷史上極爲重要的時期,西學東漸,門户大開,開拓了日本學者的視野,使他們從東西方視角,審視自己的研究對象,氣象自然闊大,即便是對杜詩的翻譯、注釋,也能顯出這一氣象。

三、傳記類著述

側重於杜甫生平研究的學者們,多是飽學之士,學貫東西,如笹川臨風[2],是歷史學者、評論家、詩人,對中國文學造詣很深,著有《中國小説戲曲小史》(東華堂,1897年)、《中國文學史》(作爲帝國百科文庫的一種,1898年由博文堂出版),他與藤田豐八[3]、大町

---

① 漆山又四郎《杜詩譯注》,岩波書店1929年版。

② 笹川臨風(1870—1949),生於東京。父親是日本内務省官員,幼隨父到大阪。1893年進東京帝國大學文科大學。1924年以《東山時代的美術》獲得文學博士學位。曾爲東洋大學、駒澤大學教授。

③ 藤田豐八(1869—1929),日本德島縣人,日本東洋史學家、南海史西域史學家。1895年東京大學文科漢語專業畢業後,在早稻田大學、東洋大學執教。1896年與人合辦東亞學院,同時創刊《江湖文學》。1897年《江湖文學》停刊,遂發行《中國文學史》《先秦文學》。後著有《中國文學大(轉下頁)

芳衛、白河次郎、田岡佐代治等共同編輯《中國文學大綱》(全十五卷),並任第九卷《杜甫》執筆人。這是明治維新以後近代日本最初的杜甫研究著作,采用西洋史學方法寫成杜甫傳記(1899年),其目次如下:卷首杜少陵年譜。第一章,杜甫與時勢。第二章,杜甫的少年時代。第三章,杜甫的失意。第四章,杜甫與國難。第五章,杜甫的落魄。第六章,杜甫與嚴武。第七章,杜甫的晚年。第八章,杜甫與忠君。第九章,杜甫與家庭。第十章,杜甫的詩。第十一章,杜甫與李白。第十二章,杜甫與盛唐詩人。

齋藤勇(1887—1982),生於福島。東京帝國大學英文科畢業。文學博士。東京大學教授,曾任東京女子大學校長。是英詩研究權威。著有《齋藤勇著作集》(全七卷、别集一卷,研究社出版)。在最終第十六章《與西洋文學的比較》中,發揮了作者研究西洋文學的特長,頗多創見。撰有《杜甫》①,書前有序言,全書分十六章:一、不遇之人。二、忠君愛國志士。三、飄泊詩人。四、成都草堂。五、梓州、閬州以及成都。六、在夔州二年詩作圓熟多産。七、懷古與追憶。八、秋天裹的詩人——《秋興八首》。九、《秋日夔府咏懷一百韵》。十、出峽與客死。十一、"乾坤一腐儒"。十二、"文章千古事"。十三、杜甫的詩論。十四、杜詩之難解。十五、關於應酬贈答詩:(1)應酬贈答詩,(2)戀愛與友情,(3)固有名詞的插入。十六、與西洋文學的比較:(1)泥醉,(2)悲哀的净化,(3)光明。書後附有杜甫年譜和有關杜甫行踪圖以及杜甫詩集、杜詩評論的簡介。該書介紹了杜甫生平及有關詩作,全面而平實,特别是對杜甫的夔州詩給予很高評價,是符合杜詩創作實

(接上頁)綱》。同年應清朝人羅振玉所辦上海農學報館之聘,赴上海於《回報》雜志執筆,清末至民國在中國工作長達17年。與羅振玉、王國維等有密切交往。

① 齋藤勇《杜甫》,研究社1946年初版,1955年再版。

際的。

四、研究類著述

明治末期漢詩壇主要代表人物森槐南①,他以文人的身份來研究漢詩和中國文學,他對中國古詩,包括杜詩的評述就鞭辟入裏,學術性强,確有精到之處。他在杜甫研究中的主要貢獻是《杜詩講義》。他去世後,門人故舊將他講述的記録加以整理,由森川竹溪校訂,由文會堂於 1912 年出版,分上、中、下三卷。1993 年平凡社將該書下卷分作兩册,共四册,作爲《東洋文庫》叢書之一出版。松岡秀明在該書的《解説》中認爲該書的意義有四:一、它是明治時期日本人接受杜詩情況的珍貴資料,即使就入門書而言,也是高水

① 森槐南(1863—1911),名大來,字公泰,通稱泰二郎,槐南是號。尾張一宫人(今屬名古屋),生於名古屋,是著名漢詩人森春濤之子。初從乃父學詩。又從當時在名古屋的中國人金嘉穗學漢學。1899 年被任命爲東京帝國大學講師,主講中國詩學、詞曲等。1911 年被授予博士學位。他的主要著作有《槐南集》《槐南遺稿》等。有關中國古典文學研究的著作有《唐詩選評釋》《杜詩講義》《李(白)詩講義》《李義山詩講義》《韓昌黎詩講義》《作詩法講話》《中國詩學概説》等,"此乃舊日漢學的集成,至今仍有意義"(《吉川幸次郎全集》第 17 卷,第 389 頁)。父子二人對杜詩的熱愛,還表現在分杜詩成句爲韵賦詩、次韵詩上,如森春濤(1819—1889)《又以"遠鷗浮水静,輕燕受風斜"爲韵賦十首》(《春濤詩鈔》卷一四),以杜甫《春歸》中名聯"遠鷗浮水静,輕燕受風斜"爲韵而賦五言律詩十首;《德川精廬公子穆如閣雅集賦得"春寒花較遲"以題爲韵五首》(《春濤詩鈔》卷一五),以杜甫《人日二首》其一名句"春寒花較遲"爲韵而賦七言絶句五首。也有"次韵"杜詩的情況,如他的《〈八月十四日大風〉用老杜〈茅屋爲秋風所破歌〉韵》(《春濤詩鈔》卷二),《〈秋野〉五首用老杜韵》(《春濤詩鈔》卷二)。如森槐南《志賀矧川熏昂招飲以鮮鯉魚下酒賦謝用少陵〈看打魚〉韵》(《槐南集》卷二〇),即用杜甫《觀打魚歌》韵;《樂會諸子泛舟墨水舟中用杜陵"風雨看舟前落花新句"韵》(《槐南集》卷二五),即用杜甫《風雨看舟前落花戲爲新句》詩題韵;《醉中放言用杜韵》(《槐南集》卷二五)。他還有《效少陵〈曲江〉詩體》(《槐南集》卷二)。

平的。二、由於講者是漢詩人，聽者是漢詩作者，就能從不同於研究者與鑒賞者的視角來看杜詩，措辭、造句、連作等，哪點可學，哪點不可學，何處爲優，何處更妙，都一一點明。三、選詩數 332 首，是杜詩、唐詩選本選詩數量上的範本。四，在杜詩的解釋與研究上，至今仍有參考價值。吉川幸次郎博士退休後全力作《杜甫詩注》（全二十册，趙案：此注吉川生前未完成），《杜詩講義》是其重要的參考書，與宋人的注釋書並列，多有引用。

森槐南有仕宦經歷，又有豐富的漢詩創作經驗，他的杜詩研究便有獨到之處。此講義是以清人沈德潛《杜詩偶評》爲依據，在順序上，針對日本受衆，則先易後難，將五律短詩置前，古體長詩置後。在講解内容上，重點將杜甫放在中國詩歌發展的長河中，予以多方面的新認識，對“詩聖”、杜詩的忠君愛國的闡釋有所淡化，對宋人解杜的牽强附會和道學的解釋，持否定態度。總之，他對已有的諸家之説，也不盲從，敢於堅持己見，有的地方則直接否定沈德潛的看法。

德富蘇峰的《杜甫與彌爾敦》則屬於比較研究。德富蘇峰是評論家、歷史學家、新聞社總編輯①。他創立民友社，提倡平民主義，有專著《日本的將來》（1886）、《大正青年與帝國前途》（1916）、《世界的變局》，並費時 30 年完成《近世日本國民史》一百卷。針對以白人爲中心的國際社會，强調打破“白閥”，晚年以“頑蘇”自號，

---

① 德富蘇峰（1863—1957），本名德富猪一郎，是繼福澤諭吉之後日本近代第二大思想家，他經歷幕末、明治、大正、昭和時期，是日本右翼思想家典型，其思想是近代日本思想史的折射，當今日本右翼思潮和政界的思維與其思想一脈相承。出身於肥後國的葦北郡，其父是德富一敬，當時熊本市的一名紡織業商人。1873 年遷居熊本城東郊大江村，入村塾就讀，1875 年轉入熊本洋學堂，1876 年，蘇峰離開家鄉，到東京英語學校學習，其間，著名開國論者、幕末偷渡美國的新島襄是其洗禮教師。京都同志會報刊雜志《朝野新聞》《大阪新聞》等對他的影響也不小。

並成爲軍國主義的鼓吹者。尚著有兩部遊記:《七十八日遊記》和《中國漫遊記》。他的《杜甫與彌爾敦》①,出版時署名德富猪一郎,1949 年由實雲舍以《世界兩大詩人》再版。全書共分十四章。第一章爲總論,分四節:一、新聞記者眼中的詩人。二、詩究竟是什麽。三、神與人的合成之人。四、詩人的歸宿。第二章至第七章論述彌爾敦的生平與創作。第八章至第十三章論述杜甫的生平與創作。第十四章爲杜甫與彌爾敦的比較。認爲杜甫是儒教詩人,彌爾敦是清教徒詩人。彌爾敦訴於神,杜甫訴於人。彌爾敦的人格垂直而高,杜甫的人格水平而廣。彌爾敦純潔,杜甫親切。彌爾敦詩如音樂,巧奪天工,杜甫詩人情至上,古今稀有。二人均有大抱負、大志向,各以自身爲小而天下爲大,都是真正的大文豪、大人物。書後附有杜甫與彌爾敦年表。該書將英國著名叙事詩《失樂園》作者彌爾敦與杜甫從生平與文學、中國唐代與十七世紀歐洲社會等方面作比較論述,視角獨特,立論高遠,新人耳目,堪稱百年來杜甫研究的別調絶響,至今仍有借鑒意義。我國著名詞學家夏承燾曾評論説:"閱德富猪一郎《彌爾頓與杜甫》,頗有啓發。"②

東京神田松雲堂書店 1935 年出版了飯島忠夫、福田福一郎合編的《杜詩索引》。此索引以仇兆鰲《杜詩詳注》爲底本,參照《全唐詩》編集而成。檢索序列以日語五十音圖爲序。書後附有杜詩逸篇斷句,並附有筆劃索引、韵字索引、杜詩題目索引。該索引是受 1901 年出版的《國歌大觀》索引啓發而編,是最早的以唐詩爲單位的索引,值得稱道。

如上所述,鈴木虎雄爲杜詩在日本的傳播作出突出的貢獻。

---

① 德富蘇峰《杜甫與彌爾敦》,東京民友社 1917 年版。

② 夏承燾《天風閣學詞日記》1949 年 2 月 23 日,《夏承燾集》,浙江古籍出版社、浙江教育出版社 1997 年版。

他1911年發表的《杜甫紀行詩》一文，指出李白與杜甫的紀遊之作受了謝靈運詩的不少影響，而且將杜甫的紀行詩與王士禛的《蜀道集》進行比較，指出杜詩的偉大在於能將忠誠與熱情等道德内容與藝術表達作完美的結合，在寫景之中洋溢着自己的獨特情懷；王士禛的紀行詩却只有寫景，而不能在寫景的同時充分表現自己的性情，因此王士禛的紀行詩不及杜甫遠甚①。他的《佛教與中國文學》（膳所中學演講，年月失記）認爲，六朝以後，“文士”、“道學家”這兩種人都不能説是中國最優秀的文人，都不能創作出最優秀的文學。最優秀的文學只能由那些“天性具有文學才能而又能對道德身體力行的人”創作出來。這樣的詩人可以將儒家思想與文學完全融合在一起，不流於空理，不陷於浮薄，創造出可貴的文學作品。他認爲，在中國文學史上，這樣的人物有三個，即陶淵明、杜甫和李夢陽。這三個人有一個共同的特徵，即都有道德與文學密切融合的可貴的文學。文學與道德可以衝突（如無行文人與道學家），也可以渾然融合（如以上三人）。如果要説文學的教育作用的話，那麽，以上三人的作品是最合適的教材。很顯然，鈴木虎雄對儒家思想不無溢美之詞。他自己也承認，他是以“君子成人之美”的態度來論述這個問題的。他心目中理想的中國文學，似乎是“美善一致”的文學。這其實完全符合儒家的文學觀念。就此點而言，他的思想還是相當傳統保守的，與他的學生青木正兒熱情謳歌吴虞的儒教破壞論、介紹“文學革命”的態度形成了對照②。但是，鈴

① 收入鈴木虎雄《中國文學研究》，弘文堂書房1925年版。

② 青木正兒（1887—1964），字群雅，號迷陽，山口縣下關市人。1909年9月，進入剛設立的京都大學文科大學的中國文學講座，爲第一期學生。以狩野直喜、鈴木虎雄爲師，也受到内藤湖南的影響。後成爲日本學士院會員（院士）。1922年，第一次遊歷中國江南，撰寫了《江南春》《竹頭木屑》等紀行散文（收入王青譯《兩個日本漢學家的中國紀行》，光明日報出版社1999年版。趙案：兩個日本漢學家指内藤湖南和青木正兒）以及有關中國文學 （轉下頁）

木虎雄關於陶淵明、杜甫、李夢陽與宗室的關係及這些關係對於他們人格與文學的影響的論述,却是很有啓發意義的,可以分别作更深入的探討。而且,日本學者對於李夢陽的評價似乎比中國學者高得多,這也是一個饒有意思的現象。這是從思想史的角度來研究中國文學的成功嘗試。

第五節　二十世紀後半期的杜甫研究

進入二十世紀後半期,日本的杜甫研究也逐步走向深入,杜甫研究者的隊伍也不斷擴大,許多日本的詩人和學者也不斷加入杜詩研究的行列。特别是受杜甫入選"世界文化名人"慶祝活動及誕辰 1250 周年紀念活動的影響,1962 年日本京都大學的《中國文學報》第一期發表了 11 篇紀念杜甫的論文,其中筧文生的文章直接題爲《杜甫誕辰一千二百五十年》。東京岩波書店編輯出版的《文學》也發表了 4 篇研究杜甫的論文作爲紀念,其中有著名漢學家吉川幸次郎的論文《杜甫在東洋文學中的意義》。當時中日兩國雖然

(接上頁)的學術論文。1925 年,他作爲日本文部省在外研究員留學中國。第一次的中國之行,他拜謁了王國維,第二次又在清華園再訪王國維,並在北京大學舉辦的招待宴會上見到了胡適等人,還與周作人、吴虞、趙景深、王古魯相識,並經常與這些學界名士切磋交流。1938 年爲京都帝國大學文學部教授,1950 年任山口大學文理學部教授。他是最早關注中國"五四"新文學,同時也是最早介紹胡適、陳獨秀、魯迅等中國學者的日本新鋭,相繼出版了《中國文藝論藪》(1927)、《中國近代戲曲史》(1930)、《中國文學概説》(1935)、《元人雜劇序説》(1937)、《元人雜劇》(譯注,1957)等一系列中國研究論著,確立了不可撼動的學術地位。他有一重要論斷一直爲人們引用:"六朝以後,文學思想獨立自主地覺醒,漸漸從儒家道德性的見解的束縛中解放出來。"(《全集》第 1 卷《中國文藝和道德思想》,第 137 頁)青木正兒等五位學者編輯漢詩大系,其中第九卷爲目加田誠著的《杜甫》。

相互隔絶，但兩地學者却不約而同地紀念杜甫這位偉大的詩人，可見偉大的文學、偉大的詩人有時會超越政治、文化背景的差異而受到普遍的尊崇。日本學者的紀念論文，也提升了 1962 年杜甫研究的成果量。更可慶幸的是，日本研究唐代的學會紛紛成立，其中歷史最久也最具規模的是“唐代史研究會”（會址在早稻田大學文學部東洋史研究所），成立於 1971 年，1978 年開始發行《唐代史研究會會報》，八十年後，又出版《唐代史研究會報告集》。而日本專門的唐代文學研究會於 1990 年夏成立，且於當年 10 月 19 日在東京召開了第一届研究會。蔣寅在中國《唐代文學研究年鑒》上作過介紹（1997 年，第 310 頁）。而杜甫同李白、白居易一樣，越來越成爲他們研究的重點。這一部分，我們將重點紹介評析土岐善麿、吉川幸次郎、黑川洋一等大家及其他專家的杜甫研究情况。

一、土岐善麿的杜甫研究

作爲日本近代短歌歌人代表活躍一方的土岐善麿①，是日本文學評論家，早稻田大學英文科畢業，文學博士，日本藝術院會員。曾任日中文化文流協會代表。他積極從事漢詩的翻譯。晚年致力於杜詩研究，他所譯的杜詩，在三十年代就以《改造文庫》本在日本社會上流布，到五六十年代又多次由春秋社重印，是日本較有代表

---

① 土岐善麿（1885—1980），日本詩人、戲曲家、翻譯家。著有歌集、歌話和隨筆以及古典能劇劇本，並翻譯了杜甫的一些詩。别號哀果，生於東京都淺草。1908 年，從早稻田大學畢業，進《讀賣新聞》社。1918 年，進“東朝社”。曾任社會部長、調查部長和文藝部長等職。1947 年，任早稻田大學講師。同年獲日本學士院賞。1948 年，爲日本教材圖書審定調查會會長。獲博士學位。1949 年，爲日本國語審議會長。1951 年，爲東京日比谷圖書館館長。1952 年，獲日本廣播文化獎。1956 年，參與日中友好協會的創建工作。1964、1973 年，曾兩次訪問中國，和郭沫若、冰心等都有交往，爲日本和中國的友好交流，作出了一定的貢獻。先後出版詩歌集《邊哭邊笑》《秋晴》《夏草》等。

性的本子,在日本的社會上也很有名。主要著作有:《杜甫詩選新譯》(全四册)[①]、《杜甫新譯》(一册)[②]。還有關於杜甫的隨筆《杜甫草堂記》[③]、《杜甫門前記》[④]、《杜甫周邊記》(全三册)[⑤]、《走近杜甫》[⑥]等,多是從鑒賞角度的翻譯解説之作,間以意譯,頗有特色。其中學術價值最高的是後者。

《走近杜甫》分七部分:一、杜甫草堂記。(1)成都羲旅情,(2)沿着杜甫足迹,(3)蜀相與名妓,(4)東方晴空,(5)成都懷古,(6)生前生後,(7)重修要略。二、戲爲六絶句。三、求禪。四、流離有情。五、杜詩鈔影印。六、《滿江紅》今昔。七、追記。該書第一部分《杜甫草堂記》曾於1962年由春秋出版社刊行。這是作者1960年訪華學術交流活動的詳細記録的一部分,涉及面廣,内容豐富。其中有朱德、吴玉章、郭沫若等領導人接見場面記述,又有蜀地風土人情的介紹,並配有照片。更多的則是有關杜甫詩歌的解説,圖文並茂,筆調活潑,引人入勝。後六部分也是有關杜詩的學術研究情況的介紹與説明,很有價值。

二、吉川幸次郎的杜甫研究

京都大學文學部教授興膳宏曾説:"我的老師吉川先生在戰後,作爲中國古典文學的最先鋒的研究者,影響就很大,他的研究的最重要特徵,就是把中國文學由過去作爲愛好者的漢學,變成爲世界文學領域中的一部分,也就是説把中國文學當成一種外國文學來研究。吉川先生還有一個特徵,是他的研究與語言有着非常

---

① 土岐善麿《杜甫詩選新譯》,春秋社1955—1961年版。
② 土岐善麿《杜甫新譯》,光風社書店1970年版。
③ 土岐善麿《杜甫草堂記》,春秋社1962年版。
④ 土岐善麿《杜甫門前記》,春秋社1965年版。
⑤ 土岐善麿《杜甫周邊記》,春秋社1967年版。
⑥ 土岐善麿《走近杜甫》,光風社書店1973年版。

緊密的聯繫,不是從外部即歷史的出發點去看文學,而是以語言爲基礎,從文學即以語言爲根本的内部條件出發。這形成了吉川先生的學風。"①

(一) 吉川幸次郎的學術生平

吉川幸次郎(1904—1980),字善之,號宛亭,日本神户兵庫縣人。1916 年入神户第一中學(現爲兵庫縣立神户高等學校)。吉川早年的成長和學習,潛移默化地培養了其對中國文學以及杜甫詩歌的濃厚興趣,起到了積極作用。

吉川出生於日本神户,爲華僑集居之地。吉川自幼常與中國孩童玩耍;及長,對唐人街的中華文物很感興趣。幼年的生活給了吉川對中國最初的認識和感情。中學時吉川接觸到《西遊記》《通俗三國志》《水滸傳》以及《史記國字解》(國字解爲用日語注釋的中國書籍)等中國文學讀物。高中時他曾向在京都的中國留學生張景桓學習漢語,也曾與青木正兒交流,並提到青木正兒對個人選擇的影響,被青木的論文《和聲的藝術與旋律的藝術》所感動,上書求教,並得到他的允許,到他的府上去拜訪,當時吉川還是一個第三高級中學的學生。這以後的 43 年間,他雖然一回也没有在教室裏聽過青木先生的講授,但實際上是青木先生的一個不折不扣的學生。1923 年,吉川在高中畢業後利用假期到中國旅行;隨後進入京都帝國大學文學部,開始系統地學習中國文學;升入研究生院,決定以唐詩作爲研究方向。吉川在學生時代和早期研究中,並没有選擇杜詩作專門研究,他的本科論文是《倚聲通論》,博士論文是《元雜劇研究》。不過吉川從中學時代就開始讀杜詩,"我念杜詩,已經有 50 多年了。我從 20 歲左右,還是京都大學的學生時,就開

① 《文學遺産》編輯部編《學鏡——海外學者專訪》,第 64 頁。

始學中國文學,最感興趣的,就是杜詩”①。他手頭上的杜詩讀本有:到中國旅行時在杭州舊書店買到的清朝浦起龍的《讀杜心解》,大學時代從青木正兒處得到的石印本《杜詩詳注》,森槐南日文注釋的《杜詩講義》,還有老師鈴木虎雄的《杜少陵詩集》。隨着對杜詩閱讀的增加,吉川對杜詩的興趣也越來越濃厚。

1923 年 4 月,吉川考入京都帝國大學文學部,選修中國文學,師從著名漢學家、“京都學派”創始人狩野直喜教授。在日本京都求學時,結識中國人士張景桓、王大均、鄭伯奇。1928 年 2 月,隨狩野直喜赴中國,在北京大學旁聽,拜楊鍾羲爲師,從馬裕藻(幼漁)學中國文字聲韵概要和經學史,從朱希祖學中國文學史。據其《我的留學記》等文獻記載,他與張元濟、張鳳舉、奚待園、徐東泰、朱希祖、柯劭忞、王樹楠、江翰、王式通、王東、馬衡、潘景鄭、傅芸子、吴承仕、孫人和、趙萬里、陳寅恪、徐鴻寶、黄侃、胡小石、潘重規、趙殿成、陳垣、吴梅、李根源、陳杭、孫殿起、倫明、篤厚實、蜀丞、丘紹周、馬廉、馬巽、魏敷訓、楊雪橋、楊鑒資、錢稻孫等都有交往。1931 年 2 月,旅遊江南。4 月歸國,受聘東方文化學院京都研究所(今京都大學人文科學研究所)研究員。1947 年 4 月,以《元雜劇研究》獲得文學博士,6 月就任京都帝國大學文學部中國語學中國文學教授。1951 年 1 月任日本學術會議會員。1964 年 1 月任日本藝術院委員。1967 年 3 月退休。翌年 3 月,自編《吉川幸次郎全集》20 卷。1969 年 5 月獲法國學士院頒授的“儒蓮獎”,11 月獲文化功勞表彰,4 月起,《全集》由筑摩書房逐月刊行一卷,1970 年全部刊行。1971 年 1 月獲贈朝日獎,1974 年 4 月頒授二等旭日重光勛章。1973 年至 1976 年又刊行《增補吉川幸次郎全集》24 卷。1995 年至 1996 年 4 月,弟子興膳宏又編纂《吉川幸次郎遺稿集》3 卷、《吉

① 吉川幸次郎《我的杜甫研究》,《國外社會科學》1981 年第 1 期,第 55 頁。

川幸次郎講演集》1 卷。1997 年 10 月起,再出版《決定版吉川幸次郎全集》27 卷,由筑摩書房刊行。

吉川來華留學及旅遊記録,收在其《我的留學記》和《中國印象追記》中,均由錢婉約譯出(光明日報出版社 1999 年出版)。吉川幸次郎對中國文學的研究有其獨到之處,著有《唐宋傳奇集》《中國人的古典與他們的生活》《胡適傳》《唐代的詩與散文》《中國文學與社會》《中國散文論》《杜甫私記》《新唐詩選》《中國的智慧》《唐代文學鈔》《漢武帝》《中國的宋元畫》《日本文明中的"吸收"與"能動"》《三國志實録》《元明詩概論》《論語譯注》《中國散文選》《中國文學論集》《中國古典論》《中國詩史》《中國文學史》《陶淵明傳》等。他説:"從文學作品來看,像中國這樣只着眼於現實世界,而抑制對神的關心的文學,在其他文明地域確實少與倫比。中國雖然没有産生莎士比亞,但是,西方也没有産生李白和杜甫。"①他對杜甫的推崇是他杜甫研究的動力。吉川幸次郎對中國文學的研究是以通古今之史觀,運用考據學和歐洲東方學術研究的方法論,分析東西方對於中國文學研究的優劣長短,以嚴密的考證和細緻的分析,重新評述既有的研究成果,開拓新的研究領域,這是他成爲日本近代以來研究中國文學的大家的原因所在。

縱觀吉川一生的研究,他的視野廣闊,從中國先秦到明清乃至中國現當代,從中國文學、哲學到歷史,從詩歌、小説到戲曲等等,均有探索和收穫。嚴紹璗先生總結説:"20 世紀 50 至 70 年代致力於杜甫研究,體現了吉川中國學對中國文學最深沉的理性闡述。"②

---

① 吉川幸次郎《一つの中國文學史》,《吉川幸次郎全集》,筑摩書房 1968 年版,第 1 卷,第 71 頁。中譯本見《我的留學記》,第 178 頁。

② 嚴紹璗爲張哲俊《吉川幸次郎研究》寫的序言,中華書局 2004 年版,第 2 頁。

杜甫研究在吉川的學術研究中占有重要地位,而對吉川的學術研究專門進行研究的並不多①,且多停留在對吉川個人學術及學識的贊美。對此,著名學者、吉川的學生竹内實指出,“贊揚作者的學問理所當然,而由其學問進而闡明杜甫其人及其學問具有什麽樣的特點,對我們來説才具有劃時代的意義”②。本書圍繞吉川的杜甫研究,分析吉川選擇研究杜甫的原因、研究中體現的主要方法及其杜甫詩觀等,進而探討吉川的杜甫研究在日本漢學史上的獨特地位和重要意義。

二十世紀的日本社會經歷着多種思想的衝擊,進行着巨大的社會變革。吉川選擇文學專業,没有選擇西方文學,而是走上了中國文學研究之路,在其學術走向成熟的後半生,更是致力於杜甫研究,取得了重要的學術成果。他説:

> 開始做學問時,是以包括歷史、哲學在内的整個中國學爲起點的,不久,興趣就偏向中國文學,現在集中到了杜甫身上。杜甫的詩總共約有一千四百首,依照中國方式,注釋這些詩,先要全部背下來,達到問任何一首都能答出來的地步,方可落筆。實際上,在過去的中國,恐怕就有這樣的人,但我能背出

---

① 二十世紀八十年代以來,中國學術界關於吉川的研究論文主要如下:徐公持《吉川幸次郎論中國文學的特色》,《文學遺産》1981年第1期;邵毅平《吉川幸次郎關於近世市民詩的若干看法》,《文學研究參考》1987年第9期;邵毅平《中國文學中人生觀的變遷:從樂觀到悲觀到揚棄悲觀——吉川幸次郎的〈中國詩史〉簡介》,《文學研究參考》1988年第7期;許總《揚棄悲哀拓展視野——評吉川幸次郎著作〈宋詩概説〉》,《文學遺産》1988年第9期;李安綱《吉川幸次郎的文學觀》,《運城高專學報》1990年第2期;李清宇《以個體情感爲中心——試論吉川幸次郎的中國文學古今演變思想》,《漢語國際推廣論叢》2007年第2期。

② 竹内實《竹内實文集》第一卷《回憶與思考》,程麻譯,中國文聯出版社2002年版,第180頁。

來的大概是一百首。

爲杜甫詩做注的時候,一面躺在床上休息,一面背誦。幾百字的長詩,兩天左右就能背下來。等到詩的内容與其韵律合爲一體存入腦海,再來作注。學習外語,這樣的背誦是很重要的,年輕人最好不要太輕視了。

關於杜詩,有各種人的注釋。儘管如此,我還有新的發現。在《杜甫詩注》裏邊,有爲日本人而做的以往注釋的介紹,但其中大約十分之一是我的新的解釋和發現。好的語言裏面,總能挖掘到新的内涵,否則,它也不可能成爲經典。也就是説,那裏邊包含有一種曖昧,正因爲是曖昧的,才有引出無限的可能。而那也正是學問的興致所在。

"國破山河在",對《春望》這首廣爲人知的五言律詩的第三、四句,我的解釋就與歷來不同。

感時花濺泪,恨别鳥驚心。

這兩句通常讀作:"感傷時事,對花也落泪;悵恨離别,見鳥也驚心。"落泪、驚心的主體,都解釋爲作者杜甫。

然而,我認爲主體是花和鳥,試讀作:如感時濺泪般繽紛散落的是花,恨别而驚心不已啼叫的是鳥。從語言的韵律來講,我對這一解釋的準確性,堅信不疑。這是杜甫原來的意思,發現並把它傳達出來,不就是忠實於杜甫?前面講過"語言的事實",指的就是這一點。①

吉川注杜的方法是多麽細致入微!對於今日的注杜者仍有啓迪意義。

(二)吉川幸次郎的文學史觀及杜詩學實績概觀

吉川幸次郎的一個重要的學術貢獻是在京都大學確立中國

---

① 吉川幸次郎《中國文學與杜甫》,青木正兒、吉川幸次郎等《對中國文化的鄉愁》,戴燕等選譯,復旦大學出版社 2005 年版,第 148—149 頁。

學。他説:“中國文學本身的歷史非常悠久。但是,對其歷史狀況以及美的法則進行體系性敘述和研討的事業,可以説是到了本世紀,受了西洋方法的啓示才開始的,而且,比起中國人來,日本人執其先鞭。”①這話不僅反映了一定客觀現實,而且他本人也是這麼實踐的。他是日本研究杜甫的杰出代表者,他説“中國古代詩人裏頭,最喜愛的是杜少陵”。由筑摩書房出版的《吉川幸次郎全集》全二十七卷,其中第十二卷及第二十五卷是有關杜甫的隨筆雜著類。

他以爲,中國文學的根本特質是以人爲中心的情意表現,此傳統起源於《詩三百》,到杜甫而達極盛。他以杜甫流寓蜀地時作的《倦夜》爲例,説明杜詩之所以沉鬱頓挫的所在與中國古典抒情詩的普遍特質,進而分析了形成這一傳統的地理環境、社會環境和思想傳統,特别是由於“異文化”的交流影響,形成中國文學至上獨善的意識;又以考鏡源流的歷史觀探究中國文學中人生觀的推移:從《詩經》、《楚辭》、《古詩十九首》、漢魏樂府到李杜詩歌,都可看到古代的樂觀主義。如杜甫的“人生七十古來稀”,未必没有青年榮華的眷戀;杜甫的“可惜歡娱地,都非少壯時”,却是超越絶望與悲觀,以爲理想社會可能實現的樂觀,人間社會依然有快意的所在,這就是盛唐詩歌的情境。最後將中國文學(以杜詩爲例)賴以成立的條件歸結爲“緻密”與“飛躍”:“緻密”是體察客觀存在事物的方向,“飛躍”是抒發主觀内在意象的方向,“緻密”所刻畫的是輪廓清晰的具象世界,“飛躍”所指涉的是起興超越的抽象世界,“緻密”猶“賦”的“體物而瀏亮”,“飛躍”則是“詩”的“緣情而綺靡”,“緻密”是被動,“飛躍”則是主動。杜詩《胡馬》《畫鷹》的細微描寫是“緻密”的方向,《曲江》之孤獨意象是“飛躍”的方向。二者的表現方式是互補式的,這一創作意識的自覺在杜甫壯年詩作中即已形成並體現出來了。如他的《敬贈鄭諫議十韵》詩云:“諫官非不

① 《吉川幸次郎全集》第17卷,第337頁。

達,詩義早知名。破的由來事,先鋒孰敢爭。思飄雲物外,律中鬼神驚。毫髮無遺恨,波瀾獨老成。”所謂“詩義”,就是作詩的方法、原則、理論。此詩作於天寶十一載(752),當時杜甫正當四十歲左右,可此時杜甫即已有了詩論的意識。如果以“緻密”與“飛躍”來分析,“破的由來事”是準確表達“詩義”之“緻密”的方向,“先鋒孰敢爭”,“思飄雲物外”,則是抽象性意識“飛躍”的方向。“律中鬼神驚”是詩律的細密而達到的超自然的存在,即是由“緻密”而生“飛躍”之並存的手法。“毫髮無遺恨”是確實緻密而周衍的方向,“波瀾獨老成”固然是“飛躍”的方向,而意識的飛躍是詩律緻密的結果,由於作詩是因“緻密”才能達到圓熟的“飛躍”。若從作詩的方法而言,各聯是分別而後統一融合的創作關係,即對同一事物先從兩個不同的方向來歌咏,然後進行統一融合。“破的由來事,先鋒孰敢爭”中的“破的”與“先鋒”是鄭諫議審作詩的兩個方法,這兩者的融合便完成了由“緻密”而生“飛躍”的“律中鬼神驚”,進而達到“飛躍”中有“緻密”的圓熟境界。吉川幸次郎又以杜詩《月夜》《月夜憶舍弟》《倦夜》等分析“緻密”與“飛躍”的運用情況:前二詩凝視人間社會與自然萬象的視綫是“緻密”的極致,而《倦夜》中時間推移的無限空間與人間真實的感受則是“飛躍”的圓熟。他最後的結論是:主動的“緣情”飛躍要有緻密的“體物”才能完備,被動的“體物”緻密要有超越的“緣情”才能圓足。杜甫不但以賦入詩,由於“緻密”與“飛躍”的並存互補而相互完成,“體物”就具有了主動與被動、主觀與客觀融合的新的意義。

正是有了這種理論指導,吉川幸次郎的杜甫研究就有了新的突破,能成一家之言,也就是意料中的事了。我們可以毫不誇張地説,日本的杜甫研究者中,就貢獻與影響而言,當首吉川幸次郎。反過來説,把杜甫的地位從中國文學史中凸顯出來,冠以最高的榮譽,並成爲普遍接受的意見,也是由他來完成的。也就是説,吉川幸次郎對杜甫感興趣,進而研究杜甫,除了杜甫是“詩聖”,

杜詩是“詩史”，即杜詩在中國文學史上有非常重要的地位以外，以杜甫及其詩歌的注釋與賞析，引領日本戰後中國文學研究的新取向，也是他研究杜甫的誘因之一。這正如京都大學文學部教授川合康三所説：“吉川先生是把中國文學當作外國文學的一種，向日本人介紹的，他的貢獻相當大。例如他的杜甫研究。在中國，自古以來杜甫就是詩聖，那是由於他具有合乎儒家思想的一面。1949年後，又評價他爲人民的詩人。然而，吉川先生却完全改變了這樣一種中國式的看法，他從文學、從詩本身出發，重新確定了杜甫的重要意義。”①

吉川幸次郎還有一個重要的學術貢獻，是在京都大學面向學生組織“小讀杜會”，同時還主持由教師們參加的“大讀杜會”，閱念討論杜甫的詩②。吉川幸次郎的用心是極爲良苦的。他認爲，明治前期是中國文學的受容時期，明治後期是評釋時期，大正至昭和初年爲翻譯時期。若就研究的取向而言，明治時代大抵以西洋的方法進行分析性的研究，大正年間則是重視新領域、新資料與目録學的研究。吉川以爲，文藝作品的内容與修辭藝術的鑒賞是戰後日本於中國文學研究的新取向，以中國文人的典型杜甫與中國詩歌的結晶杜詩爲例，展開文學内容的解説、修辭藝術的鑒賞與理論性分析，架構中國文學研究與文藝作品賞析的方法——杜甫詩理論性的研究，即理論架構的文學批評研究是中國文學研究的新途徑。

重要的是，他以大量的研杜注杜實績來落實他的思想，爲此編著了杜甫著作八種：(1)《杜甫私記》③，是吉川氏有關杜甫的最早

---

① 《文學遺産》編輯部編《學鏡——海外學者專訪》，第 66 頁。

② 川合康三語，見《學鏡——海外學者專訪》第 72 頁。

③ 吉川幸次郎《杜甫私記》，創元社 1952 年版。鳳凰出版社 2011 年出版的李寅生中譯本作《讀杜札記》，新星出版社 2023 年出版的楊珍珍譯本作《杜甫私記》，兹從後者。

專著。分九章：杜甫小傳、九日、月夜、鼓角、勝迹、櫻桃、春雨、倦夜、杜甫與飲酒。書後有關於杜甫的演講録。在戰後日本杜甫研究史上具有劃時代意義。(2)《杜詩講義》①,是選已刊《杜詩札記》中的杜詩名作五首加解説,並附吉川氏杜詩四首音讀録音帶。(3)《杜甫詩傳》②,結合社會背景評述注釋杜詩。(4)《杜甫詩注》,此書未完成,只出版四册③,是吉川氏最後着手進行的杜甫詩譯注。此書原計劃出全20卷,按杜甫創作年代,依次對其全部作品進行詳盡注釋,雖"要與自己的壽命争時間來完成它",終未竟而逝。此書未收入其全集,可是在吉川自己看來分量極重,他曾説:"我的全集中所收的業績都是爲了完成《杜甫詩注》的,我的本貌全在《杜甫詩注》之中,所以没收入全集。"④(5)《杜詩論集》⑤,爲《筑摩叢書》之一種,是從全集選出的杜詩論考。(6)《華音杜詩鈔》⑥,是1987年NHK教育電視放映大學講座《杜甫詩抄》的課本。(7)《杜甫的詩與生平》⑦,結合杜詩論述其生平,具有評傳風格,可作信實的杜甫傳讀,也可作信實的杜詩解讀。書後附杜甫年譜、行踪圖以及杜詩譯注、後記,詩題索引和松浦友久的《解説》。(8)《杜詩又叢》(他主編的叢書)。黄永武編有《杜詩叢刊》,收録宋元至清代重要杜集三十五種,臺灣大通書局1974年影印出版。之後,吉川幸次郎又補選了七種,編爲《杜詩又叢》,由中文出版社

---

① 吉川幸次郎《杜詩講義》,筑摩書房1963年版。

② 吉川幸次郎《杜甫詩傳》,筑摩書房1965年版。

③ 吉川幸次郎《杜甫詩注》,筑摩書房1977—1983年版。此書注至第4册《收京三首》。

④ 引文參見《文學遺産》編輯部編《學鏡——海外學者專訪》之伊藤正文《日本研究中國文學的概況》,第247頁,原載《文學遺産》1982年第3期。

⑤ 吉川幸次郎《杜詩論集》,筑摩書房1980年版。

⑥ 吉川幸次郎《華音杜詩鈔》,筑摩書房1981年版。

⑦ 吉川幸次郎《杜甫的詩與生平》,社會思想社1969年版。

1976年影印出版。其所選七種依次爲：一、題宋王十朋編《王狀元集百家注編年杜陵詩史》三十二卷，爲民國二年(1913)貴池劉氏玉海堂景宋刊本；二、宋蔡夢弼撰《杜工部草堂詩箋補遺》十卷，外集一卷，爲黎庶昌《古逸叢書》景宋刊本；三、清朱鶴齡撰《杜工部集輯注》二十卷，末一卷，文集二卷，爲清康熙間葉永茹萬卷樓刻本；四、日本度會末茂撰《杜律評叢》三卷，爲正德四年(清康熙五十三年，1714)刊本；五、清沈德潛撰《杜詩偶評》四卷，爲享和三年(清嘉慶八年，1803)日本昌平黌刊本；六、清周春撰《杜詩雙聲疊韵譜括略》八卷，爲清嘉慶元年(1796)刊本；七、清史炳撰《杜詩瑣證》二卷，爲清道光五年(1825)句儉山房刊本。

另有兩部著作是選本中有杜詩。(1)《新唐詩選》①，是與著名詩人三好達治合作完成的。收杜甫詩15首，李白詩29首、王維詩12首，以及孟浩然、常建、王昌齡等詩，予以評論解説，重新啓動戰後日本關於中國古典文學研究。1954年又出續書。其弟子興膳宏評價説："他是以西洋文學的研究方法爲基礎，來介紹中國文學的，即便對不懂漢文漢詩的一般讀者，它也是非常容易理解的，因此這本書在當時大受歡迎。對中國文學以及唐詩的新的興趣，正是在這以後産生的。"②(2)《世界古典文學全集》第28、29卷之《杜甫》③，對青年時期到至德二載(757)杜詩加以譯注。

現將其兩部主要代表作簡介如下。首先是《杜甫詩傳》。該書分兩部分，第一部分爲杜甫詩傳，目録如下：自序。1. 先天元年，2. 家系，3. 壯遊，4. 長安，5. 七言歌行，6. 胡馬畫鷹，7. 夜宴左氏莊，8. 何將軍山林，9. 胡塵，10. 奉先，11. 白水。第二部分爲續杜甫詩傳，目録如下：12. 金蛤蟆，13. 崔翁高齋戒，14. 天寶遺事，

① 吉川幸次郎《新唐詩選》，岩波書店1952年版。

② 《文學遺産》編輯部編《學鏡——海外學者專訪》，第65頁。

③ 吉川幸次郎《杜甫》，筑摩書房1967、1972年版。

15. 先帝貴妃,16. 驥子,17. 賊中,18. 元日,19. 宦者,20. 悲陳陶,21.《杜甫詩傳》改版跋。書前有静嘉堂文庫藏宋版杜詩九家注影印頁。書後附有興膳宏解説。第一部分完成於 1950 年並公開發表。1965 年才着手並完成第二部分,由筑摩書房出版。作者在序中稱:"杜甫是中國第一詩人","是中國文學的最高峰","杜詩是過去人生最真誠的藝術,正是因爲真誠,其詩雖隔一千二百年,却新如昨日"。作者將杜詩分爲四期:1. 四十四歲以前,2. 四十四歲至四十八歲,3. 成都草堂時期,4. 夔州至五十九歲卒於湖南舟中。作者采用傳記形式,解析杜詩旁及杜詩的背景、杜甫的生活、杜甫的時代。市人三好達至在《解説》中稱該書"以杜詩來寫杜傳,以杜傳來説歷史背景與環境,有如展現時代畫卷,對精美杜詩一一鑒賞"。興膳宏則説該書一大特色是"對杜詩和産生杜詩的外在世界,即杜甫生活及其時代環境的精博省察"。興膳宏指出,作者説"以傳記形式",而没有説寫"傳記",表明作者態度慎重,"詩人傳記應就其文學創作過程,深入作品内部,聯繫其人生相關資料來予以解説。這一點説易做難,很容易將詩只作爲人生的資料,而難得進入文學創作獨特之境。已有定評的馮至《杜甫傳》,也未能脱此遺憾"(《解説》)。吉川氏未能按原計劃完成這一專著,讀者可以將其作爲别具特色的傳記來讀,與吉川氏的《杜甫詩注》相互參照。

其次是《杜詩論集》,這部專著由諸多短文合成,由作品分析入手研究杜甫,介紹了杜甫生平重要行踪,分析了杜詩的淵源、影響和成就,持論中肯、平實。全書分三部分。第一部分 17 節:(1) 杜少陵月夜詩初釋稿,(2) 九日,(3) 茱萸,(4) 哀王孫、哀江頭、喜達行在所,(5) 北征,(6) 赤脚,(7) 秦州的杜甫,(8) 勝迹,(9) 鼓角,(10) 初月,(11) 山寺,(12) 春雨,(13) 櫻桃,(14) 倦夜,(15) 漫興九首,(16) 四松,(17) 對浮生的感悟。第二部分十小節:(1) 杜甫與飲酒,(2) 杜甫與月,(3) 杜甫與陶潛,(4) 杜甫與陰鏗,(5) 杜甫與鄭虔,(6) 李白與杜甫,(7) 黑川洋一氏《杜甫》跋,(8) 芭蕉與杜甫,(9) 杜甫在東洋文學中的地位與意義,(10) 杜甫的詩論與詩。第三部分七小節:(1) 文明的年齡,(2) 杜甫對(劉)宋詩人的學習,(3) 杜詩與史實,(4) 杜甫詩注之我見,(5) 我的《杜甫詩注》,(6) 杜甫蹤迹行,(7) 中國文學與杜甫。書後附有興膳宏的解說。

在以上著作中,吉川結合杜甫的遭遇與杜詩的内容風格,將杜詩分爲四個時期:旅食長安、長安監禁至秦州落魄、成都草堂、漂泊西南。在這四個時期中,杜詩的體裁、題材、風格隨着杜甫一生的飄零而有顯著的變化,至晚年而臻於圓熟。這在中國古典詩人中是較爲少見的;如蘇軾、陸游吟咏的事物雖有變化,其詩風大抵是不變的。因而,就研究意義而言,以傳記的形式解讀杜詩,掌握杜甫創作詩歌的生活空間和時代背景,才能正確理解杜詩題材、體裁、風格變遷的具體所在及其變遷原因。他以具體的詩例分析歸納説,杜甫的咏物詩(如《畫鷹》)的體物之工與六朝不同:兼有忠實於文學傳統的普遍性與"再生"古典新義的創造性。又如《夜宴左氏莊》《遊何將軍山林》等宴會冶遊詩,自然與人事並敘,以情景交融而構成杜甫個人新的自然意象,同時又豐富了五言律詩的韵律,於既有的傳統詩體極盡變化而作爲感情抒發的新場域。又如長詩《自京赴奉先縣咏懷五百字》以賦入詩,結合詩的"緣情"與賦的"體物"而豐富詩的題材,開拓詩的新領域。如此等等,每一時期都有顯著的變化。

吉川又從杜詩體裁與詩風表現的關係上歸納杜詩有兩個不同的方向:離心發散與向心凝集。前者主要以七言歌行來抒發,後者主要以五、七言律詩來表現。七言歌行用語自由,易於感情外放激發。五、七言律詩用語適切,易於情感内斂。由情感强烈的抒發到内斂的轉變,應是杜詩成長的軌迹。

他的《杜甫私記》説,杜詩題材的豐富,詩境的開展,大抵也是隨着杜甫生涯的遭遇而趨向圓熟。如旅食長安時期,杜甫自覺地以寫實主義爲出發點，抒寫周遭景物的真實。長安幽禁時期則有以自身憂愁爲媒介，理解人類普遍存在着憂愁的自覺。唯秦州的苦寒，飽嘗人生的窮困艱屈，又陷入了懷疑絶望的深淵。成都草堂時期，短暫的快意幸福，體悟自然的善意。即使漂泊江南，也是人生的無奈，窮途的困頓也超越人類共有憂愁的普遍現象。至此，杜詩的意境也達到了沉鬱悲壯的圓熟。

他在《我所最喜歡的中國詩人》中，進一步歸納杜詩的最大特徵是：藝術性與現實性的融合。關於杜詩的藝術性，他在《杜甫私記·胡馬、畫鷹》中説"杜甫是語言再生的魔術師"：杜詩的語言具有古典新義，可通過既有言語的整合而産生新的意義，或以舊題材而創造新的意象。前者如"側目似愁胡"，後者如有關"月"意象的吟咏——如《月夜》《月夜憶舍弟》等詩將人的感情投入到自然之中，進而創造自身感受的新的自然，亦即移情作用，情景交融，既歌咏自然的秩序，也寄寓自身沉鬱的感情，月的自然之美與人文自然的意義達成了和諧之美。

我們還應注意的是，吉川幸次郎在其他的非專門研究杜甫的論述中，對杜甫及其詩作也有精辟的論點。如他在《中國的古典與日本人》的演講中①，從巴金的小説《第四病室》中那個青年工人，病亡前不住地吟誦杜甫《月夜憶舍弟》詩的"露從今夜白，月是故鄉明"説起，吉川幸次郎提出了一個問題：爲什麽杜甫的這首詩能使一個没有多少文化素養的現代青年工人感動不已？如果説這是因爲小説的故事發生在抗戰時期，那個青年工人也有着和杜甫相似的遭遇，所以才對杜詩産生共鳴的話，那麽，"我"這麽一個生活在没有戰争的日本，既没有負過傷，也有可以寄信的家，家人也没有離散的日本人，又爲什麽也深受感動呢？由此可知，"在這首詩的深處，肯定存在着某種更深刻、更根深蒂固、更能使人感動的東

---

① 《岩波文庫》創刊二十五周年紀念演講會演講，1953 年 4 月 18 日。

西”,這種内在的東西,吉川幸次郎認爲就是“人性”和“人本主義”。具體一點説,就是:“不單是吟唱個人的喜怒哀樂……即不單是吟唱狹隘的個人感情,而是要和世間所有的人共享悲歡。”“杜甫那種對於人類的廣泛的愛……充溢於詩的深處和表面。”這就是杜甫這首詩能感人至深的一個根本原因。

吉川幸次郎進而以這首詩爲例,説明中國文學的特質:這種“對於人類的廣泛的愛”,“不僅是杜詩,而且也是中國詩歌中普遍存在的東西”,它“一直濃濃地流淌在中國文學的深處”,“是中國文學自古以來作爲自己的使命延續下來的東西”,這是整個中國文學的特質。還是根據這兩句杜詩的描寫,他指出:“這裏並不是單純把月亮作爲美麗的東西來吟咏的,而是歌唱了永久地放射出美麗光輝的月亮與總是得不到幸福的人類之間的對比。”也就是説,即使在中國的花鳥風月文學中,也往往藴含有“對人類的廣泛的關心”。這也是他認爲中國文學傳統的核心所在,即“中國文學的日常性”①。這種“日常性”,其根本是一種充滿希望的存在的、樂觀的、肯定的人生觀②。

值得注意的是,吉川幸次郎在他的《中國詩史》中③,對“唐”這一歷史階段着墨最多(有九個章節)。其中“李白杜甫的詩風及其人品”與“杜甫的生平、理想及創作”兩部分集中論及杜甫,讓國内讀者耳目一新。特别是杜甫與芭蕉的比較研究④,更見其獨到的眼光,可從以下三方面觀之。

---

① 吉川幸次郎《我的留學記》,錢婉約譯,中華書局2008年版,第14頁。

② 吉川幸次郎《我的留學記》,錢婉約譯,第191頁。

③ 吉川幸次郎《中國詩史》,高橋和巳編,蔡靖泉、陳順智、徐少舟譯,隋玉林校,山西人民出版社1989年版。

④ 芭蕉,即松尾芭蕉(1644—1694),日本德川時期著名的自然詩人,開創了“蕉風”俳句,被尊爲“俳聖”。

1. 行旅飄泊的相近似

杜甫的一生基本上是在流浪漂泊中度過的。從長安十餘年到秦隴,再遷居四川成都,國家板蕩式微,杜甫的命運飄忽不定。成都三年,杜甫是幸福的。嚴武去世,幸福的生活被打破,杜甫和家人只得乘船順揚子江東下,在四川省和湖北省的交界的夔州逗留了二年多。後他的船隻又飄泊在湖北省和湖南省的水域上。公元772年,杜甫59歲,在湖南的船中辭世了。

杜甫《投贈哥舒開府翰二十韵》有云:"壯節初題柱,生涯獨轉蓬。"這是杜甫後半生無休無止行旅飄泊的寫照。"這一點與芭蕉極爲相近。這種相近的生活,也使得他們的詩境頗爲相似。"①杜甫的詩句留下了他的行迹:"岸風翻夕浪,舟雪灑寒燈。"(《泊岳陽城下》)"小驛香醪嫩,重岩細菊斑。"(《九日奉寄嚴大夫》)"落日在簾鈎,溪邊春事幽。"(《落日》)吉川説,杜甫的這些對偶句不一定與芭蕉的俳諧相去很遠。杜甫的《移居公安山館途次所作》:"南國晝多霧,北風天正寒。路危行木杪,身遠宿雲端。山鬼吹燈滅,厨人語夜闌。鷄鳴問前館,亂世敢求安。"這首五言律詩,不知怎麼總讓人想起芭蕉寫奥州小道的一節:

> 此路旅人足迹罕至,引起關役猜疑,勉强過關。既登大山,日色薄暮,見封人之家而求宿。三日風雨顛狂,不得已逗留山中。
>
> 蚤虱馬尿邊,枕前風雨天。

總是在負笈中帶着杜工部集的芭蕉同樣是一位羈旅詩人,所以他更加覺得這位中國前輩的親切,也許連他自己的羈旅生涯也正是因爲受到了杜甫的影響。"青惜峰巒過,黄知橘柚來。"(《放船》)

① 吉川幸次郎《中國詩史》,第334頁。

杜甫的這一句對芭蕉的"漫山金黄色,唯以蜜柑成"有所影響。"香稻啄殘鸚鵡粒,碧梧栖老鳳凰枝。"(《秋興八首》其八)杜甫這種破格的偶句語法影響了芭蕉的"乙火燃連綿,枝枝螢花宿"。類似的例子還有不少。①

2. 漫遊的不同點

可是,從很多方面説,杜甫的漫遊與芭蕉的漫遊實際上是有所不同的,至少在一點上是不同的,吉川説:

> 芭蕉的漫遊是一蓑一笠,倘若要説同伴,那也只有門人曾良一人而已;而杜甫的漫遊則是携家帶口的龐大旅行。從四十八歲到五十九歲的十二年間,他從陝西到甘肅,從甘肅到四川,又從四川到湖北,再從湖北到湖南,這與現代毛澤東所率領的中共紅軍從江西瑞金迂回到四川的深山,再到達陝西的所謂長征的路綫恰好相反,在中國西部畫下了一個巨大的半圓。在此期間,杜甫一直同妻子在一起。②

吉川的這一比較,在我們有些人看來,可能有些不類;可是從"劃時代"的意義上説是相似的。可吉川却是認真的,他的着眼點是:"在中國社會進步的里程中,有一位劃時代的人物,他就是杜甫。"③杜甫拖帶着五口人以上的家庭——妻子、兩個兒子和兩三個女兒在漂泊,妻子也是杜甫飄泊的伴侣。如此一來,像芭蕉那樣一蓑一笠自然是不行的。

如此艱辛,超乎尋常人的想象。可是,"杜甫爲什麽必須要繼續如此凄苦的旅行呢?人生究竟爲何會有旅行這種現象呢?難道

---

① 吉川幸次郎《中國詩史》,第335—336頁。
② 吉川幸次郎《中國詩史》,第336頁。
③ 吉川幸次郎《中國詩史》,第356頁。

命該如此？在旅行中衰老的，並不是只有我一個人，而是古已有之。既然如此，那麼，我又何必非要鬱鬱不樂呢？”[①]杜甫悲傷這次旅行，還有另一個原因，即嘆息與弟弟妹妹、親戚朋友的離散。而最爲根本的原因是：隨着流浪歷程的延長，他離開長安的朝廷越來越遠，作爲一個政治理想家，他想爲社會竭盡全力的熱切希望也就越來越難以實現了。

3. 對行旅的總結不同，然而結局相同

杜甫說：“自古有行旅，我何苦哀傷！”（《成都府》）這是杜甫給自己的行旅所作的總結。與此相類似的話，芭蕉也有“古人亦有死旅中”。然而，“芭蕉和杜甫的態度實際上是絶然相反的。芭蕉是肯定並贊美死於旅途的，而杜甫對此則持嫌惡的態度。不過，兩位詩人至少在最終‘死於旅途’這一點上是極爲相同的”[②]。

杜甫，這位政治理想家，他擔任朝廷官員不到一年，就轉任畿内的地方官，不到一年時間，杜甫又去甘肅秦州乞食，從此便開始了他漫長的飄泊里程。此後他一直遠遠地離開了長安的朝廷，再也没有回來過。然而，直到最後，他仍然執拗地懷抱着最初那準備當一名政治家而立於人世的希望。這是一種令人討厭的執著。這一執著支撑着他活下來，不至於輕死，是不是孟子“天將降大任於斯人”的告誡在激勵着他？

他希望入仕的心情，比起芭蕉來，更執拗得多，規模更大得多。而且，正因爲這種執著，所以可悲的飄泊對他來説才是一種難以忍受的折磨和痛苦。安禄山之亂儘管已被平定了，但是内亂的餘燼猶未熄滅，而且社會更加不安定了。疲於羈旅的杜甫却反反復復怨憤着悲泣着怎樣才能將自己誠實的感情用於政治方面。“聖朝無弃物，老病已成翁。”（《客亭》）“落日心猶壯，秋風病欲蘇。”

---

① 吉川幸次郎《中國詩史》，第 344 頁。

② 吉川幸次郎《中國詩史》，第 344 頁。

(《江漢》)在這裏,吉川幸次郎自注云:

"青惜峰巒過,黄知橘柚來"爲題作《放船》五律的一聯。將此詩與芭蕉俳句結合來討論的是支考的《笈日記》,説道:

是日,亟思當日能抵奈良,急於趕路,自笠置乘河舟,道經錢司,偶見山腰背爲蜜柑園,因想起前夜公所賦"漫山金黄色,唯以蜜柑成"句,正是詠得此處,以言公,笑曰:汝深知吾心。此與老杜詩云"青惜峰巒過,黄知橘柚來",正是中日風趣更無不同,笠置山峰誠屬可珍惜的懷秋之地。

另外,認爲"乙火燃連綿,枝枝螢花宿"與杜甫"香稻啄殘鸚鵡粒,碧梧棲老鳳凰枝"有關係的説法是支考的《東華集》。而芥川龍之介《芭蕉雜記》之十二《海彼岸的文學》(岩波版全集第四四—四五頁)中亦有下列説法:

"鐘消撞花香,漫漫夕陽中。"據我所知,這分明是將朱飲山的所謂倒裝法用於俳諧者。"紅稻啄殘鸚鵡粒,碧梧棲老鳳凰枝。"杜甫著名的這聯詩句,就用了倒裝法。若按普通句式,則此聯必須顛倒名詞的位置,作"鸚鵡啄殘紅稻粒,鳳凰棲老碧梧枝",若按普通句式,芭蕉此俳也應該顛倒動詞的位置,作"鐘撞花香消,漫漫夕陽中"。一者爲名詞,一者爲動詞,儘管如此,但將此看作爲倒裝法在俳諧中的嘗試,這不能説是獨斷吧!

以上是筆者從清水武郎君的畢業論文《芭蕉和杜甫》那兒得到的一點知識。①

吉川幸次郎最喜歡的中國詩人是杜甫,他對中國文學特質的

① 吉川幸次郎《中國詩史》,第356—357頁。

把握,是通過杜詩進行的,他對中國文化傳統的認識,也是從杜詩出發的。他晚年甚至放弃了《中國文學史》的寫作,而專門從事杜詩的注釋工作。其原因,就在於他在《杜詩序説》中所説的"杜甫所給予的感動":題材豐富、用語正確、音律完美、人格偉大。至於杜詩在中國文學史上的意義,則是詩歌形式的增加,抒發中國文人淑世窮愁的普遍現象,建立詩歌的新風格,爲劃時代的關鍵性所在。

我們順此思路是否可以進一步這樣理解:杜甫是受儒家思想影響最深的大詩人,是儒家文化的最杰出的體現者。吉川幸次郎選擇這麼一個詩人作爲中國文學和中國文化的代表,一方面説明他接受了儒家思想的價值觀,一方面也制約了他對中國文學乃至中國文化的認識。吉川幸次郎本人即是日本儒學的現代傳人,正如他的學生高橋和巳在《中國詩史》的《解説》中所稱,他的中國文學研究方法是"儒家式的文學研究方法",不僅是指具體方法,而且也是指價值觀念。可以説,他是以儒家的精神來研究中國文學的。從儒家的價值觀念出發,他當然會選取杜甫作爲中國文學和中國文化的代表,以杜詩作爲認識中國文學特質和中國文化傳統的典型。

總之,在鈴木虎雄等前輩的影響下,吉川幸次郎以畢生精力翻譯、注釋、研究杜詩,其相關文章以日文、中文、英文、朝鮮文、越南文印刷或廣播,影響極其深遠。如他説:

> 以我的認識,中國文學中最出類拔萃的是唐代杜甫的詩。①
>
> 杜甫是中國最偉大的詩人,中國人都以"詩聖",也就是"詩的聖人"來稱呼他。②

---

① 吉川幸次郎《杜甫私記》第1卷"自序",《吉川幸次郎全集》第12册,第3頁。

② 吉川幸次郎《杜甫について》,《吉川幸次郎全集》第12册,第560頁。

杜甫是(松尾)芭蕉之父,這也增大了杜甫在東洋文學中的意義。①

杜甫不僅是唐代詩人的代表,也是中國古今以來最偉大的詩人,中國詩的完成者,這是從十一世紀的北宋至今千年以來的評價。②

他的評價,再通過教科書以及文學史研究論著等形式,最終確定了杜詩在日本人心中的典範地位③。

1980年,吉川的逝世引起了各國學術界的悼念。吉川的學術成果也受到人們的稱贊和重視。目加田誠評價説:"日本的中國文學研究水平得到海外承認,很大程度上也是依賴於吉川。"與吉川有過交往的中國學者也紛紛寫文章回憶與吉川接觸的往昔,表達對吉川其人其學問的敬意。何培忠談到了吉川的淵博的學識和對中國的深厚感情,稱之爲"文學巨星"④,嚴紹璗把吉川豐碩的業績概括爲"吉川中國學",並引用了美國學者費正清對吉川"中國學的巨擘"的評語⑤。法國漢學家保羅・戴密微曾説,今天在中國之外,甚至在某些方向,即使是在中國,也没有比他更爲卓越的中國古典文學理解者了。

---

① 吉川幸次郎《東洋文學における杜甫の意義》,《吉川幸次郎全集》第12册,第560頁。

② 吉川幸次郎《中國文學の政治性》,《吉川幸次郎全集》第1册,第115頁。

③ 參見張伯偉《典範之形成:東亞文學中的杜詩》,《中國社會科學》2012年第9期。

④ 何培忠《日本著名中國文學研究家吉川幸次郎》,《國外社會科學》1980年第10期。

⑤ 嚴紹璗爲張哲俊《吉川幸次郎研究》所寫的序言,中華書局2007年版。

吉川對中國的儒學情有獨鍾。他對中國的儒家經典《詩經》《尚書》《論語》進行了較多的研究。吉川擔任經學與文學研究室主任,主持《尚書正義》定本的編撰,將其翻譯成現代日語。之後,吉川着手校訂《毛詩正義》,對《詩經國風》進行了譯注。吉川也譯注了《論語》,並著有《中國的智慧——關於孔子》《新的慟哭——孔子與天》等著作。吉川所從事儒家經典的校訂、譯注和研究,既體現了吉川對儒學思想的重視,同時也加深了其對儒家思想的理解。"儒學是吉川理解中國文學與文化的基石,儒學思想深入到吉川的思想情感,他總是從儒學的角度理解中國文學與文化。"①杜甫與隱逸的陶淵明、仙風道骨的李白、儒釋道兼修的蘇軾等人比起來,其人生和詩歌創作中體現出較重的儒學色彩,這與從儒學角度理解中國文學與文化的吉川,在思想層面上達到了某種契合。

吉川的中國學研究是在京都學派的學術環境下開展的,因此其杜甫研究體現出了京都學派的研究特色。京都學派由日本京都帝國大學主張創立,主要代表人物有内藤湖南、狩野直喜、青木正兒、吉川幸次郎等。該學派的成果頗豐,除了上文提到的思想方面外,學風也非常獨特:"'把中國作爲中國來理解'的治學原則和實證主義的治學方法。"②作爲京都學派的第三代學者,學術體驗和實證考據是吉川對京都學派學術特色的承襲。

在吉川的時代之前,爲日本人所熟知的是江户漢學。江户漢學把中國做日本式的理解,而吉川提出要"把中國作爲中國來理解",前輩狩野直喜和内藤湖南采用的就是這種治學方式,吉川也遵循着該原則。"把中國作爲中國來理解",即嘗試用中國人的思考方法來治學,更具體地説是類似於清代學者的治學方法,"江户

① 張哲俊《吉川幸次郎研究》,中華書局 2004 年版,第 119 頁。

② 錢婉約《從漢學到中國學——近代日本的中國研究》,中華書局 2007 年版,第 42 頁。

時代的漢學是沿襲明代漢學的,後來也爲明治、大正時期的日本學界所繼承。明代的方法,説好是直觀的,説不好,則容易陷入獨斷和粗略。與此相反,我所遵從的清代方法,因爲也可以説是文獻學的,所以更有實證性、更細膩。要説不好的話,就是煩瑣主義”①。

在杜甫研究中,吉川還廣泛采用了實證考據的方法。無論是杜甫的生平行年,還是杜甫的詩歌創作,都體現出了吉川實證考據的研究方法及學術精神。

《杜甫私記》是吉川按杜甫生平行年撰寫的一部傳記性質的著作,兼有杜詩的鑒賞。在“先天元年”一節,吉川考證杜甫生年。在“家系”一節,吉川利用一些新資料,從新的角度去考證杜甫的家系,從而提出了一些新的看法:他考證杜甫的祖先杜預到祖父杜審言,母親崔氏,然後指出,杜甫的先輩都是北方人,杜甫也是地道的北方人,他的詩歌體現出的那種誠實、野性、愚直和雄渾的氣魄正與他生長的自然與人文環境有關,這與長期生活在四川的李白不同②。以地理差異解釋文學差異,這可以看到法國實證主義的間接影響。法國人丹納以種族、時代、環境三因素解釋文學和文化現象,如解釋希臘的雕塑,則從分析希臘的自然環境、歷史特徵、希臘民族等入手③。這種方法雖然不是吉川首創,却是他最早用於杜詩批評中,由此拓展了杜甫研究的視野。

吉川抓住杜詩“無一字無來歷”的特點,對杜甫的詩歌展開了中國式考據,體現了吉川深厚的中國學術功底,《杜甫詩注》便是這一研究方法的很好體現。爲杜甫詩作注是吉川的晚年的宏願。中

---

① 吉川幸次郎《中國文學與杜甫》,青木正兒、吉川幸次郎等《對中國文化的鄉愁》,戴燕等選譯,第146頁。

② 吉川幸次郎著,李寅生譯《讀杜札記》,鳳凰出版社2011年版,第17—29頁。

③ 丹納著,傅雷譯《藝術哲學》,人民文學出版社1997年版,第241頁。

國歷來對杜甫的注本很多，如宋人劉辰翁《集千家注批點杜工部詩集》、明人王嗣奭《杜臆》、清人仇兆鰲的《杜詩詳注》和朱鶴齡的《杜工部詩集輯注》等等。當代郭沫若、馮至、蘇仲翔、蕭滌非、傅庚生等人的杜甫研究也非常有名，吉川認爲杜詩本身太偉大，研究可以層出不窮，已有的研究並不能令人十分滿意，所以自己也參與到研究中，並且堅持自己的特色：注重宋人注解，注重杜詩與《昭明文選》的關係。例如，《自京赴奉先縣咏懷五百字》中的一句"朱門酒肉臭"的注釋，吉川先講這是對貴族之家的奢侈狀況的概括。然後對"朱門"、"酒肉"、"臭"分別展開注釋。貴族之家的大門塗成朱紅色，所以稱爲"朱門"，《文選》中郭璞的《遊仙詩》有"朱門何足榮"。"酒肉"，是貴族們家門前堆砌的酒肉。《文選》所選的王粲的《從軍詩》寫到過"陳賞越丘山，酒肉逾川坻"。《左傳》中也提到過"有酒如淮，有肉如坻"。"臭"，氣也，香也。《後漢書・逸民傳》中有一句"滑芳香兮日臭"。吉川還聯繫到杜甫的另一首詩《魏六丈佑少府之交廣》："出入朱門家，華屋刻蛟螭。玉食亞王者，樂張遊子悲。侍婢艷傾城，綃綺輕霧霏。掌中琥珀鐘，行酒雙逶迤。"① 短短一句詩就可以看出吉川追根溯源、旁徵博引的特點和精神。在對這首詩的其他句子和杜甫的其他詩歌的研究中，吉川都保持着一貫的實證考據的方法和特色。

吉川在其中國學研究日趨成熟時開始了杜甫研究，且以深厚的中日文化修養和科學嚴謹的治學方法，來理解杜甫的偉大之處、解讀杜詩的藝術特色，提出了很多獨到的見解。在杜甫詩歌的思想情感方面，吉川認爲主要體現了以下三個特徵：

1. "寫身邊小事而關涉社會與政治"

從多年的誦讀杜詩，到對杜詩進行學術上的研究，日常性和政治性是吉川對杜甫詩歌的獨特理解："寫身邊小事而關涉社會與政

---

① 吉川幸次郎《杜甫詩注》，筑摩書房 1977 年版，第 545、546 頁。

治,是杜甫詩的特徵。”比如《倦夜》詩的第三句“重露成涓滴”,就“尤爲不尋常”:“凝結在片片竹葉上的露珠,隨着夜晚時光的流逝,漸漸匯爲水滴,懸在竹葉尖上。這不是每一個人都能觀察得到,却是存在於每個人身邊的現象。這裏貫徹了杜甫不放過小事情的態度,並且由小及大的精神,也可從詩的最後兩句讀到。”①

杜甫以細緻的觀察來描寫身邊的自然和現實生活,而寫實的背後體現出來的是杜甫“想以自身誠摯的人格,奉獻於政治,使世上的一切都變得真誠起來”的理想追求②。

吉川對杜甫該層面的把握,體現在吉川對杜甫詩歌的鑒賞中。唐肅宗至德二載(757),杜甫受官左拾遺,杜甫“奉儒守官”的家族傳統和“致君堯舜上,再使風俗淳”的個人素懷,終於有了實現的可能。然而,宰相房琯戰敗,杜甫爲其求情觸怒唐肅宗,得到宰相張鎬解救才幸免。唐肅宗讓他到鄜州探親,他在路上寫下了《北征》。吉川分析,杜甫以自己北行的親身經歷,細緻地描述了路途中的所見所感,關注民生疾苦,傳達出了山川的阻隔和風物的淒涼;詩中最精彩的部分是詩人家庭團聚的悲喜交織,這裏杜甫展現了其詩歌“緻密”的特點,緻密來自於他對日常生活、自然風景細緻的觀察和感觸,表現在詩中精心組織的語言和形式。杜甫的這首詩並不就此止步,而是將重點放在了對國家現狀的憂慮、對國家未來的希望的敘述上,這體現了詩人的社會責任和政治參與意識,可謂“每飯不忘君”③。

在吉川看來,杜甫詩歌的日常性和政治性是對中國詩歌乃至

---

① 吉川幸次郎《中國文學與杜甫》,青木正兒、吉川幸次郎等《對中國的鄉愁》,戴燕等選譯,第142頁。

② 吉川幸次郎《中國詩史》,章培恒等譯,安徽文藝出版社1986年版,第238頁。

③ 吉川幸次郎《吉川幸次郎全集》第12卷,第331頁。

文學傳統的繼承。從中國春秋時代,以《詩經》和《論語》爲代表體現出了"人類的拯救,不靠神而只靠自己是可能的"中國精神的基幹。"由人類自己來拯救人類,它的手段只能是良好的政治,對政治的關心即由此產生。""被當作拯救者的人類,其中大多數是凡人,對凡人一舉一動的關注由此産生。文學的感染力也從這裏尋找自己的題材。"①中國的儒家倡導積極的入世精神,承擔社會責任,從這一點上吉川將杜甫的詩歌看作中國文學傳統的典型。

吉川對杜詩日常性、政治性特徵的關注,是基於日本文學多取材日常生活、多抒發個人感情的特徵。吉川體會到了杜詩與日本詩歌的同中之異。雖然同樣取材於日常生活,日本文學却是向内的,傾向個人生活感情的抒發;而中國更多的是指向倫理道德、政治社會。"日本文學的特點是追求人的内心活動,特别是作者本身的思想感情和心理狀態,少關心社會政治問題。"②吉川也提到過日本文學具有"矮小性、私小性、空想性"③。這種中日文化特質的深層次差異,讓吉川爲杜詩所吸引。吉川希望,杜詩乃至中國文學中對日常生活和社會政治的關心,能爲日本文學所借鑒。

2. "古代樂觀主義的恢復"

在杜詩感情特徵方面,吉川關注的是絶望中的希望、悲愁中的樂觀:"他的詩充滿憂鬱和悲憤,而其本意是個人也好、社會也好本應該是幸福的,是古代樂觀主義的恢復。"④如《茅屋爲秋風所破歌》是詩人在成都草堂所作。杜甫生活非常艱辛,秋雨中屋漏受

---

① 吉川幸次郎《中國詩史》,章培恒等譯,安徽文藝出版社1986年版,第26頁。

② 王長新《日本文學史》,吉林大學出版社1990年版,第1頁。

③ 吉川幸次郎《吉川幸次郎全集》第12卷,第3頁。

④ 關於杜甫的樂觀的人生觀,吉川認爲是"把人看作是充滿希望的存在的人生哲學"。參見吉川幸次郎著,錢婉約譯《我的留學記》,中華書局2008年版,第213、221頁。

凍,聯繫到個人的懷才不遇,這是何等的悲愁、絶望,但是杜甫最後的振臂高呼"安得廣厦千萬間,大庇天下寒士俱歡顔,風雨不動安如山!嗚呼!何時眼前突兀見此屋,吾廬獨破受凍死亦足",體現出了杜甫同不幸鬥争的樂觀精神。吉川評價道,杜甫詩中的悲傷、痛苦不僅是杜甫自己的,而且是人人的,所以杜甫的詩歌也是人人的詩歌①。杜甫將個人的悲苦縮小,表達每個人都會有的感情,表達一種悲愁中的樂觀精神、一種希望的信念。

"杜甫一生愁"吸引了吉川,然而杜甫讓吉川推崇的是,杜甫在窮困潦倒中的積極進取、堅定信心和希望樂觀,這是杜詩所體現的與日本文學不同的情感。日本文學雖然受到很大的外來影響,尤其是中國文學的影響,但是也有自己的特質,其中重要的一點就是"物哀"。本居宣長在《物哀》中,"提出知物哀,確立日本民族的本土特色,對抗中國的勸善懲惡。日本的感物是一種個人情感,崇尚的是一種静寂悲傷之美"②。而中國的"體物",所表達的更多的是倫理教化與社會政治。晋代陸機在其《文賦》中寫到"詩緣情而綺靡,賦體物而瀏亮",體物是在對自然和社會現象的觀察的基礎上,在作品中表達的對世間萬物的一種體會和思考。"物哀"作爲日本的一種文化底蘊,影響到了這個國家的文學創作,也影響到了日本的學術研究。吉川作爲日本學者,受到了日本文化的浸染,他在"尊重日本文學獨特性"的同時,也積極尋求中國文學的獨特性,希望和樂觀便是一點。

通過杜詩的日常性、政治性和希望樂觀的精神,吉川説明了杜詩的偉大之處在於杜甫正確認識生活,不懈地追求和諧而美好的世界,也正是吉川所説的杜甫的"地才","他的眼光常是盯在

---

① 吉川幸次郎《新唐詩選》,岩波書店 1973 年版,第 23 頁。

② 本居宣長《物哀》,王向遠譯,吉林出版集團有限公司 2010 年版,第 6 頁。

大地上,絶不離開大地。换句話説,就是注視人類,尤其是一般平庸人的生活。他用熱情描寫我們一般人的苦惱、希望,並加以發揮。我平常以爲,中國文學最優秀的傳統,就在其爲人之文學,不像西方文學往往爲英雄之文學、爲神之文學。杜少陵可以説是這個傳統的代表"①。杜甫的詩歌對現實生活加以細緻的描寫,並且抒發對現實背後的社會發展的思考;儘管一生漂泊多病,詩歌通過感情的調和表達了美好的希望,達到了"倫理的感動和美的感動的統一"。

3. 以不複雜的手法表現社會良知

吉川以爲,像李白、杜甫這樣大文學家的風格"屬於大衆","杜甫的表現方式也不複雜,用那並不複雜的表現手法,傳達大家熟視無睹的東西"。如在《新婚别》這首詩裏,"通過將丈夫送到前綫的年輕妻子的話,暗中批判了當權者。作爲社會良心而提出抗議,也是詩人的責任。在日本,詩人大概分裂爲兩種,一種是像芭蕉那樣的,即使對體制抱批判態度,也較克制,表面上不露痕迹,還有一種則是像賴山陽那樣的,不加掩飾地激烈抨擊"。"《春望》這樣的詩,任何人都能看懂,杜甫擅長的詩,是長詩。"杜甫詩中,那首《自京赴奉先縣詠懷五百字》是他"最喜歡的",其中,"朱門酒肉臭,路有凍死骨"的名句,内容非常刺激②。

"如切如磋,如琢如磨",吉川的杜甫研究是其深刻的個人體驗、淵博的學術知識、嚴謹的治學精神和科學的治學方法的完美融合,他的研究至今依然散發着學術光芒。"它山之石,可以攻玉",相信吉川幸次郎的杜甫研究可以給我們的學術研究以啓示。

---

① 吉川幸次郎《我的杜甫研究》,《國外社會科學》1981年第1期,第55頁。

② 吉川幸次郎《中國文學與杜甫》,青木正兒、吉川幸次郎等《對中國的鄉愁》,戴燕等選譯,第149—150頁。

(三)研究態度與方法

1. 提出問題,解决問題

吉川在京都大學講了十九年的課,這是他最後一次上課時開頭講的幾句話:

> 我在這所大學講了十九年多的課程,如果回顧自己有無頗爲遺憾之事,我覺得有兩件事感到慚愧:一是通過講課,我提出了一些問題,有些總是靠自己的能力能够解决,有很多問題只是提出之後擱置起來,没有解决。還有一件尤其令我羞愧的是課上的很多内容有關中國文學史,話題總是提到李白或白居易這樣的詩人。我雖然認爲李白或白居易是偉大的人物,但實際上我没有能够充分理解他們的偉大價值。①

這幾句話不免給人以絲絲的感傷,這種感傷來自於最後一次課堂的自然情感,還來自於吉川自己從事學術研究存留下來的遺憾。這種遺憾就是他提出了一些問題,雖然一部分問題得到了解决,但仍有很多問題没有能够解决。這當然是吉川自己一種謙虚的説法,但從中也可以看出吉川正是以問題意識研究學術的,他對杜甫的研究足以證明。清楚地提出問題,明晰地解决問題,是吉川的學術追求。

2. 考據與歷史的方法

這就是乾嘉學派的方法。吉川説:

> 勿庸諱言我不是江户漢學主流的門徒,與其説是伊物二子

① 吉川幸次郎《杜甫的詩論與詩——京都大學文學部的最後一次講議》,《吉川幸次郎全集》第12卷,第593頁。

> 和本居氏的門徒,不如説更是段玉裁的門徒,錢氏大昕的門徒,是18世紀清儒的門徒。或許不只是在日本,即使在中國,像我這樣熱衷於18世紀中國學的人也是罕見的。①

問題的提出終究是爲了問題的解决。爲了解决問題,吉川關注的是文學史事實的問題,提出的是澄清事實的問題,解决問題的方法也多是實證考據的方法。所謂的實證考據的方法是指清代乾嘉學派的方法,就是他自己所説"我所遵從的清代方法","文獻學的"方法②。吉川常稱自己是儒者,有時還半開玩笑地説:"我是清朝人","我是清朝遺老"。吉川所説的清朝人或清朝遺老,指的是錢大昕等人。吉川一生非常敬佩清朝的學術,尤其是敬佩錢大昕的學問。吉川以清朝學術爲典範,但不等於只關注清朝的乾嘉學術。他説:"直到現在,我讀日本人著作的數量遠遠不及中國著作,尤其是清朝人的著作。當然我也不是只讀清人的著作,現今讀的一本書就是狩野直喜氏推薦的唐人《五經正義》。還有宋代朱子和他的門人之間的對話録《朱子語類》。日本人以漢學爲主,祖述朱子。狩野氏對此不大滿意,也不喜歡這本書。但我從中得到了啓示。我讀日本人的書,讀宣長,讀仁齋、徂徠、東涯是過了三十歲之後。閲讀西洋著作的量最少。"③對吉川影響最大的是清朝乾嘉學派的學術方法,即考據的方法。吉川喜愛乾嘉學派的學術和方法,一方面是受到狩野直喜等人的影響,受到歐洲中國學的影響,另一方面還與他在北京大學等地的留學生活相關,在留學時"受到師兄倉石

---

① 吉川幸次郎《中國通説篇上自跋》,《吉川幸次郎全集》第1卷,第706頁。

② 吉川幸次郎《中國文學與杜甫》,青木正兒、吉川幸次郎等著《對中國的鄉愁》,戴燕等選譯,第139頁。

③ 吉川幸次郎《中國通説篇上自跋》,《吉川幸次郎全集》第1卷,第705—706頁。

武四郎的感化,也受到章太炎的弟子黄侃、吴承仕的影響,潛心於清朝的經學,尤其是音韵學的研究”①。

三、黑川洋一的杜甫研究

在日本的杜甫研究領域,繼吉川幸次郎之後,就要數大阪大學名譽教授黑川洋一②。黑川氏關於杜甫的主要著作首先是《杜甫》③,是《中國詩人選集》系列之一。上册 210 頁,下册 199 頁,二書前均有黑川氏的解説。上册書前有草堂照片及杜甫像,選杜甫近體詩 125 首,書後有杜甫行踪圖及小川環樹寫的跋。下册書前有瞿塘峽照片及金澤文庫藏杜甫集照片,選杜甫古詩 39 首,書後有杜甫年表、杜甫行踪圖及吉川幸次郎寫的跋。所選杜詩,中文詩文在上,日文翻譯在下,注釋淺近明白。該書對沈德潛《杜詩偶評》徵引頗多。黑川氏在解説中稱“對人生的真誠是杜甫文學創作的根源和原動力”,“杜甫將以前的墜入遊戲之筆的律詩用來反映重大事件和複雜感情,律詩這一類型的抒情詩最終達到完美境地,全賴杜甫之力”。吉川氏在上册《跋》中稱“黑川君注釋可使讀者理解體味杜甫近體詩的整齊均衡之美和靈動變化之妙”。吉川氏在下册《跋》中稱“杜甫古體詩所表現的思想性: 人人向善,構築一個善意的社會。對於不爲善的執政者,杜甫予以抨擊”,可以看做是對杜甫古體詩的解讀指南。

---

① 貝冢茂樹《善之先生的側臉》,《吉川幸次郎全集》第 18 卷,第 2 頁。

② 黑川洋一(1925—2004),畢業於京都大學文學系中國文學專業,師從吉川幸次郎與小川環樹兩位先生。黑川洋一畢生執教於大阪大學,1989 年榮休後榮膺大阪大學名譽教授。黑川洋一有關杜甫研究的個人獨立著作七種:《杜甫》《杜詩》《杜甫》《杜甫研究》《與杜詩同行》《杜甫詩歌鑒賞》《杜甫詩選》。

③ 黑川洋一《杜甫》,岩波書店 1957、1959 年版。

岩波書店在四十年後,又約黑川氏編選《杜甫詩選》[1],編入《岩波文庫》中。該書目録如下:一、流浪生涯之歌。二、安史亂時之歌。三、客寓成都之歌。四、南國漂泊之歌。書後附有杜甫簡譜和解説。該書將杜詩按上述四個時期,依次賞析論述。黑川氏在《解説》中稱:"杜詩是其後一千年間詩的典型,是中國文學的最高成就。"認爲《兵車行》以社會現實和歷史事件爲題材,是前所未有的。指出《北征》《自京赴奉先縣咏懷五百字》是將賦的作法引進詩中。分析《茅屋爲秋風所破歌》表現了杜甫燃燒的激情,不同於日本平安朝文學以優雅、恬淡爲上品,貶抑情感外露。此外,還介紹了《杜工部集》在日本的流傳情況。

黑川洋一與鈴木虎雄譯注的《杜詩》,是以仇兆鰲《杜少陵集詳注》爲底本,對杜甫1400多首詩歌進行了日語翻譯和注釋,深受日本讀者喜愛。據書後黑川洋一教授所寫的"後記"所載,兩位作者爲這本書的譯注耗費了三十年的工夫,由此亦可見作者的用功之勤。

《杜甫》[2],是由吉川幸次郎、小川環樹監修的"中國詩人選集"系列叢書之第九種。這是一部全面介紹杜甫生平思想及其作品的專著。該書既全面介紹了杜甫生平思想,又分析了杜甫代表作的思想和藝術特徵,真切深刻,很見功力。全書分十個部分:一、杜甫的世界。二、杜詩的形成。三、杜甫律詩的藝術性。四、《咏懷五百字》。五、《北征》。六、杜甫七言歌行。七、《秋興八首》。八、杜甫與李白之關係。九、杜甫作爲詩人的自覺。十、杜甫傳(《新唐書》)。書後附有杜甫年譜、參考文獻及杜甫行踪圖。此書見解新穎,學術價值高。如該書認爲杜詩反映了杜甫這樣一種世界觀:"這個世界應是和諧世界,萬物各得其所,充分享受生活。當然,杜甫不是用哲學語言表述,而是用詩歌形象傳達出來的。"當

---

① 黑川洋一《杜甫詩選》,岩波書店1994年版。

② 黑川洋一《杜甫》,筑摩書房1973年版。

時,中國學術界高度評價杜甫社會意識强的詩作,對晚年杜詩注意不够。針對這一現象,黑川氏提出不同看法:“不應僅以社會意識的强弱來評論文學,杜詩之偉大不僅有《自京赴奉先縣咏懷五百字》《北征》,他晚年的詩同樣具有劃時代意義。”認爲“杜律不僅在内容上而且在技巧上都是對歷來律詩的革命”。認爲“杜甫受李白的影響不能小看,或許在同李白文學創作較量中杜甫有意識强化思想性和社會性,杜甫詩風確立是在同李白接觸後,或可爲據”。杜甫成爲自覺性詩人,是在夔州時期,不同意小川環樹的秦州時期説,認爲那是萌芽期,夔州才是確定期。

最能代表黑川洋一杜甫研究成果的是《杜甫研究》①,這是一部對杜甫展開全面研究的專著,很有深度,頗多新見。共六章:第一章,文學的考察。分三節:1. 詩人的自覺(附關於唐詩的傳播)。2. 杜詩的象徵性及其哲學。3. 杜甫與李白關係之意義。論述杜詩的象徵性及其哲學以及杜甫與李白關係之意義。第二章,作品研究。分五節:1.《崔氏東山草堂》寫作時代(附芭蕉“秋深”句與杜甫《崔氏東山草堂》詩)。2.《秋興八首》叙説。3. 關於《又呈吴郎》詩——“即防遠客雖多事,便插疏籬却甚真”考。4. 關於《登岳陽樓》詩——“吴楚東南坼,乾坤日夜浮”考。5. 關於《風疾舟中伏枕書懷三十六韵》的寫作年代。主要考證分析了杜甫有關作品的思想内涵及藝術特徵。第三章,杜甫與佛教。從《秋日夔府咏懷一百韵》中“七祖禪”的考察入手,論述杜甫與佛教的關係。還談了杜甫佛教側面、杜詩中摩訶薩埵的投影問題。第四章,杜詩的發現。分三節:1. 關於中唐至北宋對杜詩的有關發現。2. 關於《唐書》杜甫傳中的傳説。3. 關於王洙本《杜工部集》的流傳。即重點論述杜詩版本流傳有關情況。第五章,杜詩在日本。分三節:1. 日本接受杜甫的歷史。2. 芭蕉文學中的杜甫。3. 島崎藤村與杜甫——以

---

① 黑川洋一《杜甫研究》,創文社 1977 年版。

“千曲川旅情歌”爲中心。第六章,雜考。1. 杜詩“幽興”考——從杜甫自然觀入手。2. 杜甫與藥草——《同谷七歌》“黄精”考。3. 杜甫家族考。作者在《杜詩的象徵性及其哲學》一節中結合杜甫具體詩作,分析了杜詩的象徵特點及哲學内涵,認爲“自然現象的背後是本源現象,詩人以此直覺感受到它。詩人能够從現象背後,如同能嗅到花香一樣,直覺到構成這一現象的本源東西。我們讀杜詩所以深爲所動的原因,就是因爲杜詩具有這種性質”。

黑川洋一在《杜詩在日本》一章中,介紹了杜詩傳入日本的過程及相關資料。認爲最早記録杜甫文集文獻是平安朝末期碩學大江匡房(1041—1111)的《江談鈔》(《群書類聚》雜部)中提到“注杜工部集”,甚至還可追溯到弘仁九年(818)成書的《文華秀麗集》中菅原清公(770—842)《奉和春閨怨詩》“可妒桃花徒映靨,生憎柳葉尚舒眉”二句,源自杜甫《送路六侍御入朝》“不分桃花紅勝錦,生憎柳絮白於綿”。另外,大江維時(888—963)編《千載佳句》中引六聯杜詩。當然,這並不意味杜甫集此時已傳入日本,很可能是從某唐詩選本上采録下來。《杜甫與佛教》一章,作者分析了杜詩中有關部分後説:“晚年杜甫寄心佛教,雖然由上述詩明顯可證,但杜甫絶不僅僅是由佛教而求心安而已。杜甫一方面因其痛切之心而求佛法,一方面又感到此岸世界不能脱離。正如吉川博士所説,杜甫晚年詩,其積極面與消極面交錯而在。如果説,積極面是杜甫儒家人生態度反映的話,那麽,傾向佛教則是其消極面。晚年的杜甫,就在這二律背反中動摇。”作者認爲,杜甫思想核心是儒家思想,不容否定,但同時也是對佛教極爲關心的詩人。其詩中,儒家、佛教難分難解,融合在一起,宋以後排除佛教因素的杜甫形象,我們應當予以修正。

黑川洋一的《杜詩伴我行》①,是作者寫的一部有關杜詩的札

---

①　黑川洋一《杜詩伴我行》,創文社 1982 年版。

記。全書分四部分。第一部分,杜詩伴我行。分八節,涉及杜甫的哲學、杜甫心中的李白、杜甫之於吉川先生等學術課題。第二部分,比較文學的嘗試之一。分七節,涉及杜甫與芭蕉、中國文學在日本(在四川大學的講演)以及遠東文學史的構想等。第三部分,比較文學的嘗試之二。下分三節,涉及中國文學的悲哀升華以及作爲文學的《觀無量壽經》等。第四部分,杜甫之旅。下分六節,記述了作者的杜甫之旅及其觀感,並追憶他年輕時留學美國和歐洲生活感受。作者説這部書與他的舊著《杜甫》(1973 年)、《杜甫研究》(1977 年)緊密相關而又獨立成編,有的是前兩部專著的補充,有的可以相互對照,合讀最好。

四、其他學者的杜甫研究

這段時間,日本其他學者的杜甫研究以評傳式的研究爲主,也有聲有色。如高木正一著《杜甫》①,與目加田誠著《杜甫的詩與生平》都是杜甫評傳的開拓之作②,學術價值很高,影響很大。

《杜甫》將杜甫一生分爲前半生與後半生兩部分。第一部分,前半生:對賢人政治的憧憬。下設十節:(1)家世與出生。(2)開元全盛日的吴越之旅。(3)快意八九年的齊趙之旅。

---

① 高木正一《杜甫》,中央公論社 1969 年版。高木正一(1912—1997),立命館大學教授,著有《鍾嶸詩品》《六朝律詩的形成》《唐詩選》等。

② 目加田誠(1904—1994),出生於山口縣,1929 年畢業於東京帝國大學中國文學科,旋任東方文化學院(現東京大學東洋文化研究所)助手。1933 年 7 月任九州帝國大學副教授,10 月赴北京留學,在北京大學和中國大學做聽講生,拜訪結交胡適、周作人、楊樹達、朱自清和俞平伯等人。1935 年春回國,任九州大學,1938 年爲教授。1964 年退休,後任私立早稻田大學教授。1985 年當選爲日本學士院會員,1994 年逝世。自《詩經》、《楚辭》、杜詩到現代作家曹禺,歷代詩文、小説戲曲,以《文心雕龍》爲中心的文學批評等,無不成爲其研究對象,出版了《詩經・楚辭》《新釋詩經》《唐詩三百首》等。

(4) 旅食京華之春。(5) 開拓新詩境。(6) 玄宗治世危機。(7) 放歌破愁絶。(8) 震動乾坤的安禄山叛亂中。(9) 國破山河在。(10) 涕泪受拾遺。第二部分,後半生:漂泊之旅。下設八節:(1) 在華州。(2) 漂泊之旅——從秦州到同谷。(3) 成都浣花草堂。(4) 輾轉蜀中的放浪。(5) 再回浣花草堂——幕府生活。(6) 天地一沙鷗。(7) 白帝孤城邊。(8) 江漢思歸客。後附杜甫年譜。該書對杜甫生平叙述與評論中肯、獨到,版式編排新穎。在他的遺稿集《六朝唐詩論考》(創文社 1999 年)中收録了他的《杜甫與七言律詩的完成》《關於杜詩對句的考察》《關於杜詩寫景的考察》等論文。

1963 年,勁草書房出版目加田誠的《杜甫——中國的思想家》。其後,又有杜甫評傳風格的專著《杜甫的詩與生平》問世[1]。全書共分兩部分。第一部分:盛唐詩的隆盛與杜甫。第二部分:杜甫的家系與少年時代。有下列小節:(1) 杜甫的壯遊。(2) 在陸渾莊。(3) 與李白相見。(4) 長安生活。(5) 安禄山的叛亂與杜甫。(6) 左拾遺時期。(7) 在華州。(8) 漂泊之旅-秦州。(9) 從同谷到成都。(10) 浣花草堂。(11) 輾轉蜀中。(12) 草堂與幕府生活。(13) 不斷漂泊。(14) 在夔州。(15) 從江陵到洞庭。該書還附有杜甫年譜以及與杜甫有關的照片,繪畫圖版多幅。該書編排上以杜甫行踪爲序,插有大量杜詩分析解説,記述翔實,繁簡得當,屢次再版,决非偶然。

福原龍藏著《沉痛漂泊的詩聖杜甫》[2],是一部評述杜甫生平的論著。分八章:第一章,杜甫年代記略。第二章,季節之卷(5 首)。第三章,紀行之卷(2 首)。第四章,愛情之卷(3 首)。第五章,友情之卷(3 首)。第六章,戰亂之卷(10 首)。第七章,貧窮之卷(5

---

① 目加田誠《杜甫的詩與生平》,社會思想社 1969 年版。

② 福原龍藏《沉痛漂泊的詩聖杜甫》,講談社 1969 年版。福原龍藏(1906—1975),著有《鄭聲雜考》《李白:豪放非運的詩仙》等。

首)。第八章,愛酒之卷(3首)。將杜甫的名作按以上七部分加以解説。編排新穎,所選杜詩皆爲代表作,解釋也平實可信,是很有特色之作,故屢屢印刷。

鈴木修次著《杜甫》①,爲《人與思想》系列叢書第57種。在書封面上有這樣一段評語:"杜甫,雖然是古人,但他的作品,已超越時間,不斷地給讀者以新的刺激和感動。杜詩修辭藝術技巧,不僅給現在的中國詩人,也包括日本詩人以很大影響。杜甫經營語言之苦心、觀察事物之精細,令人吃驚。杜甫是超越時間、具有永恒價值的詩人。以'詩聖'名杜甫,不限於中國風土與歷史,即使從全世界角度看,也同樣如此。"全書分三部分:一、杜甫的文學時代。二、杜甫的生平。三、杜甫的文學思想。書前有《杜甫騎驢圖》與《杜甫行踪圖》,書後附有杜甫年譜。鈴木氏還在《唐代詩人論》(下)的《杜甫論》中收録五篇論文:《杜甫三十歲以前詩》《杜甫向社會詩人的轉變》《杜甫三吏三別的特異性》《杜甫秦州時期詩》《關於杜詩中亂、欹、危》。在《唐詩傳播》中有《杜甫詩的傳誦》《以詩代信》《杜甫與高適》《詩報導》《杜甫的社會詩》等。

高島俊男著《李白與杜甫——他們的行爲與文學》②。作者1937年生於大阪,1967年畢業於東京大學中國文學科,曾任東京大學文學部教授。該書是研究李白與杜甫的一本專著,除了"序章"之外,正文分爲三個部分。第一部分重點論述了李白的

---

① 鈴木修次《杜甫》,清水書院1980年版。鈴木修次(1923—1989),1948年畢業於東京文理科大學,1968年以《漢魏詩の研究》,獲東京教育大學文學博士。先後任北海道教育大學講師、東京教育大學助教授、廣島大學教授,1987年爲名誉教授、大阪學芸大學教授,1989年退休。著有《元好問》《古典漢文の新研究》《莊子》《唐代詩人論》《中國古代文學論 詩経の文芸性》《中國文學與日本文學》《唐詩の世界》等。

② 高島俊男《李白與杜甫——他們的行爲與文學》,日本評論社1972年版。

身世及相關的詩歌,第二部分重點論述了杜甫的身世及相關詩歌,第三部分論述了李白的文學與杜甫的文學之間的關係。書後附有李白、杜甫的年表,便於讀者通過年表來瞭解李杜的身世及作品。

森也繁夫著《沉鬱的詩人——杜甫》①。作者生於1935年,是日本著名的漢學家,出版過多部研究杜甫及魏晋六朝的學術著作。該書屬於《中國詩人》傳記系列叢書的一本,介紹了詩人杜甫流離顛沛的一生。全書分爲“家世與少年時代”、“壯遊之時”、“長安時代”等六章。在介紹杜甫一生的同時,書中附有一些與杜甫生平有關的地圖和照片,是一部較爲詳細的專著。

和田利男著《杜甫:生涯與文學》②。作者生於1904年,曾任群馬大學教授。全書分爲前、中、後三編。前編“杜甫的生平”分成13個部分:(1)回憶幼年。(2)壯年遊歷。(3)洛陽生活。(4)長安生活。(5)安禄山的叛亂。(6)俘虜生活。(7)任左拾遺官。(8)左遷向華州。(9)漂泊之旅。(10)成都生活。(11)下長江。(12)夔州生活。(13)江湖漂泊。中編“杜甫的文學”分成9個部分:(1)杜甫與漱石。(2)杜甫與子規。(3)杜甫與芭蕉。(4)杜甫與一休。(5)杜甫與文選。(6)杜甫與雨。(7)杜甫與書。(8)杜甫與繪畫。(9)郭沫若氏“杜甫的階級意識”論之我見。後編是《杜詩事類索引·文學篇》,分爲評論、歷代作家名、書名和篇名3個部分。後編也是中國學者檢索杜詩時經常引用的,受到中國讀者的高度贊譽。該書是集學術評論、作品賞析於一體的專著。

田川純三著《杜甫之旅》③。作者1934年生於東京,慶應大學

---

① 森也繁夫《沉鬱的詩人——杜甫》,日本集英社1982年版。

② 和田利男《杜甫:生涯與文學》,標志社1981年版。

③ 田川純三《杜甫之旅》,日本新潮社1993年版。

畢業後進入日本 NHK 電視臺,一直從事與中國相關的節目。退休後在静岡精華短大講授中國文化史和中國文學。該書分爲十二章,從杜甫年輕時遊東岳開始寫起,直到杜甫去世,按照杜甫一生漫遊形成的路綫,來講解杜甫的心靈路程,並對杜甫在漫遊所寫的詩歌進行了分析研究。該書屬於評論式講解杜詩的著作。

山口植樹著《吟咏詩聖的悲憤與慷慨——憂愁的詩人杜甫》①。作者 1950 年出生,櫻美林大學中國文學和語言專業畢業。1979 年,山口植樹開始以中國歷史和文學爲主題的攝影歷程,拍攝了大量的關於中國文學和歷史的圖片,是日本著名的攝影家。該書是一部攝影集,共分爲三章。作者的這部攝影集很是獨特,在三十二首杜詩中,作者配以相應的彩色照片。該書圖文並茂,選題新穎,匠心獨特,是一部欣賞性和可讀性兼備的杜詩讀本。

以下幾位研究者的學術論文視野廣、思路活,多有創見,或可代表日本杜甫研究的一些新動向,值得重視。

愛媛大學教授加藤國安(1952—)的幾篇論文很有學術價值,如《成都時期的杜詩與庾信文學》(《日本中國學會報》37,1987 年)、《近年杜詩學研究動向》(上、下,《東洋學集刊》67、68,1992 年)、《杜甫研究的現狀與課題——以中國爲中心》(《中國:社會與文化》7,1992 年)、《杜甫的物我合一意境及其詩歌表現》(《愛媛大學教育學部紀要》25—1,1992 年)、《杜甫的風格》(《愛媛大學教育學部紀要》26—2,1994 年)、《怎樣讀李白——關於李杜的評價》(月刊,1995 年 6 月號,大修館書店)、《杜甫"奇"的想像力》(《東洋古典學研究》3,1997 年)。他的《杜甫詩歌藝術表現中的"奇"》(《中唐文學視角》,創文社 1998 年)一文從四個方面展開,頗多新意:1. 杜甫"好奇"——從新奇之美到以醜爲美;

① 山口植樹《吟詠詩聖的悲憤與慷慨——憂愁的詩人杜甫》,日本學習研究社 1995 年版。

2. 杜詩的流動化——“奇”的表現；3. 驚天動地的奇筆；4. 對韓愈的影響。

還應注意的是斯波六郎的《中國文學中的孤獨感》①，雖不是杜甫研究的專門著作，可是他把杜甫作爲專章（即第十六章），意在説明戰争的經歷，使作者能够理解或能够如此理解杜甫乃至中國古代詩人的孤獨感，並以爲杜甫《清明》詩所表現的是“意識到並吟咏了人都是一個一個的個别存在”，“人都是孤獨的”。這裏，給予了杜甫理解他人立場的孤獨以最高的評價，並拿李白來與杜甫形成對比。誠然，李白也有由憤嘆不遇而産生的孤獨感，由悲嘆人生無常而産生的孤獨感，這與其他人的孤獨感没有什麽不同；但李白另有一種孤獨感，却是他人所未必有的，這就是在超越境地中的孤獨感。這種孤獨感抬高自己，以守住孤獨爲榮，不願與他人融合，恰與杜甫的態度相反。杜甫感到人情的不可靠，在作了仔細追究以後，看到了人的孤獨性，進而達到了同情萬物各自立場的境界；李白也感到人情的不可靠，從而也在某種程度上意識到了人的孤獨性，但他只感到自己的孤獨，却不去推察他人的孤獨，他只注意他人對自己的態度，却不關心自己對他人的態度。這種對待孤獨的態度，無疑起源於李白對自己才能的極度自信。中國詩人由於自信其才能，因而感嘆自己不遇的人甚多，但像李白那樣表現得如此强烈的人却是没有的。給自己以高於他人的評價，這乃是人之常情，杜甫也具有這種心情；但杜甫並没有把自己抬高到世人和俗物之上的心情，而李白却具有這種心情。

另外，橋川時雄翻譯了馮至的《杜甫傳》②，在日本戰敗後的低

---

① 斯波六郎《中國文學中的孤獨感》，岩波書店 1958 年版。

② 橋川時雄（1894—1982），福井縣足羽郡酒生村人。1913 年，從福井師範學校畢業，爲同縣東鄉小學校的小學教員。後從漢學者勝屋馬三男學，曾訪三島毅等當時的漢學者。多次來華，爲北京大學國文科的聽講生，認（轉下頁）

沉的社會空氣中,不少日本人從杜甫"國破山河在,城春草木深"的詩句中,感到了某種共鳴。京都大學文學部教授川合康三以研究中唐文學見長,他的《中國的自傳文學》由蔡毅譯出,中央編譯出版社1999年出版。此書是"發現中國叢書"之一種,從司馬遷的《太史公序》到唐朝中後期的自傳體書寫都作了微觀的剖析,又將中國的自傳文學與西方的自傳作品作了宏觀的對比分析,其中第五章《詩歌中的自傳》有《杜甫詩中的自我認識與自我表達》一部分,視杜詩爲自叙傳體,對杜甫研究很具啓發意義。

第六節　邁入二十一世紀的杜甫研究

進入二十一世紀,日本的杜甫研究隊伍是以老一輩學者爲主,如黑川洋一、興膳宏等漢學名宿仍活躍在學術前沿,同時涌現了中青年學者。

一、著作概述

宇野直人撰《杜甫》①。此書收録宇野直人在日本電視臺《NHK古典講讀・漢詩》系列節目中講授杜詩的内容,講座時間是2007年10月至2008年3月。作者1954年生於東京,現爲共立女子大學國際文化學部教授,全日本漢詩聯盟理事。著有《柳

(接上頁)識了蔡元培和陳獨秀。活躍在中國的學術文化界,結識了中國學術藝術界的許多人,如吴虞、柯劭忞、王國維、胡玉縉、馬衡、齊白石、陳師曾(寅恪之兄)、周作人、鄧之誠等。主要著作:《陶淵明》《陶集源流刊布考》《滿洲八旗文學興廢考》《荆楚歲時記注考》《楚辭》。譯作:梁啓超《清代學術概論》、胡適《五十年來中國之文學》、馮至《杜甫傳》。橋川時雄也是一位在中國和日本近代文化交流史上應重視的人物。

① 宇野直人《杜甫》,日本放送協會2007年版。

永論稿》,已由張海鷗、羊昭紅翻譯,上海古籍出版社 1998 年出版。《杜甫》爲通俗性讀物,按照杜甫的生平選取了大約四十首杜詩,進行詳細的介紹和解釋。在每一首詩之後,有日語的翻譯和解釋。附有插圖和黑白、彩色照片,是近年來較爲暢銷的杜詩讀本。

興膳宏撰《杜甫——超越憂愁的詩人》①。作者 1936 年生於福岡。京都大學畢業,文學博士。曾任京都大學教授、京都國立博物館館長等職,現爲京都大學名譽教授,日本六朝學會會長。興膳宏是日本著名的漢學家,對中國古典文學的研究涉及多個方面,主要在六朝隋唐一段,《文心雕龍》研究成果尤爲突出。該書分爲兩大部分。第一部分的三章,叙述了中國詩史中的杜甫和杜甫的今體、古體詩。第二部分的八章,介紹了杜甫的經歷和相關作品。該書屬於通俗性的普及讀物,興膳宏教授以大家之筆娓娓道來,恰到好處地反映了杜詩的魅力。

莊魯迅撰《李白與杜甫——漂泊的人生》②。作者 1956 年生於上海。1988 年來到日本,留學於日本東洋大學,現在日本從事音樂工作,並在和光大學、NHK 文化中心、朝日文化中心等校講授中國古詩、歷史。全書正文分爲九章,講述了李白和杜甫生活的時代環境,並對李杜的詩歌進行了分析和講述。該書以叙述李杜的經歷爲主,輔之以李杜詩歌的賞析,通俗易懂,文風平實,極具可讀性。

宇野直人、江原正士撰《杜甫——偉大的憂鬱》③。宇野直人,簡介如上。江原正士,日本戲劇演員。該書分爲六個部分,按杜甫

---

① 興膳宏《杜甫——超越憂愁的詩人》,岩波書店 2009 年版。

② 莊魯迅《李白與杜甫——漂泊的人生》,大修館書店 2007 年版。書題亦作《詩人的命運: 李白、杜甫與安史之亂》。

③ 宇野直人、江原正士《杜甫——偉大的憂鬱》,平凡社 2009 年版。

的成長經歷分階段講述杜詩。結合詩人的身世解釋杜詩,給人以極爲親切的感覺。作者選取的杜詩,是杜甫詩歌的代表作。

後藤秋正撰《東西南北之人——杜甫的詩與詩語》①。作者1947年出生於静岡縣,文學博士,現爲北海道教育大學札幌分校教授。該書分爲兩個部分。第一部分把杜甫的詩歌分成三類進行研究;第二部分研究了杜甫與詩語的關係。該書是一部按專題類型研究杜詩的專著。另外,後藤秋正等撰有四篇《〈杜詩引得〉補正》②,很見學術功底,讓《杜詩引得》這工具書更具使用價值。另有《何日是歸年——杜甫詩話》(研文出版社2012年)、《山青花欲燃——杜甫詩話(續)》(研文出版社2014年)。

黑川洋一撰《杜甫》③,如前所述,他於1973年寫過《杜甫》,是作爲吉川幸次郎、小川環樹主編的《中國詩文選系列叢書》之一出版的。這次出版的《杜甫》作了修訂,書分爲六個部分,按照杜甫的成長經歷來講述分析杜詩。書中所講到的杜詩,按照作者的理解,進行了仔細的分析和講解④。

佐賀大學古川末喜教授出版的杜甫研究專著有兩部:《杜甫農業詩歌研究——8世紀中國的農事與生活之歌》(2008年)、《杜甫的詩歌與生活——現代訓讀文的解讀》(2014年)。前者已由董璐譯成中文,西北大學出版社2018年出版。

2012年,岩波書店出版了"岩波新書"系列之《杜甫》,作者

---

① 藤秋正《東西南北之人——杜甫的詩與詩語》,研文出版社2011年版。

② 分别載於《北海道教育大學紀要·人文科學社會科學編》58卷1號,2007年8月;《北海道教育大學紀要·人文科學社會科學編》58卷2號,2008年2月;《北海道教育大學紀要·人文科學社會科學編》59卷1號,2008年8月;《北海道教育大學紀要·人文科學社會科學編》59卷2號,2009年2月。

③ 黑川洋一《杜甫》,角川學藝出版社2005年版。

④ 趙按:這一部分參照了李寅生的研究成果。

係京都大學名譽教授川合康三先生。此書雖是面向普通讀者所編纂的普及讀本,然而書中所表現出的卓越見解,對杜甫研究方家亦是有益的。在2012年杜甫誕辰1300周年之際,京都大學文學部編輯的《中國文學報》出版了杜甫紀念專輯(第83輯),川合提交的論文題目是《杜甫之貧》,其觀點是:杜詩中經常寫到自己的"貧窮",在中國、日本文學中,"貧窮"被看作是"清貧",有一種精神上的高潔之意。但在杜甫那裏,貧窮就是貧窮,並沒有更深的精神内涵。不過,杜甫偉大之處正在於他想到還有比他更貧窮的人,在自己一無所有的情况下,想象着"安得廣厦千萬間,大庇天下寒士俱歡顔"。2013年,汲古書院出版了長野縣立短期大學谷口真由美教授的杜甫研究專著:《杜甫的詩性糾葛與社會意識》。

最爲重要的是下定雅弘、松原朗主編的《杜甫全詩譯注》①,全四册,已出版兩册。此書作爲講談社學術文庫創刊四十周年重點書,執筆學者多達三十七位,是繼鈴木虎雄《杜少陵詩集》(《續國譯漢文大成》,國民文庫刊行會1928—1931年)後的第二部杜詩日文全譯本。吉川幸次郎的《杜甫詩注》是一項計劃二十二卷的宏大工程,他去世僅出版五卷(第五卷還是門人所出)。

《杜甫全詩譯注》是一部吸取中日學界研究成果,以一般讀者爲閲讀對象的普及性大型讀本。以仇兆鰲《杜詩詳注》爲依據,將蕭滌非主編《杜甫全集校注》作爲重要參考書。其内容包括以下幾項:一是原詩附訓讀;二是詩型和押韵的簡單説明;三是題意,講述主旨,寫作時間、地點;四是現代日語翻譯;五是語釋,擇要解釋杜詩中的語辭和用典;六是補説,對歷代異説,擇其重要者作出交代。其目標是爲普通日本民衆提供全面閲讀杜詩的讀本,不在學術原

---

① 下定雅弘、松原朗主編《杜甫全詩譯注》,講談社2016年6月已出版兩册。

創,但在簡明定位下,也有許多追求。如爲了説明有争議的杜甫任“右衛率府兵曹參軍”時間,選取王勛成《杜甫初命授官説》(《唐代文學研究》11 輯,2006 年)、《杜甫授官、貶官與罷官説》(《天水師範學院學報》2010 年第 4 期)及韓成武、韓夢澤《杜甫獻賦出身而未能立即得官之原因考》(《杜甫研究學刊》2008 年第 3 期)三文之説。又如爲“檢校工部員外郎”的時間,選用陳尚君文《杜甫爲郎離蜀考》(《復旦學報》1984 年 1 期)。對杜詩的解讀,逐句日譯,體會深切。如《兵車行》,認爲第九句“行人但云”的訖止範圍,異説紛呈,有謂直至詩末皆行人語的,有謂當句而止,有謂到第二十九句“反是生女好”爲止,有謂到第三十一句“生男埋没隨百草”爲止,注家常會忽略。日本學者的獨到見解,也多有體現,如《三川觀水漲二十韵》詩,《草堂詩箋》認爲杜甫之意不在水,每句觸及時局。吉川認爲是避難山中作,不能及時獲得朝廷消息,無必要附會時事。《喜聞官軍已臨賊境二十韵》“左將吕虔刀”所指,仇注認爲指僕固懷恩,吉川以爲指王思禮。“三吏”、“三别”,學者都認爲作於歸華州途中,鈴木虎雄以爲寫於秦州。又如《别贊上人》“楊枝晨在手,豆子雨已熟”兩句,引鈴木虎雄説,謂“楊枝”是僧侣剔牙之具,“豆子”是僧侣洗澡洗衣服的豆粉,不是吃的,就特别有新義。

日本學者對古典詩歌的解讀,在追溯語源、解釋制度、考究真相、體會詩意方面,用力很深,發明亦多,他們對杜詩的解讀很能體現這些特點。

二、論文概述

談到這一時段的杜甫研究論文,不得不先説日本專修大學教授松原朗(1955—),他以《中國離别詩的形成》(研文出版社 2003 年)獲早稻田大學文學博士學位。他長期致力於唐詩研究,早在二十世紀,松原朗就發表了不少關於杜甫的論文。如《杜甫歌行詩論考——圍繞“歌”的詩與“行”的詩的對立》[①]，認爲杜甫詩的“歌”與“行”相輔相成，反映了杜甫詩歌創作態度的特質。白居易“新樂府”是繼承杜甫“行”的系統。又如《杜甫排律的完成——成都以後排律的抒情化》[②]、《杜甫長安時期排律論考》[③]、《杜甫的歌行及其文學史上地位》[④]、《關於杜甫〈旅夜書懷〉詩的創作時期》[⑤]（認爲其作年爲大曆三年春而非永泰元年。此文中譯發表於《杜甫研究學刊》，1994 年）、《杜甫咏懷古迹詩考》[⑥]、《杜甫夔州詩考緒論》[⑦]等，學術價值都相當高。進入二十一世紀，松原朗仍有研杜文章發表，見下文。

近十年的研杜文章側重於以下幾個方面。

（一）杜詩學

興膳宏的論文《略論〈歲寒堂詩話〉對杜甫與白居易的比較争論》[⑧]，從文論的角度出發，以儒家的詩歌創作標準爲基礎，對杜甫與白居易的詩歌創作進行了比較性評論研究。這種研究方法的獨特性在於，作者以一個基本的理論爲標準，對杜詩中的與衆不同之處進行深入的研究，從而找出對中國傳統詩歌的繼承與革新的成分。

長谷部剛的論文《從“連章組詩”的視點看錢謙益對杜甫〈秋興八首〉的接受與展開》[⑨]，對錢謙益箋注《秋興八首》的情況進行了研究。明末，錢謙益對《秋興八首》組詩做過注釋。明亡後，錢謙益

---

① 早稻田大學中國文學會《中國文學研究》第 8 期，1982 年 12 月。
② 《中國文學研究》第 6 期，1980 年 12 月。
③ 早稻田大學《文學研究科紀要别册》第 7 輯，1981 年 3 月。
④ 中國詩文研究會《中國詩文論叢》第 4 輯，1985 年 6 月。
⑤ 《中國文學研究》第 16 期，1990 年 12 月。
⑥ 專修大學人文科學研究所《人文科學年報》21 卷，1991 年 3 月。
⑦ 《中國文學研究》第 29 期，2003 年 12 月。
⑧ 《杜甫研究學刊》2000 年第 4 期，李寅生譯。
⑨ 《杜甫研究學刊》2000 年第 2 期，李寅生譯。

對《秋興八首》重新做了注釋,内容較之從前擴大了兩倍,對舊注中的錯誤也做了修正。長谷部剛認爲,錢謙益的重注杜詩是融入了自己的興亡之感的,是表現錢謙益作爲詩人的資質和當時的社會情况都不可缺少的獨特的注釋。此外,長谷部剛在《簡論〈宋本杜工部集〉中的幾個問題——附關於〈錢注杜詩〉和吴若本》一文中[①],還對杜詩的版本問題做了深入的研究,既屬版本學,也屬於杜詩學的範疇。

另外,湯淺陽子的《關於北宋中期的杜詩接受》[②]、長谷部剛的《關於杜甫〈江南逢李龜年〉在唐代的流傳》[③]、大木康的《冒襄與杜詩》[④](按:冒襄[1611—1693],字辟疆,號巢民,一號樸庵,又號樸巢,明末清初的文學家,江蘇如皋人。康熙三十二年卒,年八十有三,私謚潜孝先生)、大山潔的《〈杜陵詩律五十一格〉及其成書年代——試探杜詩研究的起源》[⑤]等,也都是水平相當高的杜詩學論文。

(二)交遊、事迹

松原朗的三篇論文:《杜甫嚴武反目故事的結構》[⑥]、《杜甫夔州詩考序論——圍繞尚書郎之就任》[⑦]、《蜀中後期的杜甫——以節度參謀辭職前後爲中心》[⑧],主要是圍繞與嚴武有關的問題,探討杜甫在這有限的一段時期内的交遊、事迹,有一定突破。而上田武、

---

① 《杜甫研究學刊》2000 年第 4 期,李寅生譯。
② 《人文論叢:三重大學人文學部文化學科研究紀要》27 卷,2010 年 3 月。
③ 早稻田大學《中國文學研究》29 卷,2003 年 12 月。
④ 東京大學《東洋文化研究所紀要》158 卷,2010 年 12 月。
⑤ 《東京大學中國語中國文學研究室紀要》5 卷,2002 年 4 月。
⑥ 早稻田大學《中國文學研究》第 31 號,2005 年 12 月。
⑦ 早稻田大學《中國文學研究》第 29 號,2003 年 12 月。
⑧ 《中國詩文論叢》第 23 輯,2004 年 2 月。

李寅生的《論杜甫在東魯時期與李白的交遊及詩作》①,則考證杜甫在東魯時期(即兖州時期)與李白的交遊及這時期的詩作問題。

(三)杜甫與禪林

檢索這十年日本的杜甫研究情況,太田亨關於日本禪林對杜詩的闡釋與接受的論文最爲集中,如《日本禪林的杜詩解釋——關於〈别贊上人〉詩》②、《日本禪林對杜詩的接受——〈杜詩續翠鈔〉中所見中朝詩僧的杜詩研究》③、《日本禪林對杜詩的接受——中期禪僧目録中所見杜詩之滲透》④、《初期禪林接受外集情形初探——以杜詩接受爲中心》⑤、《日本禪林對杜詩的接受——初期禪林的杜詩評價》⑥、《關於日本禪林對杜詩的接受——注目於杜甫畫圖贊詩》⑦、《日本中世禪林對杜甫的接受——對杜甫之"情"的關注》⑧、《日本禪林的杜詩解釋——關於杜甫的〈巳上人茅齋〉詩》⑨等,把杜甫與日本禪林的關係挖掘得相當全面而深透。太田亨將日本中世禪林對柳宗元的接受,也作了一個系列研究,也頗具功底和啓發意義。

(四)其他主題研究

日本學者的杜甫研究,視野廣闊,思路敏捷,成果豐碩。有的專門研究杜詩的某一篇章,如薄井信治的《關於杜甫〈九日藍田崔

---

① 《杜甫研究學刊》2004年第1期。
② 《中國中世文學研究》48卷,2005年8月。
③ 《廣島商船高等專門學校紀要》28卷,2006年3月。
④ 《廣島商船高等專門學校紀要》27卷,2005年3月。
⑤ 《中國中世文學研究》41卷,2002年3月。
⑥ 《中國中世文學研究》39卷,2001年1月。
⑦ 《中國中世文學研究》45—46卷,2004年10月。
⑧ 《廣島商船高等專門學校紀要》29卷,2007年3月。
⑨ 《廣島商船高等專門學校紀要》26卷,2004年3月。

氏莊〉》①。有的以杜甫具體的作品爲例,探討作爲韵文的詩的語言學,如大方高典的《韵文的語言學解析——以杜甫作品爲例》②。有的將生物學上的"生理"引入詩學中,並以杜詩爲例加以研究,如市原里美的《杜甫詩中的"生理"》③。有的比較研究李白和杜甫的"狂"(按,有别於"狷"之狂),如八木章好的《"楚狂"與"狂夫"——關於李白和杜甫的"狂"》④。有的結合杜詩具體篇章,談論杜甫對當代友人的評論,如川口喜治的《杜甫〈送高三十五書記〉詩中對高適的評論》⑤。有的談論某一時期杜甫的"望鄉意識",如松原朗的《杜甫蜀中前期望鄉意識》⑥。有的專談杜甫的"食事詩"、饑餓詩,如後藤秋正的《杜甫的食事詩》⑦和《杜甫詩中的饑餓表達》⑧。有的專談杜甫詩文中的自稱,如谷口真由美的《杜甫的自稱和〈北征〉詩——以"杜子"和"臣甫"爲中心》⑨。

---

① 《中國中世文學研究》45—46 輯,2004 年 10 月。
② 《拓殖大學語學研究》111 輯,2006 年 3 月。
③ 《中國中世文學研究》49 輯,2006 年 3 月。
④ 《慶應義塾大學日吉紀要》言語、文化、交流編 40,2008 年。
⑤ 《山口縣立大學學術情報》3 輯,2010 年 3 月。
⑥ 《中國詩文論叢》第 22 輯,2003 年 12 月。
⑦ 《北海道教育大學紀要》人文科學、社會科學編 61 卷 1 號,2010 年 8 月。
⑧ 《北海道教育大學紀要》人文科學、社會科學編 61 卷 2 號,2011 年 2 月。
⑨ 《御茶之水女子大學中國文學會報》30 卷,2011 年 4 月。

第三章　東南亞國家的杜甫研究

博大精深的中華語言文化對東南亞各國的影響可謂源遠流長。中國儒、佛、道三教思想是越南文化的最重要組成部分，漢字到二十世紀初期還是越南官方正式文字，越南王朝各個時期的體制大體上模擬中國王朝。杜甫對他們的影響便是其中一例，特别表現在衆多文人對杜詩的借鑒與模仿上。據我們見到的材料看，東南亞對杜甫的翻譯、研究，主要集中在越南、新加坡等國，尤以越南爲突出，故本章以越南、新加坡爲中心，旁及泰國、菲律賓等國。

儒家文化曾經是越南官方獨尊的正統文化。其民族文學近一千年的發展過程中，十分注重對中國文學遺産有選擇地借鑒、接收，封建士大夫們“借用中國文學的遺産而尚未感覺到這是外來的文學”。在越南詩學界，漢語文學以詩歌爲主，詩歌又以七律爲多，“越南歷代詩人幾乎没有一個不受以李、杜爲代表的唐代大詩人的影響”①。

越南對杜甫的重視，還有一件大事需要提起，這就是 2012 年 12 月 29 日，由越南作家協會在越南河内主辦的紀念杜甫誕辰 1300 周年國際研討會。來自越南胡志明市、順化市、平陽省等多個省市的 50 多名代表與中國清華大學、華東師範大學、上海社會科學院及日本首都大學等院校、機構的學者參會。越共中央宣教部副部長阮世紀、文化體育和旅遊部官員黎英紅以及中國駐越南大使館

① 陳庭史《中國文學對越南文學發展進程的歷史意義》，《文化藝術雜志》1993 年第 2 期。

文化參贊劉三振也出席了研討會。

越南學者代表對研究杜甫詩抱有極大的興趣。此次研討會以越南詩人阮文波從胡志明遺囑中引用杜甫的詩句開始①,論述了杜甫的精神和人格。各國學者從不同角度切入,以“杜甫詩歌的戰爭與和平關注”、“杜甫詩歌是歷代流下的眼泪”、“中國古人對杜甫的評價”、“杜甫詩歌在日本中小學的現狀”等爲主題進行了深入探討。研討會認爲,1 000多年前,杜甫關心百姓疾苦、渴望和平的詩篇在今天仍有現實意義。越南文聯主席友請在總結發言時説,杜甫爲了人民創作,反映人民疾苦,希望有一個“公共建築”能爲所有人居住(即“大庇天下寒士俱歡顔”),杜詩的人文情懷達到了空前絶後的高度,他的作品價值超越了時間,是連接越南與中國古典文化的橋梁。

第一節　越南早期的杜詩譯介

越南歷代詩人對杜詩吸收與借鑒的例子不勝枚舉,如阮飛卿、阮廌和阮攸等學者,他們在漢文詩歌創作中對杜詩的化用不是單純的借鑒,同時還表達了他們對杜甫政治理想的認可。如阮攸出使中國期間,行至耒陽杜甫墓時,作詩憑吊杜甫,作有《耒陽杜少陵墓》(二首)。

越南早期的杜甫研究,主要表現在譯介杜詩上。自古到今,越南人最喜愛唐詩,特别是唐代近體詩,被視爲最典範的韵文體裁。喜愛吟哦唐詩和善作近體詩是越南詩壇最明顯的特點之一。可是從漢學走向衰落的二十世紀初期至今,通過母語來欣賞唐詩成爲

① 按:胡志明遺囑所引杜甫詩句是《曲江二首》中的“人生七十古來稀”。

越南文壇迫切的需要，翻譯唐詩及其他中國文學名作漸漸成爲越南十五世紀以來文壇上的獨到現象。早在喃字時期，阮勸（1835—1909）等譯李白《下終南山過斛斯山人宿置酒》和杜甫《秋興八首》，至今仍有“最佳譯本”的聲譽。他們譯的一批喃字唐詩選集，如《唐詩國音》《唐詩摘譯》《唐詩絶句演歌》《唐詩合選五言律解音》《唐詩七絶演歌》等中，翻譯最多的仍然是李白、杜甫、白居易的詩歌，其次是王維、李商隱等人的作品。

越南現代國語萌芽形成以後，《南風雜志》（1917—1934）刊行了 17 年，《南風》譯介近 300 首唐詩，主要作品是李白、杜甫、白居易的。該雜志的主筆范瓊（1892—1945）共譯介杜甫詩歌 51 首。1937 年《東洋雜志》問世，有名的譯者有陳俊啓，主要譯介杜甫的古體詩。從二十世紀四十年代起，各種唐詩國語選集開始擔負起雜志和報刊的任務。主要譯著有：

吴必素選譯《唐詩》，開智出版社 1942 年初版，1961 年第二次印刷。共選 53 首，最多是李、杜，其次是王維的作品，未選白居易。吴必素是被譽爲“越南的魯迅”的漢學家，此本被認爲是越南的最佳譯本。

讓宋選譯《杜甫詩選》，新越出版社 1944 年初版，文化出版社 1996 第二次印刷。共選譯杜詩 360 首詩，按時間列序，分爲杜甫 40 歲前、天寶、乾元、上元等時期的作品。讓宋，原名黄範珍（1897—1948）。此書未收録杜詩原文是其不足之處。

1943 年，楊廣含撰寫的《越南文學史要》出版，是用越文撰寫的最早的一部文學史。之後，修訂再版多次，較新版是胡志明市青年出版社 2005 年出的版本。其中第二部分的第一篇介紹對越南古近代文學最有影響的中國古代文獻及文學家，如“四書”、“五經”、屈原、陶潛、李白、杜甫、韓愈、蘇軾等，爲學術界帶來一股生氣。

1950 年，陳重山選編的《唐詩》五卷問世，學術價值較高。其中卷二選李、杜、白三位大詩人 110 首作品。

1954 年,阮憲黎撰寫《中國文學史大綱》,三卷。這是越南人寫的第一部中國文學史。其中卷二《唐代文學》,重點談唐詩發展進程、唐代格律詩及三位大詩人李白、杜甫、白居易的生平、思想、詩歌内容及藝術成就。

杜朋團、裴慶誕譯《唐詩摘譯》,文學出版社 1958 年出版,共有 503 首,其中李白 60 首、杜甫 46 首、王維 26 首。

第二節　越南二十世紀六十年代以來的杜詩譯介與研究

自二十世紀六十年代以來,越南的大學、中學都開中國古代文學選修課,以《詩經》、楚辭、唐詩爲主,後者主要講李、杜的名作。這時期出現了多種唐詩選本或杜詩選本:

(1) 越南《文藝月刊》1957 年 5 月刊,内譯杜詩《石壕吏》等 4 首。

(2) 越南《文藝周報》1957 年 2 月刊,内譯杜詩《兵車行》1 首。

(3) 南珍主編、華冰(音)等翻譯《唐詩》,二輯,河内文學出版社 1962 初版,1987 年第二次印刷。第一輯選各時期的詩人 202 首作品,第二輯選李、杜、白 154 首,其中杜甫 58 首。該書體例詳盡,譯本品質較高。“前言”部分,對唐代詩人李白、杜甫、白居易等偉大詩人作了評介。南珍,原名阮學士(1907—1967)。

(4) 黄忠聰編輯、張正校對《杜甫詩》,譯介杜詩 126 首,河内文學出版社 1962 年出版。該書主要編選了姜友用、輝瑾、及春妙等二十多位越南詩人的杜詩譯文。

(5) 華龐等譯《唐詩選》,1962 年越南出版,内譯杜詩《曲江》等 14 首。

(6) 阮克孝《唐詩》,胡志明市文藝出版社 1989 年出版,共有

84 首,其中白居易 38 首,李白 14 首,杜甫有 4 首。

(7) 潘玉選譯《杜甫——人民的詩人》,越南峴港出版社 1993 年出版。

(8) 胡士協編撰《唐詩》,胡志明文藝出版社 1994 年出版。介紹了唐代部分詩人,評論了越南小學和中學課本中編選的杜甫、李白、白居易以及崔顥的詩。

(9) 姜有用主編《唐詩》,峴港出版社 1996 年出版,共有 206 首,其中李白 39 首,杜甫和白居易各 30 首。

(10) 張正主編《杜甫詩》,河内文化出版社 1962 年出版,126 首作品。

這些選本主要圍繞着唐代最有名的詩人(李、杜、王、白),他們的名作被多次選中,如杜甫《自京赴奉先縣咏懷五百字》《兵車行》《秋興八首》等。各種選本最佳的譯作是那些采用了越南傳統詩體的。這些譯本一直是杜詩越譯的典範,綜合性的唐詩譯本常選録他們的譯本。

二十世紀六十年代以後,有關杜甫的研究論述有: 1962 年,裴清波在《文學研究雜志》上發表《打擊和諷刺詩人杜甫》一文,潘玉撰成《杜甫——人民的詩人》,胡士俠撰《杜甫各時期的詩風轉换研究》(博士論文,河内國家大學,1993 年)。其中《杜甫——人民的詩人》是最有影響的著作,書中較全面地研究杜甫生平、思想及詩風,同時介紹杜甫近一千首詩。此書的弱點在於譯注和鑒賞杜詩時未提供漢文原作,由此使喜愛杜甫的讀者難以審察和無法欣賞漢文原作的魅力。

關于杜詩藝術的研究論文中,作者常運用現代西方"詩法學"研究方法。一些學者開始注重杜甫人格、詩歌内涵以及對比的研究。越南當代學者的杜詩譯介研究活動具有傳承性,促進了杜詩在海外的繼續傳播與發展,他們對杜甫的研究也是國際"漢學"研究的重要組成部分。

第三節　新加坡學者的杜甫研究

新加坡原是荒凉的小島,公元1819年淪爲英國殖民地。1942年2月被日軍占領後改名"昭南島"。1945年9月5日,英國殖民者卷土重來,將新加坡劃爲其"直轄殖民地"。1959年6月30日新加坡成立自治邦,後於1963年9月16日加入"馬來西亞聯邦",1965年8月9日退出而成爲獨立的新加坡共和國。現在是一個以華人爲主的多民族島國,華人占70%以上,其餘爲馬來人、印度人等。馬來語爲國語,官方語文爲馬來語、華語、英語和泰米爾語四種。

十九世紀下半葉以來,隨着中國文化人陸續到達或途經新加坡,尤其是1905年孫中山先生在新加坡成立同盟會分會之後,南洋各地紛紛創辦華文學校和華文報刊,中華文化也迅速地生根發芽。唐詩的傳播也由於華文一直是通用語文而深入人心。其中對杜詩的傳播、研究大致經歷了零星的評論、專家的著述兩個階段。

一、零星的評論

十九世紀末以來,旅居新加坡的中國文人學士,大都愛好創作古詩。他們是清朝駐星州總領事黄遵憲和南下避難的維新派人物康有爲、梁啓超、丘菽園等人,還有郁達夫、李金泉、連嘯鳴、劉思、潘受、李庭輝、淳于汾、鄭夢周、李西浪等著名詩人。如黄遵憲(1848—1905)在他的《人境廬詩草・自序》中認爲:自曹氏父子、鮑照、陶淵明、謝靈運、李白、杜甫、韓愈、蘇軾,以至晚近小家,無一不可成爲自己"煉格"的對象。黄遵憲的詩作,被梁啓超譽爲"詩史",同杜詩之稱爲"詩史",是有相承關係的。

又如詩人華之風(1958—,原名蔡志禮),著有詩集《月是一盞傳統的燈》①。所作《長安賦》有一節涉及五位唐代詩人（依次是：杜甫、李白、韓愈、柳宗元和王維），詩文如下：

届時，少年的杜甫已經老了
不愛呼鷹逐獸的遊戲
李白也不習慣在傲笑聲中
隨意散落幾行
碰地有聲的詩句
而韓愈與柳宗元
對古文運動只抱觀望態度
只有王維
還興致勃勃地
以右手沾着顔料寫詩
以左手拆開詩句拼圖

又如詩人、文學評論家周粲（1934—，原名周國燦），歷任新加坡教育部專科視學和新加坡作協副會長等職。在其詩歌評論集《剥蕉記》和《新詩評論集》裏多次論及杜詩②，如：

杜甫《登岳陽樓》："戎馬關山北，憑軒涕泗流。"不憑軒，眼泪鼻涕怎麼流得出來？他在另一首詩《登高》裏説："百年多病獨登臺。"在"多病"時"登臺"，神思當然更容易飛馳，"百感"也更容易"交集"。

外界的景物和詩人内心的感情是有密切關係的，這就是杜

① 華之風《月是一盞傳統的燈》，新加坡七洋出版社 1992 年版。

② 周粲《剥蕉記》，新加坡美雅教育出版發行公司 1979 年版。周粲《新詩評論集》，新加坡教育出版社 1975 年版。

> 甫在《春望》裏會寫上“感時花濺泪,恨别鳥驚心”這兩句詩的原因了。

便是評説研讀唐詩的心得體會。

還有,1989 年 6 月,在熱心傳播中華文化的新加坡作家兼企業家周穎南的協助下①,新加坡文化學術協會出版了華東師範大學蘇淵雷先生的專著《鉢水齋近句論詩一百首》附《蘇詩龔畫風流人物無雙譜》②。“一百首”,寫於 1966 到 1971 年,後於 1982 年又補增 8 首,自《詩經》《楚辭》以迄近代王國維、蘇曼殊、柳亞子諸家的詩作,逐一寫絶句以論之,也有參加杜甫誕生 1270 年紀念會的感懷詩二首。在《論詩絶句》初版的“跋”中,有一段關於唐代詩人的論述:“以詩論詩,始於杜甫的《戲爲六絶句》,後來代有繼作,成爲我國詩歌評論的傳統形式。”《蘇詩龔畫風流人物無雙譜》之《咏杜甫》云:“曲曲清江緩步尋,和烟竹樹釀秋陰。柴門遲日草堂寺,略領詩人廣厦心。”蘇淵雷注有《李杜詩選》,在海峽兩岸都有出版,對李杜研究頗有心得。

---

① 周穎南(1929—),新加坡作家兼企業家,出生於福建仙遊。1950 年南渡印尼,從事工商業,1970 年舉家定居新加坡。業餘寫作,編著有《迎春夜話》《穎南選集》《南國華聲——周穎南海外創作四十年》《周穎南文集》《映華樓隨筆》《葉聖陶周穎南通信集》《南國情思——周穎南海外創作四十五年》《周穎南與中華文化》《周穎南與中國飲食文化》等。與葉聖陶、俞伯平、丁玲、冰心、夏衍、蕭軍、蕭乾、艾青、趙樸初、劉海粟、豐子愷等有深厚感情。北京中國現代文學館設有“周穎南文庫”,上海圖書館新館“中國名人手稿館”保存其手稿及著作。

② 蘇淵雷(1908—1995),原名中常,字仲翔,晚署鉢翁,又號遁園。浙江蒼南人。上海華東師範大學教授、中國佛教協會常務理事。主要著作有《名理新論》《玄奘》《佛教與中國傳統文化》等,結集爲《蘇淵雷全集》五卷,華東師範大學出版社 2008 年版。

二、杜詩普及讀物與專家著述

金陵編著的《杜甫詩賞析》，是我們見到的新加坡較少的杜詩普及讀物之一。該書扉頁上標有“先修班華文主修科適用”，知其爲華文主修教材，由新加坡美雅書局 1977 年出版。其内容分兩部分，一是關於杜甫生平思想及其作品的論述，一是杜詩賞析，選詩僅 23 首，皆爲名篇，分析詩意甚爲細緻，頗便初學。

這些專家的著述，不一定是系統的杜甫研究，多是一些學術價值較高的論文。如文學評論家楊松年(1941—，筆名有風入松、緑雲等)，1963 年畢業於南洋大學中文系，1968 年獲英聯邦獎學金赴香港大學修讀高級學位，專修明清詩論，1970 年獲碩士學位，1974 年獲博士學位。1971 年始執教於新加坡國立大學中文系。後爲新加坡國立大學中文系暨漢學研究中心副教授、副主任。楊松年教授曾任第一屆文藝研究會會長、新加坡教育出版社文藝作品編審委員會主席、新加坡職工總會《人文與社會科學論文集》主編、《奮鬥報》主編與《新加坡文藝》主編。2001 年自新加坡國立大學退休後，任臺灣佛光大學文學所專任教授、世界華文文學研究網站主持人、世界華文文學研究中心主任，並教導中國古代文論、世界華文文學、中國詩學研究、文學與傳播等課程。著有《王夫之詩論研究》(臺北文史哲出版 1986 年)、《中國古典文學批評論集》(香港三聯書店 1987 年)、《中國文學批評論集》(臺北文史哲出版 1989 年)、《中國文學批評研究問題論集》(臺北文史哲出版 1994 年)、《中國文學評論史書寫問題論集》(華中師範大學出版社 2011 年)、《姚瑩〈論詩絶句六十首〉研究》(臺北文史哲出版 1999 年)等。

他的《杜甫〈戲爲六絶句〉研究》，臺北文史哲出版社 1995 年出版。先對六首絶句的字句加以詳細注解，後從杜詩批評和杜詩學術史角度——創作動機、以前詩人的評論、絶句對未來文學的影響等，進行評判、總結，可謂評點精要、見解獨到。他在《杜詩爲詩史説評析》文中尖鋭評析了杜詩的"詩史説":"首先稱杜詩爲詩史的,是唐代孟啓的《本事詩》……但在唐代,除了杜牧、元稹、韓愈等少數幾個人外,一般不太重視杜詩。一些詩人提及杜甫,是出於懷念友情,憐其窮困,羡其狂豪,或賞其才情之高。到了宋代,情況爲之大變。宋人對於杜詩,推崇備至,以致不敢低貶一詞。他們多方面的稱贊,使杜詩在文壇上的地位達至峰巔。"①也很精到。

嚴壽澂(1946—),本是上海人,華東師範大學碩士,美國印第安納大學博士。現執教於新加坡南洋理工大學國立教育學院,兼任上海社科院歷史研究所及美國克萊蒙研究生大學宗教學院經典詮解研究所特約研究員。這裏姑且把他當作新加坡學者。他的治學領域爲中國學術思想史與古典文學,旁涉政治思想及宗教學。近年出版《近世中國學術思想抉隱》《近世中國學術通變論叢》等。他的長篇論文《詩聖杜甫與中國詩道》②,是一篇分量很重的杜甫研究論文(24 000餘字)。嚴文説:"杜甫之所以爲詩聖,治中國文學史者殆無異議。然而推崇老杜的理由,新舊傳統實有不同。"而所謂新傳統是"現實主義"的標準,舊傳統則是"詩言志",它的理論基礎,"在仁心的感通"。不論是新舊傳統,其根本在"言志"、在"情性",這是中國傳統詩道的核心。該文共七章,前兩章——"中國詩道之源:《虞夏書》與《詩大序》"與"詩教精神:仁心感通",即是對此的闡述。與老杜並世的李白、王維,一有仙氣,一精禪理;其"飄逸"之想、幽邃之思,或爲杜甫所不及。可是,民胞物與,黎庶饑溺之念,家國憂患之情,觸物而興,隨感而發,則李白、王維恐有不逮。"至文生於至情,至情本於仁心。詩聖之本,正是這一至誠惻怛的仁心。"至誠惻怛,即是孟子所謂不忍人之心。有此仁心,

① 《古典文學》第7集,臺北,1985年。

② 《"國立"編譯館館刊》第三十卷第一、二期合刊本(2001年12月),收入氏著《詩道與文心》,華東師範大學出版社2009年版,第81—122頁。

杜詩乃能爲大；有此仁心，杜詩乃能爲深且細。該文第三、四、五章順次爲“詩聖之本”、“杜詩之大”、“杜詩之深與細”。儒家詩教，固主温柔敦厚，然而仁者必有勇，能好人，亦能惡人；故詩可以怨，亦可以哀而憤。於杜詩可證。此乃該文第六章“仁者必有勇”，所欲申述者。七章“餘論”補充論證：“所謂詩意，即是仁心感通，情動於中而發於外。老杜先有詩意，加之以詩功與筆力，所以爲詩中之聖。”

還應注意的是新加坡學者張松建在美國《今天》2008 年春季號發表的一篇長文《一個杜甫，各自表述：馮至、楊牧、西川、廖偉棠》（約 28 000 字），他主要用西方文論，以比較研究的方法，論述馮至、楊牧、西川、廖偉棠四位學者兼詩人筆下的“杜甫”，觀點新穎，論據充實，結論中肯。

第四節　菲律賓、泰國的杜甫研究

杜詩在菲律賓、泰國等也有傳播和影響。菲律賓和我國是一水之隔的鄰邦，兩國之間的交流，可以上溯到公元 230 年吴國的孫權時期。唐朝時就有中國人定居菲律賓，中菲兩地人民早已進行貿易和物質文化交流，以致菲島的華僑一直以“唐山”稱呼祖國。

杜詩的影響，首先是對華僑的影響。如菲華僑領袖、詩人陳天懷（1910—1988）1985 年出版了詩文集《空山秋菊》，就有化用杜詩的影子，如“滚滚長江水”化用杜甫《登高》的“不盡長江滚滚來”，“空谷幽蘭憐濺泪，心驚恨别負卿卿”，化用杜甫《春望》的“感時花濺泪，恨别鳥驚心”。

還有不少當地學者文人精通中英兩種文字，如施穎洲、林健民曾將杜詩譯成英文在報刊上發表。施穎洲（1919—?），乃是菲華知名翻譯家、新聞工作者，生於福建晋江。長期從事詩歌翻譯和評論工作，主要譯著有：《古典名詩選譯》①、《世界名詩選譯》②、《中英對照讀唐詩宋詞》③、《莎翁聲籟》④等。曾翻譯杜甫、李商隱和韋應物等人的詩作，並受到好評。其中杜詩有《登高》《春望》《月夜》《旅夜書懷》《月夜憶舍弟》《贈衛八處士》等。

泰國文學深受印度文化的影響，也就是佛教和婆羅門教的影響，表現爲宗教文學和宫廷文學。直到十九世紀下半葉才有西方文化和中國漢文化的影響。曼谷王朝一世王（1782—1809 在位）時，始有中國古典文學作品的翻譯，如《三國演義》《西漢通俗演義》《隋唐演義》《水滸傳》《西遊記》《説岳全傳》和《包龍圖公案》等幾十部中國歷史故事和傳奇小説的譯著問世。

在這個譯介過程中，泰國華人漢學家和教師起着巨大作用。如黄榮光（1907—1987），祖籍廣東揭陽市，生於曼谷。曾經撰寫李白、杜甫和曹操、張衡、司馬相如等中國古代名人故事。同時也用泰文翻譯中國古詩 250 首，出版《中國韵文纂譯》，推動了中國古典詩詞在泰國的傳播，爲弘揚中華文化作出了重要貢獻。林運熙（1950—），生於泰國素攀府，畢業於詩麟卡琳那師範大學文學院，獲文學學士學位。與黄榮光共同出版研究專著《詩——中國的生命之歌》⑤和《中國三大詩人・李白、杜甫、白居易》。前者録孔子時代至唐代的詩作 54 首，選中杜甫的《自京赴奉先縣咏懷五百字》《兵車行》《登高》《春日憶李白》四詩。後者談論了杜甫的生平和大量作品。

另據趙美玲的博士論文《中國古典詩歌在泰國當代的傳播與

① 施穎洲《古典名詩選》，臺北皇冠出版社 1972 年版。

② 施穎洲《世界名詩選》，遼寧教育出版社 1999 年版。

③ 施穎洲《中英對照讀唐詩宋詞》，臺北九歌出版社 2006 年版。

④ 施穎洲《莎翁聲籟》，譯林出版社 2011 年版。

⑤ 林運熙、黄榮光《詩——中國的生命之歌》，Art and Culture 出版社 1989 年版。

影響》(上海大學 2010 年)提供的信息,本書搜集出與杜詩有關的著述,按出版順序整理編排如下:

1. Tang Chang《中國古典詩歌選》①,選譯從《詩經》到民國的詩歌 56 首,其中選杜甫《負薪行》《望嶽》《旅夜書懷》《兵車行》《同元使君春陵行》五詩,遵從了漢泰翻譯的基本原則:傳達原詩的"意美"、"音美"和"形美"。

2. Sitthra Pinit Phuwadon《比較文學》②,分析論述了唐代四大詩人李白、杜甫、白居易和王維。

3. Watthana Phatthanaphong《"朋友"在中國文學作品中的含義》③,此書翻譯了"朋友"在中國的成語、俗語、繪畫和詩歌中的含義。選取帶有"朋友"含義的詩歌 14 首,選中了杜甫的《贈衛八處士》《天末懷李白》和《夢李白二首》,以"友情"爲主題,具體内容分爲惜别、思念、祝福、回憶、感嘆等類。

4. Thongtham Nartjumnong《精美的詩歌》④,介紹了中國歷代的詩人和詩作 28 首,其中有杜甫的《兵車行》《春望》兩詩。

5. Thawe Apwon《世界九大詩人——"詩仙"李白與"詩聖"杜甫》⑤,介紹和分析了李白和杜甫的生平、作品,並精選了他們的詩作翻譯成泰文。其中選中杜甫的詩作有:《春望》《自京赴奉先縣咏懷五百字》《奉贈韋左丞丈二十二韵》《春日憶李白》《天末懷李白》《夢李白二首》《兵車行》《北征》《登高》等。

---

① Tang Chang《中國古典詩歌選》,Jaang Saedang 後嗣出版社 1974 年版。

② Sitthra Pinit Phuwadon《比較文學》,Ramkhumhang University 出版社 1980 年版。

③ Watthana Phatthanaphong《"朋友"在中國文學作品中的含義》,Doakya 出版社 1987 年版。

④ Thongtham Nartjumnong《精美的詩歌》,Samit 出版社 1987 年版。

⑤ Thawe Apwon《世界九大詩人——"詩仙"李白與"詩聖"杜甫》,Sookkhaphap Jai 出版社 1996 年版。

6. 泰國詩琳通公主《中國唐詩宋詞選集》泰譯本——《琢玉詩詞》(*Poetry & Lyrics as Jade Carving*)①,翻譯唐宋詩詞100多首,後精選34首,其中有杜甫的《月夜》詩,作爲泰國法政大學中文系中國文學課的教科書,每首詩裏面有中文,有拼音,還有公主翻譯的泰文譯文。

7. Oui Boonyapat(莊明偉)《唐詩泰譯一百首》②,精選了唐詩100首翻譯成泰文,其體例是:作者簡介和詩歌注釋。選中了杜甫的《八陣圖》、《絶句》(五言詩)、《絶句(一)》(七言詩)、《絶句(二)》(七言詩)、《月夜》《月夜憶舍弟》《贈花卿》《江南逢李龜年》《春望》《旅夜書懷》《聞官軍收河南河北》11首詩。

8. Suphat Chaiwatthanaphan《中國文學史》③,其作品選中,唐詩部分選有杜甫的《兵車行》《無家别》《春望》《月夜憶舍弟》《望嶽》《旅夜書懷》等詩。總之,泰國漢學家譯介李白的作品最多,杜甫屈居第二位。

---

①　泰國詩琳通公主《中國唐詩宋詞選集》泰譯本——《琢玉詩詞》,Nanmee Book Company 出版社1998年版。

②　Oui Boonyapat(莊明偉)《唐詩泰譯一百首》,Shine Publishing House 出版社2006年版。

③　Suphat Chaiwatthanaphan《中國文學史》,Sookkhaphap Jai 出版社2006年版。

下編

歐美杜詩學史

第一章　英語世界的杜甫研究

德國著名漢學家傅海波説:“漢學在歐洲學院裏作爲一門學科在 19 世紀特别像一個小孩。它來得很晚並且被其姐妹學科印度學和猶太學超過。”①可是,進入二十世紀,情况就有了大的改觀。一個多世紀以來,幾代歐美學者付出不懈的艱辛努力,翻譯研究唐詩,使唐詩在歐美有比較廣泛的傳播,産生了持續的影響,至今不衰。可以説,唐代詩歌不僅是中國古典文學的一座巔峰,也是世界文學寶庫的燦爛瑰寶。自二十世紀七十年代以來,美國已經成爲西方世界翻譯和研究中國唐詩的中心。唐詩對美國現當代詩歌、美國社會文化都産生了影響。而杜甫研究是其中研究的重點: 杜甫作爲東西方認可的偉大詩人,正如洪業先生所説,杜甫是“中國的維吉爾、賀拉斯、奥維德、莎士比亞、彌爾頓、彭斯、華兹華斯、貝朗瑞、雨果及波德萊爾,被介紹給西方”②。這樣,西方對他的譯介與研究自然就不會少。

本書所用的“英語世界”主要指英美等爲主的幾個西方國家,而不是嚴格意義上的聯合國承認的以英語爲官方語言的國家。

---

① 傅海波《歐洲漢學簡評》,胡志宏譯,《國際漢學》第 7 輯,大象出版社 2002 年版,第 80—93 頁。

② 洪業《杜甫: 中國最偉大的詩人》,曾祥波譯,上海古籍出版社 2011 年出版,第 1 頁。

第一節　作爲大學專業的漢學與漢籍的被重視

一、作爲大學專業的漢學

西方漢學家們在一些著名大學中設立漢學專業,如牛津大學本科的中國語言文學課程就設有古代漢語、中國古典文學、中國現代文學、中國詩歌等等。劍橋大學的漢學教學也開始得較早。1888年,威妥瑪受聘爲該校的首任無薪漢學教授。1897年,翟理思繼任了威氏在劍橋大學的教席,長達35年。此後,接任此教席的有:慕阿德(任期從1933至1938年)、哈隆(任期從1938至1951年)、蒲立本(任期從1953至1966年)、杜希德(任期從1968至1981年)、杜德橋(任期從1985至1988年)、麥大維(任期從1989年起)等。劍橋大學的東方研究院(Faculty of Oriental Studies),開設古代漢語、中國文化史等課程。倫敦大學的亞非學院是東方學的研究和教學中心,是英國最早設置漢語和中國文化講座的一所學院。1828年,馬禮遜帶着15 000册漢籍回國述職,1834年病逝於澳門,留下遺囑要在倫敦創建一所漢語學院,非常關注此事的小斯當東(1781—1859)與非教派的倫敦大學學院(University College London)達成協議,創辦爲期五年的漢學講座,聘請從馬六甲英華書院病退回國的傳教士基德爲首任教授,並將馬氏的漢籍捐贈給該校圖書館。繼任者爲費倫、禧在明、道格思、莊士敦等。道格思作過《中國語言和文學》的系列講座,出版了講義。亞非學院的遠東中國語言文學系(Department of the Far East Chinese Language and Literature)早在1825年就開始教授漢語,是一所最早開設漢語課程的英國學院。畢爾、莊士敦、西蒙等先後應聘在該系任漢學教授。1924—1930年,老舍應聘在該系教授現代漢語。二十世紀九十年代,該系規模擴大,影響日增,研究中國古典文學和詩詞的王次澂(Wang Tzi-cheng),研究古漢字和先秦文學的艾倫(S. Allan),研究二十世紀中國文學、比較文學、文學批評的趙亨利(Henry Zhao)等都是著名學者。1992年,倫敦大學漢學研究中心(Centre of Chinese Studies)成立,協調並促進了漢學研究和教學工作及有關的學術活動。

同時,各國漢學研究人員加强了同中國學者的聯繫和交流,來中國參加學術會議的人數有所增加,還派博士生到中國的大學如北京大學、厦門大學、上海社科院等處撰寫博士論文。

二、大量漢籍的購置與收藏

作爲牛津大學圖書館總館的波德雷安圖書館,1604年就開始收藏中國書籍。坎德伯里大主教、牛津大學校長威廉·蘭德(William Land)先後向該館捐書1 151册。漢學家波德雷安本人也有計劃地收購漢籍。如1858年英國傳教士伊文思購買的中國古籍、1882年偉亞列力去世前的身邊藏書都轉到了波德雷安圖書館,僅是有關新教傳教的書籍就達2 500册。1913年至1922年,巴克斯也將個人收藏的4 700種11 700卷漢籍捐贈此館。1936年,蘇慧廉去世後牛津大學聘請中國學者向達幫助籌劃擴大漢籍藏書。作爲分館的東方學院圖書館擁有漢學科課程所需的中文圖書15 000多册,還收藏着3 500種9 500卷明清古籍,35 000種60 000多册近代和現代出版物,1 100多種雜志,常年訂閱500多種期刊。二十世紀九十年代,牛津大學向社會募集資金,香港慈善家認購額超過一億鎊,把其中1 000萬鎊用於漢學研究基金①。劍橋大學的圖書館也藏有大量的漢籍。如威妥瑪將在中國收藏的4 304册中

① 熊文華《英國漢學史》,學苑出版社2007年版,第247頁。

文書籍捐贈給該館。後來,巴克斯捐贈了 1 300 册。二戰以後,駱任廷、阿拉巴德、慕阿德和哈隆等也有捐書。該館藏有全套《美國國會圖書館攝製北平圖書館善本書膠片》三千種,並有大英圖書館、法國國立圖書館和北京圖書館所藏敦煌中文文書的全套微型膠卷。1949 年,哈隆用政府撥款在華購買了中文書籍 10 000 餘册。還通過李約瑟收到中國大量贈書。1952 年,英國外交官金璋將他珍藏的甲骨 800 餘片捐給該館。另外,該館還藏有《欽定古今圖書集成》5 000 册。1986 年,中國政府贈給該館圖書 4 468 册。1988 年,臺灣故宫博物院贈送《景印摛藻堂四庫全書薈要》一套,共 500 册。倫敦大學的亞非學院圖書館也藏有規模可觀的漢籍。至二十世紀九十年代,已有中文藏書 100 000 餘册,期刊 500 多種,縮微膠片 3 000 多個。其來源主要有:一是馬禮遜遺贈的 15 000 册,二是原駐華公使朱爾典用安德森(F. Anderson)捐贈的 1 000 兩白銀從中國購得的 12 500 册書籍①,三是溥儀的太傅莊士敦遺贈的 16 000 册漢籍(包括胡適和徐志摩等人給莊氏的簽名贈本),四是西蒙在四十年代末用亞洲福特財團基金在北京、香港、東京等地購得的圖書。另外,還有 1997 年香港政府贈送的 800 多册書刊和 228 000 餘頁的剪報資料微縮膠卷、5 000 多册日本漢學書籍、2 000 多幅戰前中國地圖、二十世紀中期中國地方報紙的縮印本、西方傳教士檔案、商會文書、根據舊唱片和字典的隨贈文本複製的珍稀語言資料和語法著作。

"唐學"對這些國家的影響越來越大,美國的唐代學者們於 1981 年成立"唐學會"(T'ang Studies Society),設在美國印第安納州的科羅拉多大學内,出版物爲《唐代研究》(T'ang Studies),該大學教授梅維恒(Victor H. Mair)爲主編。自 1982 年創刊,這份刊物

---

① 朱爾典(John Newell Jordan,1852—1925),1876 年來華,漢文通事出身,是任期最長的一位駐華公使,對於漢籍的選購頗具眼光。

起初只是供唐學會内部交流的學術動態時報,每年一期。首期刊登中國《唐史研究會成立大會代表名單與論文目録》和《1980 年中國大陸報刊所載唐史論文目録》;第二期刊有中國唐代文學學會會員的通訊簿;第三期載有《近年來隋唐考古之發現: 1983 年中文期刊目録》和中國《考古》《考古學報》《文物》《文物資料叢刊》《中原文物》上涉及唐代考古發現的報告。以後各期也定期介紹中國唐代研究以及與中國學術交流的情况。唐學會的成立以及《唐代研究》雜志的出版,標志着美國學院式唐詩專門研究的確立,唐詩在英語世界的流播進入縱深階段。如今唐學會的成員遍及美國、英國、加拿大、澳大利亞和新西蘭等國家,美國成爲西方漢學界研讀唐詩的中心①。作爲唐朝乃至中國最偉大詩人的杜甫也不再是曲高和寡的"陽春白雪",越來越受到他們的重視。

他們的杜甫研究是從翻譯開始的。翻譯也是一種解讀和闡釋,其行爲本身不僅涉及源文本及其文化,還牽涉到目標文本及其文化,其間翻譯者的主觀性也不容忽視。這些上百年來關於杜甫詩歌的英文譯作代表了對杜甫詩歌不同的閱讀和闡釋,用另一種語言在不同的時空構建着杜甫的形象及其詩歌,逐漸成爲杜甫詩歌研究的一個重要組成部分。杜甫的詩歌不只是中國的,也是世界的,對英譯杜詩的研究會在一定程度上加深我們對杜甫詩歌本身及其傳播的理解和認識,也可納入杜詩學的範疇。

英語世界的杜甫接受至少已有上百年的歷史,其中翻譯和學術研究構成杜詩傳播的重要途徑。其發展大致經歷了三個階段: (一) 十九世紀至二十世紀二十年代的發軔期,(二) 二十世紀二十年代至七十年代末的提升期,(三) 二十世紀八十年代至今的深化發展期。由早期訛誤較多的呈現到後來較爲真實的再現,再到

---

① 關於"唐學會"的詳情,參見江嵐《唐詩西傳史論——以唐詩在英美的傳播爲中心》,學苑出版社 2013 年版,第 279—281 頁。

新時期的解構/重新構建,杜甫的形象也隨之有所不同,體現了各個時期不同的心態。當下杜甫域外傳播和接受的研究對於完善杜詩學理論體系構建以及面對世界文學的命題都具有重要意義。

第二節　綜合性英語選集中的杜詩

現有研究成果表明,中國古典作品傳入英語世界,一般的規律是這樣的:大致經歷了從單個作家或零星作品的翻譯到綜合選集的發展過程。在這個過程中,翻譯影響着文學系統的互相滲透——不僅是將某個作家或某部作品的形象在另一種文學中再現,而且可以爲主體文學引進新的表現手法,並且爲改變譯入語文化中文學的功能做好鋪墊①。從十九世紀中後期到二十一世紀,在這近半個世紀的過程中,從理雅各(James Legge)翻譯的《中國經典》(*The Chinese Classics*)五卷本出現至今,英譯選集大致經歷了濫觴、發展、成熟三個階段,出現了一批較有影響的綜合翻譯選集,如:阿瑟·韋利的《中國詩歌》(詳下),羅伯特·培恩(Robert Payne)編譯的《白駒集:古今中國詩歌選集》(*The White Pony: An Anthology of Chinese Poetry from the Earliest Times to the Present Day*, 1947),狄百瑞(Wm. Theodore de Bary)主編的兩卷本《中國傳統資料選編》(*Sources of Chinese Tradition*),戴維斯(A. R. Davis)編選的《中國詩歌》(*The Penguin Book of Chinese Verse*)。白之(Cyril Birch)主編的兩卷本《中國文學選集》(*Anthology of Chinese Literature: From Early Times to the Fourteenth Century*, 1965; *Anthology of Chinese Literature: From the Fourteenth Century to the*

---

①　陳橙《文選編譯與經典重構——宇文所安的〈諾頓中國文選〉研究》引勒菲弗爾語,上海外語教育出版社 2012 年版,第 19 頁。

Present Day, 1972)的出現,標志着中國古典文學的翻譯進入全面發展階段。它被聯合國教科文組織列入中國文學譯叢系列(*Chinese Literature Translations Series*),它成爲美國各大學東亞文學和中國文學課程中最常用的教材,這確立了它作爲譯介本在西方漢學界的權威地位。此後出現的《哥倫比亞中國古典文選》《諾頓中國文選》《含英咀華集》《新方向中國古典詩歌集》《安可中國詩選:從古至今三千年傳統》等,都是成熟期的標志性成果。

白之主編的兩卷本《中國文學選集》分兩卷:第一卷從初期至十四世紀,第二卷從十四世紀至今。周朝分四章:《詩經》、早期歷史著作、《楚辭》、莊子等論死亡。漢朝分兩章:司馬遷與其列傳、漢賦。分裂時期分三章:論歸隱:兩則書信、一個夢境及一篇刺諷文,隱者詩,文論。唐朝分五章:(一)一個時代的詩人:其一(包括王維、李白、杜甫的詩歌),(二)古文(包括韓、柳的古文),(三)一個時代的詩人:其二(包括韓愈、白居易、元稹、李賀、盧仝的詩歌),(四)唐傳奇(包括《鶯鶯傳》《李娃傳》《虬髯客傳》),(五)一位晚唐詩人(李商隱的詩歌)。宋朝部分還包括了李白等唐五代詞人的詞作。其中,收録杜詩 12 首。1974 年,加州大學出版社又出版了他的《中國文學類型研究》(*Studies in Chinese Literary Genres*)。

美國著名華裔學者柳無忌與羅郁正①合編的大型古今詩選英譯

① 羅郁正(1922—2005),1922 年出生於福建福州,家境殷實,從小接受私塾的啓蒙教育。先後在上海聖約翰附中、聖約翰大學文理學院英文系求學。1947 年,大學畢業後的羅郁正偕妻子鄧瑚烈遠渡重洋,赴美求學。先在哈佛大學獲得英國文學碩士學位,後進入威斯康星大學攻讀英國文學及比較文學的博士學位。1952 年,經由原上海聖約翰中學的英文教師 Rosa May Butler 的推介,羅郁正進入阿拉巴馬州的斯蒂爾曼學院英文系講授英國文學,其間加入了美國籍。隨後他曾先後在密西根州西密西根大學、愛荷華大學執教,講授英國文學和比較文學。1967 年,羅郁正受聘爲印第安那大學東亞語言文學系教授,數年後擔任該系主任兼東亞研究中心主任。柳無忌(1907—2002),(轉下頁)

本《葵曄集：中國三千年詩詞選》(*Sunflower Splendor: Three Thousand Years of Chinese Poetry*, 1974)。此書有中、英文兩個版本。英文版由英、美兩地50多位學者合力,譯出中國歷代共145位詩人700餘篇作品,其中杜詩入選數量最多,有30題共56首,大都爲杜甫名篇。杜詩譯文不僅出自歐陽楨、柳無忌、羅郁正、倪豪士、劉若愚和司徒修等著名學者筆下,而且還專門請洪業審讀過。附録中還包括了所録作品及作者的詳細背景介紹、中國朝代與歷史時期表,内容豐富,體例完備,是最早、最完整的中國歷代詩歌中西合璧譯本。1975年初刊於紐約之後,多次再版,影響至今不衰,1976年還由臺灣地區的學者杜國清譯成了漢語。《紐約時報》每周日版的《紐約時報書評》(*The New York Times Book Review*)於當年12月21日在首頁全文刊出布朗大學(Brown University)亞洲研究系比較文學教授David Lattimore撰寫的書評,稱該書是"迄今爲止最完整、最好的中國詩歌西方語言翻譯文本"。

還需注意的是,1986年羅郁正與William Schultz教授合作,召集39位北美學者從清代詩詞作品中遴選、編譯成詩歌選集《待麟集》(*Waiting for the Unicorn: Poems and Lyrics of China's Last Dynasty*, 1644—1911)。雖是清代詩歌選集,可是導言中却引了李白《古風》和杜甫《寄張十二山人彪三十韵》,以明期待太平盛世之"待麟"題旨。

宇文所安編《諾頓中國文學選集：從先秦至1911年》(*An Anthology of Chinese Literature: Beginning to 1911*),諾頓出版公司

(接上頁)著名漢語詩人、近代著名詩人、旅美散文家。近代著名詩人柳亞子的兒子,生於江蘇吴江,畢業於北京清華學校、耶魯大學,獲英國文學博士學位。譯著有《英國文學史》《莎士比亞時代抒情詩》《凱撒大將》,長期致力於文學研究和教學工作,編著有《西洋文學研究》《中國文學概論》《當代中國文學作品選》《葵曄集》《抛磚集》《古稀話舊集》《休而未朽集》《柳無忌散文選》《少年歌德》《曼殊評傳》《印度文學》《蘇曼殊年譜》《蘇曼殊全集》《柳亞子年譜》《柳亞子文集》《我的父親柳亞子》等。

1996年出版。《諾頓中國文學選集》堪稱中國古典文學選集編譯的里程碑之作,分六大部分系統全面地收録並翻譯了中國從先秦到辛亥革命爆發的文學作品: 1. 早期中國: 先秦兩漢,2. 中國的"中世紀": 東漢魏晋南北朝,3. 唐朝,4. 宋朝,5. 元明,6. 清。"唐朝"部分,下有"導論",接着分(1) 唐詩: 概説(應景:"訪君不遇"、送别、其他詩歌類型、人物類型與場景巧置、詩體範例),(2) 盛唐詩(王維、孟浩然、李白、寒山、盛唐絶句),(3) 杜甫(早年詩等、插曲: 唐玄宗與楊貴妃),(4) 唐朝邊塞文學(盛唐邊塞詩、中晚唐邊塞詩、杜甫: 戰士的形成、後果、尾聲),(5) 中晚唐詩(孟郊、韓愈、李賀、白居易、杜牧、魚玄機、李商隱等),(6) 唐傳奇(兩則守信故事、兩則背信故事)等。在杜甫專章中選録杜詩35首(按: 選集的其他部分選録4首),包括了"早年詩":《重題鄭氏東亭》《渼陂行》《城西陂泛舟》;"自述詩":《自京赴奉先縣咏懷五百字》;"關於安史之亂詩":《春望》、《悲陳陶》、《悲青阪》、《哀江頭》、《羌村》(其一、其三)、《曲江二首》(其一)、《潼關吏》;"秦州與成都詩":《除架》《獨立》《江漲》《江村》《春夜喜雨》,"咏畫詩":《畫鷹》《畫鶻行》《丹青引》,"夔州與晚年杜詩":《前出塞九首》等。這六個階段,宛然一部杜甫詩歌的創作簡史,脈絡非常清晰,彰顯出編纂者敏鋭的文學史觀。

值得注意的是:(一) 所選35首詩不是簡單的羅列,而是將詩作與杜甫的人生經歷密切結合在一起。(二) 將譯文與對杜甫和杜詩的評介融合在一起編排,這種譯杜與論杜相輔相成的編排方式,不僅彰顯了編譯者深厚的學識修養,也凸顯了不同時期或不同主題下的杜詩特點。同時,又將杜甫詩歌置於中國文學傳統這一宏觀語境下來英譯和介紹,突出了杜詩的個性特質。(三) 選集共收録杜詩39首(專章35首,其他集4首),是收録詩最多的,也是僅有的兩位以專章規模介紹的詩人之一,宇文所安對杜詩經典地位的認可是毫無疑問的。我們可以這樣來認識: 一方面,杜詩内容的博大精深、形式的豐富多樣、風格的變化多端，自然會引起宇文所安的注意："杜甫作品極大的多樣性和種類，維持了十分不同的口味風格和流行中的歷史變化。"另一方面，是對杜詩典範地位的肯定。宇文所安説："杜詩逐漸與文學價值的構成聯繫在一起，這種聯繫是如此緊密以至於一代接一代的詩人和批評家會在這位詩人作品的某一方面發現他們自己以及他們的興趣。"①

宇文所安的杜詩譯文準確而流暢，還被選入梅納德・邁克主編的《諾頓世界名作選》以及閔福德和劉紹銘合編的《含英咀華集》等多種著名文學選集，有力推動了杜詩英譯的傳播與接受。

該書選不僅是西方各大學東亞文學研究和漢語言文學研究指定書目，也成爲英語世界研究中國古典文學的權威選本之一，具有重大的學術價值和文化交流意義。關於其價值與意義，宇文所安在一次訪談中也談到：

> 你如果問我："在美國，你的哪本書最重要？"那我可以毫不猶豫地告訴你，是《中國古代文學作品選》。這也許會使中國的學者感到奇怪吧？其實在美國研究中國文化，主要是爲了美國的文化建設，而不完全是爲了對中國文化發言。我的這本作品選被列入了著名的諾頓(Norton)系列，這是一個得到權威機構認可的標準教材系列，凡是在校大學生，只要學習中國文學，都要讀它，所以它的影響面，遠遠超過我的其他任何一本書。我很重視這本教材，爲此，我整整花費了三年的時間，就是希望通過這本書的出版，美國能有更多的人對中國文學感興趣。②

---

① Stephen Owen, ed. & trans. *An Anthology of Chinese Literature: Beginnings to 1911*. Ibid., p.413.

② 張宏生《"對傳統加以再創造，同時又不讓它失真"——訪哈佛大學東亞語言與文明系斯蒂芬・歐文教授》，《文學遺産》1998年第1期，第114頁。

哈佛大學前校長陸登庭(Neil L. Rudenstine)認爲,宇文所安"是一位多才多藝的杰出學者,對文學特質有着真正特殊的領悟力,並且能幫助學生和讀者瞭解他所教授和研究的文學中最具特色的地方"。著名詩歌評論家海倫·文德勒(Helen Vendler)這樣評論他:"宇文所安是一位不知疲倦、充滿活力的學者,對詩歌極具敏鋭力,且見解獨到。在翻譯中,他既不背離原詩的意思,也不將任何外來的解讀强加於詩歌。他既傳達了原詩的字面意義,又展示出詩歌的温度和個性。"漢學家麥大偉(David McCraw)認爲宇文所安的研究"具有懷疑性的考察、有力量的推理、豐富的想像力、能推翻一些積非成是的正統觀念,成立新的論説,甚至於能震動讀者"①。

梅維恒(Victor Mair)主編的《哥倫比亞中國古典文選》(*The Columbia Anthology of Traditional Chinese Literature*),乃1994年哥倫比亞大學出版社出版的"亞洲經典譯叢"(*Translation from the Asian Classics*)中的一本②,是將原有中國文學選集,即華滋生(Burton Watson)的《哥倫比亞中國詩選:從早期至20世紀》(*The Columbia Book of Chinese Poetry: From Early Times to the Twentieth Century*, 1984)和齊皎瀚(Jonathan Chaves)的《哥倫比亞中國晚期詩歌》(*The Columbia Book of Later Chinese Poetry*, 1986),擴大到詩歌之外的文體。它對中國古典文學做了全面的勾勒,涵蓋了廣義的文學作品,包括嚴格意義上的歷史、宗教、哲學等方面的篇章,選材獨特新穎,在諸多文選中别具一格。包括五大部分:原典及闡釋、韵文、

---

① 陳橙《文選編譯與經典重構——宇文所安的〈諾頓中國文選〉研究》,第38頁。

② 梅維恒(Victor H. Mair,1943—),哈佛大學中國文學博士,著名漢學家,賓夕法尼亞大學亞洲及中東研究系教授、賓大考古及人類學博物館顧問,兼任京都大學、香港大學、北京大學、四川大學等多所高校的教職;精通中文、日文、藏文和梵文,被認爲是當代西方漢學界最具開拓精神的學人,著述宏豐,研究領域包括中國語言文學、中古史、敦煌學。

散文、小説、説唱文學與表演藝術。第二部分“韵文”的“詩歌”,包括《詩經》選篇、漢代班昭至清代袁枚等84位詩人的詩作,杜甫作爲第37節,入選作品有:《春望》《客至》《石壕吏》《天末懷李白》《前出塞九首(其四)》和《前出塞九首(其六)》等23首,按詩作年代先後編排,同時還就詩作背景以及所屬古詩、律詩、絶句或排律等體裁加以簡要説明。2002年這些杜詩譯文大都經修改和潤色後又收録入了華滋生的《杜詩選譯》(*The Selected Poems of Du Fu*)。華滋生所譯杜詩譯筆曉暢,不僅在英語世界享有聲望,而且在中國國内影響也很大,2009年中國出版的“大中華文庫”之《杜甫詩選》,采用的就是華滋生的譯本。

《新亞洲評論》高度評價《哥倫比亞中國古典文選》:“文選中的譯者名單看起來就像是西方漢學的名人譜。讀者翻開書中的任何一頁,都會立即被其豐富而有趣的内容所吸引。這是一部從中國文學的巨大寶庫中提煉出精品的必備參考書,將帶給讀者極大的閲讀樂趣。”(Mair, 1994: back cover)《中西部書評》(*The Midwest Book Review*)評論説:“作爲一部基本的參考書,《哥倫比亞中國古典文選》即使在最擁擠的書架上,也會找到一席之地,它是近幾十年來出現的第一部嚴肅的中國文學選集。”(Mair, 1994: back cover)

與此“文選”配套的是梅維恒教授主編的《哥倫比亞中國文學史》(*The Columbia History of Chinese Literature*)的編撰與出版(Columbia University Press, 2001)。2016年,中國新星出版社出版馬小悟、張治、劉文楠翻譯的中文本。這是一本“大文學史”,除“引言”、“序”、“導論”、“附録”外,共分兩卷七編五十五章,從“基礎編”——語言和文字、“神話”、早期中國的哲學與文學、十三經、《詩經》和古代中國文學中的説教、超自然文學、幽默、諺語、佛教文學、道教作品、文學中的女性,到“詩歌編”——騷賦駢文和相關體裁、公元前200至公元600年的詩歌、唐詩、詞、宋詩、元散曲、元詩、十四世紀的詩、十五至十六世紀的詩、十七世紀的詩、十八至二十世紀早期的詩、清詞、現代詩、詩與畫；從“散文編”——史書的文學特徵、早期傳記、説明性散文、志怪、遊記、筆記、二十世紀散文，到“小説編”——唐傳奇、話本小説、章回小説、傳統白話小説：不太知名的作品、晚期的文言小説、清末民初的小説（1897—1916）、二十世紀的小説、二十世紀八十至九十年代海峽兩岸的小説，到“戲劇編”——傳統戲劇文學、二十世紀的話劇；從“注疏、批評和解釋編”——前現代散文文體的修辭、經學、文學理論和批評、傳統的小説評注，到“民間及周邊文學編”——樂府、敦煌文學、口頭程式傳統、地區文學、少數民族文學、譯者的轉向：現代中國語言和小説的誕生、朝鮮對於中國文學的接受、日本對於中國文學的接受、越南對於中國文學的接受等；幾乎囊括了從古到今所有的中國文學現象。其中第十四章是“唐詩”，由保羅·克羅爾（Paul W. Kroll）撰寫①。全面分析了唐代的各種文體、各個詩歌流派，及其取得的成就，而李杜詩自是談論的重點。此章叙及杜甫的家世，如遠祖杜預，近祖杜審言，叙及杜甫一生中各個歷史階段的生活，特別是“安史之亂”期間及之後的艱難生活與創作，高度評價了此一時期堪稱“詩史”的詩歌，如《春望》《月夜》《哀江頭》《哀王孫》《北征》《羌村三首》以及“三吏”、“三别”等等，“都顯示了作爲忠誠的國民、堅定的官員、忠實深情的丈夫與父親的杜甫”②。這一評論是西方漢學界的共識，如洪業在《杜甫：中國最偉大的詩人》中也有類似説法（詳見下文）。此書的“題辭”很有意思：“向中國人民致敬——不管是漢族還是少數民族，知識階層還是非知識階層。他們都以自己的方式合力創造了今天的中華文明。”

---

①　保羅·克羅爾（Paul W. Kroll），美國克羅拉多大學教授，著名漢學家，1976年畢業於密執安大學並獲得包括中國文學博士在内的三個學位。著有《孟浩然》（美國波士頓特懷恩出版社1981年版），主編《唐學報》。

②　梅維恒主編《哥倫比亞中國文學史》，中譯本，第325頁。

1976年,葉維廉(Wai-lim Yip)編譯的《中國詩歌:主要的模式與文類選集》(*Chinese Poetry: An Anthology of Major Modes and Genres*)在加州大學出版社出版,具有重大的影響力和參考價值。此後長期受到讀者的歡迎,所以在1997年杜克大學出版社又出了一個新版本。這本詩集的特點是每首詩都配有中文原文,然後逐行逐句逐字進行英文翻譯,最後加上葉先生的"試驗性翻譯",其結果不但讓讀者欣賞中國古詩的意境,更品味這種意境所營造的具體意象和過程。

《含英咀華集》(*Classical Chinese Literature: An Anthology of Translations*)英國著名漢學家閔福德和香港學者劉紹銘合編,美國哥倫比亞大學出版社和香港中文大學出版社2000年聯合出版(第二卷尚未出版)。第二十章爲《杜甫:詩聖》,選録《月夜》《春望》《夢李白》《旅夜書懷》《題張氏隱居》《茅屋爲秋風所破歌》《觀公孫大娘弟子舞劍器行》等名詩。

第三節　杜詩翻譯詮釋總覽

一、早期杜詩翻譯

1877年,美國自由派傳教士學者塞繆・約翰遜(Samuel Johnson)著有《東方宗教及其與普世宗教的關係・中國卷》(*Oriental Religions and Their Relation to Universal Religion: China*,1877,1881)一書,有一章專談中國詩歌,其中英譯有杜甫的《春夜喜雨》《贈衛八處士》《兵車行》和《秋興八首》(其八),但基本上都只是摘譯了這些杜詩中的片段。根據譯文所標,可知這些杜詩片段乃轉譯自聖・德尼的法譯文。

1890年,美國詩人梅里爾(Stuart Merrill)在《散文彩畫》(*Pastels

in Prose）一書中，用英語轉譯了《白玉詩書》裏的 14 首詩，譯詩用散文方式排列，配有一些插圖畫、漢字或漢字筆劃。梅里爾從《白玉詩書》所轉譯的這 14 首詩中，標爲“仿杜甫”（After Thoo-Foo）的有 2 首，其中一首題爲“*The Emperor*”，是杜甫的《紫宸殿退朝口號》，而另一首題爲“*The House in the Heart*”，可能是杜甫的《卜居》詩。

曾任英國駐華外交官弗萊徹（W. J. B. Fletcher）的英譯杜詩主要見於《英譯唐詩選》（*Gems of Chinese Verse*）和《英譯唐詩選續集》（*More Gems of Chinese Poetry*）。《英譯唐詩選》1918 年 5 月初版於上海商務印書館，1919 年再版，到 1926 年已印至第五版。《英譯唐詩選續集》1919 年由商務印書館初版，1923 年再版。《英譯唐詩選》（1919、1926）譯有杜詩 45 題 46 首詩（趙按：王維的《西施咏》被誤標爲杜詩）。《英譯唐詩選續集》（1919、1923）譯有 30 首杜詩。兩個譯本除給出了杜詩原文外，許多譯文下引用了一些英語文學片段，尤其是英詩片段來比附或對比闡發，這種以英詩解杜詩的譯注方式，在其他譯本中鮮見。另外，弗萊徹也是格律體英譯杜詩中承上啓下的代表性人物之一。

阿瑟·韋利（Arthur Waley，1889—1966），是理雅各後英語世界中中國典籍的最著名的翻譯家，一生出版了 36 部長篇的漢學著作。他生於英格蘭肯特郡，1903 年就讀於拉格比公學，1906 年獲獎學金進入牛津大學的國王學院，一直熱愛中國古詩。不列顛博物館書畫部的《通訊》刊發了有關韋利第一部詩集的消息，1917 年《伯靈頓雜志》第 1—2 期在刊登韋利的第一篇文章《一幅中國畫》的同時，還發表了他翻譯的數百首唐詩和前唐詩。韋利的第一本中國古典詩歌翻譯集是《中國古詩選譯》（Chinese Poems），1916 年在倫敦西部海伊霍爾本印刷，包括先秦至唐宋的詩歌 52 首，唐詩有李白的《烏栖曲》、杜甫的《石壕吏》、白居易的《廢琴》和《衰病》等。雖然此書僅僅有 16 頁篇幅，且非正式出版物，但它出版後立刻在英國學界和讀者中引起極大反響。1918 年，倫敦康斯坦布出版公司(Constable & Co.)出版了他的《漢詩一百七十首》,1919 年,紐約阿爾夫雷德・諾普夫出版社(Alfred A. Knopf)推出了他的《譯自中文》,名聲大振。後出版《譯自中文續編》。《漢詩一百七十首》的《導言》共有三節,第一節題目是《中國文學的局限》,第二節題目作《中國詩歌的技巧》,第三節題目作《中國詩歌的産生與發展》。

歐美學術界以專題形式集中譯介杜甫詩歌的較早文獻,是威特・賓納(Witter Bynney,1881—1968)與江亢虎合譯的《杜甫詩選》①,載於《文學評論》(1921 年 10 月)。文中共譯杜甫詩歌 11

① 江亢虎(1883—1954),中國近現代史上出名的政客,也是一位學者。原名江紹銓,江西上饒人。早年曾多次赴日,兩度遊歐,曾在早稻田大學學習法政,兼修英、法文,又在中島裁之主持的東文學社任清語教習。1911 年他在上海創立"中國社會黨",會員頗多知名人士,影響相當大。由於他打着社會主義旗幟,孫中山與之頗爲友善。1913 年"二次革命"爆發,袁世凱禁社會黨,江遠走美國,在加利福尼亞大學教中文,並開設中國文化課程。他的英文著作之一 *Chinese Civilization: An Introduction to Sinology*,便是根據這門課程的講義編輯而成,該書 1935 年由上海的中華書局出版,封面有中文題名《中國文化叙論》(英文講義)。除在加州大學供職外,江亢虎還曾在華盛頓的國會圖書館工作過。其間到各地講演,宣傳中國文化,後結集成另一部英語著作 *On Chinese Studies*(《中國學術研究》)。其基本文化觀是中西互補。1927 年重返北美,繼續在美國國會圖書館任職。1930 年江氏離開美國,前往加拿大蒙特利爾市,在麥吉爾大學創建了該國的第一個中國學系,直至 1934 年夏回國。抗戰期間,江投靠汪僞,任僞考試院院長,1946 年判無期徒刑。賓納曾爲此與胡適、史迪威等人聯名向美軍法處上書求情,未準。江亢虎可能於 1954 年死於獄中。他與賓納的合作時間很長。1920 年,賓納與伯克利加州大學的一個中國學生合作譯《詩經》六首,經江亢虎校正,收於賓納的詩集《潘神之曲》(*A Canticle of Pan*,1920)之中。此後賓納即與江亢虎合作譯《唐詩三百首》,包括了《杜甫詩選》,1920 年起陸續發表。江亢虎 1921 年回國後,兩人的翻譯合作靠通信進行。江亢虎爲前清舉人,國學底子不錯,賓納又有時間細細琢磨,因此他們合作的《唐詩三百首》英譯本《群玉山頭》(也譯作《珠峰玉巒》),是一個相當不錯的本子。

首,每首詩均附有注解。類似譯作還有美國埃德娜・沃思利・安德伍德(Edna Worthley Underwood)與朱琪璜(Chi-hwang Chu)(按:朱琪璜乃華裔學者)合譯的杜甫詩《乾元中寓居同谷縣作歌七首》,此書1928年由波特蘭緬因莫希爾出版社出版。

埃德娜・沃思利・安德伍德與朱琪璜合譯《杜甫:神州月下的漫遊者及吟咏詩人》,1929年由波特蘭緬因莫希爾出版社出版,書中共譯出杜詩290首,譯文曾與美籍華裔著名杜甫研究專家洪業(洪煨蓮)進行商討。這是西方較早出版的有關杜甫生平和譯有大量杜甫詩歌的研究著作。雖是跟洪業先生進行過商討,洪先生的評價還是較爲客觀:"它完全没有任何編排原則。有時,同一首詩被譯爲不同文本,冠以不同的標題,隨意地被放置在290首選篇中。選譯者對於杜甫詩歌的隨意性有時達到令人吃驚的程度。我還没有算上字裏行間的誤譯和增删。"①

又如美國弗洛蘭斯・艾斯柯(Florence Ayscough)譯著《杜甫:一位中國詩人的傳記(上卷)》(*Tu Fu: An Autobiography of a Chinese Poet*)和《江湖客杜甫:一位中國詩人的遊歷(下卷)》(*Travels of a Chinese Poet: Tu Fu, Guest of River and Lakes*),兩卷書中共譯有杜甫詩530首,這是二十世紀二三十年代西方除馮・察赫的德譯文外,譯杜甫詩較多的譯著。譯者弗洛蘭斯・艾斯柯爲美國著名女漢學家。此書上卷重點介紹杜甫的童年到他的中年,分爲《童戲時代》《弱冠時代》《壯遊時代》和《中年時代》,描述了杜甫從公元713年到759年離開華州這段時期的生活經歷。下卷重點介紹杜甫晚年,即公元759年開始到770年杜甫去世的生活和詩歌。從而完成了英語世界中第一部較爲詳細、系統的關於杜甫生命歷程和詩歌介紹的專著(1929—1934年出版)。在譯研過程中,作者較多關注的是:詩人説了什麽,是如何述説的,如何

① 洪業《杜甫:中國最偉大的詩人》,曾祥波譯,第8頁。

讓英語讀者更易理解,最終作者摒弃了書寫習慣性英語的思路,集中精力將每個表意文字及其在語境下的内蘊呈現出來,因爲她認爲很難使用一個英語單詞去翻譯一個爲複合體的漢字。因而此書翻譯水平相當高。第一册與第二册的出版雖然時隔數年,可它們之間還是有着很强的連續性,在翻譯策略上也保持了一致,使杜甫的一生在其詩歌中得到了較好的體現,同時她還圍繞着詩歌進行適當的解釋,並補充了一定的歷史背景知識來幫助西方讀者理解杜詩。儘管存在不少問題,洪業先生還是肯定了此譯作的"兩個優勢":"她相當明智地認識到作爲個人的杜甫與作爲詩人的杜甫不可分割",即在翻譯杜詩時,"還能另外花精力介紹杜甫其人及其時代";"另一個優勢是她對杜詩只是部分選譯",即"優先挑選那些她認爲最能勾畫出杜甫生平的詩篇,以及那些她個人鍾意的作品"①。

美國學者布雷斯譯著《杜甫:中國最偉大的詩人、草堂詩吟詠者》,此書於 1934 年由成都日新出版社出版,全書共譯杜甫蜀中詩 104 首。馮至主編、路易・艾黎翻譯《杜甫詩選》,也爲英譯本,翻譯杜詩 105 題 139 首,1962 年由北京外文出版社出版發行,1974 年由香港商務印書館再版,2005 年外文出版社再版。路易・艾黎爲新西蘭著名詩人、翻譯家,常年在中國工作,對中西文化交流作出了重要的貢獻。

二、二十世紀四十至六十年代主要選譯本中的杜詩

在這三十年左右的時間裏,唐詩的各類選注本在英語世界層出不窮,杜詩則越來越受重視。我們能看到的重要選本有如下幾種(當然是挂一漏萬):

---

① 洪業《杜甫:中國最偉大的詩人》,曾祥波譯,第 10—11 頁。

（一）詹寧斯《唐詩三百首選》和《續唐詩三百首選》中的英譯杜詩

美國學者詹寧斯（Soame Jenyns）的英譯杜詩主要見於《唐詩三百首選》（*Selections from the Three Hundred Poems of the T'ang Dynasty*）和《續唐詩三百首選》（*A Further Selection from the Three Hundred Poems of the T'ang Dynasty*）。《唐詩三百首選》1940 年由倫敦 John Murray 出版，以蘅塘退士的《唐詩三百首》爲底本，譯詩分編爲十大主題，選入 15 首杜詩。"自然與風景"主題下譯有《古柏行》；"關於喝酒"下譯有《客至》；"在女性閨房"下譯有《佳人》；"繪畫音樂與舞蹈"下譯有《韋諷録事宅觀曹將軍畫馬圖》《觀公孫大娘弟子舞劍器行並序》和《丹青引贈曹將軍霸》；"宫中司職"下譯有《春宿左省》；"離别與流放"下譯有《夢李白二首》；"戰争"中譯有《宿府》《兵車行》和《春望》；"傳奇往事"下譯有《咏懷古迹五首（其四）》《哀江頭》和《哀王孫》；"隱士生活"和"神話與仙境"主題下未選杜詩。這樣劃分難免牽强，比如《古柏行》名爲咏古柏而主題實爲贊頌孔明，不應歸爲一首自然風景詩；而《佳人》與"女性閨房"也無明顯關聯。《續唐詩三百首選》1944 年由倫敦 John Murray 出版，譯有《望嶽》和《贈衛八處士》等 8 首杜詩。詹寧斯英譯杜詩時正值二戰期間，兩書共譯出 23 首杜詩，實屬難能可貴。這兩個譯本常被我國研究者提及。

（二）白英《白駒集》中的英譯杜詩

英國漢學家羅伯特·白英（Robert Payne）曾任教中國的西南聯大，其《白駒集》（*The White Pony*）曾由 The John Day Company、Allen and Unwin、Theo-dore Brun Limited、New American Library / Mentor Book 等刊行。1949 年倫敦 Allen and Unwin 出版的版權頁上印有"First Published 1949"，應指在英國的首版時間，以下皆據此版本而論。

《白駒集》是白英與中國學者和其他譯者合作的結晶，除白英外,有20多位中國譯者也參與了翻譯,甚至在詩人的選取上還得到過聞一多等人的建議和幫助。《白駒集》中杜詩占了較大篇幅,有《羌村三首》《咏懷古迹五首(其三)》《狂歌行贈四兄》《倦夜》《月夜憶舍弟》《石壕吏》《題李尊師松樹障子歌》《北征》《畫鷹》《春望》等24首。《白駒集》編譯之時,中國正處於戰火動蕩中,所選杜詩大都側重於戰亂與民生。詩歌爲時而作,亦需爲時而譯,該書選譯了衆多以描寫戰亂爲主題的杜詩,賦予了杜詩英譯更爲深刻的時代意義和價值。

(三)其他翻譯作品

唐安石《漢詩金庫》中的英譯杜詩。耶穌會士唐安石(John A. Turner,1909—1971),是精通漢英兩種語言的漢學家。他曾長期在香港傳教,他的杜詩英譯主要見於《漢詩金庫》(*A Golden Treasury of Chinese Poetry*)之中。此書是唐安石神父1971年去世後,經John J. Deeney和Kenneth K. B. Li整理和編選出版。《漢詩金庫》1976年由香港中文大學出版社出版,選有從《詩經》至清代共70多位詩人的121首詩。唐安石本人非常推崇杜甫,可遺憾的是該書只從他的遺稿中選刊了《望嶽》等6首杜詩。譯詩主要套用了英詩格律手段來再現原詩音韵效果,帶有明顯的十九世紀維多利亞古雅詩風。唐安石也是英美格律體英譯杜詩流派後期的代表性譯者之一。另外,《漢詩金庫》附有一篇唐安石論述詩歌翻譯的文章,1978年曾被譯成中文並以《我怎樣譯中國詩》爲題刊載於香港《明報》上,後又被收入《詩詞翻譯的藝術》(1987)和《中西詩歌翻譯百年論集》(2007)兩書中。

《杜甫詩選》,1989年由紐約新指南書局編譯出版。戴維·欣頓(David Hinton)譯《杜甫詩選》,1990年由倫敦安維爾出版社出版。書中譯有杜甫詩作《望嶽》《江畔獨步尋花七絶句》《歲暮》《雨》《月夜》等多首。

三、二十世紀七十至九十年代主要選譯本中的杜詩

（一）雷克斯羅斯的杜詩英譯

這裏值得注意的是雷克斯羅斯①,他是二戰後美國詩壇上的重要人物。他譯有《中國詩歌一百首》(*One Hundred Poems from the Chinese*)和《續中國詩百首》(*One Hundred More Poems from the Chinese*)。後來也曾刊行過《杜詩三十六首》(*Tu Fu*,1987),還配有20多幅蝕刻版畫,但該書是個限量版,不到一千册,對美國其他詩人有着非同小可的影響。詩人默温曾説:"有一天晚上,我又拿起他那本《中國詩歌一百首》,已經隔幾年没讀它了,我坐着一口氣又從頭到尾看了一遍,我心中充滿了感激,更感受到這本書中那種鮮活靈動的生命力。這本書我已經熟讀了許多年了。"另一位詩人約翰·海恩斯宣稱,他的創作風格淳樸而簡明,就是受了雷克斯羅斯翻譯的杜甫詩的影響。雷克斯羅斯有個典雅的中國名字"王紅公"。作爲"垮掉的一代"的代表詩人,與其前輩龐德、洛維爾等有着顯著的不同,王紅公不僅懂漢語,而且有較深厚的中國文化修養,愛好中國書法、中國山水畫及人物畫、中國瓷器、中國文學乃至廣東大戲。中國詩人中,他最敬佩的是杜甫。他翻譯的《中國詩歌一百首》1956年由New Directions出版,再版於1971年。《續中國詩百首》1970年也由New Directions出版。《中國詩歌一百首》分

---

① 雷克斯羅斯(Kenneth Rexroth,1905—1982),是美國現代詩一個重要的領袖人物。不少論者認爲,他和威廉斯是五六十年代美國詩的東西岸二位"教父"。少年時在芝加哥學畫,曾與聞一多同學,投入"芝加哥文藝復興"詩歌運動。定居加利福尼亞後,又成爲五十年代"舊金山文藝復興"的發起人,號稱"垮掉一代之父"。他深受中國古典詩熏陶。1956年出版的《中國詩歌一百首》對垮掉派詩人影響很大,1972年與鍾玲合譯《蘭舟:中國女詩人詩選》(*Orchid Boat: Women Poets of China*,後改爲《中國女詩人》),1979年出版《李清照全集》。

兩部分,第一部分譯有《對雪》《大雲寺贊公房》《月》《玉華宫》《曲江二首》《雨晴》《初月》《野望》《田舍》《落日》《絶句二首》《晚晴》《月圓》《曉望》《夜歸》《江邊新月二首之一》《夜宴左氏莊》和《題張氏隱居二首(其一)》等36首杜詩,大都篇幅較短。所選杜詩大多數是描寫景物或借景抒情的詩。雷氏選譯這些詩的原因之一是這些詩中的典故較少,容易被讀者理解和接受。另一個重要原因是他自己喜愛這些詩,這些詩使他覺得非常親切。第二部分則是蘇軾、李清照等人的作品,這裏從略。

這36首英譯杜詩主要依據《杜詩引得》,並參考了洪業的散體譯文、艾斯柯的直譯和查赫的德譯。他認爲杜甫關注的是"人的堅信、愛、寬宏大量、沉着和同情":"我的詩歌毫無疑問地主要受到杜甫的影響。我認爲他是有史以來在史詩和戲劇以外的領域裏最偉大的詩人,在某些方面他甚至超過了莎士比亞和荷馬,至少他更加自然和親切"①。王紅公在自傳中回憶,是龐德的《神州集》引領他認識了中國古典詩歌。他在芝加哥藝術學院就讀期間,還與當時也在此處學習的聞一多先生有過交往。1924年,他結識了陶友白,並由陶友白的推介而接觸到杜甫詩歌。此後,杜詩質樸的現實主義的風格影響了他一生的創作。他在自傳中坦承自己心中塞滿了某種程度上"比荷馬或莎士比亞都好"的杜甫詩歌,由古老、豐富、完美的中華文化孕育出來的杜詩更深刻地表達了人類靈魂深處的渴望,更完整地呈現了萬象凝一的現實世界,因而引起他情感的强烈共鳴,讓他脱胎换骨。因此,王紅公認爲,"遠東詩歌對現代美國詩歌的影響大於19至20世紀法國詩歌對其的影響,而且遠大於自己傳統的影響,即19世紀英美詩歌的影響"②。遠東詩歌自然包括

① 約翰・費爾斯迪勒《"閃亮的鱒魚懸浮在激流中":肯尼斯・雷克斯羅斯眼中健康與神聖的萬物》,《外國文學研究》2007年第1期。

② 鍾玲《美國詩與中國夢》,廣西師範大學出版社2003年版,第22頁。

中國詩歌,對美國現代詩壇的影響的確是存在的,可是據鍾玲的分析,王紅公的這種表述誇大了這種影響力:“他所謂的遠東詩歌的論述方式,其實是一種 20 世紀詩歌的文學成俗,它的確已成爲西方‘作家們在同一時刻呼吸的同樣的空氣’,但這種成俗之形成不全賴東方的影響,而是‘由早期多種單一的源流影響所形成的場域制度’,遠東詩歌的論述方式不過是其中一個單一的源流影響而已。”①影響究竟如何,尚可進一步研究。

杜詩對雷克斯羅斯的影響處處可見,如他的詩《又一春》很是奇妙。據曾與雷克斯羅斯合作譯過中國古典詩歌的鍾玲女士介紹,雷克斯羅斯曾説:“我當初開始寫這首詩時,無意中發現,有幾句很像杜甫的詩,於是我特意重寫此詩,把一些中國詩句化入詩中。”現把他的原詩與所用中國詩句並録於下:

四季交接,年歲更易,
不需要幫助,無人管理。
月亮不假思索地輪迴,
月圓,月缺,又月圓。
白色的月亮進入江心;(白居易《琵琶行》:“惟見江心秋月白。”)
風被杜鵑花香麻醉;(杜甫《大雲寺贊公房》:“地清栖暗芳。”)
夜深時,一顆松果落下,(杜甫《月圓》:“故園松桂發。”)
空山中,我們的篝火熄滅。
刺亮的星閃在顫動的枝間;
湖水暗黑,在晶瑩的夜裏;
高空中的北斗,(杜甫《大雲寺贊公房》:“玉繩回斷絶。”)

① 鍾玲《美國詩與中國夢》,第 19 頁。

被雪峰隔成兩半。
哦心,心,你太古怪,(《粵謳》: 原句未能考。)
無常多變,易被侵蝕,
我們躺着,沉醉於星光映亮的湖面,
永遠留駐的片刻光陰
如水般在我們身邊流逝。①

雷克斯羅斯此詩見於1944年的詩集《鳳與龜》(*Pheanix and Tortoise*),所據的多是早期譯本,如艾斯柯所譯杜詩,因此不够準確。但準確與否在此並不重要。威廉斯(William Carlos Williams, 1883—1963)在1957年爲雷克斯羅斯所譯《中國詩一百首》寫了一篇熱情洋溢的序言,稱之爲"我有幸能讀到的用美國本土語言(American idiom)寫得最精彩的詩集之一"。在談到杜甫的簡樸輕巧時,他説:"與這種簡樸比較起來,西方詩總是着力過多。你不能説其中少藝術,因爲我們都被這些迷住了。你瞧,好像只是幾行脆薄的詩,却是不可摧毀的。……在英國詩和美國詩中找不到可以一比的自在無羈的作品,在法國詩和西班牙詩中,就我所知,也没有。"②

雷克斯羅斯將杜甫與荷馬進行了比較:"没有其他偉大的詩人像杜甫一樣融入現實社會。與荷馬相比,他來自於一種更成熟、更理智的文化。他甚至没必要去討論那由自然力量抽象而來的上帝以及膚淺、猥褻、惡毒、挑釁、殘暴等人類性情,他也没必要説只有人的無限忠誠、寬容和憐憫纔能挽救黑暗的世界。對杜甫而言,存

① 引文據趙毅衡《詩神遠遊——中國如何改變了美國現代詩》,上海譯文出版社2003年版,第156—157頁。

② William Carlos Williams, *Two New Books by Kenneth Rexroth*, *Poetry*, June 1957, p.185 - 188.

在和價值是不可分割的……杜甫遠非普通意義上的哲理詩人,沒有中國詩(比他的詩)更富於一種置於現實的無法分割的中華民族責任感……"[1]從雷克斯羅斯的論述,我們可以看出爲什麼他認爲杜甫比荷馬更優秀、更親切。在杜甫的詩中,雷克斯羅斯讀到了其"置於現實的無法分割的中華民族責任感"。詩中滲透的愛國愛民的熱情,令雷氏感受到個性化抒情詩歌的震撼力。

(二) 阿瑟·庫珀《李白與杜甫》

阿瑟·庫珀(Arthur Cooper)[2],英譯著作《李白與杜甫》,1973年由巴爾的摩企鵝出版社(Penguin Books)出版,極爲暢銷,到1985年已有五版之多。此書論述李白與杜甫的生平及詩作,書中包括英譯杜甫詩26首,李白詩26首。書前有庫珀的一篇長達80多頁的介紹文章,涉及李白、杜甫及其生活時代、唐詩背景、本書翻譯方法等多方面内容。注釋也很詳盡。庫珀在書中所寫的相關介紹以及譯文分析和評述性文字,甚至已超過了詩歌譯文本身所佔篇幅。英譯杜詩大致按詩作年代編排,同時譯詩後有分析和評述。庫珀的英譯杜詩運用了一個非常個性化的翻譯補償策略,即對原詩音節和節奏處理上,將杜甫原詩行的5(2+3)音節,譯成了英語的9(4+5)音節;而將杜甫原詩行的7(4+3)音節,譯成英語的11(6+5)音節。可謂譯法的創新。

(三) 静霓·韓登《唐詩三百首》中的英譯杜詩

英國作家静霓·韓登(Innes Herdan)在二十世紀三十年代曾到過中國。她的英譯杜詩主要見於《唐詩三百首》(*The Three Hundred T'ang Poems*,1973),遠東圖書公司(The Far East Book C., Ltd.)1984年再版,屬於英漢對照本,還配有插圖。此書以清代蘅

---

① Kenneth Rexroth, *Classic Revisited*, New York: Avon, 1969, p.129.

② 亞瑟·庫珀(Arthur Cooper, 1916—1988),英國出色的翻譯家,特別精於中國古詩的英譯,代表譯作有《李白與杜甫》。

塘退士的《唐詩三百首》爲底本譯出,並由美籍華裔畫家和詩人蔣彝作序。譯詩主要按詩體形式分爲"五言古詩"、"七言古詩"、"五律"、"七律"、"五絶"、"七絶"六大部分。全書入選的詩人中,以杜詩數量居多,共譯有《望嶽》和《贈衛八處士》等 39 首杜詩。與前述賓納和江亢虎在《群玉山頭》所譯 36 首杜詩相比,静霓·韓登書中將杜甫組詩《詠懷古迹》五首皆悉數譯出。静霓·韓登的杜詩譯文有一個明顯特點,力圖通過控制詩行的英語重音數量以及詩行的拆分與跨行等策略來補償或暗示原詩的節奏和押韵效果。

(四)戴維·揚《唐朝四詩人》和《唐朝五詩人》中的英譯杜詩

美國學者戴維·揚(David Young)這一時期的英譯杜詩主要見於他的《唐朝四詩人》(*Four T'ang Poets*, 1980)和《唐朝五詩人》(*Five T'ang Poets*, 1990)。《唐朝四詩人》所譯爲唐代王維、李白、杜甫和李賀的詩歌。該書不僅對杜甫加以專門介紹,而且以入選杜詩數量居多,選譯有《自京赴奉先縣詠懷五百字》《月夜》等 16 題共 27 首杜詩。1990 年,戴維·揚的另一譯本《唐朝五詩人》出版,譯有唐代王維、李白、杜甫、李賀和李商隱的詩歌,不過此書所選杜詩與《唐朝四詩人》中一樣。

第四節　研究性質的杜詩學著述

這個時期,英美杜詩學著述中也出現了帶有一定研究性質的著作,下面介紹評析一下。學術價值較高的如美國學者弗洛蘭斯·艾斯柯著的《中國的一面鏡子:現實的反映》,1925 年於倫敦出版。書中對杜甫生平及其詩歌的現實性進行了探索和評介,並譯有杜詩十餘首。前文已評議過她的《杜甫傳》上下卷。這位弗洛蘭斯·艾斯柯(Florence Ayscough),是一位女性,她不僅是翻譯家,還是一位出色的漢學家。她生於十九世紀末,艾斯柯青年時代隨父親來到中國,久居中國,通曉中文,酷愛中國古詩,有“愛詩客”之稱。她與美國意象派著名女詩人埃米·羅厄爾爲好友①,二人曾合作翻譯了一本中詩英譯集《松花箋》(*Fir — flower Tablets: Poems from the Chinese*),1924 年由波士頓紐約霍夫米林出版社出版。“松花箋”本是指唐代女詩人薛濤在成都浣花溪畔所創製的深紅小箋,弗洛蘭斯·艾斯柯和艾米·羅厄爾以此命名她們的中詩英譯集,既具有東方的浪漫色彩,又符合二人女性的身份。書中譯有杜甫的《夜宴左氏莊》等 14 首詩,數量僅次於李白的詩歌,而且該書的介紹部分明確强調了杜甫作爲中國人心目中最偉大詩人的身份,這些在很大程度上都與艾斯柯對杜甫的欽慕有關。《松花箋》一書是意象派詩歌運動的産物,是用“拆字法”合譯的,在東西方都受到關注,曾在 1973 年重刊。同時,也招來了不少批評,包括趙元任先生②。在中國古代詩歌英譯上,《松花箋》采用了獨特的方法,即“拆字法”,其中杜甫詩歌的翻譯與以前相比也有很大不同,在杜甫詩歌進入英語世界過程中起到了重要作用。艾斯柯熱愛杜甫詩歌,也是杜甫及其詩歌的研究家,曾在《中國集美雜志》《中國雜志》等刊物發表過有關杜甫詩歌的翻譯與研究文章,産生過較大的

---

① 埃米·羅厄爾(Amy Lowell 1874—1925),是龐德以後意象派的領袖,她爲新詩運動作出的最大貢獻就是使自由詩在美國變得盡人皆知,她翻譯的中國詩和仿中國詩今日仍有可讀性。1919 年出版的詩集《浮世繪》,從題目上可看出其中不少詩是取意自日本詩,但其中有一組詩“漢風集”(Chinoiseries)是仿中國詩,有幾首很得中國古典詩歌神韵。

② 《松花箋》出版後,埃米·羅厄爾的譯風和“拆字”譯法遭到非議,急於想找個中國學者來支援她。此時,趙元任剛在哈佛大學教漢語。哈佛校長是埃米·羅厄爾的堂兄。這樣,1921 年 2 月初他寫信給趙元任,趙元任回信説:“能有機會與羅厄爾小姐通信談中國詩問題,我將感到非常榮幸。我對羅厄爾小姐的作品感興趣已有相當時間。”讀完《松花箋》後,趙元任給埃米·羅厄爾一封信,指出她的一系列錯誤,尤其是“拆字”法導致的錯誤。

影響。

這裏要注意的是,《松花箋》的一個重要的選詩標準是“從中國人的角度”去挑選,其作者認爲,儘管西方人一提到中國詩歌就會想到李白,不少中國人認爲杜甫纔是唐代詩人的魁首。因爲杜甫是一位“學者詩人”李白則是一位“大衆詩人”。可見艾斯柯對杜甫的尊崇。《松花箋》選譯杜詩數量有限,其原因蓋如艾斯柯所言:“杜詩非常難譯,可能因此,他的作品很少出現在漢詩英譯集中,而這裏選有一些他較簡單的詩歌。”①

英國著名漢學家、中國文學研究家戴維・霍克斯(David Hawkes)撰寫的《杜甫入門》(*A Little Primer of Tu Fu*)1967 年由牛津克拉倫登出版社出版②。此書或譯爲《杜甫導讀》,或《杜詩初階》。書中評論杜甫生平經歷和詩歌的創作特點。戴維・霍克斯二十世紀五十年代初畢業於中國北京大學,對中國古典詩詞研究頗深,並能用中文撰寫舊體詩詞。曾任英國牛津萬靈學院研究員、中文教授。後爲專心翻譯《紅樓夢》(*The Strory of the Stone*)而辭去教職,譯出《紅樓夢》前八十回,名爲《石頭記》,此英譯本在東西方享有盛名。霍克斯爲中國文學走向世界做出了貢獻。《紅樓夢》之外,以研治楚辭、杜詩著名,所譯《楚辭・南方之歌——中國古代詩歌選》(*Ch'u Tz'u: The Song of the South: An Ancient Chinese Anthology*,牛津克拉倫登出版社 1959 年出版)和《杜甫入門》,爲世所重。

《杜甫入門》實際上是霍克斯的杜詩英譯集,同時也是一本學

---

① Florence Ayscough,“Introduction”,in Florence Ayscough & Amy Lowell, *Fir — Flower Tablets*,Boston and New York: Houghton Mifflin,1921, p.xx.

② 霍克斯,獲有漢學博士學位,曾在北京大學留學,長期從事中國文學和日本文學的研究工作。1960 年至 1971 年擔任牛津大學漢學教授,長期擔任牛津大學萬靈學院研究員。除本書所舉譯著外,主編牛津東亞文學叢書,出版了《劉智遠諸宫調》《李賀詩集》《中國漢魏晋南北朝詩集》《戰國策》《陶潛詩集》等英文譯本。

習用書，大致可分爲“作者介紹”、作爲主體部分的詩歌注解與翻譯、書後的詞匯表以及索引。在“作者介紹”中，霍克斯陳述了該書的目的、對象、選詩的依據及緣由等問題。主體部分在對每一首詩的處理上都遵照了一定的體例：首先摘録原詩，並在每個漢字的下面逐一注音；第二個部分名爲題目與主題；第三個部分名爲形式；第四個部分名爲注解；最後一部分是全詩的英譯。既然霍克斯試圖讓英語讀者能够盡可能地體驗杜甫原詩，他首先就必須給出原詩，這一點也不同於以前的杜詩英譯。此書是杜甫詩歌和唐詩在英語世界傳播接受過程中的重要一環。該書針對英語世界的一般讀者，考慮到詩人地位、詩作特點，此前英語世界的相關研究介紹等諸多因素，强調語言與詩歌的密切關係，以一種學習課本的形式突顯原詩風貌，既較好地保存了原詩的韵味，又使英語讀者易於欣賞和理解，在杜詩英譯史上具有獨特意義。

還有一位漢學家叫阿爾伯特·戴維斯（A. R. Davis）（？—1983），畢業於英國劍橋大學東方學院，主要研究中國古典文學，尤側重於中國古典詩歌。1955 年澳大利亞悉尼大學重建東方研究系，聘請英國人戴維斯爲教授兼系主任。戴維斯是一個出色的學術活動家。他主持東方研究系之餘，組織了澳大利亞東方學會，自任會長，培養了一大批中國文化領域的研究人才。這些人才後來成爲本國中國研究隊伍的骨幹。爲表彰戴維斯的貢獻，他的學生梅布爾·李（中文名陳順妍）等人設立了悉尼大學戴維斯教授獎學金，資助中國學與日本學領域的研究生，以及資助出版《悉尼大學東亞研究叢刊》，是目前世界上重要的亞洲研究學刊之一。

戴維斯從事中國古典詩歌的英譯和評論，出版了《中國詩歌》（企鵝叢書，1962 年）、《陶淵明：其作品及其涵義》（劍橋大學出版社，1983 年）。又著有《杜甫》（*Tu Fu*）一書，1971 年紐約特懷恩出版公司出版，列爲美國“特懷恩世界作家叢書”第 110 種，是戴維斯的代表作。全書分七章，前三章叙述了杜甫的生平，後四章闡述了杜甫與詩歌的關係,杜甫詩歌的形式、主題、價值及其影響。此書是在洪業專著的基礎上進行研究的,文史並重,尤其是强調了杜詩的文學特質。而對杜甫生平的介紹是以其詩歌生涯爲基調的,並從主題、形式等方面對杜甫詩歌進行了考察。

戴維斯的《杜甫》特别是其中的杜詩譯作影響很大,如他譯杜甫詩《贈特進汝陽王二十二韵》只引了三聯:"招要恩屢至,崇重力難勝。披霧初歡夕,高秋爽氣澄。樽罍臨極浦,鳧雁宿張燈。"却被詩人卡羅琳·凱瑟點化成了《致被放逐的王孫》這首名詩:

> 失去爵位,你孤獨,
> 在我們初見的那夜
> 你就允許我留下:
> 秋夜高爽,
> 微風清涼。
> 但是霧不久掩來,
> 又跟着雨。
> 之後,天明前
> 乳白色的月。
> 然後雷電大作,
> 然後洪水沖來,
> 然後是你絶然的睡,
> 當我垂泪,
> 你不屑一哭。(見於詩集《陰》,1984年)①

凱瑟這首改寫詩被評論者譽爲美國當代最美的抒情詩之一。

洪業先生曾爲戴維斯《杜甫》撰有英文書評,載於1972年出版

① 趙毅衡《詩神遠遊——中國如何改變了美國現代詩》引,第155頁。

的《哈佛大學亞洲學報》①。洪先生説:"此書頗有勝於吾書之處。以其能文史並重,可補吾書偏重史實之闕失也。"(趙案:"吾書",指洪著《杜甫: 中國最偉大的詩人》,詳見後文)一部分譯詩,"其譯文往往較吾譯爲勝。他所增譯的篇什尤可補我僅譯三百七十四首之不足"。戴維斯對洪著的批評,有時也很中肯,洪業説:

> 如《卜居》首二句云:"浣花流水水西頭,主人爲卜林塘幽。""主人"一詞含義頗雜,英譯殊費斟酌。我譯從仇、浦二家之議,謂是杜甫自稱。戴君駁云: 若如是,則"爲卜"二字中之"爲"字無着。這真一針見血。我譯當廢。

可是,同樣是對此"主人"到底指誰? 戴維斯的解釋便不免有點拘泥。洪業接着説:

> 戴君所譯有府主、恩主之意,若裴冕、嚴武之徒,早經諸注家駁倒,亦不可用。我更細讀遥思,以第四句之"客"字提醒,遂悟此主人當是有地可出賣之地主。也許茶餘飯後,主客同步江邊,欲擇一塊可建草堂的地所。遂用此意,且沿用戴譯數字,重譯此詩;亦載評文中。自覺他山之攻獲益匪淺。②

有時戴維斯對洪著的批評亦有些未當,兹不贅述。洪先生總結云:"戴君全書之結論謂杜甫所作的詩可稱偉大;杜甫之爲人則殊不然。"並爲之"解釋疑滯",同時提醒戴維斯察覺自相矛盾之處,"勿令兩傷"。

---

① 詳見《洪業論學集》所收之《再説杜甫》,中華書局1981年版,第431—432頁。

② 以上見洪業著,曾祥波譯《杜甫: 中國最偉大的詩人》,第372頁。

美籍華裔比較文學學者、詩人葉維廉的杜詩英譯主要見於《漢詩選集：主要形式與體裁》(*Chinese Poetry: An Anthology of Major Modes and Genres*)。該書初版於1976年,1997年由杜克大學出版社再版。該書1997年版,從《詩經》《楚辭》到唐詩、宋詞和元曲皆有選譯,主要按所選詩歌體裁分類編排。全書共譯有杜詩17首,以律詩爲主,分别爲《春望》《春宿左省》等7首五律;《閣夜》《客至》等4首七律;《絶句二首》2首五絶;《望嶽》《兵車行》等4首古詩與樂府。這些譯詩的呈現和編排方式獨特,首先是杜詩原文,然後各詩行逐字而譯,最後再給出每行的英譯文。葉維廉的杜詩英譯主要圍繞原詩句法的審美特質,通過簡約而可行的譯文句法呈現,如"蒙太奇"般再現原詩美感經驗的感知與表現機制。這種獨特的譯詩觀念和實踐策略,正是葉維廉通過中西文學模子"互照互映",探尋文化匯通和共同文學規律的比較文學思想在英譯杜詩中的具體運用。所謂"模子"理論,其本質就是尋根的理解、同異全識、互照互映。"模子"理論的運用表現在讀詩、譯詩的經驗中,讓葉維廉對中西美學的差異有了"直覺的瞭解",進而進入"分辨性研究",他認爲:"翻譯,我曾稱之爲兩個文化之間的Pass·port,我把Passport(護照)這個字拆爲兩個字,轉意爲'通譯港',是因爲在翻譯的瞬間,兩國的文化相接觸、相協調。在翻譯過程中,譯者一面要瞭解甲語言的表現功能及其文化中的美學含義,一面要掌握乙語言的表現功能和限制以及與之息息相關的文化美學的含義。甲語言中所表現的乙語言未必能表現,因爲乙語言所牽帶着的美學假定未必和甲語言中的美學假定相符合,事實上有時恰恰相反。"①這種"經驗"在他的《中

① 葉維廉《比較詩學序》,《葉維廉文集》第1卷,安徽教育出版社2002年版,第22頁。

國古典詩中的傳釋活動》一文中有精辟的闡釋①,如利用關係模棱的詞法語法,使讀者獲致一種自由觀、感、解讀的空間,在物象之間作若即若離的指義活動時,他的舉例中有杜詩:

> “岸花”飛送客,“檣燕”語留人(《發潭州》)
> “樓雪”融城濕,“宫雲”去殿低(《晚出左掖》)
> “風林”纖月落(《夜宴左氏莊》)

在閲讀這類詩句時,應是先“感”而後“思”,不應先“思”而後“感”。如理解“風林纖月落”,就是“不可以或不必要解讀爲在風吹的樹林裏纖細的月緩緩落下”。又如杜詩“緑垂風折筍,紅綻雨肥梅”,“最不妥當的”理解是“風折之筍垂緑,雨肥之梅綻紅”(按,這是王力先生的解釋)。葉維廉以爲:

> 在詩人的經驗裏,情形應該是這樣的:詩人在行程中突然看見緑色垂着,一時還弄不清是什麼東西,警覺後一看,原來是風折的竹子。這是經驗過程的先後。如果我們説語言有一定的文法,在表現上,它還應配合經驗的文法。“緑—垂—風折筍”正是語言的文法配合經驗的文法,不可以反過來。“風折之筍垂緑”,是經驗過後的結論,不是經驗當時的實際過程。當王力把該句看爲倒裝句法的時候,是從純知性、純理性的邏輯出發(從這個角度看我們當然可以稱它爲倒裝句法),如此便把經驗的真質給解體了。②

---

① 葉維廉《中國古典詩中的傳釋活動》,《中國詩學》,生活·讀書·新知三聯書店 1992 年版,第 14—36 頁。

② 葉維廉《中國古典詩中的傳釋活動》,《中國詩學》,第 21—22 頁。

又如杜詩:“空外一鷙鳥,河間雙白鷗。”(《獨立》)是視覺性極强烈的意象,近似電影鏡頭水銀燈的活動:“空外”是鏡頭向上,“一鷙鳥”是鏡頭拉近鳥;“河間”是鏡頭向下,“雙白鷗”是鏡頭拉近鷗。王力先生直接解讀爲:“空外有一鷙鳥,河間有雙白鷗。”他用一個“有”字,“便把一個解人插在觀者與景物之間指點、説明。”①那就是先“思”後“感”的結果。這類例子在杜詩中還俯拾即來:

> 星臨萬户動(《春宿左省》)
> 國破山河在(《春望》)
> 星垂平野闊,月湧大江流(《旅夜書懷》)

所用手法即像電影中的“蒙太奇”。

葉維廉在談論中國古典詩歌的“説明”(情或理)與“演出”兩面時,舉到了孟浩然的《春眠》詩、王維的《山居秋暝》和杜甫的以下諸詩:

(1)《夜宴左氏莊》:“風林纖月落,衣露净琴張。暗水流花徑,春星帶草堂。檢書燒燭短,看劍引杯長。詩罷聞吴詠,扁舟意不忘。”慣於説情的杜詩,也有大幅度的景物、事件的演出,其結果是:“最後的‘説情’或‘命題’,是含在另一個事件裏。”②

(2)《初月》:“光細弦初上,影斜輪未安。微升古塞外,已隱暮雲端。河漢不改色,關山空自寒。庭前有白露,暗滿菊花團。”則“是把‘説情’完全含在景物演出之中的”,杜甫在這裏“利用了觀察時空間的移動帶來經驗的飛躍,先看天上的初月(上),由光引至古塞(下),跟着‘河漢不改色’(天),轉到‘關山空自寒’(地)(以上是遠

---

① 葉維廉《中國古典詩中的傳釋活動》,《中國詩學》,第 23 頁。
② 葉維廉《中國古典詩中的傳釋活動》,《中國詩學》,第 31—32 頁。

景),然後突然一轉‘庭前有白露,暗滿菊花團’(拉近眼前)。”①

(3)《聞官軍收河南河北》:“劍外忽傳收薊北,初聞涕泪滿衣裳。却看妻子愁何在,漫捲詩書喜欲狂。白日放歌須縱酒,青春作伴好還鄉。即從巴峽穿巫峽,便下襄陽向洛陽。”此詩富於戲劇意味:“八句詩,其疾如風,層層快速轉折,如音樂中的飛快板,幾乎無暇抽思,雖然在文字的層面上有説明性的元素。”②這典型代表中國古典詩人對“演出性”的偏愛和“先感後思”的審美要求。

(4)《旅夜書懷》:“細草微風岸,危檣獨夜舟。星垂平野闊,月湧大江流。名豈文章著,官應老病休。飄飄何所似,天地一沙鷗。”則是“説明性”很强的例子:

> 是依從一種近似電影鏡頭活動的方式向我們呈示,在我們接觸之初,“危檣獨夜舟”是一種氣氛,有許多可能意義的暗示。獨,在我們初觸之際,只是一種狀態的直描,是獨一,但不馬上就提供“孤零零”的含義。到“星垂平野闊”“月湧大江流”,使到原是狹窄的夜,和夜中的一點(獨舟),突然開放與光明起來,使原來較凝滯的狀態,突然活躍起來。而在這空間活潑的展開裏,我們彷佛被鏡頭引帶着朝向開闊明亮的夜之際,一個聲音響起:“名豈文章著,官應老病休,飄飄何所似”,一個帶感情,活潑潑的戲劇的聲音(不是一個人平白的向你説教),而此際,鏡頭一轉“天地一沙鷗”,由於前面有開闊的空間和自然活潑的活動,這只沙鷗,一面承着“飄飄何所似”,有了“孤零飄泊”的暗示,但也兼含了廣闊空間自然活動的狀態——休官後的自由。由此可見,景物演出可以把枯燥的説理提升爲戲

① 葉維廉《中國古典詩中的傳釋活動》,《中國詩學》,第32頁。

② 葉維廉《中國古典詩中的傳釋活動》,《中國詩學》,第32—33頁。

劇性的聲音。①

西方漢學家們喜愛杜甫,出於很多原因,借他們的話説,恐怕主要緣於兩點:(一)"他確實對自己的詩作有着近乎狂熱的高度期許。"②(二)"杜甫,被世人公認爲'詩聖'。他像一個淘金者一樣善於挖掘尋常現象背後的東西。"③

第五節　宇文所安的杜甫研究

上文已談論過宇文所安幾個選本中的杜詩譯介,這裏詳細研究一下他較爲全面而獨到的杜詩研究成果。斯蒂芬・歐文(Stephen Owen,1946—),美國當代著名漢學家,中國古典文學研究家、翻譯家,哈佛大學榮休教授,漢名爲宇文所安④。1946 年出生於美國密蘇里州聖路易斯市,長於美國南方小城。1959 年移居馬

① 葉維廉《中國古典詩中的傳釋活動》,《中國詩學》,第 34—35 頁。

② 翟理斯《古文選珍》,1883 年自費初版,1884 年公開發行,1898、1923、1965 年多次再版。按:翟理斯(Herbert Allen Giles,1845—1935),劍橋大學漢學家,翻譯研究中國古典文學成就卓越,另譯有《古今詩選》(*Chinese Poetry in English Verse*, 1898)。從《詩經》開始按朝代選譯中國古典詩歌近 200 首,唐代以後僅録入袁枚一人一首。他 1901 年出版的《中國文學史》(*A History of Chinese Literature*),首次向英語展現了中國文學的發展歷程,這也是世界上第一本中國文學史著作。

③ 克萊默-賓《玉琵琶》,1909 年在倫敦初版,共譯中國古詩 66 首,其中唐詩 59 首,杜詩 12 首。克萊默-賓,英國漢學家。

④ 宇文所安是 Stephen Owen 爲自己取的漢名。"宇文"是胡人姓,"所安"出自《論語・爲政》:"視其所以,觀其所由,察其所安,人焉廋廋哉?"姓名加在一起,有胡漢融合的意味。此據陳橙《文選編譯與經典重構——宇文所安的〈諾頓中國文選〉研究》,第 28 頁。

里蘭州的巴爾的摩。1968 年獲耶魯大學中國語言與文學專業學士學位。1972 年以《孟郊與韓愈的詩》獲耶魯大學博士學位，隨即執教耶魯大學。1982 年起就任哈佛大學東亞語言與文明系中國文學教授。1984 年起任哈佛大學東亞語言與文明系中國文學教授和比較文學教授。1997 年起獲任哈佛大學詹姆斯·布萊恩特·柯南德特級教授。1986 年榮獲美國人文學會和古根海姆兩項獎金。精通中文和日文，還掌握了德文、法文、意大利文和西班牙文，並對中西文學和理論有廣泛深刻的瞭解，特別對中國傳統詩歌和詩學研究尤深。在研究過程中，他尤其重視詩歌文本形式和觀念的變化，詩人與前代作家之間的承前啓後關係。

一、杜甫研究實績

宇文所安由唐詩研究到杜甫研究，基於這樣的考慮：在如此背景下，我們不妨將視覺聚於一點，從唐詩整體概念中尋找一個切面來進行考查，於此基礎上彙集各家觀點，或是一條研究的快捷方式。我們將切面定位於杜甫詩歌，這基於以下三點考慮：其一，杜甫和李白被合稱作唐代詩壇的“雙子星座”，他在唐詩中的地位便相當於唐詩在中國文學中的地位，具有代表性；其二，國外漢學家中杜甫詩歌的熱愛者和研究者極多，論著也相對豐富，我們可以從多家收集資料對其進行研究，從研究資料角度來説也是一個好的選擇；其三，杜甫的文學地位在國內外研究者心目中都是崇高的，這説明杜詩中貫穿着一種普適性的精神，對這種精神的關注是國際漢學學科和全球化時代的需要，它具有超越學術概念的意義。

其一，關於他對於詩歌文體與具體作品關係的“語言”和“言語”表述應當深化。我們首先必須承認這種比擬的恰當性和直觀性，但是我們不能忽略的問題是，這種表述之後的深層次問題。索緒爾的《普通語言學教程》中僅僅做出了“語言”和“言語”的定義，但是缺少對“言語”具體生成機制的闡釋。後來發展起來的功能語言學派作爲結構主義語言學的一支對這個問題有着深入的探討,也取得了巨大的成果。我們是否可以將宇文所安的研究再向前推進,擴展到更加廣闊的功能語言學領域並與最新的研究成果相結合起來,對於律詩作品的産生做出更加深入的理解呢?這必將是一次有益的嘗試,但是需要多學科的理論支持。

其二,宇文所安的意象美學理論是否貫徹了結構主義的精神。宇文所安認爲意象的隱喻是構成詩歌美感的最根本因素,但是這種理論如果放在結構主義中是難以成立的。結構主義會認爲隱喻只是一個編碼的手段,其最終目的是通過使言語處於和諧並置的狀態從而引起形式美感。浙江大學徐承博士認爲,在宇文所安看來,詩歌特别是盛唐律詩,無可辯駁地承擔着中國文化的價值理想,這通過技術層面意象的轉義和象徵實現;而結構主義詩學中,語言的自指纔是詩歌的功能所在。“宇文所安的這種美學立場,不啻於重新肯定了語境和説話人在詩歌價值中的重要地位。”①這個問題關涉到杜甫在文學史上的地位,也是需要通過中西詩學比較進行探討的。

宇文所安有意識的結構主義研究方法用一種科學理性對詩歌文本進行了剖析,雖然有理有據,但是我們感覺缺少一種人文關懷,同時對一些模糊問題的探討也顯得不够深入。下面看其具體研究成果。

宇文所安著《盛唐詩》,在杜甫專章中審視了杜甫與傳統的關係,並勾勒出杜詩中對詩人面貌的多元化呈現,指出他是“律詩的文體大師,社會批評的詩人,自我表現的詩人,幽默隨便的智者,帝國秩序的頌揚者,日常生活的詩人,及虚幻想象的詩人”②。其中,

---

①　徐承《結構運動和隱藏的字謎》,《中國石油大學學報(社會科學版)》2008 年第 1 期。

②　宇文所安《盛唐詩》(杜甫專章),賈晋華譯,生活・讀書・新知三聯出版社 2004 年版,第 210 頁。

特别標舉出杜甫的天才本質與其詩作的“强烈傳記興趣”，其詩歌的特徵是多才多藝，兼善衆體，歐文同時指出杜甫具有高尚的詩人品德，他的詩歌對後世詩人創作産生了巨大影響。

在《盛唐詩》中，他將杜甫的律詩當作景物與情感交融在一起的典範之作。他説：

> 《對雪》在形式、風格和關注點上，都是杜甫的“經典”律詩的早期範例，在此類律詩中，詩人面對的是一個充滿神秘對應的世界。
>
> 在所有中國詩人中，杜甫或許是最不願意讓自然界以本色呈露的一位，在他的筆下，自然現象極少看來是隨意的或偶然的，也極少僅因其存在而引起注意……物質世界充滿了意義，有時是明顯的對應，有時是逗人的隱藏。
>
> 夔州律詩……被處理成宇宙力量交互作用的體現，融合了杜甫對陰陽象徵、宇宙要素及代表造化的大江的興趣。
>
> 杜甫努力於創造一種重要的詩歌，將世界各種事物奇特地統一在一起，這些事物充滿象徵價值，與未確定的指示對象形成未充分闡明的聯繫。①

從引文對神秘對應、陰陽象徵、宇宙要素的强調，我們可以發現，宇文所安所謂使感觀世界充滿意義，其最高境界實是用宇宙意義來統一描寫，在這一世界中，各種事物都成爲世界的徵兆，奇特地統一在一起。上文言及的“象徵”不同於象徵主義，雖是用同一個詞語。這裏的“象徵”，由“言”至“意”的推廣，不存在超越，而是“借助於《繫辭傳》的‘類’來實現，‘其稱名也小，其取類也大’。這裏的‘類’和西方所謂的‘喻’都是建立在‘類似’的基礎上的。然而，

---

① 宇文所安《盛唐詩》，賈晋華譯，第230、232、241、251頁。

'喻'是虛構的,包括真正的替代者;而'類'則是聯想,一種以世界之秩序爲基礎的'絶對真實'"①。

四年後,宇文所安又出版了另一部影響較大的著作《中國傳統詩歌與詩學:世界的徵象》,而杜詩成爲他審視傳統中國詩閱讀的重要窗口。

歐文重視杜詩的内在結構的分析。在具體操作中,往往依次從分析字詞意象、意象結構特點、句與句之意結構關係、整部作品内部結構等方面逐一進行。如他對杜詩《旅夜書懷》的評析,全以文本爲基點,對詩中諸意象的含義作深層次的挖掘:"細草"(岸草),有柔軟、彎曲(爲微風吹拂)、微小、低矮之意藴,同時又因其廣布河岸並牢牢置身於大地,又引申出衆多、穩固等含義。"危檣",有直硬、不彎、高大之含義,又引申出岌岌可危(處於永不停息的流水中)、形單影隻之意藴。"繁星",垂於天際,故有永恒牢固衆多之意。月影落於江中,隨波起伏,而有孤單、不穩定之意。隨後將詩中意象歸爲相互對立的兩類:一類是岸草、群星,一類是危檣、月影。前者有微小而衆多、柔軟而穩固之意,後者意味着高大而孤單、剛直而危險。由此引申出孤直且處於危險中的詩人與微小易屈生活在安全之中的衆數的對立②。意象的對立,反映出結構的對立。這種意象的分析,與中國的傳統"知人論世"的方法迥然不同:一個竭力在人、事、世這些詩文本外的範圍拓展;一個堅持在文本内部尋找結構與意藴。

歐文重視西方文論在解析杜詩中的運用。如對杜詩《旅夜書懷》《客亭》《望嶽》《獨立》《破船》《春日憶李白》《畫鷹》《客至》

---

① 宇文所安《透明度:解讀唐代抒情詩》,倪豪士編《美國學者論唐代文學》,上海古籍出版社 1994 年版,第 222 頁。

② 參宇文所安《中國傳統詩歌與詩學:世界的徵象》,陳小亮譯,中國社會科學出版社 2013 年版,第 4—5 頁。

《孤雁》《返照》等文本的解讀中,就運用了解構主義、接受美學理論。

他認爲中國的應景抒情詩與西方的敘事小説有衆多相似之處。西方的抒情詩可以假定預言性的"我",並以含義隱晦的隱喻發言,但中國抒情詩和西方小説却以中介性(寓一般真理於特殊之中)爲特徵。當然,中國抒情詩與西方小説也有區别。西方小説被當成有目的的構成物,它們通過拓展外延、增加細節等方式肯定特殊;中國的應景抒情詩肯定特殊的途徑却是宣稱自己的非虚構性,以及堅持隨機、自發、偶然、不作假。這樣的詩歌之所以能體現真理,是出於"詩言志"的假定。與同樣是非虚構性的史論、旅行指南或税收登記册等不同,中國的應景抒情詩將自己呈現爲心靈與詩人的外部世界的不間斷的聯繫,呈現爲心靈努力去理解自己所無法控制的外部事實並與之抗争的中介行爲。這種不間斷的聯繫既是作爲創作模式、又是作爲閲讀中的假設來肯定的。

如他解析杜甫的《旅夜書懷》時説:

> 杜甫題的是"懷","他感懷什麽",或更精確些,他内心關注並强烈感觸的是什麽。懷可能是某種所見到、所想到、所感受到的東西。頭兩聯的景句中抒的懷絶不比第三聯要少。最後一聯的明喻同樣是懷,某種他所感受到的,它並不展現爲一種詩歌表現手法,而是作爲一種活躍的思考行爲——爲自我發現一個對應物。①
>
> 對杜甫的讀者來説,這首詩不是虚構:它是對一特定歷史

① 宇文所安《中國傳統詩歌與詩學:世界的徵象》,陳小亮譯,第1—2頁。

> 時刻的經驗的特殊的、實際的描述，詩人遭遇、詮釋和回應世界。①

這裏，詩人用了一個隱喻："詩人是天地之間的一隻沙鷗"；"在我看來，我像天地之間的一隻沙鷗"。讓詩人感知"細草，微風岸"。

> 它們反映在指涉物的相關形狀中：流動和無止境的運動，與穩定和堅固相對；獨自旅行的一個人，與其他安全的生物相對；危險的直立、巨大、高貴，與彎曲、微小、普通相對。未做任何定論，未解決任何矛盾。一個模式出現了。②

歐文重視杜甫的園林詩。他以爲，"大中映小"的中古宇宙哲學形象地反映在小池詩中。這裏，小者是大者的微觀縮影，如果你想重整帝國，你就得從你自己或你的家庭開始。因而，宇文所安認爲，"在杜甫的作品中，私人天地首次贏得了重要性"③。以《水檻》爲例說明這首詩打破了宇宙論：它喚起了對"大"與"小"之間差異的關注。"杜甫另劃分出了一個對小世界的關懷，它不能完全被解釋爲大世界的縮影。事實上，這是一個私人空間，無法讓人信服地將它與國家、宇宙的整體結構調和在一起。"④在小與大的關係中，杜甫對自己不自然的詮釋（"既殊大厦傾，可以一木支"）試圖以更自然的詮釋加以彌補（"人生感故物，慷慨有餘悲"）。

又如對《江南逢李龜年》的理解，也是別有一番風味：這裏詩

---

① 宇文所安《中國傳統詩歌與詩學：世界的徵象》，陳小亮譯，第 4 頁。

② 宇文所安《中國傳統詩歌與詩學：世界的徵象》，陳小亮譯，第 5 頁。

③ 宇文所安《中國"中世紀"的終結：中唐文學文化論集》，陳引馳、陳磊譯，田曉菲校，生活・讀書・新知三聯書店 2006 年版，第 72 頁。

④ 宇文所安《中國"中世紀"的終結：中唐文學文化論集》，陳引馳、陳磊譯，田曉菲校，第 76 頁。

意何在呢? 没有值得注意的詞句,看不到動人的形象,整個景象太熟悉了,詩人也没有用什麽新奇的方式來描寫,使得熟悉的世界看上去不那麽眼熟。詩人追憶的是官宦文人在大官僚崔九家裹和岐王的宅邸的聚會,他曾經是這些美事紛陳的聚會上的常客,經常見到("尋常見")著名歌手李龜年、多次聽到("幾度聞")他的演唱。那是繁盛歡樂的年代。然而,如果我們知道這首詩作於安史之亂後的770年,我們就會由此想到杜甫一生的顛沛流離,想到安禄山之亂和中原遭受的蹂躪,想到失去的安樂繁華,它們在唐玄宗開元年間和天寶早期似乎還存在,對作此詩時的杜甫説來,却已成了過眼烟雲。我們想到,這是一首杜甫作於晚年的詩,這位遊子此時終於認識到,他再也回不了家鄉,回不了京城。與此同時,我們也記起在我們頭腦中李龜年是什麽樣的形象,他是安史之亂以前京城最有名的歌手,是最得唐玄宗寵幸的樂工之一。樂工在安史之亂中四散逃亡,李龜年的聲望和特權也隨着喪失了。這時,他已年入暮齡,流落到江南,靠在宴會上演唱爲生。當李龜年演唱時,座中之人無不潸然泪下——他站在他們面前不僅僅是爲他們歌唱,同時也使他們想起他的往昔,想起樂工們的境遇變遷,想起世事滄桑。他站在我們面前歌唱,四周籠罩着開元時代的幽靈,一個恣縱耽樂、對即將降臨的灾難懵然無知的時代。

趙毅衡評曰:"哈佛大學教授歐文(Stephen Owen)研究唐詩,學識淵博,分析透闢,獨成一家。"①"歐文的著作《盛唐》(*The High T'ang*, 1981)給了杜甫相當大的篇幅。"②

宇文所安零星的杜甫論述。如他在談另一類值得重新思考的"治學習慣"時説過這樣的話:

---

① 趙毅衡《詩神遠遊——中國如何改變了美國現代詩》,第147頁。
② 趙毅衡《詩神遠遊——中國如何改變了美國現代詩》,第156頁。

> 當我們讀到一首叙事的古詩時,我們一般都認爲這首詩是在事件發生的當時或者稍後寫的。在這一點上,杜甫的例子很有啓發性。①

這種"啓發性"表現在什麽地方呢?宇文所安有深刻的闡釋:

> 可以看得很清楚,杜甫在世時其詩作没有廣泛流傳,我們現有的杜詩版本一定是他在生命盡頭最後一次漂流揚子江時隨身携帶的稿子。杜甫早年所寫的詩比如説《自京赴奉先縣詠懷五百字》,描寫了安禄山叛亂爆發前的種種迹象。就算我們相信杜甫是在叛亂爆發前的奉先寫成了這首詩的初稿,又怎麽能確實知道我們現在讀到的就是杜甫的初稿呢?詩中所寫的叛亂迹象有没有可能是後來補上去的呢?杜甫的詩爲我們呈現了杜甫一生的畫像,這幅肖像在多大程度上來自寫作的原始時刻,又在多大程度上是晚年喜愛修改原作的杜甫在孤獨寂寞之中删削過的呢?我們把詩題中提到的年月日當成詩作完成的時間,但是一首詩在多大程度上是後來修改苦吟的結果?我們傾向認爲一首詩是在一個特殊的時刻被賦予了完滿的生命,但是如果我們想想詩人多次修改一篇作品的現象,想想手抄本文化的特殊性質,我們就會意識到文本都是不斷流動變化的東西,要經歷漫長的變化過程。②

這裏,儘管有的觀點是推測,值得商榷,如言"我們現有的杜詩版本

① 宇文所安《他山的石頭記——宇文所安自選集》之《瓠落的文學史》,田曉菲譯,江蘇人民出版社 2003 年版,第 12 頁。

② 宇文所安《他山的石頭記——宇文所安自選集》之《瓠落的文學史》,田曉菲譯,第 12—13 頁。

一定是他在生命盡頭最後一次漂流揚子江時隨身携帶的稿子”。可是,對杜詩“語不驚人死不休”的認知是相當深刻的,如以“五百字”爲代表的詩作是在“孤獨寂寞之中”“修改苦吟的結果”。又如,“杜甫的詩爲我們呈現了杜甫一生的畫像”,西方文論重視詩人詩作的“自傳體”,在東方詩人杜甫這裏仍很適用。宇文所安進一步分析杜詩“全集開始流傳”的情況:

> 杜甫死後不久,他的詩作全集開始流傳。這個流傳過程最初是怎樣開始的?我們不是知道得很清楚。據我們目前所知,至少在當時還没有哪一座寺廟收藏一部經過作者首肯的原始手抄本(像白居易所做的那樣),皇家圖書館在當時也没有像對待其他唐朝詩人作家那樣存留一份權威性底稿。但是總之杜甫的詩作慢慢地流傳開了。後來,到了元和年間,杜甫突然聲名鵲起,當時一定有無數的杜詩抄本,後來的每一代讀者一定也在抄寫新的手本——每一次抄寫可能都會産生一些細小的變化。這些新的抄本在中國各地流傳,直到五代十國的戰火焚毁了許多圖書收藏。北宋時期的編者試圖把杜詩的殘餘收集起來,結果他們發現了一堆不同的手抄本——許多代讀者抄寫、再抄寫的結果。①

杜詩的早期流傳情況很複雜(趙案:關於這個問題,比較權威的闡釋是陳尚君的《杜詩早期流傳考》,也有一些推測的成分),宇文所安根據“元和年間,杜甫突然聲名鵲起”,推斷“當時一定有無數的杜詩抄本”,是大致可信的。可是,這種逆推法不一定十分可靠和科學,因爲早在天寶年間的任華在詩作《雜言寄杜拾遺》中評價已

---

① 宇文所安《他山的石頭記——宇文所安自選集》之《瓠落的文學史》,田曉菲譯,第21—22頁。

非常高,有謂“昔在帝城中,盛名君一個”。即言杜甫在長安時期已久負“盛名”,能否由此推測“當時一定有無數的杜詩抄本”?顯然是不能的。某個作家特别是經典作家,他的名聲晦顯與否,跟他的作品確實有不可分割的關係;可是在某個歷史時期,跟他的思想、人格等因素是否更重要一些?接着,宇文所安談出了他的意見:

> 我在這裏想説明的是:我們現有的杜詩——以及所有其他手抄本文化留傳下來的文本(除了儒家的經典之外)——永遠都不可能準確地代表作品的“原始面目”了。印刷本給出的主要文本及其異文只能代表一小部分曾經一度廣爲流傳的手抄本。中晚唐在安史之亂以後重修的皇家圖書館當然會保存當時著名作家的全集,但是没有人檢視詩歌手抄本在當時的大量傳播。北宋的收藏家們時而獲得一個“善本”,可是誰能決定到底什麽是善本?一份古老的手抄本不一定就是最好的抄本,而一個更“完善”的抄本其實也許充滿了被抄寫者的主觀臆測填充起來的空白。①

宇文所安這裏的分析是很有啓發意義的。比如《宋本杜工部集》是後來所刊行的各種杜集的祖本。可是它駁雜異常,是多個版本的合成體。宇文所安進一步分析了作爲經典的杜詩的評判問題:

> 那麽,是不是根本不存在所謂的經典?——經典當然存在,但經典是作爲一個歷史現象而存在的。李白和杜甫觸及到中國傳統中一些深刻的問題。到北宋時,人們已經很難獨立地評判他們,因爲他們作品的質量已成了文學價值標準的

---

①　宇文所安《他山的石頭記——宇文所安自選集》之《瓠落的文學史》,田曉菲譯,第22頁。

> 一部分。在這裏有一種歷史的惰性在作怪。陶淵明、李白、杜甫這樣的偉大文學家已經不再能够被人們評判,也不再受到審美趣味變化的影響了。他們都已成爲更高一個層次上的經典作家,他們作品的質地幫助人們形成判斷的標準,提高審美的口味。他們在中國文學史中的地位和莎士比亞在英國文學史中的地位一樣(雖然法國的新古典主義者可以誠心誠意地相信莎士比亞的戲劇簡直糟糕透頂):我們已經無法再評判莎士比亞,因爲莎士比亞已經是優秀文學作品的衡量標準的一部分。換句話説,在九世紀和十一世紀之間,杜甫的"偉大與否"就不再可以任人評判了:他的詩作被人們確認爲偉大的文學作品,而且,既然依從的標準是杜詩提供的,杜甫當然怎麽讀就怎麽横空出世。他親自塑造了人們借以評論他的價值觀。①

杜詩的"横空出世""是杜詩提供的",這就是杜甫的"偉大"。

又如,宇文所安在談論"唐朝的公衆性與文字的藝術"時,舉到了"唐代文學中關於繪畫表演的最著名的篇章之一",即杜甫的《丹青引》:

> 因爲出自詩聖杜甫的手筆,所以,它不是對社會性表演的簡單的再現,但是,這種社會性表演的結構還是歷歷可見。②

"這種社會性表演的結構"表現在好多方面,宇文所安説,在這裏"不可能詳盡地探討這首詩豐富的内容",而是首先探討了本詩的

---

① 宇文所安《他山的石頭記——宇文所安自選集》之《瓠落的文學史》,田曉菲譯,第25頁。

② 宇文所安《他山的石頭記——宇文所安自選集》,田曉菲譯,第182頁。

“譜系與繼承問題”：

> 我們在詩中看到對於譜系與繼承問題的關懷，而繼承者永遠只能接受到祖先或者師長所擁有的質量的一半。魏武帝曹操是既文亦武的，然而他的子孫曹霸却只繼承了他的“文采風流”的一面。同樣，曹霸畫馬是既畫其骨也畫其肉的，但是他所謂的學生韓幹却“畫肉不畫骨”。這首詩不斷遊戲於“名”與“實”之間的關係：曹霸的名字本來就“霸氣”十足，又擁有“將軍”的頭銜，然而細究却只是一個“文采風流”的文士所得到的名譽職稱而已。他服務於玄宗：這位皇帝並不像他的祖先那樣擁有大唐創業時的文臣武將，他所有的不過是他們的肖像。而玄宗甚至還想把他最愛的駿馬轉化爲一幅畫。在杜甫眼中，這個安史之亂爆發前的世界充滿了虚名、頭銜和對現實的再現——而對“武”的再現歸根結底還只是“文”而已。①

以“名”與“實”之間的關係分析“文”與“武”的關係：安史之亂爆發以前，對“武”的再現歸根結底還是被“文”淹没了。接着分析了“全詩的焦點”問題，即“藝術表演的時刻”問題：

> 全詩的焦點集中於藝術表演的時刻。前面的一切都是爲這一時刻所做的準備，後面的一切都是零落凋喪，畫家本人漂泊到一個傾圮的帝國的邊緣，而他所畫的對象也遠不如前了。在詩中，作家爲先帝——玄宗皇帝——作畫有兩種不同的機緣，與顔真卿所記載的張志和的繪畫表演以及隨後的畫工作畫這兩種情境相似，只不過在曹霸的情況中，順序是顛倒過來

① 宇文所安《他山的石頭記——宇文所安自選集》，田曉菲譯，第184—185頁。

的,也就是説,曹霸先是爲玄宗充當"畫工",修補凌烟閣上的功臣像,他的才能就是使這些"少顔色"的功臣重新别開生面。這爲他下面的繪畫表演作了準備,在那個輝煌的時刻,皇帝最珍愛的駿馬的生命與精神都被轉移到了一幅畫上。①

而這在"一幅畫上"的表演,圍繞着三個中心錯綜展開:"曹霸,偉大的畫家;玉花驄,了不起的駿馬;玄宗,一切的中心。"

舞臺布景都設置好了,觀衆也聚齊了。但是這裏我們並不是只有一個中心,而是有三個中心:曹霸,偉大的畫家;玉花驄,了不起的駿馬;玄宗,一切的中心。其中有兩條龍(皇帝和御馬),一個畫龍者。焦點首先落在玉花驄身上:它站在堂前階下,英姿瀟灑,虎虎生風。皇帝隨即頒旨,令曹霸作畫。這時出現了片刻的停頓,就好像張建封彎弓欲射之前的停頓一樣:"意匠慘淡經營中"。

這是"意匠慘淡經營"的結果,"不是自然而然的創造":

這不是自然而然的創造,而是經營與表現的劇場。經營是一個短暫的過程,而表現却是迅疾的,因爲"須臾"之間,畫就完成了。展現在人們面前的不是"表現"或"再現",而被視爲"實物",一條"真龍":不僅把所有關於馬的畫都比了下去,而且,把所有的真馬也比了下去:"一洗萬古凡馬空。"這正是那能够使得唐代創業功臣重開生面的藝術,也是一種危險的藝術——因爲在這種藝術當中,表現或再現代替了現實。②

① 宇文所安《他山的石頭記——宇文所安自選集》,田曉菲譯,第185頁。
② 宇文所安《他山的石頭記——宇文所安自選集》,田曉菲譯,第185頁。

在這一藝術表演中,“表現或再現代替了現實”。在真馬與畫馬、真馬與養馬人、真馬與真龍、真馬與天子等錯綜複雜的關係中,通過“惆悵”、“凋喪”等意象透出“死亡”的代價,這一代價是“慘痛”的:

> 詩人告訴我們:現在“玉花驄却在御榻上”了。畫裏馬篡奪了真馬的名字。下面的時刻是藝術表現的一個輝煌時刻:兩匹馬,都叫做玉花驄,相互傲然地睨視對方。杜甫把唐朝關於藝術創作的陳腐比喻——藝術家剽竊造物或者凝固了自然——照字面實用了。但是當然只有一匹馬是“真”的,而它也就從詩中消失了。皇帝含笑頒賞,酬勞畫家。這裏詩人對社會表演的物質報酬毫不諱言。下面我們看到對一批特别的現場觀衆的描寫:這些觀衆是平時豢養玉花驄的“圉人太僕”們,而他們的反應則是“惆悵”。這些觀衆没有鼓掌叫好,没有驚喜贊嘆,因爲他們意識到在這一輝煌的藝術表現的時刻裏有“死亡”的陰影:繪畫代替了實物,而實物纔是他們的“經營”對象。杜甫知道:這位皇帝,唐玄宗,將爲他對幻象的熱愛付出慘痛的代價。①

僅僅是對這首《丹青引》的分析,宇文所安似乎還不能完全表現杜詩的公衆表演特性。於是他舉杜甫的《醉爲馬墜群公攜酒相看》,來進一步分析“杜甫對重要的文化形式有一種獨特的意識”。在宇文所安看來,杜甫的詩“往往並不參與這些形式,但却把它們當成寫作的題目,懷着一種反諷態度分析它們,而這種反諷態度使得詩人能够既沉浸遊戲之中也超然於遊戲之外”②。即是:

---

① 宇文所安《他山的石頭記——宇文所安自選集》,田曉菲譯,第185—186頁。

② 宇文所安《他山的石頭記——宇文所安自選集》,田曉菲譯,第186頁。

> 在第一次宴飲的時候，詩人杜甫準備向朋友們炫耀一下他騎馬的技術。但是，我們看到的是一個喝醉的張建封：他張弓搭箭，引弦而射，結果没有射中目標。因爲酒醉，詩人對自己騎馬的技術産生幻覺；不過他很快就被馬掀了下來，得意的馳騁化爲一場羞辱。就像在我們前面談到過的文本中那樣，他心目中有一種自我形象：當他縱身上馬的時候，他恍然覺得自己還是當年那個騎術嫻熟的青年——或者當年自認爲騎術嫻熟的青年。結果，他不僅要承受身體的痛苦（提醒他在那個自我形象和這個年老體衰的自己之間存在的鴻溝），而且還在朋友面前公開地丢面子，被迫通過朋友們的眼睛注視自己。①

在這首一直不爲人重視的詩中，宇文所安爲我們剖析了"在現場觀衆面前進行的兩次表演"：

> 第二次表演是這首詩本身，其公衆性、社會性不遜於第一次表演，嘲笑自己的失敗，同時仍然歌頌冒險的精神。②

原來，像杜甫這樣的"醇儒"也有"詼諧"、"滑稽"的一面，也不排斥"冒險精神"：

> 當朋友們來看望他時，我們目睹了一個有趣的瞬間。一方面，在朋友的安慰之言中有真心的關懷；另一方面，也對詩人一瘸一拐的狼狽形象發出被壓制下去的微笑。通過想象中的朋友的眼睛看自己，老杜知道他是一副什麽樣子。用詩裏的

---

① 宇文所安《他山的石頭記——宇文所安自選集》，田曉菲譯，第187—188頁。

② 宇文所安《他山的石頭記——宇文所安自選集》，田曉菲譯，第186頁。

話來説,“人生快意多所辱”。在老杜和朋友一起大笑出來的時候,這種緊張性終於消失了:他們都認識到了這一時刻的滑稽。

這一時刻成爲第二場宴飲、第二次酒醉的契機,這時,杜甫拿出了他的詩篇(至少這是詩題顯示出來的)。這首詩不僅叙述了第一次酒宴,而且還描述了本身的寫作機緣,顯示了詩人寫作的技術,而他的詩藝也可以包含對於騎馬技術的拙劣所作的描寫。即使是在詩人承認他的羞辱的時候,他也還是告訴了我們在幻象破滅之前他所感到的興奮與快意:

粉堞電轉紫遊韁,
東得平岡出天壁。
江村野堂争入眼,
垂鞭蝉鞚凌紫陌。

在詩的最後,他感謝朋友的關心,同時贊美這樣的冒險——身體的、精神的;他提到小心謹慎也難免遭受意想不到的挫折和失敗,比如孜孜養生而終遭殺戮的嵇康。

比起像張建封這樣的人物,杜甫的捲入和超越更深刻:他可以看到自己在他人眼中的形象。即使那個形象對他的自我形象意味着嘲弄,但是他還是可以享受對這種虚幻的自我形象的沉溺。①

宇文所安翻譯的《杜甫詩》(*The Poetry of Du Fu*),是首部學術性的杜詩英文全譯本,值得評點一下。此譯本六大册,3 000 頁,囊括了全部杜詩。譯文採用中英文並行對舉的方式,便於核檢。“是獲梅隆基金資助的‘中華人文(經典譯本)文庫’(Library of Chinese

---

① 宇文所安《他山的石頭記——宇文所安自選集》,田曉菲譯,第 188—189 頁。

Humanities）收録的第一種典籍譯本，此後的系列典籍譯本都將以普通紙本與網絡免費獲取的電子文本兩種形態面世。”（見譯本《致謝》）據曾祥波説，此譯本確實體現了目前西方漢學界杜甫研究的前沿水平，主要表現在以下三個方面①：

一是對底本的選擇。底本主要依靠《宋本杜工部集》、郭知達《九家集注杜詩》以及宋人編《文苑英華》等。

二是對杜甫現有研究狀況的把握。譯本對世界杜甫研究的最新研究成果比較熟悉。如對洪業《杜甫：中國最偉大的詩人》一書評論説：“洪煨蓮的杜詩翻譯主要是從杜甫傳記叙述的角度，進行了散文式翻譯。”（譯本《前言》）又如對周姍《重識杜甫：文學巨匠及其文化語境》的評價是：是書各章節多以洪業《杜甫》爲出發點展開論述，是近些年關於杜詩接受史比較重要的漢學著述。譯本《前言》説，“杜甫在十一世紀就被加以推崇，不僅被作爲唐詩的傑出代表，也被視爲儒家價值觀的充分人格體現，這些意義在宋代又不斷被加强。”而關於這一問題，可重點參考周姍一書。譯本對中國的杜甫研究現狀也是相當有瞭解，如對陳貽焮著《杜甫評傳》、蕭滌非主編《杜甫全集校注》評價很高，並有適當吸納與參考。如譯本在詩篇中添加了《杜甫全集校注》的頁碼，便於檢索查對。另對《杜集叙録》也有參取。

三是譯本對早期杜集編纂與流傳情況的推測有一定的合理性。這一推測很具學術性。譯者的意思是，杜甫晚年漂泊湖湘時，隨身携帶六十卷帙的詩稿，見《入衡州》“銷魂避飛鏑，累足穿豺狼”的譯文。又如譯本論及杜集的編年編纂方式時説：“我們能看到的最早宋本，以古體和近體兩種類别編纂，兩部分中的詩篇皆按

---

① 參見曾祥波《宇文所安杜詩英譯本 *The Poetry of Du Fu* 書後》，載《杜甫文化接受與傳播全國學術研討會暨四川省杜甫學會第十八屆年會論文集》（2016 年長春）。

繫年編次。我們並不太瞭解唐代集子的編纂形態,只能根據某些迹象來推測。從某些證據來看,杜集可能是最早以繫年編次的詩集之一,儘管在繫年之上還存在着一個'分體'(古體、近體)的層級。這從另一個角度説明杜甫用詩歌循次記録了自己的一生。"(Introduction, ivii)對杜集二王祖本表面爲"分體本",實則"分體"之下爲"編年本"這一性質特點的點明,頗具慧眼。

另外,譯本中的一些觀點也有啓發性。如對杜詩"真實性"的質疑,並將此質疑命名爲"應酬之詩",這類詩如《送重表姪王砅評事使南海》。又如對杜詩作爲杜甫"生活史"記録的可靠性的反思。譯本認爲:"詩歌似乎常常代表了杜甫對生活中偶然事件的一種文學回應,我們也知道杜甫總是在修改他的詩作——因此我們完全無法確定,如今呈現在我們面前的詩歌文本,在多大程度上是杜甫當下即應時的響應,亦或是杜甫根據近來的回憶寫成,甚至是他根據更遥遠的記憶追溯所得。我們發現自己(閲讀杜詩時)處於日記與自傳兩種體裁之間,記録者對當下事件迅速反應、形成文字,文學家却會建構自己的生平(constructing his life),説那些按他們的身份應該説的話(things he should have said)。"(Introduction, ivii)又如對杜甫政治能力的評價是很低的。譯本説:

> 除却作詩,杜甫没有其他技能——然而作爲中國最偉大的詩人,這就足够了。而且杜甫對普通民衆的同情也能够在某種程度上替他加分。不過,杜甫的政治判斷力常常有誤,他總是天真,爲了支持朋友而帶有片面之見。在那樣一個動盪的時代,人們或需要政治上的敏鋭性,或者應具有採取行動的能力,杜甫恰缺乏這兩點。他不懂得維持這個摇摇欲墜的帝國需要政治平衡手段。短暫擔任華州司功參軍的經歷,似乎可以體現杜甫行政能力的大致水平,而他極度地厭惡這個工作……他經常承認自己的懶散,承認自己不善處理事務——這

> 都應該屬實。(Introduction, ixii－ixiii)

“爲了支持朋友而帶有片面之見”,是指疏救房琯之事。譯者的這判斷,較《新唐書・杜甫傳》更趨全面,然而也不是没有討論的空間。

又如譯本談到杜甫的排律問題時,說:

> 杜詩翻譯中,譯者遇到問題最多者無過於排律。杜甫的大多數排律(也有個别著名的篇章例外)①,是寫給社交圈的朋友們。這些朋友是誰,常常可以通過詩題小注標明的排行(the number of footnotes)辨識,而詩題往往也會標明全詩共多少聯(韵)。有時,杜甫的排律是同時寫給兩位朋友的,A和B,詩中的聯語,不露聲色地指向A,然後指向B,或者倒過來。即使是最簡略的注家也不得不説明具體的詩句是指向哪一位。(Introduction, ixiii)

這的確是杜甫這類詩的顯著特點,宋人注如趙次公注將之概括爲“雙紀格”,表現在《送大理封主簿五郎親事不合》《舍弟觀赴藍田取妻子到江陵喜寄三首》《夏日楊長寧宅送崔侍御常正字入京》等詩中。

譯本的閲讀對象主要針對那些對中文有所瞭解、但並未完全掌握文言文知識的人,幫助他們閲讀和瞭解杜甫。開始時譯者設想這部書的主要讀者是美籍華人和美國的非華裔讀者。後來發現,有些中國留學生的英文比他們的文言文要好,也適用於他們。

宇文所安此次全譯杜詩,用了八年時間。而他讀杜詩,至少有50年了。他在採訪中總結了以下幾點,都很精辟:(一)杜甫這樣的詩人並不只代表過去,也幫助我們理解當前的時代。這就是杜

① 趙按:譯者所指應是如《偶題》之類的詩。

甫的現實意義。因而,1 400 餘首詩中藴藏着另一個杜甫,對當代讀者充滿吸引力。(二)杜甫作爲"偉大詩人"的明證是:他會吸引20歲的讀者、70歲的讀者,也會吸引20歲到70歲之間的任何讀者。(三)杜甫是中國文學史上的特殊存在,如同英國文學史上的莎士比亞。無論文化和價值觀如何變化,每個時代的人都能從偉大的作者身上找到屬於自己時代的内容。(四)現代中國讀者喜歡相信一套名爲儒家思想的價值觀,宇文看到的却是過去兩千多年裏,在不同的文化背景下産生戲劇性變化的一系列價值觀。杜甫之所以偉大,是因爲他創作的多樣化,而不是因爲任何單一的特質。杜甫不僅僅是一位儒家詩人,他是集大成者。或許杜甫在某種程度上服膺一種"唐代版本"的儒家思想,但我們總能向學生們展示,他對道教或佛教也同樣服膺。(五)杜甫的詩歌以他人生的階段分期。(六)高度評價了蕭滌非主編、張忠綱終審統稿的《杜甫全集校注》。(七)嘗試建立一個系統來解決杜詩典故的問題。很多西方讀者也不熟悉西方文學經典中的典故,就如同很多中國讀者不熟悉中國文學中的典故。(八)對西方世界出版的杜甫詩譯本的評價問題。查赫將杜甫的全部詩歌譯成了德語散文。他翻譯得不錯,不過他用的底本不够好。其他譯本通常只包含基本相同的杜詩,總是不斷重復一個僵化、無趣的杜甫形象。(九)全譯本的價值。這一次出版的是第一個杜甫詩歌全集的英譯本,透過它看到一位比標準選集中的杜甫更偉大、更全面的詩人,一個活生生的世界裏的一個活生生的人。這在唐詩裏是獨一無二的,在後代詩歌裏也是獨一無二的。讀到杜甫全部的詩,你會立即明白他爲什麽獨一無二。他活在他的世界裏,如同我們活在我們的世界裏。不同之處是,他在他的世界裏發現了詩。

二、宇文所安的結構主義理論工具

在衆多研究唐詩的漢學家中,宇文所安是一位權威,他對唐詩各個時期的詩歌語言、修辭、句法、風格的流變做出了具體的分析，並出版了全套研究論著：《初唐詩》《盛唐詩》《中國中世紀的終結》《晚唐詩》。從這一點可以判斷宇文所安是一個具有宏闊的文學史視野的學者，他自己也説過，文學史對於詩歌猶如門廳，唯有通過門廳方能達到詩歌這個内室，從而窺其堂奥；另一方面他認爲對於詩歌做微觀的分析也是必要的，但目的是要回到文學史——帶着新視野，得出新見解，獲得新啓示。具體的文本於他而言是一種過渡性的研究對象，杜詩却超越了這種預設身份得到了極大的推崇："杜甫的文學成就本身已成爲文學標準的歷史構成的一個重要部分，杜甫的偉大特質在於超越了文學史的有限範圍。"①在對杜詩的研究中，宇文所安使用較多的是結構主義相關理論，從結構角度證明了杜詩的"詩史"地位，顯出了特異性却不無理據。

宇文所安的切入點是律詩這種文體的結構特點。他認爲律詩産生的源頭是初唐的宫廷詩。在《宫廷詩的"語法"》一文中，宇文所安寫道："宫廷詩的各種慣例、標準及法則組成了一個狹小的符號系統。這些可違犯的法則後來形成唐詩的基本語言。"他靈活運用了結構主義先驅索緒爾的理論，把宫廷詩的結構和具體詩篇定義爲"語言"和"言語"一樣抽象和具體的關係。自然而然地，在他的理論體系中這樣的關係延續到了由宫體詩發展而來的律詩内涵中間，律詩的結構和具體作品也是"語言"和"言語"的關係。實際操作之中，宇文所安也是嚴格按照對於"語言"的忠誠度來評價詩人和詩歌的價值，也許這可以解釋在他心目中爲什麽杜甫的地位高於李白——杜甫是結構的忠實延續者。

除却對律詩文體本身結構性作出論證，宇文所安還將結構主義的理論方法帶入到了具體文本的分析之中。首先是形式整體上

---

① 宇文所安《盛唐詩》，賈晋華譯，第209頁。

的結構性。宇文所安的觀點是律詩創作本身就承襲了宫廷詩所謂的"三步式"方法：主題、描寫式展開和反應，那麽在具體的詩作中這種三步式的印記也處處可見。系統的封閉性是結構主義重要特徵，而文本的封閉性在宇文所安的研究之中是通過兩大法則實現的，即主題—闡釋結構。主題與之後的闡釋聯合，又構成了一個新的主題，又呼喚新的闡釋，這種主題—闡釋結構可看作詩歌形式結構的生成機制。

而對偶使得句法實驗成爲可能，使詞類轉换便利，形成中國詩歌的獨特美學原理。總之，這二者把文本變爲封閉的統一體，依靠内在的張力獲得活力。其次是結構性之中，部分和整體的關係。在結構主義理論中，整體對於部分來説具有邏輯上優先的重要性。整體性是被分外强調的，部分難以脱離整體，如同英國結構主義學者霍克斯的理論："在任何情境裏，一種因素的本質就其本質而言是没有意義的，它的意義事實上由它和既定情境中的其他因素之間的關係所決定。"基於此，詩歌中的意象與全詩的境界"相融"的觀念深入宇文所安之心。在對比早期宫廷詩人虞世南和盛唐律詩大家杜甫的兩首題材相近的詩作的時候，他評價杜甫詩句"江碧鳥逾白，山青花欲然"超過了虞世南詩句"麥隴沾欲翠，山化濕更然"，認爲"杜甫將意象的複雜象徵含義融入了詩篇整體之中，他作爲盛唐的偉大詩人在全詩渾融的境界中也深化了意象"①。

宇文所安眼中的詩人的創作意象從"細碎"逐漸向"渾融"轉變，從轉喻性向隱喻性發展，這種隱喻性纔是律詩的真正美學根源，意象的使用終於到杜甫的筆下顯得爐火純青了。

以上就是宇文所安的基本理論，他完全將詩歌放置於理性的角度做思考，最大可能地實現了客觀性。可是，他的研究方法確實存在着一些問題，莫礪鋒《評宇文所安的〈初唐詩〉〈盛唐詩〉》一

---

① 宇文所安《盛唐詩》，賈晋華譯，第21頁。

文,對宇文所安的《初唐詩》《盛唐詩》進行了全面而中肯的評論,首先總結了其研究成果的三個優點:一是言論新穎,在研究視角、理論框架乃至具體結論等方面使人耳目一新。然後指出其存在的問題:對詩意求解過深而流於穿鑿附會,歷史知識的欠缺,歸納工作很容易走入以偏概全的誤區等①。

第六節　其他漢學家的杜詩譯介與詮釋

這種譯介與詮釋,有的是不很系統的散篇譯作,有的則是水平很高的杜詩專題研究,形式很不一致,然而都是有一定學術價值的。

一、杜詩的散篇譯作

1829 年,《評論季刊》(The Quarterly Review)第 41 卷 81 期刊發了英國外交官、漢學家達庇時(DAVIS John Francis)關於中國戲劇、詩歌和小説的一篇長文 *Han Koong Tsew*②。達庇時談及中國詩歌時,英譯了杜甫的《春夜喜雨》。這首譯詩當時没有標題,更未標出杜甫之名,但 1870 年,此譯詩在達庇時的《漢文詩解》(*The Poetry of the Chinese*)中再次出現,而且還加上了英語標題 *An Evening Shower in Spring* 並附有《春夜喜雨》的漢詩原文。至 1864 年,達庇時所譯的《春夜喜雨》也曾刊在了《中日叢報》(*The Chinese*

---

① 莫礪鋒《唐宋詩歌論集》,鳳凰出版社 2007 年版,第 110 頁。

② 達庇時生於倫敦,1845 年獲有準男爵勳位。著有《中國詩歌論》,1829 年在澳門出版;《中國見聞録》,1841 年出版;《中國雜記》,1865 年出版;《交戰時期及媾和以來的中國》,1852 年出版;《從中文原本譯出的中國小説集》,1822 年出版;《漢宫秋》,1829 年出版;《好逑傳》,1829 年出版。

and Japanese Repository, Vol. Ⅰ, July 1863 — June 1864)。

1863年,英國學者詹姆斯·沙麥斯(James Summers)編著出版《中國語言手册》(*A Handbook of the Chinese Language, Parts Ⅰ and Ⅱ: Grammar and Chrestomathy*)。在該書的第二部分"漢文選讀"(*A Chinese Chrestomathy*)中,英譯有杜甫《送翰林張司馬南海勒碑》一詩,而且書後還附有漢詩原文。

1863年7月25日出版的《每周一刊》(*Once a Week: An Illustrated Miscellany of Literature, Art, Science, & Popular In-formation*),刊發有F. H. Doyle英譯的杜甫《石壕吏》(*The Press-Gang*),同時還附有説明:此詩譯自杜甫詩原文。

1884年,英國外交官、漢學家翟理斯在《古文選珍》(*Gems of Chinese Literature*)一書中①,採用不押韵的方式英譯了杜詩《佳人》詩。這也是我們所見到的翟理斯唯一一首用自由體方式英譯的杜詩,而且在翟理斯以後的多個漢詩譯本中皆未再收録此譯詩。1898年,翟理斯在《古今姓氏族譜》(*A Chinese Biographical Dictionary*, 1898)中,用了一頁多的篇幅,介紹了杜甫的生平,這是二十世紀前西方對杜甫最爲詳細的英語介紹。1898年,翟理斯在《古今詩選》(*Chinese Poetry in English Verse*, 1898),用韵體方式英譯了《絶句二首(其二)》《落日》《月夜憶舍弟》《江村》《琴臺》《題張氏隱居二首(其一)》《曲江二首》《陪諸貴公子丈八溝携妓納涼晚際遇雨二首(其一)》和《石壕吏》共10首杜甫詩歌。另外,書中有一首英譯韋應物的《滁州西澗》被誤標爲杜甫所作,甚至後來翟

---

① 翟理斯(1845—1933, Herbert Allen Giles),音譯爲赫伯特·艾倫·賈爾斯,翟理斯是其中文名,又作翟理思。1897年接替威妥瑪爲劍橋大學漢文教授,1928年退休。著有《古文選珍》(*Gems of Chinese Literature*),1884年出版;《莊子》(*Chuang Tzu*),1889年出版;《漢英辭典》(*A Chinese—English Dictionary*),1893年出版;《儒家學説及其反對派》(*Confucianism and its Rivals*),1915年出版。

理斯的《中國文學史》(*A History of Chinese Literature*,1901)以及《古文選珍：詩歌》(*Gems of Chinese Literature: Verse*,1923)仍將此譯詩歸於杜甫名下。1923 年,翟理斯在其《古文選珍》《古今詩選》基礎上,修訂增補《古文選珍：詩歌》第二版。該書選譯了 130 多位詩人作品,甚至還包括近代秋瑾等人的詩歌,其中譯有杜詩《絶句二首(其二)》和《落日》等 11 首。不過這 11 首杜詩,只有《絶句四首(其三)》(兩個黄鸝鳴翠柳)爲新增譯的,其餘 10 首與《古今詩選》所譯一樣。他是格律體英譯杜詩中最具代表性的一位,對弗萊徹和克萊默-賓等人的杜詩英譯産生過較大影響。

1887—1888 年,英國外交官、漢學家莊延齡在《中國評論》(*The China Review*)中①,英譯杜詩《佳人》《贈衛八處士》《前出塞九首(其六)》《成都府》和《石壕吏》等。

1889 年,英國外交官、漢學家華特斯(T. Watters)在《中國語言論集》(*Essays on the Chinese Language*)中英譯了杜詩《山寺(章留後同遊得開字)》片段,同時也給出了原詩漢語片段。

1892 年,英國漢學家波乃耶(J. Dyer Ball)的《中國風土人民事物記》(*Things Chinese: Being Notes on Various Subjects Connected with China*) 在論述中國詩歌時,英譯了杜詩《佳人》,不過此譯文應是在參考了 1884 年翟理斯所譯《佳人》的基礎上譯出的。

1912 年巴德(Charles Budd)在《中國詩歌》(*Chinese Poems*) 中翻譯了《茅屋爲秋風所破歌》《渼陂行》《羌村三首(其一)》《兵車

---

① 莊延齡(1849—1926,Parker Edward Harper),音譯爲派克·愛德華·哈珀,莊延齡是其中文名。1867 年跟隨中國學家薩姆斯學習中國語文。1869—1871 年擔任北京英國駐華公使館翻譯生,擔任多個中國大城市領事。自 1901 年起任曼徹斯特維多利亞大學歐文學院漢語教授,直至 1926 年去世。著有《蒙古遊記》《比較中國家族慣例》《關於鴉片戰爭的漢文記載：魏源著〈聖武記〉卷十〈道光洋艘征撫記〉譯文》《中國同外國人的關係》《中國同歐洲的交往》《緬中關係史》等。

行》和《秋興八首(其七)》。1909 和 1916 年,克萊默-賓(L. Cranmer-Byng)在《玉琵琶》(*A Lute of Jade*) 和《燈籠節》(*A Feast of Lanterns*) 中翻譯了《夜宴左氏莊》《秋興八首(其一)》《小寒食舟中作》和《玉華宫》,以及《哀江頭》與《韋諷録事宅觀曹將軍畫馬圖》片段。韋利在 1916 和 1918 年還分别譯過杜甫的《登岳陽樓》與《高都護驄馬行》。

這一時期對杜甫和杜詩的譯介也經歷了一個明顯的漸進過程。如衛三畏(S. Wells Williams) 的《中國總論》(*The Middle Kingdom*)舊版本中没提及杜甫。可是,1883 年的修訂版第一卷中寫道:"中國人心中更推崇的是唐代的詩人李太白和杜甫以及宋代的蘇東坡,他們糅合了吟遊詩人的三個主要特點——愛花、嗜酒和喜歌。"

二、杜詩研究著作及其他

值得注意的是,作爲比較研究的力作:《杜甫詩與葉芝詩比較研究論著三種》,其第一種《詩心的主觀性: 葉芝與杜甫詩作比較》,An-yen Tang Wang 著,1981 年發表;第二種《葉芝所界定的現代詩: 與杜甫之對比》,魏淑珊(Dr. Susan Cherniack Wei)著,1984 年發表(本是 1982 年完成的博士論文);第三種《杜甫、葉芝詩歌比較》,吴全成(Chuan-Cheng Wu)著,1989 年發表。以上三種博士論文,均對杜甫與英國詩人、美國新詩運動支持者葉芝的詩歌作比較研究,探討葉芝與杜甫詩歌藝術的異同,它們對西方讀者深入瞭解杜甫詩歌的思想性和藝術性頗有幫助。魏淑珊博士與杜甫有緣,與山東大學有緣①。二十世紀八十年代,她先後兩次來山東大學師

---

①　魏淑珊博士,耶魯大學東亞語言文學系著名漢學家傅漢思教授的博士。曾任哈佛大學客座教授、史密斯女子學院東亞文學系主任、普渡大學中文系主任、科羅拉多州大學東亞文學系教授。在注重杜詩學和中國傳 (轉下頁)

從蕭滌非先生進修杜甫。《杜甫全集校注》組請她從耶魯大學圖書館復製了許多港臺和海外的杜甫研究著作。她到日本訪學時,又爲復製了元代董養性所撰《杜工部詩選注》,此書國内早已不見原本,實爲海外孤本,彌足珍貴。魏淑珊説:"蕭老先生極力鼓勵我鑽研杜甫,他希望杜甫能爲西方所理解,所欣賞。"她的博士論文就是她很好的實踐。

美國學者哈米爾(S. Hamill)著《對雪: 杜甫所見》,1988 年由紐約白松出版社出版。書中翻譯和論析了杜甫有關雪的詩作。

伊娃·周珊(Eva Shan Chou)撰《杜甫〈八哀詩〉: 典故與意象的作詩方式》(*Tu Fu's "Eight Laments": Allusion and Imagery as Modes of Poetry*),此爲作者 1984 年的博士論文。論文分爲兩大部分,第一部分論杜詩語言的叙述性和意象性,第二部分爲《八哀詩》之英譯和詳實的注解。1985 年,周珊將其博士論文前段加以修改,以《杜甫〈八哀詩〉中典故與婉曲修辭的詩歌樣式》(*Allusion and Periphrasis as Modes of Poetry in Tu Fu's "Eight Laments"*)爲題發表於《哈佛亞洲研究》1985 年第 1 期。1991 年,她又在同一刊物上發表《杜甫的社會責任心: 他詩中的同情與時事性》(*Tu Fu's Social Conscience: Compassion and Topicality in His Poetry*)。2000 年,她又在同一刊物上發表論文《杜甫的"何將軍"詩: 社交責任與詩意回應》(*Tu Fu's "General Ho" Poems: Social Obligations and Poetic Response*),選取安史之亂以前杜甫創作的兩組五言律詩《陪鄭廣文遊何將軍山林十首》《重遊何氏五首》作爲研究對象,這些詩是杜甫兩次去一位何姓將軍的莊園做客時寫下,故稱"何將軍"詩。論文探討了唐

(接上頁)統文化的教學研究工作之外,她還參與"國際學位組織(IBO)"的領導工作,致力於推廣全球教育制度改革。趙按: 淑珊博士現在正全力翻譯蕭滌非主編、張忠綱終審統稿的《杜甫全集校注》。已步入老年的她,體弱多病,有此毅力來從事此一盛事,讓人由衷敬佩。

代莊園詩"所有權"意識,及詩人社會責任的超越,所謂"詩意回應":在景物描寫方面,探索了有别於常規的作詩技巧;在贊美主人方面,把何將軍的軍人身份轉變爲有學養的紳士;在對所處場合的響應方面,更多表現的是個人情懷而非社交辭令。

1995年,周珊的專著《再議杜甫:文學上的偉大與文化中的背景》(*Reconsidering Tu Fu: Literary Greatness and Cultural Context*)由劍橋大學出版社出版,1991年發表的上舉論文被列爲該書第二章。除了對杜詩現實主義文學性進行探討之外,還對杜詩詩意轉折的問題作出了分析。全書分四個部分:第一部分討論了杜甫留給後人的道德精神遺産與他的詩歌藝術遺産。第二部分主要解決杜甫詩歌的主題問題。第三部分提出了杜詩中的"並置結構"——杜詩内容上的一種内在的結構模式,以此來展現杜詩藝術上的特徵,是全書最爲突出的方面。最後一部分是以"並置結構"來解釋杜詩與杜甫其人的一致性(關係),揭示杜詩藝術風格的表現力與他個人内心世界的契合。與洪業關於杜甫詩與人一體的主張不同,她提出重新認識杜甫在詩歌和文化兩方面的貢獻,二者既有聯繫又存在區别,作出一定的區分使我們能够對杜甫的詩歌從新的角度進行解讀,不再受到杜甫作爲文化偶像的束縛。周珊提出了"話題性"(topicality)這一名詞,以杜甫聞見的事物話題作爲審視其詩歌貢獻的客觀角度,而這種話題性並非處處承載着道德價值判斷。對於周珊的這部著作,英美漢學界頗有反響,有書評稱:西方學界對杜甫的研究開始超越了"傳記性和評介性的階段","更爲專業化的研究專著已經出現",而周珊的成果正是這一轉變中"最具雄心的文學研究"①。

麥大偉著《杜甫之哀江南》,亦譯作《來自南方的杜甫的悲歌》。1992年由檀香山夏威夷大學出版社出版。此書對杜甫流浪江南時

---

① Daniel Hsieh. *Reviewed work: Reconsidering Tu Fu: Literary Greatness and Cultural Context*, T'oung Pao, 1999(85), p.175.

期即最後十年詩作進行翻譯,並對其思想和藝術特點進行論析,書中並附有表現詩作内容的插圖。值得注意的是,將杜甫與西方詩人加以比較研究,以利於英語世界讀者的接受。麥大偉(D. R. McCrow)(1954—),美國當代漢學家、中國詩學研究家。1981 年馬薩諸塞大學學士,1983 年斯坦福大學碩士,1986 年斯坦福大學博士,夏威夷大學東亞語言文學系教授。研究重點爲中國詩學、古典詩詞,通曉漢語、日語和法語。主要著作有《中國十七世紀的詩歌》《婦女和中國古詩》《杜甫之哀江南》等多種。維克蘭·塞思(Vicram Seth)著《三位中國詩人: 王維、李白、杜甫》,1992 年由倫敦費伯—費伯聯合公司出版。此書論述唐代三大詩人的生平和詩歌創作特點,並譯有三位大詩人的詩作多首。

進入二十一世紀以來,英語世界雖然尚未出現有一定影響的杜甫研究專著,不過仍有相關的論文問世,杜甫依然是美國漢學研究的一個重要課題。2006 年,羅吉偉(Paul F. Rouzer) 在哈佛大學的會議上宣讀了論文《杜甫及抒情詩的失敗》,以杜甫爲例探討了當代抒情詩理論對閱讀中國詩歌可能産生的影響。他一方面傾向於將杜甫作爲一個充滿矛盾和複雜性的詩人來閱讀,另一方面也指出這一閱讀中存在的後現代之假設,而杜甫在這一閱讀中也具有了當代的聲音。此外,蔡涵墨(Charles Hartman)於 2008 年發表了《唐代詩人杜甫與宋代文人》一文,以宋代文人對杜甫詩歌的接受爲考察重點,强調了宋代政治歷史中的主要人物以及重要時刻對杜甫詩歌人格的塑造,宋人眼中杜甫形象的變遷折射出他們在特定政治時期的不同關注。

除上舉諸作外,阿瑟·庫珀(Arthur Cooper)的《李白與杜甫》(已見上文)、欣頓(David Hinton)的《杜詩選譯》(*The Selected Poems of Tu Fu*, New York: New Directions,1989)、穆思(W. R. Moses)的《杜甫詩歌》(1997)、華岑(Burton Watson)的《杜詩選譯》(*Selected Poems of Du Fu*,2003)和楊大偉(David Young) 的《杜甫: 詩中的生

命》(2008)等,代表英語世界的杜詩翻譯取得了一定成就。另外,如前所述,華裔學者羅郁正和柳無忌合編的《葵曄集:漢詩三百年》(*Midland Books*,1975)、華岑編譯的《哥倫比亞中國詩選》(*Columbia University Press*,1984)、湯尼·本斯東和周平合編的《中國詩歌精選集:古今三千年傳統》漢詩英譯選本、慧銘編譯的《不繫船:唐詩選譯》、休斯·斯蒂森(Hugh M. Stinson)譯著《唐詩五十五首》等,也都有杜詩的譯介。

施奈德(Schneider, David K.)著《儒家先知:杜甫詩歌的政治思想(752—757年)》(*Confucian Prophet: Political Thought in Du Fu's Poetry* [*752—757*],Cambria Press,2012)。作者採用(從西方政治學來的)烏托邦式研究和(從西方宗教學來的)先知文學研究方法討論杜甫的詩。作者以爲,作爲一個政治思想家,杜甫是很重要的。中唐的主流政治思想和晚唐古文改革運動的思想潮流,早在杜甫的詩歌中已經具有連貫形式的顯示,宋代文人關於文學和政治之間關係的辯論也着眼於杜詩。關於杜甫的大多數研究都植根於一個具有限制性的基本假設:杜甫的詩代表了他的實際體驗、真實意見、詩人真正的性情,可是杜甫的詩歌不是直接經驗的紀録,而是文學和哲學的建構,即杜甫從事的是:與過去的文學和哲學傳統的對話。該書是在其博士論文《同情的英雄:杜甫政治哲學詩(752—756年)》(*Hero of Sympathy: Du Fu's Political-Philosophical Poetics*)基礎上修改而成的。作者以爲,杜甫從752秋季開始用"政治哲學詩"來表達他的政治思想。該文集中探討了杜詩中的"比喻現實主義"、詩歌流派的混合、復古的懷念、道德行爲與大自然之間的對應等問題。

進入二十一世紀以後,英語世界出現了不少學術價值較高的論文①。如麥大維(McMullen, David L.)的《不平静的回憶:杜甫、

---

① 趙按:以下内容參考了魏淑珊博士爲"中國杜甫研究會第七届年會暨杜甫與重慶學術研討會"提交的論文 *What's New with Du Fu*? 中的部分内容。

皇園、國家》(*Recollection without Tranquility: Du Fu, the Imperial Gardens, and the State*,載 *Asia Major*, 3rd series, *Essays Contributed in Honor of the Birthday of Michael Lowe*, 第 14 卷,第 2 部分,2001 年)。該文以杜甫所常用的植物圖像爲研究對象,經過詳細的考察,發現杜甫的忠君感情比我們想象的更爲複雜。

又如田浩(Tillman, Hoyt Cleveland)《重考杜甫有關諸葛亮的詩文——從"諸葛大名垂宇宙"一句談起》(*Reassessing Du Fu's Line on Zhuge Liang*),載《華裔學志》(*Monumenta Serica - Journal of Oriental Studies*)第 50 卷(2002 年)。文章以爲,諸葛亮在唐朝很出名,但是宋朝以來的學者用杜詩的詩句來證明諸葛亮爲唐代全國的英雄不太確實。

楊邁克爾(Yang, Michael V.)《從人與自然之間的關係的角度審視杜詩》(*Man and Nature: A Study of Du Fu's Poetry*),載《華裔學志》(*Monumenta Serica - Journal of Oriental Studies*)第 50 卷(2002 年)。作者以爲,杜甫繼承了人與自然之間有衝突的傳統儒家觀點,探索了大自然的正面(積極的)形象與負面(消極的)形象。

雷勤風(Rea, Christopher G.)《"羨君齒髮新":幽默,自我意識和杜詩的自我形象》(*I Envy You Your New Teeth and Hair: Humor, Self-Awareness and Du Fu's Poetic Self-Image*),載《唐代研究》(*T'ang Studies*)23—24 卷(2005—2006 年)。文章以爲,杜甫在其詩中是一個永遠被困在個人、社會或國家危機的詩人,他通過不同的自我陳述,反復問兩個相互關聯的問題:如何應對困難的情況?怎麽形容自己?杜甫的解決方案往往是幽默。

斯蒂芬·歐文(Owen, Stephen)《唐人眼中的杜甫:以〈唐詩類選〉爲例》(*A Tang Version of Du Fu: The Tangshi Leixuan*),載《唐代研究》(*T'ang Studies*)第 27 卷(2007 年)。卞東波譯文載北京大學國際漢學家研修基地編《國際漢學研究通訊》第三期(2011 年)。對任何後代的杜甫讀者來説,唐代顧陶《唐詩類選》對杜詩的特殊選擇,似乎都無法解釋,原因是顧陶選擇反應的價值觀與十一世紀期確定杜甫爲最傑出的詩人的價值觀完全不同,而宋代確立的價值觀一直傳到今天。十一世紀的杜甫形象是一位典型的"儒家"詩人,他"一飯未嘗忘君"。其實,"儒"這個字的意義,在八世紀與十一世紀間,有其延續性。宋人尋求的是一種信仰上的一致性。宇文所安的另一篇文章《變化的詩歌敘事：杜甫組詩〈前出塞九首〉》(*A Poetic Narrative of Change: Du Fu's Poetic Sequence 'Going out the Passes: First Series'*),載 *Text, Performance, and Gender in Chinese Literature and Music: Essays in Honor of Wilt Idema*,2009 年。該文對杜甫組詩的創新貢獻非常重視,認爲從《前出塞九首》可以看出杜甫創造的"逐次性的處境"技術。

陳偉强(Chan, Timothy Wai Keung)的《雕墻、丹藥、天王：杜甫兩首關於宫殿的詩歌的詮釋》一文(*Wall Carvings, Elixir, and the Celestial King: An Exegetic Exercise on Du Fu's Poems on Two Palaces*),載《美國東亞學會學報》(*Journal of The American Oriental Society*)第 127 卷,第 4 期(2008 年 10 月至 12 月)。通過對《九成宫》和《玉華宫》兩首杜詩的分析,發現杜甫是第一個把宫體詩的主題從頌詞移到抒情的詩人,杜甫的懷古思想中有選擇性的記憶。

安東尼・德布拉西(DeBlasi, Anthony)的《書評:〈儒家先知：杜甫詩歌的政治思想(752—757 年)〉》(Review: *Confucian Prophet: Political Thought in Du Fu's Poetry (752—757)*),載《亞洲學志》(*The Journal of Asian Studies*)第 73 卷,第 2 期(2014 年 5 月)。該文是爲 David K Schneider 著《儒家先知：杜甫詩歌的政治思想》寫的書評,高度評價杜詩的政治思想是以儒家思想爲基礎的。

謝立義(Hsieh, Daniel)的《吟詩結識：讀杜甫〈同元使君春陵行〉》(*Meeting through Poetry: Du Fu's (712—770) 'Written in accord with Prefect Yuan's 'Ballad of Chongling'*),載《唐代研究》(*T'ang Studies*)第 32 卷,第 1 期(2014 年 12 月)。作者以爲,杜甫寫這首

和詩的目的不但是贊美元結的性格和詩歌,而是申辯自己作爲詩人的生活選擇。杜甫的結構技術包括使用自己和元結之間的對比當作本詩的框架,利用模糊性的、模棱兩可的語言來説“作詩歌”的一些大主題。

日本京都大學人文科學研究所金文京教授説:“歐洲的中國研究最近似乎漸趨式微,美國却有後來居上之勢。美國的中國研究主要不是各部門的單獨研究,而是用地域的眼光做綜合性的研究,且以豐富的財力和信息運作能力,收羅到廣泛的資料,因此他們的研究往往會有前人未能見到的地方。但他們也有缺憾,就是解釋文獻或有不準確,以致細節方面會有錯誤,這未免叫人對其結論稍打折扣,不過總的説來,可借鑒的地方居多。”①

第七節　華裔學者的杜甫研究

英語世界特別是美國的漢學具有優越性的一個重要原因是,這裏擁有許多華裔學者。他們學貫中西,有的可能不是專門的杜甫研究專家,可他們的見解却很獨到,故而單列一節,評介他們的翻譯、研究成果。

一、江亢虎等人的譯介成果

談到英語世界的華裔學者,首先提到的是上述的朱琪璜,他與安德伍德合譯《杜甫:神州月下的漫遊者及吟詠詩人》。可是,比朱琪璜稍早,江亢虎與美國人威特·賓納(中文名陶友白)合譯了《杜甫詩選》和《群玉山頭》。《群玉山頭》是蘅塘退士《唐詩三百首》的英文全譯本,是真正意義上的中西合璧本。筆者按:《唐詩

① 《文學遺産》編輯部編《學鏡——海外學者專訪》,第76頁。

三百首》選詩範圍相當廣泛,收録了77家,共311首。其中杜詩最多,凡38首。作爲《唐詩三百首》的第一個英文全譯本,也是華裔學者參與唐詩英譯的第一個文獻,其學術價值之高是不言自明的。又按,譯詩先後發表在《小評論》(1920年3月號六首,5、6月號七首)、《書人》(*Bookman*,1921年12月)、《文學文摘》(*Literary Digest*,1922年1月)①。又按,《群玉山頭》只選譯了杜甫組詩《詠懷古迹五首》的其三、其五,而不是全部五首。1999年美國出版的《亞洲文學》讀本(*Literature of Asia*)所選9首英譯杜詩皆見於《群玉山頭》。

二、高友工、梅祖麟的研究成果

高友工②,美籍著名華裔學者,重點研究中國歷史與文學,二十世紀六十年代以來與梅祖麟教授合作發表關於中國古典詩詞的論著多種。主要有:《杜甫的〈秋興〉——語言學批評的實踐》《唐詩的句法、用字與意象》《唐詩的語意、隱喻和典故》等(詳下),此三篇長文後結集爲《唐詩的魅力——詩語的結構主義批評》出版。此書商務印書館2013年出版時更名爲《唐詩三論:詩歌的結構主義批評》。這些論著均運用語言學理論、結構主義方法深入分析唐詩

① 參見趙毅衡《詩神遠遊——中國如何改變了美國現代詩》,第190頁。

② 高友工(1929—),1952年臺灣大學中文系畢業後赴美深造,1962年獲哈佛大學博士學位。該年9月起任教於普林斯頓大學東亞研究學系,直至1999年6月退休。重點研究中國詩學,闡釋中國文化,也是昆曲研究專家。他率先以新批評、結構主義等語言學批評方法研究中國古典詩歌,在深入研究文學形式的基礎上,發掘中國詩學傳統中的潛在美學,提出"抒情美學"的"美典"問題,使"形式與意義"批評方法成爲"美典"批評的基本範式,對二十世紀七八十年代的北美、中國的古典文學研究産生過重要影響。這一影響,不僅在學院中取得了多元化的研究實績,更是通過教育、出版和文藝創作等途徑,介入文化的重建與復興。因而,"抒情傳統"在臺灣不僅僅是一個學術問題,更是伴隨着學者們對於現實社會的觀照與參與,深切影響着現代臺灣的文藝面貌與傳統文化的命運。

特别是杜甫詩的創作特點。他另撰有《中國美典與文學研究論集》。梅祖麟(1933—),美籍著名華裔學者。1954年畢業於美國俄亥俄州歐伯林學院(Oberlin College),獲數學學士學位。1962年獲耶魯大學哲學博士學位。1971年起任康奈爾大學中國哲學和文學副教授、教授。主要從事中外詩歌的研究。他與高友工教授合作發表了上述三文,引起東西方學術界的重視與好評。倪豪士評《唐詩的魅力——詩語的結構主義批評》云,"爲了對今後的文學批評提供一個理論架構"①。

高友工、梅祖麟合寫三篇與杜詩有關的重量級論文,其直接起因是當時葉嘉瑩把在臺灣新出版的《杜甫秋興八首集説》送給他們,請求指正。葉嘉瑩總結三文的特點和貢獻時説:

> 一方面既參考了《杜甫〈秋興〉八首集説》中所引用的中國傳統諸家之舊説,一方面更參考了西方新批評中的李查兹、恩普遜及布魯克斯諸家對作品精讀分析的理論與方法,從語音之模式、節奏之變化、語法之類似、文法之模棱、形象之繁複及語彙之不諧調各方面,對杜甫之《秋興》八詩做了細緻的分析。②

這三篇論文如下,其題目,葉先生的譯法與收録在《唐詩的魅力》中的略有差異。一是《杜甫的〈秋興〉——語言學批評的實踐》(按:葉先生譯作《分析杜甫的〈秋興〉——試從語言結構入手作文學批評》),原文發表於1968年出版的《哈佛大學亞洲研究學報》第28期。其後曾由黄宣範先生譯爲中文,發表於1972年11月在臺灣出

① 倪豪士編《美國學者論唐代文學·前言》,第2頁。

② 葉嘉瑩《每依北斗望京華——〈杜甫秋興八首集説〉再版後記》,《文史哲》1985年第4期。

版的《中外文學》第1卷第6期。文中附譯杜甫詩八首,作者試圖用西方新批評方法以及結構主義音韵學方法詳細闡釋和評述此八首組詩。二是《唐詩的句法、用字與意象》(葉先生譯作《唐詩的語法、用字與意象》),原文發表於1971年出版之《哈佛大學亞洲研究學報》第31期,其後曾由黄宣範先生譯爲中文,發表於1973年3月至5月在臺灣出版之《中外文學》第1卷之第10至12期。三是《唐詩的語意、隱喻和典故》(葉先生譯作《唐詩的語意、隱喻及用典》),中譯文也由黄宣範先生譯出,於1975年12月至1976年2月先後發表於《中外文學》第4卷之第7至第9期,原文則遲至1978年12月始發表於《哈佛大學亞洲學報》之第38卷第2期。在後二文中,"高、梅二教授對唐詩在語言學方面所能見到的各種特色,做了很細緻深入的分析。其所牽涉之範圍極廣,當然已不限於杜甫之《秋興》八詩。"①

可以説,高友工、梅祖麟在1968—1978年的十年間密切合作,成果豐碩。他們自覺運用西方現代語言研究方法研究中國古典詩歌,覺察到中國古典詩歌自身嚴密精準的聲律體系爲現代語言學批評理論提供了很多有利條件。他們長達十年的深入研究,使"形式與意義"的語言學方法在"抒情美學"中的運用成爲可能,他們採用的主要手段是:新批評的細讀實驗、同結構主義的過渡——唐詩字詞與句法研究、結構主義對等原則在"意義研究"上的運用等。如《唐詩的魅力》反復提到雅克布森、燕卜蓀和瑞恰兹等人的名字,表明它基本上是用"形式主義——新批評"的方法即語言學方法來談論唐詩的。這種以"細讀"(close reading)爲手段對詩歌語言進行細緻的分析與詮釋的方法不僅注意對詞句語意的發掘,而且注意語法即語詞搭配的樣式、語音即音型的變化對詩歌意義的影響,

---

①　葉嘉瑩《每依北斗望京華——〈杜甫秋興八首集説〉再版後記》,《文史哲》1985年第4期。

過去人們粗率瀏覽而輕輕忽略的精微細密之處被它一一剔抉出來,過去人們漫不經心而置之一旁的語言形式意味被它一一爬梳清楚,於是便使唐詩研究面目一新,讓人確確實實地領悟到唐詩語言魅力所在,而且向人們指示了語言學批評的前景。作者强調自己"提出了一種以中國文化傳統爲前提的詩性結構的分析方法",這種"以中國文化傳統爲前提的詩性結構的分析方法"顯然就是指引入了傳統的語言學方法或"揚長避短地改造"過的語言學方法。可是,由於語言本身的局限,同時也陷入了困境。要麽是這種"改造"並不徹底,要麽是這種"改造"並不成功,因爲我們在《唐詩的魅力》有關唐詩語言的描述中既看到了西方句法理論在中國古典詩歌分析中的尷尬和局促,又看到了作者所謂"改造"後的分析方法的矛盾與缺陷。

另外,高友工撰有《律詩的美學》(*The Aesthetics of Regulated Verse*),上溯上古,下至七世紀中葉,從《詩經》中的"興體詩"談到杜甫的宇宙觀,從中可以看出高友工對許多詩人、詩歌及其時代的美學見解。其中談杜甫的部分叫"盛唐末年杜甫的恢宏境界",並説:"杜甫是公認的律詩大師,但也像陶淵明一樣,他在生前並未受到充分的賞識,只是在後世纔逐漸爲人所推崇。他對律詩的貢獻體現在他晚年所寫的七言形式的詩作中,尤其是766年寫的三套組詩,那是他逝世的前四年。但他的這份遺産至少又被忽視了一個世紀,要到晚唐李商隱(813—858)與韓偓(844—923)等纔將它重新發掘出來。"①筆者按:此"三套組詩"是指《諸將五首》《秋興八首》和《詠懷古迹五首》,均是成就極高的七言律詩。

這是高友工"美典理論"的完美實踐。在這一理論中,律詩被視爲中國抒情傳統的典範形式,它完美地把"抒情自我"(lyrical self)和"抒情現時"(lyrical moment)相結合,使中國抒情傳統中"由

① 參見倪豪士編《美國學者論唐代文學》,第55—74頁。

自然物境的描寫發展的山水、田園詩體”與“由自我心境的表現所生的詠懷、言志體”融爲一體。因而,他將初唐詩概括爲“作爲抒情形式的四聯結構”,盛唐詩則是“直覺體驗的抒情世界”,中唐詩是“走向歷史深處”。在這一美學風格的演變中,杜甫的作用是巨大的。他説,如果説盛唐詩人在自然描摹中表現個人情感,那麽杜甫則通過用典展現深厚的歷史感,杜甫最引人注目的詩歌成就正在於“對七律有限的視野的深化和拓展”,從而打破了“抒情瞬間”和“虚構理想世界”的自足世界,創造出一個“包含過多歷史文化内涵的視野”,即通過客觀地評價自我與宇宙和歷史文化的關係,“在歷史中爲自己畫了一幅自畫像”,同時也使得律詩顯現出某種超越文體形式的闊大情懷①。

如前所述,高友工曾經和梅祖麟合作,對杜甫《秋興》八首從語言結構角度進行了研究。與宇文所安相比,高、梅二位教授的研究也有結構主義成分在内,却更多地從語言學這個極爲精細的角度入手進行闡釋,這就是以西方語言學和美學理論作爲研究工具。他們的研究涉及了五個方面: ① 音型和節奏的變化,② 句法的模擬,③ 語法歧義性,④ 複雜的意象,⑤ 不和諧的措辭。從這些角度中,他們抽象出一種評判標準: 一個詩人是否偉大,最根本的標尺,是這個詩人所創作的詩歌是否運用了語言藝術這個最根本的内在標準,詩歌是語言的藝術,只有嫺熟地運用語言並達到完美的境界的人纔可以被稱爲偉大的詩人。這可謂回到了問題的實質之上。有趣的是,高、梅的研究始於語言學,最終却又回到結構分析這一問題的根源,和宇文所安殊途同歸。例如他們對杜甫《秋興》八首之三的音律做了探討,認爲前半首“千家山郭静朝暉,日日江樓坐翠微。信宿漁人還泛泛,清秋燕子故飛飛”音型對應的密集使得這

① 引文參見李鳳亮等《移動的詩學——中國古典文論現代觀照的海外視野》,暨南大學出版社 2012 年版,第 149—150 頁。

部分産生了很强的聚合力,基調是一種帶有厭倦色彩的平静;而後半首"匡衡抗疏功名薄,劉向傳經心事違。同學少年多不賤,五陵裘馬自輕肥"中相似音有規律的間隔重復,産生了節奏,基調是激動不安的。在這番討論中,我們不難發現韵律分析之中本身包括的結構性——它們是被置於一種對應的結構關係之中的。高友工本人也不諱言他身上的結構主義精神,他以結構主義詩學家雅各布森的名言"詩歌功能將等值原則從選擇軸彈向組合軸"①,作爲研究出發點便是證明。事實上,語言工具離不開結構主義的理論,現代語言學本身就是結構主義的一個具體學科。很明顯,如果將具體文本中的語法現象譬如音律、句式等等與實際情感聯繫起來的時候,結構性的闡述就充當了橋梁的作用,這並不是機械性的體現,而是將問題敘述清楚的目的的客觀要求。語言的問題我們通過高、梅二位教授對杜甫詩歌的分析可以獲得一定的理解,但是在高、梅合作研究階段,他們詩歌觀念中所謂完美的境界却顯得十分抽象,缺少具體翔實的理論數據,難以把握。總體而言,在這個階段,高友工教授的研究理論支撑與宇文所安近乎相同,除了角度較爲細微和具體之外,似乎並未在更多方面對宇文所安有所發展或超越。

高友工在之後的杜甫詩歌美學角度的獨立研究中探討了對於完美境界的認識,這方面的理論成果真正樹立了他的學術成就。我們可以這樣説,高友工的研究並没有駐足於結構主義本身,他在對詩歌結構做出領悟之後又返身進入了美學領域,以理性精神切入感性,使得自己的研究靈動鮮活,從而更進一步,也回歸了與詩歌文本本身相平行的精神軌道,是真正的文學研究。具體説來,他把從美學角度看七律詩稱爲"潛在美學",這種詩歌之美是朦朧的,

---

① Roman Jakobson. *Linguistics and Poetics//David Lodge and Nigelwood (ed). Modem Criticism and Theory*, New York: Peanon Education, 2000.

創作者甚至都不能體會到它的存在,具體把握更是艱難。但是從治學的精神和前一階段積累的理性素養出發,高友工教授仍然從兩個方面對這種朦朧的美做了具體的探討:詩歌的格律和詩歌的修辭。到這一步,模糊的美學問題變得具體起來;緊接着,高友工提出了他概括的唐詩的三個美學演進形態:第一個形態是初唐詩人的藝術境界,第二個形態是盛唐山水詩人的藝術境界,第三個形態是盛唐晚期杜甫的恢宏境界。將杜甫的詩歌境界單獨作爲一種終極成熟的美學形態,足見高友工在宇文所安詩歌體式之外的美學領域對杜甫的推崇。

高友工認爲,杜甫一生中成就最高的作品是晚年寫下的三套七律組詩——《秋興八首》《諸將五首》和《詠懷古迹五首》,而這三套組詩某種程度上包含了歷史和往事的三個層面:當代歷史中的自傳性記述、對當代歷史的關注以及與遥遠的古代歷史情境的結合。他舉杜詩《登樓》爲例,證明了杜甫將詩歌與歷史結合的能力,徐志嘯教授認爲這"觸及了杜甫的抒情自我與宇宙天地——廣闊的歷史與文化背景的有機結合"。概而言之,境界便是高友工教授的律詩美學理想。在最後論述這種美學理想的時候我們並不驚奇地發現,他再一次回歸了結構主義的家園,這樣看起來美具體了却又單薄了不少:"如果對情景交融的'境界'做一哲學上的詮釋,那就是形式上,聲調、語義的對仗原則處處都體現了'孤立'、'並列'、'等值'、均衡而對稱的'構型'與'節奏',也象徵了一種和諧圓滿的精神。在內容上,這'形式'的圓滿正反映了詩人所要表現的自足圓滿的理想世界。"高友工教授是一位不斷嘗試新理論和方法,傾向於從不同學科門類出發對中國古代文學進行研究的前沿學者,學術精神和成就毋庸贅言。然而我們經過一系列的研究最終發現,他的研究始終存在着一個隱性的出發點以及歸宿點,這就是西方傳統的結構主義理論。我們的觀點是如果這些輔助研究學科的理論能够更加純粹,這樣也許可以使我們的研究更加的深入和多樣。從實際研究角度,結構主義和美學本身就有着一定的矛盾,是具體與模糊對立關係的表現,高友工教授一直在嘗試突破,但是他在矛盾兩頭遊走的努力也許還需要外力的説明,當然這種突破與嘗試的精神本身值得中外學界尊敬和學習。高友工選擇了兩類相關學科作爲切入點,更加直觀,但是如上文所述,難以擺脱結構主義的步步引導,只是改换了形式。儘管他一直在尋求突破,西方的學術訓練使得他難以割捨系統性的研究方法,因此研究的徹底性有待深入。

三、李珍華等學者的研究成果

李珍華(Lee,Joseph Chen Hua)也是美籍華裔學者[①],作爲中國文化史、世界文化史研究家,曾與中國著名學者傅璇琮合作研究唐詩及唐代詩歌理論、音韵,對杜甫的研究亦很深入。主要著作有《漢字古今音表》、《王昌齡研究》、《〈河岳英靈集〉研究》(與傅璇琮合著,中華書局 1992 年出版)等,還點校了《五代詩話》。所撰《杜甫的美術批評與韓幹的馬畫》首載《美國東方學會會報》(JAOS)90 期(1970 年)。作者試圖從跨學科的比較研究角度分析杜甫詩歌中所體現出的繪畫美學觀點。

關於吴經熊的唐詩乃至杜甫研究,在"現當代編"有評述,可參。這裏再結合他的《唐詩四季》(*The Four Seasons of Tang Poetry*)作一補充。吴經熊(1899—1986)也是華裔學者,曾任美國新澤西州西東大學法學教授。他本是法學家,可是他的《唐詩四季》影響

---

① 李珍華(1929—1993),生於福建霞浦,抗戰時期參加青年軍,考入第三戰區外文班,半年後獲通譯(英文)官銜。1947 年 8 月隨軍校遷往臺灣。他潛心專修美國和西洋史,先後獲馬里蘭大學美國史碩士學位,馬里蘭大學美國與歐洲史博士學位。後在聖諾伯特大學任教,在美國多所大學講授西方和中國的歷史文化。曾四次到中國參加唐代文學學會年會,並發表論文,多次邀請中國學者到美國作訪問研究,對中美學術作出了極大貢獻。

很大,其内容曾於1938年4月至1939年8月分六批刊登在臺灣的英文《天下》月刊上,後由徐誠斌譯成中文,1940年3月起在《宇宙風》雜志上連載。1972年在美國和日本同時刊行。吴經熊在此書中用春、夏、秋、冬四個季節來概括唐詩的演進歷程和規律,可算是别具慧眼。他在"序幕"中説:"春季包括初唐詩人、李白和王維;夏季包括杜甫和戰時詩人;秋季有白居易、韓愈輩;冬季有李商隱、杜牧、温庭筠、韓偓及其他諸家。"全書以散文式的語言,通過唐詩與英文詩歌的比較,穿插《唐詩紀事》等典籍中對詩人的介紹,輔以作者自己對唐代詩人及其作品的感性評點、介紹,帶有很强的文學性和趣味性。他把李白和杜甫分屬"春""夏"兩季,更是灼見,因爲"李杜是屬於不同的時代,不論是指詩藝或指環境而言","李白的精華在安禄山叛亂前已出世,杜甫的傑作是事變後的作品"(《序幕》)。

旅加華語詩人孟沖之《杜詩重構》,湘潭大學出版社2012年出版。該書除《杜詩重構》全集外,還收録了《古意》《古絶句》《擬隱逸書》三個系列及一篇詩論《在傳統的盡頭》。《杜詩重構》以新詩的語言和現代意識重構杜甫150餘首詩作。所謂"重構",實際就是再創作。

郝稷是西方學術界近年出現的一位青年華裔學者,曾作爲博士候選人在美國明尼蘇達大學亞洲語言文學系求學,研究方向爲中國古代文學,後到美國和理大學現代語言文學系工作。近些年,他寫了多篇杜詩學研究論文。如他的博士論文《透明的詩學:杜甫的晚明清初期間的詮釋學》(*Poetics of Transparency: Hermeneutics of Du Fu [712—770] during the Late Ming (1368—1644) and Early Qing [1644—1911] Periods*),是用詮釋學研究杜詩的成功嘗試。作者以爲,中國傳統詩歌與詩學有很堅强的"透明度",是詩歌通常被認爲是一個透明的媒介,因爲它似乎可以讓讀者直接去進入歷史的脈絡以及詩人的心靈,得到非中介的經驗。可是,現代學者往往對此“透明度”懷有誤解。該文糾正了這一誤解，闡發了明末清初時期杜詩解釋學這一透明度的“厚度”。該文分爲兩部分：“文本解釋學”和“生命解釋學”。“文本解釋學”包括：明末清初時期的評論家把宋代的解釋貶低了，他們發展了新的閱讀策略，大多數也接受了“以意逆志”的原則，以金聖嘆的《杜詩解》爲例等[1]。後者包括：隨着評論家的生活情況的改變，他們對杜甫的解釋學也改了，以錢謙益爲例；遺民的杜詩解釋學；康熙乾隆時期的官方意識形態對杜詩解釋學的影響等。他的《英語世界中杜甫及其詩歌的接受與傳播——兼論杜詩學的世界性》[2]指出，英語世界的杜甫接受至少已有上百年的歷史，其中翻譯和學術研究構成杜詩傳播的重要途徑。其發展大致經歷了三個階段：（一）十九世紀至二十世紀二十年代的發軔期，（二）二十世紀二十年代至七十年代末的提升期，（三）二十世紀八十年代至今的深化發展期，即由早期訛誤較多的呈現到後來較爲真實的再現，再到新時期的解構/重新構建，杜甫的形象也隨之有所不同，體現了各個時期不同的心態。當下杜甫域外傳播和接受的研究對於完善杜詩學理論體系構建以及面對世界文學的命題都具有重要意義。他還有《翟理斯〈古今詩選〉中的英譯杜詩》[3]、《至人・至文・至情——洪

---

① 郝稷在2011年的《明代研究》（*Ming Studies*，第64卷，2011年9月）上發表《面對過去：金聖嘆的〈杜詩解〉》（*Confronting the Past: Jin Shengtan's Commentaries on Du Fu's Poems*）。金聖嘆採用了創新的閱讀方法，以反駁“杜甫的詩是無法解釋”的傳統解釋學的想法。金的閱讀方法是自相矛盾的，他遵守傳統讀詩的規則，但是這種服從的結果使他讀詩更有創意。金聖嘆的“解詩”法是一個值得慶幸的讀書法。他可以連接到過去，同時也與過去決裂。郝稷博士論文的這一部分是在此單篇論文的基礎上修改而成的。

② 郝稷《英語世界中杜甫及其詩歌的接受與傳播——兼論杜詩學的世界性》，《中國文學研究》2011年第1期。

③ 《杜甫研究學刊》2009年第3期。

業與杜甫研究》①、《松花箋上開生面：艾思柯和洛厄爾關於杜甫詩歌的譯介》②、《霍克思與他的〈杜詩初階〉》③、《艾思柯的中國情緣及杜甫翻譯》④等論文。

第八節　洪業的杜甫研究

一、洪業的學術生涯概説

洪業(1893—1980),譜名正繼,字鹿岑,號煨蓮,福建侯官(今閩侯)人,當代杰出的史學家、教育家。1915年赴美留學,畢業於俄亥俄州韋斯良大學,後又入哥倫比亞大學,獲文學碩士學位(同時也是紐約協和神學院學士)。1923年歸國執教於燕京大學。1924年受命與哈佛大學磋商,創立哈佛燕京學社。1924年至1927年,兼文理科學長。1928年兼任燕京大學歷史系主任、圖書館館長。1928年至1930年,兼任哈佛大學客座教授。1930年回燕大歷史系任教。1946年春赴哈佛大學講學。1947年任哈佛大學東亞語文系客座教授。1948年任哈佛燕京學社研究員。1963年退休。1980年12月23日病逝於美國康橋⑤。

洪業一生著述豐富,側重於史學,而於杜甫情有獨鍾,他在哈佛大學開設杜甫課,在耶魯大學、匹兹堡大學、夏威夷大學等高校

① 《古典文學知識》2011年第1期。

② 《古典文學知識》2012年第5期。

③ 《杜甫研究學刊》2010年第3期。

④ 《書屋》2009年第12期。

⑤ 關於洪業生平,詳見王鍾翰、翁獨健、劉子健合撰《洪煨蓮先生傳略》,《文獻》1981年第4期;《吴宓日記》第四册,第63頁注;陳毓賢《洪業傳》,商務印書館2013年版。

演講時，也是以講杜詩爲主。先後寫有《杜甫：中國最偉大的詩人》（1952）、《杜詩引得序》（1940）、《我怎樣寫杜甫》（1962）、《再説杜甫》（1974）等，構成了洪業研究杜甫的厚重成果。《杜詩引得序》《再説杜甫》早已收入中華書局 1981 年版的《洪業論學集》（收 37 篇）。

二、洪業的杜甫研究

洪業先生的杜甫研究是現代中外杜詩學史上濃墨重彩的一筆，足以與杜詩共傳不朽的。他的《杜甫：中國最偉大的詩人》於 1952 年由哈佛大學出版社出版。曾祥波中譯本於 2011 年由上海古籍出版社出版。全書分上下兩卷。上卷論述杜甫生平，分引論、正文和結語。下卷爲附録。這是西方學界所公認的研究杜甫生平及詩作的一部重要論著，它在東西方學界都有較大的影響。

該著與中國已出的杜甫傳有着不同的視角、特點和學術價值。洪著首先揭示了杜甫的不朽價值與崇高地位。他將杜甫定位爲"中國最偉大的詩人"，既繼承了歷史上的主流觀點，也有他獨到的論説，如："當詩人杜甫追求詩藝的最廣闊的多樣性和最深層的真實性之際，杜甫個人則代表了最廣大的同情和最高的倫理準則。"① 又如他對"詩聖"的闡釋，也不同於傳統的重其思想或梁啓超的單純重"情"："所謂詩聖應指一個至人有至文以發表其至情。真有至情的纔算是聖人。真能表露至情的纔算是至文。可見重點是在至情。至情是什麽？一往情深而不愆於義纔算是至情。情義洽合無間就是至情，也是至義。情中的要素是'爲他'。義中的要素是'克己'。"② 着眼於"文"、"情"、"義"，而且都要達到"至"的程度。

洪業認爲："在成千上萬的中國詩人當中，杜甫也是獨一無二

---

① 洪業《杜甫：中國最偉大的詩人》，曾祥波譯，第 1 頁。

② 洪業《杜甫：中國最偉大的詩人》，曾祥波譯，第 359 頁。

的。他是唯一一位隨着時間流逝而聲名與日俱增的詩人。”①杜甫是孝順的兒子、摯愛的父親、慷慨的兄弟、忠實的丈夫、高貴的朋友、負責任的官員、愛國的布衣。除了人品方面的優點以外,杜甫還以學識見長,因他從對歷史與文學的深刻研究中理解了人性的力量與弱點、政治的光明與黑暗的雙重可能性。在英語文化圈裏,這部傳記遠較前人透徹地從歷史的角度闡述了杜甫的生平與創作。

洪著還有一個貢獻,就是英譯 374 首杜詩。在挑選杜詩上,即選詩標準上,洪先生持“比較謹慎”的態度。“最先選入”的是“含有杜甫生平重要信息的詩篇”,“其中某些以文學的視角看來較爲平平”,可是“出於史料學的緣故選入”。“因名氣太大”的“相當多的詩篇”,“也酌情選入”②。而翻譯的原則是:“説明我所認爲詩人想要表達的意思,這既要對照文本,也要參考歷史語境,後者通常將遠遠超出個人詩歌的範圍。”具體翻譯中,“試圖傳達杜甫的思想和精神,減少對形式的關注”。翻譯所依靠的杜詩文本,是以郭知達編《九家集注杜詩》爲底本,參校錢謙益本與仇兆鰲本等——“使用錢注杜詩的版本(1667)時需要審慎,並且使用在它之後的幾乎一切版本都需如此,因爲它們或多或少都受到錢注杜詩版本的影響。”③

第九節　葉嘉瑩的杜甫研究

葉嘉瑩,加拿大籍華裔女學者,古典詩詞專家。她以豐富的審

① 洪業《杜甫: 中國最偉大的詩人》,曾祥波譯,第 1 頁。
② 洪業《杜甫: 中國最偉大的詩人》,曾祥波譯,第 14—15 頁。
③ 洪業《杜甫: 中國最偉大的詩人》,曾祥波譯,第 15 頁。

美經驗、深厚的舊學修養爲基礎，將感性與知性相結合，將宏觀與微觀結合起來，以歷史的、辯證的眼光來把握研究對象，做到了歷史與邏輯的統一；她運用西方現代理論，進行了成功的批評實踐和理論建設，打通了中西隔閡，跨越了古今鴻溝，在中西文論間架起了橋梁。因此，她的詩歌批評不僅給人知識上的啓發，更給人以精神上的觸引；不僅凝聚了中國古典批評的詩意，也體現了西方理性批評的睿智。作爲古典詩詞研究專家，葉嘉瑩是站在中西文論的交匯點上來剖析中國古典詩詞的藝術魅力的。在葉嘉瑩的詩詞批評中所占比重最多的一位詩人是杜甫。

葉嘉瑩在回憶對杜甫的熱愛時説：

> 當我去國日久思鄉日切而一直還鄉無計的一段年月中，我却逐漸發現最能引起我懷鄉去國之思的，實在是杜甫的詩篇。那時每當我在海外爲學生們講授杜甫《秋興》八首詩，讀到“每依北斗望京華”一句時，便總不免會引起内心中强烈的家國之思。所以後來在一九七七年還鄉到西安旅遊時，就不禁寫了“天涯常感少陵詩，北斗京華有夢思。今日我來真自喜，還鄉值此中興時”的詩句。①

一、葉嘉瑩的生平及其著述

葉嘉瑩 1924 年出生於北京（舊稱燕京、北平）書香世家。先祖係蒙古滿族葉赫納蘭氏。從小受良好的家族教育，繆鉞先生在《〈迦陵論詩叢稿〉題記》中説：“生長燕都，少承家學，卒業名庠。”1932 年，考入居家附近一所私立篤志中學附屬小學（是女校，男校叫崇德中學，楊振寧當時就是在崇德小學讀的書），插班五年級，開

---

① 葉嘉瑩《每依北斗望京華——〈杜甫秋興八首集説〉再版後記》，《文史哲》1985 年第 4 期。

始英文課程學習。六年級没上,以同等學力考入北京第二女子中學。1941 年夏天,考入輔仁大學國文系,專攻古典文學專業,自此定下終生行走詩詞道路的命運。讀大二時,聽顧隨(羨季)先生講《唐宋詩》課程。1948 年 3 月底與趙東蓀先生在南京結婚。11 月隨丈夫遷居臺灣。曾在臺北女二中任教。1954 年,進臺灣大學兼任教職,次年被聘爲專任教授(達 15 年之久),同時兼教中學。後被聘爲淡江大學和輔仁大學的兼職教授,講授詩選、詞選、曲選等課程。1966 年,應邀赴美國密西根大學和哈佛大學任客座教授,用英語講授中國古典文學,並與哈佛亞洲系主任海陶瑋教授合作研究陶淵明。1968 年,在美講學期滿,按約返回臺灣大學。1969 年,接受加拿大温哥華不列顛哥倫比亞大學臨時聘約,赴加任教(後任該校亞洲研究系終身教授)。1979 年,應邀回國講學,與南開大學等多所大學結下情誼。1989 年,在不列顛哥倫比亞大學退休。1990 年,當選爲加拿大皇家學會院士。1993 年,在南開大學創建"中國文學比較研究所"。

她總結説:"我的一生中,投注精力最多的就是教書。從 1945 年,我一直未曾間斷地教了六十年書。這六十年,真的和人家比起來,我等於多教了一倍,人家教一個學校,我教三個學校,在北京是三個中學,在臺灣是三個大學。後來在加拿大,雖然没有長時間的兼課,但是我就開始經常回國,又在國内教課。每年三月下旬 UBC(不列顛哥倫比亞大學)放假,我就回國講課,有的時候是利用休假一年的時間回國講課。所以,我的一生中,投注精力最多的就是教書。"①她的一生,是"在教書,研究,還有詩詞創作這三者之中"度過的,只不過教書花去了她最多的時間。

葉先生著作等身,其原因正如她自己所説:"我之喜愛和研讀

① 祝曉風《"書生報國成何計,難忘詩騷李杜魂"——葉嘉瑩教授訪談録》,《文藝研究》2003 年第 6 期。

古典詩詞,本不出於追求學問知識的用心,而是出於古典詩詞中所蘊含的一種感發生命對我的感動和召唤。在這一份感發生命中,曾經蓄積了古代偉大詩人的所有心靈、智慧、品格、襟懷和修養。"①而她喜歡杜甫,更是表露無遺。她在 1981 年首次接到邀請函將要赴成都杜甫草堂參加杜甫學會的年會時,她説:

> 心中更感到異常興奮,那時正值温哥華繁花如錦的春天,而我却一心嚮往着草堂的春天,所以在回國的飛機上我曾又寫了一首詩,説"平生佳句總相親,杜老詩篇動鬼神。作别天涯花萬樹,歸來爲看草堂春"。②

二、對杜甫詩的看重與獨到評析

葉嘉瑩《贈故都師友絶句十二首》(詩作於 1979 年春)有云:"書生報國成何計,難忘詩騷李杜魂。"可見其熱愛中國傳統文化的拳拳赤子之心。她在中學、大學中講古典文學——"教詩選、詞選、曲選、杜甫詩",對自己的要求是不做"對不起杜甫、辛棄疾的事情"③。從杜詩學史的眼光來看,葉先生的杜甫研究實績已是很對得起杜甫,甚至是杜甫的知音了。

葉嘉瑩不僅撰有《杜甫秋興八首集説》,並且在説詩講稿系列中又一次對杜詩,特别是《秋興八首》進行了詳細的解説,可以説對杜詩的解讀既反映了她的詩學理念,又映現出了這種理念得以形

---

① 祝曉風《"書生報國成何計,難忘詩騷李杜魂"——葉嘉瑩教授訪談録》,《文藝研究》2003 年第 6 期。

② 葉嘉瑩《每依北斗望京華——〈杜甫秋興八首集説〉再版後記》,《文史哲》1985 年第 4 期。

③ 祝曉風《"書生報國成何計,難忘詩騷李杜魂"——葉嘉瑩教授訪談録》,《文藝研究》2003 年第 6 期。

成的蹊徑。

這裏先談一下《杜甫秋興八首集説》的撰寫動機。葉先生在她的《再版後記》中説,當日的臺灣詩壇風行"現代詩",一般讀者對這種以句法之顛倒錯綜及意象之晦澀新異爲主的作品頗有争議。杜甫《秋興八首》的句法具有突破傳統及意象之超越現實的特色,與之頗有某些相近之處。"而由此種特色所引起的歷代杜詩評注對此八詩之紛紜歧異的解説,也與當日伴隨現代詩而在臺灣風行一時的、歐美新批評所提倡的詩歌多義之説,頗有不謀而合之處。"所不同的是,《秋興八首》突破傳統與超越現實的特色,根植於杜甫深厚的學養,也深植於現實的體驗,纔有一種變化超越的表現。而"現代詩",則没有深厚的修養體驗,却想要以艱深晦澀來文飾其浮淺幼稚的作品,遂引起了不少争議。因而,《集説》的撰寫目的是:

> 希望能使當日反對現代詩的人們,藉此而能理會到如現代詩之"反傳統"與"意象化"之作風,原來也並非全然荒謬無本,而當日之耽溺於晦澀以自鳴現代化的人們,也藉此可以窺知傳統之深奥,要想違反傳統,破壞傳統,却要先從傳統中去汲取創作的原理與原則。①

以上是《杜甫秋興八首集説》的寫作動機。葉先生又談到了《杜甫秋興八首集説》的成書過程:這是多年前她在臺灣大學擔任杜甫詩課程時,撰寫的一册研究杜詩的參考書籍。當時共搜輯了自宋迄清的杜詩注本三十五家,對諸家之説各依時代先後加以整理校評,寫成了二十餘萬字的《集説》。初稿完成於 1964 年,其後於 1966 年由臺灣中華叢書編審委員會出版。後增入前在臺灣所未見之各

---

① 葉嘉瑩《每依北斗望京華——〈杜甫秋興八首集説〉再版後記》,《文史哲》1985 年第 4 期。

家注本,計得不同之注本五十三家,不同之版本七十種[1]。

《秋興八首》爲杜甫後期的一組七言律詩,最能體現其"晚節漸於詩律細"的創作精神,前人品評論述也最爲浩繁。《集説》將相關資料匯爲一集,且時加按語,發表己見,成爲一部杜詩分題專論之研究資料彙集。其内容分編年、解題、章法及大旨、分章集解四部分。分章集解即以每一首詩爲單位,其下再分成校記、章旨、集解三節。其所加按語,或衡校前人注評,或表示自己見解,頗具啓發,尤其對藝術境界之評述最爲精到,時有的見。故此編亦爲作者研治杜詩的成果集結,不得僅以資料彙編視之。其書前有《論杜甫七律之演進及其承先啓後之成就》代序一篇,演繹杜甫七律之發展進程,並以《秋興八首》爲杜詩七律藝術成就之巔峰。書後附《增輯再版後記》,説明該書再版原由,與經由該書所引起之學術研究成果和回應作一簡要説明。

對於《杜甫秋興八首集説》引起的中西學術界的震動,前文已評述過高友工、梅祖麟由此書引發的三篇"極精采的論文"。幾乎是同時,威斯康辛大學的周策縱教授,在讀了《杜甫秋興八首集説》以後,也曾給作者寫過一封長函[2],對《集説》中的一些論述和按斷,提出了很多寶貴的意見。

葉先生"天涯常感少陵詩"的結晶之一就是《葉嘉瑩説杜甫詩》的出版[3]。此書是根據作者在温哥華不列顛哥倫比亞大學講授古典詩歌的録音記録整理而成的。分爲四講:第一講概論,主要是介紹中國舊詩傳統重視興發感動的美學特質。在第一講中,作者也

---

① 葉嘉瑩《每依北斗望京華——〈杜甫秋興八首集説〉再版後記》,《文史哲》1985年第4期。

② 按:周策縱原函,其後於1975年6月發表於臺灣《大陸雜志》第50卷第6期,名爲《與葉嘉瑩教授論杜甫秋興八首書》。

③ 葉嘉瑩《葉嘉瑩説杜甫詩》,中華書局2008年版。

曾將中國詩學中對於心與物之關係的看法,與西方詩論中對於心與物之關係的看法,做了一些基本的比較。後面三講,則是以第一講之概論爲基礎,對於陶淵明、杜甫和李商隱三家的一些詩例,做實踐的評析。她基本上是沿着杜甫的生平來寫,然後以其詩來對證的,杜詩是"詩史",蓋源於此。

葉嘉瑩對杜詩的解讀,一方面用西方文論對傳統詩學進行深化與創新,另一方面對詩歌的審美空間進行着透視與挖掘,這爲如何對古典詩歌的東方神韵進行深度的現代轉化提供了範例。古今之間有着相當的距離,存在着不同的話語方式,因此古典詩歌中所表現的意義與價值需要現代智慧的轉化與提升,但這種轉化的切入點極爲重要:理論的更新應帶動方法的轉變,這樣纔能在求真的路上大步向前,而不是在求新的路上原地打轉。以葉嘉瑩對《秋興》的解讀爲例,她對杜詩藝術技巧的闡釋是緊緊圍繞着情意展開的,並以杜甫的家事、性格、經歷爲背景來把握詩人的情感,在解讀過程中以感性爲主,只有在批評的關節處進行了理論的剖析。例如在論述傳統對杜甫的影響時便引用了艾略特的説法:"西方近代文學批評家艾略特曾經寫過一篇很有名的文章,題目是《傳統與個人才能》,説的就是一個人所生長的環境背景以及此環境背景所結合傳統對個人才能的重要影響。人天生來的才能有不同的類型,人所接觸的事物,不管是具體的人事,還是書本中的思想,每個人的興趣所在以及吸入的能力、方式也都有所不同。即便生長在同樣的環境裏,甚至同一家庭中的兄弟姐妹,他們所受到影響的方面也都是不同的。"①這是關於傳統、性格與能力的辯證法,葉嘉瑩却通過對西方文論的引述進行了恰當的表述。而這種深入淺出的批評方法也避免了現代人對於古典的疏離感和利用理論作硬性剖析的牽强感,從而拉近了詩人與讀者的距離,使詩人的道德精神與價

① 葉嘉瑩《葉嘉瑩説杜甫詩》,第6頁。

值取向更容易被讀者理解並接收。誠然,在某種程度上情感的征服力可以比思想的征服力更爲深邃和久遠。

至此,我們可以總結出她研究杜甫的方法:一是“興發感動”説,二是中西融匯的批評方法,進一步説:對意象的分析,對句法的分析,對杜詩情意的分析,構成了葉嘉瑩研杜的主要形式。她在論文《杜甫詩在寫實中的象喻性》(《華中師範大學學報》2005年7月)中,結合杜詩實際,詳細探討了杜詩的主觀象喻問題:人類對外物的認識分爲感知、感動和感發三個層次,與此相對應的詩歌内容也可以分爲感覺、感情和志意三個層次。杜甫詩歌的象喻性主要體現爲他在物象之中表達了一種理念,即詩歌内容的第三個層次——志意,而這種表達是杜甫的人格與志意的自然流露。下面加以細説。

(一)轉化與打通

在詩歌批評中揚長避短,既保持悟性思維的美感,又有理性的分析與説明,正是葉嘉瑩所着力踐行的,這是一個將古典詩歌的神韵進行深度的現代轉化的過程,需要打通古今,更需學跨中西。打通古今就要進入古代文化語境,與詩歌、詩評、詩話進行交流與對話。首先,批評者要與詩歌進行直接對話,它是批評展開的基礎,没有這塊基石,批評者只能人云亦云,最終被各種理論的聲音浸没。其次,要學會在前人的批評材料中擇别去取。這需要用理性的思辨化解遮蔽,用廣泛的聯繫來深化啓迪。溝通古今的同時,葉嘉瑩也没有忽視西方文論自身的發展綫索。葉嘉瑩在解讀杜詩的過程中應用了新批評、符號學、現象學、闡釋學與接受美學,這些理論之間都有着血脈聯繫。

(二)融匯與創新

葉嘉瑩融匯中西的具體方法可以概括爲四種:一是填充法,填充法是指利用西方文論的精密性來補充傳統文論的粗疏之處。二是刻鏤法,是指利用西方的各種理論對中國傳統詩論中的重要命題進行深入的分析與闡釋,使其更爲具體明晰。例如葉嘉瑩對杜詩句法的分析,她將結構主義的二軸引入句法分析,利用西方文論在共時與歷時兩個層面上衡量着古典詩歌語言的彈性,在共時上結合新批評對詞語之間相互作用的研究闡釋着語句的含混與多義,在歷時上結合語境分析和符碼的聯想作用闡釋着情感生發的合理性,展示了聯想在詩歌批評中的審美作用。三是淘煉法,是指將中西詩論中的一些相似之處進行對比與參照,然後將其進行濃縮與提煉,形成一個新的觀點。例如她在分析《秋興》的情意時將中國詩論的"以意逆志"與西方的詮釋學進行對照,從而突出了"知人論世"的重要性。並將"知人論世"、"文如其人"與西方的意識批評相對照,既突出了"知人論世"的重要性,又提煉出了杜甫"忠愛纏綿"的"情意結"。四是放大法。是指以西方文論爲參照,將中國詩話中互相關聯的理論進行梳理與整合,建立屬於自己的理論體系。例如葉嘉瑩對中國詩學中"興"的理論體系的梳理與完善。中國詩歌中有兩種"興",一種是六藝中的"興",講的是一種超邏輯的激發聯想的表現表現方式;另一種是"詩可以興"的"興",講的是一種帶有意義指向的情感傾向。葉嘉瑩將二者進行對接,完善了詩學中"興"的理論體系。

葉嘉瑩在中國古代的詩人中似乎特別喜愛陶淵明、杜甫、李商隱三位,評析他們三位大詩人的文字和對他們的肯定評價較之其他詩人顯然要多而且高,她在《從比較現代的觀點看幾首中國舊詩》一文中有這樣的評價:"我以爲在中國所有的舊詩人中,如果以'興'之質地的真淳瑩澈而言,自當推陶淵明爲第一位作者;如果以感情與功力之博大深厚足以集大成而言,自當推杜甫爲第一位作者;而如果以感受之精微鋭敏、心意之窈眇幽微,足以透出於現實之外而深入於某一屬於心靈之夢幻的境界而言,自當推李義山爲第一位作者。"①在這三位詩人中,葉嘉瑩又似乎特別喜好杜甫,專

① 葉嘉瑩《迦陵論詩叢稿》,中華書局 2005 年版,第 233—234 頁。

門對杜甫花了大功夫，尤其對他的七律詩作了深入的研究，這自然是因爲杜甫其人及其詩歌創作尤其七律詩，確實在中國古代詩歌的發展史上有着高度的成就、地位和獨特的貢獻——葉嘉瑩認爲，在唐代這個中國古詩的集大成時代中，如要推選出一位足稱集大成的代表者，那麽一定是杜甫無疑，他在唐代這座集大成詩苑中堪稱是一棵根深幹偉、枝葉紛披的大樹，這棵樹上結挂着繁花碩果，足可供人玩賞和採摘。而杜甫之所以會如此，乃由於他極爲難得的健全的才性，他是一位感性和知性兼長並美的具多種優越秉賦的大詩人，他多産而又多形式的詩歌作品，他的豐富多彩的詩歌體式、内容和風格，凝成了集大成的境界，他的詩歌作品中的詩人感情和世人道德相合一的境界，是極爲難得的①。不過，葉嘉瑩的特別喜好杜甫詩，還有一個重要原因，那就是，當她離開祖國日久，是杜甫的詩引發了她的思鄉情結，尤其是《秋興八首》中的"每依北斗望京華"詩句總要勾起她的思鄉之情，她在二十世紀七十年代末八十年代初的幾次回國，曾先後激動地寫下詩句："天涯常感少陵詩，北斗京華有夢思。""平生佳句總相親，杜老詩篇動鬼神。"②爲此，一方面，葉嘉瑩撰寫了《杜甫秋興八首集説》，另一方面，又對杜甫創作七律詩的演變過程和它的四個演進階段（結合具體作品分析）以及其承先啓後的成就作了詳細的闡發，予以了客觀的高度評價，這就是她的長篇論文《論杜甫七律之演進及其承先啓後之成就》。美國加州大學聖地亞哥分校鄭樹森教授在他的《結構主義和中國文學》的論文中，認爲葉嘉瑩所闡述的杜甫七律之演進的内容與西方結構主義重視文學中的文類研究有暗合之處。原因就在她對杜甫七言律詩的演進作了總結性的深入剖析和評價，體現了她對中

---

① 葉嘉瑩《多面折射的光影——葉嘉瑩自選集》，南開大學出版社 2013 年版，第 40—42 頁。

② 葉嘉瑩《我的詩詞道路》，第 92 頁。

國古詩演化規律的準確把握和清醒客觀的理性認識。

葉嘉瑩的學術背景是複雜的：她有淵源深厚的家學氛圍，師從古典詩詞名家顧隨教授，打下了深厚的中國傳統研究功底；同時又具有廣闊的國際眼光。相對於大多數的漢學家在中國古代文學研究中重“器”的傾向，葉嘉瑩更多地採取一種“道”術，從抽象出發再不斷根據具體情況選擇和變换“器”，是一種形而上的靈活方式，這成爲她研究的基點，從根本上來説深得中國傳統學術之精髓。但是葉嘉瑩特殊的經歷讓她能够調整視角反觀中國學術，她認爲中國文學批評由於自身的先天不足，需要接受外來刺激，主張超越由傳統的語文和思想特點造成的舊詩評特質而得出現代化的研究方法。在杜甫研究中，葉嘉瑩堅守研究基點的同時，着重從西方理論中擇取兩點：一爲意象的使用，二爲詩歌謀篇的章法結構和用字造句的質地紋理。

意象方面，葉嘉瑩認爲運用意象的目的在於把一些不可具感的概念化爲可以具感的意象，一首好詩的要求是感性和真切皆備的。她指出杜甫對其所寫的任何客體都有極深摯的感情投射，他作品中的現實往往在情感籠罩下染上極濃厚的意象化色彩，作品一面是寫實，一面是感情與人格的意象化表現。如以“東郊瘦馬使我傷”起句的《瘦馬行》中，現實的瘦馬其實也是一種意象，比況着被罷官後的詩人。運用章法、句法爲詩作遣詞、造句，謀篇做安排更是創作不可缺少的。葉嘉瑩認爲，杜甫詩歌，以《哀江頭》爲代表，章法上一方面既自感性之聯想表現爲突變的轉折，一方面又自理性之邏輯表現爲照顧呼應之周至。句法層面，諸如《陪鄭廣文遊何將軍山林十首》其五中“緑垂風折笋，紅綻雨肥梅”一句，是“但以感性掌握重點而跳出於文法之外的倒裝或濃縮的句法”①。

① 葉嘉瑩《迦陵論詩叢稿》，中華書局1984年版，第254頁。

綜觀葉嘉瑩的研究,我們感到她在方法上相對於國内學者和國外多數學者的雙重優勢:借鑒西方理論可以爲研究加入新的元素,是一件好事;但是同時也要明白,很多理論産生於特定的土壤,並非完全適合中國古代文學特别是詩歌的研究。具體操作上,葉嘉瑩以女性學者特有的細緻,一改學者批發理論的慣例,精心從西方各種研究理論體系中汲取營養,按需使用,獲得了較好的效果。她並非某種體系的堅決擁護者,嚴格來説也並未形成自我的研究方法體系,研究懂得變通,這樣就避免了結構主義的束縛——須知體系本身就是一種結構,如果形成了體系,從理論上便已經無法超越結構主義。總體上説,葉嘉瑩並不拘泥於方法本身,而是堅守形而上的"道",取適宜而舍掣肘。中國文化精神在葉嘉瑩身上與西方的理論結合,焕發了唐詩研究的光彩。葉嘉瑩的方法是我們較爲推崇的,她立足中國傳統研究理念,適當地借用西方的理論,打破了系統和結構的多層次束縛,然而有一個問題值得我們注意:我們從西方成套的理論體系之中割取資料,是否會打破原有的意義,這就是説如果我們從西方系統之中抽取一部分内容,那麽這部分内容會不會由於脱離了系統而成爲没有意義的内容了呢?這樣對於我們來説,這種借鑒就變成了一種誤讀,是利是弊,見仁見智。

另外,葉嘉瑩有一篇論及李杜交誼的演講稿:《談李白、杜甫的友誼和天才的寂寞——從杜甫〈贈李白〉詩説起》,原載《迦陵談詩》一書,後應約發表在《北京師範大學學報》(社會科學版)1982年第3期。作者雖謙虚説,此文"偏重感性之欣賞,而理性之分析則尚有未盡周到之處",其實還是很有見識的:

> 我以爲李、杜二家之足以並稱千古者,其真正的意義與價值之所在,原來乃正在其充沛之生命與耀目之光彩的一綫相同之處,因此李、杜二公,遂不僅成爲了千古並稱的兩大詩人,而且更成爲了同時並世的一雙知己,如果我們將李、杜二家的

> 詩集仔細讀過,就會發現李、杜二公之交誼,是有着何等親摯深切的一份知己之情,那正因爲惟有自己有充沛之生命的人,纔能體察到洋溢於其他對象中的生命,惟有自己能自内心深處焕發出光彩來的人,纔能欣賞到其他心靈中的光彩。即使二者並不相同,而這一份生命的共鳴,與光彩的相照,便已具有極强的相互吸引之力了,所以即使是飛揚不羈的太白,當其詩中寫到杜甫時,也表現出一份深沉的懷念。

我們以爲,其關鍵就是她總結的一句話:杜甫就是對李白飛揚高舉的飄忽狂想、挫傷折辱的寂寞深悲這兩方面都有着深知與深愛的一位知己的友人。

總體説來,英語世界的唐詩研究史呈現多元化的發展趨勢,各種研究方法相互補充相互促進,在整體上達到了一種和諧。這相對於國内較爲單一的研究向度而言是一種警策,學術多元纔能促使學術發展。此外,站在國際漢學角度,我們也可以適當思考漢學家身份及其研究方法的問題。外籍漢學家、無國内教育背景的華裔漢學家以及有國内教育背景的華裔漢學家研究方法各自不同,我們在進行自己的研究引用資料時,瞭解漢學家的具體身份也是幫助我們選擇和恰當使用資料的必要步驟。我們如何避免自己的負面誤讀,如何採納漢學家的理論成果,對於每一種身份漢學家的理論做何種程度的採納,都將是一個長遠而深刻的命題。這裏借用青年漢學家郝稷的話來結束本部分:

> 審視杜詩在英語世界一百多年研究和傳播的歷史,我們也能觀察到一些重要特徵:第一,杜甫研究的重鎮由英國逐漸轉移到美國。19世紀後半期杜詩英譯上,譯介者們大都來自英國,其身份主要是外交官、傳教士和漢學家,三者之間或有疊

合。美國的杜甫研究起步相對較晚,但是後來居上,在20世紀中期洪業專著的出現,標志着美國在杜甫研究上的逐漸勝出,此後以宇文所安爲代表的美國學者以一系列有深度的學術分析完成了英語世界杜甫研究中心的地域遷移。

第二,詩歌翻譯和學術研究是杜甫進入英語世界的兩個重要途徑,二者既有不同又在一定程度上形成了互補。如前所述,洪業將其專著分爲上下册,也正是考慮到了這一事實。學術研究的範圍較小,但是其水平的提升爲杜詩翻譯奠定了堅實基礎。相反,杜詩翻譯主要面向普通英語讀者,必然具備一定的歸化色彩,但同時也間接地吸收、展示了學術研究的成果。特別是不少翻譯家不僅在杜甫方面具有較好的學識,而且擁有傑出的翻譯才能和詩歌天賦,爲向英語世界呈現杜詩的真與美做出了貢獻。

第三,杜甫的形象經歷了一個不斷變化的發展過程,由早期訛誤較多的呈現到後來較爲真實的再現,再到新時期的重新構建,這與上述的三個發展階段的軌迹大致吻合。早期英語世界關於杜甫的描述中存在着不少謬誤之處,這與此前法國傳教士漢學的誤導不無關聯,而這種謬誤又往往容易被以訛傳訛地因襲下去。

80年代以後英語世界的學者力圖從理論上突破此前出現的對杜甫的傳統闡釋,或是通過文本細讀來呈現杜詩内部複雜的張力,將詩中可能的矛盾衝突外在化,或是以異於傳統的新視角切入,展現杜詩的某些特質,其目的都是要使杜詩和杜甫掙脱一元的闡釋模式,賦予杜甫形象更爲多元的可能,特别是强調了其形象構建的歷史性和現代性。①

---

①　郝稷《英語世界中杜甫及其詩歌的接受與傳播——兼論杜詩學的世界性》,《中國文學研究》2011年第1期,第119—123頁。

第二章　法語世界的杜甫研究

法國漢學在西方漢學中享有崇高的地位。法國最早對中國的記載,是法王派往蒙古的傳教士魯布魯克寫的《東行記》,但談不上研究。中國文學在法國的譯介和傳播,一般以爲始於歐洲傳教士來華的十七、十八世紀,唐詩在這一時期開始了法國的傳播之旅。法國漢學的一個標志性事件是: 1814 年,法蘭西學院(Collège de France)開設漢學講座,首任教授是年僅 27 歲的漢學家雷慕沙①。從此,西方世界第一次將中國的研究(漢學)列爲大學學科。其間雖經歷許多波折,法國漢學教學和研究機構不斷壯大。如 1843 年,巴黎東方語言學校(L'École des Langues Orientales Vivantes)開設漢語課。1900 年,遠東法蘭西學院(L'École Française d'Extrême-Orient)創建。二十世紀七十年代以後,一些新機構建立起來。據法國漢學研究會(Association Française d'Études Chinoises)的一份資料統計,1991 年有國際影響的機構已有 70 多個。同時,出版大量漢學文獻資料,如《唐代文明研究叢刊》等。

二十世紀前西傳的杜詩數量非常有限,即使法國是當時歐洲的漢學中心,也很少見。

1862 年,法國漢學家赫維 · 聖 · 德尼(Marie-Jean Léon d'Hervey de Saint-Denys,1823—1892)在巴黎出版第一部《唐詩》法譯集。德尼在 1874 年接替儒蓮,擔任法蘭西學院的教授席位,他

① 雷慕沙(Jean Pierre Abel Rémusat,1788—1832),法國近代著名的漢學家,精通漢語、蒙古語和滿語。

是歐洲最早對中國詩歌感興趣的人之一。在他之前,中國詩歌對歐洲公衆實際上是一片空白,因爲耶穌會漢學界完全忽略了中國詩歌。這個選譯本之前附有韵律技法介紹,他選譯了包括李白、杜甫在内的30多位唐朝詩人的90多首作品。5年後,即1867年,年輕的法國女詩人朱蒂特・戈蒂耶以一部《白玉詩書》,爲法國讀者呈現唐詩的自由和浪漫;二十世紀以來,唐詩更是前所未有地受到了漢學家、翻譯家和詩人的青睞。三十年代我國留法學者梁宗岱、徐仲年、羅大岡、許淵沖等曾翻譯、介紹過不少唐詩,爲推進唐詩在法國進一步流傳、促進中法文學交流作出了貢獻;與此同時,克洛岱爾、謝閣蘭、聖-瓊・佩斯和亨利・米肖等法國詩人受唐詩影響,在其詩歌創作中融入中國古典詩歌因素。

總體説來,法國漢學家把唐詩作爲多種藝術的完美構體來研究,程抱一説,所謂"詩成泣鬼神"、"筆補造化天無功"、"詩中畫,畫中詩"云云,不僅是唐詩大家爲構建各自的藝術天地的經驗之談,實際上,也是詩人們爲營造這多種藝術構體的共同的美學追求①。這也是法國漢學家看重唐詩乃至杜詩的主要原因所在。下面從四個方面分述之。

第一節　法語世界早期的杜詩譯介

在文學翻譯中,詩歌是最難譯的文體,尤其是漢詩西譯。中國文化有極强的延續性、傳統性,詩歌一體尤甚。很難想象一個没有中國傳統文化功底的人,能够真正讀懂杜甫和李白。可是,也不是高不可攀,他們對中國古典詩歌史上的幾位重要作家如杜甫、李

---

① 參見弗郎索瓦・程(抱一)《中國詩語言研究》,1977年巴黎版,第11—13頁。

白、白居易、王維、李商隱、陶淵明、屈原等越來越重視，譯介、研究著作也越來越多。

目前能見到的最早將杜甫和李白介紹給法國讀者的記載是，1736年法國耶穌會學者讓・巴普蒂斯特・杜赫德在《中華帝國全志》中的推介①。準確地説，該書第三卷中有一首採用散文體方式排列的法譯杜詩，即《少年行二首》其一：“莫笑田家老瓦盆，自從盛酒長兒孫。傾銀注玉驚人眼，共醉終同卧竹根。”後又從法語轉譯成了英語。自此開始，時有譯著譯作出現。1776至1814年，法國來華傳教士錢德明（Jean Joseph Marie Amiot）等人的《北京耶穌會士雜記》之第五卷就刊有介紹李白、杜甫的文章②。

一、德理文與于阿里的杜詩譯介

著名漢學家埃爾韋・德・聖・德尼侯爵（1823—1892），即德理文③。他的篳路藍縷之功是有目共睹的。如他的譯著《唐詩》，

---

① 《中華帝國全志》，全稱是《關於中華帝國及滿蒙地理、歷史、年代、政治及物産等的叙述》。全書分爲四卷：一、介紹中國各省地理（附夏至清23個朝代大事記）；二、記述政治、經濟，並論述經書、教育和科舉制度；三、記述宗教、道德、醫藥、博物等；四、研究中國滿、蒙等少數民族，也涉及藏族、朝鮮族。總起來説，包括這些地區風俗、習慣、禮節、儀式、宗教、藝術、科學的詳細準確的介紹。讓・巴普蒂斯特・杜赫德（Jean-Joseph Du halde，1674—1743），也擔任《耶穌會士書簡集》第九至二十六卷的主編。可惜的是，他從未到過中國，也不懂中文。

② 錢德明（1718—1793），法國傳教士，生於法國土倫。1750年奉派來華，先到澳門轉廣州，1751年轉赴北京。他曾教乾隆帝學法文。他的著作大部分見於他參加撰寫和負責編輯的《北京傳教士關於中國歷史、科學、藝術、風俗、習慣紀録》中。此著初爲十五卷，於1776—1789年在巴黎出版。他去世以後，1814年又出版了第十六卷。他曾搜集中文文獻寄回法國，還編撰有《滿漢字典》《中國古今音樂考》《孫子兵法考》《孔子傳》《孔門弟子傳略》等。

③ 德理文早年曾在東方語言學院和法蘭西公學分别師從著名（轉下頁）

1862 年在巴黎阿米奥出版社出版,1977 年此書由巴黎自由之鄉出版社再版發行,被認爲是法國出版史上第一本介紹中國古典詩歌的選集,具有開拓性意義。此譯著,主要根據唐詩集中、日文版《唐詩和解》《唐詩和選詳解》《李太白文集》《杜甫全集譯注》而成,此書選譯了李白、杜甫、王維、白居易、李商隱等 35 位重要詩人的 97 首詩。其中李白 24 首,杜甫 23 首(包括誤爲崔顥作的《前出塞》一首),分别是冠軍和亞軍。杜詩中被譯載的有《渼陂行》《兵車行》《羌村》《夢李白》《丹青引贈曹將軍霸》《秋興八首》等。此書介紹了每位詩人的生平, 關於杜甫的法文介紹長達 9 頁;每首詩後都附有詳細注釋。至今,此書仍被法國人視爲一部"重要的、最好的中國詩歌的法文譯著"①。德尼認爲,鑒於中國詩的獨特性,"漢語詩照字面譯往往是不可能的",他翻譯的原則是,力求"透徹理解詩句所展現的形象和意境,盡力抓住主要特點,保留它的感染力和色彩","着意於這些譯詩的整體畫面"的再現。他的苦心經營,成就了這部最好的中國詩歌的法文譯著②。

書中所附長序《中國詩歌藝術和詩律學》一文,是法國學者研究中國古詩第一篇有分量的文章,分兩大部分: 第一部分詳細考查了中國詩歌藝術從《詩經》到唐詩所經歷的變化、發展,並對中國詩歌巔峰的唐詩進行了高度評價:"孔夫子故土的詩人們像凱撒帝國的詩人一樣,也有自己偉大的時代。……這就是唐朝,就是杜甫、王維和李白生活的時代。這幾位詩人享有的盛名超過賀拉斯和維吉爾。他們的詩是漢語這一活語言的瑰寶,就是在古國的山村鄉

(接上頁)漢學家大巴贊(1799—1862)和儒蓮(1797—1873)。儒蓮病重期間,他在兩地爲恩師代課。儒蓮病逝後,1874 年,他被正式任命爲法蘭西公學漢語教授。1878 年,他終於入選法蘭西銘文與美文學院,並於次年擔任該院院長。除了《唐詩》,他還翻譯了《離騷》《三字經》等。

① 巴黎自由之鄉出版社 1977 年再版扉頁介紹。

② 参見錢林森《中國文學在法國》,花城出版社 1990 年版,第 32 頁。

野裏都名聲赫赫。”①第二部分主要論述了中國詩歌的内部規律,從漢字組合特點到詩律學,包括賦、比、興,詩的起承轉合、對仗平仄都一一作了細緻探討,並對中、西詩歌的韵律特點作了比較:“西方的詩律只限於調節詩句的機械部分,或者説限於詩歌的構架。而漢語的詩律却觸及詩歌的精神部分、詩歌的靈魂本身。”而且,漢詩能“把悦耳的音樂和悦目的圖畫”完美地結合在一起,這就是中國詩歌的魅力②。德尼對中國詩歌内在奧秘的探究,顯然比之前的研究前進了一大步,因而這是西方漢學界首次對中國詩歌進行的系統而深入的研究與介紹,也是西方學人、作家迄今爲止瞭解中國詩歌必讀的經典之作。洪業先生説:“它們可能是西方語言中對杜甫生平加以研究的最早文字。”③

其實,德尼在其他一些著述中還不止一次地論及杜詩,如他在《中國的詩歌藝術》中便談及杜詩是怎樣“歌頌本領高强的武士的”:

> 我們也應該讀一讀杜甫的《石壕吏》和《兵車行》。前一首詩描寫一個由於徵兵而人口稀少的村莊以及“夜半抓壯丁”的徵兵吏。後一首描寫一支行軍部隊路過的情形:
>
> 　　車轔轔,馬蕭蕭。
>
> 許多父母妻小湧向遠去的兵士們,高聲呼喊:
>
> 　　武皇開邊意未已。君不聞漢家山東二百州,千村萬落生荆杞。……況復秦兵耐苦戰,被驅不異犬與雞。……信知生男惡,……君不見青海頭,古來白骨無人收。

① 錢林森編《法國漢學家論中國文學——古典詩歌》,外語教學與研究出版社 2007 年版,《引言》第 3 頁。

② 參見錢林森《中國文學在法國》,第 32 頁。

③ 洪業著,曾祥波譯《杜甫:中國最偉大的詩人》,第 3 頁。

> 這裏包含了整整一首內容豐富的詩。
>
> 即便這些詩的寓意表現得不那麼明確,不那麼深刻,只要看一看唐代詩人向我們展示的中國人民的實際生活,便可以瞭解到唐朝以及唐朝之前那些艱苦卓絶的戰争生活是根本無法激起中國人進行征戰的熱忱的。那麼他們的愉悦是什麼,歡樂是什麼呢?讓我們聽聽杜甫的詩:
>
> 林風纖月落,衣露静琴張。……詩罷聞吴詠,扁舟意不忘。
>
> 撫琴的賓客身佩"長劍",説明正值動亂年代,也標志着唐玄宗統治的結束。但是如果説這些賓客一反平日愛好和平的習慣,那麼他們的詩歌則没受絲毫的影響,樹木、青草、"暗水流花徑"、"春星帶草堂",這些就是啓迪他們靈感的東西。①

所引"林風纖月落"、"暗水流花徑"、"春星帶草堂"等詩句,均出自杜甫的《夜宴左氏莊》詩。這種"愉悦"和"歡樂"的描寫,恰恰與"艱苦卓絶的戰争生活"的描寫形成强烈的對照、巨大的反差。從這一對照中理解杜詩,對把握了解杜甫的思想是很有幫助的。

差不多與德尼同時期,法國又出了一位漢學家叫于阿里(C. Imbault-Huart,1857—1897),他撰有《十四世紀至十九世紀中國詩》,1886 年由巴黎 Ernest Leroux 出版社出版。該書的前言部分具有很强的學術價值,其核心是將中國古典詩歌分爲三個時期,並展開論述。作者曾任法駐華副領事,對中國文化、文學都有較爲深入的瞭解和研究,成爲漢學家。除該書外,尚有《十八世紀中國詩人袁子才生平及創作》(1884 年版)、《中國現代詩譯》(1892 年版)。《十四世紀至十九世紀中國詩》的前言部分將唐朝劃歸爲中國古典

① 錢林森編《法國漢學家論中國文學——古典詩歌》,第 21—22 頁。

詩歌的“第二個時期”(所謂“復興時期”,其他兩個時期爲“古典時期”、“現代”):

> 我們稱之爲復興的世紀,中國詩歌達到了它的鼎盛時代;詩人的靈感處處迸發出了强烈的火花。這是中國的奥古斯都時代:最著名的詩人支配着這個時代,許許多多像李白、杜甫、韓愈的詩神得以最終確立了中國詩歌的法則。他們的詩作在唐朝吐着芳香,各顯異彩。唐朝各個君主的統治外强内安,他們不斷鼓舞一切藝術和一切美文學的發展。①

這一時期(“復興的世紀”),詩神李白、杜甫、韓愈最終確立了“中國詩歌的法則”的偉大貢獻是無須懷疑的。他接着又説:

> 實際上,唐朝的大師們無需沿着前人的足迹亦步亦趨,他們已走上了一條創新的道路,並且基本上賦予自己的思想以生動的表現和别處難以見到的光輝色調。他們不勝榮幸地有資格確定詩歌發展方向,培育它走上正確軌道,一勞永逸地製定了詩歌的規則。在中國,李白、杜甫以及伴隨着他們的群星,就像高乃依、拉封丹和莫里哀之於我們,具有同樣的地位:他們成了經典作家,他們的作品成了哺育中國後代詩人的真正典範,無時無刻不被人閲讀和學習,也從不乏模仿者,雖然其成就有大有小。②

還是評價李白、杜甫在詩國發展中的“典範”地位,“就像高乃依、拉封丹和莫里哀之於我們”(即法國)一樣。

---

① 錢林森編《法國漢學家論中國文學——古典詩歌》,第 28 頁。

② 錢林森編《法國漢學家論中國文學——古典詩歌》,第 29 頁。

二、戈蒂耶的杜詩譯介

法國唯美主義女詩人朱蒂特・戈蒂耶①,她的中文名字叫俞第德。她的拆字譯法很有特點,然而毀譽不一。1867 年,她以朱蒂斯・華爾特(Judith Walter)爲筆名出版譯詩集《白玉詩書》(Le Livre de Jade),包括了從《詩經》到近代中國的詩歌。1902 年再版時,譯詩已達 110 首。按照內容分爲言情、詠月、詠秋、詠酒、詠戰、詠懷、宮廷和行旅八類。譯文雖不够專業,却是十九世紀下半葉歐洲書肆中最有影響的中國詩詞譯本,也是她生平五十餘部詩歌、散文、戲劇作品中造成社會影響最大的一本書。這本書的法文本不僅一再被翻版重印,更被轉譯、改寫成各種不同語言的版本,影響遍及歐美。

在該書後來的增訂版前言中,她評杜甫詩:"杜甫的崇拜者不僅認爲他與李白比肩,而且甚或認爲他超過李白。他的詩,雖短少奇異意外之處,但逼真如繪,適如他視之爲師長和朋友的李白的作品一樣。這些詩,因其更真率,更清晰,更富於温和的情感和對被悲苦所襲的人的憐憫,故更易於翻譯。"(第 5 頁,1928 年版)這裏,

---

① 朱蒂特・戈蒂耶(Judith Gautier,1845—1917),法國女作家、翻譯家、評論家。出生在巴黎,父親是詩人、作家、戲劇文藝評論家,是維克多・雨果的朋友和熱情支持者,也是後來法國唯美主義詩派帕那斯詩派"爲藝術而藝術"主張的首倡者。她喜愛中國古代文化,請中國人丁敦齡教她漢語,不到一年,在《藝術家》雜志 1864 年 1 月號發表九首漢詩的譯寫,題名《中國旋律變奏曲》(根據李白、杜甫、張若虚、王昌齡、王績詩改寫而成)。這是她的處女作。同年十月,又寫出一篇中國題材的短篇小説《太平天國皇帝——天王傳奇》。隨後兩年,她繼續翻譯和發表了第二和第三批漢詩。1867 年 5 月,她把七十一首譯詩結集爲《白玉詩書》出版。後翻譯成意大利文、葡萄牙文、西班牙文和英文(部分)。1869 年,她發表了第一部長篇小説《中國龍》(以朱蒂特・蒙戴斯之名出版)。1910 年,當選爲龔古爾文學院院士,在法國文學史上,她是喬治・桑之後最出名的女作家。

她譯杜詩 17 首(還有近一頁篇幅的杜甫介紹),僅次於李白的 19 首。

三、其他學者的杜詩譯介

清末外交官陳季同(1851—1907)的法文著作《中國人自畫像》1884 年在巴黎出版,該書"古典詩歌"(La Poésie Classique)一章有幾首法譯的杜甫(Tou-Fou)詩歌,有的引自聖・德尼的法譯,有的則爲陳季同自己所譯,陳季同在書中還專用標記加以了區分。該書由詹姆斯・米林頓(James Millington) 譯成了英語(The Chinese Painted by Themselves,1885),並在倫敦出版。在米林頓的英譯本中,轉譯了杜甫的《佳人》《旅夜書懷》和《贈衛八處士》以及《渼陂行》《玉華宫》和《成都府》的片段。

法國學者維西埃(A. Vissiere)撰《詩人杜甫夢李白》,首載於《中法友好協會通報》(Bulletin AAF－C)1,1908 年。文中對杜甫詩《夢李白二首》作了譯述。

法國學者海爾曼(Heilmann H.)譯出《杜甫詩三首》,載於《遠東》雜志,1940 年。

第二節　1945 年以後的杜詩譯介與研究

二戰以後,歐洲相對穩定,漢學蓬勃發展,杜詩譯介與研究在質與量上都取得長足進展,取得了可喜成就。

一、戴密微的杜詩譯介與研究

保爾・戴密微主持編譯的《中國古詩選》①,1962 年巴黎伽利

---

① 戴密微(Paul Demiéville,1894—1979),法國著名漢學家,敦 (轉下頁)

瑪出版社出版,是法國漢學界譯介中國詩詞由沉寂而發展的標志性成果。這是法國漢學家選編的第一部中國古典詩歌的總集,由鐸爾孟選詩,戴密微領導一個小組集體譯出。戴密微撰寫長序,是第一篇中國古典詩歌通論,即評介了中國古典詩歌的特徵和價值:"他以豐富的文學知識和深厚的漢學修養論述了中國詩歌的歷史演變和藝術特點,是法文讀者見到的中國詩歌最佳綜合介紹。"①該書選譯了上自《詩經》下到清代374首詩詞,共204位中國古代詩人的作品,僅唐朝就選譯了李白、杜甫、白居易等40多位詩人的106首詩作。此書的編譯彙集了法國漢學界中國古典文學研究的主要力量,這個翻譯小組除了保爾·戴密微、安德列·鐸爾孟之外,當時初露頭角的新秀桀溺、吴德明、于如柏,以及華裔學者李治華、梁佩貞等皆參加了編譯。因而,這部譯著集法譯中國古詩之大成,是法國漢學界研究中國文學實力的一次很好的檢閱②。

值得注意的是,戴密微還爲此書撰寫了長篇導論,下面援引幾段:

> 如果讀者腦子裏充滿了我們的地中海文化的傳統,他也許會覺得這種詩太短小了。如畫家塞尚曾以輕蔑的口吻説,這

(接上頁)煌學著名學者。1894年生於瑞士的洛桑,1914年畢業於巴黎大學文學院,獲文學碩士學位。1915年進入巴黎現代東方語言學校,分别在沙畹的列維門下學習漢學和梵文。1919年畢業,進入法國遠東學院任研究員。1920年前往河内法國遠東學院工作,直到1924年。1924年到中國福建廈門大學任法文教授,至1926年。1926年到日本東京,在法日會館任研究員,後晋升爲館長,直到1931年。1931—1945年擔任巴黎現代東方語言學校教授。自1945年起擔任巴黎國立高等學院教授。1946年擔任法蘭西學院漢學教授,1965年退休。1951年被選爲法蘭西研究院所屬的銘文研究院院士。著述豐富,主要是關於敦煌學和佛學的。

① 錢林森《中國文學在法國》,第38頁。

② 錢林森《中國文學在法國》,第46頁。

種詩乃是"一些中國的影像"。固然,這種詩歌没有任何浮華辭藻,没有絲毫的雄辯色彩,没有一點兒抽象的意味,意念單純而少變化,慣用辭彙又不斷地重復。這些詩有的抒寫了身陷蠻族草原的戰士的悲憤,被遺棄的女人的怨恨,時而受到歌頌時而受到詛咒的、既有苦難也有功績的戰爭;有的描寫了古代遺迹、冷清的宫殿,這是一個縈繞人們心頭的有關人生無常的主題;有的描繪了一些自然風光,這是詩人以畫家的眼光所寫的一些没有絲毫形態而又與現實事物密切相連的小景致;有的勾勒出山嶽的美景。是的,中國人比我們早二千年發現了山嶽的美景,他們的藝術家不厭其煩地對此進行了歌唱和描繪;有的叙述了詩人所捕捉到的一些强烈的異常清新的印象和感受,它們絲毫没有受到枯燥乏味的智力的侵襲;有的記下了一些轉瞬即逝的意念,它們是如此地難以察覺,以至於人們把它們比作羚羊,因爲羚羊爲了隱藏自己的蹤迹,便把自己的雙角鈎掛在樹枝間,這如我們阿爾卑斯山區的巖羚羊在冬天那種隱匿蹤迹的做法一樣。除了一些非古典式的受到民間文學影響的叙事詩之外,這些詩都没有史詩的色彩。是否僅僅就是這一些特點呢?人們採用只有二十個音節的四行詩的形式是不可能創作出偉大的詩篇的。請注意這一點!然而,這些音節中的每一個音節本身就是一個小小的世界,它宛若變化多端的胚芽一樣,是一個充滿着輻射性涵義的語言單位。它能够在聽覺上和視覺上産生强烈的共鳴,因爲它是用本身就是藝術作品的圖畫似的文字寫出來的,它的發音含有能在韵律上發生作用的音調的變化;它能通過一些以繼承的方式訓練出來的心理重心去觸及美學上的敏感性,而我們的心理學和生理學却不能使人産生這種類似的心理重心。所以,近三千年來,一個最平凡而又最靈敏的民族能够用這種詩歌來溝通感情,她把這種詩歌看成是自己智慧的最高表現。她依

> 靠這些詩歌營養而獲得新生;她在詩中尋找鼓勵和慰藉,追求一種近於酒醉、中魔或狂喜似的心摇神蕩的境界。
>
> 正如這個民族最卓越的哲學家所要求的那樣,我們應當要保持自己純潔無邪的心境,讓縈繞我們心頭繁瑣的思緒見鬼去吧! 讀者應把這些詩中所展示的細小畫面看成是從現實事物中提取出來的成千上萬的意象。你們會從這些景象中看到所展現出的人類的全部生活,它是通過一種奇妙的藝術再現出來的;這種藝術的表現手法是嚴謹的,精巧的,它的題材與自然界緊密相聯。你們會隨時透過那些含義始終是具體的詞語,發現中國浩瀚無垠的疆土、與人類相適應的宇宙,以及從心靈深處發出來的超越語言的低沉的回響。你們會在一個一切都是寧静、純樸、悠逸的世界裏發現自我,你們會感到與這相比,其它的一切詩歌似乎都有些過於囉嗦。①

此長篇導論一般單譯作《中國古詩概論》。很顯然,戴密微的見解是建立在對中國詩歌深刻研究和瞭解的基礎上的,可見其深厚的漢學修養和豐富的文學知識,贊嘆之中不乏真知灼見。

在這篇《概論》中,戴密微引李白的《黄鶴樓送孟浩然之廣陵》和杜甫的《春望》來談中國"律詩"的特點(李白詩從略):

> 對(律詩)這種"法典化"的韵律學用得最多的詩人是杜甫,他和李白是同一代人,而且他的聲譽也與李白不分上下。我舉他的一首八行詩《春望》爲例。在第二次世界大戰期間,我在逃難時經常吟誦它。這首詩作於公元 757 年②,那時中國

① 錢林森編《法國漢學家論中國文學——古典詩詞》之《中國古詩概論》(楊劍譯),第 49—50 頁。

② 此處原文作"公元前",徑改。

出現了激烈的内戰，皇宫人士和一切能够逃難的居民都在前一年夏天撤出了首都長安。詩人也把他的家眷安置在離長安很遠的地方，但他後來被叛亂分子逮住，不得不返回這座冷清的城池。首都明麗的春光突現在詩人的眼前，他驚嘆不已而又愁腸百轉，於是寫下了這首詩：

國破山河在，
城春草木深。
感時花濺泪，
恨别鳥驚心。
烽火連三月，
家書抵萬金。
白頭搔更短，
渾欲不勝簪。……

要是將每個字都逐一研究一下，我們就會發現在前六行詩中，任何一行中的字與字之間，語義上的對位在行與行之間是有嚴格規定的。國與城、破與春（其含義表明春在這裏是作爲賓語性動詞來看待的，這是一種很有表現力但却很難確切地翻譯出來的表達方式）、山河與草木、在與深、感與恨、時與别、花與鳥、濺（被動）與驚（被動）、泪與心、烽火與家書、連與抵、三與萬、月與金，這些字都是相互對應的。詩中用這座被丢棄的大城的花園中蔓生的雜草來表現作者的憂愁和春日氣氛的這一對照，以極其高超的語言技巧而顯得特别强烈，這種技巧只有在像杜甫這樣的大師筆下纔不至於留下人工斧鑿的痕迹；但是人們可以想象到這種技巧在國家的應試卷中可能會出現的情況，從杜甫那個時代起，"律詩"的樣式已被列入了考試大綱之中。①

① 錢林森編《法國漢學家論中國文學——古典詩詞》之《中國古詩概論》（楊劍譯），第37—38頁。

戴密微的這段精細的分析,對於我們深入理解這首《春望》詩是很有啓發的。

二、郁白以《秋興八首》爲中心的杜詩研究

作爲法國外交家、漢學家的郁白喜歡杜甫①,認爲“杜甫的詩很深”,他最喜歡杜甫的《秋興八首》,承認它是一部很難翻譯的作品。他説:“杜甫的《秋興》,十個多世紀來被公認爲中國詩中不可與之争鋒的代表作。該詩有力地確定了抒情和與抒情相和諧的範例,在表達自我認同中的必要作用。詩中的情與興,由於詩人對朝廷剪不斷的眷眷深情,且只有在夢裏情與興纔能調和起來,因而帶上了悲苦的濃重色彩。”②這是郁白對《秋興八首》的總體認識。

郁白自述《悲秋》的寫作緣起與目的:

> 《悲秋》的準備工作從 1987 年我還在哈佛期間就開始了。我花了兩年時間去閱讀《詩經》《楚辭》以及它們的經典注疏;然後我對從漢到唐代期間以秋爲主題的一系列詩歌進行了研究。我尤其在王維和杜甫的作品上花了很多的時間,因爲在

---

① 郁白(1957—),法國著名漢學家,畢業於巴黎第七大學東方語言文化學院。他曾先後擔任法國駐中國大使館文化參贊、法國外交部亞洲司副司長、法國駐上海領事館總領事。外交官生涯加深了他對中國文化的理解,也使他得以與中國文化界精英相與往還。翻譯出版了錢鍾書、楊絳等人的著作及多部中國文化名著。專著《悲秋:古詩論情》(*Tristes Automnes*),2001 年於法國出版,2004 年由葉瀟、全志剛譯成中文,在廣西師範大學出版社出版。此書是他對於中國古典詩歌進行主題研究的學術著作。

② 郁白《悲秋:古詩論情》,葉瀟、全志剛譯,廣西師範大學出版社 2004 年出版,《引言》第 11 頁。

我看來,他們集中了中國詩歌的精華。①

在中國思想中自我意識與恪守禮儀兩者關係方面,論述最深刻的,是杜甫。在這兩者的邊界,西方的騎士打倒了惡龍,而中國的詩人拔劍出鞘,最終却不出手:"嗚呼……"杜甫説。②

郁白首先分析了杜甫《秋興八首》産生的淵源。他説,杜甫寫《秋興》的時候,他心中存有潘岳那篇同名的《秋興賦》的影響。當然,阮籍的《詠懷》和庾信的《哀江南賦》等偉大的自傳體"哀歌"也同樣給了杜甫以不少的啓示。可是,杜甫在生命的暮年(離大限只剩四年)致力於創作這樣一部詩歌自傳,"主要是想創作一篇獨一無二的作品,作爲他已蒙同輩人認可的優秀作品的冠冕。除此之外,還能如何解釋他保留'律詩'形式而放棄'辭賦'形式的挑戰行爲呢?"③這就是承繼前人基礎上的"獨創"。

郁白首先抓住了《秋興八首》的結構。以爲《秋興八首》是由八首完美的律詩組成,每首詩與另一首詩的往返應和既令人迷惘又令人着迷,簡直就是一個神奇的結構。關於《秋興八首》的中心主題的論述,也見出郁白的别出心裁:

八首律詩中惟一的主題——是水,具有兩種傳統象徵意象的水:生命之川(如詩的開頭),以及吞噬並掃蕩了帝國(不

---

① 錢林森《和而不同——中法文化對話集》之《中國古詩悲秋主題的詩學探討——郁白:我對中國古典詩歌的研究》,南京大學出版社 2009 年版,第 301 頁。

② 錢林森《和而不同——中法文化對話集》之《中國古詩悲秋主題的詩學探討——郁白:我對中國古典詩歌的研究》,第 316 頁。

③ 郁白《悲秋:古詩論情》,葉瀟、全志剛譯,第 145 頁。

> 幸)的秋日洪水[①]。通過這種兩分法,杜甫的創作達到了巔峰:作爲生命的象徵,水賦予他强烈滿足的意象(這些意象通過最後一首律詩中的佳人和仙侣而達到極致),雖然該滿足不斷受到秋天之蒼白暗淡的干擾。秋天打斷了生命的鏈條,加速了衰敗的進程。儘管杜甫盡力抵抗過,但由於回憶的滋潤以及對自身孤獨的清醒意識,他最終還是認輸了,在詩句結尾"白頭吟望苦低垂"。這種生命的無能爲力,造就了一篇爲認識個體獨特性而奮筆的辯護詞,發自肺腑,感人至深,正如十個世紀以後西方浪漫主義大潮中的情形一樣。[②]

姑且不論將《秋興八首》的主題概括爲水是否科學與準確,這一歸納是獨創的。以結構上的八首八行詩的獨特矩陣,表現以"水"爲中心的奇異主題,讓《秋興八首》達到了同類題材的巔峰,這就是郁白研究《秋興八首》的基本思路。

郁白又着眼於《秋興八首》的箋釋問題,以爲中國的文論與國際批評都將這篇作品列爲最優秀的中國古典詩歌(趙案:也有例外,如中國的馮文炳對此組詩頗多非議,外國漢學家可能没有看到,不要苛求)。的確,十個多世紀以來,從没有一首中國詩歌像它一樣被多次注解、被逐字逐句地條分縷析。但它的複雜性似乎令不止一位譯者望而却步,比如,法國著名漢學家戴密微主編的《中國古詩選》(*Anthologie de la Poésie Chinoise Classique*)就未收入此詩。據郁白檢索,十九世紀以來,《秋興八首》只有一份完整的法文譯本,1977年出版。這個全法文譯本因自由或節略而瑕疵累累,近乎曲解,嚴重偏離本意。這樣一來,域外漢學家對它的研究便缺少

---

① 郁白解釋:夏末秋初最常發生洪水,在古漢語中,"秋水"是"洪水"的同義詞。參照《莊子外篇·秋水》。

② 郁白《悲秋:古詩論情》,葉瀟、全志剛譯,第145—146頁。

了可資依靠的文獻。而郁白有此研究成就,就更難能可貴了。

如對第一首的理解。西元 766 年秋,杜甫住在夔州整整一年了。夔州在三峽入口處,三峽東面矗立着巫山,附近坐落着名爲白帝的城池(詩人有多首以此爲題材的詩,僅以詩題所見,就有《上白帝城》《上白帝城二首》《陪諸公上白帝城頭宴越公堂之作》《白帝城最高樓》《曉望白帝城鹽山》《白帝》《暫往白帝復還東屯》《白帝樓》《白帝城樓》《大曆三年春,白帝城放船出瞿唐峽,久居夔府,將適江陵,漂泊有詩凡四十韵》等)。這座城池的命名源自一個神話人物,據稱是中國西部地區的守護神,那裏也是三國戰争的遺址。對詩人來説,那裏是世界的盡頭——"絶塞"①。

郁白從此詩的幾個重要意象入手展開分析。一是"楓林"。"中國傳統把楓樹看做秋日傷痛的象徵,泛紅楓葉好似滴血的心臟。"②杜甫的另一首詩《寄韓諫議注》:"鴻飛冥冥日月白,青楓葉赤天雨霜。"是其注脚。二是"陰"。在這個秋風摇落的肅殺季節裏,周遭的一切都漸漸失去色彩,退入黑色、白色以及或淺或深的灰色世界(江間洶湧的波浪,正在轉"陰"的風雲)。郁白進一步挖掘"楓林"意象的淵源:十個世紀以前,《楚辭》就曾經將(像流逝的時間一樣)流逝的江水與枝繁葉茂的楓樹聯繫起來放入同一幅畫面,以表達哀傷棄世之情:"湛湛江水兮上有楓,目極千里兮傷春心。"(《招魂》)

> 這段文字的經典評論聲稱,楓樹的茂盛乃拜江水浸潤所賜:詩人自怨自艾,因爲他没能從君主處得到類似的恩澤;另一種詮釋説,在這種地方,只有野獸纔能棲居。不管是哪種詮

① 參照宇文所安《中國傳統詩歌與詩學:世界的徵象》,陳小亮譯,第184頁。

② 郁白《悲秋:古詩論情》,葉瀟、全志剛譯,第147頁。

> 釋,楓樹的美麗都令人哀傷。在經典的雙重意象之外,杜甫增補了第三種意象,同樣可以從《楚辭》中查到出處:即由冰霜侵襲喚起的“氣蕭森”意象,它對應於第一首秋歌中的“蕭瑟”(參照宋玉《九辯》)。因爲,後世詩人們從楓樹林的形象中僅僅保留了它們春天繁茂的枝葉。杜甫則堅持要毫不含糊地重現《楚辭》引文中令人窒息的氣候:正是在秋季,靈魂被生生地“凋傷”。靈魂四處遊移、流浪,尋找回到文明世界的通道。但這裏的自然(三峽的波濤和巫山的巨石)是壯觀而無情的,而在這個季節,所有的因素合謀,生生阻斷了靈魂的前路:在冬天臨近之時,天與地之間再也没有了溝通的管道。①

爲了補充這一論點,郁白引了杜甫的《白帝》詩。他認爲《白帝》的描寫是這一場景的變體。從“這些脱節的元素,從有詩以來,就激發了滔滔不絶的語言激流,最終統統匯入秋的洪流之中”②。並進一步徵引蘇軾的《紫雲江回書》這首總結他漫長的寫作生涯的暮年詩作,來與杜詩的這一畫面相發微,可謂旁徵博引。因而郁白發現了詩的誕生是與自然之更迭具有雙重聯繫:“爲了抵抗時間的飛逝和曇花一現、轉瞬即逝、永恒變幻、滄桑不定的自然這一會變得變化無常、猶豫不決的想法。”③這一主題在《秋興八首》其四中得以再現。這就是詩人找到的那個可以依靠的固定點:需處理好情感與意志的關係。

分析了兩個重要意象之後,郁白説,讀者就完全可以理解杜甫何以在描繪了暴風雨中氣“象蕭森”的三峽圖畫之後,詩人怎樣在同樣的衝動促使下描述了時光的流逝以及自身狀態的停滯不

① 郁白《悲秋:古詩論情》,葉瀟、全志剛譯,第147—148頁。

② 郁白《悲秋:古詩論情》,葉瀟、全志剛譯,第148頁。

③ 郁白《悲秋:古詩論情》,葉瀟、全志剛譯,第148頁。

前的：

> 流逝的時光令他潸然泪下，每片綻開的花瓣象徵着一滴垂落的泪珠；詩人無法把握未來。在岸邊，一根纜繩繫着一葉小舟，那是連接着他本人和京師的家園、府邸的惟一牽繫，儘管這一牽繫如此脆弱。而這葉小舟猶如遭人遺棄的“孤兒”，和這位可能的旅客一樣孤獨。有位評論者指出，杜甫惟一“真正”執着的是他對長安的回憶；小舟本身只是個幻象。這種虚幻的聯繫，是詩意表達的源泉，它在束縛身體的同時（被束縛於江岸，那裏偶爾有一葉小舟停泊，却載不走詩人），使精神得以遷移（仍然被“繫”於京城）。①

關於“孤舟一繫故園心”，歷來解者都没有輕易放過，有人將這行詩看作整整一系列符咒的中樞。因爲，這行詩通過對小舟永恒焦慮的凝視以及致使其遭受“孤苦”的變化緣由，表明詩人始終不渝，孤獨地回憶着在長安的幸福生活。可是，郁白也有自己的見解：

> 此處的“回憶”乃“心”事（“心”，此心也照亮了蘇軾的孤月），主觀之事——與前文的泪水相反，它寧静安詳。這與其説是單純的想法，毋寧説是靈魂的一種狀態。這一摻着泪水的回憶，是將人生置於詩歌序列之中的首要標志。該回憶直接或間接地與兩個修飾語相連（“孤”——被遺棄、單獨、孤立，“一”——單數、專一、堅貞）。“孤”字與“一”字，在所處的多元環境中（“從”——系列、多數、排列，“兩”——重複、重新、再次），强調其獨一無二的特性。無需使用第一人稱，詩人通

① 郁白《悲秋：古詩論情》，葉瀟、全志剛譯，第149頁。

> 過刻畫將社群排除在外的畫面,成功地表達了一種獨特的聲音、一種惟一的痕迹、一種只屬於他的情感,簡而言之是他自我認同的表達。在這篇律詩的其他幾節中,每當詩人重提這種雙重眷戀(即精神上眷戀他生長成才的城市,肉體上依戀他所流放的世界盡頭)的時候,自我認同的表達在一系列空白之中愈發具體。①

在這裏,郁白將杜甫的"故園心"概括爲"精神上眷戀他生長成才的城市,肉體上依戀"的"雙重眷戀",便是異常精辟!

爲了補足這一"雙重眷戀",又以擣衣女寫思家之情。這時,杜甫仍遊離於這些内心場景之外,他只感受到剪刀與尺規的碰撞聲或江邊砧石上的擣衣聲。

> 因而在這裏,婦女們的辛勤並非令人欣慰的主題,反而令人聯想起一種"緊迫的狀態",即詩人無助地面對着寒冷和孤獨。杜甫又一次發揚了這一詩學傳統,即讓人們在這樣一幅秋日圖畫中看到一點點温馨。②

"這一詩學傳統"源遠流長。如漢代的《樂府》詩,一個世紀以前的庾信(杜甫對他推崇備至)以《詠花屏風詩》《夜聽擣衣》描寫同樣的擣衣場景。杜詩(還有他的《擣衣》)像在其他詩歌中一樣,提到秋季的擣衣聲,以表達更深沉的失望。準備衣裳寄給自己所盼望的人兒,是一種正常的、"平常的"感情("常情");同時代或稍早的李白《子夜吴歌》也很有名,將此種情感表達得淋漓盡致,將愛情的極致,那種變成了痛苦("苦情")的愛情,即寄寒衣給一個知道不

---

① 郁白《悲秋:古詩論情》,葉瀟、全志剛譯,第149—150頁。

② 郁白《悲秋:古詩論情》,葉瀟、全志剛譯,第150頁。

會回來的人。而此時的詩人僅有的夥伴是那"蕭森"的氣息。夜色降臨之後,他就只剩下一些真實的泪水和虚幻的希望了。杜甫的這篇序言令人想到了何遜的那首題《日夕望江》的精彩詩篇,"頗學陰何苦用心",就是這樣去實踐的。

三、胡若詩的杜甫研究

法國當代漢學家胡若詩女士的杜甫研究主要體現在她的以下著述中,專著有《中國詩歌的頂峰: 李白和杜甫》《另一種美: 走進中國美學》《唐詩中的"鏡"與 1540—1715 年間的法國詩》,論文有《唐詩與病》《唐代山水詩和郭熙的"三遠"》等等。

她的專著《中國詩歌的頂峰: 李白和杜甫》的第八章爲《色彩的詞,詞的色彩》,比較分析了杜詩中的色彩詞——它的運用情況、獨立性、美學價值。她通過對比《詩經》與唐詩中的色彩詞,發現前者僅有 26 個,到唐代則增加到 60 多種,將色澤深淺的變化盡現其中。因而,她的觀點是,直到盛唐時期,詩人纔追求山水與情感更完美的融合,色彩的運用達到了前所未有的高度,美學價值成爲其唯一的追求。在深厚的傳統功底之上,唐代詩人還根據對大自然和客觀世界的獨特感悟,創造了屬於自己的顔色。如李白創造的色彩詞有"古苔緑"、"秋烟碧"、"鴨頭緑"等。

> 而在杜甫的筆下,色彩表達的新穎獨特更是登峰造極:"小紅"、"黄紫"、"飛紅"、"重碧"、"輕紅"(紅用重量來表達)、"久翠"、"新紅",等等。此外,還有 50 多種包括"色"字的表達,從"秋色"、"風色"到"冷色"!①

接下來,她分析了唐代色彩豐富的物質方面的原因: (1) 唐代染色

---

① 錢林森編《法國漢學家論中國文學——古典詩詞》,第 168 頁。

工藝的迅速發展,許多色彩詞的形成都離不開絲綢業發展。(2)國家領土的空前擴張,領土朝西北和南部的擴張使唐代詩人有機會認識色彩鮮亮、令人耳目一新的"異域"物品、植物、動物和鳥類,比如孔雀和鸚鵡的五彩羽毛,崑崙山上的斑駁寶玉,胭脂山上植物製成、用於婦女化妝的赭紅色的脂粉等。(3)通過絲綢之路對外貿易的加强,"異域"色料大量進口,特別是女子化妝顏料對唐詩的創作異常重要。如李白在《對酒》一詩中描寫的吴姬的"青黛畫眉"。這種色料是從古波斯傳到中國,或許是撒馬爾罕國王所賜,在當時被婦女用來勾畫眉毛。(4)煉金術和煉丹礦石的進步,顏色也會增加。在熔煉過程中,金屬和礦石的顏色會逐漸發生變化。有唐一代煉丹蔚然成風,對顏色的增加有所貢獻。她又從兩個方面對比分析了杜詩中的色彩詞:(一)"如畫的詩意",(二)"卓越超群的視角"。

前人已有的研究成果大致是這樣的:傳統詩話對李白和杜甫色彩運用的評論比比皆是,儘管貼切中肯,却不乏分歧。一位日本學者系統地抄録了李白、杜甫及其他16位著名詩人作品中所有的色彩詞①。該研究的主要結論如下:(1)李白在詩歌中,使用了2 346次色彩詞,杜甫2 214次,遠遠超過其他16位詩人。(2)杜甫使用了46個不同的色彩詞,李白44個,在這項比較研究中也是最豐富的。(3)李白平均每33個詞出現一個色彩詞,杜甫的頻率是47,韓愈82,柳宗元89。(4)將李白和杜甫詩中的色彩詞分爲六類(赤、黄、白、銀、黑),計算出詩人對每一類色彩使用的百分比如下:

---

① 參見中島利郎《對李白詩色彩使用的若干考查》,載《中日李白研究論文集》。這些詩人是:駱賓王、陳子昂、孟浩然、王昌齡、王維、岑參、韋應物、孟郊、韓愈、張籍、柳宗元、李賀、杜牧、温庭筠、李商隱、皮日休等。

色彩類別	李　白	杜　甫
赤	11.3%	13.7%
黄	22.5%	16.7%
青	37.9%	35.1%
白	25.5%	26.8%
銀	1.5%	1.9%
黑	1.3%	5.7%

只有在黄(李：22.5%；杜：16.7%)和黑(李：1.3%；杜：5.7%)兩種顔色的對比中,李白和杜甫有明顯的區别。黄的區别主要體現在“金”字上(李白用了333次,而杜甫僅用了180次)。至於黑色,杜甫用了47次,而李白只用了2次。作者没有分析評論,只是提供了一些原始的統計資料。

另一篇論文《杜甫詩中色彩詞研究》有兩個表格①。作者將色彩劃分爲五類,第一個表格計算出杜甫從29歲到59歲(趙案：此處用的是虚歲,也合中國傳統習俗。杜甫生於712年,770年去世,實際活了58年)每年所作詩歌中各種顔色使用的頻率。第二個表格説明在杜甫不同形式的詩歌(古體詩、格律詩、多節格律詩、四行詩)中,每一類色彩的使用情況,即色彩詞的數量。和前面的論文一樣,作者也没有對資料進行分析和闡釋。

胡若詩的觀點是：分析色彩詞,不能離開具體詩的背景,也就是人們常説的語境。當詩人通過顔色構建獨特的意象,抒發自己

① 潘麗珠《杜甫詩中色彩詞研究》,載《唐代文化研討會論文集》,臺北文史哲出版社1991年版,第299—301頁。

的情感,表現其世界觀和審美情趣時,色彩詞便有了生命和意義。

整個法國漢學界有一個共識,那就是:唐詩是多種藝術的構體,與音樂、繪畫、書法都有極爲密切的關係,而"杜甫的詩可與繪畫藝術殊途同歸","可能没有任何國家能和中國一樣,將不同的藝術如此和諧地融爲一體"①。

其實,中國古代的學者早就認識到這一點,如蘇東坡有名句:"少陵翰墨無形畫,韓幹丹青不語詩。"(《韓幹馬》)明代王嗣奭稱贊杜甫的題畫詩"以畫法爲詩法"②。詩畫史告訴我們,杜甫的詩歌創作,的確促進了中國畫與詩的融合,他以詩意發揮畫意的同時,也將詩法滲入了畫法,他恰切運用色彩就是其中一種較爲明顯的方法。胡若詩以爲,杜甫運用色彩的方法與李白截然不同,更趨巧妙,更富新意。杜甫獨特的方法源於他對韵律的重視:李白詩中的色彩似乎過於分散,缺乏相互的聯繫;杜甫用工整的對仗——無論是事異義同的正對,還是理殊趣合的反對,都能使色彩交相輝映。如:"江碧鳥逾白,山青花欲燃。"(《絶句二首》其二)"金剎青楓外,朱樓白水邊。"(《舟月對驛近寺》)就是典型的例子。胡若詩分析説:

> 上文每句兩個色彩詞前後呼應,勾畫出一幅安静祥和的畫面,毫無矯飾之感。而下面這首詩中的色彩却相互襯托,形成鮮明的對比。在昏暗的背景下,一盞燈火顯得更加明亮:
>
> 野徑雲俱黑,江船火獨明。③

---

① 錢林森編《法國漢學家論中國文學——古典詩詞》,第175頁。

② 王嗣奭《杜臆》卷一《奉先劉少府新畫山水障歌》評曰:"杜以畫法爲詩法,通篇字字跳躍,天機盎然,見其氣韵。"上海古籍出版社1983年版,第36頁。

③ 錢林森編《法國漢學家論中國文學——古典詩詞》,第175頁。

胡若詩又舉杜甫作於夔州的《晴》詩:“久雨巫山暗,新晴錦繡文。碧知湖外草,紅見海東雲。竟日鶯相和,摩霄鶴數群。野花乾更落,風處急紛紛。”

在這首八行詩中,光與色交融一體,相互滲透。詩人開篇就用主色調的昏暗與突然的光明進行對比;三、四句没用明顯的色彩詞,却給人留下了五彩繽紛的印象:黄鸝、白鶴、絢爛多彩的野花。第二句展現了遠處的景色,我們將在這裏作更加深入的分析。“碧知湖外草,紅見海東雲。”色彩詞列於句首,被詩人賦予了更加强烈的美學價值:詩人首先捕捉到一瞬間的感覺,一絲光亮;接下來纔嘗試認識自己的感覺,這樣的思維過程常用“知”、“見”等詞加以具體化;最後,再補述顔色變異的原因。詩人按照感知色彩總快於分辨事物的意識這樣一個順序構句,似乎打亂了正常詞序,却還原出人感覺世界的心理過程。另外,杜甫常捨棄了色彩詞慣用的修飾功能(與李白不同),將其作名詞使用,强調了色彩詞的獨立性和在詩中的美學效果。①

杜甫又運用多種方法摹寫光與色,如“紅入桃花嫩,春歸柳葉新”(《奉酬李都督表丈早春作》),就是“將色彩擬人化,作爲動詞的主語”,“表現了春天難以抗拒的力量”。又如“青惜峰巒過,黄知橘柚來”(《放船》),同樣突出了捕捉瞬間感覺的重要。胡若詩的歸納分析是這樣的:

詩人在風景如畫的四川嘉陵江上隨波逐浪,一片葱緑閃過眼簾,目不暇接。無暇凝神,不知山巒丘陵,輕舟早已遠逝。

---

①　錢林森編《法國漢學家論中國文學——古典詩詞》,第176頁。

> 讀者從色彩的瞬間變化可知舟行之速。緊接着，詩人望見遠處一片黄燦燦金閃閃，猜想是金橘黄柚。而中國批評家却認爲這片黄色不可能是橘園，因爲當地不生橘柚，真是現實到了極點。後來，爲了紀念這位偉大的詩人，人們種了大量的橘柚樹，却無法在當地生長結果！①

接下來，分析了後世治杜者的評論：

> 杜甫對色彩别具匠心的運用引起了某些“詩話”評論家的重視。然而，他們的分析都停留於詩句整合的層面，比如“句法的分解”，第一個字後反常的停頓。程抱一也列舉了一些“反常句法”的詩句，並由此分析詩人在連續運動中捕捉到的一系列感覺。如此“反叛”引起的視覺革命造就了詩歌整體的美學效果。這樣的視角是客觀而抒情的，是以某一個具體的瞬間和特定的背景爲基礎的。如果説這樣的例句寥寥無幾，最多只能算一種偶然的新奇的修辭，那麽下文則證明了這是詩人獨有的“出色”技巧。②

爲了驗證這一“出色”的技巧，胡若詩列舉了大量的範例：“緑垂風折笋，紅綻雨肥梅。”（《陪鄭廣文遊何將軍山林十首》其五）“紅浸珊瑚短，青懸薜荔長。”（《觀李固請司馬弟山水圖三首》其三）“翠深開斷壁，紅遠結飛樓。”（《曉望白帝城鹽山》）“重碧拈春酒，輕紅擘荔枝。”（《宴戎州楊使君東樓》）“紅稠屋角花，碧委墻隅草。”（《雨過蘇端》）“翠乾危棧竹，紅膩小湖蓮。”（《寄岳州賈司馬六丈巴州嚴八使君兩閣老五十韵》）“紅取風霜實，青看雨露柯。”（《江

---

①　錢林森編《法國漢學家論中國文學——古典詩詞》，第 176 頁。

②　錢林森編《法國漢學家論中國文學——古典詩詞》，第 176—177 頁。

頭五詠·梔子》)等等。經過仔細地梳理,胡若詩發現上舉詩句的共同的特點:

> 幾乎是用同樣的方式建構的,兩種互補色上下呼應,相得益彰:紅和綠,紅和青,或者紅和碧。19世紀法國化學謝弗勒(Eugene Chevreul)發現任何單獨的顔色都被其輔色的光暈所影響。他的理論後來對印象畫派産生了深遠的影響。但早在這個理論發現以前,杜甫就已經意識到色彩屬性的重要和色彩之間通過映襯對比的相互影響,他直覺地認爲每一種顔色都爲背景所改變。①

杜詩還有一種巧用色彩的技巧是"同色遞加削弱色彩强度"。如"孤城返照紅將斂,近市浮烟翠且重"(《暮登四安寺鐘樓寄裴十迪》),就是通過工整的對仗將紅與綠並置,正如畫家將這兩種顔色搭配在調色板上一樣,更加烘托出各自的色澤。

四、其他漢學家的杜甫研究

1983年,保爾·雅各(Paul Jacob)的《唐詩》譯本由伽利馬出版社出版,選譯了李白、杜甫等38位詩人152首詩。他爲《唐詩》撰寫的序理論性很强,把唐詩的内容和藝術特點歸納爲四種潮流(或四個主題):自然的潮流、友誼的潮流、人道主義潮流和中國人的享樂主義潮流。

1968年,唐詩研究學者喬治特·雅熱的專著《唐代詩人及其環境》在巴黎出版②,對唐詩作了總的概述,並重點介紹了李白、杜甫、

① 錢林森編《法國漢學家論中國文學——古典詩詞》,第177頁。

② 喬治特·雅熱(Georgette Jaeger),1920年出生於比利時北部城市安維爾(Anvers),上中學時即到大學旁聽哲學、文學課程,漸對漢語産生(轉下頁)

白居易、王維、韓愈等幾位重要詩人。她翻譯的《唐詩三百首》很有特色。這部"三百首"即是蘅塘退士編選的。雅熱的工作是打亂了原來的體裁分類,將每位詩人的詩作集中在一起,按照詩人姓氏第一個字母的拼音順序進行編排。這樣,便於西方讀者閱讀、認識每位詩人及其詩歌。這樣,《唐詩三百首》中的所有杜詩33題38首就盡在杜甫名下了。

法國漢學家吴德明在論文《李商隱詩歌中的短題詩》中①,爲了與之比較,爲了溯其淵源,談到了白居易、李白、王維、韋應物、張籍、韓愈、李賀,特别是杜甫的短題詩②,目的是證明李商隱受杜甫的影響之深。他説杜詩的情形是這樣的:

> 1 445首詩中就有450首詩的標題是一個字或兩個字的。這就是説,所占的比例爲31%,遠遠超出王維或李白。對這些短題我們不妨多作些考察。這裏出現的38個單音節標題在前兩位詩人中從未有過:它們或與天象氣候有關,如《雨》9題,《雷》《月》4題,《夜》也是4題,《雲》等等;或是動物的名稱,如《猿》等等;也有的是動態或静態動詞,如《歸》《悶》或《愁》等等。應當注意的是,在38個單音節標題中,不取自詩句的標題有24個,約占2/3,似乎在詩的内容與其標題所示的如雷、

(接上頁)興趣。後在布魯塞爾的比利時高等漢語教育學院上中國語言、文學和哲學課。一直從事漢學研究,著有《中國歷史》《中國文人——唐代詩人及其交往》(也譯作《唐代詩人及其環境》)《寒山——道家、佛家和禪的隱士》等。

① 吴德明,法國知名漢學家,中國古典文學研究專家。吴德明是其漢名,原名Yves Hervouet(伊夫·埃魯特),曾任巴黎第七大學東亞語言文化系教授、主任,漢學研究所所長。主要著作有《漢朝的宫廷詩人司馬相如》《宋代書録》。

② 所謂短題詩,是由一個字或兩個字爲題的詩,有的詩題中第三字是"詩"、"歌"、"篇"、"曲"、"吟"、"謡"等可不論。

> 月、夜等之間,不存在直接的聯繫。這種詩具有某種程度的迷蒙不清,(主題)看起來似乎都不是顯而易見的,而題目却提供了答案,即:"除了雨、月、夜。"從這些詩的詩體來看,7首古詩中有6首的題目在詩句中重復出現,而31首律詩中,標題在詩句中重復的僅8題。從杜甫所有的短題詩來看,標題在詩句中重復的,或者説,更多的是取自於詩句的,共有130題,占全集的9%,這個百分率與前兩個詩人大不相同,反之,它與李商隱詩中的情況極爲相近。我們可以看到,儘管單音節標題的數量相對而言較多,但這對百分率没有很大的影響。進而言之,取於詩句之首的65題,其中單音節的只有1題,這類詩的百分率占全集的4%,基本不同於王維和李白。我們還要再加上44首詩,其標題乃取於詩的其他部分,7首取於詩的首行之中,8首取於首行之末。上述44題中,有14題是單音節的,其中唯有1題取於首句之中,2題取於首句之末。如果我們顧及到這些單音節標題的性質的話,那麽很明顯,一個取自於第二句、第四句或者第八句乃至更後面句中的單音節標題,對於闕題來説是不起什麽作用的,即使選取了詩中的字句代替了題目。杜詩中真正没有題目的,其用語不同於李商隱,如《三韵》三篇,《絶句》六首,《絶句》還有兩組《三絶句》和一篇《闕題》。《闕題》的原題目可能是真闕了,而且事實上在杜詩的某一版本中它更像是最後一首詩。杜集中共有22首無題的詩。①

杜甫的短題詩多而有特點,與李商隱的短題詩同中有異,異中有同,隱約可以看到李商隱學杜的痕迹。這一探討很有啓發意義,從詩歌風格、詩律形式等方面探尋杜、李詩歌關係的論述很多,但從

---

① 錢林森編《法國漢學家論中國文學——古典詩詞》之《李商隱詩歌中的短題詩》(張伯偉譯),第230—231頁。

製題上加以論説的却很少見。論文作者通過對唐代多個詩人的詩集中短標題的百分率加以全方位考察發現：

> 最高的是李商隱的詩,44%;其次是杜甫,31%;再其次是韓愈,20%;其餘的都不超過14%。這還不是十分重要的一點。如果我們進而考察單音節標題,則在李商隱的詩中占短標題的9%,而在杜甫詩中是8.2%。除了張籍和李賀詩集中各有1例以外,在其他人的詩集中幾乎不存在。這也不是很重要的。至於那些我們能在詩句中找到的標題,在全集中所占的百分率分别爲李商隱的11%,杜甫的9.4%,韓愈的4%,其餘均不超過1.2%。再就那些取於詩句之首的標題來説,其百分率爲李商隱的6%,杜甫的4.4%以及韓愈的1.5%,其餘均不超過0.8%。在我看來,這是重要的一點,因爲它與我們即將考察的最後一個方面,即無題的詩有關係。最後的但並非最不重要的一點是,無題詩在李商隱集中占2.8%,杜甫的占1.3%,誠然,兩者的百分率稍有差異,但其後的張籍僅占0.4%。所以,從以上5個方面來看,尤其在與其他6個詩人的相比之下,李商隱與杜甫有着明顯的相似之處,這説明杜甫對李商隱的影響。①

杜甫對李商隱的這種影響,對中外學者來説都不陌生,自宋代以來就知者甚多。可是,很多學者在提起這種影響時,大都老生常談,引述王安石的話,即"唐人知學老杜而得其藩籬,惟義山一人而已"(見《蔡寬夫詩話》),却很少有人試圖對這一觀點加以説明和闡發。在另一處,王安石還説:"學詩者未可遽學老杜,當先學商隱。

---

①　錢林森編《法國漢學家論中國文學——古典詩詞》之《李商隱詩歌中的短題詩》(張伯偉譯),第232—233頁。

未有不能爲商隱,而能爲老杜者。”(見《石林詩話》)這就是通過李商隱學杜甫。錢惟演等便是例子。吴德明接着又説,他並不打算將杜甫和李商隱詩作全面的比較,只需指出兩者詩中最易於比較的部分,即主要是其叙事詩就足以説明問題了。

> 他們詩歌的另外三方面也應該作個比較:即他們不少詩中的政治與社會意義,相當一部分詩中同樣的意象、悲觀色彩甚至詞彙,運用典故表達其個人的見解,有時並不拘守原意。也許我應該强調指出,這種相仿在其歷史脈絡上遠不是很明晰的。在盛唐時期,杜甫還不是很重要的詩人,王維和李白的地位要比他高得多。但是,爲李商隱所模仿的不是王維和李白,而是杜甫,我們從這裏所列舉的幾小點(迄今爲止未有人提及)來看,李商隱與杜甫的相似是很驚人的。①

第三節　中國留法學者的貢獻

二十世紀三十年代,我國留法學者梁宗岱、徐仲年、羅大岡、許淵沖等都曾翻譯、介紹過不少唐詩,爲推進唐詩在法國進一步流傳、促進中法文學交流作出了貢獻,而且都是比較文學的先驅。他們學成後都回祖國執教、翻譯、研究,成果豐碩。

徐仲年(1904—1981),原名家鶴,字頌年,筆名丹哥,文學家、法語翻譯家。江蘇無錫人。1914—1921年,先後在江蘇省立第三師範附設高小班、上海同濟大學德文班和基督教青年學校讀書。1921年赴法留學,先後在里昂中法大學、里昂花園中學及昂貝爾中

---

① 錢林森編《法國漢學家論中國文學——古典詩詞》之《李商隱詩歌中的短題詩》(張伯偉譯),第232—233頁。

學補習法文和拉丁文,1926 年入里昂大學文學院,1930 年 1 月以最優成績獲得里昂大學文學博士學位,其博士論文是《李太白:他的時代、生活和作品》(指導老師:謝古恒教授)。早期譯作《子夜歌》15 首詩,一度風靡巴黎文壇。繼而又進巴黎大學文科進修。旅居法國期間,他曾發表有關杜甫詩歌的譯作多種;《中國詩五十首》,載《中法季刊》(里昂版);徐氏的專著《中國古今文學論集》,1933 年於巴黎出版,書中包括唐代文學和杜甫詩的論述,並有杜甫的《遊龍門奉先寺》《羌村三首》《贈李白》等六首詩之法譯文。1930 年 10 月回國後,任上海江灣勞動大學教授,兼圖書館館長與出版科長。1931 年爲巴黎《新法蘭西雜志》開闢並主持《中國文學》專欄,1933 年在巴黎出版了《中國詩文選》。1932—1949 年,任中央大學教授,曾被選爲中大教授會主席,又在上海震旦大學、復旦大學、中國公學、中法通惠工專兼任教授。1949 年以後,任南京大學教授、西語系法國文學教研室主任,兼南大圖書館副館長。1956 至 1976 年任上海外國語學院法語教授,兼院圖書館委員會主任委員。1976 年退休後,仍積極參與中法文化交流活動,並爲上海京劇團出訪西歐,趕譯出多部京劇法文本。1981 年 12 月 9 日病逝,終年 77 歲。因其爲中法文化交流事業作出卓越貢獻,其名字被列入法國拉羅斯百科辭典。主要譯作有《茶花女》《三劍客》等,出版編著有《大學基本法文文法》《實用法華大辭典》等。

作爲著名詩人、教授、翻譯家的梁宗岱①,精通法、英、德、意諸

---

① 梁宗岱(1903—1983),祖籍廣東新會,出生在廣西百色。早年就讀於新會縣立中學、廣州培正學校中學部。1921 年冬,應鄭振鐸之邀成爲文學研究會會員。1924 年赴歐洲留學,先在瑞士日内瓦大學習法語,一年後轉赴法國巴黎大學聽課。1930 年完成法譯《陶潛詩選》,由巴黎勒瑪日出版社印行。1930 年夏赴德國逗留半載,1931 年經蘇黎世入意大利翡冷翠大學就讀。1931 年回國,出任北京大學外文系主任,同時在清華大學講課。1935 年,任南開大學英文系教授,並主編《大公報》文藝副刊《詩特刊》。1938 年主持 (轉下頁)

語。他翻譯的王維的詩,得到了瓦萊里和羅曼・羅蘭的好評①。他在《李白與哥德》一文中,在論述經典的重構過程中(如他在《屈原》一文中,認爲但丁和屈原的作品是各自的"民族經典",見下),提出了對中外經典比較研究的思想:

> 我們泛覽中外詩的時候,常常從某個中國詩人聯想到某個外國詩人,或從某個外國詩人聯想到某個中國詩人,因而在我們心中起了種種的比較——時代,地位,生活,或思想與風格。這比較或許全是主觀的,但同時也出於自然而然。屈原與但丁,杜甫與嚣俄,姜白石與馬拉美,陶淵明之一方面與白仁斯(R. Burns),又另一方面與華茨活斯,和哥德底《浮士德》與曹雪芹底《紅樓夢》……他們底關係似乎都不止出於一時偶然的幻想。②

嚣俄,即是法國著名批判現實主義小説家維克多・雨果(目前常用後者),他地位高、影響大,被稱作文學界的拿破侖。杜甫與雨果在"寫實"意義上建立起了經典比較的可行性。他在談到陶淵明的詩能"把情緒和觀念化煉到與音樂和色彩不可分辨的程度"時,説:"又豈獨陶淵明? 拿這標準來繩一切大詩人底代表作,無論他是荷馬,屈原,李白,杜甫,但丁,莎士比亞,腊辛,哥德或嚣俄,亦莫不若

(接上頁)重慶復旦大學外文系。1944 年回百色從事醫藥研究。1945 年至1950 年任江西學院教務長。1950 年任廣西省政府參事。1956 年任中山大學法語教授。1957 年加入作家協會,任理事。1970 年調至廣州外語學院。"文化大革命"期間受衝擊,身心俱傷。1979 年當選 9 屆文聯理事。1983 年改任文聯顧問,本年 11 月 6 日病逝於廣州。

① 錢林森《中國文學在法國》,花城出版社 1990 年版,第 37 頁。

② 梁宗岱《李白與哥德》,《梁宗岱文集》第二卷,中央編譯出版社 2003 年版,第 101 頁。

合規矩。”①他又在《屈原》一文中這樣來比較莎士比亞、但丁與杜甫、屈原:“如果在歐洲莎士比亞給我們以人類熱情底最大寬度,但丁給我們這熱情底最高與最深;在中國則表現最廣博的人性是杜甫,把我們底靈魂境域提到最高又掘到最深的却是屈原。”②他在《屈原》中又論及了《九歌》對後世(包括杜甫)的影響:

從純詩底觀點而言,《九歌》底造詣,不獨超前絶後,並且超過屈原自己的《離騷》:宋玉得其綿邈,却没有那麽幽深;曹子建得其綺麗,却没有那麽峻潔;温李得其芳馥,却没有那麽飄舉;姜白石得其純粹,却没有那麽渾厚。其餘如柳宗元、李長吉亦均各得其一體,便可以名家。就是那善於點化前人佳句的“語不驚人死不休”的杜少陵,當他把

嫋嫋兮秋風,
洞庭波兮木葉下。

化作

無邊落木蕭蕭下,
不盡長江滚滚來。

的時候,他只能創造另一種美——一種淒緊迫促的節奏,和原作那把眇眇的明眸,瀲灩的微波,繽紛的落葉融成一片的摇曳夷猶的韵致完全兩樣。③

羅大岡是著名法國文學專家、翻譯家④,出版了兩本唐詩法譯

① 梁宗岱《談詩》,《梁宗岱文集》第二卷,第100頁。

② 梁宗岱《屈原》,《梁宗岱文集》第二卷,第212—213頁。

③ 梁宗岱《屈原》,《梁宗岱文集》第二卷,第219—220頁。

④ 羅大岡(1909—1998),詩人,法國文學專家、翻譯家。浙江紹興上虞人。1933年畢業於中法大學法國文學系。1933年10月赴法國里昂(轉下頁)

著作：一本是《唐詩百首》(GENT QUATRAINS DES T'ANG)，一譯作《唐人絶句百首》，1942年由瑞士La Baconniere出版社出版，1947年再版。另一本是《首先是人，然後纔是詩人》(HOMME D'ABORD, POETE ENSUL TE)，1948年由瑞士La Baconniere出版社出版。本是由法文寫作的中國古典詩壇的七大名家——屈原、陶淵明、李白、杜甫、白居易、李賀、李清照的評傳長編，中間譯介他們不少的作品，"第一次在法國讀者面前展現了我國七位偉大詩人的形象"①。

許淵沖(1921—2021)，江西南昌人。西南聯合大學外國語文學系1943年畢業。清華研究院文科研究所肄業。1946年參加出國留學考試，後去英國牛津大學、法國巴黎大學研究。1950年底回國，先後在北京、張家口、洛陽等地外國語學院教英文、法文。1983年任北京大學教授。1999年被提名爲諾貝爾文學獎候選人。譯作異常豐富，從《詩經》、《楚辭》、《道德經》、唐宋詩詞到明清小説、戲曲，直至毛主席詩詞等都有翻譯。他的中譯法四書中翻譯了不少杜詩，幾乎包括了杜詩所有名篇。

許淵沖在《譯詩研究》論及如何把中國詩詞譯成讓英、法文讀者像漢語讀者一樣愛不忍釋、百讀不厭的英、法文時，主張譯文應該盡可能傳達中國詩詞的意美、音美和形美。這就是他的"三美"

(接上頁)大學文哲系留學，1937年獲文學碩士學位。1939年獲法國巴黎大學文學博士學位。後旅居法國及瑞士。1947年回國，歷任南開大學外文系法語及法國文學教授。1951年後，歷任北京清華大學外文系教授，北京大學文學研究所西方文學組研究員西語系教授，中國科學院哲學社會部外國文學研究所西方文學組研究員。全國第三屆人大代表，全國政協第五、六屆委員，中國作家協會、中國文化交流中心理事，法國文學研究會會長。出版專著《論羅曼・羅蘭》，翻譯《瑪雅可夫斯基小傳》《艾吕雅詩抄》《阿拉貢詩文抄》《波斯人信札》《拉法格文學論文選》《拉法格論革命前後的法國語言》《母與子》等。

① 錢林森《中國文學在法國》，第37—38頁。

譯詩思想：努力做到齊備，意美最重要，音美次之，形美更次之。他的漢詩英譯、法譯都實踐了這一思想。如他法譯的杜甫的《登高》詩："風急天高猿嘯哀，渚清沙白鳥飛回。無邊落木蕭蕭下，不盡長江滾滾來。萬里悲秋常作客，百年多病獨登臺。艱難苦恨繁霜鬢，潦倒新停濁酒杯。"首聯原詩中"風、天、猿、渚、沙、鳥"六個意象，他捨棄了"天"和"沙"："Les singes hurlent avec le vent rapide; Les oiseaux tournoient au-dessus de l'eau limpide."却譯出了風急中猿猴哀鳴，清水上飛鳥盤旋，如原詩一般渲染了悲涼而又濃郁的秋意，雖不盡"意似"，却做足了"意美"。頷聯譯成："Feuilles sur feuilles tombent jusqu'à la lisière; Ondes par ondes roule la grande rivière."强調了"葉堆葉"(Feuilles sur feuilles)和"浪滾浪"(ondes par ondes)，把"落葉飄零，無邊無際；滾滾長江，奔騰而來"的意境表現得淋漓盡致，此所謂意美。頸聯譯成："Loin des miens en automne, je répands des pleurs; Malade et vieux, je monte seul à la hauteur."("在秋天裏遠離家人，我泪如雨下；又病又老，我獨自登上高處。")尾聯第一句譯成"Les soucis ont mis du givre sur mes cheveux"(煩惱苦悶使得我頭髮結霜)，最後一句"Ecrasé, je renonce au vin peu savoureux"，把"潦倒"翻成"被壓垮"，意思表達得很到位，除了"新"字没有表現出來，整句譯文基本表現了作者的意圖。總之，譯詩全部使用韵脚，形式爲 AABB 韵，前四句還做到了使用三音素的富韵(rime riche)。單句多爲 9 或 11 音節，前兩句開頭使用相同冠詞，第二句的第二個和第三個單詞重復了相同的音素，第五句使用了相同的"des"。對"蕭蕭"和"滾滾"至兩個雙聲疊韵詞的翻譯，用"feuilles sur feuilles"和"ondes par ondes"這一形式，把這幾乎是公認的不可譯的地方譯得形神兼備。

杜甫的《登高》詩，許淵沖譯成過英文、法文，其譯法曾引起不少争議。如章學清(南京工業大學外語教授)與他的商榷，商及了譯詩的格律問題、冠詞問題、"天高"的譯法問題等等。可是，不管怎么説,許淵沖在對中國古典詩歌内容的理解上是有自己的特色,如他比較中國學者和西方學者在古典詩歌的翻譯時就説:"美國人譯的杜詩更能體現西方文化的'求真'精神,中國人的譯文更能顯示東方文化的求'美'傳統。但姜詞《揚州慢》包含的文化典故太多,没有英美人的譯文,只有中國人的譯作。這又説明了中美文化的一個差異。……譯文只能使人'知之',很不容易使人'好之'。"①

第四節　程抱一的杜詩研究

二十世紀下半葉,法籍華人、法蘭西學院院士程抱一②,向法國讀者推介中國傳統文化,其中國美學、詩學力作《唐代詩人張若虚詩作之結構分析》(1970)、《中國詩語言研究——附唐詩選》(1977)、《虚與實:中國畫語言研究》(1979)在法國學界獲得高度評價。在其推動和影響下,一批法國漢學家争相翻譯、研究唐詩,唐詩在法國的傳播呈現繁榮景象。在這片盛景中,最爲突出的唐代詩人莫過於李白、杜甫、王維、張若虚、韓愈、白居易、寒山、李賀、李商隱、王梵志等。他運用新批評方法、結構主義理論,探索詩歌的内在結構、語言功能和表現力,因而能把詩歌的内部規律、微妙

① 許淵沖《詩詞・翻譯・文化》,《北京大學學報》1990年第5期。

② 程抱一(1929—),原名紀賢,華裔法國詩人、小説家、翻譯家、學者。祖籍江西南昌,出生於山東濟南,畢業於重慶立人中學。1949年,他在金陵大學外語系讀二年級時,獲得赴國外留學兩年的獎學金。由於特别喜歡羅曼・羅蘭和安德列・紀德的作品,他選擇去了法國。在巴黎第九大學取得博士學位,長期擔任巴黎第三大學所屬國立東方語言和文化學院中文系教授、高等社會科學研究院所屬東亞語言研究所研究員。主要從事中國古代文學、現代文學和中國語言學的教學、研究工作。2002年被評爲法蘭西學院院士,也是迄今唯一的亞裔院士。

之得揭露無餘。

一、《中國詩語言研究——附唐詩選》中杜甫研究概況

該書就唐詩藝術作了出色的分析，同時譯介了李白、杜甫、孟浩然、李賀、李商隱、杜牧等37位詩人的133首詩（詞）作。該書分兩大部分：第一部分，程抱一借用歐洲新批評方法，借他山之石，攻母國之玉，如運用西方"符號學"的理論，選取中國"虛實"、"陰陽"、"天地人"概念來"透視"中國詩歌，又如運用結構主義理論，研究唐詩語言，使中國詩歌的傳統研究別開了生面。其中，用"虛實"研究詩的"詞彙與句法成分"，用"陰陽"研究詩的"形式與格律"，用"天地人"研究詩的"意象"："虛實、陰陽和天地人構成相關的和分等級的三個軸，圍繞着它們組織起一種建立在氣的觀念基礎上的宇宙論思想。這種思想認爲，無是有的一個充滿活力的維度；在活躍的物質存在之間發生的一切與物質存在本身同樣重要；正是這種沖虛之氣使得兩個根本性的物質存在陰和陽得以充分運轉，並由此致使人的精神在與地和天的二元關係中得以完成。詩歌語言，探索着書寫符號的秘密，不失爲在不同層次，依據這三個軸進行自我構成。"①

這133首詩（詞）作中選録杜甫絶句2首：《江畔獨步尋花七絶句》（其一、其七），前三名分别是王維10首、李白9首、杜牧8首；杜甫律詩15首：《房兵曹胡馬》《春望》《月夜》《聞官軍收河南河北》《前出塞之一》《白帝》《客至》《江村》《春夜喜雨》《又呈吴郎》《夜歸》《佐還山后寄三首之一》《詠懷古迹》《江漢》《旅夜書懷》，是録選律詩最多的詩人，王維6首，李商隱4首，位列第二、三名；杜甫古體詩6首：《悲陳陶》《夢李白二首之一》《彭衙行》《朱

---

① 程抱一《中國詩畫語言研究》，涂衛群譯，江蘇人民出版社2006年版，第24—25頁。

鳳行》《石壕吏》《觀公孫大娘弟子舞劍器行》，亦是最多的，與李賀並列第一，李白5首，屈居第三。

這本《中國詩語言研究》首先在西方産生了巨大影響。其主要理論貢獻是把對詩歌語言與一般語言不同的研究，稱爲被動手段的研究，把對嚴格意義上的形式，如律詩和絶句中的節奏、韵律、音樂效果等稱之爲主動手段的研究。程抱一列舉了杜甫、王維、李白、李賀、杜牧、李商隱等大手筆的大量詩篇，以説明詩歌語言往往用省却人稱代詞、介詞、時間狀語、比較詞語和動詞的手法，來表達獨特的情韵。特別是他在"詩歌的主動手段"一節中，從符號角度透徹分析了律詩、古詩等特有的結構形式。因而，一向爲西方人視爲神秘的中國古典詩歌藝術，經由他的巧妙分析，一如深山空谷中照進了陽光，一下子豁亮了起來。法國漢學界對此書評價甚高，被法國《宇宙全書》選爲1977年佳作之一。同時被譯成了英文，産生了廣泛影響。法國學術界稱贊此書"主要反映了人的靈魂深處的强烈感受"（1977年8月26日《世界報》），其"深刻而精湛的研究，使人能理解充滿象徵的中國詩歌的内在本質"（1978年1月第234期《讀書》）。西方漢學家們説，讀完這部著作，使人"不僅學會閱讀中國詩，而且即使不能寫，也能更會閱讀西方詩"（1977年5月9日《法蘭西新聞》），稱贊它的問世，"猶如一股强勁的東風，將成爲一部經典著作"（1977年7月31日《日内瓦報》）①。

二、《中國詩語言研究——附唐詩選》中杜甫研究類説

《中國詩語言研究——附唐詩選》對中國詩歌的語言研究極爲細緻，以杜詩語言研究爲例，約略可以分爲以下幾種情況。

① 這裏參考了錢林森《中國古典詩歌在法國——論文集〈牧女與蠶娘〉導言》，《社會科學戰綫》1988年第1期。

（一）詩詞中的符號功能

程抱一説，對於中國詩畫中某些符號的神聖功能，詩人和畫家不可能保持無動於衷。“正像書法家在他充滿活力的行爲中，感到自己將符號與原初世界相聯繫，並引發了或和諧或相反的力量之運動。詩人在組合符號時相信刺探到了宇宙中神靈的一些秘密，正像杜甫的這句詩所表明的：‘詩成泣鬼神！’”①而符號學的意義就在於：

> 構成一首詩的每個符號獲得了異乎尋常的影響力和尊嚴。同樣，這一信念也導致了詩人在創作一首詩時，近乎神秘主義地尋找被稱爲“字眼”的關鍵字——它一下照亮了整首詩，從而洩露了一個隱蔽世界的奥秘。無數的逸事講述一位詩人如何拜倒在另一位詩人面前，推崇他爲“一字師”，因爲後者向他“點明”了那個必不可少的絶對恰當的字，這個字使他得以完成一首詩，並由此而“巧奪天工”。②

而這個“字眼”的“眼”，按程抱一的解釋異常重要：“眼”這一意象在中國藝術觀（或説思想）中十分重要，他隨後舉了“畫龍點睛”的故事加以説明。這也就是我們古人所説的“一篇之警策”③之所在。

接着，程抱一列舉了杜甫兩句詩“雷霆空霹靂，雲雨竟虚無”（《熱三首》其一），進一步闡釋符號的意義：

---

① 程抱一《中國詩畫語言研究》，涂衛群譯，第 12 頁。

② 程抱一《中國詩畫語言研究》，涂衛群譯，第 12—13 頁。

③ 陸機《文賦》云：“立片言而居要，乃一篇之警策。雖衆辭之有條，必待兹而效績。”

> 在他的兩句詩中,運用了道士在描畫神奇的符籙時所珍視的一種手法:這一手法在於羅列一些具有相同形旁的字(有時是臆造的),彷佛是爲了積聚由這個形旁所暗示的那種能量。在此不無反諷,因爲詩句描寫的是在一個驕陽似火的天氣中對下雨的焦慮的期盼,但最終期盼落空(神奇的符籙未起作用)。詩人用了一系列都含有"雨"字頭的字:雷霆、霹靂、雲。然後,他讓"雨"字本身最後出現,而它已包含在所有其他允諾它的字中。枉然的允諾。因爲這個字剛一出現,後面便緊跟着"無"字,它結束了詩句。可是,這最後一個字以火字爲形旁:"灬"。因此,落空的雨很快就被灼熱的空氣所吸收了。
>
> 所有這些排列起來的字,通過逐步進展(雲的聚積、預示着雨的霹靂、被火吸收的雨)和它們所造成的反差,創造出强烈的視覺效果。①

我們以爲,程抱一的這個理解角度没有問題,而且有新意;漢字的特殊構造,加强了這一特有的藝術效果。

(二)詩歌與音樂的關係

在這本《中國詩語言研究》中,程抱一探討了詩歌與其他藝術形式的關係,重點探討了詩歌與音樂的關係:

> 在中國,詩歌與音樂以一種非常持久的方式結合在一起。對此,難道還需要提醒,中國文學最早的兩部詩歌作品,《詩經》和《楚辭》都是歌集,其中的作品一些是神聖的,具有禮儀特性;另一些是世俗的,産生於日常生活的情境。從漢代開始,即使當詩歌獲得了自主性之時,以"樂府"爲名稱的民歌傳統,也從未中斷。與此同時,那些由署名詩人創作的、屬於所

① 程抱一《中國詩畫語言研究》,涂衛群譯,第14—15頁。

> 謂“文士”詩範疇的詩作,也總是用來吟詠的。在接近唐朝末年,約 9 世紀前後,一種新的詩歌形式——詞(“曲子詞”),得到迅速發展。這些詞,其句子根據確定的規則而長短參差不齊,是一些按照已經存在的曲調而填寫的“語句”。這種隨後變得十分重要的體裁,再一次具體實現了詩歌與音樂的緊密結合。
>
> 兩門藝術的密切聯繫,也必然會影響從事創作的人們的感性。詩人走向一種關於宇宙的音樂視觀,而音樂家則尋求内在化詩人創造的意象。人們懂得在一位文人的理想的教育中音樂所佔據的位置,孔子本人曾强調其重要性。文人書房中的一件樂器,表明了他的精神維度。很多詩人,其中包括唐代的王維和温庭筠、宋代的李清照和姜夔,都是細膩的音樂家。同樣傑出的另一些詩人,李白、杜甫、孟浩然、錢起、韓愈、白居易、李賀、蘇東坡等,都曾經寫詩頌揚某位音樂家的演奏,或者通過他們詩中的音樂性,保存在一次傾聽音樂過程中感到的共鳴。①

這是談“詩歌與音樂”的關係。杜甫在詩歌創作中大量使用“歌”、“行歌”、“長歌”、“高歌”、“浩歌”、“放歌”、“狂歌”、“悲歌”、“哀歌”之類詞,可證明杜甫以詩爲歌,具有較强的歌者意識。

(三)詩詞中某些成分的省略

不用懷疑,杜甫是語言大師。不僅表現在“遣詞”上,也表現在“造句”上。

1. 人稱代詞的省略

程抱一舉杜甫的《又呈吴郎》詩説,此詩是杜甫寫給他的姪子吴郎的,他把自己的財産留給了他。詩人囑咐他的姪子不要在園子的西邊栽種籬笆,因爲這一舉動會驚動西邊的女鄰,一位很貧窮

---

① 程抱一《中國詩畫語言研究》,涂衛群譯,第 21 頁。

的女人,她常常到那邊採摘棗子充饑。詩是這樣寫的:"堂前撲棗任西鄰,無食無兒一婦人。不爲困窮寧有此,只緣恐懼轉須親。即防遠客雖多事,便插疏籬却甚真。已訴徵求貧到骨,正思戎馬泪盈巾。"程抱一是這樣分析的:

> 詩作中登場的有三位主人公:詩人(我)、姪子(你)和那位女人(她)。"主人公"一詞不確切,因爲詩人通過省略人稱代詞,尋求的恰恰是創造一種"主體際的"意識,在那裏,他者從來都不位於對面。從一句詩到另一句詩,詩人與這位或者那位人物相認同(三、五、七句關涉"她",四、六句關涉"你",最後一句關涉"我"或"我們"),仿佛他同時具備多個視點。從而這首詩顯示爲一位複數的人物的内心論辯,穿過他,叙述和故事微妙地交融在一起。①

趙按:"姪子"一説有待商榷,學者一般認爲是杜甫姻親。程抱一進一步分析説,此詩向我們顯示了如何借助省略人稱代詞的手法,人穿過事物講話。詩人常常或天真或狡黠地運用這種手法。又如《述懷》,杜甫在安史之亂期間,曾經衣衫襤褸地拜見了流亡中的皇帝。爲了烘托他所陷入的悲慘狀態和這一場合之莊嚴的反差,他並没有説"穿着麻鞋我拜見了皇帝",而只是簡單而不無反諷地説,"麻鞋見天子"。再有,杜甫的另一首長詩《新安吏》,描寫了在戰爭期間,由於痛哭而只剩下凹陷而無泪的眼睛的人們的痛苦,詩是這樣結尾的:"眼枯即見骨,天地終無情。"面對這些没有人稱主語的詩句,讀者可以從曖昧中獲取力量:

> 是誰看見?是詩人透過那些窮人乾枯的眼睛,看見了他們

① 程抱一《中國詩畫語言研究》,涂衛群譯,第35頁。

淪爲枯骨的臉；或者是那些窮人自己的眼睛，最終看到了“事物的本質”：天地對注定要死的人沒有憐憫。因此人們所面對的是一個同時從外部和内部看到的場景。還有在其他的一些例子中，詩人們試圖表達的總是與大自然的直接交融。①

2. 介詞的省略

程抱一又舉杜詩的例説明“介詞的省略”的問題，即詩人通過這種詩句來“烘托地上的現象與天界的現象之間的關係和相互作用，人類的命運在與其較量中沉浮：‘星垂平野闊，月湧大江流。’(《旅夜書懷》)”

這兩句詩是對仗的。在每一句裏，可以看到名詞和動詞有規律地接續。由於没有形式上的標志，動詞同時是不及物的和及物的。比如，在第二句詩中，第一個動詞“湧”可以譯成“湧起”或者“掀起”，第二個動詞“流”，則可以譯成“流動”或者“托載”。加上“湧”和“流”這兩個動詞均是水字旁“氵”，更增加了句中水與月之間親密的交互作用。水與月兩個意象以及它們辯證性的因果循環，曾由唐初張若虛在他的長詩《春江花月夜》裏盡情發揮過。它們最終達到高度象徵意義：月亮象徵生命的盈虚以及人類命運，大江象徵無限的空間與無盡的時間；它們之間又不斷地相互吸引、相互激越。整個句子非常簡單却包含了層層漸近的一些讀法：月湧大江，月湧而大江流，月湧大江而流，大江流月，大江流月而洶湧。句子以一種鑲嵌方式構成，它潛在地可以進行循環閲讀，要之是：月亮升起，月亮掀起江水；江水流動，江水托載月亮。②

① 程抱一《中國詩畫語言研究》，涂衛群譯，第37頁。
② 程抱一《中國詩畫語言研究》，涂衛群譯，第40頁。

程抱一在這裏並不像其他漢學家那樣進行翻譯、串講,而是從字詞入手研究其象徵意義。

3. 省略表示比較的詞和動詞

在中國詩歌那些含有比較的詩句,讀者看到的不只是連詞的缺席,還有動詞和繫詞等,如杜詩:"日月籠中鳥,乾坤水上萍。"(《衡州送李大夫七丈勉赴廣州》)就是省略了表示比較的詞。這省略使雙重閱讀成爲可能,而且可以造成一種既緊張又相互作用的關係,這意味着:

> 對於第一句詩而言,比較項可以是"日月",也可以是一個暗指的"我"。因此這句詩可以譯爲"日月本身如同籠中之鳥"或者"在流逝的時間(漢語中:日月)中,我被囚禁,如同籠中之鳥"。同樣,第二句詩可以用兩種方式看待:"在天地(乾坤)間,我如同水上浮萍",或者"宇宙(漢語中:天地)本身變化不定,如同水上浮萍"。①

4. 代替動詞的虛詞的用法

考察中國古典詩歌,可以發現詩人是如何通過取消某些虛詞,創造出詞語之間的某種虛空的。有時,詩人們却是有意用一特别的手法,即用一個虛詞代替一個實詞(通常是個動詞),可仍然是爲了在詩句中引入"虛",但却是"通過替換"。杜詩這方面的範例很是不少。如:(1)"老年常道路,遲日復山川。"(《行次古城店泛江作不揆鄙拙奉呈江陵幕府諸公》)"常"、"復"是代替動詞的虛詞。(2)"幽薊餘蛇豕,乾坤尚虎狼。"(《有感五首》其二)"餘"、"尚"是代替動詞的虛詞。(3)"生理何顔面,憂端且歲時。"(《得舍弟消息二首》其二)"何"、"且"是代替動詞的虛詞。(4)"片雲天共遠,永

---

① 程抱一《中國詩畫語言研究》,涂衛群譯,第45頁。

夜月同孤。"(《江漢》)"共"、"同"是代替動詞的虛詞。(5)"一去紫臺連朔漠,獨留青冢向黄昏。"(《詠懷古迹五首》其三)"連""向"是代替動詞的虛詞。

總之,這種種省略的最直接的後果在於鬆散了句法約束,將其減至最少的幾個規則。程抱一總結説:

> 如果説字數較多的詩句更接近於文言文,那麽短小的五言詩句,實際上則只服從於兩個恒定的規則:在一個句段中,限定詞先於被限定詞;在一個謂語是及物動詞的句子中,要遵守主語+動詞+賓語的詞序。在此有必要指出韵律節奏所起的極其重要的作用,它標示出詞語的重新組合。在詞語中,名詞和動詞(行爲動詞和性質動詞),還有某些副詞,獲得極大的組合上的靈活性。五言詩句,由於其簡潔的特點,有時顯示爲一種在名詞狀態和動詞狀態之間的"摇擺"。(某些組合形式是可以預知的:在停頓之前是名詞名詞、名詞動詞、動詞動詞、動詞名詞;在停頓之後是名詞動詞名詞、名詞名詞動詞、動詞名詞動詞、動詞名詞名詞。)另外,這種摇擺,在很多情況下,出現在一個詞上。由於詞是没有形態變化的,因此詞的性質並不由詞形標示,儘管在普通語言中,慣例將它們劃歸於確定的類别。在一個句子結構中,一個詞的性質取決於圍繞它的成分(介詞、連詞、助詞等),而這些成分的缺席常常使對它的鑒定更加困難。這有助於實現詩人的意圖,因爲在他眼裏,在一個實詞中,名詞態和動詞態是兩種均潛在的狀態。正是由於這個原因,具有兩重性的詞語直接觸碰時,它們賦予詩句以變化和强烈的情感負荷。①

---

① 程抱一《中國詩畫語言研究》,涂衛群譯,第47頁。

(四) 關於律詩規律問題

將詩歌形式與陰陽對子建立聯繫,是程抱一對中國古典詩歌(特別是律詩)研究的重要貢獻。他甚至有些誇張地説,對中國人而言,陰陽交替代表了宇宙的根本節奏。

1. 律詩的節奏/拍

在一首律詩中,一句詩可以是五音節的或七音節的,每個字就算一個音節。音節之間有停頓,一般情況下,一行五音節的停頓出現在第二音節之後,一行七音節的出現在第四音節之後。因而,停頓的兩邊存在着偶數(二或四)和奇數(三音節)的對比。關於它起的作用,程抱一説:

> 停頓除了起到節奏的作用,它還扮演句法角色(這一點仍得到現代口語的證實),通過將一句詩中的詞語重新組合爲不同的小節,它們形成對比或有着因果關係。在杜甫的《春望》一詩中,詩人以停頓來表示某些意象之間的鮮明對照:"國破/山河在"(國家破碎了,但河山依然存在);"感時/花濺泪"(因時世而傷感,甚至花朵都在落泪)。而王維則以停頓(它暗示了虚)强調表面上互相獨立的意象之間存在的微妙聯繫:"人閑/桂花落,夜静/春山空。"①

2. 律詩的音樂效果

漢字是單音節文字,某些音節以及與它們相連的某些輔音聲母和某些韵母,擁有特殊的唤起聯想的力量,如傳統修辭學中的"雙聲"、"疊韵"等,其音樂效果是非常明顯的。程抱一説:

> 語音價值不是孤立的。它們常常通過彼此對比來表現。

---

① 程抱一《中國詩畫語言研究》,涂衛群譯,第54頁。

> 從而,韵母-an(我們剛剛指出它暗示憂鬱)與-ang形成對照,後者有一種凱旋的色調並喚起一種激越的情感;仿佛-ang由於開口更大,而“戰勝”了由-an體現的憂鬱。因此杜甫在一首著名的詩中,選擇一連串的-ang來歌唱解放的歡樂,便不是偶然的了。①

這首著名的詩就是律詩《聞官軍收河南河北》:“劍外忽傳收薊北,初聞涕泪滿衣裳。却看妻子愁何在,漫捲詩書喜欲狂。白日放歌須縱酒,青春作伴好還鄉。即從巴峽穿巫峽,便下襄陽向洛陽。”

3. 律詩的句法層(對仗詩句/不對仗詩句)

律詩的句法方面,最重要的現象是對仗的詩句與不對仗的詩句的對比。在這方面,作爲律詩大家的王維、杜甫的詩作堪稱典範。爲了對仗,詩人施加一種不同的詞語秩序,創造出一個特殊的藝術世界。程抱一以簡略的方式將唐代詩人在發明其他詞序方面的探索,歸結爲三種類型:感知詞序、倒裝詞序、打散的詞序。引起我們注意的是,程抱一多舉杜詩例子是很有説服力的。何謂“感知詞序”?詩人不是按照習慣的句法,而是依照他的連續的觀感(一幅風景,一種感覺等等)的順序來組織詞語。如杜審言的“雲霞出海曙,梅柳渡江春”(《和晋陵陸丞早春遊望》)。其詞序暗示了詩人在行進過程中逐漸捕獲的意象:初升的朝霞的意象和大江兩岸植物的意象,植物的色彩顯示着季節的變化。有時,詩人所選擇的句子的出發點,是一個前面不曾預示的突出的意象:一個場景、一種色彩、一種味道,它“引發”一連串的感覺和記憶,仿佛這些感覺和記憶是從那個意象中産生。如杜甫的詩:

(a) 寺憶曾遊處,橋憐再度時。(《後遊》)
(b) 青惜峰巒過,黄知橘柚來。(《放船》)

---

① 程抱一《中國詩畫語言研究》,涂衛群譯,第59—60頁。

(c) 滑憶雕胡飯,香聞錦帶羹。(《江閣卧病走筆寄呈崔盧兩侍御》)

在有的情況下,詩人所試圖記録的不是一系列意象,而是一種固定的狀態,如"白花簷外朵,青柳檻前梢。"(《題新津北橋樓得郊字》)在這兩句詩中,"簷外"和"檻前"的成分構成不連續的表意符號。在它們中間,詩人嵌入了"簷外"和"檻前"的意象,以從視覺上表明人的世界闖入了大自然(或者相反,大自然侵入了人的環境)。詩人通過文字的安排,本然地重建了一幕映入他眼簾的場景。所謂"倒裝詞序",就是詞序由顛倒句子的主語和賓語構成,造成的藝術效果不只是對一種文筆效果的單純追求,而是打亂世界秩序,創造出事物之間另一種關係的願望。

關於這種"倒裝詞序",論者每每舉杜詩的這一聯,程抱一也没有例外:"香稻啄餘鸚鵡粒,碧梧棲老鳳凰枝。"(《秋興八首》其八)讀者在讀杜甫的這聯著名的詩句時,很快理解到並不是稻子啄食鸚鵡,也不是梧桐棲息在鳳凰上。需要强調的是,恰恰是在對仗的詩句中詩人"敢於"進行這樣的變形;詩句之間的互相印證去掉了可能顯得"偶然"或"任意"的東西。

同程抱一從這種錯亂中看到"打亂世界秩序,創造出事物之間另一種關係的願望"一樣,海外漢學家多數都看到了此詩的語法技巧,甚至是語法之外的東西。如同爲法國漢學家的郁白説:

該詩的語法也有些混亂:中文詩中主賓倒置,似乎是香稻在啄鸚鵡,又似乎是碧梧棲息在鳳凰身上;還有,鸚鵡真的有東西充飢嗎,因爲詩中説只有些"剩餘"(不同版本中的"殘"或"餘")的米粒供它啄食?鳳凰真能在"老"枝上棲息嗎?麥克克勞指出,這些迹象至少暴露了詩人的精神狀態(自從長安淪陷以來,連樹的枝條也完全衰老了),即現在滲

> 入並改變了過去。①

實際上,杜甫在這裏又一次自比鳥類,他覺得自己衰老了("老"),成爲了多餘的人("殘"或"餘")。

程抱一又舉杜詩:"客病留因藥,春深買爲花。"(《小園》)他説,實際上,杜甫要表達的是:

> "因爲經常生病,我在客居中存放了一些藥品;我買了一些花,彷彿爲了挽留正在離去的春天。"主語和賓語的顛倒賦予詩句一種略帶幽默的清醒色調。

所謂"打散的詞序",即通過一種看似任意的詞語組合方式,試圖創造一種"整體"意象。如"緑垂風折笋,紅綻雨肥梅。"(《陪鄭廣文遊何將軍山林十首》其五)杜甫爲了描繪這樣一幅風景——在風中,竹筍斷裂,緑色的竹葉懸垂在它們上面;浸透了雨水的梅花舒展她們粉紅色的花瓣(請注意這一場面的性愛寓意)——他改變了詞語的自然順序,以便去掉所有先後的意念,由此重建了一幅瞬間的整體景象②。程抱一在分析了律詩的上述特點後得出這樣的結論:

> 由此看來,律詩顯示爲對一種辯證思想的再現。彷彿在我們眼前上演的,是一出擁有四個時段的戲劇,而這齣戲劇的發展服從於空間-時間的生機勃勃的規律。③

---

① 郁白《悲秋:古詩論情》,葉瀟、全志剛譯,第172頁。

② 程抱一《中國詩畫語言研究》,涂衛群譯,第66頁注釋。

③ 程抱一《中國詩畫語言研究》,涂衛群譯,第67頁。

這個規律一般就是律詩第 1 聯已定的時間——第 2 聯静態空間——第 3 聯動態空間——第 4 聯敞開的時間。他進一步説:

> 只有很少的例子與規定相反,詩人以對仗的一聯結束一首律詩,彷彿要將一種空間秩序維持到底。杜甫的《聞官軍收河南河北》一詩包含了連續的對仗的三聯,而最後一聯——詩人預想着將在朋友們的陪伴下進行的返鄉旅行——意在延長一種歡欣的狀態。①

杜甫的《聞官軍收河南河北》就是一個例外,然而不失爲好詩。他的《詠懷古迹五首》其三又是什麽樣子呢?

> 群山萬壑赴荆門,生長明妃尚有村。一去紫臺連朔漠,獨留青冢向黄昏。畫圖省識春風面,環佩空歸月夜魂。千載琵琶作胡語,分明怨恨曲中論。

漢元帝時,王昭君出塞的故事廣爲流傳(出現大量的詩文戲曲作品)。杜甫的高明之處在於:

> 在此,詩人所着眼的,除了受挫的命運的思想,還有人在面對一種敵意的自然環境時的脆弱,以及穿過這一對峙,進入與一個别樣的世界的交融;在那裏,遺憾混合着奇妙。②

怎樣"混合着"? 詩的首聯和尾聯扣住女主人公按時序展開的生活: 首聯回顧了昭君在家鄉的村莊度過的少女生活;尾聯則寫了她

---

① 程抱一《中國詩畫語言研究》,涂衛群譯,第 68 頁。

② 程抱一《中國詩畫語言研究》,涂衛群譯,第 69—70 頁。

死後的生活,演變了的、在時間中流傳的生活。首尾兩聯怎麽聯綴? 由"萬壑"加以强調,並被尾首中的"千載"回聲般地再次重複。中間兩聯由對仗的詩句構成,通過幾個突出的意象"記載"了那些標志着明妃命運的"悲劇性"事件。這些意象兩兩相對——或者互相對比,或者互相調换。但是在這兩聯之間,却存在着一重由静態→動態的轉化關係。在這裏程抱一分析得特别細緻:

第 2 聯都是由動詞形式("一去"和"獨留")起始,後面跟着介詞("連"和"向")的詩句組成。這一句法結構賦予句子一種被動的語調並確立了一種單一的走向 A→B,它恰如其分地傳達出王昭君的命運,這一命運由與她的意志不符的力量決定。

在第 3 聯中,每個句子的動詞都被置於中間,從而它聯繫起其他詞語;人稱代詞和介詞的省略消除了所有方向的意念。"畫圖"和"春風面"(這一聯的第一句詩),正像"環佩"和"月夜魂"(第二句詩)被置於對等的平面上 A←→B,處於一種持續的往返關係中。由此可以有雙重閱讀: 在環佩聲中,人們重新找到明妃的靈魂。明妃仍不斷留戀地使她的環佩鳴響。

作爲發生在對仗的兩聯(2 和 3)之間的句法轉化的必然結果,意象的組織同樣追隨一種轉化過程。在第 2 聯中,四個彩色成分:紫臺(=皇宫),朔漠、青冢(傳説中,王昭君失落在沙漠中的墳冢,始終保持常青)、黄昏,既互相對比同時又互相協調,並形成一幅面向第三聯的畫圖,這聯恰恰由這個詞開始: 畫圖。人們知道在王昭君的生活中一幅畫所扮演的致命角色,但是她的生活本身,却並非一幅人工的畫圖,而是成爲一則金色傳奇中的意象。詩人借助約定俗成的意象("春風"=女子的面孔;"環佩"=女性身影;"月夜魂"=囚禁在月亮上的仙女嫦娥)——都是來自大自然中的現象,將明妃的身影巧妙地納入一個充滿了孤獨的星體的宇宙,在那裏,自然與超自然相混合。從而,過去和現在,這裏和别處似乎融合在一個充滿活力的空間中,這一空間拒絶向時間的無情流逝讓步。

但是最後一聯重新引入時間的意念。“遺憾與怨恨本身化作一支歌(王昭君在她生活在匈奴中間的一生裏,成爲一位傑出的琵琶彈奏家,琵琶是源自中亞的樂器),它的餘音一直傳入我們耳中。”①

程抱一對杜甫古體詩《石壕吏》的分析也很有特點。《石壕吏》從形式上看,儘管是按照古體詩的風格寫的,却包含了近體詩的一些痕迹,特别是大量的對仗(從寬泛的意義上説)的運用,一直持續到全詩一半以上。他説:“整首詩,由數聯對仗的詩句構成,這些詩句被包含在不對仗的詩聯中間,令人想到一首擴充了的、變了形的、仿佛是破碎了的律詩。”②

(五)意象素材

程抱一對杜詩意象素材的研究也很獨到。安史之亂期間,被扣押於長安的杜甫在一首題爲《月夜》的詩中懷念遠在他鄉的妻子,想象她在月下獨自長時間冥想的情景。其中有這樣的詩句:“香霧雲鬟濕,清輝玉臂寒。”(《月夜》)“雲鬟”和“玉臂”的意象是因襲的,這就是詩歌意象的因襲性。在中國詩歌傳統中,人們根據女人頭髮輕柔飄逸的特徵,將它比喻爲卷雲;玉的意象用來形容一位皮膚白皙柔滑的女子的臂膀。這些意象幾乎是平庸的,非常陳舊的。但是,在這裏,幸而有了與它們相伴的其他意象,它們顯得非常清新,並且如同必不可少。在第一句詩中,雲鬟與香霧相連結;這兩個意象都含有大氣的成分。它們共同的本性給人一種一個受另一個激發而生的印象。結束詩句的動詞“濕”,非常恰當地前來烘托它們之間的聯繫,將它們融合成一個不可分的整體。同樣,在第二句詩中,“玉臂”的意象自然帶出“清輝”的意象;況且這由月亮(它也被稱爲“玉盤”、“玉輪”)投射下的光輝,也可以看成是由女人裸露的臂膀散發的。展現月夜的動詞“寒”,似乎也描述

① 程抱一《中國詩畫語言研究》,涂衛群譯,第71頁。

② 程抱一《中國詩畫語言研究》,涂衛群譯,第76頁。

了人們在觸碰一塊玉時的感覺。因此,因襲的隱喻不但没有使詩句淪爲"窠臼",而且當它們被巧妙地組合,反而得以創造出意象之間的一些内在的和必然的聯繫,並且從始至終,將它們如此保持在隱喻層。這就是化腐朽爲神奇。如果將我們的觀察再前推一步,那麽我們看到,這兩句詩的意趣並不局限於隱喻的平面。它們還擁有將其傳遞的意象轉化爲"行爲"的稟賦:

> 我們記得,這一夜,遠離妻子的詩人,也站在月下,爲霧靄所環繞。穿過霧靄,他感覺到實際上他可以通過毗鄰而觸摸到"雲鬟"。並且總是通過毗鄰,他可以,從月亮的清輝出發,撫摩他妻子的"玉臂"。詩人越過客觀描寫,使人感到他那深切的打碎距離桎梏的欲望,以便通過符號的非凡魅力,走向一個敞開的現在。①

杜甫十分擅長將"現成"的意象連結起來,由此造成一種既符合邏輯又出人意料的效果。如爲人們津津樂道的:"朱門酒肉臭,路有凍死骨。"(《自京赴奉先縣詠懷五百字》)通過描寫貧富不均而揭露了社會不公。在這兩句詩中,他將一些往往是因襲的意象加以對比:"朱門"(=富人的住宅),"酒肉"(=佳餚、宴飲),"路"(=無家可歸、流浪),"白骨"(=無人掩埋的死者)。第一句詩描寫了富人家奢侈的生活排場,與第二句展現的窮人的狀況形成强烈對比,採用的是一連串語言中常見的隱喻。

> 令人觸動的首先是兩句詩中形成鮮明對照的意象:"朱門"和"(凍)路"根據内外關係形成對比,"肉"和"骨"則根據生死關係形成對比;最後,從整體上兩句詩通過紅白色彩反差

① 程抱一《中國詩畫語言研究》,涂衛群譯,第88頁。

> 形成對比。隨後,人們的注意力受到意象的聯綴的吸引:朱門的意象帶出滲血的肉食的意象;正在腐爛的肉食似乎不過是窮人的正在解體的肉體(在漢語裏:用同一個"肉"字指稱肉食和肉體)。
>
> 朱門→血紅的肉食→腐肉→解體的肉體→枯骨
>
> 這裏涉及的是建立在聯想和對比雙重平面上、通過内在孕育而進展的一種隱喻語言。①

還有一類是杜甫巧妙運用各種修辭手法。如上舉這兩句詩中,"朱門"和"酒肉"的意象應該被看成是提喻,而"路"的意象則應歸入换喻。又如他在成都寫的《春夜喜雨》,最後一句描述了一場喜雨過後城市(鮮花盛開)的面貌,他非常恰當而幽默地利用了這個城市的另一個傳統名字:"錦官城"("曉看紅濕處,花重錦官城")。詩人通過"錦官城"這一專有名詞,唤起這樣一個意象,它一方面延伸了花的意象,另一方面暗示了他(流落的官員)參與鮮花盛開的春天的節日時的歡樂。在上舉《月夜》中,"遥憐小女兒,未解憶長安。""長安",一方面指唐朝的首都,一方面又有"長久平安"的意思:

> 詩句似乎强調,不無一種苦澀的反諷,這些在戰爭中長大的孩子們甚至不知道什麼是和平。但當戰爭終於結束,杜甫身在四川,距離劍閣(這個名字的含義是劍門)城不遠;他毫不猶豫地利用這個名字開始這首歌唱歡樂的詩:"劍外忽傳收薊北……"②

---

① 程抱一《中國詩畫語言研究》,涂衛群譯,第88—89頁。

② 程抱一《中國詩畫語言研究》,涂衛群譯,第89頁。

(六) 詩作分析

中國詩歌史顯示,中國詩人多數都會妙用一種隱喻語言,這種語言由一整套象徵修辭手法構成。這些修辭手法凝結了整個民族的想像力和情懷,即通過賦予事物以人倫的涵義,它們一方面創造出符號與事物之間別樣的關係;另一方面,創造出符號與符號之間的聯繫,而這重聯繫恰恰取決於連結事物的自然聯繫。程抱一在分析這種特殊的語言現象時,採用了 R. 雅可布森所定義的隱喻和換喻的修辭概念,重在闡述一種由"內在孕育"方式進展的語言的機理:

> 一個形象引發另一個形象,不是按照敘述的邏輯,而是追隨存在於它們之間的相似或矛盾(雲鬟—香霧;玉臂—清輝;朱門—滲血的肉食等等)。隱喻形象,由於再現自然中的事物,因而比普通符號更富有"換喻潛力"(雲鬟>頭髮;朱門>富人的住宅),更不用説它們所帶來的簡練("朱門"而非"在富人的住宅裏";"玉階"而非"在一位女子的住所前")。[①]

這裏的每一個形象,不是取自一個僵硬的鏈條中的一個零件,而是一個自由的整體;這個整體,由於其多重構成成分(語音、字形、通常的含義、象徵的意象、在諸感應體系中潛在的內涵等等)而有了向着四面八方輻射的含義。中國古典詩歌,特別是作爲經典的杜詩,其含蘊豐富、博大精深,隱喻或換喻是其構成手段之一。

---

① 程抱一《中國詩畫語言研究》,涂衛群譯,第 95 頁。

第三章　俄語世界的杜甫研究[①]

俄羅斯是一個漢學大國。自十八世紀漢學在俄羅斯發生發展至今,已有近三百年的歷史,俄羅斯漢學所積累的研究成果、研究規模和研究品質,在國際漢學領域名列前茅。1880 年出版的瓦西里院士(1819—1900)所著的《中國文學史》具有標志性,因爲這是帝俄關於唐詩譯介的開始。而杜甫及其詩歌在帝俄、前蘇聯和俄羅斯廣泛流傳,是俄文讀者最歡迎的世界著名詩人之一。

前蘇聯時期,特殊的政治、地緣關係,兩國文化交流非常頻繁。這一時期,杜甫是前蘇聯出版過别集爲數不多的唐代詩人,其他三位是李白、王維、白居易。2012 年 4 月 6 日,由俄中友好協會和俄羅斯科學院遠東研究所聯合舉辦的"紀念杜甫誕辰 1300 周年研討會"在莫斯科舉行,中國駐俄羅斯大使館公使趙永琛應邀出席並致辭,數十位學者、文學愛好者和出版界人士與會。趙永琛公使在致辭中表示,杜甫是中國現實主義詩歌的傑出代表,他的作品充分展現了對國家命運的憂慮和對人民困苦生活的同情,許多耳熟能詳的作品傳誦至今。俄羅斯漢學家長期以來致力於研究和宣傳中國文化,取得了很大的成就。非常高興看到俄羅斯有如此衆多的文學愛好者喜歡杜甫的詩歌,喜歡中國文學,這是中俄兩國戰略協作夥伴關係不斷深入發展的成果和體現。相信俄羅斯人民可以從杜甫的詩作中,品味中國文字的魅力,進而深入瞭解中國的民族精神和傳統文化精髓。研討會上,俄羅斯年輕學者還介紹了杜甫生平

① 這部分吸收了李明濱等先生的研究成果。

和創作經歷,並用中、俄文朗誦了部分杜甫詩作。可喜的是,作爲詩人、詩歌翻譯家的娜塔麗婭·阿扎羅娃,借此機會,於2012年在莫斯科出版了她翻譯的《杜甫詩選》,這是爲紀念中國唐代偉大詩人誕生1300年而出版的。她從2003年起學習漢語,七年之後,開始翻譯杜甫詩歌。阿扎洛娃畢業於莫斯科大學語文學系,2010年以《20至21世紀詩歌和哲學文本中的趨同現象》一文獲得俄羅斯科學院語言學研究所博士學位。現任俄羅斯科學院語言研究所語言學理論部主任。

第一節 杜詩俄譯

杜詩的俄譯可以上溯到十九世紀末。現在看到的最早的譯作是《羌村三首》,載於1896年在聖彼德堡利別爾瑪出版的《中國日本詩選》一書中,譯者是一位署名爲Б.的學者,開杜詩俄譯先河,1929年《東方界》雜志再次刊登了這首譯作。1908年俄國象徵派領袖之一的巴爾蒙特(1867—1942)出版的譯作集《古代頌歌與思想》中譯有杜詩一首,王昌齡、李白的作品共列其中,但這幾首作品並不被後人提及。1914年,由作家葉戈里耶夫和瑪律科夫編選的詩集《中國之笛》(中國古典詩歌集,又譯作《中國詩歌》)在聖彼堡出版,選入了杜甫的《贈李白》和其他三首目前無法確定名稱的譯作。此譯本是第一部中國專題譯詩集。這幾首少量的譯作,雖未經得起時間的檢驗,但有篳路藍縷之功。

二十世紀五十年代之前蘇聯讀者讀到的杜甫詩歌不多,僅是有限的幾首。如1923年出版了第一本由漢學家翻譯的中國詩集《7至9世紀中國抒情詩歌選》,該書譯者是後來翻譯了《易經》(1960)的阿理克的弟子休茨基(1897—1938),他在阿理克的指導下對1912年王翼雲校注的《古唐詩合解》進行了翻譯,其中譯有杜甫的四首詩歌:《絶句二首》其二(“江碧鳥逾白”)、《武侯廟》《八陣圖》和《登高》。《詩歌選》是休茨基在詩歌領域的代表性學術著作,是俄羅斯漢學史上里程碑式的作品,受到阿理克院士和康拉德院士的高度贊揚。休茨基的譯文較好地保存了古詩中的形象、韵律、節奏等要素,一些作品至今被奉爲佳作,令後世稱道。2000 年該書以《悠遠的回響: 7—9 世紀中國抒情詩歌選》爲名再版。

到了二十世紀五六十年代和八十年代末期,杜甫詩歌翻譯漸成熱點,不斷有書刊登載杜詩的俄譯,截至二十世紀末,已出版了約 30 種,如:

(1)《杜甫詩集》,費德林主編,吉托維奇譯,謝列布里亞科夫序,蒙澤勒注釋,莫斯科國家文學出版社 1955 年出版。所選大多數是杜甫的五言詩,包括五言古詩、五言律詩和五言排律,在近百首譯作中,七言詩僅譯 12 首。

(2)《杜甫詩集》,吉托維奇譯,蒙澤勒編選並注釋,莫斯科—列寧格勒國家文學出版社 1962 年出版,刊印 6 千册。

(3)《杜甫抒情詩集》,吉托維奇譯,謝列布里亞科夫序,蒙澤勒注釋,列寧格勒文藝出版社 1967 年出版,刊印 2 萬 5 千册。書中附有謝列布里亞科夫所撰長篇序言。

(4)《杜甫詩集》,吉托維奇譯,第比利斯梅拉米出版社 1986 年出版。

(5)《前出塞》,吉托維奇譯,聖彼德堡古典知識出版社 2006 年出版。

有的是各種類型的中國詩集收有杜詩的,如:

(1)《7 至 9 世紀中國抒情詩歌選》,休茨基譯,1923 年出版,1937 年再版。書中譯介了李白、杜甫、白居易等 54 位唐代詩人的詩作(參上)。

(2)《中國古典詩集(唐代)》,計收入吉托維奇翻譯的杜詩《春日憶李白》《春望》《自京赴奉先縣詠懷五百字》《白馬》等 20

首。莫斯科國家文學出版社,1956 年出版。

(3)《中國朝鮮詩選》,收入吉托維奇譯的杜詩《前出塞》《後出塞》《月夜》《對雪》《羌村》《客至》《曉發公安》等 80 首。莫斯科國家文學出版社 1958 年出版。

(4)《中國文學·作品選》(第一卷),收入吉托維奇、蒙澤勒譯的杜詩《垂老别》《自京赴奉先縣詠懷》《枯楠》《孤雁》等 20 首。莫斯科 1959 年出版。

(5)《唐詩三人集:李白、王維、杜甫詩歌三百首》,收入吉托維奇、蒙澤勒所譯杜詩《春日懷李白》《贈高式顔》《贈衛八處士》《前出塞》《後出塞》《夢李白》等 87 首。莫斯科東方文學出版社 1960 年出版。

(6)《印中朝越日古典詩集》,收入阿列克謝耶夫、吉托維奇譯杜詩《兵車行》《茅屋爲秋風所破歌》《夢李白》等 14 首。莫斯科東方文學出版社 1977 年出版。

(7) 艾德林編《唐詩集》,計選入唐代 54 位詩人的 610 首詩,印數達 5 萬册,且有艾德林(1909—1985)寫的一篇長序,系統地評介唐詩,簡要而精辟。艾德林是白居易研究專家,他對杜甫也深有研究,他評論杜甫的文字也富有代表性,反映了前蘇聯漢學界對杜甫的最新評價。選入杜詩 62 首,基本上包括了杜甫各個時期和各種題材的詩歌。既有寄寓長安時天寶未亂以前的詩《畫鷹》等,也有安史之亂後的詩《月夜》等,還有至成都以後的詩《茅屋爲秋風所破歌》等。此外,詩人出峽、居夔州、入湘時的詩也有入選的,如《白馬》《孤雁》《曉發公安》等。從詩體上看,入選的詩也兼顧古詩、樂府,以及近體詩的五言律詩、七言律詩、七言絶句等各個方面。比起以前出版的唐詩的俄文譯本來,這是選譯杜詩最多的版本之一,因而極受歡迎。

(8)《李白杜甫抒情詩歌集》,吉托維奇翻譯,1987 年前蘇聯兒童文學出版社專門面向小讀者出版。

第二節 研杜專著分析

從二十世紀五十年代以來,先後出版的有關中國文學史的著作,都評述到了杜甫的生平與創作。莫斯科大學、列寧格勒大學、遠東大學等校,不但在課堂上講授杜詩,而且有學者寫出評論杜甫的專著。其代表是列寧格勒大學教授謝列布里亞科夫的《杜甫評傳》(1958)、漢學家别仁的《杜甫傳》、康拉德的《論杜甫〈秋興八首〉》(1960)等。

一、謝列布里亞科夫《杜甫評傳》

此書由莫斯科文學出版社出版於1958年。謝列布里亞科夫在創作《杜甫評傳》時,很多杜甫名篇未有譯文,特别邀請翻譯家戈魯别夫爲其進行翻譯,如《麗人行》《兵車行》《新婚别》等,這是杜甫作品中不可逾越的名篇。

謝列布里亞科夫是俄羅斯著名漢學家,生於列寧格勒,1950年畢業於列寧格勒大學東方系,畢業後留校任教,並任中國語文教研室主任。1954年以《八世紀中國偉大詩人杜甫的愛國主義與人民性》論文獲副博士學位,這是着重探討杜甫詩之思想内涵的一部專著。作者通過對許多詩作的具體分析,充分闡述了杜甫是一位熱愛祖國、熱愛人民和有着高超詩藝的偉大詩人,同時指出:杜甫的聲譽遠遠超越了中國國界,他的詩歌對後世詩人的創作影響巨大,他的詩歌是世界文化遺産中的瑰寶。謝列布里亞科夫要算是前蘇聯漢學家中研究杜詩成就最大的一位。

謝列布里亞科夫1973年以《陸游的生平與創作》論文獲博士學位。他的專著有《杜甫評傳》(1958)、《陸游的生平與創作》(1973)、《中國十至十一世紀的詩詞》(1979)、《中國文學史指南

(公元前12世紀至21世紀)》(合編,2005)等,翻譯作品有陸游的《入蜀記》等。杜甫的生平和創作是他研究的重點。當然,他對杜甫的高尚情操也是推賞不已:"這位古代優秀作家的詩句,至今還能激勵讀者,在他們的心中激起崇高的思想和情操。"①

《杜甫評傳》由《在家鄉》《長安十年》《哀傷和憤懣的詩作》及《漂泊的歲月》四章組成,按時代先後依次叙述了詩人早期的生活、在首都十年的活動、在安史之亂後的見聞感受以及晚年漂泊南方的情况。這與我國杜甫研究大家蕭滌非先生《杜甫研究》對杜甫生平年代的劃分完全一致,可謂英雄所見略同。在中蘇友好交流的二十世紀五十年代,在中國爲數不多的杜甫研究著作中,謝列布里亞科夫主要參考了馮至的《杜甫傳》(1952)、王瑶的《李白》(1955)以及蕭滌非、馮至發表在期刊上的文章。

《杜甫評傳》的重點是對杜甫詩歌之社會思想研究。此專著是謝氏在其副博士論文《八世紀中國偉大詩人杜甫的愛國主義與人民性》的基礎上加以發展、擴充而成的。在書中,作者對杜詩的思想内容和藝術成就作了更加深入的探索研究,着重點仍然在於闡發杜詩的思想性。謝氏指出:杜甫有大量詩作"歌頌普通人的精神美和鞭撻官吏的殘暴","杜甫的抒情詩中塑造的是詩人自身的形象,這是一個能深切體會他人的苦樂、關心祖國人民命運的、代表着那個時代進步人士的生動形象"。謝氏並認爲杜甫也擅長於寫山水抒情詩,他描寫村居生活的詩比陶淵明的山水詩還要質樸和鮮明。謝氏還把杜甫視爲唐代"社會派"詩歌的創始人。作者也用了相當大的篇幅來分析杜詩的藝術性,肯定杜甫作爲"詩人有嫻熟的,多種多樣的藝術手法,創造了準確、鮮明的形象,達到詩歌叙事的最大容量和集中概括"。

---

① 李明濱《杜甫的聲譽早已超越國界》,《杜甫研究學刊》1991年第1期。

二、別仁《杜甫傳》

別仁(1949—),俄羅斯著名漢學家,語文學副博士,國立東方民族藝術博物館研究人員,主要研究中國古典文學與藝術。其主要著述有:《中國語言研究論文集》(《遠東問題》,莫斯科,1975年第3期)、《4—5世紀的中國詩人謝靈運及其時代》(莫斯科,1975年)、《論佛教對中國文化的影響》(《亞非人民》,莫斯科,1978年第3期)、《謝靈運》(莫斯科,1980年,合著)等。

別仁首先是個翻譯家,八十年代開始大規模從事杜甫詩歌的翻譯與研究。他翻譯了40多首之前從未被譯過的新作,刊印於1987年出版的《李白杜甫抒情詩集》上,計有杜詩《登兖州城樓》《劉九法曹鄭瑕邱石門宴集》《贈李白》《冬日有懷李白》《麗人行》《秋雨嘆三首》《百憂集行》《宿府》《江南逢李龜年》等。他的《杜甫傳》,1987年於莫斯科出版,列入"傑出人物傳記叢書"。"傑出人物傳記叢書"是由高爾基主持創辦並於1933年開始出版的,是前蘇聯具有權威性的叢書。中國作家裏只有杜甫享受到"名列其中"的殊榮,足見前蘇聯對杜甫的重視。書中全面論述杜甫一生的經歷與創作,突出强調其熱愛祖國、接近人民、鞠躬盡瘁的精神,以及其現實主義的創作。全書共分七章,詳細論述了杜甫的生活道路、創作情況,以及杜甫與當時人物的交往等。書中附有插圖及照片數十幅,包括杜甫詩歌所寫事物圖畫及杜甫生活時代的文物照片等,便於讀者想象中國古代的生活畫面。別仁在書中評論杜甫詩歌的歷史地位時曾經敏鋭指出,杜甫的詩具有特殊的民族性,同時也是全人類共同的精神財富。

別仁對細節的描寫貫穿全書,對杜甫童年生活的撰寫也是該書一大特色,因爲正是這一點在很多書中是付之闕如的。又從傳統儒家思想的角度解釋了對杜甫及其他官方傳記人物早期生活記載過少的原因,認爲這與傳統儒家思想對童年的態度有關。別仁繼續對杜甫進士不第進行了分析,從中世紀中國詩歌美學的角度分析了杜甫及其作品特點,認爲杜甫是典型的非東方美學的代表。别仁還對很多問題進行了釋疑,如爲什麽杜甫懷念李白的詩有 12 首,而李白回復杜甫的詩僅 2 首。

别仁在《杜甫傳》寫作過程中,參考了中國學者的研究成果,特别是馮至的《杜甫傳》、陳貽焮的《杜甫評傳》、蕭滌非的《杜甫研究》以及傅東華的《李白與杜甫》等書,把這部俄文版的《杜甫傳》寫得深入淺出,生動感人,很適合青年讀者閲讀。在别仁看來,杜詩正是"歷史、神話、傳説和民間口頭創作的綜合,杜甫是一面真實的民族之鏡。它既反映民族的過去,也反映它的現在和將來",恰好可以充當青年愛國、愛民和愛生活的教材。

另外,在一些流傳甚廣的教科書中,也有豐碩的杜甫研究成果。如艾德林、索羅金著《中國文學簡編》(1962)、費德林著《中國文學史綱要》(1956)和波兹涅耶娃主編《東方文學》中國文學部分(係莫斯科大學的教科書)等。在後一部書中,波兹涅耶娃寫了專節《王維、李白、杜甫》,系統介紹我國唐代三位大詩人的創作,其中"杜甫"約占三分之一篇幅(近五千字)。文中結合杜詩《夢李白》《麗人行》《兵車行》《自京赴奉先縣詠懷五百字》《前出塞》《新安吏》《石壕吏》《垂老别》《客至》等具體闡述了詩人的創作特點。作者把杜甫的創作分成三個階段:寓居長安及到長安以前時期,安史之亂後時期,遷居成都以後時期。分析《麗人行》一詩的社會歷史背景,以及由此看到杜詩的現實主義特色,則是這一節的重點。作者兼顧詩與詩人、作品與社會、點與面諸方面,有助於學生理解杜甫的作品及其成就。

三、康拉德論杜甫《秋興八首》

康拉德(1891—1970),前蘇聯著名東方學家、科學院院士。他對漢學的關注起步較早,如 1952 年《中國語文》上刊登了他的一篇文章《論漢語》,認爲漢語的實詞有形態變化,可以劃分詞類,於是引起了一場大辯論。他的主攻方向是東方文學:中國、日本、中亞各國文學,是西方"類型學"理論的代表作家之一,他將其"比較類型學"理論運用於"古代文學的類型學"與東方文學和西方文學的類型比較,完成了兩部著作:《西方與東方》《古代世界諸文學的相互聯繫與類型學》。他的《東方與西方》一書獲1972年國家獎金,滲透着强烈的反西方中心論意識,把中國唐代稱之爲文藝復興,討論"三位詩人"(王維、李白、杜甫)、韓愈與中國文藝復興之始、杜甫的《秋興八首》、"中國文藝復興時期的哲學"等,顯然是充滿抬高東方文學意識的。

他對古今中外杜詩研究中有關《秋興八首》存有疑慮之處給出了自己的解釋。《秋興八首》是杜甫大曆元年(766)旅居夔州時的作品,它是八首聯章、結構嚴密、抒情深摯的一組七言律詩,體現了詩人晚年的思想感情和藝術成就。在第一首中,康拉德並不贊同以往中國學者對"叢菊兩開他日泪,孤舟一繫故園心"中"他日泪"、"孤舟"和"故園心"的闡釋。他首先考察了明代張綖《杜工部詩通》、清代錢謙益《杜工部集箋注》及現代日本學者吉川幸次郎對"他日泪"的解釋。張綖認爲"他日泪"指的是"之前的泪水",錢謙益認爲是"之後的生活",吉川幸次郎認爲"杜甫很快就要離開這裏繼續漂泊,日後會想起這些菊花而哭泣"。康拉德特别看重律詩對仗句型在闡釋意義方面的作用,他没有單獨地去闡釋句中詞語的意義,而是把詩歌中有"緊密聯繫"的語法結構看成是邏輯闡釋的基點。他説:"如果把描寫菊花認爲是對詩人所在地細節的描寫,把書懷孤舟的詞語認爲是對現實生活細節的描寫,這完全是可以的。詩人毫無疑問是在岸邊,因此,他看到拴在岸邊的小船完全是可能的。但是,這裏還有另外一種解釋:'孤舟'在中國詩歌中是表示孤苦的常用形象之一,杜甫也用它表達自己的孤寂和不達理想的心情。如'孤舟'指的是現實中的事物,就不能不認爲其中隱含着一種形象。换句話説,這指的是詩人自己:上句中通過回憶去年秋天想到自己,而這句是通過介紹現在寫自己。這兩句的對仗是非常工整的,‘他日泪’、‘故園心’毫無疑問描寫的是詩人内心的世界。‘故園’可以是詩人喜愛的長安,也可以是輞川河邊他的家,他家的園中就栽種着菊花,在《九日》中有記載。因此,在確定了出句與對句的緊密聯繫之後就可以確定:異地菊花盛開的場面使詩人念起自己的家鄉。‘心’指的是‘思想’和‘情感’。”(原書第515—517頁)從中我們不難看出,通過對中國詩歌作詩法則和語法結構的分析,“他日泪”在康拉德的解釋中指的是“去年秋天的泪水”。康拉德還進一步對整聯的意義進行了説明,考察了錢謙益、邵傅、顧宸的注解,他給出的答案是:如果描寫菊花是真實的,那麽孤舟則是隱含的;如果菊花是想象的,那麽孤舟則是真實的。

康拉德同樣對第二首中“請看石上藤蘿月,已映洲前盧荻花”給出了他的解釋,講述了“肥馬輕裘”等典故。康拉德指出詩中存在兩條綫索,即外部綫索和内部綫索。外部綫索指的是詩人在自然界中看到的風景,内部綫索指的是他内心世界的風景。在這兩條綫索中,詩人所要表達的内容具有多種雙重性。首先是空間的雙重性,他所描寫的秋天的畫面是在夔州,而他遥想思念的情景是在長安。其次是時間的雙重性,過去與現在的情景在詩中來回往復地交融在一起。再次是主體的雙重性,詩中詩人描寫的是自己曲折的生活,但他想到的是國家及目前混亂的狀況,這組詩同樣表達了詩人關切祖國命運的主題。康拉德説:“杜甫始終把個人生活和社會聯繫在一起,把自己的命運和國家的命運聯繫在一起,詩中唯一的主導思想奏響着祖國的主題。總體來看,這已成爲杜詩的風格。”(原書第557頁)最後是創作手法的雙重性,即現實與想象的結合,詩人把現實中具體細節和想象中的世界結合在一起,把真實的歷史和神話故事中的歷史結合在了一起。

康拉德指出杜甫《秋興八首》高度的藝術成就,是堪與意大利文藝復興時期的作品相媲美的。杜甫在作品中借用漢代典故和傳説中的一些形象烘托現實，對中國人來説，漢代之於唐代，正如對意大利人來説，古羅馬帝國之於文藝復興時期的意大利。他説："古羅馬帝國，不是處於現實的歷史社會，而是作爲一種偉大、榮耀和智慧的象徵，是思想和生活的繁榮期，對於 8 世紀的中國來説，古老的漢代也意味如此。"（原書第 557 頁）二十世紀六十年代，康拉德一直在與歐洲中心論進行論戰，他主張中國在唐代出現了文藝復興，該書是他這一思想的有力代表，也是作者創作該篇的主要目的。康拉德的學生、後來在小説領域卓有建樹的漢學家菲什曼於六十年代創作出《中國啓蒙時期的諷刺小説》（莫斯科，1966）、《歐洲學術中的李白》（莫斯科，1958）就深受老師這一觀念的影響。

第三節　俄重要雜志上的譯詩與杜詩評論文章

這一類是發表在報刊的俄文譯詩，或一二首，或三四首不等，像《星》《外國文學》《涅瓦》《共産黨人》等雜志都曾先後譯載過杜甫的詩。前蘇聯幾代漢學家中都有人爲翻譯杜詩而盡力，先後出現過知名的杜詩譯者阿列克謝耶夫、休茨基、吉托維奇、艾德林、蒙澤勒、鮑勃羅夫等。兹不一一舉例。

截至二十世紀末，俄國漢學界已有論杜甫的文章約二十篇公開刊載，比較有影響的是康拉德院士論杜甫的《秋興八首》，已見上文。尼寇里斯卡婭《論杜甫的詩〈麗人行〉》，載《莫斯科大學學報》東方學版，1979 年第 1 期。以及爲紀念杜甫誕生 1250 周年發表的一系列文章：艾德林《杜甫：一千二百五十周年誕辰紀念》，載《文學報》1962 年 4 月 12 日；索羅金《中國詩歌的天才》，載《真理報》，

1962 年 4 月 21 日;切爾卡斯基《穿越十二個世紀》,載《星火》雜志,1962 年第 18 期。

第四節　當代俄羅斯的杜詩翻譯

前蘇聯解體後,俄羅斯學術界繼續翻譯杜甫詩歌。漢學家孟列夫翻譯了杜甫的 7 首詩歌,收録在他去世後出版的《孟列夫譯中國古典詩歌》(2007)中,這 7 首分别是《蕃劍》《見王監兵馬使説,近山有白黑二鷹,羅者久取竟未能得……請余賦詩二首》《哀王孫》《茅屋爲秋風所破歌》《孤雁》和《聞官軍收河南河北》。孟列夫是俄羅斯科學院東方學研究所研究員,以翻譯《西廂記》和研究敦煌文獻而聞名。孟列夫的翻譯從對仗、押韵、平仄等方面説都體現出特有的風格。

2000 年,聖彼德堡水晶出版社出版了由格里申科夫主編的杜甫詩集《百哀》,是衆多翻譯家翻譯的成果。2006 年,聖彼德堡以《前出塞》爲題再版了吉托維奇翻譯的杜甫作品。2012 年 4 月,俄羅斯聯合人文出版社出版了俄羅斯科學院語言研究所語言理論部阿扎洛娃博士主持的項目——《杜甫》,這是爲紀念杜甫誕辰 1300 周年而特别奉獻的詩集。阿扎洛娃譯杜甫詩約百首,爲杜甫詩歌在俄羅斯再添新譯。

第四章　德語世界及其他歐洲國家的杜甫研究

第一節　早期德國漢學中的杜詩譯介

德國的漢學研究起步較晚。德國漢學家傅海波説，對於誰是德國漢學的"長子"，歷來存在争議。1878 年萊比錫大學設東亞語言專業副教授，並於翌年 7 月開始授課，嘎伯冷兹(Georg V. D. Gabelentz,1840—1893)首任這一職位。可是，我們通常以 1909 年漢堡殖民學院設立漢學教授作爲德國漢學的開端，擔任這一職位的福蘭閣自然被視爲德國漢學第一人①。

傅海波接着説，第一次世界大戰之後，以漢學教席的設立爲標志，德國形成了漢堡(1909)、柏林(1912)、萊比錫(1922)和法蘭克

---

①　宋莉華《當代歐美漢學要籍研讀》引，上海教育出版社 2010 年版，第 13 頁。傅海波(Herbert Franke,1914—2011)，德國當代著名的漢學家和戰後慕尼克學派主要代表人物。福蘭閣(Otto Franke, 1862—1946)，1862 年出生於德國中北部。1886 年獲得哥廷根大學哲學博士學位(印度學)。1888 年來華，先後在北京、天津、上海、廈門等地的德國公使館服務達十三年(至 1901 年)之久。1901 年回到德國之後，主要給《科隆報》等報刊撰寫中國當代政治、經濟、文化的報導和評論文章。1907 年底他在柏林大學完成了教授資格論文:《漢學研究的任務和方法》。1909 年被任命爲漢堡殖民學院新成立的漢學系的主任教授，後來將漢學系命名爲"中國語言與文化系"，成爲德國歷史上第一位職業漢學教授。

福（1925）四大漢學中心，同時在哥廷根大學、波恩大學、哈雷大學、耶拿大學等高校中開設了漢語課程，並展開研究，從而極大提高了德國漢學研究的水平。同時，一戰以後，德國人對歐洲文明和西方文明的絶對優越性産生懷疑，也增强了學者研究中國文化的興趣，推動了漢學的發展①。一般説來，二戰以後，德國重新建立了不同的漢學流派：以傅吾康（Wolfgang Franke，1912—2007）爲首的北部漢學重鎮漢堡、以傅海波（1914—2011）爲首的南部漢學堡壘慕尼克、以葉乃度（Eduard Erkes，1891—1958）爲首的萊比錫這三個中心。

傅海波所説不錯。早在1846年，“德國東方學會”宣告成立，次年開始出版東方學學術期刊《德國東方學會雜志》（ZDMC），一直持續到今天。1871年俾斯麥統一德國，1877年柏林大學就創立了德國第一個包含有漢語教學的東亞研究機構——東方語言系。他們關注漢語、漢字、中國歷史、四夷之學。也就在這個時期，德國對唐詩的譯介就開始了。如弗洛倫斯所撰《中國詩論》一文，載於1889年7月號《德國東亞學會會報》。隨後，阿爾弗雷德·福克撰《中國詩的繁盛期》《唐宋詩歌》二文，譯介了王維、杜甫和李白詩27首。二十世紀初期，德國學者已有不少關於唐詩的譯著發表。如海爾曼的《中國古今抒情詩選》，譯介李白詩24首。克拉邦德的《李太白詩選》，譯介李白詩44首。又如著名漢學家衛禮賢翻譯的《中德對照詩歌集》《中國精神》②，察赫譯著的《李太白詩的隱喻》《李太白詩作》，洪濤生編著的《中國詩人》，伯爾施曼編著的《唐代

---

① 宋莉華《當代歐美漢學要籍研讀》引，第14頁。

② 德國漢學家有“四大金剛”之説：衛禮賢，專門研究經部（曾執教於北大講壇）；第二個是弗蘭克，專門研究史部；第三個是弗克，專門研究子部；第四個是查哈（一譯作察赫），專門研究集部，他曾把整個《李白詩集》《杜工部詩集》《韓昌黎詩集》譯成德文。參見《季羨林文集》第八卷《比較文學與民間文學》，江西教育出版社1996年版，第53—54頁。

詩歌》,埃格斯譯著的《東方的中堅:詩人李白的故事》等,各書對李白詩作之譯介比杜甫詩突出,李白詩作是德國學者翻譯與研究的重點。到二十世紀九十年代末,德國共有漢學研究所近 20 個,教授約 40 名,其中還不包括大學和專科大學内的東亞專業、其他從事中國研究的社會科學專業和專事漢語教學的部門以及一些獨立的科研機構,陣容之龐大爲歐洲之冠。

第二節　二戰前後德國的杜詩譯介

葉里温・里特・馮・察赫(Erwin Ritter von Zach,1872—1942),爲德國漢學大家。他出生在奥地利一個軍人家庭。在維也納大學學習醫學、自然科學和數學。1896—1897 年,曾在萊頓大學跟隨薛力赫、高延等專家學習中文。1901 年,受雇於英國人,在中國海關工作。後在奥地利的駐中國、香港、新加坡等使館任外交官。同時研究漢文,打下了扎實的功底。1909 年回國,通過了博士學位的考試。他提前從外交官的位置上退休,專心從事翻譯和著述。他精通滿文、藏文等,曾對當時歐洲負有盛名的英國翟理斯的《漢英字典》(*A Chinese-English Dictionary*,1892 年)提出過千條以上的意見。對漢學研究著作的瑕疵,批評甚嚴,可見其治學的嚴謹。他的成果主要是對中國古典詩文的翻譯。李白、杜甫、韓愈的詩幾乎被他全部翻譯成德文。他還翻譯了揚雄的《法言》(1976 年)、《昭明文選》(約 90%,1958 年),以及白居易、李商隱、蘇軾的作品。

二十世紀三十年代,察赫將清代張溍的《讀書堂杜詩注解》二十卷全部譯出,陸續刊載於《德國勇士》等雜志,共 1 400 餘首,最後結集爲《杜甫的作品》,由哈佛大學出版社 1952 年出版。洪業先生對察赫版本的選擇還是提出了非議:“馮・薩克對版本的選擇不像艾思柯女史那樣得到過很多很好的建議。儘管他也研究杜甫長達二十四年,但張涽並非嚴格意義上的學者,他的方法比較業餘。"①而"馮·薩克的淺顯翻譯顯示出他很大程度上依賴了"張涽"時時出現的平淡闡釋"②。可是,無論如何,察赫的這一浩大翻譯工程還是受到東西方學界普遍重視與高度評價。洪業也説察赫"擁有漢學大師的優勢和翻譯家的老到","撇開杜詩文本原有的難點和張涽解釋的錯誤,撇開偶爾的疏漏,馮·薩克給出了一個儘管平淡而準確的譯文文本。"③美國學者海陶瑋等人將察赫此譯著進行修訂補充,1952 年由哈佛大學出版社出版。

維爾納·黑爾維希(Warne Hedwig)著《杜甫的偉大悲歌》,1956 年於不來梅出版。此書是關於杜甫詩《乾元中寓居同谷縣作歌七首》的全面研究和詳盡論析。

莫芝宜佳著《〈管錐編〉與杜甫新解》,由德國緬因河畔法蘭克福歐洲科學出版社 1994 年出版,河北教育出版社 1998 年出版中文譯本。此書分上篇《管錐編》、下篇《杜甫》,被錢鍾書先生評價爲"也許是西方第一個'發現'《管錐編》而寫出一系列文章的人"。前者包括:中國的比較文學、題材範圍與方法、文體、母題、宇宙觀五部分,"除了介紹錢鍾書的生平與著作",還"由近而遠地鋪出三條能使我們較易進入這片'叢林'的'通道'"。後者包括:中國的和西方的杜甫研究、對仗(杜甫——文體風格的樣板、詩——第一首至第五首、戰士的龍:杜甫風格)、自我表現(中國的和西方的杜甫形象、遁世者:"坦腹江亭暖"、官吏:"一去紫臺連朔漠"、疾病:"天地一沙鷗"、自我發現)、召遣鬼神(杜甫詩中的神、詩——第二十至第二十四首、秋興八首、水與光的映射)與在《管錐編》啓示下的杜甫新解五部分,"把在第一部分中形成的理念驗證於實踐",即

① 洪業《杜甫:中國最偉大的詩人》,曾祥波譯,第 9 頁。

② 洪業《杜甫:中國最偉大的詩人》,曾祥波譯,第 10 頁。

③ 洪業《杜甫:中國最偉大的詩人》,曾祥波譯,第 11 頁。

"選譯了25首杜詩並加以詮釋,爲的是探求中西方存在差異的原因並試圖對杜甫作一新解",這就是《管錐編》的啓示(見《前言》)。

在談論杜甫與宗教的關係問題上,莫芝宜佳有獨到的見解:"在中國,相對於'佛教徒'王維和'崇尚道家'的李白,杜甫通常被視爲'儒家詩人'。然而杜甫却經常稱自己爲'隱士'。對孔子的攻擊,對莊子和佛祖的頌揚,以及反對儒家的、仇視文化的愚昧理想等道家思想母題不僅出現在'道家詩人'李白的作品中,也出現在'儒家詩人'杜甫的詩篇裏。但中國的文學批評家却用兩把尺子來衡量。凡是李白認可的東西或人們期望於他的東西,詩聖杜甫都不認可。這樣的結果是:對杜甫道家的和佛教的自我表現,人們至今仍然諱莫如深——或者被粉飾,或者被批判。"①

第三節　其他歐洲國家的杜詩譯介與研究

意大利著名漢學家、中國文學研究家馬里奥・阿塔多・馬格里尼(Mario Attardo Magrini)的專著《中國偉大的詩人杜甫》,1956年由米蘭中意文化協會出版。該書對杜甫的生平、詩歌創作的思想性及藝術性有深入闡述和評論,書中所附38首杜甫詩的意大利

---

① 莫芝宜佳《〈管錐編〉與杜甫新解》,馬樹德譯,河北教育出版社2001年版,第205頁。莫芝宜佳(Monika Motsch,1942—),直譯爲莫妮克・毛奇,莫芝宜佳,或莫宜佳,是錢鍾書爲她起的中文名字。1971年獲海德堡大學漢學博士學位,1973年至2004年任職波恩大學東方語言學院中文系,歷任講師、教授,並於1995年至2004年兼任系主任。1998年至2000年任愛爾蘭根大學漢學系主任。應楊絳先生邀請,2012年至2014年在清華大學整理錢鍾書先生的外文筆記與手稿。長期致力於中國古典及現代漢語文學、中西比較文學的研究及教學工作,主要學術著作包括《龐德與中國》《〈管錐編〉與杜甫新解》《中國中短篇叙事文學史——從古代到近代》,譯著主要有《圍城》《我們仨》等。

譯文水平亦很高,因而馬格里尼在東西方學界享有盛名。馬格里尼漢文功底深厚,特别對中國古典詩歌素有研究,杜甫等唐代大詩人是他喜愛與研究的重點。瑪律蓋里達·吉達西(Margherita Guidacci)譯著《杜甫詩選》,爲意大利文譯本,1957年於米蘭出版。書中譯有杜甫詩18首。譯著者亦是意大利漢學家,對杜甫及其詩歌頗有研究,他的這部譯著受到意大利讀者的喜愛。意大利學者維爾瑪科斯坦蒂尼著《李白、杜甫、白居易:玉盤》一書,1985年於意大利都靈出版。無名氏的《一位漂泊者》,1989年於意大利出版,論述杜甫長期漂泊江南的生活情況,並譯介杜甫在江南漂泊中的詩作多篇。

還有一件中意文化交流的盛事是:1987年4月10日晚上,在北京長城飯店,意大利駐華大使館主辦了"中意詩歌朗誦會",主要朗誦者是康薇瑪夫人,她是一位漢學家,所誦中國詩歌名篇多由她譯成意大利語。這次朗誦會上朗誦了李白《蜀道難》《長相思》、杜甫《茅屋爲秋風所破歌》《悲陳陶》等名篇。

荷蘭漢學家傅雷斯(Theun de Vries)譯《杜甫詩五十首》,此爲荷蘭文譯本,二十世紀五十年代於荷蘭出版。作爲二戰後成長起來的荷蘭漢學家,伊維德對荷蘭漢學研究的貢獻很大。無論是研究方向,還是研究視野,都爲荷蘭公衆提供了有關中國文化的可靠信息和文本。如他和漢樂逸一起編寫的荷蘭語《中國文學:導言、歷史概觀和書目提要》,對公衆瞭解中國文學很有幫助,已譯成英文。他在中國古典詩歌方面,譯有《詩經》、李白、杜甫、白居易、杜牧、李商隱、寒山、王梵志、秋瑾等人的詩選集《中國古詩之鏡:從〈詩經〉到清代》。

挪威學者多盧姆斯加爾德·阿爾内(Drrumsgaard Arne)譯《杜甫抒情詩選》,爲挪威文譯本,1967年由奥斯陸德雷耶出版社出版。挪威學者喬治·喬漢娜森(George Johannesen)譯《杜甫詩歌》,亦爲挪威文譯本,1994年由挪威帕克斯出版社出版。

捷克學者博胡米爾・馬泰休斯(Mathesius, Bohumil)譯《中國古代詩歌》,收入譯者已出版的《黑塔和緑壺》中的大部分詩歌,共170首詩,唐詩占半數,李白、杜甫和王維的詩入選最多。1939年在布拉格出版。

捷克學者斯托科維塔・雷卡主編,卡羅爾・斯特爾門譯《杜甫詩選》,爲捷克文譯本,1998年於布拉提斯拉瓦出版。此書爲方便捷克讀者欣賞杜甫詩作的内容和意境,附插圖多幅。

匈牙利學者瓊戈爾・鮑爾納巴什譯著《杜甫詩選》,1952年布達佩斯出版。譯者漢名陳國,另一個漢名爲床兀兒。他是匈牙利著名漢學家,中國文學研究家。1923年出生在匈牙利的密什科爾茨。匈牙利布達佩斯羅蘭大學教授。漢文功底很深,特别對中國古典文學小説戲曲很有研究,唐代詩人李白、杜甫等是他研究的重點。

《唐代的三位詩人: 李白、王維、杜甫》,爲羅馬尼亞文著作,1973年由布加勒斯特宇宙出版社編譯出版。此書論述李白、王維、杜甫三位偉大詩人的生平並譯介他們的詩作,深受羅馬尼亞讀者的喜愛。

芬蘭獨立較晚,漢學起步也晚。對中國詩歌翻譯最多、研究最深入的是一個詩人兼中學老師佩迪・涅米寧(Pertti Nieminen, 1929—),他將很多中國詩歌翻譯成芬蘭語,其中詩歌選集第一部包括了《詩經》《楚辭》及漢、三國、魏、晋、南北朝和隋時期的詩歌,第二部是唐詩選,第三部是宋詩選,第四部包括了元、明、清時期的詩,以及民國以後的舊體詩。這四部詩集1987年合集出版時又增加了30多首新體詩。

餘　話

《杜詩學通史・域外編》之撰寫,難度很大。首先面對的是漢語言文化與朝鮮半島、日本、東南亞、歐美各國家語言文化的差異,以及這種差異對杜詩學的接受與影響這一雙向互動造成的效果。因而,我們須在"域外漢學"這一大背景下兼顧以下諸問題,方能克服困難,順利撰寫。

一

域外漢學家在研究中國文化(包括文學)時,常不免感受到現實中國與文化中國之間的落差及其引發的張力的影響。這種張力,我們可以拿日本德川時代(1600—1868)的漢學來加以説明。當時的著名儒者山崎闇齋(1619—1682)與其門人有一段對話,山崎闇齋嘗問群弟子曰:"方今彼邦,以孔子爲大將,孟子爲副將,牽數萬騎來攻我邦,則吾黨學孔孟之道者爲之如何?"弟子咸不能答。曰:"小子不知所爲,願聞其説。"曰:"不幸關逢此厄,則吾黨身披堅,手執鋭,與之一戰而擒孔孟,以報國恩,此即孔孟之道也。"後弟子見伊藤東涯,告以此言,且曰:"如吾闇齋先生,可謂通聖人之旨矣。不然,安得能明此深義,而爲之説乎?"東涯微笑曰:"子幸不以孔孟之攻我邦爲念,予保其無之。"①

這則看似假設性的無稽之談,很敏鋭地透露了日本儒者在弘

---

① 參見原念齋等譯注《先哲叢談》,東京平凡社 1994 年版,第 118—119 頁。

揚孔孟之道時,可能面對的兩難困境,即兩種張力：一是經典中的普世價值與解經者身處的時空特性之間的張力;二是解經者自身的"文化認同"與"政治認同"之間的張力。即作爲日本人,他們的儒者認同日本這個國家;但作爲儒家學者,他們又有文化的精神原鄉——孔孟的理想國度。如果孔孟的國家——中國對日本發動戰争,那麽,在這種情況之下,日本儒者的"文化認同"與"政治認同"勢必處於激烈拉鋸之狀態,使日本儒者輾轉呻吟於其間。

這兩種張力同樣適用於域外的杜甫研究。如隨着二十世紀中國國勢的衰落與日本明治維新的成功,這種現實中國與文化中國之間的張力,對日本漢學家而言益形顯著。二十世紀初期的日本漢學家,如吉川幸次郎在"日本人對中國最不懷敬意的時期"①,也就是大正時代(1912—1926)來到中國,他們親眼目睹的現實的政治中國與社會中國,與他們從四書五經或《紅樓夢》及中國詩詞(如杜詩)所形塑的文化中國,相去不啻萬里。從十八世紀以降,日本人對中國的興趣就逐漸從形而上的思想世界轉移到形而下的具體的生活世界,這種趨勢到了大正時代尤爲顯著,例如文學家谷崎潤一郎(1886—1965)在他的小説中,就充滿了對中國的嚮往②。這就是中國文化(包括文學)的影響力與作用力。理解這一點,對總體把握域外的杜甫研究,很具理論意義。

的確,"他山之石,可以攻玉",域外的杜詩譯介、杜甫研究,必將成爲"世界杜詩學"的重要組成部分,《杜詩學通史・域外編》的撰寫是必要的,也是及時的。這要求我們準確把握國際漢學特别是杜甫研究的新趨勢,及時糾正其偏向,寫成一部杜詩學的"通史""正史"。

---

① 吉川幸次郎《我的留學記》,第 11 頁。

② 黄俊傑主編,張寶三、楊儒賓編《日本漢學研究初探》,華東師範大學出版社 2008 年版,第 231 頁。

二

域外漢學研究重心經歷了從法國到美國的轉移,杜詩學亦隨之而然。如果説二戰以後美國的漢學後來居上,則戰前的國際漢學界却幾乎是法國的一統天下。二十世紀二十年代留學法國的大家李思純曾説,西人之治中國學者,英美不如德,德不如法。二十世紀初期國際漢學泰斗沙畹(Edouard Chavannes)也認爲,中國學是由法國傳教士所開創,並由法國學者雷慕沙(Abel Remusat)與儒蓮(Stanislas Julien)等人所組成的一門科學。傅斯年亦説,中國學在西洋之演進,到沙畹君始成一種系統的專門學問。沙畹以後,西洋中國學的大師分爲巴黎與瑞典兩派,而後一派的臺柱高本漢(Bernhard Karlgren)的學術淵源仍是師承沙畹。此外,在蘇俄、美國漢學界位居顯要的阿列克(V. M. Alexeif)和葉理綏(S. Eliseeff),也是巴黎學派的弟子門生。因此法國漢學家戴密微(M. Paul Demieville)説,中國學在西方,在骨子裏仍是一門法國的科學。留法學者楊坤亦説過類似的話:"中國學"不僅是一門西洋的科學,而且還幾乎可以説是一門法國的科學。領導巴黎學派正統的伯希和(Paul Pelliot),自然成爲國際漢學界的祭酒。

當然,漢學在歐美登堂入室,成爲本國學術的一部分,得益及體現於相互關聯的兩個方面:一是學者的專門化。如法國的聖·德尼侯爵、戴密微、程抱一、胡若詩、郁白等,俄國的吉托維奇、謝列布里亞科夫、別仁、康拉德等,德國的馮·察赫、黑爾維希、顧彬、莫芝宜佳等。早期歐洲研究東方學的學者,大半是"海關上的客卿""外交機關的通事翻譯"或"傳教士",他們初期的著作,往往稍欠精確,這是顯而易見的。而美國成爲國際漢學中心以後,學者專業化更趨明顯,隊伍異常强大,如宇文所安、梅維恒、高友工、梅祖麟、洪業、葉嘉瑩等大師的出現,便是明證。

二是重視中國學者的研究成果。總體來説,沙畹、伯希和之前甚至與之同時,不少的西洋漢學家,每以西洋的漢學爲全部範域,無視中國前賢及當代學者的成果。而巴黎學派諸大師的態度則完全不同,伯希和曾説,中外漢學大師之造就,堪稱殊途而同歸,尤以清初康熙以來,經雍乾而至道光,名家輩出,觀其刈獲,良足驚吾歐洲之人。此果何由?亦由理性之運用與批評之精密,足以制抑偏見成説。其達到真理之情形,實與西方學者同一方式。如沙畹與中國學者馮承鈞、羅振玉、王國維的交往,敦煌文獻的開發與整理等。

相應地,國際漢學趨向中外溝通:一、對中國文獻的理解力提高,重視程度加强,中外資料會通比勘。二、與中國學者的聯繫交往增多。三、開始研究純粹中國問題。如沙畹因在中國實地研究的經驗,深感中國文化須與中國實際社會相接觸,須能利用中國近代學者的研究結果以作參考,並須視中國文化爲一活的文化,而非一死的文化,然後中國學方能真正成爲一門科學。他譯注《史記》,專門研究《史記》的《封禪書》,就廣徵博引中外典籍。伯希和則是提出:治中國學須有三方面的預備:1. 目録學與藏書,2. 實物的收集,3. 與中國學者的接近與合作。這樣,可以補以前各自埋頭研究之缺陷,以使世界瞭解中國文化之真價值。這都是老漢學家的經驗之談。

日本京都學派與巴黎學派相呼應,内藤虎次郎、狩野直喜等人提倡師法清學,按照當時中國學者同樣的方法與觀念治中國學術。這種重視文獻與考古的研究,使漢學逐漸脱離以往的兩種偏向,即不通中文只據西文的道聽途説,和雖識中文却不加分析的以訛傳訛,與清學頗爲接近,但核心仍是西方近代科學思想,用以研究中國,往往有失文化本色。因此以中國固有方法整理文化遺産,不可或缺。受導師的影響,倉石武四郎、吉川幸次郎等人留學北京,實地學習中國的學術方法,吉川幸次郎的杜甫研究的輝煌成就,固然有其個人的因素,他習用的考據歷史的方法,就來自清代樸學。

然而,西洋漢學正統的語文學方法引起一些學者的不滿,一些有眼光的學者起而糾偏。如巴黎學派代表人物葛蘭言(Marcel Granet),是漢學家沙畹和社會學家塗爾幹(Emile Durkhim)的學生,並深受社會學家莫斯(Marcel Mauss)的影響,他批評舊派的史學家或中國學家以考證爲能事,貌似科學而實極不正確、極不徹底。因而,他提倡將社會學分析法引入中國研究領域,撰寫了《中國古代節令與歌謠》《中國人之宗教》《中國古代舞蹈與傳説》《中國古代之婚姻範疇》《中國上古文明論》《中國思想論》等著作。受其影響,中國學者楊坤、王静如,均預言葛蘭言所開創的社會學派,將起而取代語文學派成爲西方漢學的代表。的確,葛蘭言所用的方法,其實就是後來對民族學影響極大的結構主義。葛蘭言身後的成功,除方法本身日臻完善之外,重要原因是應用範圍有所變化和擴展,或用於初民及鄉村社會,或施諸近現代歷史。前者對文獻的依賴較少,後者則利用文獻相對粗疏,給新方法提供了較大的回旋空間。

不管是哪一派,他們對中國學者的研究成果都越來越重視。如早期的杜詩學,主要是以杜詩譯介爲中心的,可是隨着對中國學者,包括海外華裔學者的杜甫研究成果的參考與吸納,杜詩譯介固然沿續着,他們高質量高水平的杜甫研究著述亦大量涌現,日本、朝鮮半島、歐美各國及東南亞各國無不如此。

三

二戰以後,促使國際漢學發生重大變化的關鍵人物,是被稱爲“美國中國研究開山祖”的費正清(John King Fairbank, 1907—1991)。他將漢學研究重心由古代下移到近現代並應用社會科學方法的同時,本質上有全面退回沙畹以前歐洲傳統漢學的弊端,儘管表面看來更具現實感。

1928 年,費正清所在的哈佛大學成立遠東語學部時,想邀請伯希和,遭其謝絶,而推薦尚無正式職位的法籍俄國人葉理綏。葉理綏在哈佛繼續法國式的漢學教育,因難度過大,令從學者望而却步。

費正清在不懂漢語的情況下着手研究中外關係,又有意選擇漢學研究比較薄弱的牛津大學留學,主要研究中國近代外交史,從而避開巴黎、萊頓等歐洲漢學中心,很是耐人尋味。當然,這時校方給他請了一位在中國生活多年的傳教士蘇慧廉(William E. Soothill,1861—1935)教他漢語。

他批評歐洲漢學家普遍拘泥於一種成見,局限於對中國經典原著的閲讀,以及全靠自己大量利用中文工具書和文獻資料,他們看不到在中國沿海地區的傳教士和領事們所作的漢學研究的價值。他的言外之意是反對陷於原典文獻中,而不能解决問題。他這種觀點深受留學中國時的導師蔣廷黻的影響。蔣廷黻專攻近代外交史,對中國傳統治史方法也很不滿意,認爲中國史學家往往是"治史書而不是治歷史",一個人熟讀許多史書,或專治一部史書,費了很大精力,對於版本訓詁也許有所發明,但到頭來對於史實本身反而没有多少知識,這根本不是學歷史的正當途徑。因而,與巴黎漢學相比,美國中國學仍有兩方面根本倒退,其一是對中國文化與歷史的認識重新回到封閉與停滯的觀念。費正清的衝擊—反應模式,很大程度上以中國傳統社會的封閉和停滯爲前提。其二,將中國研究由對人類文化的認識,重新降爲功利目的的工具。美國的中國研究恰以功利性見長,費正清等人也未脱俗套。

四

不可否認,西學東漸,促使中國本土的學術出現了幾個趨向:(一)研究領域偏重邊疆史地及中外交通;(二)當年胡適倡導的整理國故和傅斯年主張的史料學,不僅有歐美學術背景,還是歐洲漢學的影子;(三)釋古及社會性質論戰,都有以中國史實填充外來系統之嫌。這三方面現象,實有内在邏輯聯繫。此時,中國學術隊伍内部明顯分爲三派:章太炎、黄侃、張爾田、鄧之誠、吴芳吉、吴宓等人堅持正統衛道,以爲中國學的核心主幹仍應爲純粹中國問題;胡適、陳獨秀、陳序經以及稍後的錢鍾書等主張西化;陳寅恪爲代表的第三派斷言外來理論若不與中國國情調適,必然難以持久,即指上述傾向。魯迅主張"拿來主義",與陳寅恪觀點大致相同。

當然,這與中國學術的内在變化有關。此時的普通經學史學的考證,多已被前人做盡,易走偏鋒,易穿鑿附會。在"材料不多而又思突過古人"的意願下,爲求標新立異,時人"皆不免鑽牛角尖之病"。

其實,中外學術,互有所長,本應各自揚長避短,優勢互補。中國學術所長,如 1930 年黄侃對來訪的吉川幸次郎所説:"中國之學,不在發見,而在發明。""發明"與"發見"的區别,大體如王國維所説:一"由細心苦讀以發現問題",一"懸問題以覓材料"。而二者的關係,即新舊材料的關係。王國維、陳寅恪、伯希和、内藤虎次郎、狩野直喜等中外前賢均主張儘量吸收新材料,但必須熟悉多數之彙集,纔能利用少數脱離之片斷。没有發見,難以發明,不以發明爲目的,則發見不過雜碎。不知新材料或不通舊材料而强作發明,更難免妄臆之弊。更爲重要的是,發明者之極致,不專賴材料以證實,而是貫通古今中外,以實證虚。所以吉川幸次郎認爲,即使被日本學者奉爲權威的羅振玉、王國維,也不免有資料主義傾向。歐美乃至日本漢學家難以達到的化境,即陳寅恪所謂"育於環境,本於遺傳"的"精神之學"。留法三年的李思純説:"法之治中國學者,其攻中國之事物凡兩途,其一探討古物,而爲古物學之搜求,其一探討政制禮俗,而爲社會學之搜求,然決未聞有專咀嚼唐詩宋詞以求其神味者。此無他,彼非鄙唐詩宋詞爲不足道,彼實深知文學爲物,有賴於民族之環境遺傳者至深,非可一蹴而幾也。"女作家陳學昭留法,在葛蘭言指導下撰寫關於中國詞的博士論文,陳本不懂詞，搜尋文獻後，明白葛氏"所以要我寫關於中國的詞的論文，因爲他自己不瞭解中國的詞。"其論文連詞牌"八聲甘州"誤爲"入聲"的常識錯誤都未予指正，便得到"很好"的評語而獲通過。文學研究最易見外來方法的不適合。這一點即連漢學大家也不能免，如宇文所安的唐詩研究便有一大堆的"不適合"，莫礪鋒曾撰文，指出宇文氏《初唐詩》《盛唐詩》中的系列硬傷。問題就在於他們對中國文史之學的研究過於支離，表現之一是發見多於發明，之二是分解中國文化的統一性。

有鑒於此，隨着"中國文化走出去"成爲國家文化戰略，對中國古代文學經典的翻譯和研究已經成爲一個重要的學術任務，這就有了"譯入"與"譯出"的問題，也就有了統一研究的問題，尤其要加大"譯出"的力度，這就需要中國的翻譯家們多出杜譯精品。因而，域外杜詩學史不單純是一個學術問題，也是一個文化自信乃至責任問題。域外漢學家觀察中國的目光可稱作"異域之眼"。以此眼對中國的觀察而言，時間最久、方面最廣、透視最細、價值最高的，當是中國周邊的漢文化圈朝鮮半島、日本、越南等國，然後纔是歐美。他們對李杜詩的翻譯研究著作，是對中國李杜詩學研究的呼應，提出的李杜詩學問題，構成了一幅不間斷而又多變幻的歷史文化圖景，系統而深入。

因而，從學術史的角度看，域外杜詩學著作不僅打開了中國杜詩學的新視野，而且代表了中國杜詩學的"新材料"，從某些方面促使中國杜詩學在觀念上、資源上、方法上都面臨古典學術的重建問題。重建是爲了更好地認識李杜詩學内容及其走向，進而推動中國對人類的貢獻。當然，域外杜詩學新貌的出現，有賴於新材料、新觀念、新方法的獲取，用陳寅恪先生的概括，即"一曰取地下之實物與紙上之遺文互相釋證"，"二曰取異族之故書與吾國之舊籍互相補證"，"三曰取外來之觀念與固有之材料互相參證"，域外李杜詩學材料可大致歸入"異族之故書"的範圍。可是，它們在今日的價值與意義,已不是中國杜詩原典乃至研究著作的域外延伸,也不限於"吾國之舊籍"的補充增益,而是獨特的著述(或譯出,或譯入),成爲域外杜詩學的基礎——既是中國古典學術重建過程中不可或缺的材料,其本身也應成爲古典學術研究的對象。

參考文獻

二　畫

《二十世紀國外中國文學研究》，夏康達、王曉平主編，天津人民出版社 2000 年版。

《20 世紀中國古代文學研究史》（詩歌卷），黄霖主編，東方出版中心 2006 年版。

《20 世紀中國古代文化經典在日本的傳播編年》，嚴紹璗著，大象出版社 2019 年版。

《20 世紀中國古代文化經典在域外的傳播與影響研究導論》，張西平著，大象出版社 2019 年版。

《十八世紀中國文化在西歐的傳播及其反應》，嚴建强著，中國美術學院出版社 2002 年版。

三　畫

《三位中國詩人：王維、李白、杜甫》，［英］V. 塞思著，倫敦費伯—費伯聯合公司 1992 年版。

《大唐之春》，［日］石田干之助著，東京文芸春秋社 1967 年版。

《小川環樹著作集》，［日］小川環樹撰，筑摩書房 1997 年版。

《山鹿素行全集》，［日］山鹿素行撰，岩波書店 1940 年版。

《千載佳句》，［日］大江維時編，宋紅校訂，上海古籍出版社 2003 年版。

四　畫

《王夫之詩論研究》,[新加坡] 楊松年著,臺北文史哲出版社 1986 年版。

《五山文學史稿》,[日] 北村澤吉撰,富山房 1941 年版。

《五山文學全集》,[日] 上村觀光著,思文閣 1992 年版。

《比較文化: 中國與日本》,嚴紹璗、王家驊等著,吉林大學出版社 1996 年版。

《比較詩學的結構: 中西文論研究的三種視角》,[美] 蔡宗齊著,劉青海譯,北京大學出版社 2010 年版。

《比較和比較的意義: 葉維廉詩學研究》,李礫著,中山大學出版社 2016 年版。

《日耳曼學術譜系中的漢學——德國漢學之研究》,李雪濤著,外語教學與研究出版社 2008 年版。

《日中文化比較論》,[日] 尾藤正英著,王家驊譯,浙江人民出版社 1992 年版。

《日中文化交流史》,[日] 木宮泰彦著,胡錫年譯,商務印書館 1980 年版。

《日中詩歌比較叢稿: 從〈萬葉集〉的書名談起》,[日] 松浦友久著,[日] 加藤阿幸、陸慶和譯,民族出版社 2002 年版。

《日本中國文化攝取史》,鄭彭年著,杭州大學出版社 1999 年版。

《日本文化史》,[日] 家永三郎著,劉績生譯,商務印書館 1992 年版。

《日本文化史研究》,[日] 内藤湖南著,儲元熹、卞鐵堅譯,商務印書館 1997 年版。

《日本文化與中國》,[日] 尾藤正英著,大修館書店 1968 年版。

《日本文化研究》,嚴紹璗著,北京大學出版社 2021 年版。

《日本文論史要》,靳明全著,中國社會科學出版社 2010 年版。

《日本文學史》(古代卷),葉渭渠、唐月梅著,北京崑崙出版社 2004 年版。

《日本文學史》(近古卷),葉渭渠、唐月梅著,北京崑崙出版社 2004 年版。

《日本文學史》,王長新著,吉林大學出版社 1990 年版。

《日本文學全史》,[日] 市古貞次著,學燈社 1979 年版。

《日本文學評論史(古代、中世篇)》,[日] 久松潛一著,至文堂 1968 年版。

《日本古代文學思潮史》,葉渭渠著,中國社會科學出版社 1996 年版。

《日本古代詩學彙譯》(上下),季羨林主編,王向遠譯,北京崑崙出版社 2014 年版。

《日本古代文學發生學研究》,嚴紹璗著,北京大學出版社 2020 年版。

《日本古典文學大系》,岩波書店編輯部編,岩波書店 1978 年版。

《日本古代漢文學與中國文學》,[日] 後藤昭雄著,中華書局 2006 年版。

《日本古代漢詩對和歌的受容研究——以〈新撰萬葉集〉爲中心》,梁青著,厦門大學出版社 2019 年版。

《日本中國學史》,嚴紹璗著,江西人民出版社 1991 年版。

《日本江户漢詩對明代詩歌的接受研究》,劉芳亮著,山東大學出版社 2013 年版。

《日本江户時代漢語研究論考》,王雪波著,中國社會科學出版社 2020 年版。

《日本詩話中的中國古代詩學研究》,孫立著,北京大學出版社 2012 年版。

《日本詩話的中國情結》,譚雯著,中國社會科學出版社 2007 年版。

《日本詩話叢書》,[日] 國分高胤校閲、[日] 池田四郎編,文會堂書店 1920—1922 年版。
《日本歌學和中國詩學》,[日] 太田青丘著,弘文堂 1958 年版。
《日本漢文學史》,[日] 猪口篤志著,東京角川書店 1984 年版。
《日本漢文學史》,陳福康著,上海外語教育出版社 2011 年版。
《日本漢文學研究》,[日] 山岸德平著,有精堂 1972 年版。
《日本漢文學論集》,[日] 大曾根章介著,汲古書院 1998 年版。
《日本漢詩英擷》,王福祥等編,外語教學與研究出版社 1995 年版。
《日本漢詩溯源比較研究》,馬歌東著,商務印書館 2011 年版。
《日本漢學史》,李慶著,上海外語教育出版社 2004 年版。
《日本漢學研究初探》,張寶三、楊儒賓編,華東師範大學出版社 2008 年版。
《日本漢學研究續探》,葉國良、陳明姿編,華東師範大學出版社 2008 年版。
《日本漢文學論考》,[日] 岡村繁著,上海古籍出版社 2009 年版。
《日本明治時期刊行的中國文學史研究》,趙苗著,大象出版社 2018 年版。
《日本所藏中日交流漢詩文寫本》,李傑玲撰,黄山書社 2018 年版。
《日本漢詩話集成》,趙季、葉言材、劉暢輯校,中華書局 2020 年版。
《日本漢詩研究論文選》,劉懷榮、孫麗編,中國社會科學出版社 2017 年版。
《日本漢詩與中國歷史人物典故》,王福祥著,外語教學與研究出版社 1997 年版。
《日本漢詩論稿》,蔡毅著,中華書局 2007 年版。
《日本詩話二十種》(上下),馬歌東編,暨南大學出版社 2014 年版。
《日本藏漢籍珍本追踪紀實——嚴紹璗海外訪書志》,嚴紹璗著,上海古籍出版社 2005 年版。
《日本藏漢籍善本研究》,嚴紹璗著,北京大學出版社 2021 年版。
《中日文學關係論集》,邵毅平著,上海古籍出版社 2011 年版。

《中日古代文學比較研究》,高文漢著,山東教育出版社 1999 年版。
《中日古代文學關係史稿》,嚴紹璗著,湖南文藝出版社 1987 年版。
《中外文學交流史》,錢林森、周寧主編,山東教育出版社 2015 年版。
《中西文化交流史》,沈福偉著,上海人民出版社 1985 年版。
《中西文獻交流史》,潘玉田、陳永剛著,北京圖書館出版社 1999 年版。
《中西詩學的對話——北美華裔學者中國古典詩研究》,王萬象著,臺灣里仁書局 2009 年版。
《中法文學關係研究》,孟華著,復旦大學出版社 2011 年版。
《中英對照讀唐詩宋詞》,[菲律賓] 施穎洲譯,臺灣九歌出版社 2006 年版。
《中國文學在法國》,錢林森著,花城出版社 1990 年版。
《中國文學史》,[日] 笹川臨風撰,東京博文館 1942 年版。
《中國文學史》,[日] 吉川幸次郎述,[日] 黑川洋一編,陳順智、徐少舟譯,新星出版社 2022 年版。
《中國文學史綱要》,[俄] 王西里著,閻國棟譯,[俄] 羅流沙校,中央編譯出版社 2016 年版。
《中國文學研究》,[日] 鈴木虎雄撰,弘文堂書房 1925 年版。
《中國文學翻譯與研究在俄羅斯》,宋紹香編譯,學苑出版社 2018 年版。
《中國古詩評析》,[美] 劉若愚著,王周若齡、周領順譯,趙帆聲校訂,河南大學出版社 1989 年版。
《中國古代文學中的日本形象研究》,張哲俊著,北京大學出版社 2004 年版。
《中國古典文學在國外》,宋柏年主編,北京語言學院出版社 1994 年版。
《中國古典文學比較研究》,[美] 葉維廉著,黎明文化事業公司

1977 年版。

《中國古典詩詞論——謝列布里亞科夫漢學論集》,[俄] E. A. 謝列布里亞科夫著,李明濱、張冰編選,北京大學出版社 2018 年版。

《中國古典文學研究的新視鏡——晚近北美漢學論文選譯》,卞東波編譯,安徽教育出版社 2016 年版。

《中國古典文學的英國之旅——英國三大漢學家年譜: 翟理斯、韋利、霍克思》,葛桂録主編,大象出版社 2017 年版。

《中國文學史》,[日] 前野直彬主編,駱玉明、賀聖遂等譯,復旦大學出版社 2012 年版。

《中國館藏和刻本漢籍書目》,王寶平主編,杭州大學出版社 1995 年版。

《中國館藏日人漢文書目》,王寶平主編,杭州大學出版社 1997 年版。

《中外文學交流史》,周發祥、李岫主編,湖南教育出版社 1999 年版。

《中西詩學對話——英語世界的中國古代文論研究》,王曉路著,巴蜀書社 2000 年版。

《中國"中世紀"的終結——中唐文學文化論集》,[美] 斯蒂芬・歐文著,陳引馳、陳磊譯,田曉菲校,生活・讀書・新知三聯書店 2006 年版。

《中國文化在啓蒙時期的英國》,范存忠著,上海外語教育出版社 1991 年版。

《中國文化西傳歐洲史》,[日] 安田朴著,耿昇譯,商務印書館 2000 年版。

《中國文化與日本文化》,[日] 森三樹三郎著,人文書院 1982 年版。

《中國文論: 英譯與評論》,[美] 斯蒂芬・歐文著,王柏華、陶慶梅譯,上海社會科學院出版社 2003 年版。
《中國文學中的孤獨感》,[日] 斯波六郎著,岩波書店 1958 年版。
《中國文學在法國》,錢林森著,花城出版社 1990 年版。
《中國文學批評研究問題論集》,[新加坡] 楊松年著,臺北文史哲出版社 1994 年版。
《中國文學批評論集》,[新加坡] 楊松年著,臺北文史哲出版社 1989 年版。
《中國文學評論史書寫問題論集》,[新加坡] 楊松年著,華中師範大學出版社 2011 年版。
《中國文學論集》,徐復觀著,九州出版社 2014 年版。
《中國文學論集續篇》,徐復觀著,九州出版社 2014 年版。
《中國文學與日本文學》,[日] 鈴木修次著,吉林大學日本研究所文學研究室譯,海峽文藝出版社 1989 年版。
《中國古典文學批評論集》,[新加坡] 楊松年撰,三聯書店香港分店 1987 年版。
《中國古典文學與朝鮮》,韋旭昇著,研文社 1999 年版。
《中國古典詩歌句法流變史略》,孫力平著,浙江大學出版社 2011 年版。
《中國古典詩歌在東瀛的衍生與流變研究》,肖瑞峰著,浙江大學出版社 2012 年版。
《中國古典詩歌評論集》,[加] 葉嘉瑩著,廣東人民出版社 1982 年版。
《中國古詩選》,[法] P. 戴密微主持編譯,巴黎伽利瑪出版社 1962 年版。
《中國古代文學在歐洲》,徐志嘯主編,河北教育出版社 2013 年版。
《中國早期古典詩歌的生成》,[美] 斯蒂芬・歐文著,胡秋蕾、王宇根、田曉菲譯,田曉菲校,生活・讀書・新知三聯書店 2014 年版。

《中國典籍在日本的流傳與影響》,陸堅、王勇主編,杭州大學出版社 1990 年版。

《中國傳統詩歌與詩學: 世界的徵象》,[美] 宇文所安著,陳小亮譯,中國社會科學出版社 2013 年版。

《中國詩史》,[日] 吉川幸次郎著,[日] 高橋和巳編,蔡靖泉等譯,隋玉林校,山西人民出版社 1989 年版。

《中國詩畫語言研究》,[法] 程抱一著,涂衛群譯,江蘇人民出版社 2006 年版。

《中國詩話史》,蔡鎮楚著,湖南文藝出版社 1988 年版。

《中國詩話研究》,[日] 船津富彦著,東京八雲書房 1977 年版。

《中國詩歌 100 首》,[美] K. 雷克斯羅斯譯,新指南書局 1971 年版。

《中國詩歌史——從起始到皇朝的終結》,[德] 顧彬著,刁承俊譯,華東師範大學出版社 2013 年版。

《中國詩歌原論》,[日] 松浦友久著,大修館書店 1986 年版。

《中國詩學》,[美] 葉維廉著,生活・讀書・新知三聯書店 1992 年版。

《中國翻譯史》(上卷),馬祖毅著,湖北教育出版社 1999 年版。

《中國詩文的言語學: 對句・聲調・教學》,[日] 松浦友久著,研文社 2003 年版。

《中德文學因緣》,吴曉樵著,上海外語教育出版社 2008 年版。

《中韓日詩話比較研究》,[韓] 趙鍾業著,學海出版社 1984 年版。

《分類杜工部詩諺解》,[朝] 柳允謙等撰,韓國大提閣 1973 年重刻本。

《月是一盞傳統的燈》,[新加坡] 華之風著,新加坡七洋出版社 1992 年版。

《文化翻譯與經典闡釋》,王寧著,中華書局 2006 年版。

《文化轉場: 法國早期漢學視野》,[法] 金絲燕著,中國大百科全書出版社 2019 年版。
《文學經典的挑戰》,[美] 孫康宜著,百花洲文藝出版社 2002 年版。
《文選編譯與經典重構——宇文所安的〈諾頓中國文選〉研究》,陳橙著,上海外語教育出版社 2012 年版。
《文鏡秘府論彙校彙考》,[日] 遍照金剛著,盧盛江校考,中華書局 2006 年版。
《引得説》,[美] 洪業著,北平引得編纂處 1930 年版。

五 畫

《古代文藝思想史研究》,[日] 今井卓爾著,早稻田大學出版部 1933 年版。
《石竹山房詩話論稿》,蔡鎮楚著,湖南文藝出版社 1995 年版。
《平安朝漢文學史論考》,[日] 後藤昭雄著,勉誠出版社 2012 年版。
《平安朝日本漢文學的基底》,[日] 濱田寬著,武藏野書院 2006 年版。
《平安朝漢詩文之研究》,[日] 金原理著,九州大學出版會 1981 年版。
《北美學者中國古代詩學研究》,徐志嘯著,上海古籍出版社 2011 年版。
《目加田誠及其中國文學研究》,孟彤著,中國文史出版社 2022 年版。
《史與物: 中國學者與法國漢學家論學書札輯注》,祖艷馥、[西班牙] 達西婭·維埃荷-羅斯編著,商務印書館 2015 年版。
《白駒集: 從最早到現在的中國詩歌選集》,[英] 羅伯特·白英選譯,新美國圖書館出版社 1960 年版。
《他山的石頭記: 宇文所安自選集》,[美] 宇文所安著,田曉菲譯,江蘇人民出版社 2003 年版。
《民國時期的德國漢學: 文獻與研究》,李雪濤編,外語教學與研究出版社 2013 年版。

六 畫

《寺田寅彦隨筆集》,[日] 寺田寅彦著,[日] 小宮豐隆編,岩波文庫 1970 年版。
《吉川幸次郎全集》,[日] 吉川幸次郎著,筑摩書房 1968 年版。
《吉川幸次郎研究》,張哲俊著,中華書局 2004 年版。
《吉川幸次郎的中國古典文學研究》,孟偉著,中國社會科學出版社 2019 年版。
《再議杜甫: 文學上的偉大與文化中的背景》,[美] E. 周姍撰,劍橋大學出版社 1995 年版。
《西方漢學十六講》,張西平主編,外語教學與研究出版社 2011 年版。
《西方文論與中國文學》,周發祥著,江蘇教育出版社 1997 年版。
《光自東方來——法國作家與中國文化》,錢林森著,寧夏人民出版社 2004 年版。
《先哲叢談》,[日] 源了圓、[日] 前田勉譯注,平凡社 1994 年版。
《竹内實文集・回憶與思考》,[日] 竹内實著,程麻譯,中國文聯出版社 2002 年版。
《印中朝越日古典詩集》,[蘇] 阿列克謝耶夫等譯,莫斯科東方文學出版社 1977 年版。
《多面折射的光影——葉嘉瑩自選集》,[加] 葉嘉瑩著,南開大學出版社 2004 年版。
《交錯的文化史——早期傳教士漢學研究史稿》,張西平著,學苑出版社 2017 年版。
《江户文學與中國》,[日] 諏訪春雄、[日] 日野龍夫著,每日新聞社 1977 年版。
《江户時代日中秘話》,[日] 大庭修著,徐世虹譯,中華書局 1997 年版。
《江户時代的詩風詩論》,[日] 松下忠著,明治書院 1969 年版。
《江户時期的日本詩話》,祁曉明著,中國社會科學出版社 2009 年版。
《江户詩歌論》,[日] 揖斐高著,汲古書院 1998 年版。
《好詩共欣賞》,[加] 葉嘉瑩著,臺灣三民書局 1998 年版。

七 畫

《走近杜甫》,[日] 土岐善麿著,光風社書店 1973 年版。
《抒情詩與中國現代詩學》,[新加坡] 張松建著,北京大學出版社 2012 年版。
《李白、杜甫、白居易詩選》,[匈] 陳國等譯,歐羅巴出版社 1976 年版。
《李白、杜甫》,[韓] 張伯逸著,弘信文化社 1979 年版。
《李白杜甫抒情詩歌集》,[蘇] 吉托維奇譯,蘇聯兒童文學出版社 1987 年版。
《李白與杜甫——他們的行爲與文學》,[日] 高島俊男著,日本評論社 1972 年版。
《李白與杜甫——漂泊的人生》,[日] 莊魯迅著,日本大修館書店 2007 年版。
《李杜詩新評》,[韓] 孫宗燮評,精神世界社 1996 年版。
《李杜評釋》,[日] 久保天隨著,隆文館 1908 年版。
《李植杜詩批解研究》,左江著,中華書局 2007 年版。
《杜甫: 中國最偉大的詩人、草堂詩吟詠者》,[美] 布雷斯譯著,成都日新出版社 1934 年版。
《杜甫: 中國最偉大的詩人》,[美] 洪業著,曾祥波譯,上海古籍出版社 2011 年版。
《杜甫：生涯與文學》，[日] 和田利男著，標志社 1981 年版。
《杜甫：忍苦的詩史》，[韓] 全英蘭著，太學社出版社 2000 年版。
《杜甫：神州月下的漫遊者及吟詠詩人》，[美] E. W. 安德伍德、朱琪璜合譯，波特蘭緬因莫希爾出版社 1929 年版。
《杜甫〈戲爲六絶句〉研究》，[新加坡] 楊松年著，臺北文史哲出版 1995 年版。
《杜甫》，[美] A. R. 戴維斯著，紐約特懷恩出版公司 1971 年版。
《杜甫》，[日] 吉川幸次郎著，筑摩書房 1967 年版。
《杜甫》，[日] 宇野直人著，日本放送協會 2007 年版。
《杜甫》，[韓] 李永朱著，松出版社 1998 年版。
《杜甫》，[日] 高木正一著，中央公論社 1969 年版。
《杜甫》，[韓] 張基槿著，大宗出版社 1975 年版。
《杜甫》，[日] 黑川洋一著，筑摩書房 1973 年版。
《杜甫》，[日] 鈴木修次著，清水書院 1980 年版。
《杜甫》，[日] 齋藤勇著，研究社 1946 年版。
《杜甫——人民的詩人》，[越] 潘玉選譯，越南峴港出版社 1993 年版。
《杜甫入門》，[英] D. 霍克斯譯，牛津克拉倫登出版社 1967 年版。
《杜甫之生平與思想》，[韓] 張伯逸著，弘新社 1979 年版。
《杜甫之旅》，[日] 田川純三著，日本新潮社 1993 年版。
《杜甫私記》，[日] 吉川幸次郎著，創元社 1952 年版。
《杜甫——至德年間詩譯解》，[韓] 李永朱等譯解，韓國函授大學出版部 2001 年版。
《杜甫抒情詩集》，[蘇] 吉托維奇譯，列寧格勒文藝出版社 1967 年版。
《杜甫抒情詩選》，[挪威] D. 阿爾内譯，奥斯陸德雷耶出版社 1967 年版。

《杜甫周邊記》,［日］土岐善麿著,春秋社 1967 年版。
《杜甫的生涯與文學》,［韓］金鍾潤著,關東出版社 1976 年版。
《杜甫的作品》,［德］馮·察赫譯,哈佛大學出版社 1952 年版。
《杜甫的偉大悲歌》,［德］W. 黑爾維希著,不來梅出版公司 1956 年版。
《杜甫的詩與生平》,［日］目加田誠著,社會思想社 1969 年版。
《杜甫門前記》,［日］土岐善麿著,春秋社 1965 年版。
《杜甫研究》,［日］黑川洋一著,創文社 1977 年版。
《杜甫研究論叢》,［韓］李丙疇著,二友出版社 1982 年版。
《杜甫秋興八首集説》,［加］葉嘉瑩著,上海古籍出版社 1988 年版。
《杜甫草堂記》,［日］土岐善麿著,春秋社 1962 年版。
《杜甫——偉大的憂鬱》,［日］宇野直人、［日］江原正士著,日本平凡社 2009 年版。
《杜甫評傳》,［蘇］謝列布里亞科夫著,莫斯科文學出版社 1958 年版。
《杜甫——超越憂愁的詩人》,［日］興膳宏著,岩波書店 2009 年版。
《杜甫新議集》,鄺健行著,臺北萬卷樓 2004 年版。
《杜甫新譯》,［日］土岐善麿撰,光風社書店 1970 年版。
《杜甫詩》,［越］張正主編,河内文化出版社 1962 年版。
《杜甫詩》,［越］黄忠聰編輯,張正校對,河内文學出版社 1962 年版。
《杜甫詩注》,［日］吉川幸次郎注,岩波書店 2016 年版。
《杜甫詩全集》(四卷),［日］鈴木虎雄注,國民文庫刊行會 1978 年版。
《杜甫詩的理解》,義庵書堂講讀會編,以會文化社 1996 年版。
《杜甫詩集》,［蘇］費德林主編,吉托維奇譯,莫斯科國家文學出版社 1955 年版。
《杜甫詩傳》,[日] 吉川幸次郎著,筑摩書房 1965 年版。
《杜甫詩歌》,[挪威] G. 喬漢娜森譯,挪威帕克斯出版社 1994 年版。
《杜甫詩賞析》,[新加坡] 金陵編,新加坡美雅書局 1977 年版。
《杜甫詩選》,[捷克] K. 斯特爾門譯,布拉提斯拉瓦 1998 年版。
《杜甫詩選》,[英] 大衛・欣頓譯,倫敦安維爾出版社 1990 年版。
《杜甫詩選》,[韓] 李元燮選,正音社 1976 年版。
《杜甫詩選》,[韓] 李漢祚撰,中央日報社 1980 年版。
《杜甫詩選》,[韓] 金宜貞編選,以齋出版社 2002 年版。
《杜甫詩選》,紐約新指南書局編譯,紐約新指南書局 1989 年版。
《杜甫詩選》,[匈] 陳國等譯,布達佩斯出版社 1955 年版。
《杜甫詩選》,馮至主編,[新西蘭] 路易・艾黎翻譯,北京外文出版社 2005 年版。
《杜甫詩選》,[日] 黑川洋一選,岩波書店 1994 年版。
《杜甫詩選》,[越] 讓宋選譯,文化出版社 1996 年版。
《杜甫詩選新譯》,[日] 土岐善麿選譯,春秋社 1955—1961 年版。
《杜甫與李白》,[韓] 李丙疇著,Arche(原理)出版社 1999 年版。
《杜甫與彌爾敦》,[日] 德富蘇峰著,東京民友社 1917 年版。
《杜甫農業詩研究——八世紀中國農事與生活之歌》,[日] 古川末喜著,董璐譯,西北大學出版社 2018 年版。
《杜詩全譯》,[美] 海陶瑋主編,哈佛大學出版社 1952 年版。
《杜詩伴我行》,[日] 黑川洋一著,創文社 1982 年版。
《杜詩的音樂世界》,[韓] 崔南圭著,遼海出版社 2002 年版。
《杜詩流傳韓國考》,[韓] 李立信著,臺北文史哲出版社 1992 年版。
《杜詩重構》,[加] 孟沖之著,湘潭大學出版社 2012 年版。
《杜詩與杜詩諺解》,[韓] 李賢熙等著,新舊文化社 1997 年版。

《杜詩與杜詩諺解研究》,韓國精神文化研究院人文研究室編,太學社 1998 年版。
《杜詩論集》,[日] 吉川幸次郎著,筑摩書房 1980 年版。
《杜詩諺解: 漢字語言研究》,[韓] 趙南浩著,太學社 2001 年版。
《杜詩諺解抄》,[韓] 李丙疇著,集賢社 1959 年版。
《杜詩諺解論釋》,[韓] 全在昊著,宣明文化社 1968 年版。
《杜詩選譯》,[美] D. 欣頓譯,紐約新指南書局 1989 年版。
《杜詩選讀》,[韓] 趙容萬選,建國大學出版社 1986 年版。
《杜詩講義》,[日] 吉川幸次郎著,筑摩書房 1963 年版。
《杜詩講義》,[日] 森槐南著,文會堂 1912 年版。
《杜詩譯注》,[日] 漆山又四郎譯注,岩波文庫 1929 年版。
《吴宓日記》,吴宓著,吴學昭整理,生活・讀書・新知三聯書店 1998 年版。
《吟詠詩聖的悲憤與慷慨——憂愁的詩人杜甫》,[日] 山口植樹著,日本學習研究社 1995 年版。
《我的留學記》,[日] 吉川幸次郎著,錢婉約譯,中華書局 2008 年版。
《作爲方法的漢文化圈》,張伯偉著,中華書局 2011 年版。
《含英咀華集》,[美] 閔福德、劉紹銘合編,美國哥倫比亞大學出版社、香港中文大學出版社 2000 年聯合出版。
《近世的漢詩》,[日] 中村幸彦著,汲古書院 1986 年版。
《近世漢文學史》,[日] 山岸德平著,汲古書院 1966 年版。
《近代中日文學交流史稿》,王曉平著,湖南文藝出版社 1987 年版。
《近江奈良朝的漢文學》,[日] 岡田正之著,養德社 1954 年版。
《沉痛漂泊的詩聖杜甫》,[日] 福原龍藏著,講談社 1982 年版。
《沉鬱的詩人——杜甫》,[日] 森也繁夫著,日本集英社 1982 年版。
《初刊本杜詩諺解對譯語研究》,[韓] 朴英燮著,博而精出版社

2000 年版。

八　畫

《青木正兒全集》,[日] 青木正兒著,春秋社 1965 年版。
《長安洛陽物語》,[日] 松浦友久、[日] 植木久行著,集英社 1987 年版。
《英國漢學史》,熊文華著,學苑出版社 2007 年版。
《英國 19 世紀的漢學史研究》,胡優静著,學苑出版社 2009 年版。
《英譯唐詩選》,[英] W. J. B. 弗萊徹譯,上海商務印書館 1919 年版。
《英譯唐詩選續集》,[英] W. J. B. 弗萊徹譯,上海商務印書館 1923 年版。
《英語世界中國古典文學之傳播》,黄鳴奮著,學林出版社 1997 年版。
《東亞文化史叢考》,[日] 石田干之助著,東京東洋文庫 1973 年版。
《東西交流論譚》,黄時鑒主編,上海文藝出版社 1998 年版。
《東西南北之人·杜甫的詩與詩語》,[日] 藤秋正著,研文社 2011 年版。
《東亞漢文學論考》,金程宇著,鳳凰出版社 2013 年版。
《東亞視域中的漢文學研究》,王寶平編,上海古籍出版社 2013 年版。
《東亞漢詩文交流唱酬研究》,邵毅平主編,中西書局 2015 年版。
《東亞古典學論考》,邵毅平著,復旦大學出版社 2021 年版。
《東國李相國集》,[朝] 李奎報著,景仁文化社 1993 年版。
《亞洲漢文學》,王曉平著,天津人民出版社 2001 年版。
《明清傳教士與歐洲漢學》,張國剛等著,中國社會科學出版社 2001 年版。

《和而不同——中法文化對話集》,錢林森著,南京大學出版社 2009 年版。
《采薇閣藏日本漢詩文集》,王强主編,鳳凰出版社 2017 年版。
《〈河岳英靈集〉研究》,[美] 李珍華、傅璇琮著,中華書局 1992 年版。
《法國作家與中國》,錢林森著,福建教育出版社 1995 年版。
《法國漢學家論中國文學——古典詩詞》,錢林森編,外語教學與研究出版社 2007 年版。
《法國漢學史》,許光華著,學苑出版社 2009 年版。
《法國新世紀中國文學譯介與研究概覽(2001—2005)》,高建爲主編,中國社會科學出版社 2022 年版。

九 畫

《思與辨:古典文學與比較文學》,徐志嘯著,海峽文藝出版社 2018 年版。
《修正增補韓國詩話叢編》,[韓] 趙鍾業編,太學社 1996 年版。
《風景舊曾諳——葉嘉瑩説詩談詞》,[加] 葉嘉瑩著,香港城市大學 2004 年版。
《風與雲——中國詩文論集》,[日] 小川環樹著,周先民譯,中華書局 2005 年版。
《俄羅斯漢學三百年》,閻國棟著,學苑出版社 2007 年版。
《俄羅斯漢學史》,[俄] 斯卡奇科夫著,[俄] 米亞斯尼科夫編,社會科學文獻出版社 2011 年版。
《俄羅斯漢學的基本方向及其問題》,[俄] 瑪瑪耶娃主編,李志强、張冰等譯,北京大學出版社 2018 年版。
《俄羅斯漢學史(1917—1945)》,[俄] 達岑申著,張鴻彦譯,北京大學出版社 2019 年版。
《追憶——中國古典文學中的往事再現》,[美] 宇文所安著,鄭學勤譯,上海古籍出版社 1991 年版。
《美典: 中國文學研究論集》,[美] 高友工著,生活・讀書・新知三聯書店 2008 年版。
《美國詩與中國夢》,鍾玲著,廣西師範大學出版社 2003 年版。
《美國學者論唐代文學》,[美] 倪豪士編選,黄寶華等譯,上海古籍出版社 1994 年版。
《美國漢學縱横談》,顧鈞著,華東師範大學出版社 2016 年版。
《美國漢學史》,熊文華撰,學苑出版社 2015 年版。
《"迷樓": 詩與欲望之迷宫》,[美] 斯蒂芬・歐文著,程章燦譯,田曉菲、王宇根校,生活・讀書・新知三聯書店 2003 年版。
《洪業論學集》,[美] 洪業著,中華書局 1981 年版。
《客居美國的民國史家與美國漢學》,吴原元著,學苑出版社 2019 年版。
《神女之探尋——英美學者論中國古典詩歌》,莫礪鋒編,尹禄光校,上海古籍出版社 1994 年版。
《迦陵談詩》,[加] 葉嘉瑩著,臺灣三民書局 1970 年版。
《迦陵談詩二集》,[加] 葉嘉瑩著,臺灣東大圖書公司 1985 年版。
《迦陵論詩叢稿》,[加] 葉嘉瑩著,中華書局 2005 年版。
《迦陵學詩筆記——顧羨季先生詩詞講記》,[加] 葉嘉瑩著,臺灣桂冠圖書公司 2001 年版。
《姚瑩〈論詩絶句六十首〉研究》,[新加坡] 楊松年撰,臺北文史哲出版社 1999 年版。

十　畫

《華音杜詩抄》,[日] 吉川幸次郎抄,筑摩書房 1981 年版。
《華裔美國作家研究》,吴冰、王立禮主編,南開大學出版社 2009 年版。
《華裔漢學家葉嘉瑩與中西詩學》,徐志嘯著,學苑出版社 2009

年版。
《哥倫比亞中國文學史》,[美] 梅維恒主編,馬小悟、張治、劉文楠譯,新星出版社 2016 年版。
《哥倫比亞中國古典文學選集》,[美] 梅維恒主編,哥倫比亞大學出版社 1994 年版。
《唐史叢鈔》,[日] 石田干之助著,東京要書房 1947 年版。
《唐代的三位詩人: 李白、王維、杜甫》,羅馬尼亞布加勒斯特宇宙出版社 1973 年編譯版。
《唐代研究諸視角》,[美] A. F. 賴特等編,耶魯大學出版社 1973 年版。
《唐代詩人及其環境》,[法] 喬治特·雅熱著,瑞士納沙泰爾拉巴克尼爾出版社 1977 年版。
《唐代詩人論》(一、二、三、四),[日] 鈴木修次著,講談社 1979 年版。
《唐宋詩歌論集》,莫礪鋒著,鳳凰出版社 2007 年版。
《唐詩》,[越] 吴必素選譯,開智出版社 1961 年版。
《唐詩》,[法] 德理文譯,巴黎阿米奥出版社 1862 年版。
《唐詩三人集: 李白、王維、杜甫詩歌三百首》,[蘇] 吉托維奇等譯,莫斯科東方文學出版社 1960 年版。
《唐詩三百首》,[英] E. 韓登譯,遠東圖書公司 1984 年版。
《唐詩三百首》,[法] 喬治特·雅熱譯,國際文化出版公司(北京)1987 年版。
《唐詩西傳史論——以唐詩在英美的傳播爲中心》,[美] 江嵐著,學苑出版社 2013 年版。
《唐詩的魅力——詩語的結構主義批評》,[美] 高友工、[美] 梅祖麟著,李世耀譯,武菲校,上海古籍出版社 1989 年版。
《唐詩選研究》,[日] 平野彦次著,明德出版社 1974 年版。
《唐詩概説》,[日] 小川環樹著,岩波書店 2005 年版。

《海外中國學評論》，朱政惠主編，上海辭書出版社 2008 年版。
《海外典籍與日本漢學論叢》，李慶著，中華書局 2011 年版。

十一畫

《域外詩話珍本叢書》，蔡鎮楚編，北京圖書館出版社 2006 年版。
《域外漢籍研究論集》，張伯偉著，北京大學出版社 2011 年版。
《域外漢籍珍本文庫》（集部），《域外漢籍珍本文庫》編纂出版委員會編，人民出版社 2015 年版。
《菅原道真與平安朝漢文學》，[日] 藤原克己著，東京大學出版會 2001 年版。
《盛唐詩》，[美] 斯蒂芬・歐文著，賈晋華譯，生活・讀書・新知三聯書店 2004 年版。
《異域之眼——興膳宏中國古典論集》，[日] 興膳宏著，戴燕譯，復旦大學出版社 2006 年版。
《國外漢學史》，何寅、許光華主編，上海外語教育出版社 2002 年版。
《國際中國學研究》，嚴紹璗著，北京大學出版社 2021 年版。
《國圖藏俄羅斯漢學著作目録》，陳蕊編著，北京大學出版社 2013 年版。
《移動的詩學——中國古典文論現代觀照的海外視野》，李鳳亮等著，暨南大學出版社 2012 年版。
《從漢學到中國學——近代日本的中國研究》，錢婉約著，中華書局 2007 年版。
《梁宗岱文集》，梁宗岱著，中央編譯出版社 2003 年版。

十二畫

《越南文學史要》，[越] 楊廣含著，胡志明市青年出版社 2005 年版。

《葉嘉瑩自選集》,[加] 葉嘉瑩著,山東教育出版社 2005 年版。
《葉嘉瑩説杜甫詩》,[加] 葉嘉瑩著,中華書局 2008 年版。
《葉維廉文集》,[美] 葉維廉著,安徽教育出版社 2002 年版。
《葉維廉與中國詩學》,閆月珍著,中國社會科學出版社 2010 年版。
《朝鮮文學史》,[韓] 金思燁著,金澤文庫 1973 年版。
《朝鮮李朝實録中的中國史料》,吴晗輯,中華書局 1980 年版。
《朝鮮時代女性詩文集全編》,張伯偉主編,鳳凰出版社 2011 年版。
《朝鮮時代書目叢刊》,張伯偉編,中華書局 2004 年版。
《悲秋: 古詩論情》,[法] 郁白著,葉瀟、全志剛譯,廣西師範大學出版社 2004 年版。
《馮至全集》,馮至著,河北教育出版社 1999 年版。
《道家美學與西方文化》,[美] 葉維廉著,北京大學出版社 2002 年版。
《尋求跨中西文化的共同文學規律: 葉維廉比較文學論文集》,[美] 葉維廉著,温儒敏、李細堯編,北京大學出版社 1987 年版。

十三畫

《瑞典漢學史》,張静河著,安徽文藝出版社 1995 年版。
《當代歐美漢學要籍研讀》,宋莉華編著,上海教育出版社 2010 年版。
《節奏的美學——日中詩歌論》,[日] 松浦友久著,石觀海、趙德玉、賴幸譯,遼寧大學出版社 1995 年版。
《愛與流年: 續中國詩百首》,[美] K. 雷克斯羅斯譯,紐約新指南書局 1970 年版。
《解杜甫——初期詩譯解》,[韓] 李永朱等譯解,松出版社 1999 年版。
《詩神遠遊——中國如何改變了美國現代詩》,趙毅衡著,上海譯文出版社 2003 年版。
《詩詞散論》,繆鉞著,上海古籍出版社 1982 年版。
《詩聖杜甫——以詩歌讀杜甫的生涯》,[韓] 李丙疇著,文賢閣出版社 1982 年版。
《詩道與文心》,[新加坡] 嚴壽澂著,華東師範大學出版社 2009 年版。
《新唐詩選》,[日] 吉川幸次郎選,岩波書店 1952 年版。
《新詩評論集》,[新加坡] 周粲著,新加坡教育出版社 1975 年版。
《意大利漢學史》,張永奮、白樺著,學苑出版社 2016 年版。
《群玉山頭》,[美] 江亢虎、[美] 陶友白譯,紐約阿爾弗雷德・克諾夫出版公司 1929 年版。
《群書類叢》,[日] 塙保己一、[日] 太田藤四郎等編,東京經濟雜志社 1878—1879 年版。

十四畫

《對中國文化的鄉愁》,[日] 青木正兒、[日] 吉川幸次郎等著,戴燕等選譯,復旦大學出版社 2005 年版。
《對於杜甫與杜詩的愛情歷史的研究——杜詩學的淵源與發達》,[韓] 高真雅著,陽地出版社 2003 年版。
《對雪: 杜甫所見》,[美] S. 哈米爾著,紐約白松出版社 1988 年版。
《〈管錐編〉與杜甫新解》,[德] 莫芝宜佳著,馬樹德譯,河北教育出版社 1998 年版。
《誤解的對話——德國漢學家的中國記憶》,李雪濤著,新星出版社 2014 年版。
《漢詩一百七十首》,[英] 阿瑟・韋利譯,倫敦康斯坦布出版公司 1918 年版。
《漢詩金庫》,[英] 唐安石譯,香港中文大學出版社 1976 年版。

《漢詩與和習》,郭穎著,厦門大學出版社 2013 年版。
《漢學研究》,閻純德主編,中國和平出版社 1996 年版。
《漢學研究新視野》,[德] 顧彬著,李雪濤、熊英整理,廣西師範大學出版社 2013 年版。
《漢學視域——中西比較詩學要籍六講》,吴伏生著,學苑出版社 2016 年版。
《漢學——中西文明交流的橋梁(1500—1800)》,張西平著,人民出版社 2021 年版。
《漢學傳統與東亞文明關係論——季塔連科漢學論集》,[俄] 米·列·季塔連科著,李明濱、劉宏編選,北京大學出版社 2018 年版。
《漢籍外譯史》,馬祖毅、任榮珍著,湖北教育出版社 1997 年版。
《漢籍在日本的流布研究》,嚴紹璗著,江蘇古籍出版社 1992 年版。
《漢籍整理法》,[日] 長澤規矩也著,汲古書院 1974 年版。
《寛永文化研究》,[日] 熊倉功夫著,吉川弘文館 1988 年版。

十五畫

《歐美漢學研究的歷史與現狀》,張西平編,大象出版社 2006 年版。
《歐洲早期漢學史——中西文化交流與西方漢學的興起》,張西平著,中華書局 2009 年版。
《歐洲藏漢籍目録叢編》,張西平主編,廣東人民出版社 2020 年版。
《德國漢學: 歷史、發展、人物與視角》,[德] 馬漢茂等主編,大象出版社 2005 年版。
《德國的漢學研究》,張國剛著,中華書局 1994 年版。
《德國漢學的回顧與前瞻——德國漢學史研究論集》,張西平、朗宓榭編,外語教學與研究出版社 2013 年版。
《德國漢學家福蘭閣論中國》,黄怡容著,中國社會科學出版社 2017 年版。

《德國漢學研究史稿》,李雪濤著,學苑出版社 2022 年版。
《劍橋中國文學史》,［美］孫康宜、［美］宇文所安主編,劉倩等譯,生活・讀書・新知三聯書店 2013 年版。
《衛三畏與美國漢學研究》,孔陳焱著,上海辭書出版社 2010 年版。
《論宇文所安的唐代詩歌史研究》,陳小亮著,中國社會科學出版社 2010 年版。
《論唐代文化對日本文化的影響》,李寅生著,巴蜀書社 2001 年版。
《論中國詩》,［日］小川環樹著,譚汝謙、陳志誠、梁國豪譯,貴州人民出版社 2009 年版。

十六畫

《橘與枳：日本漢詩的文體學研究》,吴雨平著,中國社會科學出版社 2008 年版。
《歷史、傳釋與美學》,［美］葉維廉著,東大圖書股份有限公司 2002 年版。
《學鏡——海外學者專訪》,《文學遺産》編輯部編,鳳凰出版社 2008 年版。
《儒家先知：杜甫詩歌的政治思想(752—757 年)》,［美］D. K. 施奈德著,坎布里亞出版社 2012 年版。
《雕龍：理解中國詩》,［法］奥爾嘉・勒莫娃主編,布拉格查理斯大學-卡洛林努姆出版社 2003 年版。
《諾頓中國文學選集：從先秦至 1911 年》,［美］宇文所安編,諾頓出版公司 1996 年版。

十七畫

《藏園群書題跋》,傅增湘撰,上海古籍出版社 1989 年版。
《韓國文學上的杜詩研究》,［韓］李丙疇著,二友出版社 1979 年版。

《韓國詩話中有關杜甫及其作品之研究》,[韓] 全英蘭著,臺北文史哲出版社 1990 年版。

《韓國詩話中論中國詩資料選粹》,鄺健行、陳永明、吴淑鈿選,中華書局 2002 年版。

《韓國詩話全編校注》,蔡美花、趙季主編,人民文學出版社 2012 年版。

十九畫

《蘇聯時代的中國文學研究——波兹涅耶娃漢學論集》,[俄] 柳·波兹涅耶娃著,李明濱編選,大象出版社 2016 年版。

二十畫

《纂注杜詩澤風堂批解》,[朝] 李植撰,1974 年臺灣大通書局《杜詩叢刊》本。

二十一畫

《續唐詩三百首選》,[英] S. 詹寧斯譯,倫敦約翰慕理出版公司 1959 年版。

英文版文獻

1. *Chinese Theories of Literature*, James J. Y. Liu, University of Chicago Press, 1979.
2. *Chinese Poetry: An Anthology of Major Modes and Genres*, Wai-lim Yip, University of California Press, 1976.
3. *Chinese Poetic Writing*, François Cheng, Bloomington: Indiana University Press, 1982.
4. *Diffusion of Distances: Dialogues between Chinese and Western Poetics*, Wai-lim Yip, University of California Press, 1993.

5. *Du Fu's Laments from the South*, David McCraw, University of Hawaii Press, 1992.

6. *Essentials of Chinese Literary Art*, James J. Y. Liu, Duxbury Press, 1979.

7. *Empty and Full: The Language of Chinese Painting*, François Cheng, Shambhala Publications Inc, 1994.

8. *Gems of Chinese Literature*, Giles Herbert, Shanghai: Kelly &Walsh, 1923.

9. *How to Read Chinese Poetry: A Guided Anthology*, Zong-qi Cai, Columbia University Press, 2008.

10. *Li Po and Tu Fu*, Cooper Arthur, Penguin Classics, 1973.

11. *Language Paradox Poetics: a Chinese Perspective*, James J.Y. Liu, Princeton University Press, 1988.

12. *Translations from the Chinese*, Waley Arthur, New York: Alfred A. Knopf, 1941.

13. *More Translations from the Chinese*, Waley Arthur and Juyi Bai, Biblio Life, 2008.

14. *Poems from the Chinese*, Waley Arthur, London: Ernest Benn, 1927.

15. *Sunflower Splendor: Three Thousand Years of Chinese Poetry*, Wu-chi Liu & Irving Yucheng Lo, New York: Garden City, 1975.

16. *Studies in Chinese Literary Genres*, Cyril Birch, University of California Press, 1974.

17. *Tu Fu: An Autobiography of a Chinese Poet, Illustrated*, Florence Ayscough, Houhgton Mifflin Company, 1929.

18. *Travels of a Chinese Poet: Tu Fu, Guest of River and Lakes*, Florence Ayscough, Houghton Mifflin Company, 1934.

19. *The Art of Chinese Poetry*, James J.Y. Liu, University of Chicago

Press, 1962.

20. *The Interlingual Critic: Interpreting Chinese Poetry*, James J. Y. Liu, Indiana University Press, 1982.

21. *The Columbia Book of Chinese Poetry: From Early Times to the Twentieth Century*, Burton Watson, Columbia University Press, 1984.

22. *The Reading of Imagery in the Chinese Poetic Tradition*, Pau-line Yu, Princeton University Press, 1987.

23. *The Poetry of Du Fu*, Stephen Owen, De Gruyter Mouton,2016.

後　記

記得張忠綱師爲我的專著《唐詩與民俗關係研究》所寫的序中説:“我指導博士研究生撰寫學位論文,有一個總體的構想,這就是圍繞著‘杜甫與傳統文化’展開選題,具體説,就是將中國傳統文化給予杜甫的影響及杜甫給予後世的影響分成若干個歷史階段或研究課題分給他們。”有了如此“構想”,就有了一系列博士學位論文的陸續完成或出版:《杜甫與先秦文化》(朋星)、《杜甫與兩漢文化》(趙海菱)、《杜甫與六朝詩歌關係研究》(吴懷東)、《杜詩與唐代文化》(姜玉芳)、《杜詩與宋代文化》(梁桂芳)、《金元明杜詩學史》(綦維)、《清代杜詩學史》(孫微)等,都是爲編撰《杜詩學通史》所做的準備工作。

我們一直以爲杜甫是中國的,也是世界的。世界和平理事會將杜甫列爲 1962 年紀念的“世界文化名人”,即是國際社會和世界文明對杜甫及其詩歌的認可和褒揚。因而,《杜詩學通史·域外編》的撰寫很有必要;只有加上“域外編”,纔能成爲“通史”。2008 至 2009 年,張忠綱師帶領我們完成並出版了《杜甫大辭典》(山東教育出版社)和《杜集叙録》(齊魯書社)。《杜甫大辭典》“研究學者”和“版本著作”欄目計劃收録大量的域外内容。於是,我們邀請了國家圖書館王麗娜研究員、韓國麗水大學金慶國教授、日本九州大學静永健教授作爲特約撰稿人,他們分别提供了歐美、朝鮮半島和日本的很多研究資料,這裏再次感謝!《杜集叙録》專門辟有“國外編”,與“唐五代編”、“宋代編”、“金元編”、“明代編”、“清代編”、“現當代編”並列,包括了朝鮮半島、日本、歐美及其他地區。

直到2014年1月《杜甫全集校注》的出版,同年7月《百年杜甫研究之平議與反思》的出版,堅定了我們完成《杜詩學通史・域外編》的信心。隨後,我們廣泛檢索有關數據庫,多方聯絡和請教身在域外的中國朋友和身在中國的外籍朋友,終於完成此書,真真是"得失寸心知"啊!

最近在讀楊聯陞先生的著作,發現這樣一個掌故:1982年5月,楊先生來北京參加古籍整理會議,他給繆鉞先生寫信説:"雖然疲勞,必甚快慰,因爲整理古書是件大事,我們自己不做,將來萬一有外人比咱們高明(例如高本漢的語言學),讓他們做,豈非國耻。"(《蓮生書簡》第338頁)可見楊先生的民族自信心和責任感之强。希望《杜甫全集校注》和《杜詩學通史》的出版可以告慰前賢。

上海古籍出版社已爲我出版《唐詩與民俗關係研究》和《唐代文學隅論》兩書;一書感謝一次的話,我要感謝四次了。

本編由趙睿才主筆,劉冰莉主要負責英文翻譯工作,夏榮林主要負責數據庫檢索及資料收集工作。同時,劉、夏二人參與了部分内容的撰寫。另外,岳柳汐參與了日文書目和人名的翻譯工作。

趙睿才

癸卯年荷月

已出書目

第一輯

目録版本校勘學論集
秦制研究
魏晋南北朝文體學
李燾學行詩文輯考
杜詩釋地
關中方言古詞論稿

第二輯

兩漢文獻與兩漢文學
秦漢人物散論
秦漢之際的政治思想與皇權主義
文心雕龍學分類索引
宋代文獻學研究
清代《儀禮》文獻研究

第三輯

四庫存目標注（全八册）

第四輯

山左戲曲集成（全三册）

第五輯

鄭氏詩譜訂考

文心雕龍校注通譯

唐詩與民俗關係研究

東夷文化通考

泰山香社研究

第六輯

日名制・昭穆制・姓氏制度研究

易經古歌考釋(修訂本)

儒學視野中的《文心雕龍》

唐代文學隅論

清代《文選》學研究

微湖山堂叢稿

經史避名彙考

第七輯

古書新辨

温柔敦厚與中國詩學

詩聖杜甫研究

宋遼夏金經濟史研究(增訂本)

探尋儒學與科學關係演變的歷史軌迹會通與嬗變

被結構的時間：農事節律與傳統中國鄉村

民衆年度時間生活

里仁居語言跬步集

第八輯

20世紀50年代山東大學民間文學采風資料彙編

先秦人物與思想散論
《論語》辨疑研究
百年"龍學"探究
晚明士人與商業出版
衣食行:《醒世姻緣傳》中的明代物質生活
清代杜詩學文獻考(增訂本)
前主體性詮釋——生活儒學詮釋學

第九輯

杜詩學通史·唐五代編
杜詩學通史·宋代編
杜詩學通史·遼金元明編
杜詩學通史·清代編
杜詩學通史·現當代編
杜詩學通史·域外編